KRÖNERS TASCHENAUSGABE BAND 284

# EURIPIDES

## SÄMTLICHE TRAGÖDIEN IN ZWEI BÄNDEN

NACH DER ÜBERSETZUNG VON J. J. DONNER

BEARBEITET VON RICHARD KANNICHT

ANMERKUNGEN VON BOLKO HAGEN

EINLEITUNG VON WALTER JENS

ERSTER BAND

ALFRED KRÖNER VERLAG STUTTGART

INHALT DES ERSTEN BANDES

CIP-Kurztitelaufnahme der Deutschen Bibliothek

Euripides:
Sämtliche Tragödien in 2 Bänden
Nach der Übers. von J.J. Donner, bearb.
von Richard Kannicht, Anm. von Bolko
Hagen. Einl. von Walter Jens. –
Stuttgart: Kröner 1984

Band 1. - Unveränd. Nachdr. der 2. Aufl. 1958
(Kröners Taschenausgabe; Bd. 284)
ISBN 3 520 28402 2


Druck: Omnitypie - Gesellschaft, Stuttgart 80

# EINLEITUNG

von

WALTER JENS

Wir wissen wenig von Euripides: nicht einmal sein Geburtsjahr, vor 480, steht fest; die gesicherten Daten sind schnell aufgezählt – 455 das erste Auftreten mit den „Peliaden", 438 „Alkestis", 431 „Medea", 428 zweite „Hippolytos"-Fassung, 415 „Die Troerinnen", 412 „Helena" und „Andromeda", 408 „Orest". Auch das Todesjahr, 406, ist bekannt: wir lesen, daß Sophokles am Proagon dieses Jahres den Chor unbekränzt auftreten ließ. Alles andere ist vage und überläßt den Spekulationen weitesten Raum. Zwar wissen wir, daß Euripides viermal gesiegt hat, aber die genaue Anzahl seiner Stücke kennen wir nicht, wahrscheinlich waren es über 90; noch in Alexandrien las man 75; wir müssen uns, von Fragmenten abgesehen, mit 17 Tragödien und einem Satyrspiel begnügen – jenen Werken also, die in einer kommentierten Auswahl und einer alphabetischen Ausgabe nach Byzanz gekommen sind. Auch die Vita ist dürftig. Wir kennen die Mutter: Kleito, die von der Komödie wegen des Berufs ihres Mannes, des Gutsbesitzers Mnesarchos (oder Mnesarchides) als Gemüsehändlerin verulkt wurde; wir wissen, daß die Eltern zum Demos Phlya gehörten, und wir hören von Euripides' Geburt auf Salamis. Als junger Mensch soll er sich, einem Orakel folgend, das ihm agonale Siege verhieß, zuerst im Sport geübt haben. Aber das Orakel wurde falsch interpretiert, und so mußte der junge Euripides einige Umwege gehen, ehe er zur Tragödie fand ... das wird um die Zeit gewesen sein, als er dem Kultdienst des Apoll Zosterios entwachsen war. Zwischen seinem dreißigsten und siebzigsten Lebensjahr wissen wir nichts weiter von ihm, als daß er Tragödien schrieb und zweimal heiratete. Dann verließ er die

Heimat und ging über Magnesia nach Makedonien an den Musenhof des großen Archelaos. Das Schicksal Aischylos' wiederholte sich; die letzten Dramen, „Iphigenie in Aulis", „Alkmaion in Korinth", „Die Bakchen", entstanden in der Emigration. Euripides starb in der Fremde.

Mehr haben wir nicht in den Händen; alles andere sind Klatschgeschichten, von denen die eine oder andere der Wahrheit nahekommen mag; aber gerade im Fall des Euripides ist Vorsicht geboten, weil die Kronzeugen, die Satyros-Vita aus dem 3. Jahrhundert v. Chr. und das in einigen Handschriften erhaltene „Genos" – hinzuzunehmen sind vor allem Gellius 15, 20 und der Suda-Artikel „Euripides" – in erster Linie auf den Komödien-Anspielungen beruhen ... und wir wissen ja, wie fragwürdig es ist, Aristophanes als historische Quelle zu betrachten. Witz und Pointe sind nun einmal für die Vermittlung von Tatsachen nicht sehr geeignet. Die Komödie erfindet Fakten, um eine bestimmte Vorstellung, karikaturistisch überzeichnet, zu veranschaulichen – und diese Vorstellung, die sich das 5. Jahrhundert von Euripides machte, finden wir, auf dem Wege über Aristophanes, nun freilich in jeder Biographie, bei Satyros so gut wie in der Suda: da erscheint ein sehr einsamer Mann auf der Bühne, abweisend, mit sich selbst beschäftigt und von der Trauer des Gedankens überschattet, ein Dichter ohne Gefolgschaft, seiner Stadt entfremdet, ein unheimlicher Rätsellöser, um den immer ein Raum der Stille, die Ruhe von Salamis und die Weite des Meers, bleibt.

In der Tat trat Euripides zweiundzwanzigmal auf die Bühne, hat aber nur viermal gesiegt, und so sehr er, der Gebildete, auf der Höhe einer von der Sophistik geprägten Zeit zu stehen schien – die Menge liebte ihn nicht, sondern trieb ihn in die Verbannung. Man wollte die Märchen von gestern, aber nicht die Geschichten von heute. Kein Wunder, daß man deshalb in Euripides immer wieder den Aufklärer angriff – sein Spiegel war unbestechlich und klar – und, echt konservativ, auch in einer gewandelten Zeit auf der reinlichen Trennung von Poesie und Doktrin, Dichtung und Lehre bestand.

In der Auseinandersetzung mit Euripides erblicken wir heute den Verzweiflungskampf gegen die Position eines *poeta doctus*, dem es als erstem gelang, die Philosophie mit dem Schauspiel und das Bild mit der Maxime zu vereinen. Ein Dichter hatte zu denken gewagt ... das verzieh man ihm von Aristophanes bis Nietzsche nie.

Seltsam, wie man, das Ideal des Marathonkämpfers vor Augen, sich nach rückwärts wandte und die Revolution des Geistes zu leugnen suchte! Zwischen Salamis und den Arginusen aber lag eine Welt: die Epoche Aischylos' und Sophokles' war für immer vorbei. Über Euripides liegt schon der sokratische Schatten: beide, Euripides wie Platon, strebten nach der großen Synthese von Denken und Dichten. Euripides verband das Chorlied mit dem Argument, die Stichomythie mit der Diskussion, die Rede mit dem Theorem, Platon hob die Philosophie, in dialektischem Spiel, auf die Ebene des Mythos, konfrontierte, wie im „Phaidros", Gleichnis und Kalkül miteinander, gab dem Denken die Würde des Enthusiasmus, definierte die Philosophie als die allerschönste, allerbeste Tragödie und ließ Sokrates, den Analytiker und Logisten, als Zauberer und Erotiker erscheinen.

So betrachtet steht Euripides genau an jenem Punkt, wo das Zeitalter der Dichtung in einen von Denken und Wissenschaftlichkeit bestimmten Aeon übergeht. Ihm, dem letzten Tragiker, gelingt zwar nicht, wie Sophokles und Platon, die große Synthese, aber doch noch einmal, in kühner Antithetik, die Repräsentanz des Erbes unter den Zeichen von morgen. Aller Gnomik und Sentenz zum Trotz bleibt der Dramatiker immer noch diesseits jenes Stroms, den Platon schon überschritten hat; denn während seine Kunst, ihrer Tradition gemäß, ins sechste Jahrhundert zurückreicht, inauguriert Platon schon die Theorien der Alexanderzeit. An der Grenze zweier Reiche, zwischen Aischylos und Aristoteles, zwischen Polis und Kosmopolis, dem Zeitalter der Olympioniken und der Epoche des Hellenismus, am Ende des fünften und am Beginn des vierten Jahrhunderts, nahezu gleich weit von Homer und Christus entfernt, geht der Dramatiker Euripides bei Sokrates in die Schule, fordert Apollon Sokrates auf, sich um die Dichtung zu kümmern.

Während Sokrates einen Paian, einen klassischen Apollon-Hymnus, dichtet, erwägt Euripides zweifelnd, ob der oberste Gott nicht in Wahrheit mit der Ananke oder dem Nus identifiziert werden müsse:

> Ob du, der Erden Stütze, der auf Erden thront,
> Zeus, wer du seist auch, Hoher, Unerforschlicher,
> Ob Geist des Menschen, ob Naturnotwendigkeit,
> Ich flehe dich an: denn du lenkst, auf stiller Bahn
> Hinwandelnd, alles Menschenlos zum rechten Ziel.

Welch ein Schritt über den Aischyleischen Zeushymnus aus dem „Agamemnon“ hinaus! Dort, bei Aischylos, bleibt Zeus als ein Wesen, das die Ordnung der Welt und den Ausgleich der Extreme in einer ordnenden Mitte verbürgt, unangetastet: seine Erscheinungsformen mögen sich wandeln, sein Name mag vertauscht werden ... er selbst ist so unvergleichlich, ganz und gar er selbst wie jenes herakliteische *sophon*, von dem es heißt (fr. 32):

> Eins, das allein Weise, will nicht und will doch mit dem Namen des Zeus benannt werden.

Erst bei Euripides wird der Unvergleichbare relativiert; erst hier erscheint Zeus als ein Anonymus, der nicht, wie bei Aischylos, einmal hier, einmal dort seine Herberge aufschlagen kann, sondern sich in den Erscheinungen verflüchtigt. Naturnotwendigkeit und Menschengeist sind nicht Repräsentationsformen ein und desselben Seins, sondern Alternativmöglichkeiten: es gibt kein Unvergleichbares mehr; der eine Punkt, auf den sich alles zurückführen läßt, ist längst nicht mehr sichtbar, Zufälle regieren die Stunde.

Man sieht, so sehr Euripides in der Nachfolge des Aischylos steht ... am Ende kehrt er sie um und setzt die Tradition nur voraus, um mit ihr zu spielen. Zitat, Verweis und „historischer“ Beleg gehören zu den wichtigsten Praktiken euripideischer Kunst; in seinem Werk erkennen wir einen Mann, der nicht Setzungen gibt, sondern umdeutet, interpretiert und die Akzente verändert.

Diese Tendenz zur literarischen Variation führt folgerichtig zu den vielbesprochenen „Rettungen“, die vor allem besonders übelbeleumdeten Sagenfiguren wie Medea oder Kapaneus gelten. Die Bezugs-Technik und das Vordergrund-Hintergrund-Spiel (eine Szene wird nur verständlich, wenn man ihr Vorbild heranzieht und so, von der Folie abgehoben, die Akzentverschiebung der späteren Fassung durchschaut) zeigen sich aber auch in der kühnen Umstrukturierung des Vorbilds ... eine Technik, die mit besonderer Schärfe hervortritt, wenn man die beiden „Phoinikerinnen“-Kataloge mit der Heerschilderung in Aischylos' „Sieben gegen Theben“ vergleicht: hier, in einer Teichoskopie, zuerst die Nennung der Gegner, dann der Botenbericht mit der Erwähnung der Schilde, dort, bei Aischylos, das archaische Wechselgespräch zwischen Eteoklos und dem Boten, in dem alle Phänomene auf einmal angesprochen werden. Oder: die Entscheidungssituation des Pelasgos in den „Schutzflehenden" gegenüber der ganz ähnlichen Lage, in der sich Kreon (in den „Phoinikerinnen") und Theonoë (in der „Helena") befinden ... die „Entscheidungs"-Szene ist literarischer Topos geworden. Oder: die Variation der sophokleischen Technik, den Boten bei seinem Auftritt zuerst das Freudige, dann das Traurige sagen zu lassen. Bei Sophokles – man denke an den Auftritt des Angelos im „König Oidipus" – folgen beide Nachrichten unmittelbar aufeinander; Euripides hingegen, der souverän mit der überkommenen Form zu schalten versteht, zögert die zweite Meldung um 150 Verse hinaus. Auch hier dient die Übersteigerung dazu, auf die Variation aufmerksam zu machen; denn gerade in der Wiederholung zeigt sich die Abweichung am deutlichsten. Natürlich gibt es auch bestimmte, bei allen drei Tragikern wiederkehrende Topoi: der Bote, der sich zuerst, in einem Vorgespräch an den Chor, dann erst an den eigentlichen „Adressaten" wendet; das stereotype Grabgebet; die Zitierung einer mythischen Analogie unmittelbar vor der Katastrophe, durch die das konkrete Schicksal nicht mehr isoliert, sondern als exemplarische Wiederholung erscheint; die Darstellung der letzten Handlungen; die Anrufung des Brautbetts (durch die Frau), die Hinwendung zur Gemeinschaft (beim Mann) – der Sterbende vergewissert sich noch einmal der Sphäre, die ihn mit dem Leben verband, erkennt am Ort seiner Bestimmung das Ausmaß des Verlusts (Antigone, Deianeira, Alkestis); der Anruf des Lichts in der Todessekunde; der Topos der Grabvermählung; die – für Euripides besonders charakteristische – Altarszene [1]; das „Gethsemane"-Motiv (die Darstellung eines einsam wachenden unter den Schläfern: vom zweiten Buch der „Ilias" über Aischylos' „Agamemnon", die „Iphigenie in Aulis", den Eingang der aristophanischen „Wolken" bis zur Spätantike immer wieder aufgegriffen) ... all diese Motive kehren bei den Tragikern, Mal für Mal, wieder: eine genaue Betrachtung würde aber auch hier vielfach die euripideische Tendenz zur Variation zeigen. Dabei ist freilich zu bedenken, daß sich manche Veränderungen aus dem Bestreben ergeben, möglichst in sich geschlossene, im Zeichen der *sapheneia* konstruierte Einzelszenen zu schaf-

1 Vgl. hierzu die für die Analyse der euripideischen Struktur besonders wichtige Arbeit von H. Strohm, Euripides, Interpretationen zur dramatischen Form, Zetemata, Heft 15, München 1957, S. 3 ff.

fen, die wie Walther Ludwig nachweisen konnte, bestimmten formalen Responsionsgesetzen folgen [2].

Euripides war nun einmal Konstrukteur; Verächter der Reißbrettkunst werden ihm, dessen Szenenfügungen von einer mathematischen Luzidität sind [3], niemals gerecht werden können. Daß er dabei der Gefahr des Schematismus nicht immer entgangen ist, zeigt die stereotype Wiederholung des einmal gewonnenen Schemas: „Helena" und „Iphigenie bei den Taurern" ähneln einander, der Struktur nach, bis ins Detail hinein [4], und die „Schutzflehenden" muten über weite Strecken wie eine Übertragung der „Herakliden" an: Demophon erscheint als Theseus, Kopreus als Bote; Makaria figuriert als Euadne. (Formal ließe sich Ähnliches an der Verwendung der nicht – wie bei Sophokles – situationsbezogenen, sondern schematisch gehandhabten Halbverse in der Stichomythie zeigen.) Dennoch ist es nicht verwunderlich, daß die gleiche Hand, die mit dem Agon der „Alkestis" ein klassisches Einzelstück schrieb, auch einem ganzen Drama die auskalkulierte Ordnung des Details zu geben verstand: wie kunstreich ist die Verknüpfung des Disparaten in der „Alkestis" und der „Medea" – hier Herakles, dort Aigeus –, wie unauffällig sind die Verweise, Vordeutungen, Bezüge: der Prolog des Schattenbilds in der „Hekabe" zum Beispiel nimmt den zweiten Teil des Dramas schon im ersten Abschnitt voraus; die im Anfang des „Herakles" geäußerte Ansicht: „es gibt keinen Freund mehr" wird am Ende, als Theseus auftritt, widerlegt ... damit schließt sich der Kreis, und es zeigt sich, wie die euripideische Technik die Einzelteile durch ständiges Vor- und Zurückgreifen zusammenzuhalten versteht. Hier ist eine wache Bewußtheit am Werk, ein Formwille, der in den Thesen vieler mit dem Pathos eines aischyleischen Verhörs ausgestatteten Diskussionen nicht anders hervortritt als in den sophistischen Argumentationen der Reden und den unvermutet aufblitzenden Maximen („Nicht sagen dürfen, was man denkt, ist Sklavenlos").

Durchsichtig, rationalen Gesetzen folgend, ist auch die Struktur des Dramenganzen. Der Prolog zu Beginn hat die Funktion, den Stoff zu erklären, die Anteilnahme des Zuschauers vom Materiellen auf die Interpretation zu lenken (einen Wert-

[2] Walther Ludwig, Sapheneia, Ein Beitrag zur Formkunst im Spätwerk des Euripides, Dissertation Tübingen 1954.

[3] Dazu Strohm, a.a.O. S. 165 ff.

[4] Ludwig, a.a.O. S. 118 ff.

begriff „Spannung“ kannte die griechische Poetik nicht) und den Betrachter zum „mehrwissenden Dritten“ gegenüber Schauspielern und Chor zu machen: das euripideische Spiel zehrt, mehr noch als das sophokleische, von der Diskrepanz zwischen der Faktizität und der Meinung, der Wahrheit und dem Vermuten. Indem Euripides den Zuschauer über den Ausgang nicht im unklaren läßt, „verfremdet“ er – wir scheuen die Brechtsche Vokabel hier nicht – das Geschehen auf der Bühne und ermöglicht dem Betrachter eine verständige Diskussion.

Der euripideische Theaterbesucher bleibt – so monströs und affektgeladen die Handlung auch sein mag – immer „gegenüber“, ist nicht einbezogen in das Geschehen, sondern beurteilt die Entsprechung der Motive und analysiert die Widersprüche zwischen Ankündigung und Ausführung: wie ganz anders wird, um ein Beispiel zu nennen, seine Auffassung von Hippolytos' Verderben sein, wenn er die Ursachen des Geschehens kennt, sich nicht mit der Fatalität des sophokleischen „so und nicht anders“ begnügt, sondern, durch Aphrodites Prolog unterrichtet, das „Schicksal“ als Rache eines Gottes begreift, der ein Mensch nur deshalb zum Opfer fiel, weil er – eine der vielen euripideischen Antinomien – den bei den Göttern geleisteten Schwur noch als unwiderruflich begriff:

Doch eben, seh ich, kommt ja dort Hippolytos,
Der Sohn des Theseus, nach des Waidwerks Mühen frisch
Herangeschritten: eil ich denn hinweg von hier!
Es folgt in hellen Haufen ihm ein Dienerschwarm
Und preist die Göttin Artemis in schallenden
Gesängen: denn nicht ahnt er, daß des Todes Tor
Sich aufgeschlossen und die letzte Sonn' ihm scheint.

Neben dem Prolog, der, in typischer Weise, meistens mit der Vorgeschichte beginnt und am Ende mit einem „und jetzt“ die Handlung eröffnet, zeigt sich die Eigenart der euripideischen Technik vor allem im Monolog und im Botenbericht – wobei zu beachten ist, daß beide Elemente eng zusammengehören: der Botenbericht enthüllt das Faktische, der Monolog zeigt die Reaktion der Betroffenen.

Im Botenbericht waltet Buntheit und Vielfalt; Schlachtszenen und ungeheure Katastrophen, Monstrositäten, schauerliche, oft märchenhafte Grausamkeiten treten vor das Auge des Lesers ... all das also, was sich, den Gesetzen der griechischen Tragödie entsprechend, im „Hinterszenischen“ abzuspielen hat und erst durch einen nachholenden Bericht auf die Bühne transportiert werden kann. Auf der Szene selbst beherrscht allein das Geistige [5] das Feld: Planung und List, Intrige und Sorge, Diskussion und Verhör; man spürt Wirkungen, sieht aber nie eine Tat; man erlebt Reaktionen, wird aber keinesfalls zum Zeugen einer Katastrophe. Nicht das Sterben, sondern der Tod, nicht das Opfer, sondern der Entschluß zur Opfertat, nicht die Ermordung, sondern die Gedanken davor und danach (Medeas großer Monolog), Entschluß und Zaudern, Ausflucht und Antrieb (hier Orest und dort Elektra) beherrschen die Bühne, und Euripides ist nicht müde geworden, die Spannweite zwischen dem grobschlächtig-bunten Moritaten-Stil des Botenberichts und der, vor allem im Monolog greifbaren, fein nuancierenden Argumentation Mal für Mal zu demonstrieren. Dabei hütete er sich, die Antithesen zu verschleiern; genug, wenn die Weite sichtbar wurde und die Dimensionen am Ende, wenn das *aition* Vergangenheit und Zukunft zugleich umspannte, in ihren wahren Ausmaßen sichtbar wurden. Freilich, eine „Lösung“ war diese Zurückführung auf die letzten Gründe, diese Ausweitung ins Zukünftige (denn in einer griechischen Tragödie darf am Ende nichts offenbleiben, das „und dann?“ soll als Frage nicht erscheinen [6]) ebensowenig wie der traditionelle Abschluß mit der Einführung eines *deus ex machina*. Aber Euripides w o l l t e – Kurt von Fritz hat das vor kurzem schlüssig bewiesen [7] – den Knoten überhaupt nicht lösen. Im Gegenteil, indem er die Götter einführte, zeigte er deutlich: auf diese Weise geht das Rätsel nicht auf, so einfach ist das happy-end nicht.

Man erinnere sich der Schlußszene des „Orestes“: im Bunde

5 Die Vorherrschaft des Geistigen, die Dominanz der Interpretation, tritt bei Euripides noch deutlicher hervor als bei den älteren Tragikern. Vgl. dazu Albin Lesky, Die tragische Dichtung der Hellenen, Göttingen 1956, S. 209.

6 Am Ende der griechischen Tragödie steht nicht die Darstellung der Katastrophe, sondern die sich aus ihr ergebenden Konsequenzen: wohin mit Oidipus? Was wird aus Polyneikes? Nicht die Realität selbst, sondern ihre Interpretation beschließt das Trauerspiel.

7 Kurt v. Fritz, Euripides' Alkestis und ihre modernen Nachahmer und Kritiker, Antike und Abendland, V., 1956, S. 27 ff. Vgl. dazu jetzt auch Karl Reinhardt, Die Sinneskrise bei Euripides, Die neue Rundschau 1957, S. 646: „. . . es wird uns schwer gemacht, die Lösung ernstzunehmen . . . Ist die Heilung (im „Orest“) darum so absurd, damit sich das Theater selbst durchstreiche? Der Schluß zeigt, wie es sein sollte — und nicht ist.“

mit Pylades und Elektra ist Orest dabei, die als Geisel gefangengesetzte Hermione mit dem Messer zu bedrohen, um dadurch seinen Onkel Menelaos zu erpressen ... da erscheint Apoll, gebietet Einhalt und fordert Orestes auf, Hermione zu heiraten, Menelaos stimmt zu, alles löst sich scheinbar in Wohlgefallen auf! „Wenn das nicht bitterer Hohn ist auf das happy end einer Oresttragödie, dann weiß ich nicht, wie blutiger Hohn etwa sonst noch aussehen könnte. Es ist, als ob Euripides aus Verzweiflung darüber, daß das allgemeine Publikum den Sinn des unvermutet glücklichen Ausgangs vieler seiner Tragödien gar nicht verstehen wollte, diesen Sinn hier einmal ganz kraß deutlich zu machen suchte: freilich, wie die späteren Kommentare zu seinem ‚Orestes' zeigen, auch jetzt nicht mit durchschlagendem Erfolg. Und doch sollte – auch wenn man die grotesken Elemente der Orestes-Hermione-Szene ganz außer acht läßt – mit Händen zu greifen sein, daß der Euripides, der in seiner ‚Elektra" alles getan hatte, das Furchtbare des Muttermordes, gleichgültig unter welchen Umständen es erfolgt sein mag, vor Augen zu führen, und der am Ende dieses Stücks die Dioskuren als *dei ex machina* den Gott Apollon aufs heftigste dafür tadeln läßt, daß er Orestes den Muttermord anbefohlen hatte, nicht ernsthaft der Meinung gewesen sein kann, es brauche nur dieser selbe Gott Apollon zu erscheinen und einige Anordnungen über Heiraten und sonstige Sühnemaßnahmen zu geben, damit dann alles wieder in bester Ordnung sei." [8]

Nein, die Götter geben keine Lösung, weder im „Orestes", noch in der „Alkestis" oder der „Elektra". Gerade die Scheinlösung soll – wir sind dessen sicher – die Unwirklichkeit des Endes bezeichnen. Bei Sophokles ist am Schluß alles klar und geordnet, der in der Isolation verlorene Held erkennt die wahren Bezüge, die *aletheia* überwindet die *doxa*, die Katastrophe führt zur Erkenntnis, beide Schalen schweben wieder im Gleichgewicht, „die göttliche Mitte" (Reinhardt) von der, angezogen oder abgestoßen, die dramatischen Figuren sich bestimmen ließen, präsentiert sich in schleierlosem Glanz; das „so ist es" beschließt die Tragödie zu Recht.

Bei Euripides dagegen gibt es viele Möglichkeiten. Wenn die Götter nicht mehr sichtbar sind, kann man unter den verschiedensten Deutungen eine beliebige auswählen. Um das zu demonstrieren und die Diskrepanz zwischen Mythos und Wirk-

[8] Kurt v. Fritz, a.a.O. S. 64.

lichkeit, Märchen und Realität, Glaube und Erfahrung, traditioneller Götter-Vorstellung und „historischer" Faktizität zu erhellen, hat Euripides, wie im „Orestes", häufig die allerunwahrscheinlichste Lösung gewählt. Hatte er unrecht, wenn er darauf vertraute, die Zuschauer würden die Scheinlösung schon verstehen und als Paradoxie begreifen? Durfte er nicht eine sehr genaue Bekanntschaft mit dem jahrhundertealten Problem: *doxa* und *aletheia* voraussetzen? Konnte er nicht darauf bauen, daß die Theaterbesucher gerade jenes Trugspiel der Täuschung durchschauten, dessen Regeln die Griechen seit den Tagen Homers mehr faszinierten als die simple Kontrastierung von Wahrheit und Lüge?

Kein Zweifel, daß Euripides am Ende alles offen ließ und das letzte Wort jenem Zuschauer gab, dessen Kunstverstand er trotz allem vertraute: hätte er sonst die gleiche Technik Mal für Mal wiederholt? Nein – man muß es noch einmal betonen – im euripideischen Drama wäre die Auflösung eine *contradictio in adjecto*. Dort, wo der Schritt von der Tragödie zum Schauspiel ausgemessen wird, wo wir in der Verbindung von Tragödie und Komödie bereits „shakespearisierende" Tendenzen bemerken, die nicht zufällig zu einer neuen Ganzheitserfassung führen [9], kann es keine Lösung geben. Der tragische Fall ist nur zu demonstrieren, wenn der Held ein Podest unter den Füßen hat; nur der hoch Stehende kann tief fallen. Ist aber einmal die göttlich-überindividuelle Ordnung der Polis – und damit das normative Wertgefüge – in Frage gestellt, dann verschwimmt der Horizont, die „Vereinzelung" (das Kardinalproblem der Tragödie) scheint nicht mehr darstellbar zu sein, „oben" und „unten" sind relative Begriffe, kein Gradmesser zeigt die Tiefe des Falls.

Wo die Instanz des Absoluten fehlt, verliert die Handlung ihren Zielpunkt. In der gleichen Sekunde löst sich die strenge Form im „Schauspiel" auf, und es beginnt ein Prozeß, der bei Euripides anfängt und schon in der neuen Komödie seinen ersten Höhepunkt erreicht ... auch dort, ganz euripideisch, wenn auch ins Komische travestiert, die Lösung nach mancherlei Fährnis, auch dort Intrige und Anagnorisis. Kurzum, der

[9] Der „Schauspielcharakter" des euripideischen Dramas, das Fluktuieren zwischen tragischem Pathos und faunischer Burleske gibt dem letzten Dramatiker seine Modernität. Zeitgenössische Varianten — Ernst Wilhelm Eschmanns „Alkestis", Anouilhs „Medea" und vor allem Thornton Wilders satyrische Tragödie „Die Alkestiade" bezeugen das deutlich.

„unbefriedigende“ Ausklang der Tragödie ist von Euripides, im Sinne einer „Verfremdung“, mit klarem Bewußtsein erstrebt worden; Harmonie ist nun einmal nicht von einem Mann zu verlangen, der, als Kind einer Welt zwischen Gestern und Morgen, das Geschehen nur in Antithesen begreifbar machen konnte.

Daß die Maschinerie des *deus ex machina* nicht der Handlungs-Lösung dienen sollte, zeigen ja im übrigen jene Tragödien mit aller Deutlichkeit, in denen das Geschehen schon vor dem Auftritt der Götter gelöst ist. Statt aber diese Lösung zu bestätigen, werfen die Götter nur neue Probleme auf und verschärfen damit die kaum vollzogene Beruhigung des Konflikts aufs neue. Nicht Friede und Besänftigung, sondern neue Lügen, neue Drohungen, neue Hinweise auf unabsehbare Konflikte stehen häufig am Ende: Hekabes Knechtschaft wird dauern, ein schlimmer Tod steht bevor, die Irrfahrten hören nicht auf; der Krieg ist für die Schutzflehenden noch nicht vorbei, der Kampf mit Sparta, ein mörderisches Ringen, scheint unausweichlich, Friede ist nur um den Preis der Lüge zu erkaufen: „betrüge deinen Mann“ sagt Athene im „Ion“ zu Kreusa, „das ist die einzige Lösung“.

Soll man wirklich glauben, daß Euripides, wenn er schon einen „schematischen Abschluß“ geben wollte, diese Absicht durch das Aufwerfen neuer Probleme und die Einführung weiterer Schwierigkeiten ausgeführt hätte? Ein Mann, dessen Dramatik kalkulablen Gesetzen folgt, hätte am Schluß seine eigene Technik verleugnet? Sollte nicht auch der schlichteste Athener die Diskrepanz zwischen Mythos und Realität begriffen und die *ad oculos* demonstrierte Unlösbarkeit der alten Fabeln durchschaut haben, wenn er zum Beispiel sah, wie sich am Schluß des „Ion“ der eigentlich Schuldige, Apoll, versteckt und statt seiner, eilig vorgeschoben, Athene die Worte spricht:

Schön hat Apollon alles so vollendet, er
Entband dich schmerzlos, und die Deinen wußten's nicht.
Dann als du den geboren und in Windeln ihn
Gelegt, befahl er Hermes, auf den Arm sofort
Das Kind zu raffen und hierher zu tragen, wo
Er seiner pflegte, daß es nicht sein Leben ließ.
Doch nun verschweige, daß du seine Mutter bist,
Damit sich Xuthos freuen mag des süßen Wahns,
Und du mit deinem Glücke froh heimziehst, o Frau.

Lebt wohl! Nachdem ihr euch erholt aus diesen Mühn,
Verheiß ich euch ein hochbeglücktes Erdenlos.

„Schön hat Apollon alles so vollendet“ ... „doch nun verschweige, daß du seine Mutter bist“: in der Tat, diese Diskrepanz soll unauflöslich erscheinen. Auch die Götter können Intriganten sein; der Rat Athenes erscheint wie eine Kurzformel für die kunstreiche Mechanik jener Übertölpelungspläne, die wir vor allem in den sogenannten „Intrigenstücken“ wieder und wieder praktiziert sehen. Wie planvoll-verständig wird da alles ins Werk gesetzt, wie bis ins Detail kalkuliert sind die einzelnen Phasen in der „Helena“ und der „Iphigenie bei den Taurern“, wie souverän verfügt die Phantasie über die Zeit und nimmt die Zukunft in der Gegenwart vorweg! Die „Realität“ ist für Euripides vielschichtig geworden, die „Wirklichkeit“ erscheint zweideutig und voller Widersprüche, nirgendwo sind Fixpunkte zu sehen, alles ist vage, zwielichtig und von versteckten Antinomien erfüllt; das Perfekt greift in die Gegenwart ein, die Zukunft formt das Heute; der Irrealis – ein von Euripides mit Vorliebe verwandter Tragödien-Topos – bezeichnet die Situation eines Menschen, der die Welt nicht mehr versteht und, von den Geschehnissen überrumpelt, nichts weiter als ein „hätte doch“ und „wäre doch“ vorzubringen weiß: „o, wäre doch Paris nie zum Troerland gelangt“, „o, hätte doch die Argo nicht die Symplegaden durchquert“, „o, wären doch die Schiffe nie nach Aulis gekommen“.

O raffte damals, als zerstückt den Göttern du
Zum Mahle dientest, dich im Götterkreis der Tod,
Bevor du meinen Vater noch, Atreus, gezeugt,
Dem wir entsprossen aus dem Schoß Aëropes,
Agamemnon und Menelaos, ein berühmtes Paar.

Doppelbödig, voll geheimer Verweise, ist die euripideische Szenerie; der letzte Tragiker liebt die „Umschlagssituation“ des „nicht mehr“ und „noch nicht“, eine Situation, die, in der Abschiedsszene der sophokleischen „Antigone“ vorgebildet, sich vor allem in der „Alkestis“ wiederholt; denn Alkestis steht ja wahrhaftig an der Grenze von Leben und Tod, sieht die Sonne und ist doch schon drunten im Hades: während Herakles das Lied des Lebens singt, betrauert man im Hause den Tod ... und am Ende kehrt sich noch einmal alles um: Alkestis ist nicht mehr tot und doch noch nicht wieder lebendig. Ähnliches zeigt sich in den „Troerinnen“, wo Kassandra im Angesicht des Todes den Hymenaios singt. Noch inniger als im Scheinspiel der aischyleischen Klytaimnestra-Rede aus dem „Agamemnon“, noch programmatischer als in der Hintersinnigkeit des sophokleischen „König Oidipus“ (Oidipus als Blinder ein König, als König ein Blinder) erscheinen die dialektischen Volten mit Wahrheit und Trug in den Machenschaften der euripideischen Intrige. Welche Wandlung gegenüber den Vorgängern auch hier: Klytaimnestra oder Deianeira (in der „Trugrede“ der „Trachinierinnen“) sprechen lediglich „verdeckt“, überlassen sich aber niemals der unverhüllten Täuschung; wenn Klytaimnestra von ihren Ängsten erzählt, die sie nachts nicht schlafen lassen, so ist das ebenso „wahr“ wie die Objektivation eines Tatbestands, mit dem sich Ajas oder Deianeira unmittelbar vor der Katastrophe konfrontieren.

Erst bei Euripides gibt es so etwas wie ein Prinzip der Täuschung, erst hier wird mit Hilfe von Mechanema und Anagnorisis eine ausgeklügelte Systematik des Doppelbödigen entdeckt. Dabei ist nicht zu verkennen, daß der Tragiker, zumal in den Intrigendramen, oft die Grenze des Grotesken streift... man denke an die Szene in der „Helena“, wo Menelaos seine Frau auffordert, nicht mehr um ihren Mann zu trauern, sondern alle Liebe von nun an dem neuen Gatten zu schenken. Nicht im Schema der Intrige also, sondern dort, wo sich die Doppelbödigkeit aus der Handlung selbst ergibt und das alte Tragödienspiel von Erwartung und Erfüllung, Vermuten und Eintreffen, einsetzt, in den „Bakchen“ vor allem, wird die Antithetik zwischen Schein und Sein, jenseits aller Konstruktion, als weltbestimmendes Moment: als ein die Dynamik des Lebens verbürgendes Gesetz, sichtbar.

Diese Ambivalenz zeigt sich bei Euripides abermals gern in der Umschlag-Situation, dort, wo die Wahrheit des Scheins sich mit einer scheinbaren Wahrheit verbindet – in jenen stimmungshaltigen Augenblicken, da die Welt unwirklich wird, die Konturen sich verändern und die Dinge, plötzlich zu Handlungsträgern emanzipiert, zu sprechen beginnen – in solchen Sekunden fängt sogar die Stille an zu reden, das Schweigen wird transparent: Agamemnon lauscht (in der „Iphigenie in Aulis“) hinaus in die Nacht, der Chor erwartet Alkestis („was ist es so still doch vor dem Palast? Was ruht in Schweigen Admetos' Haus?“), unversehens verwandelt sich das Schweigen in lauernde Erwartung: wann kommt die Königin? Wann wird die Totenklage beginnen? In der Stille verändert sich die Welt, die Konturen sind scharf, der Mensch bemerkt, daß etwas zersprungen ist: da steht Admetos vor dem verlassenen Haus, die Sessel sind leer, die Kissen verwaist, die Räume verschmutzt; das Gesinde zieht sich zurück. Die an der Grenze von Wiedersehen und Abschied erfahrene Veränderung der Welt ist ein euripideischer Topos: auch Iokaste lebt, nach Polyneikes' Flucht, allein in ihrem Palast, auch Klytaimnestra stellt sich, in der „Iphigenie in Aulis" das Dunkel ihres Hauses vor, wenn sie ohne ihr Kind zurückkommen wird – eine verstaubte Öde, die Stühle verlassen, das Mädchenzimmer leer. Und dann Polyneikes in den „Phoinikerinnen"! Auch er kehrt in eine Heimat zurück, die ihm, als Beute seines Bruders, fremd geworden ist; auch er darf sich der alten Stätten nur versichern, um sich selbst, den zum zweiten Abschied Bereiten, als einen Fremden zu sehen:

> ... Weinend sah ich wiederum
> Nach langer Zeit die Schulen, die mich bildeten,
> Die Tempel und Altäre, sah der Dirke Born;
> Von hier mit Schmach vertrieben, muß ich fremdes Land
> Bewohnen, wo mein Auge stets in Tränen schwimmt.

Hier, in der Beschreibung des seelischen Leidens, – nicht in der Schilderung einer Monstre-Katastrophe, sondern in der poetischen Darstellung der leisesten Gefühle: des Kummers und der stillen Trauer, des Abschiedsschmerzes und der Imagination der Verlassenheit, hat Euripides die Ausdrucksmöglichkeiten griechischer Dichtung wie kaum ein anderer bereichert; hier hat er, bei allem Realismus (der blinde Oidipus tastet über die Gesichter seiner toten Kinder) immer Distanz und Reserve gewahrt und das Feinste und Immateriellste, die Regungen der Seele, mit zartester Nuancierung gezeichnet.

Sein eigentliches, nur ihm gehöriges Metier, war die Beschreibung des Noetischen, die Interpretation des Wissens und die Analyse des Ethos. Euripides war der erste europäische Dichter, der die Problematik des Wissens nicht nur durchschaute, sondern ihr, wie in der „Medea" oder den „Bakchen" den Rang eines dramatischen Kardinalproblems gab. Der Wissende ist doppelt gefährdet, weil er allzuleicht, wie Pentheus, der Macht seiner unbestechlichen Blicke vertraut und gerade deshalb, in dialektischer Umkehr, den dunklen Kräften des *thymos* verfällt.

Gerade der Verständige scheint bei Euripides besonders anfällig zu sein: wie mühelos wird der kluge Hippolytos niedergeworfen, wie vergeblich sind die ausgeklügelten Pläne Agamemnons in der „Iphigenie in Aulis", wie gefährlich die allzu fein durchdachten Machenschaften Kreusas im „Ion". Die Wahrheit ist meistens einfach und schlicht, das Rechte simpel und leicht zu verstehen, das Überweise aber bedenklich:

> „Klug ist der, welcher das Herz von dem Überweisen
> sich fern hält."

Und dennoch, allen Gefahren zum Trotz, strebt der euripideische Held nach Erkenntnis. Zwar weiß er, daß er gerade dem Grübeln seine Einsamkeit verdankt, zwar kennt er die Gefahren der Isolation, die den Einzelnen, des Rückhalts einer Gemeinschaft Beraubten, doppelt leicht überfallen ... aber nachdem das Denken einmal begonnen hat, muß – das Problem des Oidipus – bis zum Ende weitergefragt werden. Da hilft kein Klagen und kein Räsonnieren, da wird ein Weg beschritten, auf dem man nicht umkehren kann. Das Wissen um die Anfälligkeit des auf sich gestellten Individuums, das die Gesetze des Kollektivs, die Polis-Ordnung, nicht mehr als verbindlich hinnehmen kann, die Ahnung vom Umschlag des allzu sicheren Meinens in Rausch und Anarchie, die Bedenken, daß Vernunft und Einsicht den Menschen zum outcast machen und ihm das Kainsmal des Ausgestoßenen auf die Stirn brennen, die Erkenntnis, daß die Weisheit sich oft im „Unweisen" aufhebt, die Erahnung eines Wissens jenseits des Bewußtseins – all das hält den Lernbegierigen nicht davon ab, seine Aufgabe zu erfüllen und die Helle des Geistes ins Dunkel des Aberglaubens zu tragen.

Unter diesen Gesichtspunkten erscheint Euripides in der Tat als ein Sokratiker: hatte nicht auch er, wie der Mensch im Höhlengleichnis Platons, die unterirdische Behausung verlassen, war zur Sonne emporgestiegen, um dann, nach der Katabasis, die Schatten zu belehren? War nicht auch er ein Wahrheitsprediger, Pädagoge und Aufklärer wie jener Sokrates, den man tötete, weil die Schatten in ihrem Gefängnis die Wahrheit nicht hören wollten, sondern sich lieber mit einem kläglichen Abglanz, dem Schein des Scheins, begnügten? Und hatte nicht auch Euripides mit den „Bakchen" seinen Paian gesungen ... er, der auf der anderen Seite so viel vorsichtiger als Sokrates war und den weiten Weg kannte, der zwischen dem Wissen und dem Handeln liegt? („Das Tugendhafte wissen und erkennen wir, tun's aber nicht.") Und schließlich ... stand nicht am Ende auch er, in der makedonischen Emigration, seiner Heimat entfremdet, allein da, ein alter verlassener Mann, dessen Worte ebenso unbequem waren wie die elektrischen Schläge des Zitterrochens und die Bisse der Bremse im Nacken der Kuh?

Kein Zweifel, Euripides kannte sein Schicksal. Durch Medeas Worte spricht er selbst:

> Nie streb' ein Vater, dem Verstand im Busen wohnt,
> Der Kinder Geist zu hoher Weisheit aufzuziehn;
> Denn außer daß ein Weiser, weil er Muße liebt,
> Träg wird gescholten, trifft ihn auch der Bürger Haß.
> Und wenn du Kluges vorgebracht, was neu erscheint,
> Die Toren nennen albern und nicht weise dich:
> Doch giltst du mehr als andere, die sich Tüchtiges
> Zu wissen dünken, folgt der Neid des Volkes dir.

Am Ende kommt es auch beim Wissen allein auf das richtige Maß an; Erkenntnis ohne Besonnenheit führt zur Hybris; wohl dem, der sich mit seiner verständigen Kunst zu begnügen versteht, das Kalkül einer *techne*, ganz im platonischen Sinne des „Staats", als ein Fachmann – wie der Bogenschütze Herakles – beherrscht; wohl dem, der voraussieht, aber nicht dem ärgsten Übel, dem Pandora-Geschenk der blinden Hoffnung verfällt; wohl dem, der seine Pläne zu Ende zu denken vermag und jederzeit Rechenschaft ablegen kann!

Richterin bleibt am Schluß nur die Zeit; sie – hier wie in der Auffassung der „blinden" Hoffnung klingen solonische Gedanken nach – entscheidet allein über den Ausgang des Unternehmens; und wenn es in den euripideischen Dramen überhaupt etwas wie einen Fixpunkt gibt, so ist es das Wissen um die Macht der Zeit. Sie ist es, die Erfahrungen schenkt, sie ermöglicht Kontinuität und Verbindung; sie schafft Erinnerungen und hilft dem Menschen, den Augenblick richtig zu deuten. Ihr allein verdankt der Einzelne die Bewußtheit seines Lebens, in ihrem Namen erinnert Iphigenie den Vater an die Kinderzeit, antwortet Menelaos der Helena: „Ich trau dem Leiden mehr als dir."

Wir sahen, daß der Held des euripideischen Dramas in der Umschlagssituation zwischen Abschied und Wiederfinden, Trennung und Anagnorisis seine deutlichsten Konturen gewinnt ... in jenen Augenblicken, da die Dinge selbst, das Haus, das Zimmer, die Straßen, zu reden beginnen (wir sprachen von „Stimmung", obgleich das Wort verfänglich ist und Euripides in die Nähe von Hofmannsthal rückt). Ein genauerer Blick bemerkt in diesem Zusammenhang, daß man den gleichen Punkt auch zeitlich als einen Moment definieren kann, in dem Erinnern und Erwarten, Gedenken und Hoffen, einander berühren. Für Alkestis ist es die Todesstunde: das lang Erwartete tritt ein, Erinnerung und Erwartung berühren einander in der letzten Sekunde ... die Tatsache, daß Euripides Alkestis, entgegen der Sage, nicht in der Hochzeitsnacht, sondern erst nach langen Jahren glücklicher Ehe und Mutterschaft sterben ließ, gewinnt unter dem Gesichtspunkt seiner sehr eigenen Zeitauffassung (die im einzelnen untersucht werden müßte) besondere Bedeutung.

Nun, das alles klingt zunächst höchst modern und für einen antiken Dichter unangemessen – und in der Tat bliebe die Interpretation abstrakt, wenn sie sich nicht, bei einer Betrachtung der euripideischen Motiv-Technik und Charakter-Darstellung, immer wieder mit ihren eigenen Ergebnissen konfrontierte. Dabei zeigt es sich freilich schon bald, daß gerade die stereotyp wiederholten Motive den großen Themen unserer nachklassischen Literatur sehr ähnlich sind. Im Mittelpunkt steht die Frage des Opfers – wir wissen, daß sie in der Literatur des 20. Jahrhunderts von Hofmannsthal bis Broch wieder und wieder interpretiert wird: nicht zufällig haben Eliot, Wilder und Hofmannsthal gerade auf die „Alkestis" zurückgegriffen. Das Opfer erscheint als die einzige Möglichkeit, um sich noch einmal mit der Welt zu verknüpfen, seiner Isolation zu entgehen und neue Ordnungen zu stiften: „Besser stünde es, wenn sich jeder opferte." Iphigenie ist, so betrachtet, geradezu ein Archetypus des Sacrificiums. Sie, Makaria, Polyxena und Menoikeus zeigen noch einmal, in einer extremen, ganz auf die individuelle Selbstverwirklichung zugespitzten Situation, die alte Polis-Gesinnung. Im Angesicht der Vorfahren (Iphigenie–Agamemnon, Polyxena–Hekabe; Makaria–Alkmene; Menoikeus–Kreon) gibt der junge Mensch – nur er! – sein Leben für die bedrohte Stadt, entschließt sich zum Martyrium für das Wohl des Volkes oder opfert sich für das Glück des Nächsten (Alkestis, Pylades im „Orest"). Im Gegensatz zu dieser Haltung steht Medea; sie, so ganz auf sich selbst bezogen wie Anouilh es in seiner Variation des euripideischen Vorwurfs interpretiert hat, stellt die Rache dem Opfer voran. (Rache, ein zweites euripideisches Zentralmotiv, erscheint als Negation der Opfervorstellung: statt sich hinzugeben und durch das Opfer den Abgrund zu schließen, wird die Kluft durch neue Untaten verbreitert.) Freiwillige Preisgabe, Opfervollzug, ist allein dort möglich, wo jedenfalls die Vorstellung einer höheren, gemeinschaftsbildenden Ordnung noch durchscheint.

Auch die Troerin Polyxena bleibt immer mit dem Schicksal ihrer Unglücksfamilie, dem Erbe der Leidensstadt Troja verbunden; allein Medea, die nach dem Verlassen der Heimat und der Tötung des Bruders nichts mehr besitzt als sich selbst, vermag sich für niemanden zu opfern; sie ist vollkommen allein; ihr Mann gehört Kreusa, ihre Kinder sind Jasons Kinder ... für wen sollte sie sich opfern, nachdem sie schon alles preisgegeben hat?

Man sieht, auch für Euripides, den einsamen, seiner Stadt entfremdeten Dichter, bleibt die Vorstellung einer Gemeinschaft, auf die sich der Mensch beziehen kann, zumindest als Vorstellung, Silhouette und Hintergrund, immer gegenwärtig, ja, wie sehr er immer noch von den alten Polis-Vorstellungen zehrt, zeigt ein Vergleich zwischen Helena und Medea. Beide verließen ihre Heimat zugunsten des Mannes; die Griechin folgte dem Troer, die Kolcherin dem Griechen. Während aber Medea, durch die Allmacht der Liebe verführt, ihre Existenz freiwillig preisgab und ihr Dasein auf einen einzigen Punkt, die Treue gegenüber Jason, reduzierte, verwandelte sich Helena nie, und deshalb erscheint sie – abgesehen vom „Helena"-Drama – als die eigentlich Schuldige, ein Symbol mangelnder Opferbereitschaft, das Gegenbild Iphigenies. Während Medea, selber zu Tode verwundet, ihre Kinder opfert, gibt Helena, um einer Laune willen, ihre Landsleute preis. Während Medea alles verliert, tritt Helena zu keiner Sekunde in den tragischen Raum: sie ist der Prototyp einer wertfreien Persönlichkeit, ohne Verantwortung, die große Mörderin aus Sparta, die andere geopfert hat und am Ende selbst den Tod verdient.

> Nun aber soll sie büßen für das ganze Volk
> Von Hellas, dem sie Väter, dem sie Söhn' erschlug,
> Für Bräute, Frauen, denen sie den Mann geraubt.
> Da wird man jubeln und den Göttern Opferglut
> Anzünden, Heil in Fülle dir erflehn und mir,
> Weil unsre Hand des schnöden Weibes Blut vergoß.

Helena ist eine der ganz wenigen euripideischen Figuren, die um keinerlei Verpflichtung gegenüber irgendeiner Gemeinschaft weiß; indem sie Paris folgt, zerstört sie die letzten noch bestehenden Ordnungen, die Satzung des Volks und das Recht der Familie. Gerade deshalb gilt ihr der Tadel des euripideischen Dramas; gerade deshalb hat der Dichter sie nur retten können, indem er die Stesichoros-Version vom Trugbild wieder aufgriff ... an eine Umdeutung ihres Charakters war auch für ihn nicht zu denken.

Euripides war weder ein Sophist noch – wie man ihn später gern sehen wollte – ein Verkünder der persönlichen Autonomie. Er wußte um die Bindung des Menschen; in einer Zeit, da mit den göttlichen auch die politischen Satzungen fragwürdig wurden, hat er die Ordnung in anderen Gebieten, im Privaten gleichsam, gesucht, dort, wo der Mensch im Umkreis der Familie lebt und ihm die Gemeinschaft als Heimat erscheint.

Während für Aischylos *patria* und *paese*, Polis und Heimat, noch Synonyme waren, begann mit Euripides die große Zerteilung, und *polis* figurierte von nun an als „Heimat", als die vertraute Umgebung, der selbstverständliche Lebensraum, die Ordnung, die dem Einzelnen das Seine beließ und – ganz solonisch – einen gerechten Ausgleich versprach. Unter diesen Gesichtspunkten rühmt Euripides seine Vaterstadt, singt in der Theseus-Rede der „Schutzflehenden" ihr Preislied, verherrlicht sie in der „Medea" als den Hort des Geistes, hebt sie in den „Herakliden" von der Tyrannei ab, lobt, mit Demophon, das Idealbild des Herrschers und wendet sich, zumal im peloponnesischen Krieg, gegen das spartanische Räsonnement [10], das sich immer wieder in der Gestalt des Menelaos konkretisiert. Athen ist Heimat; Athen nimmt die von Sparta abgewiesenen „Schutzflehenden" auf; nach Athen sehnt sich der Chor in den „Troerinnen"; Athen gewährt selbst der Mörderin Medea eine Zuflucht. Aber wie wenig diese „Heimat" – trotz einiger traditionell übernommener Topoi noch mit der alten *polis* zu tun hat, zeigt die Erweiterung der archaischen Vorstellungswelt. Nicht nur Athen, auch Kolchis, auch Troja ist Heimat, auch Sklaven, Vertriebene, Geächtete, sehnen sich nach ihr; der hochgemute *polites* ist oft der wahre Verderber der Heimat: nicht zufällig hat Euripides die aischyleische Figur des Stadtverteidigers Eteokles radikal verändert, aus dem legi-

10 Vgl. dazu G. Zuntz, The Political Plays of Euripides, Manchester 1955.

timen Beherrscher der *polis* einen von Machtgier und thukydideischer *philotimia* besessenen Autokraten gemacht und den Angreifer mit allen Zügen eines beklagenswerten, seiner Heimat beraubten Mannes ausgestattet. Im Unterschied zum aischyleischen Zentralproblem: gelingt es, persönliche Maßlosigkeit im Raum der *polis* in legitimes, der Gemeinschaft verpflichtetes Streben zu verwandeln?, zielt die euripideische Fragestellung auf das persönliche Verhältnis eines Einzelnen zu seiner Heimat. Ganz konkret, nicht mehr als einen aus den Tagen Homers und Anaximanders übernommenen Topos (Isolation ist Schuld) erfaßt der letzte Tragiker die Vereinzelung des Menschen, beschreibt die Situation Medeas: Heimatlosigkeit führt zur Austilgung aller menschlichen Wertungen, stellt die Verschleppten, Verbannten und Ausgestoßenen, Hekabe, Oidipus, Andromache, Hippolytos und Iphigenie dar, spricht von der Herberge des Todes, analysiert von hier aus den Zusammenhang zwischen Heimat und Begräbnis, preist die gefallenen Trojaner, weil sie in mütterlicher Erde ruhen dürfen läßt die Schönheit des Vaterlandes – die Ergebnisse bestätigen sich – vor allem zwischen Wiedersehen und Trennung, im Augenblick des letzten Abschiedsblicks, dem Scheidenden noch einmal gegenwärtig sein:

> Ach, mein unglückliches Land . . .
> Ich beweine dich, muß dich verlassen . . .
> Siehst du dein trauriges Ziel?
> Und das Haus hier, wo ich gebar einst!
> Kinder, allein in der Stadt wird die Mutter von euch nun [gelassen,
> Ach welche Klage, welch Jammergeschrei, welch bittere [Trauer!
> Tränen auf Tränen werden vergossen um unsere Häuser:
> Ach, wie strömt ihr so bang! Nur Tote vergessen des Leidens.

Heimatlosigkeit bedeutet nach euripideischer Vorstellung das Ende des Lebens; der Verbannte ist aus allen Ordnungen herausgerissen; wer deshalb noch eine Heimat hat – Pylades im „Orestes" – darf sein Leben nicht aufs Spiel setzen; nur der Vertriebene trauert zu Recht; sein Leid geht über alles Leid hinaus – man erinnere sich des Gesprächs zwischen Iokaste und ihrem Sohn Polyneikes, dem Heimkehrer, für den es keine Heimkehr mehr gibt:

Iokaste: Ich frage denn als erstes was mein Herz verlangt:
Das Vaterland entbehren, ist's ein hartes Los?
Polyneikes: Das herbste, herber als das Wort es schildern kann.
Iokaste: Wiefern, o Kind? Was fällt dem Flüchtling denn [so schwer?
Polyneikes: Eins ist das schlimmste, daß er nicht frei reden [darf –
Iokaste: Nicht sagen dürfen, was man denkt, ist Sklavenlos.
Polyneikes: Den Aberwitz der Großen still ertragen muß.
Iokaste: Mit Toren Tor sein müssen, Kind, auch dieses [schmerzt.
Polyneikes: Er muß um Vorteil Knecht sein wider seine Art.
Iokaste: Doch labt die Hoffnung die Verbannten, wie man sagt.
Polyneikes: Sie blickt mit heiterm Aug ihn an, doch zögert sie.
Iokaste: Und lehrt die Zeit nicht endlich, daß sie eitel war?
Polyneikes: Ihr wohnt ein holder Zauber bei im Ungemach.
Iokaste: Was nährte dich, eh dir die Heirat Mittel schuf?
Polyneikes: Oft hatte ich genug für einen Tag, oft nicht.
Iokaste: Des Vaters Freunde nahmen nie sich deiner an?
Polyneikes: Sei glücklich! Freunde gibt es nicht für Leidende.
Iokaste: Dein Adel – hob auch dieser dich nicht hoch empor?
Polyneikes: Hart ist das Darben; mich erhielt der Adel nicht.
Iokaste: Des Menschen Liebstes ist ja wohl das Vaterland.
Polyneikes: Und keine Zunge spricht es aus, wie lieb es ist.

Unter dem Gesichtspunkt der „Heimat" beginnt der klassische Gegensatz zwischen Hellenen und Barbaren (aber auch die Trennung zwischen Männern und Frauen, Freien und Sklaven) hinfällig zu werden; das Leiden verwischt die Unterschiede; der Schmerz der Heimatlosigkeit macht alles gleich und hebt die Trennungen auf. Dennoch hat man längst beobachtet, daß Euripides' Stellung zu den Barbaren sich im Laufe seines Werkes wandelt: einerseits erscheinen die Griechen, Jason, Odysseus und Menelaos, als unbarmherzig-hybride Sieger, Männer, die im tiefsten Elend der Geknechteten noch auf die Segnungen verweisen, die sie den Verlorenen gebracht hätten (Jason gegenüber Medea) oder ihre eigene Vollkommenheit gegenüber barbarischer Dumpfheit (Odysseus zu Hekabe) recht ins Licht setzen; andererseits stellen sich die Hellenen, vor allem in den Intrigenstücken „Helena" und „Iphigenie bei den Taurern", als die Klug-Souveränen vor, deren geistiger Überlegenheit es gelingt, die dummen Fremden zu überlisten. (In der

Darstellung des Verhältnisses von griechisch-bedachter Kalkulation und barbarisch-tolpatschiger Blindheit greifen wir einen literarischen Topos, der zum erstenmal im 10. Buch der „Ilias“, der sogenannten „Dolonie“, exemplifiziert wird.) Am Ende freilich sind die Unterschiede zwischen Griechen und Barbaren gering – führt man die Intrigenstücke an, muß man auch erwähnen, wie der kluge Grieche Pentheus in den „Bakchen“ überrumpelt wird – im Grunde ist das Schicksal aller Menschen gleich bejammernswert.

Der Glaube an die Überlegenheit e i n e r Partei und an die gerechte Sendung e i n e s Volkes führt am Ende nur zum Krieg ... und was d e r bedeutet, hat Euripides wie kein zweiter antiker Dichter durchschaut. Dem Zeitgenossen des griechischen Bruderkampfs war das Pathos des Marathonkämpfers fremd. Sein Blick war unbestechlich und scharf, nüchtern und von keinerlei Chauvinismus vernebelt. Er wußte – die „Troerinnen“ zeigen es [11] –, daß der Krieg zur Apokalypse führt, und wenn er, in der „Helena“, die Todfeindin rettete, so tat er es vor allem, um die Sinnlosigkeit des blutigen Streits nachdrücklich vor Augen zu führen ... wofür, sollte der Zuschauer fragen, sind damals die Soldaten gefallen – „Priamos und Troas, welches Nichts gab euch den Tod?“ – und wofür fallen sie heute? (Wir wissen, daß Euripides unmittelbar zur Zeitgeschichte Stellung nahm, die „Troerinnen“ sollten mit großem Ernst das Verhängnis der sizilianischen Expedition demonstrieren.)

Nicht der Sieg, sondern die Niederlage, nicht der Triumph, sondern der Tod bezeichnen für Euripides den Krieg; er ist scheußlich und grausam; nur der versteht ihn recht, der an die Opfer denkt und vor den Zerstörungen nicht die Augen verschließt. Der Kampf der „Sieben gegen Theben“ endet deshalb für den letzten Tragiker zunächst mit der großen Klage-Szene, in der die Mütter auf die Asche ihrer toten Kinder zugehen. Sklaverei und Gemetzel, Asche und Rauch, Jammer und Wehegeschrei: das ist für Euripides die Konsequenz eines Krieges, in dem sich – Thukydides hat es im dritten Buche beschrieben – das Unterste nach oben kehrt.

> Unsinnige, die nach dem Ruhme des Krieges verlangt!
> Ihr seid mit der Schärfe des Speers

[11] Die „Troerinnen“ erscheinen unserem Jahrhundert — vor allem in der Bearbeitung Franz Werfels — nicht zufällig als das erste, vom Geist des humanistischen Pazifismus geprägte Drama Europas.

Menschenzwist in törichtem Sinn mutig beizulegen bemüht:
Sollten ihn Kämpfe des Bluts entscheiden, gewönne der
In der Menschen Städten nie sein Ziel. [Streit
Vom Speere sank Priamos Burg in den Staub:
Doch konnte wohl den Streit um dich,
Helena, schlichten das Wort.
Und jetzt ruhn sie selbst unten in des Grabes Nacht,
Und auf die Mauern stürmte Brand, wie Blitz von Zeus,
Und häufte Trojas armem Volk
In seinem Unglück Leide zu Leide.

Im Krieg zeigt sich die Ohnmacht des Menschen am deutlichsten; hier enthüllt sich sein Leiden; hier, im Erdulden der Schmerzen, tritt aber auch seine Größe sichtbar hervor ... es charakterisiert ja die Schilderer einer zu Ende gehenden Epoche, daß sie die menschliche Würde mit der Leidensfähigkeit, dem Martyrium und der Standhaftigkeit identifizieren – man denke noch einmal an die Bedeutung des Opfers: Iphigenie auf dem Altar –, sie aber nicht mehr an mutiger Bewährung, heldenhaftem Kampf, trotzigem Ausschreiten: nicht mehr an kämpferischer Aktivität, sondern an beharrlicher Fügung und weisem Sich-Beschränken ablesen. (*locus classicus* für dieses Problem ist die Interpretation in Tacitus' „Annalen“ IV, 32/33.)
Natürlich kennt gerade Euripides auch Maßlosigkeit, Trotz und wilde Begierde: aber es ist die Maßlosigkeit des Leidens, der Trotz in hoffnungsloser Lage, die Begierde im Angesicht des Todes. Der letzte Tragiker schildert bestimmte Verhaltungsweisen in extremen Situationen; ihn interessiert die Antwort des Menschen auf die Provokation einer ungewöhnlichen Lage: immer wieder beschreibt er die psychischen Reaktionen auf bestimmte vom Gang der Handlung geweckte Herausforderungen. Man sieht – wir verdanken diese Erkenntnis der bahnbrechenden, wenn auch häufig überspitzt formulierten Arbeit von Zürcher [12] –, der euripideische „Charakter“ ist zunächst einmal eine Funktion der Handlung: „Aus der Situation heraus wird jede Reaktion motiviert. Der Situation gemäß denkt, fühlt und handelt die Person nach allgemeinen Normen und, gegebenenfalls, im Rahmen der dramatisch-psychologischen Grundmotivierung.“ [13]

12 Walter Zürcher, Die Darstellung des Menschen im Drama des Euripides, Schweizerische Beiträge zur Altertumswissenschaft, Heft 2, Basel 1947.

13 Zürcher, a.a.O. S. 181 f.

Euripides interessieren also „Psychologeme", d. h. seelische Reaktionen, aber nicht d i e Psychologie. Von der Darstellung einer „individuellen Problematik" kann bei ihm keine Rede sein; deshalb werden seine Figuren auch einmal in einer sehr kontinuierlichen seelischen Entwicklung vorgeführt – das ist bei Alkestis und, wie ich trotz Zürchers Einspruch mit Lesky glaube [14], bei Medea der Fall, während sie sich ein andermal – höchst modern! – von Situation zu Situation verändern, unvermutet, ohne daß ein innerer Prozeß dargestellt wäre, ihre Ansichten wechseln, und plötzlich, wie Hermione in der „Andromache", „umgewandelt" erscheinen. Wenn deshalb Aristoteles Iphigenies „Umbruch", die auch durch das Auftreten Achills doch wohl nicht begründete Opferbereitschaft der bislang so Verzagten, als unmotiviert tadelt, so spricht er als „Psychologe" gegen den „Situationsdramatiker" Euripides und verwirft die Anomalie mit dem Blick auf die sophokleische Norm – wobei zu bedenken ist, daß auch Sophokles sich nicht immer an das Gesetz der Einheitlichkeit des Charakters gehalten hat: zumindest im „Philoktet" gibt es dort, wo Neoptolemos dem Kranken gegenüber von Mitleid erfaßt wird, einen situationsbedingten Wechsel des Ethos.

Freilich ist der Umschlag bei Euripides, in dessen Dramen sich weder feststehende Ordnungen noch unwiderrufliche Gesetze finden, besonders leicht zu bewerkstelligen. Hier gibt es nichts Festes, keine Bindungen, auf die man sich verlassen dürfte: jederzeit kann sich ein Umschwung vollziehen; nichts hat Bestand; wenn die Not kommt – und sie kommt über Nacht – ist man allein. Alle Welt verachtet den Unglücklichen. Die Konturen zerfließen, von einer einheitlichen Persönlichkeit kann man bei Euripides nicht mehr sprechen: die Affekte dominieren; wenn die Situationen den Menschen bestimmen, gibt es weder Stetigkeit noch organische Entwicklung; das klassische Gesamtbild verfällt; nur selten finden sich Adel und Leistung, Einsicht und Mut bei einem Menschen vereint; das Fundament ist zerbrochen, die Wahrheit fragwürdig geworden, Anhaltspunkte fehlen überhaupt.

O gäb' es unter Menschen nur ein sicheres
Merkmal der Freundschaft, in der Herzen Grund zu schaun,
Den wahren Freund zu scheiden von dem falschen Mann!
Und hätte doch zwei Stimmen jeder Sterbliche,

14 Lesky, a.a.O. S. 165: „Der Dichter hat das weite Land der menschlichen Seele gut gekannt und wohl gewußt, daß Haß und Liebe, Wil-

Die eine wahr, die andre schwankend, wie sichs trifft:
So würde, die nicht lauter denkt, erkannte an der,
Die's ehrlich meint, und uns berückte kein Betrug!

Ewiges Auf und Ab, ständiger Wechsel, Vertauschung von oben und unten: das ist das einzig Gewisse; immer wieder konfrontiert der euripideische Mensch sein gegenwärtiges Leiden mit dem früheren Glück, das Sklavendasein mit der vergangenen Freiheit, die Verbannung mit dem längst verflossenen Leben im Kreise der Freunde: das alte Tragödiengesetz – wer tut, der muß leiden – vollzieht sich im Zeichen der Paradoxie ... nicht der Freund von gestern, sondern der Leidensgefährte von heute, der Niedrigste, ein Sklave, teilt das Elend des Täters. Nicht Menelaos, der Gleichgestellte, zum Eintreten Verpflichtete, sondern ein kleiner Mann, ein Anonymus aus dem Volke, stellt sich bei der Abstimmung in der Volksversammlung vor den angeklagten Orestes. Noch im unscheinbarsten Detail steht das euripideische Drama im Zeichen der Antinomie: das Erwartete bleibt aus, das Unerwartete ereignet sich schnell. –

Ewiger Wechsel, von Archilochos im Bild des Rhythmus vor Jahrhunderten zum ersten Male beschworen, bestimmt die Szenerie; das Leiden, am Bilde Trojas immer wieder konkretisiert, bleibt nicht aus – als Leidende erscheinen die Menschen auch vor den Göttern: die Isolierten, ganz auf sich selbst Gestellten – vom Geschlechterfluch ist bei Euripides nur selten die Rede – trifft das Schicksal aus dem Hinterhalt. Wehe dem, der sich, voll Vertrauen, auf den Schutz der Himmlischen verläßt; auch das Patronatsverhältnis hat sich gewandelt: doppelt anfällig ist der Gottgeliebte, denn die Zuneigung des einen ruft die Eifersucht der anderen hervor – so steht Helena zwischen Aphrodite und Hera, Hippolytos zwischen Artemis und Aphrodite. Um den Gegner zu treffen, opfert der Gott seinen Freund; handelt Medea anders als Hera?

Nein, diese Götter sind nicht weiser als die Menschen, zu Recht müssen sie es sich gefallen lassen, daß man sie – wie es Tyndareos im „Orestes" tut – an den sittlichen Vorstellungen der

des und Zartes darin ihren Platz sehr nahe nebeneinander haben können. Und gerade in der Gestaltung des rational Unvereinbaren bewährt sich Euripides als größerer Seelenkünder denn mancher Moderne, der individuelle Seelenbilder peinlich um eine feste Mitte formt. Die Wirkung dieser Medeia auf die Jahrtausende beruht nicht zuletzt darauf, daß in ihr Gegensätzliches zur Einheit gebunden ist."

Aufklärung mißt; auch Orest weiß, Agamemnon hätte den unnützen Muttermord nicht befohlen, der Mensch wäre verständiger als Apollon gewesen. So ist es kein Wunder, daß die Olympier endlich, allen Glanzes entkleidet, als Mörder dastehen: Apoll, der Mörder Klytaimnestras und des Neoptolemos, Hera, die Mörderin des Herakles, Aphrodite, die Mörderin Trojas. Ganz vergeblich betet der Mensch noch zu ihnen, opfert und sucht durch die Orakel ihren Willen zu ergründen: was dem einen Gott gefällt, sucht der zweite zu verhindern, Hera will Menelaos befreien, Aphrodite ihn vernichten – auch die Orakel sind wertlos. Kalchas hat nicht gemerkt, daß die wahre Helena überhaupt nicht in Troja war, sondern sich in Ägypten aufhielt. Und dennoch – hier greifen wir die entscheidende Antinomie innerhalb des euripideischen Werks – sind die Götter mehr als ihre Erscheinungen, ist die Bedeutung des Göttlichen nicht mit dem schillernden Flimmern jenes Apparats zu identifizieren, den Euripides brauchte, um seinen Dramen Farbe und Plastizität zu geben. Ein „Philosophengott“ [15] gewinnt nun einmal keine Transparenz; der Dramatiker benötigt die bunte Fülle der Erscheinungen, das lebendige Spiel der Kräfte, Bewegung und Gegenbewegung, den Zauber des Glanzes und die barocke Fülle der Form.

Eine Innerlichkeit, die sich nicht in Geste und Gewand, Gebärde und Pomp veranschaulichen kann, hat sich noch zu keiner Zeit am Kunstwerk versucht. (Zum Jesuitendrama gibt es auf protestantischer Seite kein Pendant, der einhellige Gesang der Gemeinde, Ausdruck des gleichen Willens, entbehrt nicht umsonst der dramatischen Bewegung.)

Hüten wir uns also, die Interpretation des für die Tragödie unabdingbaren Götter-Apparats mit der religiösen Auffassung ihres Schöpfers zu identifizieren. Nicht umsonst hat der Dichter Euripides das alte solonische Wort „viel Lügenhaftes sagen die Dichter“ gerade in jenem „Herakles“ übernommen, der die schärfsten Angriffe gegen die Olympier führt. So betrachtet bezieht der letzte Tragiker, in der Mitte zwischen Pindar und Platon, eine Position, die seine Zeit, das ausgehende 5. Jahrhundert, sehr genau spiegelt. Kritik und Glaube, Invektive und Vertrauen, schonungslose Analyse und gelassenes Dahinstellen stehen einander, in dialektischer Antinomie, gegenüber und bezeichnen die Tendenzen einer Epoche zwischen den beiden

15 Dazu Max Pohlenz, Die griechische Tragödie, 2. Auflage, Göttingen 1954, S. 370.

großen Synthesen: der sophokleischen von gestern und der platonischen von morgen:

Ich glaube nicht, daß Götter unerlaubter Lust
Sich freuten, noch daß Götterhand je Fesseln trug,
Noch daß Gebieter einer war des anderen:
Nie glaubt' ich etwas dieser Art, noch glaub' ich's je.
Denn nichts bedarf doch, ist er wahrhaft Gott, ein Gott:
Das alles sind armselige Dichtermärchen nur.

In der Tat, hinter der Erscheinung der Götter verbirgt sich, „sind sie wirklich Götter", etwas anderes, ein Gesetz, das manchmal, wenn Euripides den flirrenden Schleier anhebt, hindurchscheint, das Zeichen einer großen Ordnung (Tro. 884, fr. 292 N), der es gefällt, sich in jener „rätselhaften Buntheit" (Hel. 711) zu präsentieren [16], die Euripides als Dramatiker ebenso brauchte wie die reiche Skala von „Charakteren" . . .: da ist, von den Interpreten immer wieder geschmäht und verteidigt, Alkestis' Gatte Admetos, vielfältig schillernd wie keine zweite euripideische Figur, ein gastfreundlicher Herr, aber auch ein Mann, der auf seinen guten Ruf bedacht ist und viel Rücksicht auf seine Geltung bei den Leuten nimmt; da ist, ihm in vielem ähnlich, Agamemnon (aus der „Iphigenie in Aulis") . . . wie Admetos von dem Gedanken besessen: was sagt das Volk, wie ist die Stimmung im Heer? Da ist Jason – auch er in seinem Versuch der Selbstrechtfertigung und Argumentation ein Bruder Admetos' – alle drei, Admetos, Agamemnon, Jason, haben sich, jeder in seiner Weise, schuldig gemacht, weil sie sich der „Geltung" (*doxa*) verschrieben.

Da ist, wissend und ekstatisch zugleich, Medea, Meisterin der Intrige und des Kalküls und doch den Trieben hörig – wie eng beides zusammengehört und nicht schematisch getrennt werden darf, zeigt ihr großer Monolog, dessen Phasen durch das Mit- und Gegeneinander der beiden Kräfte bestimmt sind. (Das Zaudern und Schwanken als dramatische Bewegung vorgeführt zu haben, ist – man denke an die zweite Mordszene in der „Elektra" – ein Verdienst des Euripides. Bei Aischylos und Sophokles ist der Schritt vom Plan zur Ausführung kürzer, erst Euripides zweifelt, wie wir sahen, an der sokratischen These, daß das Wissen unmittelbar in die Aktion übergehe.) Da ist der verständige Hippolytos – auch er wird, wie Adme-

16 Vgl. Lesky, a.a.O. S. 211, außerdem Reinhardt über die Götter und den letzten „Sinn" der euripideischen Tragödie, a.a.O. S. 619.

tos, belehrt; da ist Odysseus, neben Helena die schwärzeste Figur im euripideischen Werk, ein finsterer Ränkeschmied, Unmensch und Bösewicht, mit Kalchas und Menelaos Vertreter der „Kriegspartei“, ein hybrider, vom peinlichen Pathos des „Kreuzzuggedankens“ erfüllter Hellenomane, – zumal in der „Hekabe“ dem räsonnierenden Jason sehr ähnlich; da ist Elektra, ein Mädchen mit der Leidenschaft der Heroine, in der Mordszene von einer Besessenheit verfolgt, die erst Hofmannsthal wieder auf der Bühne darzustellen wagte. Da ist schließlich, in der gleichen, bis in die Szenerie hinein als „Variation“ erkennbaren „Elektra“, eine sehr seltsame Klytaimnestra: resigniert und müde, traurig und vom Schatten der Schwermut gezeichnet.

Wie realistisch und gesellschaftskritisch Euripides vorging, wenn es galt, einen Charakter zu zeichnen, zeigt am besten das von Menelaos entworfene Bildnis Agamemnons aus der „Iphigenie in Aulis“ . . . hier können wir wirklich von einem „Porträt“ sprechen, hier verblassen die Typisierungstendenzen der klassischen Zeit; hier zeigen sich, angedeutet, schon die Intentionen des vierten Jahrhunderts, einen Einzelnen in seinem unverwechselbaren Umriß zu zeichnen.

> Weißt du noch, als um den Heerstab du nach Troja dich [bewarbst,
> Wohl dem Schein nach nichts erstrebend, doch in Wün- [schen still entbrannt,
> Wie voll Demut du dich schmiegtest, alle Hände schütteltest,
> Und in unverschloßnen Türen offnes Ohr der Reihe nach
> Allen aus dem Volke gönntest, wer es wünscht' und wer [auch nicht,
> Daß du dir im Volk die Ehre kauftest durch Geschmeidig- [keit?
> Doch nach kaum errungner Würde nahmst du neue Sitten [an,
> Warest nicht den alten Freunden mehr der Freund von [ehedem,
> Schwer daheim zugänglich, außen kaum zu sehen.

In der Tat, hier greifen wir, vielleicht zum erstenmal in der griechischen Literatur, ein aus vielen Einzelzügen gefügtes Porträt – freilich bleiben die erwähnten Charakteristika, jedes für sich, durchaus typisch, die Eigenart ergibt sich allein aus der Zusammenstellung, und das bezeichnet die Technik eines Dra-

matikers, der zwar, im Verlauf seines Werks die Figuren in allen Stärken und Schwächen immer anschaulicher beschrieb, aber dennoch weit davon entfernt blieb, Individuen im Sinne des modernen Dramas zu schaffen: „Es muß betont werden, daß die Vermenschlichung nicht bis zur Individualisierung fortschreitet, daß der Blick des Dichters wohl auf die menschliche Natur, nach ihrer triebhaften wie nach ihrer rationalen Seite, nicht aber auf die Wechselwirkung und beziehungsreiche Verbindung mannigfacher Triebe und Regungen in der Seele des Einzelmenschen gerichtet ist.“ [17]
Das Hauptinteresse gilt immer jenen Gestalten, an deren Verhalten sich gleichsam die „Summe“ vielfältiger Erfahrungen demonstrieren läßt: einerseits der erfahrene Alte, Peleus oder Iolaos, der sich plötzlich, zum Kampf aufgerufen, wieder verjüngt, andererseits die Leidensfrau, Hekabe, die Schmerzensmutter, oder Iokaste zwischen den feindlichen Brüdern. Gerade die alten Leute hat Euripides mit besonderer Sorgfalt gezeichnet; in ihnen konzentriert sich die Einsamkeit und macht sie zu Symbolen des Leidens ... ihre Kinder sind tot, sie bleiben allein. Die Beziehungen zwischen ihnen und den ganz Jungen – hier Hekabe, dort Polyxena und Astyanax –, die Liebe zwischen Eltern und Kindern, Bruder und Schwester, Freundschaft und herzliche Verbindung sind Lieblingssujets euripideischer Kunst, die sich in der Darstellung des Leidens am schönsten bewährt.
Immer wieder wird da der Doppelsinn von Schmerz und Ohnmacht sichtbar, der Geschlagene ist ja zu gleicher Zeit der eigentliche Sieger, der Gedemütigte erscheint als Überwinder, die Sklavin Kassandra bringt mit dem Hymenaios den Tod. Gottgeschlagen und besiegt ist sie gleichsam die Inkarnation des Schmerzes – in eine Einsamkeit gehüllt, die kein Ruf mehr erreicht. Den anderen Frauen – Euripides hat Leid und Trauer vor allem an ihnen gezeigt – bleibt wenigstens noch die Gemeinschaft untereinander, eine Verständigung über alle Schranken der Gesellschaft und Rasse hinweg: Helena und Thenoë, Phaedra und Medea mit ihren Ammen, Andromache und die mitgefangene Sklavin. Ihrer aller Schicksal ist es, Leid zu empfangen und sich im Dulden zu bewähren. Nein, Euripides war kein „Weiberhasser“. Die Anklagen Jasons, Hippolytos' oder des Kyklopen wiegen nicht schwer; und wenn der Dichter Frauen über sich selbst sprechen ließ, so stand hinter seinen

17 Zürcher, a.a.O. S. 188.

Worten („der Tod eines Mannes wiegt das Ende von tausend Frauen auf") eher das Pathos der Anklage als der Tenor befriedigter Bestätigung.

Zuerst ging es um die Demonstration, daß die Schwäche stark und die Ohnmacht mächtig sein könne; dann aber reizte den Analytiker Euripides die Paradoxie zwischen der bescheidenen Rolle, die die Frau in der Gesellschaft seiner Zeit spielen durfte, und der Verklärung, die ihr im Mythos zuteil wurde. Freilich kannte er auch die Grenzen der Emanzipation; Medeas Worte über das Unglück des Wissens sprechen für sich selbst. Wenn er das Lob der Frauen singen wollte, pries er das Wirken in der Stille, die bescheidene Hinnahme eines verfügten Geschicks, die Opferbereitschaft, die selbstverständliche Treue gegenüber dem Mann, ruhiges Warten und kluge Beschränkung, den Umgang mit Tugenden, die auch den Geringeren, Sklaven und Dienern zukommen ... auch sie, heißt es bei Euripides gern, wissen oft mehr als die Großen, und wenn sie sich ducken und zusammenkauern – ein Bild aus Sophokles' „Antigone" – überdauern sie die Mächtigen.

Schmerz und Leidenschaft, Ekstase und Trauer aber sind für den letzten Tragiker niemals Abstrakta, über die er mit philosophischer Begrifflichkeit philosophiert, sondern Phänomene der Wirklichkeit, Affekte, die er in typischen Situationen, einem Arzt vergleichbar, an seinen Figuren demonstriert: da ist die Verzweiflungsgebärde – die ausgestreckten Hände des blinden Oidipus, die kleinen Finger, mit denen sich Herakles' Kinder an ihrem Vater festklammern; da ist der Widerschein der Schönheit als ein Element des Seins, dem Zerstörungskraft und Heil zugleich beigemischt sind: „Schönheit, o welch ein Übel bist du Sterblichen, und welches Heil für jene, die dein würdig sind"; da ist die Trauer, die am Leben zehrt, der furchtbare Schmerz des Hippoltyos, das steinerne Leid Hekabes, Herakles' Einsamkeit; da gibt es eine Qual von solcher Intensität, daß der Mensch sich in der Erde verbergen möchte und auf der Stelle zu sterben wünscht. Da ist das Mitleid: nicht mehr, wie bei Aischylos, als objektive Feststellung eines beklagenswerten Zustands, sondern, wie schon in Sophokles' „Philoktet", als subjektives Mitempfinden begriffen, das den Betrachter in den Schmerz des andern mit hineinnimmt. Da sind die großen Leidenschaften, vor allem – ein uralter Tragödien-Topos – die Geldgier: Polymestors Goldrausch und Eteokles' Habgier. Da ist schließlich – und hier zeigt sich noch einmal das Ureigene euripideischer Kunst – die bis zum Wahnsinn gesteigerte Leidenschaft.

Der letzte Tragiker war gewiß kein „Psychologe" im Sinn moderner Wissenschaft; aber daß er die Kunst der Pathographie mit einer Vollkommenheit beherrschte wie sonst, in ihrem Metier, nur der Historiker Thukydides und der Arzt Hippokrates, ist nicht zu bezweifeln. Auch hier wieder die Erfassung des Menschen in einem Grenzzustand, beim Übergang von Wachen in den Schlaf, vom Traum zur Anagorisis, von der Vernunft in den Rausch, von der Ekstase zurück in die Helligkeit des Tags! Wieviele Zwischentöne sind da eingefangen, kaum erwachte Gefühle, Ahnungen an der Schwelle des Wissens, Erinnerungen und Hoffnungen! Wie präzise, kühn und nüchtern zugleich, hat hier ein mächtiges Auge die geheimen Verbindungen zwischen seelischem Affekt und seinem Niederschlag im körperlichen Symptom gesehen und damit eine Beobachtung vervollkommnet, die später Lukrez, am Anfang des dritten Buchs von „de rerum natura", als Grundlage seiner Theorie einer Abhängigkeit des Körpers von seelischen Affekten dienen sollte!

Eine genauere Untersuchung könnte leicht zeigen, wie in allen euripideischen Pathographien – einerlei, ob es sich um den „Fall" Phaedras, Herakles', Orests oder Pentheus' handelt – bestimmte Grundphänomene wiederkehren: offenbar bewegte den Dichter weniger der Wahnsinnszustand selbst, der ja auch, von einigen wenigen Ausnahmen abgesehen, nur „berichtend" darzustellen war, als der langsame Übergang von einer „Lage" in die andere, das heimliche Anheben und allmähliche Aufhören. Hier hat er sehr genaue Entsprechungen herausgearbeitet, die ihm einmal, in den „Bakchen" sogar als Strukturprinzip dienten – während Pentheus vom Wissen in den Rausch hinübergleitet, kehrt seine Mutter Agaue vom Wahnsinn in eine Wirklichkeit zurück, die sie in der gleichen Situation wie den erwachenden Herakles sieht: hier wie dort sind es die Väter, Kadmos und Amphitryon, die ihre Kinder zur Wahrheit leiten und ihnen eine Tat vor Augen führen, an der sie selbst keinen Anteil hatten, weil ein Gott, hier Hera, dort Dionysos, sie verführte. Der Gott als Krankheitsbringer und Herr des Wahnsinns: das bleibt von Homer bis Platon ein Topos der Literatur.

Aber Euripides hat nicht nur Affekt und Ekstase beschrieben, sondern auch das Gegenbild, die maßvolle Heiterkeit gezeich-

net ... da erscheint die Welt der kleinen Leute, Züge der neuen Komödie werden vorgeahnt, das Biotische gewinnt Kontur, und diese Welt präsentiert sich nicht als Karikatur, sondern als echte Alternative: wer sich beschränkt und nicht allzusehr anspannt, vermeidet auch den Konflikt mit anderen Ordnungen; wer die Segel rechtzeitig refft, kentert nur schwer; am glücklichsten ist der Bindungslose; Verpflichtungen bringen nur Sorgen: wer das Spiel wagt und sich einläßt, exponiert sich zugleich und muß damit rechnen, daß das Schicksal ihn trifft. Das ist nicht Resignation, sondern die nüchterne Erkenntnis eines Mannes, der, an der Wende zweier Zeiten stehend, wie kein anderer von dem Gedanken bestimmt war, daß die Würde des Menschen in seiner Fähigkeit läge, die Augen nicht zu verschließen, sondern über alles Rechenschaft abzugeben.
Dabei war er, der sich auf die Analyse von Affekt und Theorem gleich gut verstand, niemals Rationalist. Bei aller Luzidität ist sein Werk vielschichtig und voll geheimer Bezüge, und es erscheint nicht zufällig, daß Euripides, der Meister der *sapheneia*, am Ende, in den „Bakchen" alles wieder aufs Spiel setzte und eine Tragödie von der Rätselhaftigkeit des anderen großen Alterswerks, des zweiten „Oidipus", schrieb[18]. Freilich: während Sophokles am Ende seines Lebens in die Heimat, nach Kolonos zurückkehrte und Aischylos in den „Eumeniden" das Hohe Lied des Areopags sang – Athen als frömmste Stadt –, ging Euripides einsam und alt in die Fremde, und sein Schwanengesang galt dem von Dämonen heimgesuchten Theben.

Während die Tragödie bei Aischylos und Sophokles schließlich ins Mysterium transzendiert: Erinyen werden zu Eumeniden, die Götter nehmen den sterben Oidipus auf, bleiben die Antithesen in den „Bakchen" bestehen; die Bühne leert sich, aber die Schreie hören nicht auf.

Und doch, sehr seltsam, kehrt das Ende zum Anfang zurück: noch einmal Dionysos, noch einmal die Stimme des Herrn, noch einmal, im Epilog, der Riesenschatten des großen Jahrhunderts!

Danach, als Euripides die Orchestra verließ, war die Geschichte der Tragödie schon Historie geworden. Sie begann um 530, als Thespis die Bühne betrat, und endete im Zeichen von Sokrates' nahendem Tod. Die Zeit hatte sich gewandelt; die

18 Vgl. dazu die umsichtig-kluge Deutung von Hans Diller, Die Bakchen und ihre Stellung im Spätwerk des Euripides, Abhandlungen der Akademie der Wissenschaften und der Literatur, Jg. 1955, Nr. 5.

Kunst zerbrach an der Frage der Wahrheit; 2000 Jahre lang, bis zum Barock, blieb die Bühne leer. Die Dichtung hatte aufgehört, Spiel und Spiegel zu sein; die Menschen des vierten Jahrhunderts verlangten nach anderer Speise. Euripides war der erste, der darum wußte, daß die Kunst, sollte sie noch einmal wieder erstehen, eine neue Funktion haben müsse: nicht Bestätigung und erfreuliches Spiel, sondern Trost im Dunkel und Hilfe in der Not des Herzens.

Du würdest mit Recht unklug und verkehrt
Die Menschen wohl nennen, die vor uns gelebt:
Sie haben Gesang bei fröhlichem Mahl,
Bei Tänzen und Hochzeitsfesten erdacht
Und das Leben erfreut mit den Tönen der Lust;
Doch niemand hat noch den schrecklichen Gram
Mit den Saiten, des Lieds vielstimmigen Klang
Zu verbannen gelehrt: drum rafft das Geschick
In verheerendem Tod die Geschlechter dahin.
Wohl wär es Gewinn, wenn jegliches Leid
Uns heilte das Lied.

# ALKESTIS

*Zwei alte Motive aus dem Volksmärchen – der Liebesopfertod und die Besiegbarkeit des „Sensenmannes" –, verknüpft mit der Heroensage, bilden den Mythos der „Alkestis". Apollon, einer Blutschuld wegen für ein Jahr aus dem Olymp verbannt und zur Fron bei Admetos, dem König von Pherai in Thessalien verdammt, erfuhr von dem frühen Tod, der seinem freundlichen Herren bestimmt war, und erreichte von den Moiren, den Schicksalsgottheiten, den Aufschub des Todes, wenn Admetos Thanatos, dem leibhaftigen Tod, einen Ersatz stelle. Doch es war niemand bereit, für Admetos zu sterben, auch seine Mutter und sein Vater Pheres nicht, und so opferte sich für ihn am Hochzeitstage – dem verhängten Todestage – seine junge Gemahlin Alkestis, des Pelias Tochter aus Iolkos. Als kurz darauf Herakles auf dem Wege zu seiner achten „Arbeit" (siehe die Anmerkung zu Vers 481) die Gastfreundschaft seines trauernden Freundes in Anspruch nahm und von Alkestis' Tod hörte, lauerte er dem Thanatos am Grabe auf und entriß ihm die Tote.*

*Euripides nahm an diesem Mythos eine scheinbar geringfügige Änderung vor: bei ihm gab Alkestis an ihrem Hochzeitstage nur das Versprechen, für ihren Gatten zu sterben; sie verlebt mit ihrem Gemahl und zwei Kindern noch mehrere glückliche Jahre, ehe der Tod kommt, um sie zu holen (mit seinem Erscheinen setzt das Spiel ein). Aber durch diese Modifizierung erhält der Opfertod der Alkestis erst seine eigentliche Tragik und menschliche Größe.*

*Die Alkestis folgte als viertes Stück auf die drei verlorenen Tragödien „Kreterinnen", „Alkmaion in Psophis" und „Telephos", nahm in der Aufführung also jene Stelle ein, die sonst dem Satyrspiel gehörte (siehe die Vorbemerkung zum „Kyklopen"). Dieser Befund ist damit zu erklären, daß dem Euripides die burleske Heiterkeit des Satyrspieles offenbar nicht lag – unter 75 Dramen befanden sich nur 7 oder 8 Satyrspiele –, und so ersetzte er öfter das heitere Spiel durch ein Drama mit gutem Ausgang; daß dieses jedoch der antiken Auffassung nicht weniger als Tragödie galt, beweisen uns Stücke wie „Helena" oder „Iphigenie bei den Taurern".*

*Die „Alkestis" wurde zusammen mit den genannten drei Tragödien an den Dionysien des Jahres 438 aufgeführt. Euripides wurde Zweiter nach Sophokles.*

## Personen

Apollon
Thanatos
Eine Dienerin der Alkestis
Alkestis
Admetos
Eumelos, Alkestis' Sohn
Herakles
Pheres
Ein Diener des Admetos

Den Chor bilden Greise aus Pherai, die vor Admetos' Haus erscheinen, um zu erfahren, ob der Tod Alkestis schon geholt habe.

Ort der Handlung ist der Platz vor dem Palast des Admetos in Pherai.

APOLLON *mit Bogen und Pfeilen*

Admetos' Hallen, wo ich einst, obwohl ein Gott,
Am Sklaventische gerne mir genügen ließ!
Zeus fügt es, welcher meinen Sohn Asklepios
Erschlug, des Blitzes Flamme warf in seine Brust,
Worüber zürnend, ich die blitzeschmiedenden
Kyklopen töte, und dafür zur Strafe zwang
Der Vater mich, zu dienen einem Sterblichen.
So kam ich hierher, ward des Freundes Rinderhirt
Und seines Hauses Hüter bis auf diesen Tag.
Denn selber fromm, gewann ich einen frommen Herrn,
Den Sohn des Pheres, welchen ich vom Tod erlöst,
Die Schicksalsmächte täuschend: sie gelobten mir,
Admetos soll dem Tode, der ihm droht, entfliehn,
Stellt einen andern Toten er dem Schattenreich.
Und all die Seinen forscht er aus und ging umher,
Den Vater und die Greisin, deren Schoß ihn trug,
Doch fand er niemand als die Gattin, die für ihn
Den Tod erdulden, scheiden will vom Sonnenlicht.
Sie ringt daheim im Todeskampfe nun, gestützt
Von treuen Armen, denn an diesem Tage noch
Ruft ihr Geschick die Herrin aus dem Leben ab.
Doch ich verlasse dieses Haus, dies traute Dach,
Daß nicht der Hauch des Todes mich entheilige.
Denn schon herannahn seh ich hier den Thanatos,
Der Toten Priester, daß er sie in Hades' Haus
Hinabgeleite: recht zur Stunde kommt er an,
Wahrnehmend diesen Tag, an dem sie sterben soll.

*Thanatos erscheint über dem Haus*

THANATOS

Oh!
Du, Phoibos, hier? Du hier am Palast?
Wohl willst du mit Unrecht wieder die Macht
Uns Göttern im Hades schmälern, entziehn?
Es genügte dir nicht, des Admetos Geschick
Zu verhindern, indem du die Moiren berückt
Mit verschlagener Kunst? Nun waffnest du dir
Aufs neue den Arm mit dem Bogen um sie,
Die, ihren Gemahl zu erlösen, sich selbst
In den Tod gibt, Pelias' Tochter.

APOLLON

Getrost: ich habe gute Absicht, tue recht.

THANATOS

Nun, wenn du recht tust, was bedarf's der Pfeile dann?

APOLLON

Die Wehr zu führen war ich immer schon gewohnt.

THANATOS

Auch diesem Hause widerrechtlich beizustehn!

APOLLON

Des teuren Mannes Ungemach bekümmert mich.

THANATOS

Auch diesen andern Toten willst du mir entziehn?

APOLLON

Auch jenen hab ich mit Gewalt dir nicht geraubt.

THANATOS

Wie wohnt er dann auf Erden, nicht in Hades' Haus?

APOLLON

Er gibt die Gattin, die du nun zu holen kommst.

THANATOS

Und gleich entführen will ich sie zur Unterwelt.

APOLLON

So nimm sie; denn dich überreden kann ich nicht –

THANATOS

Zu töten, wem's verhängt ist? Dazu kam ich doch!

APOLLON

Nein, den zu töten, der zu lang im Leben säumt.

THANATOS
Dein Wort versteh ich, kenne dein Verlangen nun.
APOLLON
So kann sich hohen Alters noch Alkestis freun?
THANATOS
Mitnichten, auch mich – glaube mir's – freut meine Macht.
APOLLON
Nun, mehr als eine Seele fällt dir doch nicht zu!
THANATOS
Wenn junges Leben schwindet, bringt mir's höhern Ruhm.
APOLLON
Sie wird auch reich bestattet, stirbt sie hochbetagt.
THANATOS
Für reiche Leute, Phoibos, gibst du das Gesetz.
APOLLON
Wie meinst du? Bist du geistreich auch? Das wußt ich nicht!
THANATOS
Den Tod im Alter kauften sich die Reichen dann.
APOLLON
So denkst du diesen Liebesdienst mir nicht zu tun?
THANATOS
Nein, wahrlich: meine Sinnesart ist dir bekannt.
APOLLON
Den Menschen feindlich und verhaßt den Himmlischen.
THANATOS
Nicht alles haben kannst du, was dir nicht gebührt.
APOLLON
Du stehst gewiß ab, wenn du noch so grausam bist:
Es kommt ins Haus des Pheres bald ein solcher Held –
Ihn hat Eurystheus ausgesandt in Thrakiens
Beeiste Flur nach Diomedes' Viergespann –,
Der, gastlich aufgenommen in Admetos' Haus,
Dir wohl gewaltsam dieses Weib entreißen wird,
Und keines Dankes Ehre wird dir dann von uns:
Du gibst sie gleichviel frei und machst dich mir verhaßt.
THANATOS
So viel du Worte machen magst, es hilft dir nicht:
Ins Haus des Hades geht das Weib hinab mit mir.

Zu dieser eil ich, mit dem Schwerte sie zu weihn.
Denn wessen Haupthaar dieser Stahl geheiligt hat,
Der fiel des Hades unterirdischen Mächten heim.

*Thanatos verschwindet im Haus, Apollon entfernt sich*
*Der Chor zieht in zwei Halbchören ein*

ERSTER HALBCHORFÜHRER

Was ist es so still doch vor dem Palast?
Was ruht in Schweigen Admetos' Haus?

ZWEITER HALBCHORFÜHRER

Auch weilt kein Freund in der Nähe,
Zu verkündigen, ob der Gebieterin Tod
Zu betrauern geziemt, ob lebend sie noch
Im Licht hier atme, des Pelias Kind
Alkestis, die sich an ihrem Gemahl
Als das edelste Weib
Vor mir und allen bewährt hat.

*Erste Strophe*

ERSTER HALBCHOR

Vernahmst du Seufzen, hörtest du
Der Hände Schlagen im Palast
Oder die Klage, als sei's geschehn?

ZWEITER HALBCHOR

Nein, kein einziger Diener fürwahr
Erscheint an den Pforten umher.
O kämest du, Paian, des Unglücks
Wogen uns abzuwehren!

ERSTER HALBCHORFÜHRER

Nicht schwiegen sie also, wäre sie tot.

ZWEITER HALBCHORFÜHRER

Sie ist schon tot.

ERSTER HALBCHORFÜHRER

Noch trug man sie nicht zum Palaste hinaus.

ZWEITER HALBCHORFÜHRER

Ich juble noch nicht: was macht dich so kühn?

ERSTER HALBCHORFÜHRER

Wie möchte denn wohl sein würdiges Weib

Ohn alles Geleit
Admetos so einsam bestatten?

*Erste Gegenstrophe*

ZWEITER HALBCHOR

Auch seh ich vor den Toren kein
Weihwasser, wie es sonst am Tor
Eines Verstorbenen üblich ist.

ERSTER HALBCHOR

Auch geschorene Locken erblick
Ich nicht an der Pforte, geweiht
Zur Klage um die Toten, und keine
Jungfrau schlägt ihre Brüste.

ZWEITER HALBCHORFÜHRER

Und heut ist doch der entscheidende Tag . . .

ERSTER HALBCHORFÜHRER

Was sagst du mir da?

ZWEITER HALBCHORFÜHRER

An dem zu den Toten hinab sie muß.

ERSTER HALBCHORFÜHRER

Du rührst mir die Seele, du rührst mir das Herz.

ZWEITER HALBCHORFÜHRER

Bricht Unglück über die Guten herein,
Muß trauern ein Mann,
Der als brav sich erwiesen von Anfang.

BEIDE HALBCHÖRE

*Zweite Strophe*

Wohl keiner kann – wo er hin
Steuern mag im Schiffe:
Ob zum Lykierland,
Oder in Ammons Gefild
In die trockene Wüste –
Ihre Seele, der Armen,
Erretten, denn das grause Geschick
Naht schnell. An welchen Priester, sagt,
Soll ich mich wenden, wo Götteraltäre flammen?

*Zweite Gegenstrophe*

Wenn einer nur lebend noch
Weilte im Sonnenlichte,
Phoibos' Sohn: sie entrönne
Aus den Gefilden der Nacht
Und den Pforten des Hades.
Denn er weckte die Toten,
Bevor die Wetterflamme, des Zeus
Glutpfeil ihn niederschmetternd traf.
Doch wo soll ich nun schöpfen des Lebens Hoffnung?

CHORFÜHRER

Ist alles doch schon von dem König getan:
Rings dampfen die Götteraltäre,
Vom Blut der geopferten Tiere umströmt,
Und nirgend ist Hilfe im Leiden.
Doch eine Sklavin schreitet aus dem Hause dort,
In Tränen schwimmend. Welch Geschick vernehmen wir?
Verzeihlich ist die Trauer, wenn ein Ungemach
Zustieß den Herrschern. Aber lebt die Herrin noch?
Ist sie bereits verschieden? Das erführ ich gern.

DIENERIN

Du kannst sie lebend nennen und gestorben auch.

CHORFÜHRER

Wie mag wohl einer leben und tot sein zugleich?

DIENERIN

Sie neigt sich schon zum Tode, ringt im letzten Kampf.

CHORFÜHRER

Welch edles Weib verlierst du, solch ein edler Mann!

DIENERIN

Noch fühlt es nicht Admetos, bis das Leid ihn trifft.

CHORFÜHRER

Ist keine Hoffnung also sie zu retten mehr?

DIENERIN

Der Tag des Schicksals rafft sie unerbittlich hin.

CHORFÜHRER

Was hier der Brauch will, wird's getan?

DIENERIN

Bereitet ist
Der Schmuck, mit dem ihr Gatte sie bestatten will.

CHORFÜHRER

Sie wisse: ruhmvoll scheidet sie vom Leben ab,
Sie, aller Frauen beste weit im Sonnenreich.

DIENERIN

Gewiß, die beste: wer bestritte dieses wohl?
Wie soll das auserlesene Weib beschaffen sein?
Wodurch vermag sie größere Gattenliebe wohl
Zu zeigen, als indem sie sterben will für ihn?
Doch allem Volke Pherais ist ja dies bekannt;
So höre, was sie drinnen tat und staune mir:
Sobald sie fühlte, daß der schicksalvolle Tag
Gekommen, wusch sie mit des Flusses Wasser sich
Die weißen Glieder, nahm Gewand und Schmuck sodann
Aus Zederschränken, tat sich fein und zierlich an
Und trat zum Altar Hestias und betete:
„Herrin, ich gehe in den Hades nun hinab
Und falle flehend vor dich hin zum letztenmal:
Behüte mir die Waisen, und dem Sohne gib
Ein liebes Weib, der Tochter einen edlen Mann;
Laß nicht, wie ich nun, ihre Mutter, enden muß,
Sie vor der Zeit hinsterben, sondern tiefbeglückt
Ihr Leben froh erfüllen in der Väter Land."
Zu jedem Altar in Admetos' Hause trat
Sie dann, bekränzt ihn, flehte laut die Götter an,
Von Myrtenzweigen streifte sie die Blätter ab,
Nicht weinend, ohne Seufzen, und der nahe Tod
Entfärbte nicht ihr blühend schönes Angesicht.
Dann eilte sie zum Ehebett in ihr Gemach,
Ergoß sich dort in Tränen, und so sagte sie:
„O Lager, wo des Mädchens reine Blüte sich
Zuerst ergab dem Manne, dem ich sterbe nun,
Leb wohl! Ich zürne dir ja nicht; denn mich allein
Verdarbst du, weil ich, treu verharrend dir und ihm,
Den Tod erdulde. Dich gewinnt ein andres Weib,
Nicht tugendhafter wahrlich, doch wohl glücklicher."

Und küssend sank sie nieder, rings befeuchtete
Der Tränen überflutend Naß die Lagerstatt.
Doch als in vielen Zähren sie sich ausgeweint,
Da stürzt sie weg vom Lager mit gesenktem Haupt,
Und oft hinausgegangen, kehrte sie zurück
Und warf sich dann von neuem auf die Ruhestatt.
Und am Gewand der Mutter hängend, weinten laut
Die Kinder; beide nahm sie wohl in ihren Arm,
Eins um das andre küssend, nun sie scheiden soll.
Und alle Diener im Palaste weinten mit,
Die Herrscherin bejammernd. Jedem reichte sie
Zuletzt die Hand noch, und so schlecht war keiner ihr,
Den nicht sie ansprach, dessen Wort sie nicht vernahm.
Ein solches Unglück lastet auf Admetos' Haus.
Starb er, so wäre er dahin; dem Tod entflohn,
Trifft ihn ein Leiden, das er nie vergessen wird.

CHORFÜHRER

So seufzt Admetos über solches Ungemach,
Wenn ihm das hochgesinnte Weib entrissen wird?

DIENERIN

Er weint, beschwört sie, die er fest im Arme hält,
Ihn nicht allein zu lassen, doch Unmögliches
Begehrt er, denn sie schwindet qualvoll welkend hin,
Erschlafft und seinen Händen eine bittere Last.
Und doch, wiewohl sie leise nur aufatmet noch,
Verlangt sie aufzuschauen nach der Sonne Glanz
Zum allerletzten Male, niemals wieder mehr.

Nun geh ich anzumelden deine Gegenwart.
Nicht alle Bürger wollen den Gebietern wohl,
So daß sie freundlich ihnen nahn im Ungemach.
Ihr aber seid die alten Freunde meines Herrn.

*Strophe*

ERSTER HALBCHOR

O Zeus, wo ist ein Ziel des Leidens, wann
Erscheint es, wendet sich das Los,
Das die Herrscher schwer bedrückt?

ZWEITER HALBCHOR

Ach, ach,
Kommt jemand? Soll ich mir das Haar
Scheren, in schwarzes Trauerkleid
Schon meine Glieder hüllen?

ERSTER HALBCHOR

Ja, es ist vollbracht, Freunde: Dennoch laßt
Uns flehen zu den Göttern:
Der Götter Gewalt ist endlos.

BEIDE HALBCHÖRE

O Paian, Herr,
Find eine Rettung aus der Not für unsern Herrn,
Gewähre sie, gewähre sie wie vormals:
Finde sie auch jetzt
Und sei der Erlöser von Todesnot
Und vertreibe den Mörder Hades!

*Gegenstrophe*

ERSTER HALBCHOR

O wehe, wehe dir: welch ein Leid trifft dich!
Was mußt du dulden, Pheres' Sohn,
Da der Gattin du beraubt!

ZWEITER HALBCHOR

Ach, ach,
Dies Unglück ist des Todes wert:
Schmerzlicher ist es, als den Strang
Hoch um den Hals zu legen.

ERSTER HALBCHOR

Denn das teure Weib, ach das teuerste
Von allen wirst du heute
Im Tode erbleichen sehen.

BEIDE HALBCHÖRE

O seht, o seht:
Da kommt sie samt dem Gatten aus dem Haus hervor.
O jammere laut, beklage sie, Pheraia,

Die beste aller Frauen,
Die zu den Schatten des Hades wallt
In die Erde, verzehrt von Krankheit.

CHORFÜHRER *während Admetos, gefolgt von den Kindern und der Dienerschaft, Alkestis vor den Palast geleitet*

Nie blüht in der Ehe mehr Lust als Leid,
So glaube ich fest,
Urteil ich nach dem, was früher geschah,
Und betracht ich des Königs Schicksal hier,
Der, nun er verliert dies edle Gemahl,
Auf Erden hinfort
Ein verlorenes Leben dahinlebt.

*Erste Strophe*

ALKESTIS

Helios' Glanz und des Tages Licht,
Eilende Wolken, die hoch in Lüften kreisen!

ADMETOS

Uns beide sieht die Sonne, zwei Unglückliche,
Die nichts den Göttern taten, was den Tod verdient.

*Erste Gegenstrophe*

ALKESTIS

Erde du und meines Hauses Dach,
Bräutliches Lager im heimischen Land Iolkos!

ADMETOS

Ach, sammle deine Kräfte und verlaß mich nicht:
Die mächtigen Götter flehe um Erbarmen an.

*Zweite Strophe*

ALKESTIS

Ich sehe das doppelrudrige Boot im Acheron:
Charon, der Toten Fährmann,
Die Hand am Ruder, ruft mich schon:
„Was zauderst du? Spute dich! Du säumst noch?"
So treibt er mich ungeduldig zur Eile.

ADMETOS

Wie schmerzt mich, ach, dein Wort von dieser bittren Fahrt!
Weh mir, du Unglückvolle, was erleiden wir!

*Zweite Gegenstrophe*

ALKESTIS

Es führt, ach es führt mich jemand hinweg – siehst du nicht? –
In die Höhle der Toten,
Aus düstren Brauen blickend, schwarz
Beschwingt –: Hades! Was willst? Laß mich frei!
Ach, welchen Pfad muß ich Ärmste beschreiten!

ADMETOS

Schmerzvoll den deinen ist er, doch vor allem mir
Und unsern Kindern, die der Schmerz gemeinsam trifft!

*Epode*

ALKESTIS

O laßt mich nun, o laßt mich,
Legt mich nieder, mein Fuß ist schwach.
Hades ist nahe, dunkle Nacht
Legt sich mir auf die Augen.
Kinder, ach Kinder, nicht mehr,
Nicht mehr ist eure Mutter!
Schaut freudig fortan dieses Licht, ihr Lieben!

ADMETOS

Weh mir, ich vernehme das traurige Wort,
Das bittrer mir ist als jeglicher Tod.
Bei den Himmlischen fleh ich: verlaß mich nicht,
Bei den Kindern, welche dein Scheiden verwaist!
Wohlan, harr aus!
Denn stirbst du, lebe auch ich nicht mehr:
Bei dir ist Leben und Tod für mich,
Denn heilig ist mir deine Liebe.

ALKESTIS

Du siehst, Admetos, wie mein Los gefallen ist.
Vernimm denn, eh ich sterbe, was mein Wille sei.
Ich liebe dich, und höher als mein Leben galt
Mir dieses, daß du fürder sähst der Sonne Licht:
So sterbe ich statt deiner – konnt ich leben auch
Und, wen ich wollte, freien aus Thessalien
Und glücklich wohnen hier in reichem Herrenhaus.
Mich lockte nicht ein Leben losgetrennt von dir

Mit vaterlosen Kindern, und ich schonte nicht
Der Jugendblüte Gaben, die mein Herz erfreut.
Der eigne Vater und die Mutter gab dich preis,
Und ihnen ziemte Sterben wohl als älteren
Und wohl, den Sohn zu retten durch ehrvollen Tod;
Denn du allein bliebst ihnen, und sie konnten nicht
Auf andre Kinder hoffen, starbest du dahin.
Ich lebte dann, und du vertrauertest nicht allein
Dein künftig Leben, deines Ehgemahls beraubt,
Noch müßtest Waisen du erziehn. Doch dieses hat
Gefügt der Götter einer, daß es so geschah.

Wohlan: für solche Tat vergiß den Dank mir nicht:
Ich bitte nicht um eine Gunst, die das vergilt,
Denn nichts ist teurer als das Leben auf der Welt;
Nur um Gerechtes, wie du selbst bekennen wirst:
Du liebst wie ich die Kinder, wenn du weise denkst.
So ziehe sie zu meines Hauses Herrschern auf
Und führe nicht ein fremdes Weib den Kindern zu,
Die böser als die Mutter und aus scheelem Neid
Die Hand an deine Kinder und an meine legt.
Nicht also tu an ihnen, ich beschwöre dich.
Stiefmütter sind den vorgebornen Kindern gram,
Ja, sind um nichts gelinder als der Schlange Brut.
Wohl hat der Sohn am Vater eine starke Wehr,
Doch wie wirst du dein Mädchenleben führen, Kind?
Und welch ein Weib, dem Vater beigesellt, triffst du?
Daß sie dir nur nicht schlechten Ruf einträgt und so
In deiner Jugendblüte dir die Freier raubt!
Denn nicht die Mutter wird dich einst vermählen, Kind,
Wird nicht in Kindesnöten dich ermutigen,
Dir nahe, wo nichts lieber als die Mutter ist.
Denn sterben muß ich, und mir kommt nicht morgen erst
Und auch am dritten Tage nicht das Mißgeschick:
Gleich zählt man mich zu denen, die gewesen sind.
Lebt wohl in Freuden! Rühmen darfst du, mein Gemahl,
Daß du der Frauen beste dir erlesen hast,
Und ihr, daß eine Mutter euch beschieden ward.

CHORFÜHRER

Getrost: ich sage ohne Scheu an seiner Statt:
Er wird's erfüllen, wenn er wohlbesonnen bleibt.

ADMETOS

Geschehn, geschehn wird's: fürchte nicht! Du warest ja
Die Meine lebend, und allein im Tode wirst
Du meine Gattin heißen, und an deiner Statt
Nennt kein thessalisch Mädchen je sich meine Braut.
Wohl keine war so edlen Vaters Kind, und nie
Glich dir an Schönheit und Gestalt ein andres Weib.
Genug der Kinder hab ich: laßt, o Götter, froh
Mich ihrer werden! Deiner werd ich's nimmermehr!
Und Trauer, Teure, trag ich nicht ein Jahr um dich:
So lange wird sie dauern wie mein Leben währt.
Die mich geboren, haß ich, auch dem Vater bin
Ich gram: mit Worten liebten sie, nicht durch die Tat.
Du aber gabst dein Liebstes für mein Leben hin
Und hast mich so gerettet – und ich seufzte nicht,
Dein, solches Ehgemahles, mich beraubt zu sehn?
Gastmahle, Freudenfeste werd ich fliehn hinfort
Und Kranz und Lieder, die zuvor mein Haus erfüllt.
Nie wieder werde ich die Saiten rühren noch
Mein Herz begeistern zum Gesang bei libyschen
Festflöten, denn du raubtest mir des Lebens Reiz.
Von eines Künstlers Meisterhand gebildet, wird
Vor meinem Lager aufgestellt dein Ebenbild.
Dort hingesunken und die Händ umschlingend ihm
Und deinen Namen rufend, werd ich wähnen, dich
Im Arm zu halten, Liebe, die doch ferne weilt.
Zwar ist die Freude nichtig – dennoch werd ich so
Des Herzens Last erleichtern. Auch im Traume wirst
Du nahn und mich erquicken, ist es doch so süß,
Auch nachts den Freund zu sehen, wann er kommen mag.
Doch hätt ich Orpheus' Lieder, hätt ich seinen Mund,
Daß ich den Schattenherrscher und Demeters Kind
Durch Lieder rührend, aus der Nacht dich rettete:
Ich stieg hinab, und weder Plutons Beller noch
Der Seelenfährmann Charon hielten mich zurück,

Dich lebend heimzuführen an des Tages Licht.
Erwarte dort denn bis zu meinem Tode mich,
Und unser Haus bereite, mir vereint zu sein.
Im selben Zedernsarge sollen diese mich
Zu dir bestatten, und an deiner Seite wird
Die meine ruhen: auch im Tode möcht ich nie
Von dir getrennt sein, die allein mir Treue hielt.

CHORFÜHRER

Wie mit dem Freund die Freunde, will auch ich mit dir
Das bittre Leiden tragen, denn sie ist es wert.

ALKESTIS

Ihr selbst, o meine Kinder, habt des Vaters Wort
Nunmehr vernommen, daß er nie ein andres Weib
Als Mutter euch zuführen, mich mißachten will!

ADMETOS

Und abermals gelob ich's und vollend es auch.

ALKESTIS

Auf dieses nimm aus meiner Hand die Kinder hin.

ADMETOS

Die teure Gabe nehm ich aus der teuren Hand.

ALKESTIS

Sei du den Kindern Mutter jetzt an meiner Statt.

ADMETOS

Wohl haben sie mich nötig, sind sie dein beraubt.

ALKESTIS

Ich sollte leben, Kinder, und ich muß hinab!

ADMETOS

Was soll ich, ach, beginnen, so getrennt von dir?

ALKESTIS

Nichts ist ein Toter: deinen Gram erweicht die Zeit.

ADMETOS

Nimm, bei den Göttern, nimm auch mich hinab mit dir!

ALKESTIS

Ich bin genug schon, die für dich den Tod erwählt.

ADMETOS

O grauses Schicksal, welche Gattin raubst du mir!

ALKESTIS

Mein Auge dunkelt, und die Lider werden schwer.

ADMETOS

So bin ich denn verloren, scheidest du von mir.

ALKESTIS

Ich bin gewesen: nenne mich die Tote nun.

ADMETOS

Richt auf das Antlitz! O verlaß die Kinder nicht!

ALKESTIS

Ungerne scheid ich, Kinder: lebt denn, lebet wohl!

ADMETOS

Nach ihnen blicke, blicke hin!

ALKESTIS

Ich bin nicht mehr.

ADMETOS

Was ist? Du scheidest?

ALKESTIS

Lebe wohl!

ADMETOS

Verlorner ich!

CHORFÜHRER

Sie ging dahin: des Admetos Weib ist nicht mehr.

*Strophe*

EUMELOS

Weh mir, welches Los! Meine Mutter ist
Hinabgegangen, weilt nicht mehr,
Vater, im Sonnenlicht.
Sie verließ mich und machte zur Waise mich,
Die Unselige. Sieh,
Sieh nur die starren Augen, die starre Hand!
O vernimm mich, vernimm mich doch, ach Mutter,
Ich flehe zu dir – ich, Mutter, dein Sohn,
Ich rufe dir nach,
Sinke – dein armes Kind – Mutter, an deine Lippen.

ADMETOS

Sie sieht dich nicht mehr noch vernimmt sie deinen Ruf:
Ein schweres Unheil hat betroffen mich und euch.

*Gegenstrophe*

EUMELOS

So jung, Vater, schon steh ich einsam und
Der lieben Mutter ledig – weh,
Wie schrecklich nur ist's,
Was ich leiden muß! Und du leidest mit mir,
Mein Schwesterlein, ach!
Vergebens, vergebens hast du sie gefreit,
Mein Vater: du kamst nicht an des Alters Ziel
Zusammen mit ihr: sie starb dir zuvor.
Ach liebe Mutter,
Unser Geschlecht vergeht in deinem Tode mit dir.

CHORFÜHRER

Du mußt dies herbe Los ertragen, Admetos,
Denn nicht der erste bist du noch der letzte Mann,
Der solch ein edles Weib verlor. Erkenne denn:
Den Tod bezahlen alle wir als eine Schuld.

ADMETOS

Das weiß ich, und nicht plötzlich hat mich solches Leid
Bestürmt: ich ahnt es lange schon und härmte mich.
Doch diese Tote will ich nun bestatten gehn.
Bleibt ihr derweil und singt ein Lied zur Antwort für
Den Gott der Unterwelt, der unversöhnlich blieb.
Doch ganz Thessalien, über das mein Speer gebeut,
Es teile trauernd meinen Schmerz um diese Frau
Durch abgeschorne Locken und ein schwarzes Kleid;
Und die ihr Viergespann und Einzelrosse lenkt,
Trennt ihre Mähnen mit dem Stahl vom Nacken ab.
Auch werde nicht der Lyra, nicht der Flöte Ton
Zwölf volle Monde mehr gehört in dieser Stadt:
Denn keinen teueren Toten, der mich so geliebt,
Werd ich jemals bestatten. Wohl verdiente sie
Von mir die Ehre, denn sie starb allein für mich.

*Alkestis wird ins Haus getragen, Admetos und die Kinder folgen*

CHOR

*Erste Strophe*

Tochter von Pelias' Stamm,
Froh wohne mir nun in des Schattenreiches
Wohnsitz, in dem sonnenlosen Hause!
Doch Hades wisse es, der Gott
Mit dem dunklen Haar, und der Alte,
Welcher am Steuer gebietet,
Jener Totenfährmann,
Er habe die beste Frau, die beste
Wohl über den Acheron geleitet
Mit dem Doppelruder.

*Erste Gegenstrophe*

Dichter werden dich nun
Zur siebensaitigen Leier vom Berge
Besingen und in Liedern ohne Leier
Zu Sparta, so oft der karnei-
ische Monat im Kreislauf des Jahres
Wiederkehrt und Selenes
Glanz die Nacht erhellt,
Und im glücklichen, herrlichen Land Athenes.
Solch heilige Lieder hinterließest
Du im Tode den Sängern.

*Zweite Strophe*

Ständ es in meiner Macht und
Könnt ich wieder zurück dich
An das Licht aus der Nacht des Hades
Rudern über den Strom der Toten!
Denn du allein, ach der Frauen liebste,
Du fandest den Mut, den teuren Gemahl mit deinem Leben
Von dem Tode zu lösen: o möge der Staub
Leicht die Gebeine dir decken, Weib!
Wenn er ein neues Gemahl sich erwählte –
Wahrlich, ich müßte ihn hassen,
Verhaßt würd er deinen Kindern.

*Zweite Gegenstrophe*

Nicht der ergraute Vater,
Nicht die Mutter entschloß sich,
Für den Sohn in den Tod zu gehen,
Ihn zu retten, ihn, den sie zeugten,
Die Unseligen mit den Silberlocken:
Du opfertest dich für deinen Gemahl in blühnder Jugend.
O würd auch mir ein so zärtliches Weib,
Das sich in Liebe zu mir gesellt –
Seltenes Glück in dem Leben der Sterblichen –:
Wahrlich, das Leben sollt ihr
Mit mir ohne Harm verfließen.

*Herakles tritt auf*

HERAKLES

O Freunde, die ihr in Pheraia wohnhaft seid,
Treff ich Admetos, euern Herrn, im Hause wohl?

CHORFÜHRER

Der Sohn des Pheres ist daheim, o Herakles.
Doch sage, was dich führte nach Thessalien,
Was dich in Pherais hohe Stadt zu kommen trieb.

HERAKLES

Nach einer Arbeit sendet mich Eurystheus aus.

CHORFÜHRER

Wo willst du hinziehn? Welchem Irrsal zugewandt?

HERAKLES

Nach Diomedes' Viergespann, des Thrakiers.

CHORFÜHRER

Wie könntest du das? Kennst du denn den Fremden nicht?

HERAKLES

Ich kenn ihn nicht: nie kam ich ins Bistonerland.

CHORFÜHRER

Du kannst der Rosse ohne Kampf nicht Meister sein!

HERAKLES

Unmöglich ist mir's, auszuschlagen die Gefahr.

CHORFÜHRER

Du kommst als Sieger – oder bleibst als Toter dort!

HERAKLES

Ich kämpfe nicht zum ersten Male solchen Kampf.

CHORFÜHRER
Doch was gewönnst du, wenn du ihn bewältigtest?

HERAKLES
Dem Herrn von Tiryns führ ich seine Rosse zu.

CHORFÜHRER
Den Mäulern Zäume umzulegen ist nicht leicht!

HERAKLES
Nun, wenn sie nur nicht Feuer aus den Nüstern sprühn!

CHORFÜHRER
Nein: sie zerstücken Menschenfleisch mit wildem Zahn.

HERAKLES
Das ist des rohen Bergwilds, nicht der Rosse Fraß.

CHORFÜHRER
Bespritzt vom Blute wirst du wohl die Krippen sehn.

HERAKLES
Und welches Vaters rühmt sich, der die Rosse hält?

CHORFÜHRER
Des Ares: Herr des schildbewehrten Thrakervolks.

HERAKLES
Von meinem Schicksal ward auch dieser Kampf verhängt:
Stets ist es feindlich, stellt in rauhe Bahnen mich,
Wenn ich die Söhne, die der Schlachtengott erzeugt,
Im Streit bestehn muß, wie Lykaons Kraft zuerst,
Den Kyknos dann; zum dritten Kampfe soll ich nun
Mit diesen Rossen ziehen und mit ihrem Herrn.
Doch keinen gibt es, welcher je vor Feindeshand
Den Sohn Alkmenes feige wird erzittern sehn.

CHORFÜHRER
Dort naht sich uns Admetos, dieses Landes Fürst;
Dahergeschritten kommt er aus dem Hause selbst.

ADMETOS
Heil dir, des Zeus Sohn, der vom Blut des Perseus stammt!

HERAKLES
Heil, Heil auch dir, Admetos, Fürst Thessaliens!

ADMETOS
Das wünscht ich wahrlich; doch ich weiß, du willst mir wohl.

HERAKLES
Warum erscheinst du trauernd mit geschornem Haupt?

ADMETOS
An diesem Tag bestatt ich einen Toten noch.
HERAKLES
Von deinen Kindern wend ein Gott dies Übel ab!
ADMETOS
Sie leben noch im Hause, die ich einst erzeugt.
HERAKLES
Wohl war der Vater, wenn er starb, zum Grabe reif.
ADMETOS
Auch er und meine Mutter lebt, o Herakles.
HERAKLES
So starb dir doch Alkestis, deine Gattin, nicht?
ADMETOS
Von ihr vermag ich zweierlei dir kundzutun.
HERAKLES
Sprichst du von einer Toten oder Lebenden?
ADMETOS
Sie lebt und lebt nicht, Schmerz erfüllt mein Herz um sie.
HERAKLES
So weiß ich's um nichts besser, da du Rätsel sprichst.
ADMETOS
Du weißt doch, welches Schicksal ihr beschieden ist?
HERAKLES
Wohl weiß ich, daß sie sterben will an deiner Statt.
ADMETOS
Wie lebte sie nun fürder, wenn sie das gelobt?
HERAKLES
Beweine sie nicht vorher: schieb es auf bis dann!
ADMETOS
Tot ist der Todgeweihte wie der Tote selbst.
HERAKLES
Doch Sein und Nichtsein ist ja wohl nicht einerlei!
ADMETOS
Du meinst es so, Herakles, und ich mein es so.
HERAKLES
Was aber weinst du? Welchen Freund nahm dir der Tod?
ADMETOS
Ein Weib: das Weib hab ich dir eben schon erwähnt.

HERAKLES
Und war's ein fremdes oder ist es dir verwandt?
ADMETOS
Ein fremdes, aber nötig sonst im Hause mir.
HERAKLES
Wie büßt in deinem Hause sie das Leben ein?
ADMETOS
Sie blieb nach ihres Vaters Tod als Waise da.
HERAKLES
Ach, träfen wir, Admetos, dich nicht trauernd an!
ADMETOS
Was sollen diese Worte denn, was willst du tun?
HERAKLES
Ich ziehe hin an eines andern Freundes Herd.
ADMETOS
Mitnichten! Komme solcher Schmerz nicht über mich!
HERAKLES
Leicht ist ein Fremder lästig bei dem Trauernden.
ADMETOS
Tot sind die Toten: gehe denn ins Haus hinein.
HERAKLES
Unziemlich ist das Schmausen bei den Trauernden.
ADMETOS
Gesondert sind die Hallen, wo du wohnen wirst.
HERAKLES
Entlaß mich, und ich danke dir es tausendmal.
ADMETOS
Ich lasse dich zu keines andern Herde ziehn.
*zu einem Diener*
Geh du voran, die Fremdenhallen außerhalb
Des Hauses öffnend, und befiehl den Schaffnern dort,
Der Speisen Füll ihm aufzutragen; schließt sodann
Die Mitteltüren: nimmer soll ein schmausender
Gastfreund die Klage hören, die zur Trauer stimmt.
*Herakles mit dem Diener ab*
CHORFÜHRER
Was tust du? Da dich solches Leid umfangen hält,
Willst Fremde du bewirten? Bist du bei Verstand?

ADMETOS

Hätt ich den Fremdling, als er kam, von Stadt und Haus
Zurückgewiesen, hättst du mich wohl mehr gelobt?
Nein, wahrlich: denn um nichts geringer wäre dann
Mein Leid gewesen, aber ich ungastlicher.
Und bei den andern Übeln wär auch dieses noch:
Unhold den Fremden würde rings mein Haus genannt.
Den besten Gastfreund aber find ich selbst an ihm,
Gelang ich einst in Argos' wasserloses Land.

CHORFÜHRER

Warum ihm aber dein Geschick verheimlichen,
Der als dein Freund gekommen, wie du selber sagst?

ADMETOS

Niemals betreten hätte mir der Mann das Haus,
Wär ihm bekannt geworden, welches Leid mich traf.
Und mancher achtet mich darum für töricht wohl
Und wird mich schelten; aber ich verstand es nie,
Den fremden Mann hinauszuweisen und zu schmähn.

CHOR

*Erste Strophe*

O du stets freisinniges, gastliches Haus, du Geschlecht des
[Königs,
Auch Phoibos, der pythische Leierkünstler, hielt dich
Wert, bei dir zu wohnen,
Verschmähte es nicht, der Schafe Hüter
In deinem Haus zu werden:
Durch verschlungene Täler hin
Spielte der Hirt auf seiner Syrinx
Hochzeitslieder den Herden.

*Erste Gegenstrophe*

Und es weideten mit, von den Tönen verzückt, die gefleckten
[Luchse,
Die Schluchten des Othrys verlassend, kam der Löwen
Feuergelbe Horde.
Um deine Kithara tanzten dahin
Bunte Rehe, Phoibos,
Von hochragendem Tannenwald

Flüchtigen Fußes herübereilend
Froh der heiteren Klänge.

*Zweite Strophe*

Drum wohnt er, von Herden umschwärmt,
Bei dem schönhinwallenden boibischen See,
Hier im reichen Hause. Die Mark seiner Auen
Und der Gefilde, vom Pflug
Durchschnitten, erstreckt sich zum Land Molossis,
Wo Helios abends die Rosse abschirrt,
Und er herrscht bis zum Pelion, der am hafenlosen
Meeresstrand der Aegaeis aufragt.

*Zweite Gegenstrophe*

Er öffnet die Pforten auch jetzt:
Seinen Gastfreund grüßt er mit tränendem Blick,
Um die Gattin weinend, die liebende, die
Jüngst im Palaste verschied:
Ein erhabener Sinn hegt fromme Sitte.
Die Fülle der Weisheit wohnt in den Edlen.
Ich bin betroffen – doch meine Seele hegt Zuversicht:
Dem frommen Mann muß es wohlergehen.

ADMETOS

Ihr Männer Pherais, die mich liebevoll umstehn,
Die Tote, die mit allem wohl versehen ward,
Trägt hoch zu Grab und Scheiter schon die Dienerschar.
Ihr aber grüßt nach hergebrachter Sitte sie,
Die jetzt das Haus zu ihrem letzten Gang verläßt.

CHORFÜHRER

Mit greisem Fuße seh ich deinen Vater dort
Sich nahn, und sein Gefolge trägt für dein Gemahl
Den Schmuck in Händen, dessen sich die Toten freun.

PHERES

Ich komme, fühle deinen Schmerz, mein Sohn, mit dir.
Wohl hast du – niemand widerspricht – ein züchtiges,
Ein edles Weib verloren; doch ein solches Los,
Wie schwer es sei zu tragen, ist Notwendigkeit.
Nimm diesen Schmuck denn, und zur Erde walle sie

Hinab! Verehrung heischt von uns der Teuren Leib,
Die, Sohn, für dich ihr Leben hingeopfert und
Es nicht geduldet, daß ich, kinderlos und dein
Beraubt, im Alter kummervoll verschmachtete,
Nein, die des Lebens höchsten Ruhm für alle Fraun
Errang, indem sie dieses große Werk vollbracht.
Du, die den Sohn gerettet und aus tiefem Fall
Uns aufgerichtet, fahre wohl, und möge dir's
Wohlgehn in Hades' Reich. Nur solche Ehen sind
Den Menschen nützlich: anders taugt das Freien nicht.

ADMETOS

Von mir geladen kommst du nicht zu diesem Grab,
Noch nenn ich deine Gegenwart willkommen mir.
Sie wird mit deinem Schmucke niemals angetan.
Sie wird begraben und bedarf des Deinen nicht.
Dir ziemte Mitleid, als der Tod mich jüngst umfing:
Da standst du fern und ließest andre sterben, du,
Der Greis die Jüngern, und beklagst die Tote nun!
So bist du denn mein echter Vater nicht? Sie hat
Mich nicht geboren, die sich meine Mutter nennt
Und so genannt wird? Stamme ich aus Sklavenblut
Und ward geheim an deines Weibes Brust gelegt?
Wohl hat die Prüfung, wer du bist, geoffenbart,
Und nimmer kann ich glauben, daß du mich gezeugt.
Gewiß, an Feigheit übertriffst du jedermann,
Du, so bejahrt, an deines Lebens Ziele schon,
Du hattest nicht den Willen noch den Mut, für mich,
Für deinen Sohn zu sterben, nein, du ließest hier
Die Fremde sterben, welche nun mit Recht allein
Als Vater mir, als teure Mutter gelten wird.
Du hättest gleichwohl einen schönen Kampf gekämpft,
Statt deines Sohnes sterbend, war doch kurze Zeit
Nur übrig, die zu leben dir verstattet war.
Was immer widerfahren mag dem Glücklichen,
Ward dir zuteil: in deiner Jugend herrschtest du,
Ich war dein Sohn und folgte dir in diesem Haus:
So brauchtest du nicht kinderlos zu scheiden und
Dein Haus verwaist zurückzulassen als den Raub

Für Fremde. Auch kannst du nicht sagen, daß du mich
Verrietest, weil dein Alter ich nicht achtete:
Ich ehrte dich auf's höchste. Dafür hast du mir,
Und hat die Mutter mir gelohnt mit solchem Dank.
Drum säume nicht mehr: andre Kinder zeuge dir,
Die deines Alters pflegen und im Tod dereinst
Dir deinen Leichnam schmücken und beerdigen:
Denn ich begrabe nimmer dich mit meiner Hand.
So viel an dir lag, bin ich tot, und leb ich noch,
Und ward ein andrer Retter mir, so nenn ich gern
Mich dessen Sohn, will seines Alters Pfleger sein.
Wie nichtig, wünschen Greise sich den Tod herbei,
Das Alter scheltend und des Lebens lange Zeit,
Denn kommt die Todesstunde, wünscht niemand sich mehr
Zu sterben, und das Alter ist ihm keine Last.

CHORFÜHRER

Laßt ab, des Unglücks haben wir genug bereits!
Mein Sohn, erbittre, reize nicht des Vaters Sinn.

PHERES

Wen, einen Lyder oder Phryger, den du dir
Um Geld erkauftest, wähnst du so zu schelten, Sohn?
Bedenkst du, daß ich ein Thessaler bin und frei,
Sohn eines freien Vaters aus Thessalien?
Du schmähst zu frech, mit Knabenworten höhnst du mich:
Doch ungeahndet sollst du nicht von dannen gehn!
Ich habe dich als dieses Hauses Herrn erzeugt
Und so erzogen: sterben muß ich nicht für dich.
Denn weder Ahnensitte noch Hellenenbrauch
Gebot dem Vater, daß an Sohnes Statt er stirbt.
Dir selber – ob du glücklich, ob unglücklich seist –
Lebst du: von mir empfingst du, was ich schuldig war.
Du herrschest über viele, wirst der Fluren viel
Noch erben, wie mein Vater sie mir hinterließ.
Wo tat ich Unrecht also? Was entzog ich dir?
Stirb du für mich nicht, aber ich auch nicht für dich.
Du freuest dich des Lebens; und ich sollt es nicht?
Das Leben drunten, meine ich, währt lange Zeit,
Das Erdenleben währt nur kurz, doch ist es süß.

Du hast doch schamlos vor dem Tode dich gesträubt
Und lebest über dein beschiednes Los hinaus,
Die Gattin tötend. Dennoch rückst du feigen Sinn
Mir vor, du Feigster, den ein schwaches Weib besiegt,
Das dir, dem schönen Knaben, sich geopfert hat?
Ein Mittel, nie zu sterben, hast du schlau erdacht,
Wenn deine Gattin jedesmal willfährig ist,
Für dich zu sterben! Und du schmähst die Deinen nun,
Die dieses nicht tun wollen, da du selber zagst?
Sei still, bedenke: wie du selbst dein Leben liebst;
So liebt es jeder! Lästerst du mich fürderhin,
So hörst du noch viel Arges und manch wahres Wort.

CHORFÜHRER

Zu viel des Argen ward zuvor und nun gesagt.
Laß endlich ab, o Alter, deinen Sohn zu schmähn!

ADMETOS

Sprich so wie ich gesprochen; wenn das wahre Wort
Dich schmerzt, so mußtest du dich nicht vergehn an mir.

PHERES

Mehr hätt ich mich vergangen, wenn ich starb für dich.

ADMETOS

Eins wär es, ob ein Jüngling, ob ein Alter stirbt?

PHERES

Ein einzig Leben leben wir, kein doppeltes.

ADMETOS

Nun, lebe du denn länger als der höchste Zeus!

PHERES

Du fluchst den Eltern, welche dir kein Leid getan?

ADMETOS

Ich sehe doch, wie du ein langes Leben liebst.

PHERES

Bestattest du die Tote nicht an deiner Statt?

ADMETOS

Hier offenbart sich deine Feigheit, Schändlicher!

PHERES

Nicht meinetwegen starb sie; das behaupte nicht.

ADMETOS

Wie wünsch ich, daß du meiner einst bedürfen magst!

PHERES
Recht viele Weiber freie, daß sie sterben so!

ADMETOS
Das wäre dir Schmach, der du dich dem Tod entzogst!

PHERES
Süß ist es, dieses Gotteslicht, uns allen süß.

ADMETOS
Feigherzig ist dein Sehnen, nicht wie's Männern ziemt.

PHERES
Wohl wirst du lachend nicht den Greis beerdigen.

ADMETOS
Doch wirst du ruhmlos sterben, wenn du sterben wirst.

PHERES
Geschmäht zu werden, kümmert mich im Tode nicht.

ADMETOS
Ach, ach, wie ist das Alter ohne Scham und Scheu!

PHERES
Sie war nicht ohne Scheu, sie fandst du töricht nur.

ADMETOS
Geh fort und laß die Tote mich beerdigen.

PHERES
Ich gehe, du bestatte, die du mordetest!
Doch deinen Anverwandten wirst du's büßen noch.
Fürwahr, Akastos wäre mir kein Mann hinfort,
Läßt er das Blut der Schwester ungerächt an dir.

*Er geht*

ADMETOS
Fluch dir und jener, die mit dir im Hause wohnt!
Lebt euer Sohn auch, altert ohne Sohn dahin,
Wie ihr's verdient: nicht unter einem Dach mit mir
Dürft ihr verweilen! Müßt ich auch durch Heroldsruf
Dem Vaterherd entsagen, wohl entsag ich ihm.
Wir gehn – ertragen müssen wir den herben Schmerz –
Und legen auf den Scheiterhaufen ihren Leib.

CHORFÜHRER *während Admetos mit dem Chor davongeht*
Du mutvoll duldende, beste der Fraun,
Leb, Edelste, wohl. Es empfange mit Huld
Dich Hermes drunten und Hades dich.

Wird dort auch Freude den Edeln zuteil,
So genieße dein Glück,
An der Seite Persephones thronend!

*Ein Diener tritt aus dem Hause*

DIENER

Schon viele Fremde sah ich und aus manchem Land
Ins Haus Admetos' kommen und bediente sie
Mit Trank und Speise; aber keinen schlimmern noch
Als diesen Fremdling nahm ich auf an unserm Herd.
Er trat, obwohl er unsern Herrn in Trauer sah,
Herein, und dreist und kühn passierte er das Tor.
Die dargebotnen Gastgeschenke nahm er dann,
Vom Leide hörend, keineswegs bescheidentlich,
Und wenn wir was nicht brachten, trieb er uns darum.
Er faßt den Epheubecher drauf mit seiner Hand
Und trinkt der schwarzen Reben unvermischten Saft,
Bis ihn des Weines aufgestiegne Glut erhitzt.
Mit Myrtenzweigen kränzt er dann die Stirne sich
Und gröhlte wild auf. Nun erscholl ein doppelt Lied:
Denn unbekümmert um das Leid, das dieses Haus
Betroffen, sang er; wir, die Diener, jammerten
Um unsre Herrin. Doch dem Fremdling zeigten wir
Kein feuchtes Auge: so gebot Admetos uns.
Und nun bewirt ich im Palast den Fremden da,
Der wohl ein Straßenräuber ist, ein schlauer Dieb.
Sie hat das Haus verlassen, und ich folgte nicht,
Erhob zum Abschied nicht die Hand, beklagte nicht
Die Herrin, die mir Mutter war und allen hier
Im Hause: tausend Übel wehrte sie von uns,
Den Zorn des Herrn erweichend. Haß ich also nicht
Mit Recht den Fremdling, der in solchem Leide kam?

*Herakles tritt bekränzt und trunken aus dem Tor*

HERAKLES

Du, was so düster blickst du drein und sorgenvoll?
Der Diener darf nicht mürrisch gegen Fremde sein,
Leutselig und gefälligen Sinns empfang er sie!
Vor dir erscheint ein alter trauter Freund des Herrn,
Und ihn empfängst du finster, mit gefurchter Stirn,

Und denkst allein der Fremden, die im Hause starb.
Komm her, damit du künftig doch gescheiter wirst!
Kennst du das Menschenleben, welcher Art es ist?
Ich glaube nicht; woher auch? Höre denn mich an!
Den Menschen allen ist des Todes Los verhängt,
Und ihrer keinem wurde noch geoffenbart,
Ob nur der Tage nächster ihn am Leben trifft.
Denn dunkel ist, wohin des Schicksals Wege gehn,
Und nicht erlernbar, keine Kunst enthüllt es uns.
Nun, da du dies vernommen und gelernt von mir,
Erheitre dich und trinke, rechne diesen Tag
Für dein, das andere für des Schicksals Eigentum.
Auch ehre Kypris, die vor allen Göttinnen
Die Menschen lieben, weil sie huldvoll ihnen naht.
Das andere – laß es fahren und gehorche dem,
Was ich geredet, glaubst du, daß ich Wahres sprach.
Ich glaub es: laß dies allzuviele Grämen denn,
Tritt über diese Schwelle, Freund, trink eins mit uns,
Die Stirn bekränzend; und ich weiß, der perlende
Wein, der im Becher sprudelt, wird den finsteren,
Den jetzt so traurig starren Geist umwandeln dir.
Dem Menschen ziemt es, menschlich auch gesinnt zu sein,
Denn allen Mürrisch-Ernsten und Trübsinnigen
Ist wahrlich, wenn ich sagen soll, wie mich es dünkt,
Das Leben nicht ein Leben, sondern eine Qual.

DIENER

Wohl weiß ich dieses, aber kein Geschick betraf
Uns nun, zu welchem laute Lust und Lachen paßt.

HERAKLES

Die Tote war nur eine Fremde, jammre drum
Nicht allzusehr; des Hauses Herren leben noch.

DIENER

Wie, leben diese? Kennst du nicht des Hauses Leid?

HERAKLES

Wohl – wenn mich dein Gebieter nicht belogen hat.

DIENER

Nur allzugastlich, allzusehr ist's unser Herr.

HERAKLES

Soll mir's der Fremden halber nicht behaglich sein?

DIENER

Ja freilich, sehr fremd war sie uns, nur allzufremd!

HERAKLES

So hat Admetos einen Unfall mir verhehlt?

DIENER

Du fahre wohl: uns kümmert unsers Herrn Geschick.

HERAKLES

Mit solchem Worte klagt man nicht um fremdes Weh.

DIENER

Dann hätt ich deinen Jubel dir wohl nicht verdacht.

HERAKLES

So hat mein Gastfreund denn an mir nicht recht getan?

DIENER

Zu rechter Stunde kamst du nicht in dieses Haus.
Wir haben Trauer, und du siehst geschornes Haar
Und schwarze Kleider.

HERAKLES

Sage, wer gestorben ist!
Verschied der alte Vater, starb der Kinder eins?

DIENER

Admetos' Gattin hat der Tod ereilt, o Herr.

HERAKLES

Wie sagst du? Dennoch nahmet ihr mich gastlich auf?

DIENER

Dich aus dem Hause fortzuweisen scheut er sich.

HERAKLES

O Armer, welcher Gattin wurdest du beraubt!

DIENER

Wir alle sind verloren, jene nicht allein.

HERAKLES

Wohl aus der Augen Tränen, aus der Haare Schnitt,
Den traurigen Blicken ahnte mir's, doch glaubt ich ihm,
Ein Fremder sei es, welchen er beerdige.
Trotz meiner Ahnung trat ich ein durch dieses Tor
Und trank im Haus des liebevollen Wirtes hier,
Der solches Leid erfahren – und ich zechte gar,

Das Haupt bekränzend! Aber du trägst hier die Schuld,
Der mir das Leid verborgen, das den Freund betraf.
Wo will er sie bestatten? Sprich! Wo find ich ihn?

DIENER

Am graden Weg, der draußen nach Larissa führt.
Dort wirst du sehn ihr schon geglättet Totenmal.

*ab*

HERAKLES

O Herz, o meine Seele, die so vieles trug,
Nun zeige, welchen tapfern Sohn Elektryons
Alkmene, die Tiryntherin, dem Zeus gebar!
Denn retten muß ich diese jüngst Gestorbene:
Ich führ Alkestis wiederum ins Haus zurück
Und lohne so dem König, was er mir getan.
Drum will ich gehn, des Totenherrschers Thanatos,
Des schwarzbeschwingten harrend, den ich finde wohl
Vom Opferblute trinkend bei dem Totenmal.
Wenn aus dem Hinterhalte stürzend ich ihn dann
Ergriff und mit den Armen rings umklammerte,
Daß ihm die Seiten schmerzen, soll ihn keine Macht
Der Welt entreißen, bis er mir die Tote läßt.
Doch kommt er nicht zum blutigen Opfermahle und
Verfehl ich meine Beute dort, dann steige ich
In Kores und des Hades sonnenloses Reich
Hinab und bitte diese – und ich weiß gewiß:
Ich führ in meines Freundes Arm Alkestis heim,
Der mich in seine Wohnung nahm und nicht verstieß,
Wiewohl ein schweres Ungemach ihn niederschlug,
Das mir der edle Mann verbarg aus zarter Scheu.
Wo war so gastlich einer in Thessalien,
Und wo in Hellas? Drum soll nie er sagen, er,
Der Edle, habe einem Schlechten wohlgetan!

*ab*

*Admetos kommt mit dem Chor von der Bestattung zurück*

ADMETOS

Ach, trauriger Eingang, trauriger Blick
Des verwaisten Hauses, o weh mir, weh!
Wo gehn, wo stehn? Was sag ich, was nicht?

O stürb ich dahin!
Unselig gebar mich die Mutter, fürwahr!
Ich beneide die Toten, ich liebe nur sie,
In der Toten Behausung zieht mich's hinab.
Denn nicht mehr freut mich der Sonne Schein,
Nicht, daß mein Fuß noch die Erde berührt:
Solch teures Pfand hat Thanatos mir
Zu den Toten entführt in den Hades.

*Erste Strophe*

CHOR

Voran, voran schreite: birg im Hause dich.

ADMETOS

Wehe!

CHOR

Der Klage wert ist, was du erlittest.

ADMETOS

Ach, ach!

CHOR

Qualen erduldest du, ich weiß wohl.

ADMETOS

Weh, weh!

CHOR

Dein Klagen hilft der Toten nicht.

ADMETOS

O weh, weh mir!

CHOR

Nie wiedersehen dürfen der teuren Gemahlin
Antlitz – o herbe Trauer!

ADMETOS

Du berührst, was tief in der Seele mich schmerzt.
Welch größeres Unglück träfe den Mann,
Als missen ein treues Gemahl? Daß nie
Ich verbunden mit ihr in dem Hause gewohnt!
Ich beneide, die ohne Gemahl und Kind:
Ein Leben ist dies, und die Trauer darum

Ein erträgliches Leid;
Doch Kinder erkrankt und das bräutliche Bett
Von dem Tode zerstört sehn: dies Leid ist
Unerträglich fürwahr, und besser, man freut
Sich niemals dieses Besitzes!

*Erste Gegenstrophe*

CHOR

Ein Los, ein Los, schwer zu tragen, fiel dir zu.

ADMETOS

Wehe!

CHOR

Für deinen Schmerz findest du kein Ende.

ADMETOS

Ach, ach!

CHOR

Hart zu ertragen ist's, und doch –

ADMETOS

Ich Armer!

CHOR

Harr aus: nicht du verlorst zuerst –

ADMETOS

O weh, weh mir!

CHOR

Die Gattin. Andre martert ein andres Geschick,
Wie es die Menschen heimsucht.

ADMETOS

O ewiger Schmerz und Gram um den Freund
In der Erde Grund! – Was wehrtest du mir,
Mich zu stürzen ins Grab, in die gähnende Gruft,
Um dort bei ihr, der Krone der Fraun,
Im Tode zu ruhn?
Zwei Seelen für eine dann hätte der Tod
Zusammen – die treusten, die beide vereint
Die Wasser des Styx überquerten.

*Zweite Strophe*

CHOR

Mir war ein Mann nahverwandt,
Welchem der einzige Sohn beklagenswert dahinstarb
Im Hause. Doch trug er
Das Leid gelassen, kinderlos
Und zu grauendem Haupthaar
Sich bereits hinneigend
Und vom Leben abwärts.

ADMETOS

Du Front meines Hauses, wie tret ich nur ein?
Wie wohn ich in dir, nachdem das Geschick
Sich gewandt? Ach wie anders ward es mit mir:
Einst schritt ich – von pelischen Fackeln umstrahlt
Und in Hochzeitsliedern gepriesen – hinein
Und führt an der Hand mein trautes Gemahl
Und es folgt uns nach lautjubelnd ein Schwarm,
Der hoch die Gestorbene pries und mich,
Daß uns, von den würdigtsen Vätern entstammt
Aus erlauchtem Geschlecht, Gott Hymen vereint.
Nun tönt kein Brautlied – Klagen erschallt,
Statt des weißen hüllt mich ein schwarzes Gewand:
So trete ich ein
Zum verlassenen Lager der Liebe.

*Zweite Gegenstrophe*

CHOR

Indes dir hold schien das Glück,
Nahte das Leiden dem Unerfahrenen. Doch du rettest
Dir Seele und Leben.
Die Gattin starb, die Liebe schwand.
Was ist es denn mehr? Hat
Doch manchem der Tod schon
Sein Gemahl entrissen.

ADMETOS

Das Los der Gattin, Freunde, dünkt glückseliger
Mich als das meine, wenn es auch nicht also scheint,
Denn nie berührt sie fernerhin ein Ungemach,

Und mancher Trübsal wurde sie ruhmvoll entrückt.
Ich, nicht bestimmt zu leben, überschritt mein Ziel,
Und leb ein traurig Leben: jetzt erkenne ich's.
Wie werd ich's tragen, einzugehn in dieses Haus?
Wen werd ich noch anreden, und von wem begrüßt
Wird mir der Eingang fröhlich sein? Wo soll ich hin?
Die Öde, die nun drinnen herrscht, treibt mich hinaus,
Sobald ich leer der Gattin Lager sehe, leer
Die Stätten sehe, wo sie saß, im Hause rings
Staubvoll den Boden, wenn ans Knie die Kinder sich
Mir klammern, sie beweinend, und der Diener Schar
Beklagt die Herrin, die das Haus verloren hat.
So wird es stehn im Hause. Draußen quälen mich
Der Weiber volle Scharen und Thessaliens
Vermählte Frauen, denn ertragen kann ich's nicht,
Die Mitgespielen meiner Frau fortan zu sehn.
Und einer, der mir übel will, sagt wohl: „O seht
Ihn, welcher lebt in Schande, der den Tod gescheut
Und, seine Gattin opfernd aus Feigherzigkeit,
Entflohn dem Hades! Und er glaubt ein Mann zu sein,
Er haßt die Eltern, weil er selbst nicht sterben will?"
Und solchen Leumund soll ich noch zum andern Leid
Ertragen? Was, ihr Freunde, nützt das Leben mir,
Wenn böser Ruf und böses Schicksal mich verfolgt?

CHOR

*Erste Strophe*

Ich auch ehrte die Musen,
Und hoch schwebt ich empor und ward
Manch erhabenes Wort gelehrt,
Doch nichts mächtiger fand ich
Als das Schicksal – und Heilmittel
Weder auf thrakischen Tafeln,
Bewahrt in dem Liede des Orpheus,
Noch was Phoibos an Mitteln
Asklepios' Söhne lehrte,
Lindernd die herbe Qual
Kummerbeladener Menschen.

*Erste Gegenstrophe*

Dieser Gottheit bekränzt man
Keine Bilder, und kein Altar
Prangt ihr: Opfer erhört sie nicht.
Komm im Leben, du Hehre,
Mir nie furchtbarer als zuvor.
Denn mit dir vollbringt Zeus
Jegliches, was er beschlossen.
Auch der Chalyber Eisen
Bändigest du gewaltsam,
Und in dem harten Sinn
Regt sich kein Erbarmen.

*Zweite Strophe*

König, in unlösbare Band' hat sie verstrickt auch dich.
Halt aus, denn niemals ruft Klage die Toten
Drunten wieder ans Licht empor.
Auch Söhne der Götter sterben,
Schwinden in Todesnacht.
Wert, da sie mit uns noch lebte,
Wert ist sie auch im Tode.
Die edelste aller Frauen
Hattest du dir erwählt zur Gattin.

*Zweite Gegenstrophe*

Nicht wie das Grab anderer, sei deiner Gemahlin Grab
Angesehen: zu ihm wie zu den Göttern
Betend, ehr es der Wanderer.
Und mancher, vom Pfade seitwärts
Tretend, redet das Wort:
„Sie starb, den Gemahl zu retten;
Nun ward sie selige Gottheit.
Heil, Hehre, dir! Glück gewähr uns!"
Also wird man sie einst begrüßen.

CHORFÜHRER

Doch sieh, dort kommt, wie mich bedünkt, Alkmenes Sohn
Zu deinem Herd, Admetos, wiederum zurück.

*Herakles führt eine Verschleierte herbei*

HERAKLES

Zum Freunde reden muß man frei das freie Wort,
Admetos, und den Tadel nicht im Herzen still
Bewahren. Als ich jüngst in deinem Leide dir
Mich nahte, hätt ich gerne mich als Freund erprobt.
Doch du verschwiegst mir deiner Gattin Tod und nahmst
Mich hier im Hause gastlich auf, als wären es
Nur fremde Leiden, welche dich bekümmerten.
Und ich bekränzt in deinem Unglückshause mir
Das Haupt, und goß den Göttern froh Trankopfer aus.
Und dieses tadl' ich, tadle, daß mir das geschah,
Doch nicht betrüben will ich dich in deinem Leid.
Weshalb ich komme, wiederum hierher gewandt,
Vernimm, Admetos: dieses Weib bewahre mir,
Bis ich den König mordet im Bistonerland
Und wiederkehre mit den Rossen Thrakiens.
Doch trifft's mich, was fern bleibe – gerne kehrt ich heim! –,
So geb ich deinem Hause sie zur Dienerin.
Mit großer Mühe bracht ich sie in meine Hand.
Ich traf auf einen Wettkampf, den für alles Volk
Man eingesetzt, dem Streiter wert, ihn zu bestehn,
Und daher hab ich diese mir als Siegespreis
Davongetragen. Wer gesiegt im leichten Kampf,
Den lohnten Rosse; wer im größern Sieger ward,
Faustkämpfer oder Ringer, führte Rinder heim;
Auch eine Jungfrau folgte. Nun ich die gewann,
Wär es doch schmählich, ließ ich solchen Ruhmespreis!
Doch, wie gesagt, Admetos, nimm des Weibes wahr,
Denn nicht geraubt, in schwerem Kampfe hab ich sie
Errungen. Einst auch lobst du mich vielleicht darum.

ADMETOS

Nicht aus Verachtung oder weil ich dich gehaßt,
Verbarg ich meiner Gattin unglückselig Los.
Nein, neues Leid nur fügte sich zum alten Leid,
Zogst du davon in eines andern Freundes Haus:
Genug schon war die Klage um mein eignes Leid.
Doch dieses Weib, ich bitte, wenn es möglich ist,

Laß einen andern, welcher nicht mein Leid erfuhr,
Bewahren, König, hast du doch der Freunde viel
In Pherai; nicht an meinen Kummer mahne mich.
Ich könnte niemals dieses Weib im Hause sehn
Und ohne Tränen bleiben. Drum geselle mir
Nicht Leid zum Leide, mich beschwert mein Gram genug.
Und wo beherbergt ich im Haus das junge Weib?
Denn daß sie jung ist, zeigt Gewand und Schmuck mir an.
Sie sollte wohnen, wo das Männervolk verkehrt?
Wie wird sie schuldlos bleiben unter Jünglingen?
Schwer ist es, jugendlichen Mut zu bändigen,
Herakles, und ich wahrte gern des Freundes Gut.
Oder räume ich der Toten Schlafgemach ihr ein?
Wie führ ich sie zu meines Weibes Lagerstatt?
Zwiefachen Tadel fürcht ich: erst von Pherais Volk,
Daß einer schilt, ich habe meine Retterin
Verraten, ruh in eines andern Weibes Arm –,
Und von der Toten, der ich Ehrfurcht schuldig bin.
So muß ich Umsicht walten lassen. Doch du, Weib,
Wer immer du auch sein magst, gleichst Alkestis sehr
In Körperform und Ebenmaß der Wohlgestalt.
Oh, bei den Göttern – schaffe mir dies Weib hinweg
Aus meinen Augen, quäle mich Gequälten nicht!
Denn wenn ich sie so sehe, glaub ich mein Gemahl
Zu sehn, das Herz wallt über, und ein Tränenstrom
Bricht aus den Augen. Wehe mir Unseligem,
Welch herber Kummer, den ich wieder kosten muß!

CHORFÜHRER

Zwar kann ich dein Geschick nie glücklich preisen, doch
Du mußt es tragen, was der Gott dir auferlegt.

HERAKLES

O hätt ich solche Macht von Zeus, um dein Gemahl
Aus Hades' Schatten wieder an das Sonnenlicht
Zu führen, diesen Liebesdienst an dir zu tun!

ADMETOS

Ich weiß, du tätest's gerne, doch wie könntest du's?
Die Toten kehren nimmermehr ans Licht zurück.

HERAKLES

So traure nicht unmäßig, trag es mit Geduld.

ADMETOS

Leicht ist das Mahnen, doch im Leid ausharren schwer.

HERAKLES

Doch was gewinnst du, wenn du ewig seufzen willst?

ADMETOS

Das weiß ich selber, doch ein Sehnen reißt mich hin.

HERAKLES

Die Liebe zu den Toten zwingt zu Tränen uns.

ADMETOS

Sie machte mich elender, als ich sagen kann.

HERAKLES

Ein edles Weib verlorst du: wer bestritte das?

ADMETOS

Daß ich des Lebens nimmermehr mich freuen mag.

HERAKLES

Die Zeit besänftigt: jetzt noch ist dein Kummer neu.

ADMETOS

Ja, sie besänftigt, ist der Todestag die Zeit.

HERAKLES

Ein Weib und neuer Ehe Liebe heilt den Gram.

ADMETOS

Still! Welche Rede! Nimmer hätt ich das gedacht.

HERAKLES

Wie? Willst du nie mehr freien, ewig Witwer sein?

ADMETOS

Nie soll ein Weib an meiner Seite ruhn hinfort.

HERAKLES

Und hoffst du wohl, der Hingeschiednen nütze dies?

ADMETOS

Sie, wo sie sei, zu ehren, mahnt mich fromme Pflicht.

HERAKLES

Das lob ich, lob ich, aber töricht tust du doch.

ADMETOS

Mich sollst du niemals Bräutigam mehr nennen, nie!

HERAKLES

Ich lobe dich: du bist der Gattin treuer Freund.

ADMETOS
O stürb ich, werd ich ungetreu der Toten selbst!
HERAKLES
So nimm das edle Mädchen hier an deinen Herd.
ADMETOS
Niemals: bei deinem Vater Zeus beschwör ich dich.
HERAKLES
Schwer wirst du dich verfehlen, tust du dieses nicht.
ADMETOS
Und wenn ich's tue, nagt der Gram am Herzen mir.
HERAKLES
Gewähre mir die Liebe, denn sie nützt dir bald.
ADMETOS
O daß du niemals diese dir im Kampf gewannst!
HERAKLES
Doch nun ich einmal siegte, siegtest du mit mir.
ADMETOS
Ganz wohl geredet, doch das Weib entferne sich!
HERAKLES
Nun, wenn sie gehn muß, geht sie; doch erwäg es erst.
ADMETOS
Sie muß, wofern du mir darob nicht zürnen willst.
HERAKLES
Ich weiß um etwas: dies erweckt mir solchen Wunsch.
ADMETOS
So siege, doch gefallen will dein Tun mir nicht.
HERAKLES
Du wirst dereinst mich preisen, darum folge nur.
ADMETOS *zu den Dienern*
Schafft sie hinein, wenn ich sie denn aufnehmen muß.
HERAKLES
Nein, deinen Dienern überlaß ich nicht das Weib.
ADMETOS
So führe sie denn selbst hinein, wenn dir's beliebt.
HERAKLES
In deine Hände, König, übergeb ich sie.
ADMETOS
Ich rühre sie nicht an: sie trete nur ins Haus.

HERAKLES
Ich werde sie nur deiner Rechten anvertraun.

ADMETOS
O Herr, du zwingst mich: wider Willen muß ich's tun.

HERAKLES
Streck aus die Hand, Admetos, kühn berühre sie!

ADMETOS *das Gesicht abwendend*
So will ich sie berühren wie der Gorgo Haupt.

HERAKLES
Du hast sie?

ADMETOS
Ja.

HERAKLES
So wahre sie. Du rühmst dereinst,
Ein edler Gastfreund dünke dich der Sohn des Zeus.
Sieh an das Mädchen, ob sie deinem Weibe gleicht,
Und so verbanne deinen Gram, des Glückes froh!

ADMETOS
Was sag ich, Götter? Unverhoffte Wunderschau!
Erblick ich wahrhaft mein Gemahl hier, oder hat
Mit eitler Wonne täuschend mich ein Gott erschreckt?

HERAKLES
Mitnichten: wahrhaft siehst du deine Gattin hier.

ADMETOS
O daß es nur kein Schattenbild des Hades sei!

HERAKLES
Admetos, keine Geister führt dein Freund ans Licht.

ADMETOS
So seh ich wahrhaft mein Gemahl, das ich begrub?

HERAKLES
Gewiß. Du glaubst nicht an dein Glück, mich wundert's nicht.

ADMETOS
Berühr ich, red ich mein Gemahl als lebend an?

HERAKLES
Sprich nur! Du hast nun alles, was du dir gewünscht.

ADMETOS
O meiner Liebsten Aug' und Leib! Ich habe dich,
Dich wieder, die ich nimmermehr zu sehn gehofft!

HERAKLES
Du hast sie – fern nur bleibe dir der Götter Neid!

ADMETOS
O du, des allerhöchsten Zeus erhabner Sohn,
Sei glücklich, und der Vater, der dich zeugte, sei
Dein Schutz! Du hast mich aufgerichtet, du allein.
Wie brachtest du die Tote nur ans Licht zurück?

HERAKLES
Ich rang im Kampfe mit dem Herrn der Totenwelt.

ADMETOS
Sprich, wo bestandst du diesen Streit mit Thanatos?

HERAKLES
Am Grabeshügel faßt ich ihn im Hinterhalt.

ADMETOS
Warum jedoch nur steht mein Weib so lautlos da?

HERAKLES
Noch darfst du nicht vernehmen ihrer Stimme Ruf,
Bevor die Todesweihe wiederum von ihr
Genommen und das dritte Tageslicht erscheint.
Wohlan denn, führe sie hinein und übe stets
Gerechtigkeit, Admetos, sei den Fremden gut.
Nun lebe wohl! Ich muß den anbefohlnen Kampf
Vollziehn dem Herrscher, Sthenelos' erhabnem Sohn.

ADMETOS
O bleibe bei uns, weile noch an meinem Herd!

HERAKLES
Das wird dereinst geschehen: jetzt ziemt Eile mir.

*Er geht davon*

ADMETOS
So lebe glücklich, kehre bald zu mir zurück!
Die Bürger heiß ich und das ganze Königreich
Chortänze feiern ob des uns gewordnen Heils,
Und auf Altären dampfe froh der Opferduft!
Denn umgewandelt hat sich aus dem Leide mir
Zur Lust das Leben: ach, mein Glück – ich leugn' es nicht.

CHORFÜHRER *während Admetos und Alkestis ins Haus treten und der Chor hinauszieht*
Vielfache Gestalt hat die göttliche Macht:

Gar vieles erfüllt unerwartet ein Gott,
Doch was wir gewähnt, vollendet sich nicht,
Für Unglaubliches findet der Gott den Weg.
So endete dieses Begegnis.

# ANDROMACHE

*Für die „Andromache" fügte Euripides Stoffe verschiedener Sagenkreise zu einer neuen, etwas verwirrenden und nicht ganz einheitlichen Fabel zusammen. Die Troerin Andromache, Hektors Gemahlin, war nach der Einnahme Trojas Neoptolemos, dem auch Pyrrhos genannten Sohn des Achilleus, als Beutefrau zugefallen (vergleiche in den „Troerinnen" die Verse 271 ff. und 657 ff.) und ihm in sein Heimatland Phthia in Thessalien gefolgt, wo zu Pharsalos noch der greise Peleus, des Achilleus Vater, herrschte. Als Neoptolemos jedoch Hermione, des argivischen Königs Menelaos und der Helena Tochter, welche eigentlich ihrem Vetter Orestes verlobt war, zur legitimen Gattin erhielt, brach bald Zwist zwischen den beiden Frauen aus: Andromache hatte von Neoptolemos bereits einen Sohn, während Hermione unfruchtbar blieb.*

*Als Neoptolemos eine Reise nach Delphi unternahm, ergriff Hermione die Gelegenheit, sich an ihrer Nebenbuhlerin zu rächen: hier setzt das Spiel ein. In die Auseinandersetzung zwischen den beiden Frauen greifen nun nicht nur Menelaos als Helfershelfer seiner Tochter und Peleus als Retter Andromaches ein, sondern auch Orestes: dieser hatte in Delphi auf seinen Nebenbuhler Neoptolemos einen Anschlag wohl vorbereitet und erscheint im rechten Augenblick in Phthia, um seine einstige Verlobte Hermione aus der Not der verhinderten Rächerin zu befreien und als seine Gemahlin mit sich zu nehmen (vergleiche im „Orestes" die Verse 1653 ff.). Am Ende singt Peleus noch für Neoptolemos, den die Delpher inzwischen auf des Orestes Betreiben ermordet haben, die Totenklage, und Thetis, die Meergöttin und Gemahlin des Peleus, erscheint, um das Familiendrama gleichsam in einem „happy end" ausklingen zu lassen.*

*Die „Andromache" entstand in den ersten Jahren des Peloponnesischen Krieges, zwischen 428 und 424. Die Tragödie wurde nicht in Athen aufgeführt, sondern wahrscheinlich in Argos; für die Aufführung im Land der Molosser spricht Thetis' Prophezeiung, Andromache werde künftig als Gemahlin des Helenos im Molosserlande wohnen und durch ihren Sohn Ahnin der Molosserkönige sein.*

## Personen

Andromache
Eine Dienerin Andromaches
Hermione
Menelaos
Andromaches Sohn
Peleus
Die Amme Hermiones
Orestes
Ein Bote
Thetis

Den Chor bilden Frauen aus Phthia, die der Andromache freundlich gesonnen sind und ihr helfen wollen.

Ort der Handlung ist der Platz vor dem Palast des Neoptolemos in Phthia.

*Andromache sitzt als Schutzflehende am Altar des Thetisheiligtums*

ANDROMACHE

Des Asiatenlandes Zier, o Theberstadt,
Von wo mit goldner Gaben Schatz Andromache
Vormals zur königlichen Burg des Priamos
Gekommen, Hektor anvermählt als fruchtbare
Gemahlin, wohl beneidenswert in früherer Zeit,
Doch nun der Frauen allerunglückseligste –:
Ich sah, wie Hektor, mein Gemahl, erschlagen ward
Vom Heldensohn der Thetis, wie von hohem Turm
Hinabgestürzt ward unser Sohn Astyanax,
Als Argos' Söhne Trojas Flur eroberten;
Und eine Sklavin, aus dem allerfreisten Stamm
Vormals geachtet, kam ich selbst nach Griechenland,
Des Inselfürsten Neoptolemos Kriegsgeschenk,
Das ihm vom Raube Trojas ausgesondert ward.
Ich wohne nun auf Nachbarfluren Phthias hier,
Des Landes um Pharsalos, wo, von Menschen fern,
Dem Schwarm entflohn, die Meeresgöttin Thetis einst
Gewohnt mit Peleus: ihren Bund verewigend,
Nennt Thetideion diesen Ort der Thessaler.
Da weilt Achilleus' edler Sohn in diesem Haus
Und läßt den Peleus herrschen in Pharsalos' Land,
Nicht nach dem Zepter trachtend, weil der Alte lebt.
Und ich gebar in diesen Häusern einen Sohn,
Gesellt Achilleus' Sohne, der mein Herrscher ist.

Und früher, trotz dem Leide, hielt mich immer doch
Aufrecht die Hoffnung, wenn der Sohn am Leben sei,

Schutz einst und Schirm zu finden wider Ungemach.
Doch nun der Herrscher sich vermählt Hermione,
Die Tochter Spartas, und mein Sklavenbett verschmäht,
Werd ich von ihr mit grauenvoller Schmach verfolgt.
Denn durch geheime Zauber ihr Unfruchtbarkeit
Bereitend – sagt sie – raub ich ihr des Mannes Herz;
Im Hause herrschen woll ich selbst an ihrer Statt,
Gewaltsam sie vertreiben aus des Gatten Gunst –
Ich, die von Anfang widerstrebend ihm gefolgt,
Und nun ihn aufgab. Zeuge mir der große Zeus,
Daß nur mit Widerwillen ich sein Bett geteilt!
Doch nicht berede ich sie: sie will meinen Tod,
Menelaos reicht der Tochter seine Hand dazu.
Und eben darum ist er nun im Hause, kam
Darum von Sparta. Ich in banger Angst entfloh
Zu Thetis' Tempel in des Hauses Nähe hier
Und sitze harrend, ob er vor dem Tod mich schützt.
Der Stamm des Peleus und er selbst ehrt diesen Ort,
Der Zeuge seines Ehebunds mit Thetis war.
Mein einzig Söhnchen aber sandt ich insgeheim
In andre Häuser, daß man ihn nicht mordete.
Denn sein Erzeuger ist mit seiner Hilfe mir
Jetzt nicht zur Seite, auch dem Sohne hilft er nicht:
Er weilt im Delpherlande, dort dem Loxias
Die Raserei zu büßen, daß er Rechenschaft
Von ihm zu Pytho heischte für des Vaters Tod,
Ob er, der alten Sünde Schuld abbittend, nicht
Die Huld Apollons fürderhin gewinnen mag.

*Eine Dienerin kommt aus dem Hause des Neoptolemos*

DIENERIN

Gebieterin – mit diesem Namen scheu ich nicht
Dich noch zu nennen, weil ich so dich auch genannt
In deinem Hause, da wir Trojas Flur bewohnt:
Stets war ich dir und Hektor, deinem Gatten, hold
Und komme nun, dir Schlimmes anzukündigen.
Wohl fürcht ich, daß der Herren einer mich erspäht,
Doch treibt mich Mitleid: Grauses droht Menelaos dir
Mit seiner Tochter; sei davor auf deiner Hut.

ANDROMACHE
O teure Nebensklavin – denn das bist du mir,
Der frühern Herrin, welche nun unglücklich ist –:
Was tun sie? Welche Hinterlist ersinnen sie?
Sie wollen mich ermorden, mich Verlorene?

DIENERIN
Sie trachten, deinen Knaben, Unglückselige,
Zu morden, den du außerhalb des Hauses bargst.

ANDROMACHE
Weh mir! So weiß sie, daß ich meinen Sohn verbarg?
Woher? Verloren bin ich, ach, ich Elende!

DIENERIN
Ich weiß nicht, doch von ihnen selbst vernahm ich es:
Von Hause ging Menelaos ihn zu suchen fort.

ANDROMACHE
So wär ich denn verloren! Kind, es werden dich
Die beiden Geier morden, und noch immer weilt
Der Mann im Delpherlande, den du Vater nennst.

DIENERIN
Ja, wäre der hier, stünd es nicht so schlimm um dich,
Das glaub ich sicher: ohne Freunde bist du so.

ANDROMACHE
Kam nicht von Peleus Kunde, daß er kommen wird?

DIENERIN
Zu alt an Jahren ist er, um dir beizustehn.

ANDROMACHE
Gesendet hab ich wohl nach ihm nicht einmal nur.

DIENERIN
So meinst du wohl, ein Bote kümmre sich um dich?

ANDROMACHE
Wie sollt er? Möchtest etwa du mein Bote sein?

DIENERIN
Was aber sag ich, blieb ich lang von Hause fort?

ANDROMACHE
Du findest viel Ausflüchte, bist du doch ein Weib.

DIENERIN

Es ist gefährlich: sorglich wacht Hermione.

ANDROMACHE

Sieh doch: im Leid entziehst du deinen Freunden dich.

DIENERIN

Mitnichten! Nimmer klage dieser Schuld mich an!
Ich gehe, weil das Leben einer Sklavin doch
Nicht viel bedeutet, wenn mich auch ein Leiden trifft.

*ab*

ANDROMACHE

So gehe, doch wir wollen – wie wir allezeit
In Tränen leben, Klagelied und Jammerlaut –
Dem Himmel unsre Leiden künden, denn es ist
Genuß den Frauen, die das Unglück heimgesucht,
Es auf den Lippen und im Mund zu führen stets.
Ich muß um vieles klagen, nicht um eines nur:
Um meinen toten Hektor, um die Vaterstadt,
Mein hartes Schicksal, welches mich gebunden hält,
Nachdem ich schmachbeladen sank in Sklaverei.
Nie glücklich nennen sollst du mir den Sterblichen,
Bevor du seinen letzten Tag gesehen, wie
Er den vollendet und ins Reich der Toten geht.

Unheil brachte dir Paris, o Ilion, keine Gemahlin,
  Als in der Ehe Gemach Helena heim er geführt.
Darum erschien aus Hellas mit tausend Masten der schnelle
  Ares, eroberte dich, Troja, mit Feuer und Schwert,
Raubte mir meinen Gemahl, der Verlorenen, den an den Wagen
  Fesselnd der Meergöttin Sohn um die Mauern geschleift.
Ich ward aus den Gemächern geführt zum Gestade des Meeres,
  Beugte der Dienstbarkeit traurigem Joche das Haupt,
Und viel Zähren entströmten den Augen mir, als ich im Staube
  Meinen Gemahl und die Stadt und die Gemächer verließ.
Ach, ich Unselige, weh: was soll ich die Sonne noch schauen,
  Ich, der Hermione Magd? Ach, sie bedrängt mich so hart,
Daß ich, die Säule der Thetis im Flehn mit den Armen um-
[schlingend,
  Weine, der Quellflut gleich, welche dem Felsen entströmt.

CHOR

*Erste Strophe*

Troerin, die du so lange verweilst an dem Sitze der Thetis
Und ihn nicht verlässest,
Eine Phthioterin zwar, doch kam ich zu dir, Asiatin,
Ob ich etwa Rettung
Für dich aus schwerem Leide finden mag,
Das mit Hermione dich in dem feindlichen Hader verstrickte,
Arme, die das Lager
Bei dem Sohn des Achilleus
Mit ihr, der Herrin, teilen muß.

*Erste Gegenstrophe*

Kenne dein Los und das Leiden erwäge mir, das dich betroffen:
Du, die Tochter Trojas,
Kämpfest mit deinen Gebietern den Kampf, mit den Sproß-
Verlasse nur den Tempel [lingen Spartas?
Der Meergöttin, den opferreichen: was
Nützt es dir, Arme, dich bang in entstellendem Gram zu
Weil dich drängt die Herrin? [verzehren,
Es bezwingt die Gewalt dich.
Was willst du dich, Machtlose, quälen?

*Zweite Strophe*

Auf von dem strahlenden Sitz der unsterblichen Tochter des
Wisse, daß in fremdem Land [Nereus!
Sklavin du bist, in der feindlichen Stadt,
Wo deiner Freunde keinen du
Schauest, unglückseligste
Der Frauen, ganz Verlorne!

*Zweite Gegenstrophe*

Schmerzlich bedauert von mir kamst du in das Haus meiner
Weib von Ilion, doch ich [Herren,
Wahre Verschwiegenheit voller Furcht –
Jammert mich auch dein Geschick –,
Daß die Tochter Helenas
Sieht, wie ich dir wohl will.

*Nach dem Lied scheinen einige Verse ausgefallen zu sein, in denen sich die Chorführerin zum Auftreten Hermiones äußerte.*

HERMIONE

Den Glanz des goldnen Schmuckes, der mein Haupt umfängt,
Und dieser Kleider bunte Pracht, ich habe sie
Nicht aus Achilleus' oder Peleus' Hause mir
Als Erstlingsgaben einer Braut hierhergebracht,
Nein, schon im Spartiatenland Lakonien
Verehrte sie Menelaos, unser Vater, uns
Mit reicher Mitgift, daß ich wohl frei reden darf.
Euch, Frauen, sag ich dieses als Erwiderung.

*zu Andromache*

Doch du, die Sklavin, die des Krieges Speer gewann,
Willst uns vertreiben, Herrin hier im Hause sein;
Berückt von deinen Zaubern, haßt mein Gatte mich,
Und meine Jugend schwindet unfruchtbar durch dich.
Denn stark in solchem Treiben ist in Asien
Der Geist der Frauen; aber ich verwehre dir's,
Und helfen soll dir dieses Haus der Thetis nichts,
Und nichts Altar und Tempel: sterben mußt du mir.
Wenn eine Gottheit, wenn ein Mensch dich retten will,
Mußt du den alten Herrscherstolz ablegen und
Demütig niederfallen, mir ans Knie geschmiegt,
Und meine Wohnung scheuern und aus goldenen
Gefäßen sprengen Wassertau vom lautern Quell,
Mußt wissen, wo du weilest: ist doch Hektor nicht
Noch Priamos noch das Goldland, sondern Hellas hier.
Verworfne, so weit führte dich dein Unverstand:
Du wagst dem Sohn des Mannes, der den Gatten dir
Gemordet, beizuwohnen, und dem Mörder selbst
Gebärst du Kinder. Solches ist Barbarenbrauch:
Der Vater freit die Tochter, und die Mutter freit
Den Sohn und Brüder Schwestern, und der Liebsten Hand
Erschlägt die Liebsten: alle dem wehrt kein Gesetz!
Uns das zu bringen, hüte dich. Es ziemt sich nicht,
Daß einem Mann zwei Frauen untertänig sind:
Nein, gerne läßt an eines Weibes Liebe sich
Genügen, wer nicht wohnen will in Ungemach.

CHORFÜHRERIN

Wohl ist ein rachbegierig Volk der Fraun Geschlecht
Und Nebenbuhlerinnen stets am feindlichsten.

ANDROMACHE

Weh!
Der Jugend Feuer bringt Gefahr den Sterblichen,
Vornehmlich wenn sich Tugend ihm nicht zugesellt.
Wohl bindet, fürcht ich, mein Geschick die Zunge mir,
Obwohl ich manches Wahre dir erwidern kann,
Und hab ich recht, besorg ich, daß mir's Schaden bringt.
Denn bitter fühlt der Große, der voll Übermut
Sich bläht, die bessern Worte vom Geringeren.
Doch selber mich verraten – das sei ferne mir!

Sprich, Mädchen: welchem sichern Grund vertraut ich denn,
Wollt ich den Mann dir rauben, den das Recht dir gab?
Weil Sparta schwächer ist als Troja und mein Glück
Dich überstrahlt, und weil du mich als Freie siehst?
Und weil ich stolz auf Jugend und auf Körperreiz,
Auf meines Reichtums Größe stolz und Freundesmacht
An deiner Statt in deinem Hause schalten will?
Wohl, daß ich Söhne – Sklaven zeug an deiner Statt,
Die Armen, die mir folgen wie ein Boot im Schlepp?
Doch wird man dulden, daß die Söhne Andromaches
Einst über Phthia herrschen, bleibst du kinderlos?
So liebt mich denn um Hektors willen Griechenland?
Und ich war klein – war nicht die Herrin Phrygiens?
Nicht meiner Zauber wegen haßt dein Gatte dich,
Nein, weil mit ihm zu leben du dich nicht bequemst.
Auch dieses weckt die Liebe; nicht die Schönheit, Weib:
Der Tugend Reize sind es, die den Gatten freun.
Verdrießt dich etwas, hoch erhebst du dann die Stadt
Der Sparter, achtest Skyros' Inselland für nichts.
Reich prahlst du vor nicht Reichen, und Menelaos gilt
Mehr als Achilleus: darum haßt dich dein Gemahl.
Denn eine Frau muß, auch vermählt dem schlimmen Mann,
Sich fügen, darf nicht hadern in hoffärtigem Trotz.
Und wäre nun dein Gatte Herr von Thrakien,

Dem schneeumstürmten Lande, wo der Reihe nach
Ein Mann mit vielen Ehefraun sein Lager teilt:
Sprich, würd'st du diese töten? Also wälztest du
Die Schmach der Unersättlichkeit auf alle Fraun!
Wie schändlich –: zwar mehr als die Männer leiden wir
An dieser Krankheit, aber klug verhehlen wir's.

Mein teurer Hektor, gern ertrug ich dir zulieb
Die Nebenfrauen, wenn Kythere dich betört,
Und ihren Kindern reicht ich oft sogar die Brust,
Damit ich niemals Bittres dir bereitete.
So fesselt ich durch Tugend meinen Gatten stets.
Du aber duldest, immer nur von Furcht erfüllt,
Auch nicht den Tropfen Himmelstau an deinem Mann.
Such doch in Männerliebe deine Mutter nicht
Zu übertreffen, Weib, denn schlimmer Mütter Art
Zu fliehen ziemt den Kindern, die verständig sind.

CHORFÜHRERIN

Wenn du's, o Herrin, über dich gewinnen kannst,
Laß dich bereden und versöhne dich mit ihr.

HERMIONE

Was soll dein Kampf mit Worten, was dein stolzer Ton,
Als wärest du besonnen und die Törin ich?

ANDROMACHE

Das bist du nach den Worten, die du eben sprachst.

HERMIONE

Weib, deine Weisheit wohne nicht in meiner Brust!

ANDROMACHE

So jung an Jahren, redest du von Schnödem nur.

HERMIONE

Du redest nicht, du tust es, wie du's kannst, an mir.

ANDROMACHE

Erträgst du nicht stillschweigend deiner Liebe Schmerz?

HERMIONE

Wie? Soll nicht Liebe allen Fraun das Höchste sein?

ANDROMACHE

Nur denen, die sich's genügen lassen, andern nicht.

HERMIONE
Barbarenbräuche kennt man nicht in meiner Stadt.

ANDROMACHE
So dort wie hier bringt Schande, was schmachwürdig ist.

HERMIONE
Schlau bist du, schlau, Weib! Dennoch ist dein Tod gewiß.

ANDROMACHE
Das Bild der Thetis – siehst du? – blickt auf dich herab.

HERMIONE
Sie haßt um ihres Sohnes Tod dein Vaterland.

ANDROMACHE
Nicht ich – ihn mordet deine Mutter Helena.

HERMIONE
Auch fürder also wühlst du fort in meinem Schmerz?

ANDROMACHE
Ich schweige, sieh, und öffne nicht mehr meinen Mund.

HERMIONE
Auf das, warum ich hier erschien, antworte mir.

ANDROMACHE
Dir, sag ich, fehlt der weise Sinn, der dir geziemt.

HERMIONE
Verlässest du der Thetis keusches Heiligtum?

ANDROMACHE
Wenn ich nicht sterben muß, doch sonst verlaß ich's nie.

HERMIONE
Das ist beschlossen: auf den Gatten wart ich nicht.

ANDROMACHE
Auch ich, fürwahr, ergebe mich nicht eher dir.

HERMIONE
Mit Feuer wüt ich gegen dich, nicht schon' ich dein ...

ANDROMACHE
So senge nur, die Götter schauen deine Tat!

HERMIONE
Noch acht ich grauser Wunden Schmerz an deinem Leib.

ANDROMACHE
Entweih mit Blut der Göttin Altar, die dich straft!

HERMIONE

Barbarenbrut, fühlloser, harter Übermut,
Du willst dem Tode trotzen? Doch ich bringe dich
Sogleich mit deinem Willen fort von diesem Sitz:
Solch einen Köder hab ich. Doch verschweig ich noch
Mein Mittel, offenbaren wird dir's bald die Tat.
Sitz unbeweglich! Wenn dich auch geschmolznes Blei
Ringsher umschlösse, trieb ich dennoch dich hinweg,
Bevor Achilleus' Sohn erscheint, auf den du baust.

*ab*

ANDROMACHE

Auf diesen bau ich. Schrecklich, daß die Menschen zwar
Ein Gott gelehrt hat, Waldgetier zu bannen, doch
Was schlimmer ist als Feuer und als Schlangenbrut:
Ein böses Weib zu zähmen, fand noch keiner aus.
Ein solches Übel sind wir Fraun den Sterblichen.

CHOR

*Erste Strophe*

Große Bedrängnisse wahrlich erhoben sich,
Als Zeus' und Majas Sohn
In das waldige Tal des Ida kam,
Der Götterfrauen Dreigespann
Mit schönem Joche führend,
Das, mit traurigem Zwist um die Schönheit bewehrt,
Lenkte zu des Hirten Gehöft,
Hin zu dem einsam lebenden Jüngling,
Zum Herd der öden Schäferwohnung.

*Erste Gegenstrophe*

Und in die waldigen Täler gelangten sie
Und wuschen dort im Strom
Klarer Bergquellen ihre Glanzgestalt.
Zu Paris eilten sie darauf,
Entbrannt in wilder Zwietracht,
Und mit Worten des Truges umspann Kypris ihn,
Welche lieblich klangen, jedoch
Bitteren Sturz in den Tod der Phrygerstadt,
Dem unglückvollen Troja brachten.

*Zweite Strophe*

Hätte doch über das Haupt sie geworfen das Übel,
Sie, die den Unglückssohn gebar,
Bevor er Idas Fels zur Wohnung nahm,
Da, mit heiligen Lorbeerzweigen geschmückt,
Kassandra rief: „Ermordet ihn,
Die unnennbare Schmach für des Priamos Stadt!“
Wem nahte sie nicht, welchem Haupt des Troervolks
Flehte sie nicht, dieses Kind zu töten?

*Zweite Gegenstrophe*

Ilions Frauen umschlängen die Bande der Knechtschaft
Nicht, nimmer nähmest du, o Weib,
Den Sitz im Hause meiner Herrscher ein,
Hellas blieben schmerzliche Mühen erspart,
Die seine Söhne um Ilion
Zehn Jahre hindurch umtrieben im Kampf,
Der Ehe Lager ständen nicht verödet, noch
Weinte der Greis um verlorene Kinder.

*Menelaos führt Andromaches Sohn vor den Altar der Thetis*

MENELAOS

Weib, deinen Sohn ergriff ich, welchen insgeheim
Vor meiner Tochter du verbargst im fremden Haus.
Dich müsse retten, prahltest du, der Göttin Bild,
Und diesen hier die Leute, die verborgen ihn:
Doch warst du minder listig als Menelaos war.
Und wenn du diese Stätte nicht verläßt und räumst,
So wird der Knabe hingewürgt an deiner Statt.
So magst du denn erwägen, ob du sterben willst,
Ob deines Frevels wegen er verderben soll,
Den du an meiner Tochter und an mir verübst.

ANDROMACHE

O Ruhm, o Ruhm, wie viele tausend Sterbliche,
Die nichts gewesen, hobest du zur Macht empor!
Wohl preis ich jene glücklich, die sich wahren Ruhm
Errungen; wer sich ihn erlog, hat seinen Ruhm

Dahin: dem Glücke dankt er's, daß er weise scheint.
Du nahmest einst mit einem auserlesenen
Hellenenheere Troja, du Feigherziger,
Der auf das Wort der jugendlichen Tochter so
Aufstürmt im Zorne, daß er sich zum Kampf erhebt
Mit mir, dem armen Sklavenweib? Ich achte dich
Nicht würdig Trojas oder Troja dein hinfort.
Wohlan!
Mich töte deine Tochter, sie verderbe mich:
Der Schmach der Blutschuld wird sie dann nicht mehr entfliehn.
Und im Gericht des Volkes mußt du selber auch
Die Schuld des Mordes tragen, den du mitverübt.
Doch wenn ich selbst entrinne, wenn kein Tod mich trifft,
Erschlagt ihr meinen Knaben? Wie verschmerzte dann
Der Vater wohl gleichmütig seines Sohnes Tod?
Fürwahr, so ganz unmännlich nennt ihn Troja nicht!
Nein: was die Pflicht ihn lehrte, was Peleus', des Ahns,
Und seines Vaters würdig ist, das wird er tun:
Er wird dein Kind verstoßen. Soll ein andrer dann
Sie frein, was wirst du sagen? Daß sie – selber gut –
Dem schlechten Mann entflohn? Doch das wird er gewahr!
Wer mag sie frein auch? Oder soll sie unvermählt
In deinem Haus ergrauen? Armer, siehst du nicht
Das Meer so vieler Übel, das dich rings umgibt?
Wie viele Kebsfraun wünschtest du der Tochter nicht,
Bevor sie das erführe, was ich jetzt gesagt?
Um kleine Dinge schaffe man kein großes Leid,
Und wenn ein unheilvolles Leid wir Frauen sind,
So sei der Männer Weise nicht den Frauen gleich!
Hab ich mit Zaubereien dir dein Kind umstrickt
Und ihren Leib verschlossen, wie sie selbst erklärt:
Dann willig, nicht gezwungen, nicht den Opferherd
Umschlingend, unterwerf ich selbst der Buße mich
Vor deinem Eidam, der mir kein geringres Leid
Verhängen soll, wenn ich ihn kinderlos gemacht.
So lautet unsre Rede; doch bei deinem Sinn
Besorg ich eins nur: hadernd um ein schnödes Weib
Hast du auch schon der Phryger arme Stadt zerstört.

CHORFÜHRERIN

Du sprachest freier als die Frau zu Männern spricht,
Und deiner Seele Feuer überschritt das Maß.

MENELAOS

Das ist gering, so meinst du wohl, nicht würdig mein,
Des Oberfeldherrn, noch des Griechenlandes, Weib.
Doch wisse: was ein jeder eben wünscht, erscheint
Ihm größer als der Phrygerstadt Eroberung.
Ich werde meiner Tochter – denn ich acht es groß,
Des Manns beraubt zu werden – treu zur Seite stehn.
Denn alles, was sie duldet, gilt der Frau gering;
Doch wer ihr raubt den Gatten, raubt das Leben ihr.
Wie Pyrrhos meinen Sklaven frei gebieten darf,
Befiehlt den seinen wiederum mein Haus und ich.
Denn Freunde haben, wenn sie wahrhaft Freunde sind,
Kein eignes Gut mehr, sondern nur gemeinsames.
Und harrt ich nun des Fernen und bestellte nicht
Das Meine bestens, wär ich schwach, nicht kluggesinnt.
So räume dieses Heiligtum der Göttin, denn
Wenn du den Tod erduldest, stirbt der Knabe nicht;
Doch weigerst du zu sterben, dann ermord ich ihn:
Von beiden einer fällt dem Tod als Opfer heim.

ANDROMACHE

Ach, welch ein bittres Lebenslos, welch bittre Wahl
Wird mir gelassen! Wähl ich, ist Unglück mein Teil,
Und wähl ich nicht, umringt mich unheilvolle Not.

Du, der so Schweres mir verhängt um leichte Schuld,
Wozu, warum mich töten? Sprich: welch eine Stadt
Verriet ich? Welchen deiner Söhne mordet ich?
Sprich, welches Haus verbrannt ich? Nur gezwungen gab
Ich deinem Eidam mich dahin: nun willst du mich,
Nicht ihn, den Schuldigen, töten? Denkst des Anbeginns
Nicht mehr und eilst zum Ende, das die Folge war?
O meines Unglücks! Mein verlornes Vaterland,
Wie schrecklich leid ich! Wozu ward ich Mutter auch,
Was fügt ich eine Doppellast zur alten Last?
Ich, die den Hektor schleifen sah um Ilion,

In grausen Flammen untergehn die Troerstadt
Und dann als Sklavin auf Achaias Schiffe kam,
Geschleppt am Haar, und, wie ich dann ins Phthierreich
Gelangte, Hektors Mördern mich vermählen muß!
Wo böte mir das Leben Reiz? Wo schau ich hin?
Auf diese Leiden oder auf vergangene?
Ein Sohn, des Lebens Auge, war mir übrig noch:
Ihn denken sie zu morden, das dünkt ihnen recht.
Sie sollens nicht, auf daß ich Arme leben mag!
In ihm blüht noch die Hoffnung, wenn er leben bleibt:
Mir wär es Schande, stürb ich nicht für meinen Sohn.

Seht her, ich räum den Altar, bin in eurer Hand:
Durchbohrt mich, mordet, bindet mich, erdrosselt mich!
Sohn, deine Mutter geht hinab in Hades' Reich,
Daß du nicht sterbest! Doch entrinnst du dem Geschick,
So denke deiner Mutter, wie sie litt und starb,
Und melde deinem Vater, wenn mit Tränen du
An seinem Mund hängst und um ihn die Hände schlingst,
Wie mir's ergangen! Kinder sind den Eltern stets
Ihr Leben: tadelt dieses Wort, wer's nicht erfuhr,
Er leidet minder, aber hat Unglück im Glück.

CHORFÜHRERIN

Mit tiefem Mitleid hör ich's, denn das Mißgeschick
Rührt alle Menschen, wenn es auch ein fremdes ist.
Mit deiner Tochter hättest du die Frau, o Herr,
Versöhnen sollen und befrein aus ihrer Not.

MENELAOS

Ergreift mir diese, schlingt die Arme fest um sie,
Ihr Diener, denn unholde Worte hört sie nun.

*zu Andromache*

Ich drohte dir den Tod des Knaben an, daß du
Der Göttin Altar räumtest: damit lockt ich dich,
In meine Hand zu fallen, die dich töten wird.
Und wisse: dir ward dieses Los von uns verhängt;
Doch über deines Sohnes Los wird unser Kind
Bestimmen, ob er sterben, ob er leben soll.

Auf denn, ins Haus hier, eilig, daß du lernst, hinfort
Den Freien nicht zu trotzen, du, ein Sklavenweib!

ANDROMACHE

Weh!
Mit Trug beschlichen hast du mich: wir sind getäuscht.

MENELAOS

Vor aller Welt verkünde dies: ich leugn' es nicht!

ANDROMACHE

Gilt das am Strom Eurotas euch für recht und klug?

MENELAOS

Beleidigungen rächt man auch im Troerland.

ANDROMACHE

Sind Götter nicht mehr Götter, sind sie nicht gerecht?

MENELAOS

Wenn Götter strafen, trag ich's; doch dich töt ich jetzt.

ANDROMACHE

Auch dieses Kind, nachdem du's meinem Arm entraffst?

MENELAOS

Nein, meiner Tochter geb ich's, wenn sie's töten will.

ANDROMACHE

Weh mir! So muß ich wahrlich dich bejammern, Kind!

MENELAOS

Ein kühnes Hoffen freilich bleibt ihm nimmermehr.

ANDROMACHE

Ihr – die ihr allen Menschen die Verhaßtesten,
Bewohner Spartas, sinnend auf verschlagnen Rat,
Der Lügen Meister, die geschmeidig böse List
Anspinnen, Winkelzüge, krumme Pfade nur
Ausspähn: zu Unrecht ehrt man euch in Hellas' Volk!
Was wäret ihr nicht? Häufet ihr nicht Mord auf Mord,
Jagt nicht nach schnödem Gewinne? Spricht nicht euer Mund
Stets andres, während euer Herz stets andres denkt?
Verderbet! Denn so bitter ist der Tod mir nicht,
Wie du beschlossen: mein Verderben war es schon,
Als unterging der Phryger unglückselge Stadt
Und mein gepriesener Gatte, dessen Speer dich oft
Ins Schiff vom festen Lande trieb in feiger Flucht.
Doch nun erscheinst du wider Fraun als furchtbarer

Kriegsmann und mordest: morde mich! Ich gönne dir
Und deiner Tochter nimmermehr ein schmeichelnd Wort.
Du bist im Sparterlande groß und angesehn,
Ich war's in Troja. Wenn ich jetzt unglücklich bin,
Nicht juble deshalb: Gleiches kann auch dir geschehn.

*Andromache und ihr Sohn werden von Menelaos und seinen Schergen in das Haus abgeführt*

CHOR

*Erste Strophe*

Nie kann ich loben, daß ein Mann der Frauen zwei
Und zweier Mütter Söhne nährt,
Der Häuser Zwist und feindlich herbe Plage.
Eine Liebe sei dem Mann genug,
Mit andern Frauen pfleg er nicht Gemeinschaft.

*Erste Gegenstrophe*

Trägt sich doch auch im Staate zweier Herrscher Joch
Nicht leichter als des einen Herrn:
Da häuft sich Last auf Last und Bürgeraufruhr.
Zwischen zwei Gesangesmeistern liebt
Die Muse Zwist und Eifersucht zu spinnen.

*Zweite Strophe*

Und wenn des Sturmes wilder Hauch die Schiffer faßt,
Da teilt sich ihr Sinn, wie das Steuer zu wenden sei:
Es schafft der Weisen Menge nichts, mehr richtet aus
Ein selbstherrschender schwächerer Geist.
Nur einem sei die Macht verliehn in Haus und Staat,
Wenn das Rechte soll gefunden werden.

*Zweite Gegenstrophe*

Das zeigt die Tochter Spartas hier, Menelaos' Kind:
Wie mit Feuer verfolgt sie das andere Gemahl, erschlägt
Um wilde Zwietracht Ilions unselige
Tochter und mordet der Armen den Sohn.
Gottlos, gesetzlos ist der Mord und hassenswert:
Dich ereilt, Herrin, noch die Reue.

CHORFÜHRERIN

*Während Andromache und ihr Sohn von Menelaos gefesselt wieder herausgeführt werden*

Doch ich sehe bereits hier vor dem Palast
Das verbundene Paar,
Das ein trauriger Spruch zum Tode verdammt.
Unglückliches Weib, unseliger Sohn,
Du gehst um Andromaches Lieb' in den Tod,
Hast, frei von Schuld,
Nichts wider die Fürsten verbrochen.

*Strophe*

ANDROMACHE

Seht, mit Stricken die blutigen
Hände umwunden, muß ich hinab
Unter die Erde gehen.

DER KNABE

Mutter, Mutter, in deinem Arm
Geh ich mit dir hinunter.

ANDROMACHE

Mörderisch Opfer, ihr Herrscher im
Phthierlande!

DER KNABE

O Vater, komm
Deinen Lieben als Retter!

ANDROMACHE

Du wirst ruhen an meiner Brust,
Teurer Sohn, an der Mutter Brust,
Bei den Toten im Grabe – tot.

DER KNABE

Weh, was soll ich Verlorener,
Und was du, arme Mutter?

MENELAOS

In die Erde hinab! Denn ihr kamet hierher
Aus feindlicher Burg, und ein doppeltes Leid
Rafft euch in den Tod: dich tötet mein Spruch,
Und den Knaben erschlägt Hermione dir,
Mein Kind. Denn ein törichter Unsinn ist's,

Zu verschonen den Feind und des Feindes Geschlecht,
Kann töten ich ihn
Und das Haus von Bekümmernis lösen.

*Gegenstrophe*

ANDROMACHE

O mein Gatte, des Priamos
Sohn, ach könnte mir deine Hand
Und deine Lanze helfen!

DER KNABE

Ach, wo find ich ein Zauberlied,
Das vom Tode mich rettet?

ANDROMACHE

Flehe, Kind, und umschlinge das
Knie des Herrschers!

DER KNABE

O lieber Herr,
Lieber, laß mich am Leben!

ANDROMACHE

Tränen füllen die Augen mir:
Strömend rinnen sie wie ein Quell
Aus dem Dunkel des schroffen Fels.

DER KNABE

Weh mir, ach wo finde ich nur
Rettung aus dem Verderben?

MENELAOS

Was umschlingst du mein Knie, was flehst du mich an,
Mich, taub wie der Fels, wie die Woge des Meers?
Wohl bin ich den Meinen ein Schutz: zu dir
Zieht Liebe mich nicht, denn ich habe so viel
An Leben verschwendet, bis Trojas Burg
Ich erobert und sie, die Mutter du nennst.
Ihr dankst du das Los,
Das dich zu den Schatten hinabruft.

CHORFÜHRERIN

Da sehe ich den greisen Peleus – nahe schon –
Hierher den altersschweren Tritt beschleunigen.

PELEUS

Euch frag ich, Frauen, und den mordbereiten Mann:

Was ist geschehen? Wie? Woran krankt unser Haus?
Warum verübt ihr ohne Urteil einen Mord?
Halt ein, Menelaos, eile nicht so wider Recht!

*zu seinem Führer*

Du führe mich geschwinder: hier gilt keine Rast,
So scheint mir! Ach, ich wünsche, daß sich neuverjüngt –
Wenn je – der Jugend alte Kraft heut regt in mir.
Vor allem will ich diesem Weib als guter Wind
Die Segel schwellen. Sage mir, nach welchem Recht

*auf die Schergen deutend*

Die dir die Hände banden und dich samt dem Sohn
Fortführen! Wie das Mutterschaf mit seinem Lamm,
So stirbst du, da ich ferne bin und Pyrrhos fern.

ANDROMACHE

Greis, diese Männer führen mich und meinen Sohn
Also zum Tode, wie du siehst. Was sag ich dir?
Nicht eines Notrufs Eile scholl von mir zu dir,
Nein, tausend Boten hab ich ausgesandt um dich.
Den Zwist im Haus mit dieses Mannes Tochter hast
Du wohl vernommen und warum ich sterben muß.
Und jetzt, da sie mich dem Altar der Thetis, die
Den Heldensohn dir einst gebar und die du fromm
Verehrst, entrissen haben, führen sie mich fort
Und richten ohne Recht mich; sie erwarten nicht
Des Fernen Rückkehr: meines Sohns Verlassenheit
Und meine kennend, wollen sie mich Elende
Und dieses Kind ermorden, das doch nichts verbrach.
Darum beschwör ich bei den Göttern dich, o Greis,
An deine Knie sinkend – denn dein teures Kinn
Mit meiner Hand zu berühren, ist mir nicht vergönnt –:
O rette mich! Versagst du dieses mir, so muß
Ich sterben, mir zum Leide, Greis, und euch zur Schmach.

PELEUS

Die Fesseln löst, bevor euch Unheil widerfährt,
Und laßt des Weibes Hände frei, gebiet ich euch!

MENELAOS

Und ich verbiet es, wahrlich kein Geringerer
Als du und dieses Weibes Herr mit größrem Recht.

PELEUS
Wie? Kamst du her, in meinem Hause Herr zu sein?
In Sparta frei zu schalten war dir nicht genug?

MENELAOS
Ich führte sie gefangen aus dem Troerland.

PELEUS
Als Ehrenlohn empfing sie meines Sohnes Sohn.

MENELAOS
Sein ist das Meine, denk ich, und das Seine mein.

PELEUS
Zum Rechten, nicht zum Bösen, zu Gewalt und Mord.

MENELAOS
Aus meinen Händen führst du sie niemals hinweg!

PELEUS
Dann färbt das Haupt dir blutigrot mein Zepter hier.

MENELAOS
Komm an, du sollst's erfahren, komm, berühre mich!

PELEUS
Du Feigster, feiger Eltern Sohn, du wärst ein Mann?
Wo spricht man denn mit dir gleichwie mit einem Mann?
Der seine Gattin rauben ließ vom Phrygier
Und unverschlossen, unbewacht sein Haus verließ,
Als walte drinnen im Gemach ein züchtig Weib –
Sie, die der Frauen schlimmste war! Selbst wenn sie will,
Kann eine Frau zu Sparta nicht enthaltsam sein,
Wo Fraun das Haus verlassen und mit Jünglingen,
Nachlässig offen ihr Gewand, die Schenkel nackt,
Im Lauf und Ringerkünsten – unerträglich mir –
Vereint sich üben. Kann es da ein Wunder sein,
Wenn ihr in Sparta keine keuschen Fraun erzieht?
So sollte Helena fragen, die aus deinem Haus
Nach einem andern Lande mit dem Jünglinge
Im Wonnetaumel, deine Liebe opfernd, zog.
Und dieser Frau zuliebe hast aus Hellas du
Ein solches Kriegsheer ausgeführt nach Ilion!
Du mußtest sie verwünschen, nicht den Speer um sie,
Die schlecht erfundne, rühren, nein, sie lassen dort
Und Lohn noch geben, um sie niemals mehr zu sehn!

Doch nimmer hast du deinen Sinn hierauf gestellt:
Du gabst der tapfern Seelen viel dem Tode preis,
Hast alte Mütter kinderlos daheim gemacht
Und grauen Vätern edle Söhn' hinweggeraubt.
Von diesen einer, seh ich Unglückseliger
In dir, Achilleus' Mörder, einen Rachegeist.
Du kamst allein aus Troja ohne Wunden heim;
In schöner Hülle brachtest du die schöne Wehr
So schön wie dorthin wiederum hierher zurück.
Ich hielt dem Pyrrhos immer vor, niemals mit dir
Den Bund zu schließen und des schnöden Weibes Kind
Nie heimzuführen, denn die Neuvermählte bringt
Der Mutter Schmach mit. Freier, darauf achtet mir,
Die Töchter edler Mütter nur euch anzutraun!
Dann – welchen Frevel übtest du am Bruder aus:
Triebst ihn zu seiner Tochter Mord in blindem Wahn?
So bangte dir's um einer schnöden Frau Besitz.
In Troja – denn ich folg auch dorthin dir – erschlugst
Du nicht die Gattin, die in deine Macht man gab.
Nein, ihre Brust erblickend, warfst du hin das Schwert,
Empfingst die Küsse, kostest um das falsche Weib,
Der Kypris Sklave wie zuvor, du feiger Wicht!

Und nun dringst du zerstörend in der Kinder Haus,
Die ferne sind, und mordest dieses arme Weib
Mit ihrem Knaben schmählich hin, der Tränen dir
Und deinem Kind im Hause noch entlocken wird,
Und wenn er dreimal Bastard wäre! Doch es blüht
Die dürre Saat oft schöner als ein fettes Land,
Und mancher Bastard übertrifft den echten Sohn.
Drum nimm dein Kind und gehe! Besser ist's, man wählt
Den wackern Armen vor dem reichen Bösewicht
Zum Schwäher und Verwandten: du bist mir ein Nichts!

CHORFÜHRERIN

Aus kleinem Anlaß weckt die Zunge Sterblichen
Oft argen Hader. Aber sorgsam hütet sich
Der Weise, daß mit Freunden ihn kein Zank entzweit.

MENELAOS

Wie mag man Greise rühmen, daß sie weise sind,
Auch jene, die selbst Argos einst für klug erklärt,
Wenn du, des hohen Vaters Sohn, Peleus genannt,
Und mir verschwägert, redest, was dir Schande bringt,
Und Schmach auf uns ausschüttest um dies fremde Weib?
Die mußtest du vertreiben über Neilos' Strom
Und Phasis' Woge, rufen mich zu gleicher Tat,
Da sie dem Land entsprossen, wo von Hellas' Volk
So viele Tote durch den Speer gefallen sind,
Und sie die Schuld am Morde deines Sohnes teilt!
Denn Paris, der Achilleus, deinen Sohn, erschlug,
War Hektors Bruder, und sie selbst war Hektors Weib.
Und du verweilst noch unter einem Dach mit ihr
Und läßt sie mit dir speisen an demselben Tisch,
Und sie gebärt die schlimmsten Feinde dir im Haus!

Um dieses abzuwenden, Greis, von dir und mir,
Will ich sie töten, reiße sie aus deinem Arm.
Doch sprich – denn Red' und Gegenrede ziemt sich wohl –:
Wenn meine Tochter nicht gebärt, und deren Schoß
Entsprossen Kinder, wirst du die zu Herrschern hier
Im Phthierland erheben, soll der fremde Stamm
In Hellas herrschen? Und ich wäre töricht, wenn
Ich Ungebühr verfolge, du wärst weise nur?
Auch das bedenke: hättest du dein Kind vermählt
Mit einem Bürger, und ihr würd ein solches Los:
Ertrügst du's schweigend? Nimmer! Und nun schmähst du so
Der Fremden wegen Freunde, die dir nahe stehn?
Hat mit dem Mann doch gleiches Recht die Gattin, die
Der Mann beleidigt, und der Mann hat gleiches Recht,
Der eine Gattin ohne Zucht im Hause nährt.
Er aber hat in seinen Händen große Macht,
Sie kann allein auf Eltern und Verwandte baun.
So schütz ich also billig auch die Meinen wohl.
Du bist ein Greis, und wahrlich eher nützt du mir,
Erwähnst du meinen Kriegeszug, als wenn du schweigst.
Nicht willig, nein, nach Götterschluß litt Helena,

Und dies hat Hellas' Völkern großes Heil gebracht.
Denn sie, der Waffen und des Kriegs unkundig sonst,
Errangen Ruhm in Schlachten: ist Erfahrung doch
In allen Dingen Lehrerin der Sterblichen.
Wenn ich die Gattin wiederfand und mich enthielt,
Die Hand an sie zu legen, hab ich wohlgetan:
O daß auch du den Phokos nicht ermordetest!
So warn ich dich wohlmeinend, nicht in Zorn entbrannt:
Wenn du im Zorne aufführst, ist dein frecher Mund
Wohl stärker, mir jedoch nützt kluge Vorsicht mehr.

CHORFÜHRERIN

Nun lasset endlich – weit das beste wäre das –
Von eitler Rede, denn ihr strauchelt beide sonst.

PELEUS

Weh!
Welch üble Sitte waltet doch in Griechenland!
Wenn über seinen Feind ein Heer den Sieg errang,
So nennt man solches nicht ein Werk der Kämpfenden:
Des Heeres Führer trägt allein den Ruhm davon,
Der – einer unter Tausenden – die Lanze schwang
Und nicht mehr tat als einer, doch mehr Ruhm gewinnt.
Des Volkes Häupter, die sich hoch in Würden blähn,
Tun stolzer als die Menge, sind sie nichtig auch;
Doch tausendmal gescheiter sind die Niedern oft,
Wenn's nicht an Selbstvertrauen und am Willen fehlt.
So sitzest du dich blähend wie dein Bruder auch
Ob eures Zugs gen Troja, ob der Taten dort,
Wo Mühn und Leiden andrer euch verherrlichten.
Ich will dich lehren, den Trojaner Paris nicht
Als kleinren Feind des Peleus anzusehn als dich,
Entweichst du nicht aus diesen Hallen ungesäumt
Mit deiner Tochter, die hinaus vor dieses Haus
Mein Enkel bald am Lockenhaare schleifen wird,
Die, weil sie keine Kinder hat, nicht dulden will,
Daß andre Mütter werden, da sie nicht gebärt.
Weil Mutterfreuden ihr ein herbes Los versagt,
Geziemt es sich, daß keine Kinder uns erblühn?
Hinweg von dieser, Sklaven, daß ich sehen kann,

Ob einer ihre Hände mir zu lösen wehrt.

*zu Andromache*

Erhebe dich, damit ich, wenn auch zitternd, Weib,
Der dichtverschlungnen Bande dich entledige!

*zu einem der Sklaven*

So hast du ihr die Hände, böser Mensch, verletzt?
War's denn ein Stier, ein Löwe, den du mit Stricken bandst?
Hast wohl befürchtet, daß sie dich, ein Schwert gefaßt,
Abwehre?

*zu dem Knaben*

Komm an meine Seite hier, mein Kind,
Hilf ihre Fesseln lösen! Ich erziehe dich
In Phthia, einen großen Feind für diese hier.
Fehlt euch, ihr Spartiaten, Kriegesruhm und Kampf –
In allem andern überträft ihr keinen sonst!

CHORFÜHRERIN

Ein zügelloses Wesen ist der Alten Art
Und schwer zu zähmen, weil sie schnell zum Zorne sind.

MENELAOS

In raschem Unmut treibt es dich zu Schmähungen;
Ich aber dring in Phthia nicht gewaltsam ein,
Will Böses weder üben noch erdulden auch.
Und nunmehr – denn ich habe nicht viel Muße – will
Ich heim mich wenden. Nahe liegt uns eine Stadt,
Nicht fern von Sparta, die, vordem verbündet uns,
Jetzt uns befeindet. Über sie mit Heeresmacht
Mich stürzend, unterwerf ich sie dem Spartervolk.
Ich komme, wenn ich alles dort nach meinem Sinn
Vollendet, wieder; Aug' in Auge red ich dann
Zu meinem Eidam und vernehm auch ihn sofort.
Und wenn er diese züchtigt und sich mäßig zeigt
Fortan, so wird ihm Gleiches auch von uns gewährt.
Doch ist er zornig, soll er uns auch zornig sehn,
Und was er uns tut, werden wir ihm wieder tun.
Was du zu mir geredet – leicht ertrag ich es,
Denn wie des Schattens leeres Bild, so schwatzest du,
In allem sonst ohnmächtig, nur im Reden nicht.

*ab*

PELEUS

Tritt hier an meine Seite, Kind, und führe mich,
Und du, Bedrängte, denn entrückt dem wilden Sturm,
Gelangtet ihr in einen heiter stillen Port.

ANDROMACHE

O Greis, der Himmel segne dich und dein Geschlecht,
Daß du mein Kind gerettet und mich armes Weib!
Doch sorge, daß uns diese nicht auf ödem Pfad
Belauern und mich rauben mit Gewalt, o Greis:
Sie sehen, du bist altersschwach, kraftlos bin ich,
Und dieses Kind unmündig. Dies bedenke, daß
Man uns, die jetzt gerettet, nicht hernach ergreift!

PELEUS

Was bringst du da für feige Weiberreden mir?
Wer wird an euch Hand legen? Geh! Verderben soll,
Wer's wagt! Gebieten wir mit Götterwillen doch
In Phthia viel Fußknechten und viel Reisigen:
Noch steh ich aufrecht, bin so schwach nicht, wie du meinst.
Auf solchen Mann da wär ein Blick genug, um ihm
Zum Hohn ein Siegesmal zu baun – so alt ich bin.
Ein mutiger Greis trägt über viele Jünglinge
Den Sieg davon: was hilft dem Feigen Körperkraft?

*Peleus, Andromache und der Knabe gehen davon*

CHOR

*Strophe*

Nicht leben möcht ich – oder aus edlem Geschlecht
Entsprossen sein, aus reichem begütertem Haus:
Wenn ein böses Schicksal den Edlen getroffen,
Mangelt's an Hilfe ihm nicht,
Und welche der Ruf als erlauchte Namen preist,
Die krönt Ehre und Ruhm: nie tilgt die gewaltige Zeit
Des guten Mannes Spuren: im Tode sogar
Leuchtet seine Tugend.

*Gegenstrophe*

Wohl ist es edler, ruhmlosen Sieg zu verschmähn,
Als kühn das Recht zu stürzen mit Haß und Gewalt.
Anfangs zwar ist dieses für Sterbliche lockend,

Aber es welkt mit der Zeit,
Und Schmach und Entwürdigung wälzt es auf das Haus.
Solch ein Leben gefällt mir, solches erkor ich auch mir,
Das keine rechtlos waltende Macht in der Stadt
Duldet und im Hause.

*Epode*

Alter aus Aiakos' Stamm,
Einst – ich glaub es – zogst du, vereint den Lapithen, aus zum
Mit dem gepriesenen Speer der Kentauren. [Kampfe
Über das stürmische Meer
Der Symplegaden führte dich das Argoschiff
Auf jener gefeierten Fahrt,
Und als Kronions hoher Sohn
Die Stadt des Ilos ehedem mit Mord umfing,
Kehrtest du, mit jenem den Ruhm teilend, zurück nach Europa.

*Die Amme Hermiones tritt heraus*

AMME

Wie doch, ihr lieben Frauen, sich für uns das Leid
Mit neuem Leide wechselnd häuft an diesem Tag!
Denn unsre Herrin im Palast, Hermione,
Vom Vater preisgegeben und in tiefem Schmerz
Die Schuld erkennend, daß sie wollt Andromache
Und ihren Sohn ermorden, wählt nun selbst den Tod
Aus Furcht, ihr Gatte könnte sie für solche Tat
In Schanden aus dem Hause jagen oder sie
Gar töten, die Schuldlosen Tod bereitete.
Kaum hemmen Diener, die man ihr zur Hut gesetzt,
Sie, die den Strang um ihren Nacken schlingen will,
Und reißen mühsam aus der Rechten ihr das Schwert.
So packt sie Reue jetzt: sie sieht, daß ihre Tat
Verrucht gewesen. Aber ich bin müde nun,
Der Herrin Selbstmord zu verhindern, liebe Fraun:
So gehet ihr denn ungesäumt ins Haus hinein
Und wehret ihr zu sterben: leiht man doch das Ohr
Dem neuen Freunde lieber als dem alten Freund.

CHORFÜHRERIN

Und wirklich hör ich innen schon die Diener schrein

Der Dinge wegen, welche du zu melden kamst.
Wohl will die Arme zeigen, wie betrübt sie sei
Ob ihres Frevels. Aus dem Hause stürzt sie schon,
Entflohn der Diener Händen, in den Tod zu gehn.

HERMIONE

Weh, weh,
Ich zerraufe mein Haar, meine Nägel sollen
Wangen und Brüste zerfleischen!

AMME

Kind, was beginnst du? Schänden willst du deinen Leib?

HERMIONE

Ach, ach,
Fort, fort mit dem duftigen feingewebten
Schleier von meinen Locken!

AMME

Verhülle, Kind, die Brust und gürte dein Gewand!

HERMIONE

Warum soll ich ins Gewand die Brüste hüllen?
Was ich dem Gatten getan, liegt offen am Tage,
Verbirgt sich nicht.

AMME

Dich schmerzt es, daß dem Nebenweib du nachgestellt?

HERMIONE

Ach, ich beweine sie, die feindselige Tat,
Die ich verübt, ich Verfluchte, verflucht vom Geschlecht
Der Sterblichen.

AMME

Vergeben wird dir dein Gemahl, was du verbrachst.

HERMIONE

Was raubtest du mir aus den Händen das Schwert?
O gib, Liebe, gib's zurück, daß ich es in
Das Herz mir bohre: was wehrtest du mir den Strang?

AMME

Und ließ ich frei dich rasen, daß du dir den Tod – ?

HERMIONE

Weh mein Geschick:
Wo säumt des Blitzes Flammenstrahl,
Wo schweb ich auf zu hohem Fels,

Wo tauche ich in tiefes Meer,
Wo dringe ich in finstern Tann,
Auf daß ich im Tode dem Hades eigen bin?

AMME

Warum dich also quälen? Alle Menschen trifft,
Bald oder spät, ein gottverhängtes Ungemach.

HERMIONE

Du hast, Vater, hast, ach, mich verlassen, wie
Am Gestade ein Schiff, einsam und ruderlos.
Ich muß sterben, muß – werde nicht wohnen mehr
In meinem Brautgemach.
An welch Götterbild wend ich flehend mich?
Fall ich zu Füßen ihr, Sklavin dem Sklavenweib?
Könnt ich entfliehn aus dem phthiotischen Lande
Wie der Vogel mit blauem Gefieder,
Wie die tannene Barke, welche in erster Fahrt
Die Symplegaden hinter sich ließ!

AMME

Das Übermaß des Zornes lobt ich nicht, mein Kind,
Da du das Unrecht übtest an der Troerin,
Und lobe jetzt nicht deine gar zu große Furcht.
Verstoßen wird dich dein Gemahl deswegen nicht,
Weil ihn des fremden Weibes böses Wort berückt.
Er führte nicht gefangen dich aus Troja fort:
Als eines edlen Mannes Kind errang er dich
Mit großer Mitgift aus der reich beglückten Stadt.
Auch wird der Vater nimmer, wie du fürchtest, Kind,
Dich feig verlassen, will man dich austreiben hier.
So geh hinein denn, laß dich vor dem Hause doch
Nicht länger blicken, daß es dir nicht Schande bringt,
Hier vor der Wohnung so gesehn zu werden, Kind.

*geht ins Haus*

CHORFÜHRERIN

Ein Mann aus fremdem Lande, fremd von Angesicht,
Kommt hier mit eilend raschem Schritt zu uns heran.

*Orestes tritt auf*

ORESTES

Ihr fremden Frauen, hat Achilleus' edler Sohn
Hier seine Wohnung und die königliche Burg?

CHORFÜHRERIN
So ist's, indes wer bist du, der du solches fragst?

ORESTES
Des Agamemnon und der Klytaimnestra Sohn,
Genannt Orestes. Nach des Zeus dodonischem
Orakel wandr' ich. Weil ich nun gen Phthia kam,
Möcht ich mich gern nach einer anverwandten Frau
Erkundigen, ob sie in Glück und Freude lebt:
Hermione von Sparta. Denn obwohl sie fern
Von unserm Land wohnt, ist sie doch geliebt von uns.

HERMIONE
Sohn Agamemnons, der im Sturm den Schiffenden
Ein Port erschien, bei deinen Knien flehe ich:
Erbarme du dich unser, deren Los du siehst,
Der Schwerbedrängten! Meinen Arm, nicht schwächer als
Ölzweige, schling ich flehend um die Knie dir.

ORESTES
Sieh:
Was ist es? Irr ich oder seh ich wirklich hier
Menelaos' Tochter, die des Hauses Herrin ist?

HERMIONE
Sie, die allein die Tyndaride Helena
Daheim gebar dem Vater: nichts sei dir verhehlt.

ORESTES
O Phoibos, Helfer, schaffe Rettung aus der Not!
Was ist es? Quälen Götter oder Menschen dich?

HERMIONE
Ich hab es selbst verschuldet, mein Gemahl zum Teil,
Zum Teil ein Gott auch: rettungslos sind wir dahin.

ORESTES
Wie mag die Gattin, welche noch kein Kind gebar,
Ein Leiden treffen, wenn es nicht vom Gatten kommt?

HERMIONE
Hier eben leid ich: klug entlockst du mir das Wort.

ORESTES
Liebt dein Gemahl ein andres Weib an deiner Statt?

HERMIONE
Die Kriegsgefangne, Hektors Weib, Andromache.

ORESTES

Schlimm, was du sagtest, wenn ein Mann zwei Frauen liebt!

HERMIONE

So ist es. Deshalb sah ich mich nach Rache um.

ORESTES

Du hast ihr Trug bereitet nach der Frauen Art?

HERMIONE

Sie wollt ich morden und den Bastard, ihren Sohn.

ORESTES

Und sind sie tot? Sprich: hat ein Zufall sie befreit?

HERMIONE

Peleus, der hochbejahrte, der die Niedern ehrt.

ORESTES

Nahm einer sonst an diesem Morde teil mit dir?

HERMIONE

Mein Vater, welchen eben dies nach Phthia trieb.

ORESTES

Und wurde der dann durch des Greises Hand besiegt?

HERMIONE

Durch Scheu – und mich verließ er hilflos und entwich.

ORESTES

Ich seh: du fürchtest ob der Tat des Gatten Zorn.

HERMIONE

Ganz recht, und billig straft er mich. Was sag ich ihm?
Drum fleh ich dir, Zeus rufend, unsres Stammes Gott:
Weit, weit hinweg aus diesem Lande führe mich,
Oder heim zum Vaterhause: denn die Hallen hier,
So scheint es, haben Stimmen und vertreiben mich,
Mich hassen Phthias Bürger. Und wenn mein Gemahl
Vorher von Phoibos Sehersitz nach Hause kehrt,
So mordet er mich schmählich – oder ich muß dann
Der Buhle dienen, welcher ich vordem gebot.
Wie, möchte jemand fragen, hast du so gefehlt?
Zutritt von bösen Weibern war mein Untergang,
Die, solche Reden führend, mich erbitterten:
„Du duldest, daß die schlechte Kriegsgefangne,
Das Sklavenweib, des Gatten Liebe mit dir teilt?
Bei Hera, nein: in meinem Hause sollte sie

Nicht lebend mehr an meines Gatten Seite ruhn!“
Und ich, vernehmend ständig dies Sirenenwort
Der klugen, vielgewandten, schlau geschwätzigen,
Ich ward von Torheit aufgebläht. Was sollt ich streng
Den Gatten hüten? Hatt ich doch das Nötige:
Reichtum in Fülle, war im Hause Königin,
Und echte Söhne konnt ich ihm gebären, sie
Halbsklaven meiner Kinder und Bastarde nur.
Ach, lasse nimmer, nimmer – zehnmal sag ich es –
Ein Mann von Einsicht, welcher sich ein Weib erkor,
Zu seiner Gattin andre Fraun ins Haus herein:
Denn diese leiten immer nur zum Bösen an.
Die eine, jagend nach Gewinn, verführt die Frau,
Die andre möchte, daß sie gleich ihr sündigte,
Viel andre treibt die blinde Gier. So muß das Glück
Des Manns im Hause schwinden. Wahrt hiergegen wohl
Mit Schlössern und mit Riegeln eures Hauses Tor:
Denn keinen Segen schaffen euch die fremden Fraun
Mit Schwatzen und Besuchen, sondern Unglück nur.

CHORFÜHRERIN

Zu heftig schmähst du, Königin, auf dein Geschlecht.
Wohl mag ich dir's verzeihen; dennoch sollten Fraun
Der Frauen Schwächen allezeit beschönigen.

ORESTES

Ein weiser Mann war's, der die Sterblichen gelehrt,
Die Reden anzuhören, die der andre spricht.
Ich wußte wohl um dieses Hauses Wirrnisse,
Um deinen Hader, der dich trennt von Hektors Weib,
Und harrte darum lauschend, ob du bliebest hier,
Oder ob aus Furcht vor dieser Kriegsgefangnen Neid
Du lieber fliehen wolltest aus des Gatten Haus.
Nun kam ich, deine Briefe nicht erwartend, selbst,
Dich – wenn du sprächst vom Fliehen, wie du nunmehr tust –
Von hier hinwegzuführen. Denn einst warst du mein
Und wohnst bei diesem Manne durch Menelaos' Schuld,
Der, eh er eindrang in die Marken Ilions,
Dich mir zum Weib gegeben, dann dem Pyrrhos dich
Verheißen, wenn er Trojas Burg erobere.

Als aber Pyrrhos wiederum hierhergelangt,
Vergab ich deinem Vater. Doch ihn fleht ich an,
Mir deine Hand zu lassen, und eröffnet ihm,
Welch Schicksal mich verfolge: daß ich eine Braut
Von Freunden wohl erlangte, doch von Fremden nicht,
Da ich von meinem Vaterhause so verbannt.
Da schalt er trotzig, warf den Muttermord mir vor
Und die Erinyen mit blutig glühendem Blick.
Ich – tief gebeugt von meines Hauses tiefem Sturz –
Litt schwer, ach schwer, doch trug ich's ob des Mißgeschicks
Und schied mit schwerem Herzen, deiner Hand beraubt.
Doch weil sich nun dein Schicksal umgewandelt hat
Und du in deiner schweren Not nicht Hilfe weißt,
Führ ich dich weg, in deines Vaters Arm zurück.
Denn mächtig ist Verwandtschaft und hilfreicher nichts
In bösen Tagen als ein Freund aus gleichem Stamm.

HERMIONE

Für unsre Hochzeit sorgen wird mein Vater schon,
Und mir geziemt hierüber kein entscheidend Wort.
Doch ohne Säumen führe mich hinweg von hier,
Daß mein Gemahl nicht vorher noch das Haus betritt
Noch bei der Kunde, daß ich Pyrrhos' Wohnungen
Verlassen, Peleus uns auf schnellem Roß verfolgt.

ORESTES

Den Arm des Greises fürchte nicht noch schrecke dich
Der Sohn Achilleus', weil er also mich gehöhnt,
Denn solch ein Listgewebe schlauen Truges ward
Mit unentwirrbar mörderischen Banden ihm
Von meiner Hand bereitet; noch verschweig ich es.
Doch Delphis Felsen wird es wissen, wenn's getan.
Der Muttermörder – halten meine Freunde noch
Getreu an ihrem Eide dort im Delpherland –
Lehrt ihn um keine freien, welche mir gebührt.
Zu seinem Unheil fordert er des Vaters Blut
Von Delphis Herrscher Phoibos, und die Reue wird
Ihm nimmer helfen, wo er nun dem Gotte büßt.
Durch diesen selbst und unser Zeugnis wider ihn
Verdirbt er schmählich: meine Rache kennt er dann!

Denn der verhaßten Menschen Glück verkehrt ein Gott
Allzeit in Unglück, duldet nicht des Stolzes Wahn.

*Sie gehen davon*

CHOR

*Erste Strophe*

O Phoibos, der du Ilions herrliche Burg emporgetürmt,
Du Herrscher im Meere, der blauen Rosse Lenker
Durch wogende See,
Was gabt ihr das Kunstwerk eurer schaffenden Hände voll
[Schmach
Ares, dem Meister der Schlachten, dahin, ließt ohne Hilfe
Die Burg Trojas ihm zum Raube?

*Erste Gegenstrophe*

Ihr schirrtet zahlreich Wagen und Rosse am Strand des Simoeis
Und erregtet die blutigen Männerkämpfe, denen
Nie lohnte der Kranz:
Zu den Schatten des Hades wallten Trojas' Gebieter hinab,
Auf den Altären von Ilion strahlt nicht mehr die Flamme,
Vom Weihrauch der Opfer duftend.

*Zweite Strophe*

Der Sohn des Atreus fiel von der Hand der Gemahlin,
Und selbst empfing sie blutigen Tod um den Mord
Durch die Hand ihrer Kinder.
Des Gottes des Gottes orakelkündend Geheiß
Wandte ihn wider sie, den Sohn Agamemnons,
Da er von Argos sich aufgemacht
Und des Gottes heiliges Eigen betrat:
Der Muttermörder.
Phoibos, göttlicher Herr, wie soll ich es glauben?

*Zweite Gegenstrophe*

Es sangen viele Mütter auf Hellas' Märkten
Die Klage um den elenden Tod ihrer Söhne,
Frauen verließen die Häuser
Und flohen zu anderen Gatten. Nicht nur auf dich
Fiel der furchtbare Schmerz und auf deine Lieben:

Ganz Hellas erlitt dieses schwere Leid,
Und durch Troja fuhr der entsetzliche Blitz,
Der Blut und Tod
Auf die fruchtbaren Fluren Ilions säte.

*Peleus kommt mit Andromaches Sohn zurück*

PELEUS

Ihr Frauen Phthias, gebt auf meine Frage mir
Bescheid: ein ungewisses Wort vernahm mein Ohr,
Daß Menelaos' Tochter aus dem Hause hier
Entflohn. Ich komme, weil ich gern erkundete,
Ob dieses wahr ist: um das Wohl abwesender
Verwandter muß sich kümmern, wer zu Hause blieb.

CHORFÜHRERIN

Peleus, du hörtest richtig. Uns geziemt es nicht,
Das Leid zu bergen, welches uns betroffen hat:
Vom Hause eilte flüchtend fort die Königin.

PELEUS

Von welcher Furcht ergriffen? Nichts verhehle mir!

CHORFÜHRERIN

Aus Angst, der Gatte stoße sie aus seinem Haus.

PELEUS

Doch sicher, weil sie seinem Kind den Tod gedroht?

CHORFÜHRERIN

Ja, und aus Furcht vor jenem kriegsgefangnen Weib.

PELEUS

Entwich sie mit dem Vater oder sonst mit wem?

CHORFÜHRERIN

Der Sohn Agamemnons hat sie aus dem Land entführt.

PELEUS

Welch eine Hoffnung nährend? Will er selbst sie frein?

CHORFÜHRERIN

Und deinem Enkelsohn bereitet er den Tod.

PELEUS

Verborgen oder Aug in Aug in offnem Kampf?

CHORFÜHRERIN

Mit Delpherhilfe in Apollons Heiligtum.

PELEUS

Weh mir, ach wie entsetzlich! Ohne Säumen soll

Mir einer eilig zum Altar in Pytho ziehn
Und dort den Freunden melden, was sich hier begab,
Bevor Achilleus' Sprößling stirbt von Feindeshand!

*Ein Bote tritt dazwischen*

BOTE

Ach, welch ein Unheil komm ich Unglückseliger
Dir, Greis, zu melden und den Freunden unsers Herrn!

PELEUS

Wie klopft erwartend voller Furcht mein ahnend Herz!

BOTE

Dein Enkelsohn, o greiser Peleus, ist nicht mehr:
So viele Stöße scharfer Schwerter trafen ihn
Von Delphern und dem Fremdling aus Mykenes Volk.

CHORFÜHRERIN

Oh! Was beginnst du? Stürze nicht zur Erde, Greis!
Erhebe dich!

PELEUS

Verloren bin ich, bin dahin!
Die Stimme schwand, und meiner Knie Kraft entwich!

BOTE

Vernimm, sofern du deine Freunde rächen willst,
Die Dinge, die geschehen, und erhebe dich.

PELEUS

O Schicksal, ach: an meines Alters letztem Ziel –
Wie hast du mich umfangen, mich Unseligen!
Wie starb des einzigen Sohnes einziger Sohn mir hin?
Sprich: wie betrübt es laute, hören will ich's doch.

BOTE

Nachdem in Phoibos' hehrem Sitz wir angelangt,
Da weihten wir drei klare Sonnenläufe froh
Dem neuen Schauspiel, unsre Augen sättigend.
Doch war es schon verdächtig, daß sich überall
Das Volk zusammenscharte, das beim Gotte wohnt.
Und durch die Stadt schritt Agamemnons Sohn einher
Und raunte Reden böser Art in jedes Ohr:
»Erblickt ihr ihn, der durch des Gottes Heiligtum,
Das golderfüllte, durch der Männer Schätze geht?

Zum zweiten Male kommt er, wie zuvor er schon
Hierher gekommen, auszutilgen Phoibos' Haus!"

Da ging ein böses Murmeln durch die ganze Stadt:
Des Volkes Häupter sammeln sich und pflegen Rat,
Auch stellten, die des Gottes Schatz verwalteten,
Im säulenumringten Heiligtum Schutzwachen aus.
Wir hatten keine Kunde noch von alledem
Und nahmen Schafe, die Parnassos' Laub genährt,
Und zogen hin mit Freunden und den pythischen
Orakeldeutern, traten dann um Phoibos' Herd.
Und einer sagte: „Was, o Jüngling, sollen wir
Vom Gotte dir erbitten? Weshalb kamest du?"
Neoptolemos sprach: „Wir kommen, um die frühere Schuld
Dem Phoibos abzubüßen, denn ich forderte
Ihn einst um meines Vaters Tod zur Rechenschaft."

Nun kam's zutage, was Orestes' böses Wort
Vermochte, daß mein König unwahr rede, daß
Er Böses sinne. Pyrrhos trat ins Innere
Des Tempels ein, um vor dem Gottesspruche noch
Zu flehn dem Phoibos, und entflammt der Opfer Glut.
Dort lauert eine Schar Bewaffneter ihm auf,
Verdeckt von Lorbeer: Klytaimnestras Sohn allein,
Orestes war's, der alle diese Tücken spann.
Und er, gesehn von allen, fleht Apollon an,
Doch sie, mit scharfem Schwert bewehrt, verwundeten
Achilleus' Sohn, den waffenlosen, unvermerkt.
Da weicht er rückwärts – denn zu Tode war er nicht
Verwundet –, weicht zurück und reißt die Waffen, die
Von Pflöcken an des Eingangs Säulen hingen, ab,
Tritt dann zum Altar, fürchterlich im Waffenschmuck,
Und ruft die Söhne Delphis also fragend an:
„Was wollt ihr mich ermorden, der auf frommem Pfad
Gekommen? Was verbrach ich, daß ich sterben soll?"
Doch einen Laut erwidert aus den Tausenden
Nicht einer: Steine flogen aus den Händen rings.

Und wie von dichten Flocken Schnees ringsher gedrängt,
Hielt er die Wehr vor und vermied die Würfe wohl,
Hierhin und dorthin mit der Hand den Schild gestreckt.
Doch nichts vermochte Pyrrhos, denn viel Pfeile, viel
Geschosse, Lanzen, Spieße, doppelschneidige
Wurfspeere, Messer flogen vor die Füße ihm.
Nun hättst du grausen Waffentanz gesehen, wie
Dein Sohn dem Andrang wehrte. Doch da jene nicht
Zu atmen ihm vergönnten, rings umdrängend ihn,
Verließ er flugs den opferfrohen Weihaltar
Und sprang den schnellen Troersprung und schritt auf sie
Zum Kampfe selbst an. Aber gleich Waldtauben, die
Den Habicht sehen, wandten sie zur Flucht sich um,
Und viele sanken dort und hier, verwundet die,
Im engen Ausgang andre durch sich selbst erdrückt,
Und aus dem heiligen Hause scholl ein grauses Schrein
Und klang vom Felsen wider; doch in Sicherheit,
Von hellen Waffen blitzend, stand der König da,
Bis aus des Tempels tiefem Grund hervor ein Mann
Laut rief in Schauertönen und zu neuem Kampf
Die Männerschar erregte. Da, von scharfem Schwert
Durchbohrt die Seiten, fällt Achilleus' edler Sohn
Durch einen Mann aus Delphi, der ihn mordete
Mit vielen andern. Als er hin zur Erde sank –
Wer schwang das Schwert nicht, hob den Stein nicht über ihn,
Dort schlagend, hier zerschmetternd? Überall zerfleischt,
Entstellt von grausen Wunden ward der schöne Leib.
Die Leiche, nahe liegend am Altare, warf
Zum opferduftigen Heiligtum das Volk hinaus.
Wir rafften auf den Armen ihn alsbald hinweg
Und bringen dir den Toten, daß du klagst um ihn
Und ihn beweinst, Herr, und mit Grabesehren schmückst.

So tat der Gott, der andre Weisheitskunde lehrt,
Der aller Welt gerechter Sache Richter ist,
Dem Sohn Achilleus, als er büßte seine Schuld.
So dachte er, nach böser Menschen Weise noch
Des alten Haders: könnte er wohl weise sein?

CHORFÜHRERIN

Hier tragen sie schon den Gebieter heran:
Sie tragen ihn heim von dem delphischen Land.
Unglücklicher Mann, unglücklich, o Greis,
Auch du! Des Achilleus Sprößling empfängst
Im Hause du nicht so wie du gehofft,
Und im Leide versankst
Du selbst in dem gleichen Geschick, Herr.

*Erste Strophe*

PELEUS

Ach, ich Verlorener, was für ein Leiden muß
Ich für mein Haus hier sehn und empfangen!
Weh mir, ach weh mir!
O du thessalische Stadt, ich verzweifele,
Bin ich vernichtet doch: mir und dem Hause
Ist das Geschlecht nun erloschen.
Schmerzliches Leiden: auf welchen Befreundeten
Kann ich mit Freude mein Auge noch richten?
Lieblicher Mund und du Kinn und ihr Hände!
Hätte der Gott dich gemordet vor Ilion
An des Simoeis Gestade!

CHORFÜHRERIN

Dann war sein Name hochgeehrt im Tode noch,
O Greis, und also wärest du glückseliger!

*Erste Gegenstrophe*

PELEUS

O du mein Ehebund, der du das Haus hier,
Der du die Stadt mir vernichtetest! Ach, ach,
Weh mir, mein Sohn du,
Hätte doch nicht das Geschlecht der Hermione,
Dieses dem Haus und den Kindern verderbliche,
Deiner Gemahlin Geschlecht,
Tod und Verderben, o Sohn, dir bereitet:
Hätt es ein Blitzstrahl eher getötet!
Hättest du nimmer das Blut des erschlagenen
Göttlichen Vaters von Phoibos gefordert,
Du, der Sterbliche, vom Gotte!

*Zweite Strophe*

CHOR

Ich stimm um meines Herrschers Fall
Das Lied an, wie es Brauch um Tote.

PELEUS

Weh, weh – ich stimme jammernd ein,
Ich unglückvoller Greis, und weine.

CHORFÜHRERIN

Geschick der Gottheit ist es, Gott verhängt das Leid.

PELEUS

Du ließest, Teurer, mich allein im Hause
Als kinderlosen Greis zurück

CHORFÜHRERIN

Vor deinen Kindern ziemte dir zu sterben, Greis.

PELEUS

Wie? Zerrauf ich nicht mein Haar?
Soll ich die Hände nicht ans Haupt
Mit blutigem Schlage legen? Ach, o Vaterstadt,
Mir nahm ein Gott beide Söhne: Phoibos.

*Zweite Gegenstrophe*

CHOR

Du Sohn des Unglücks, der du Leid erfuhrst und sahst,
O Greis, wie wirst du fürder leben?

PELEUS

Der Leiden Ziel nicht sehend, einsam, kinderlos
Mein Leid ausharren bis zum Tode.

CHORFÜHRERIN

Umsonst beglückten Götter dich beim Ehefest

PELEUS

Entflogen ist, entschwunden all das Meine,
In Staub gebeugt mein hoher Sinn!

CHORFÜHRERIN

Du wandelst einsam durch das einsam stille Haus.

PELEUS

Stadt, o Stadt, du bist nicht mehr,
Dies mein Zepter fahre hin!

Und du in nächtlicher Grotte, Nereus' Tochter, wirst
Mich Armen tot stürzen sehn zur Erde!

CHORFÜHRERIN

Was wogt in der Luft? Welch Göttergebild,
Ihr Jungfraun, seh ich? O schaut, blickt auf!
Wohl ist es ein Gott, der die heitere Luft
Durchschwimmt und herab auf Phthia schwebt,
Zu dem rossegesegneten Lande.

THETIS

Peleus, der Ehe wegen, die dich mir verband,
Erschein ich – Thetis – aus des Nereus Grotte hier.
Vor allem mahn ich: härme dich nicht allzusehr
Des Mißgeschickes wegen, das dich jetzt betraf.
Auch ich ja sollte Kinder nicht zur Trauer mir
Gebären – und verlor den schnellen Läufer, den
Ich dir gebar, Achilleus, Hellas' besten Sohn.

Warum ich komme, sag ich dir, vernimm das Wort.
Ihn hier, Achilleus' toten Sohn, beerdige,
Die Leiche führend zu dem pythischen Altar,
Zur Schmach den Delphern, daß sein Grab Verkünder sei
Des frevlen Mordes, den Orestes' Hand verübt.
Andromache, die kriegsgefangne Troerin,
Soll – wenn der Ehe Bande sie mit Helenos
Verbunden haben – wohnen im Molosserland
Samt ihrem Knaben, der allein von Aiakos'
Geschlecht zurückblieb und von dem die Könige
Abstammen, die, sich folgend, in Molossia
Im Glücke herrschen sollen. Denn auf Erden darf
Nicht untergehen dein Geschlecht und meines, Greis,
Noch Trojas: auch um dessen Schicksal kümmern sich
Die Götter, ob es Pallas gleich in Staub gestürzt.

Dich will ich – daß du meiner Liebe Gunst erkennst –
Zum Gott erheben: niemals sollst du altern und
Unsterblich leben, allem Erdenleid entrückt.
In Nereus' Grotte wohnst du dann mit mir vereint,
Als Gott der Göttin zugesellt für alle Zeit.

Und wenn du dorther aus dem Meer den trocknen Fuß
Erhebst: Achilleus, unsern Sohn, erblickst du dann,
Den Teuren, der auf schönem Insellande wohnt
Auf Leukes Ufer innerhalb Euxeinos' Flut.
So ziehe denn zur gotterbauten Delpherstadt
Mit dieser Leiche. Wenn du sie bestattet hast,
So wandre nach der alten Klippe Sepias
Und harr in tiefer Grotte, bis vom Meeresgrund
Ich komme mit der fünfzig Nereïden Chor,
Der dich geleitet, denn das gottverhängte Los
Ziemt dir zu tragen, weil es Zeus also gefällt.
Laß ab zu trauern um die Hingeschiedenen,
Denn allen Menschen wurde dies Geschick vom Gott
Bestimmt: entrichten müssen sie des Todes Schuld.

*Sie entschwindet*

PELEUS

Erhabne, Heil dir, mein geliebtes edles Weib,
Du Tochter Nereus'! Was du mir zu tun befiehlst,
Ist würdig dein, und deiner Kinder würdig auch.
Auf dein Geheiß gebiete ich dem Gram, und wenn
Ich ihn bestattet, wandre ich zu Pelions
Waldschluchten, wo ich deine Schönheit einst umarmt.

Aus edlem Hause wähle denn der weise Mann
Ein Weib, an Edle geb er seine Töchter aus,
Nach einem Weibe niedrer Art gelüst ihn nicht,
Und brächte sie die reichste Morgengabe ein!

CHORFÜHRERIN

*während Peleus den Toten fortbringt und der Chor hinauszieht*

Vielfache Gestalt hat die göttliche Macht:
Gar vieles verhängt unerwartet ein Gott,
Doch was wir gewähnt, vollendet sich nicht,
Für Unglaubliches findet der Gott den Weg.
So endete dieses Begegnis.

# DIE BAKCHEN

*Den „Bakchen" liegt als fundamentales Ereignis der Einzug des asiatischen Gottes Dionysos in Griechenland zugrunde. Euripides wählte als die erste Stadt, die der Gott seinem Kult eroberte, das boiotische Theben, weil Theben in der griechischen Sage zum Geburtsort des Dionysos geworden war. Kadmos, der Gründer Thebens, und seine göttliche Gemahlin Harmonia hatten vier Töchter: Ino, Semele, Agaue und Autonoë. Von ihnen erkor sich Zeus Semele zur Geliebten; doch die eifersüchtige Hera bereitete der Rivalin den Untergang: sie riet ihr, Zeus zu bitten, er möge ihr in seiner ganzen göttlichen Herrlichkeit erscheinen. Zaudernd erfüllte er der Geliebten den Wunsch – und die Glut seiner Donnerkeile verbrannte Semele zu Asche. Zeus entraffte jedoch dem Leib der Verbrennenden das Kind, das sie trug, und nähte es in seinen Schenkel, aus dem es, als es gereift war, als Gott Dionysos geboren wurde. – In Wahrheit aber war Dionysos (oder Bakchos) asiatischen Ursprungs: die Geschichte seiner Geburt zeigt barbarische Züge, und der Name Semeles ist die griechische Abwandlung des Namens der phrygischen Göttermutter Zemelo. Das konstituierende Motiv für das dramatische Geschehen der Tragödie ist der Widerstand, den die Thebaner dem neuen Gott entgegensetzen. Ino, Agaue und Autonoë verhöhnten die ihnen unglaubwürdig erscheinende Mutterschaft ihrer Schwester Semele, wofür der Gott Theben strafte, indem er alle thebanischen Frauen in rasende Mainaden verwandelte. Während sich nun der greise Kadmos von dem Seher Teiresias zu Dionysos bekehren läßt, leistet sein Enkel Pentheus, Agaues und des Echion Sohn, der jetzt in Theben herrscht, dem Bakchos so lange Widerstand, bis ihm die eigene Mutter als rasende Bakchantin ein tragisches Ende bereitet.*

*Die „Bakchen" sind eines der letzten Werke des Euripides; sie entstanden in den Jahren 408/407 in Makedonien und wurden – wahrscheinlich an den Dionysien des Jahres 405 – zusammen mit der „Iphigenie in Aulis" und dem „Alkmaion in Korinth" postum aufgeführt. Euripides errang den Sieg.*

## Personen

Dionysos
Teiresias
Kadmos
Pentheus
Ein Sklave
Ein Hirt
Ein Bote
Agaue

Den Chor bildet ein Schwarm von Bakchen, der Dionysos von Kleinasien nach Griechenland begleitet hat.

Ort der Handlung ist der Platz vor dem Palast des Kadmos und Pentheus in Theben.

*Dionysos zieht mit dem Chor der Bakchen ein*

DIONYSOS

Ins Land von Theben kam ich hier, der Sohn des Zeus,
Dionysos, den einst Kadmos' Tochter Semele,
Umflammt von heller Blitze Glut, geboren hat.
In Menschenbildung wandelt ich die Gottgestalt
Und weile nun an Dirkes und Ismenos' Flut.
Hier seh ich nah dem Haus das Grab der Mutter, die
Der Blitz erschlug, und des Palastes Trümmerfeld,
Wo rauchend noch des Götterfeuers Flamme lebt,
Ein ewig Denkmal, welche Rach' einst Hera nahm.
Ich lobe Kadmos, daß er diesen Raum geweiht,
Der Tochter unnahbare Gruft: ich habe selbst
Ihn rings umhüllt mit traubenreichem Rebenlaub.

Der Lyder Fluren, reich an Gold, und Phrygien
Verließ ich, kam zu sonnenhellen Persergaun,
Den Mauern Baktras und dem sturmdurchwehten Land
Der Meder, dann zum Segensland Arabien,
Dem ganzen Asien, das am salzigen Meere liegt,
Wo der Hellene mit Barbarenvolk gemischt
Zahlreich im Schutze schön umtürmter Städte wohnt.
Nun endlich zieh ich ein in dies Hellenenland,
Nachdem ich unter Tänzen dort mein Fest geweiht
Und allen Menschen meine Göttlichkeit erzeigt.

Als erste Stadt in Hellas rief ich Theben auf
Zum Jubel, hüllt es in der Rehe Fell, und gab
In seine Hand des Thyrsos efeugrünen Stab.

Der Mutter Schwestern, denen dies am wenigsten
Geziemt, behaupten, Bakchos sei nicht Sohn des Zeus:
Semele sei von eines Menschen Trug verführt
Und wälz die Schuld dem höchsten Himmelsgotte zu
Durch List des Kadmos; darum auch erschlug sie Zeus –
So prahlen sie –, weil sie den Liebesbund erlog.
Zur Strafe jagt ich sie in wildem Wahn zur Stadt
Hinaus: auf Berghöhn hausen nun die Rasenden
Und müssen tragen meiner wilden Feste Kleid.
Auch alle Frauen aus der Kadmosstadt, so viel
Volljährig waren, scheucht ich aus den Häusern auf,
Und zugesellt des Kadmos Töchtern lagern sie
In dunkler Tannen Grün, auf Felsen ohne Dach.
Denn diese Stadt soll fühlen, widerstrebt sie auch,
Daß sie für meinen Bakchosdienst noch ungeweiht,
Und ich die Mutter Semele verteidige,
Der Welt als Gott mich zeigend, den sie Zeus gebar.

Der König Kadmos übergab der Tochter Sohn
Pentheus des Königs Ehrenamt und Herrschgewalt –
Ihm, welcher Krieg führt wider mich, den Gott, und mich
Ausschließt vom Opfer, im Gebet nie mein gedenkt.
Drum will ich ihm und allem Volke Thebens mich
Als Gott bewähren. Und sobald ich dieses wohl
Vollendet, wend ich meinen Schritt in andres Land,
Auch da mich zeigend. Doch wenn Theben voller Grimm
Mit Waffenmacht die Bakchen auszutreiben sucht,
Führ ich Mainaden wider sie zur Schlacht hinaus.
Deswegen nahm ich Erdenbildung an und schuf
Aus einem Himmelsgotte mich zum Menschen um.
Du, das den Tmolos, Lydiens Schutzwehr, verließ,
Mein Festgeleit, ihr Frauen, die vom Fremdlingsvolk
Ich als Gefährten meines Zugs hierhergeführt,
Ergreift die Pauken, heimisch längst im Phrygerland,
Die Rhea, der Götter Mutter, und ich selbst erfand,
Schlagt sie, umtanzt des Pentheus königliches Haus
Mit hellem Schalle, daß die Kadmosstadt es hört!

Ich eile auf die Höhen des Kithairon, wo
Die Bakchen sind, und tret in ihre Reigen ein.

*ab*

CHOR

Von Asiens Ländern,
Vom heiligen Tmolos zog ich fort und übe
Dionysos' süße Mühe,
Beseligende Mühsal,
Den bakchischen Gott umjubelnd.
Wer weilt noch auf den Wegen? Wer?
Entweicht in eure Häuser!
Ein jeder wahre in Ehrfurcht heiliges Schweigen:
Nach altem Brauch will ich Dionysos preisen.

*Erste Strophe*

Selig, wer, den Göttern Freund
Um die Weihn der Unsterblichen wissend,
Sein Leben dem heiligen Dienst weiht
Und seine Seele läutert,
In den Bergen ringsum schwärmend
Zu geheiligter Entsühnung,
Wer sich der Satzung Kybeles,
Der Großen Mutter, geweiht hat
Und emporschwingend den Thyrsos
Mit dem Efeu sich das Haupt kränzt
Als Jünger des Dionysos.

Macht euch auf, Bakchen, ihr Bakchen:
Bromios, den Gott und Gottessohn,
Dionysos führt herab
Von den Bergeshöhn der Phryger
In die weiten Reigenplätze
Und die Straßen der Hellenen!

*Erste Gegenstrophe*

Ihn, den einst im Schmerzenskampf
In den Wehn erzwungnen Gebärens,
Da Kronions Blitzstrahl herabfuhr,

Die Mutter aus dem Schoße
Sterbend entlassen mußte,
Von des Donners Schlag getroffen.
Doch sogleich gab der Kronide
Die Ruhestatt dem Gebornen:
Er verbarg ihn in dem Schenkel
Von Goldspangen umschlossen,
Versteckt vor der Rache Heras.

Als die Moiren ihn vollendet,
Gebar er den stiergehörnten Gott,
Und er kränzt ihm seine Stirn
Mit Schlangen: seither flechten
Die Mainaden Schlangenbeute
Sich jauchzend in ihre Locken.

*Zweite Strophe*

O Semeles Amme Theben:
O bekränze dich mit Efeu,
Grüne, grün im frischen,
Im blühenden Laub der Winde!
Schwärme im Jubel des Bakchos
Mit den Zweigen von Eiche und Tanne!
Schmücke das scheckige Fell des Rehs
Mit dem Weiß der wollenen Binden!
Weihe heiligem Brauch des Narthex
Mutwilligen Stab! Bald hebt sich
Das ganze Land zu wirbelndem Tanz –
Bromios ist's, der die Reigen führt! –
Auf das Gebirg das Gebirge,
Wo der schwärmenden Frauen Schar
Harrt, von Gewebe und Webstuhl
Von Dionysos verscheucht.

*Zweite Gegenstrophe*

O alter Sitz der Kureten,
O heilige Höhlen Kretas,
Die den Zeus genährt einst!
Dort rundeten mir aus Stierhaut

Tympana die Korybanten
In den dreifach bebuschten Helmen,
Süßen phrygischen Flötenhauch
Mischten sie mit bakchischem Jubel.
Und der Mutter, der Rhea, legten
Sie's in die Hände: die Pauke,
Die zu der Mainaden Jauchzen schallt.
Rasende Satyrn erflehten sich's,
Nahmen von Rhea das Tympanon,
Das im Reigentanze erdröhnt
In dreijährlichen Festen,
Deren Bakchos sich freut.

*Epode*

Süß ist's anzusehn,
Wenn er in den Bergen
Nach rasendem Tanze zur Erde sinkt,
In das heilige Fell des Rehs gehüllt,
Nach dem Blute des Bockes verlangend,
Dem Genuß des rohen Mahles,
Jagend auf lydische, phrygische Berge –
Bromios unser Führer:
Euoi! Euoi!
Von Milch trieft das Gefilde
Und vom Wein und vom Nektar der Bienen.
Wie eine Wolke syrischen Weihrauchs
Läßt Bakchos aus dem Narthex
Des Fichtenharzes lohende Flamm aufschießen,
Zu Wettlauf und zu Tanz und Jubel
Die Schweifenden erregend,
Das üppige Haar zum Himmel schüttelnd.
Zugleich dröhnt er laut in den Jubelruf:
„Auf ihr Bakchen! Auf ihr Bakchen,
Zierde des Gold verströmenden Tmolos:
Preiset den Gott Dionysos
Bei dumpf hallender Pauken Schall,
Jauchzend erhebt den jauchzenden Gott
In Rufen und Weisen der Phryger,

Wenn liebliche Flöten
Heilig die heiligen Weisen spielen,
Welche die schweifenden Bakchen
Auf die Berge die Berge geleiten."
Freudig erregt wie das Fohlen zur Seite der weidenden Mutter
Regt die Bakchantin die hurtigen Glieder in hüpfenden
[Sprüngen.

*Teiresias tritt vor den Palast*

TEIRESIAS

Wer ist am Tor? Er rufe Kadmos mir heraus,
Den Sohn Agenors, welcher Sidon einst verließ
Und der Thebaner feste Stadt hier aufgetürmt.
Geh einer, ihm zu melden, daß Teiresias
Ihn suche; selber weiß er ja, weshalb ich kam,
Und was ich Alter schon mit ihm, dem Greis, besprach:
Den Thyrsosstab zu nehmen und der Hindin Fell,
Mit vollem Efeulaube dicht umkränzt das Haupt.

KADMOS *aus dem Palaste tretend*

Mein Liebster, ich erkannte deiner Stimme Laut,
Des weisen Mannes weisen Ruf, im Hause schon.
Ich komme fertig, angetan mit des Gottes Schmuck.
Denn wohl geziemt uns, daß wir unsrer Tochter Sohn,
So viel an uns ist, als den Gott verherrlichen.
Wo soll ich tanzen, wo den Fuß erheben, wo
Die grauen Locken schütteln? Du, Teiresias,
Greis, führe mich, den Greisen: dir ward alles kund.
Denn nicht ermatt ich, mit dem Thyrsos Tag und Nacht
Den Grund zu schlagen: ach wie gern vergeß ich es,
Daß ich ein Greis bin!

TEIRESIAS

Also geht es dir wie mir:
Auch ich verjüngt, Herr, gürte mich zum Reigentanz.

KADMOS

So fahren wir auf einem Wagen ins Gebirg?

TEIRESIAS

Da würd in mindrer Weise wohl der Gott geehrt.

KADMOS

Ich Alter will denn, Alter, dein Geleiter sein.

TEIRESIAS
Der Gott geleitet mühlos uns an jenen Ort.

KADMOS
Und führen wir allein dem Bakchos Reigen auf?

TEIRESIAS
Wir sind allein klug, Toren sind die anderen.

KADMOS
Nicht lange säumen! Fasse du nun meine Hand.

TEIRESIAS
Da nimm und füge deine Hand in meine Hand.

KADMOS
Niemals veracht ich Götter – ich, ein Sterblicher.

TEIRESIAS
Mitnichten recht ich wider sie, die Himmlischen.
Was fromme Väter uns gelehrt, was unsre Zeit
Vorlängst geheiligt, kein Vernunftwort stößt es um,
Auch wenn's der höchste Menschengeist erklügelte.
Wohl mancher sagt, es bringe meinem Alter Schmach,
Daß ich den Reigen tanzen will im Efeukranz.
Doch nie gebot Dionysos, daß nur Jünglinge
Den Reigen führen sollen oder Ältere:
Von allen wünscht er sich verehrt, und seine Macht
Will er, indem er keinen ausschließt, wachsen sehn.

KADMOS
Weil dir des Tages Strahl erlosch, Teiresias,
Will ich dir Herold dessen sein, was hier geschieht.
Pentheus – er schreitet eilig dort zum Hause her,
Der Sohn Echions, dem ich Macht im Lande gab.
Er kommt ganz außer sich: was bringt er Neues wohl?

PENTHEUS
Ich war von diesem Lande fern und höre nun
Die neuen Frevel, die geschehn in dieser Stadt:
Daß unsre Fraun dem falschen Bakchosfeste nach
Das Haus verließen und die Waldgebirg im Wahn
Durchschwärmen und mit Reigen ihn, den neuen Gott
Dionysos – wer er immer sei – verherrlichen.
Voll stehn die Krüge in des Schwarmes Mitte dort,

Und eine schleicht sich hier, die andre dort davon,
Sich in der Stille buhlerischer Lust zu freun.
Sie heucheln, Bakchen wären sie, Begeisterte,
Doch Aphrodite ziehen sie dem Bakchos vor.
So viel ich ihrer haschte, schlug der Diener Arm
In Fesseln, und im Kerker sind sie aufbewahrt.
Die mir noch fehlen, fang ich auf dem Berge ein,
Und wenn ich sie mit Eisenbanden festgeschnürt,
Wird dies verruchte Bakchosspiel am Ende sein!

Auch heißt es, daß ein Fremdling hier erschienen sei,
Ein Zauberer, ein Beschwörer aus dem Lyderland,
Mit blonden krausen Locken voller Wohlgeruch,
Mit schwarzer Augen dunklem Glanz, Kytheres Lust,
Der immer, Tag und Nächte lang, mit ihnen ist
Und unsre Frauen zu den Bakchosweihn verlockt.
Ergreif ich diesen innerhalb des Hauses hier,
So werd ich bald sein Thyrsosschlagen endigen
Und Lockenschütteln: trenne ihm den Hals vom Rumpf.
Der Mann behauptet, daß ein Gott Dionysos sei,
Er sagt, in seinen Schenkel hab ihn Zeus genäht –
Ihn, den des Blitzes Flammen samt der Mutter doch
Verzehrten, weil sie falsch den Götterbund erlog!
Ist solches nicht des grauenvollen Stranges wert,
Den Hohn zu wagen, wer der Fremdling immer sei?

Doch sieh, das andre Wunder! Sieh den Seher dort,
Teiresias, in des Hirschkalbs buntgeflecktem Fell,
Und meiner Mutter Vater hier – wie lächerlich! –
Verzückt den Narthex schwingend! Wie beschämt es mich,
Mein Vater, euer Alter so verrückt zu sehn!
Wirfst du den Efeu nicht von dir, läßt deine Hand,
O meiner Mutter Vater, nicht den Thyrsosstab?
Teiresias, du verführtest ihn! Du trachtest wohl,
Indem du diesen neuen Gott den Menschen bringst,
Nach Lohn für weitre Vogel-, neue Opferschau?
Wenn dein ergrautes Alter dich nicht rettete,
Du säßest, daß du solch verruchte Feste mir

Einführst, gefesselt bei den Bakchen! Wenn die Fraun
Den Rebensaft beim Opfermahl genießen – nun,
Dann ist am Götterfeste nichts Gesundes mehr!

CHORFÜHRERIN

Welch frevle Rede! Scheust du denn die Götter nicht?
Scheust nicht den Kadmos, der die Drachensaat gesät?
Als Sohn Echions schändest du den eignen Stamm?

TEIRESIAS

Wenn schönen Stoff zum Reden fand ein weiser Mann,
Dann ist es ihm nichts Schweres, wohlberedt zu sein.
Dir ist der Mund geläufig wie dem Klugen zwar,
Doch wohnt in deinen Reden nicht der kluge Sinn.
Ein kühn verwegner König, der zu reden weiß,
Bringt seinem Volk Verderben, wenn der Geist ihm fehlt.
Doch dieser Gott, der neue, welchen du verhöhnst –
Ich kann es nicht aussprechen, welche Macht er einst
Erlangt in Hellas! Zweierlei verehrt der Mensch
Vor allem Gut: Demeter – diese Göttin ist
Die Mutter Erde (nenne sie, wie dir's gefällt):
Sie nährt mit trocknen Gaben uns, die Sterblichen –,
Und ihn, der dann kam, Ausgleich schaffend, Semeles Sohn:
Er fand der Traube nassen Trunk und brachte ihn
Den Menschen: er befreit die armen Sterblichen
Vom Schmerze, wenn des Weinstocks Becher sie geleert,
Und bringt den Schlaf, Vergessen ihrer täglichen
Mühsal: kein andres Mittel heilt das Leid wie er.
Auch Göttern wird gespendet er, der Gottessohn,
Daß so durch ihn den Menschen alles Gute kommt.
Und ihn verlachst du, daß in seinen Schenkel Zeus
Ihn eingenäht! Ich zeige, daß dies richtig ist.
Als Zeus das Götterkindlein aus dem Wetterstrahl
Hinweggerafft und zum Olymp hinauf entführt,
Da wollte Hera seinen Sturz aus Himmelshöhn,
Doch Zeus ersann als Gott dagegen diese List:
Er brach vom Äther, der die Erd umhüllt, ein Stück,
Gab wider Heras Hader dies in Kindsgestalt
Als Unterpfand und rettete Dionysos.
Doch später änderte die Sage dann das Wort

Und sprach: in seinen „Schenkel" habe Zeus das Kind
Genäht, weil er der Hera einst das Pfand „geschenkt".

Auch Seher ist Dionysos, denn der Bakchoswahn,
Das trunkne Rasen trägt in sich die Seherkunst.
Denn wessen Glieder ganz erfüllt des Gottes Geist,
Den macht er rasen, daß das Künftige er spricht.
Er eignet auch von Ares einen Teil sich zu,
Denn wenn ein Heer in Waffen kampfgerüstet steht,
Schreckt Furcht es auseinander, eh's die Lanze hob:
Auch dieses ist ein Rasen, das Dionysos schafft.
Ihn wirst du noch auf Delphis hohem Felsen einst
Im Fackelglanze springen sehn, wenn frohen Schwungs
Sein Thyrsosstab Parnassos' Doppelhöhen trifft:
Den Herrn von Hellas. Drum, o Pentheus, folge mir:
O prahle nicht, der Menschen Höchstes sei die Macht,
Noch, wenn der Glaube, den du hegst, ein falscher ist,
Erachte dich für weise. Nimm den Gott ins Land,
Bring Opferspenden, jauchze laut und kränze dich.
Dionysos wird die Frauen niemals nötigen
Zur Keuschheit wider Kypris: ob sie von Natur
In allen Dingen maßvoll sind zu jeder Zeit,
Das untersuche, denn in Bakchos' hohem Dienst
Entartet nie ein Weib, das keusch und maßvoll ist.

Du weißt, es freut dich, wenn um deine Tore sich
Die Menge drängt und deinen Namen hoch erhebt:
Auch jenen, mein ich, freut es, wenn man ihn verehrt.
Ich denn und Kadmos, den du höhnst, wir wollen uns
Das Haupt mit Efeu kränzen und zum Tanze ziehn,
Ein Paar in grauem Haar; und doch ziemt uns der Tanz,
Und ich bekämpfe nicht den Gott, durch dich verführt.
Denn schmerzlich ist dein Rasen: kein Heilmittel kann
Dich retten, noch wird ohne das dein Geist gesund.

CHORFÜHRERIN

O Greis, du schändest Phoibos durch dein Reden nicht:
Bist weise, daß du Bakchos ehrst, den großen Gott.

KADMOS

Mein Sohn, vortrefflich mahnte dich Teiresias:

Wohn uns vereinigt, nicht dem Brauch des Volkes fern!
Jetzt schwankst du haltlos: voll des Dünkels, denkst du nicht.
Wenn dieser Bakchos auch kein Gott ist, wie du sagst,
Laß ihn so heißen, lüge schön, daß er es sei
Als Sohn der Semele, daß sie, Gottgebärerin
Geheißen, unsern ganzen Stamm verherrliche.
Du kennst Aktaions jammervollen Untergang,
Den rohverschlingende Hunde, die er auferzog,
Auf Waldeshöhn zerfleischten, weil er größer einst
Als Artemis in Jägerkünsten sich gerühmt.
So mögest du nicht büßen! Komm, ich kränze dir
Das Haupt mit Efeu: feire du mit uns den Gott.

PENTHEUS

Hinweg die Hand hier! Gehe du zu Bakchos' Fest,
Doch hänge mir nicht deiner Torheit Makel an!
Ihn aber, der dich solchen Unverstand gelehrt,
Will ich bestrafen. Gehe schleunig einer hin,
Und kam er zu dem Sitz, wo er die Vögel fragt,
So stürze er ihn mit des Speeres Hebel um
Und kehre alles Unterste zu oberst, und
Die Seherbinden streu er aus in Sturm und Wind!
Denn also handelnd, schaff ich ihm das größte Leid.

Und ihr durchstreift die Stadt und spürt den Fremden auf,
Den weiberhaften, der in neuen Trug die Fraun
Einführt und unsrer Ehen keusches Glück entweiht!
Und wenn ihr ihn gefangen, führt gefesselt ihn
Hierher, damit ihn treffe Tod durch Steinigung:
In Theben soll er bittre Bakchosfeste schaun!

*geht schnell fort*

TEIRESIAS

O Tor, du weißt nicht, welche Worte dir entflohn!
Du rasest: auch schon früher war dein Geist verwirrt.
Wir wollen gehen, Kadmos, und um Gnade flehn
Für diesen, glüht er heftig auch in schwerem Zorn,
Und unsre Bürger, daß der Gott kein Arges uns
Bereite. Folge mir denn mit dem Thyrsosstab:
Versuch es, aufrecht halte mich, ich stütze dich.

Denn schmählich ist es, wenn ein Paar von Greisen fällt.
Doch – gehe: Bakchos dienen wir, dem Sohn des Zeus!
Der „Leidenbringer“ Pentheus bringe nur kein Leid
Dem Königshause! Nicht als Seher sprech ich so:
Die Tat belehrt mich, denn der Tor spricht Törichtes.

*sie gehen davon*

CHOR

*Erste Strophe*

Unentweiht heilige Macht,
Frömmigkeit, welche die Erde
Auf Goldschwingen durchfliegt,
Hörst du den Pentheus, hörst
Du den frevelhaften Hohn,
Den er dem Bromios beut,
Semeles Sohn, welcher im kranzreichen Gelag
Fröhlich voran unter dem Chor Himmlischer strahlt?
Sein ist das Werk,
In bakchischem Tanze zu schwärmen,
Bei dem Schalle der Flöte zu lachen
Und die Trübsal zu verscheuchen,
Wenn die lustatmende Traube
Beim Mahle die Götter erquickt,
Und der Becher bei Gelagen
Männer in Efeukränzen
In den Schlummer einwiegt.

*Erste Gegenstrophe*

Wo die Gier ohne Gesetz
Waltet, die Zung ungezähmt,
Harrt am Ziele das Leid.
Tage des Weisen, die
Voll Ruhe harmlos entfliehn,
Stehn unerschüttert im Sturm,
Schirmen das Haus. Denn des Olympos Götter, fern
Wohnend in Lichthöhen der Luft, schauen das Tun
Sterblicher doch.
Doch weise sein und sich besinnen

Auf Unirdisches ist noch nicht Weisheit.
Wie kurz ist doch das Leben:
Wer das Ferne sich zum Ziel setzt,
Der gewinnt nicht, was ihm nahe.
Dies ist mir die Art der Narren,
Meine ich, und der Toren,
Die vom Wahn geblendet.

*Zweite Strophe*

Daß ich käme nach Kypros,
Dem Inselland Aphrodites,
Wo die Schar der Eroten wohnt,
Menschenherzen bezaubernd,
Und nach Paphos, dem regenlosen,
Das des mächtigen Flusses
Hundertarmige Ströme trinkt!
Aber wo der pierische
Sitz der Musen in heiliger
Schönheit ragt, der Olympos:
Dahin leite mich, Bromios,
Der die jauchzenden Reigen führt.
Dort sind Chariten und Pothos,
Dort dürfen frei die Bakchen Feste begehen.

*Zweite Gegenstrophe*

Unser Gott, des Kroniden Sohn,
Freut sich festlicher Mahle,
Liebt den segenverleihenden,
Männernährenden Frieden.
Bakchos spendet des Weines Wonne,
Jeden Gram zu vergessen,
Gleich dem Armen und Reichen aus,
Haßt ihn, der es verschmäht, in Lust
Helle Tag und die süße Nacht
Ohne Harm zu verleben,
Haßt den Klugen, der nie den Sinn
Von den Überweisen befreit:
Doch was das schlichtere Denken
Des Volks für rechten Brauch hält, heiße ich gut so.

*Dionysos wird von Sklaven des Pentheus gefesselt herbeigeführt*

EIN SKLAVE

Da sind wir, Pentheus, taten diesen Fang, nach dem
Du uns gesendet: nicht vergeblich jagten wir.
Das Wild benahm sich freundlich und entzog sich uns
Nicht durch die Flucht: die Hände bot es willig dar,
Nicht furchtsam; auch die rote Wang erblaßte nicht,
Nein, lachend rief es: „Bindet nur und führt mich fort",
Blieb stehn und machte selber mein Geschäft mir leicht.
Ich sprach beschämt: „Ungerne, Freund, verhaft ich dich,
Doch König Pentheus sendet mich, er trug mir's auf."
Noch eins: die Bakchen, die du griffst und fesseltest,
Im öffentlichen Kerker dort in Bande schlugst,
Sind aus der Haft entwichen: hurtig springen sie
Im Tanz und rufen Bromios an, den neuen Gott.
Von selber hat sich ihrer Füße Band gelöst,
Die Pfortenriegel wichen ohne Menschenhand.
Gar viele Wunder bringt er uns in unsre Stadt,
Der Mann, o König! Ordne du das Weitre nun.

PENTHEUS

Ergreift ihn bei den Händen: so gebunden, ist
Er nicht so hurtig, daß er uns entfliehen kann. –
Nun, Freund, du bist nicht häßlich, dein Gesicht gefällt
Den Fraun, die zu verlocken du nach Theben kamst.
Dein Haar, vom Ringkampf unverwirrt und langgelockt,
Umwallt die schöne Wange, die zur Liebe reizt.
Auch bist du wohl mit weißgeleckter Haut versehn,
Denn nicht in Sonnenstrahlen, nein, im Schattengrün
Verfolgst du Kypris' holde Spur mit deinem Reiz.
Vor allen Dingen sage mir, woher du stammst.

DIONYSOS

Nicht hoher Worte braucht es, leicht ist das gesagt.
Vom blumenreichen Tmolos hast du wohl gehört?

PENTHEUS

Gewiß: vom Berg, der Sardes' Mauern rings beherrscht.

DIONYSOS

Dort stamm ich her, denn Lydien ist mein Vaterland.

PENTHEUS

Von wannen führst du diese Weihn in Hellas ein?

DIONYSOS

Der Sohn des Zeus, Dionysos, hat uns eingeweiht.

PENTHEUS

So lebt ein Zeus dort, welcher neue Götter zeugt?

DIONYSOS

Kein andrer, als der Semele sich hier verband.

PENTHEUS

Empfingst du träumend oder wachend sein Gebot?

DIONYSOS

Wir sahen uns, und seine Weihen gab er mir.

PENTHEUS

Und diese Weihen, welchen Sinn denn haben sie?

DIONYSOS

Nicht wissen darf's ein ungeweihter Erdensohn.

PENTHEUS

Und welchen Segen bringen sie dem Feiernden?

DIONYSOS

Nicht hören darfst du's, doch des Wissens ist es wert.

PENTHEUS

Geschickt verbirgst du's, daß du mich neugierig machst!

DIONYSOS

Den frevlen Feind verfolgen Bakchos' Orgien!

PENTHEUS

Du sahst den Gott doch deutlich: nun – wie sah er aus?

DIONYSOS

So wie es ihm beliebte, nicht wie ich's gebot.

PENTHEUS

Auch dies umschlichst du gar gewandt und sagtest nichts.

DIONYSOS

Unweise scheint Unkundigen, wer weise spricht.

PENTHEUS

Du kamst zuerst hierher mit deinem neuen Gott?

DIONYSOS

Schon feiern alle Nichthellenen dieses Fest.

PENTHEUS

Nun, weil sie sehr viel dümmer sind als Griechenvolk!

DIONYSOS
Hier sind sie weiser, freilich sonst ungleich an Art.

PENTHEUS
Begehst du diese Weihn bei Tage oder Nacht?

DIONYSOS
Bei Nacht am meisten: heilig ist die Dunkelheit.

PENTHEUS
Für Frauen ist sie trügerisch und voll Gefahr.

DIONYSOS
Wohl auch am hellen Tage sinnt man Frevel aus.

PENTHEUS
Du sollst es büßen, daß du frech Trugschlüsse webst!

DIONYSOS
Und du die Torheit, daß du kühn den Gott verhöhnst!

PENTHEUS
Wie dreist, in Worten wie geübt der Bakchos ist!

DIONYSOS
Was muß ich leiden? Welches Arge tust du mir?

PENTHEUS
Die weichen Locken schneid ich dir vor allem ab.

DIONYSOS
Die Locken sind geweiht: dem Gotte pfleg ich sie.

PENTHEUS
Dann übergib den Thyrsosstab mir, den du trägst.

DIONYSOS
Selbst nimm ihn mir: als Bromios' Gabe trag ich ihn.

PENTHEUS
Im Kerker drinnen schlagen wir in Bande dich.

DIONYSOS
Befreien wird mich Bakchos selbst, sobald ich will.

PENTHEUS
Falls du, den Bakchen zugesellt, den Gott anrufst!

DIONYSOS
Auch jetzt mir nahe, sieht er, was ich leiden muß.

PENTHEUS
Und wo verweilt er? Denn mein Auge sieht ihn nicht.

DIONYSOS
Bei mir, doch du Gottloser kannst den Gott nicht sehn.

PENTHEUS

Ergreift ihn! Er verachtet mich und Thebens Volk.

DIONYSOS *zu den Sklaven*

Nein, sag ich! Ihr Unweisen, faßt mich Weisen nicht!

PENTHEUS

Ich sage: faßt ihn! Denn ich bin der Stärkere.

DIONYSOS

Du weißt nicht, Menschlein, was du tust noch wer du bist.

PENTHEUS

Pentheus, Echions und Agaues Sohn, bin ich.

DIONYSOS

Durch deinen Namen bist du schon dem Fluch geweiht.

PENTHEUS

Hinweg mit ihm! Legt bei den Rossekrippen ihn
Sogleich in Fesseln, daß die dunkle Nacht er schaut!
Dort tanze! Diese Frauen, die du hergeführt,
Des Frevels Helferinnen, sie verkaufen wir,

*sich an den Chor wendend*

Oder an den Webstuhl fessl' ich euch als Sklavinnen,
Nachdem ich euch von diesem Paukenlärm entwöhnt.

DIONYSOS

Ich gehe – denn ich brauche nicht zu dulden, was
Mir nicht bestimmt ist! Doch für diesen Übermut
Wird Bromios dich strafen, den du leugnen willst:
Indem du mich verunglimpfst, fesselst du den Gott.

*Er wird fortgeführt; Pentheus folgt*

CHOR

*Strophe*

Acheloos' erhabenes Kind
Dirke, du holdlächelnde Jungfrau,
Du nahmest einst in dein Flutbett
Den Sohn Kronions auf,
Da der Gott ihn aus der Glut,
Der unsterblichen, raffend
In den Schenkel mit der Goldspange sich einschloß:
„Dithyrambos" – rief er – „auf,
Geh ein in meinen Mannesschoß!

Ich verkünde, daß dich Theben
Mit diesem Namen nennt einst!“
Und du, glückselige Dirke,
Du verstößest mich von dir mit
Meinen kranzgeschmückten Reigen?
Du verschmähst mich? und du fliehst mich?
Doch ich schwöre bei Dionysos’
Süßer Traubengabe:
Einst wird Bromios dir noch wert sein!

*Gegenstrophe*

Er bewährt sein Erdengeschlecht,
Pentheus bewährt seine Geburt, er,
Den der Erdsprößling Echion
Gezeugt: ein Ungetüm
Mit vor Wut funkelndem Blick,
Kein sterbliches Wesen,
Ein Gigant, triefend von Blut, kämpft er mit Göttern.
Und in Bande will er mich,
Bromios’ Dienerin, schlagen!
Schon verwahrt er im Palast ihn
In der Nacht des finstren Kerkers,
Den Gefährten unserer Reigen!
Sieh her, o Sohn des Zeus, sieh,
Dionysos, deine Priester
In dem Kampf äußersten Unheils!
Komm herab, Herr, vom Olympos,
Goldnen Thyrsos schwingend:
Hemme des blutigen Mannes Wüten!

*Epode*

Wo nur schwingst du deinen Thyrsos
In den Reigen, Dionysos?
Auf dem Wild hegenden Nysa,
Auf den Gipfeln des Korykos?
Vielleicht in des Olympos
Baumreichen Waldtälern,
Wo einst Orpheus mit dem Spiele

Seiner Leier die Bäume anzog
Und des Waldes Tiere lockte?
Pierien, seliges Land,
Dich liebt Euios: schon naht er
Mit dem Reigenschwarm im Jubel,
Im Tanze führt er die Mainaden
Den reißenden Axios durchschreitend,
Den väterlichen Lydias,
Den Menschen Spender reichen Segens,
Der – so hört ich – das rossereiche Land
Tränkt mit schönstem Wasser.

DIONYSOS *von innen*

Auf! Hört meine Stimme, hört, Bakchen, hört!
Wohlauf, Bakchen, auf!

CHOR

Wen, wen hör ich da?
Woher scholl der Ruf des Dionysos mir?

DIONYSOS *von innen*

Auf, auf! Wieder ruft
Semeles' Sohn und Kronions.

CHOR

Auf, auf! Göttlicher Herrscher, komm,
Tritt in unsere Reigen ein,
O Bromios, o Bromios!

DIONYSOS *von innen*

Erschüttre den Grund der Erde,
O Herrin des Bebens!

CHOR

Gleich wird der Palast des Pentheus
Im Sturze zertrümmert!

CHORFÜHRERIN

Dionysos ist im Palaste!
O ehret ihn!

CHOR

Wir ehren ihn!

CHORFÜHRERIN

Seht dort das marmorne Säulengebälk:
Seht wie es wankt, wie es stürzt!
Bromios ist's,
Der drinnen den Siegesruf jubelt!

DIONYSOS *von innen*

Fache des Donnerkeils lodernde Fackel an:
Brenne verbrenne des Pentheus Palast!

CHORFÜHRERIN

Siehst du das Feuer, siehst du die Flamme
Rings um Semeles heiliges Grab,
Welche sie einst – getroffen vom Blitz –
Von der Lohe des Zeus hier zurückließ?
Nieder zur Erde die bebenden Glieder,
Nieder zur Erde, Mainaden!
Denn der Gott, der Sohn des Zeus,
Schreitet wider dieses Haus
Und stürzt es in Trümmer!

*Dionysos tritt aus dem Palaste*

DIONYSOS

Frauen ihr des fremden Landes, so betäubt von wilder Angst
Stürztet ihr zur Erde? Wohl habt ihr erkannt, so scheint es uns,
Daß Dionysos' Arm des Pentheus hohes Haus erschütterte.
Aber auf, erhebt die Glieder, seid getrost und zittert nicht!

CHORFÜHRERIN

Du, für uns ein Licht, entzückter Bakchosfeste schönster Glanz,
Welche Wonn uns, dich zu schauen hier im einsam öden Raum!

DIONYSOS

Tiefgebeugt und mutlos wart ihr, als er uns hinführen ließ,
Uns hinab in seiner Kerker düstre Nacht zu stoßen sann?

CHORFÜHRERIN

Und warum nicht? Wer beschirmt uns, wenn ein Unfall dich [betraf?
Aber wie ward dir Befreiung aus des frevlen Manns Gewalt?

DIONYSOS

Selber war ich mein Erretter mühelos und ohne Leid.

CHORFÜHRERIN

Hatte Pentheus nicht in Schlingen fesselnd dir die Hand gelegt?

DIONYSOS

Eben hier erfuhr er meinen Hohn: zu fesseln wähnt er mich,
Und berührt und griff mich niemals: eitle Hoffnung nährte er.
Einen Stier am Troge fand er, wo er uns zu binden sann:
Diesem warf er um die Hufe und die Beine flugs den Strick,
Schnob vor Wut, an allen Gliedern troff der Schweiß herab
Und er biß in seine Lippen. Aber ich war nahe, saß [von ihm,
Stille sinnend und betrachtend. Und zu diesem Zeitpunkt kam
Bakchos, und das Haus erzittert', und von seiner Mutter Grab
Wallte Glut auf. Jener sah es, wähnt, in Flammen sei das Haus,
Stürmte hierhin, stürmte dorthin, schrie den Sklaven „Was-
[ser!" zu:
Alle Diener sind am Werke – doch die Mühe bleibt umsonst.
Und er läßt von dieser Arbeit, weil er mich entflohen glaubt,
Und ergreift im Flug das dunkle Schwert und eilt ins Haus
[hinein.
Da erschuf Lyaios – also schien mir's, und so sag ich es –
Eine Truggestalt im Vorhof: wider diese rennt der Tor
Mit dem Schwert und schlug den lichten Äther, als erschlüg er
[mich.
Außerdem hat noch mit anderm Leid der Gott ihn heimgesucht:
Denn er stürzt sein Haus in Trümmer, und zerschmettert liegt
[es ganz
Durch den Gott, der mich in bittern Banden sah. Der König
[sank
Matt dahin, sein Schwert entfiel ihm; denn er wagt als Sterblicher
Wider einen Gott zu streiten. Ich, dem Hause still entflohn,
Trete nun in eure Mitte, nicht des Pentheus achtend mehr.
Wie mir ahnt – im Hause drinnen hör ich eben Tritte gehn –
Wird er bald im Hofe sein. Was sagt er wohl, nun dies
[geschehn?
Denn ich werd ihn leicht bestehen, wenn er auch zornschnaubend
[kommt:
Ziemt es doch dem klugen Manne, ruhig und gefaßt zu sein.

PENTHEUS
Entsetzlich, unerhört! Der Fremdling ist entflohn,
Er, der in Fesseln eben noch gebunden lag!
Ha!
Dort ist der Mann! Was? Und du zeigst im Hofe dich
An meinem Hause ohne Scheu, nachdem du flohst?

DIONYSOS
Bleib stehn, halt ein! Besänftige den wilden Schritt!

PENTHEUS
Wie wardst du deiner Bande los und kamst heraus?

DIONYSOS
„Er wird mich lösen" sagt ich dir: du hörtest es.

PENTHEUS
Wer das? Du bringst uns immer neue Dinge vor.

DIONYSOS
Der Gott, der uns die traubenvolle Rebe pflanzt.

PENTHEUS
Mit dieser Gabe stiftet er nur Übles an!

DIONYSOS
Mit dieser Schmähung trafst du Bakchos' schönstes Gut.

PENTHEUS
Vor ihm verschließ ich alle Tore ringsumher!

DIONYSOS
Was? Übersteigen Götter nicht die Mauern auch?

PENTHEUS
Klug bist du, nur nicht, wo du Klugheit nötig hast.

DIONYSOS
Wo sie am meisten nötig ist, da bin ich klug.
Indes vernimm vor allem, was der Mann dir sagt,
Der etwas dir zu melden hier vom Berge kommt:
Ich werde bei dir bleiben, nicht von hinnen fliehn.

*Ein Hirte eilt herbei*

HIRTE
O Pentheus, Herrscher über dies Thebanerland,
Vom Berg Kithairon komm ich, wo des weißen Schnees
Glanzvolle Hügel nie der Strahl der Sonne schmolz.

PENTHEUS
Was ist's, das deine Botschaft dir so dringlich macht?

HIRTE

Ich sah die rasenden Bakchen, die aus dieser Stadt
Mit nackter Ferse wahnentflammt davongestürmt,
Und komme, dir zu sagen und der Stadt, o Fürst,
Wie Arges sie beginnen – mehr als Wunder sind's.
Doch möcht ich hören, ob ich frei, was dort geschah,
Dir melden soll, ob meine Worte mäßigen,
Da mir, o Fürst, vor deinem raschen Sinne graut,
Der allzu herrisch harten Art, dem jähen Zorn.

PENTHEUS

Sprich nur, befürchte keinerlei Gefahr von mir.
Dem wackern Mann zu grollen ziemt sich nimmermehr.
Je grauenvollre Dinge du von den Bakchen sagst,
Um so gerechter werd ich ihn der Strafe weihn,

*auf Dionysos deutend*

Der unsern Fraun die losen Künste beigebracht.

HIRTE

Die Rinderherden trieb ich schon die kahlen Höhn
Des Berges aufwärts, als der Sonnengott das Land
Erwärmend uns mit seinem ersten Strahle grüßt.
Drei Scharen Frauenreigen sieht mein Auge da:
Den einen führt Agaue, deine Mutter, an,
Ino den andern, einen führt Autonoë.
Gestreckt die Glieder, lagen all im Schlafe noch,
Zum Teil die Rücken lehnend an der Tanne Laub,
Auf Eichenblättern andre dort harmlos das Haupt
Geneigt am Boden – züchtig, nicht, wie du gesagt,
Berauscht von Weinpokalen und der Flöte Schall
Und Buhlern nach in Waldeseinsamkeit gelockt.
Nur deine Mutter jauchzte laut im Bakchenschwarm,
Um aufzurütteln aus der Ruh die Schlummernden,
Sobald gehörnter Stiere Laut ihr Ohr vernahm.
Sie rafften sich aus tiefem Schlummer flugs empor
Und sprangen auf – ein Wunderanblick edler Zucht –,
Ledige Mädchen, junge und bejahrte Fraun.
Und auf die Schultern streuen sie die Locken erst
Und gürten, wo der Bande Knoten sich gelöst,
Die Haut des Hirsches, und das bunte Fell umschlingt

Die Natter, die vertraulich ihre Wang umleckt.
Noch andre trugen wilder Wölfe Brut im Arm
Und Rehe: diesen spenden sie die weiße Milch
Aus vollen Brüsten, kaumgebornen Säuglingen
Sich spröd entziehend. Efeu kränzt der Frauen Stirn
Und Eichenzweig und blütenreiches Windenlaub.
Und eine nahm den Thyrsos, schlug und traf den Fels,
Daß hellen Taues kühler Quell dem Stein entsprang.
Die andre stieß in grünes Erdenland den Stab,
Und einen Weinquell sendet ihr der Gott herauf.
Doch die verlangten nach dem Trank schneeweißer Milch,
Die teilten mit der Fingerspitze nur den Grund
Und hatten Milch in Fülle; süßer Honig troff
In Strömen aus des Thyrsos efeugrünem Stab,
Daß, hättst du das gesehen, fromm anbetend du
Dem Gott gehuldigt hättest, den du jetzt verhöhnst.

Wir Rinderhirten trafen nun mit Schäfern uns,
Vereint in Wechselreden auszuschütten, was
An argen Wunderdingen da vor uns geschah.
Und einer, keck im Reden, der die Stadt gesehn,
Begann vor allen: „Ihr Bewohner heiliger
Berghöhen, laßt Agaue, Pentheus' Mutter, uns
Vereint dem Bakchosfeste hier entführen und
Uns Dank vom Herrn verdienen!" Wohl gesprochen schien
Uns dies, verborgen legten wir zur Lauer uns
Ins Laub der Büsche. Wie des Festes Stunde kam,
Da schwangen jene zur Feier ihren Thyrsosstab,
Aus vollem Munde Bromios, den Sohn des Zeus,
Den Bakchos rufend, und der Berg und das Wild umher
Stimmt in den Jubel: alles wogt in raschem Lauf.
Nun kommt Agaue tanzend nah heran zu mir.
Ich sprang, um sie zu greifen, ungesäumt empor,
Den Busch verlassend, wo wir uns vorher versteckt.
Da rief sie laut: „Ihr, meine flüchtigen Doggen, auf!
Uns jagen diese Männer nach! Drum folget uns,
Folgt uns, die Hände mit dem Thyrsosstab bewehrt!"
Wir aber flohn von dannen und entgingen so

Der Wut der Bakchen. Diese warfen ohne Schwert
Sich auf die Färsen, welche Gras abweideten.
Und ihrer eine sah man hier ein fettes Kalb
In Stücke reißen mit der bloßen Hände Kraft,
Die dort zerfleischten Kühe, scharenweis erhascht,
Und Schenkel sah man, sah den zweigespaltnen Huf
Empor und nieder fliegen, und von Ast und Zweig
Der Tannen troff zerrißner Glieder Blut herab.
Und Stiere, die voll Kampfesmut die Hörner kaum
In Wut erhoben, wurden auf den Grund gestreckt,
Bewältigt von der tausendfachen Frauenhand,
Und schneller, als du mit dem Königsauge winkst,
Ward dort von ihnen abgestreift der Tiere Fell.
Sofort im Lauf emporgehoben, Vögeln gleich,
Flohn sie zur Ebne, die sich an Asopos' Flut
Hinstreckt und Thebens Volk fruchtreiche Saat beschert.
Und auf Erythrai, Hysiai, die Städt im Tal
Am Fuß Kithairons, fielen sie wie feindliche
Heerhaufen, alles obenher und untenher
Zerstörend, raubten manches Kind vom Hause weg,
Und was sie auf die Schultern legten, hielt kein Band,
Und doch fiel ihnen nichts herunter, war es auch
Von Erz und Eisen. In den Haaren trugen sie
Ein Feuer, das nicht sengte. Nun griff zornentbrannt,
Vom Schwarm der Bakchen so beraubt, das Volk zum Schwert,
Und schrecklich anzuschauen war, was hier geschah:
Kein scharfer Speer vergoß das Blut der Frauen, – nein
Die Thyrsosstäbe warfen sie aus ihrer Hand
Da gab es Wunden, Männer flohn in wilder Flucht
Vor Fraun, nicht ohne eines Gottes Wundermacht.
Und wieder heim, woher sie kamen, kehrten sie
Zu jenen Quellen, die der Gott heraufgesandt,
Das Blut zu waschen, und der Schlangen Zunge leckt
Die roten Tropfen von den bleichen Wangen ab.
Nimm diesen Gott denn, wer er sei, nimm, König, ihn
In diese Stadt auf: denn er ist in allem groß,
Und wie der Ruf ihn feiert, wie man uns erzählt,
Gab er der Welt die Rebe, die den Kummer stillt.

Denn wo der Wein fehlt, mangelt auch der Liebe Lust,
Und alle andern Wonnen fliehn die Sterblichen.

CHORFÜHRERIN

Ich fürchte frei zu reden wie das Herz mich treibt
Vor dir, dem Herrscher; aber dennoch sei's gesagt:
Dionysos, Herr, steht keinem andern Gotte nach!

PENTHEUS

Schon flammt in unsrer Nähe hier, dem Feuer gleich,
Die Wut der Bakchen, Hellas' Volk ein großer Hohn.
Drum nicht gezaudert!

*zu dem Hirten*

Zum Elektratore geh
Und heiß hinausziehn alle Schildgewappneten
Und alle, die sich tummeln auf dem schnellen Roß,
Und die den Wurfspeer schwingen und mit starker Hand
Die Bogensehne spannen, denn wir ziehn ins Feld
Zum Kampfe mit den Bakchen. Unerhörte Schmach,
Wenn wir von Frauen dulden, was wir dulden hier!

*Der Hirte geht*

DIONYSOS

Du folgst mir nicht, von meinen Worten ungerührt,
Pentheus. Indessen ob du mich auch schwer gekränkt:
Doch warn ich dich, in Waffen wider einen Gott
Zu trotzen! Bleibe ruhig: Bromios duldet nie,
Daß du von seinen Jubelhöhn die Bakchen treibst.

PENTHEUS

Laß ab zu mahnen, bist du doch der Bande los.
Genügt das nicht? Willst du ein zweites Strafgericht?

DIONYSOS

Ich brächt ihm Opfer, eh ich zornentbrannt – ein Mensch! –
Dem Stachel widerstrebte wider einen Gott.

PENTHEUS

Ich will ihm opfern: morde – sie verdienen es –
Die Fraun zusammen in Kithairons dunkler Schlucht!

DIONYSOS

Ihr alle flieht, und Schande wär's, wenn eherne
Heerschilde vor der Bakchen Thyrsosstabe fliehn!

PENTHEUS
Schwer fällt der Kampf mit diesem lästigen Fremdlinge,
Der – straft man oder läßt man ihn – nicht schweigen wird.

DIONYSOS
Noch macht sich alles dieses ganz bequem, mein Freund.

PENTHEUS
Wodurch? Soll ich wohl meiner Sklaven Sklave sein?

DIONYSOS
Ich führe dir die Frauen ohne Waffen her.

PENTHEUS
Weh! Da versuchst du wider mich nur eine List.

DIONYSOS
Du denkst an List, wo meine Kunst dich retten will.

PENTHEUS
Vereint bespracht ihr's, um in Bakchos' Dienst zu sein.

DIONYSOS
Mit Bakchos in der Tat besprach ich's: das ist wahr!

PENTHEUS
Bringt Wehr und Waffen mir heraus! Du schweige still.

DIONYSOS
Du willst die Frauen auf den Berghöhn sitzen sehn?

PENTHEUS
Wohl möcht ich das, und gäbe schweres Gold darum.

DIONYSOS
Wie kommt es, daß du das zu sehn so lüstern bist?

PENTHEUS
Schlimm geht es ihnen, find ich sie von Wein beschwert!

DIONYSOS
Doch willst du gerne sehen, was dir bitter ist?

PENTHEUS
Gewiß, ich sitze schweigend unterm Tannenbaum.

DIONYSOS
Sie werden dich erspähn, auch wenn du heimlich kommst.

PENTHEUS
Das hast du wohl gesprochen: offen komm ich denn!

DIONYSOS
Soll ich dich führen? Gehst du mit mir diesen Weg?

PENTHEUS
Geh schnell voran! Vergeude mir nur keine Zeit!
DIONYSOS
So hüll in Byssosmäntel dir die Glieder ein.
PENTHEUS
Was soll das? Wandl ich aus dem Mann zum Weibe mich?
DIONYSOS
Du bist des Todes, wenn du dort als Mann erscheinst.
PENTHEUS
Da sprichst du recht: ein alter Weiser bist du wohl.
DIONYSOS
Dionysos war's, der uns in alles eingeweiht.
PENTHEUS
Und wie vollend ich's ohne Fehl nach deinem Rat?
DIONYSOS
Ich will dich dort verkleiden, komm ins Haus hinein.
PENTHEUS
In welches Kleid? In Fraungewand? Ich schäme mich.
DIONYSOS
Zu schaun die Bakchen trägst du kein Verlangen mehr?
PENTHEUS
Welch eine Tracht denn, meinst du, daß ich wählen soll?
DIONYSOS
Herab vom Haupte walle frei das Lockenhaar.
PENTHEUS
Dann welches weitren Schmuckes Art bestimmst du mir?
DIONYSOS
Ein langes Festkleid, um das Haupt ein Diadem.
PENTHEUS
Und fügst du dem noch etwas anderes hinzu?
DIONYSOS
In die Hand den Thyrsos und des Rehs gefleckte Haut.
PENTHEUS
In Weiberkleider kann ich mich nicht hüllen – nein!
DIONYSOS
Du gäbst im Kampfe mit den Fraun dein Leben hin!
PENTHEUS
Recht, Freund: ich muß vor allem erst hingehn und spähn.

DIONYSOS

Wohl klüger, als wenn Böses du zum Bösen häufst.

PENTHEUS

Und wie gelang ich unbemerkt durch Kadmos' Stadt?

DIONYSOS

Auf öden Pfaden wandern wir, ich führe dich.

PENTHEUS

Mir alles lieber als der Bakchen Spott zu sein.
Gehn wir ins Haus und überlegen, was wir tun!

DIONYSOS

Es sei! Zu jedem Dienste bin ich dir bereit.

PENTHEUS

Ich gehe denn: entweder werd ich wohlbewehrt
Von dannen ziehen oder ich folg deinem Rat.

*geht in den Palast*

DIONYSOS

Der Mann, ihr Frauen, geht als sichrer Fang ins Netz
Zur Schar der Bakchen: sterbend wird er büßen dort.
Dionysos, nun vollende – denn du bist nicht fern –
Dein Werk: er soll uns büßen! Erst verrücke du
Durch leichten Wahnsinn sein Gemüt, denn ist er sein
Bewußt, so legt das Frauenkleid er nimmer an,
Doch, ist er wirr im Geiste, legt er's sicher an.
Zum Spotte machen will ich ihn vor Thebens Volk:
Im Weiberanzug führe ich ihn durch die Stadt,
Nachdem er vorhin drohend uns so kühn getrotzt!
Doch nun enteil ich: jenen Schmuck, mit dem er bald,
Von Mutterhand gemordet, fährt in Hades' Haus,
Empfange Pentheus! Wohl erkennt er dann den Sohn
Des Zeus, den Bakchos, der sich als der schrecklichste
Der Götter – und voll Gnade vor der Welt bewährt.

*Dionysos folgt Pentheus und tritt bald darauf wieder aus dem Palast*

CHOR

*Strophe*

Werd ich in nächtlichem Reigentanz
Einst heben den weißen Fuß,
Aufjubelnd und frei das Haupt

Hoch in tauige Lüfte werfend?
Gleich dem Rehkalb, welches die Lust
Grüner Auen spielend durchspringt,
Wenn es scheu dem Schrecken der Jagd
Aus dem Gehege entfloh
Über wohlgeflochtene Netze,
Und der Jäger mit lautem Ruf
Zu raschem Laufe die Meute treibt:
Hurtig wie im Fluge des Windes
Läuft es hin zum Gefilde am Bach,
Freut sich, daß es von Menschen leer,
Freut sich der schattigen Zweige des Haines.

Was ist Weisheit des Menschen,
Was ist schönerer Götterlohn,
Als über des Feindes Scheitel
Siegend die Hand zu erheben?
Lieb ist ewig das Schöne.

*Gegenstrophe*

Spät kommt die Macht der Götter heran,
Doch sicher erscheint sie zuletzt,
Züchtigt der Menschen Stolz,
Wenn sie törichtem Wahn verfallen
Und die Götter nicht verehren,
Voll des rasenden Übermuts:
Listig lauern die Göttlichen
Lange im Hinterhalt –
Dann haschen sie endlich den Frevler.
Denn nie strebe der Menschen Geist
Über Sitte und Maß empor!
Ist's doch leichte Mühe, zu glauben,
Göttliches Wirken habe die Macht
Und das Gebräuchliche, das die Zeit
Lange bewährt, und das ewig Natürliche.

Was ist Weisheit des Menschen,
Was ist schönerer Götterlohn,
Als über des Feindes Scheitel

Siegend die Hand zu erheben?
Lieb ist ewig das Schöne.

*Epode*

Selig, wer den Stürmen des Meeres
Glücklich entrann und im Hafen einlief.
Selig auch, wer über die Nöte Herr ward.
An Reichtum und Macht übertrifft
Vielfach einer den andern.
Aber tausend Hoffnungen
Laben tausend andre noch:
Diese enden im Segen
Den Menschen, jene entschwinden.
Wem täglich ein stilles Glück wird:
Ihn preise ich selig.

DIONYSOS

Dich, der zu schaun verlangte, was nicht ziemt zu schaun,
Nach unerspürbarn Dingen spürt, ich rufe dich,
Pentheus: hervor aus deinem Haus, erscheine mir
In einer rasenden Bakchantin Festgewand,
Nach deiner Mutter und dem Frauenschwarm zu spähn!

*Pentheus tritt in Frauenkleidern aus dem Palast*

Nun gleichst du einer Kadmostochter an Gestalt!

PENTHEUS

Ich sehe zwiefach, dünkt es mich, der Sonne Licht,
Und Theben doppelt samt den sieben Toren hier.
Voranzuschreiten scheinst du mir in Stiergestalt,
Und aus dem Haupte wuchsen dir zwei Hörner auf!
So warst du denn ein wildes Tier? Du wardst zum Stier!

DIONYSOS

Der Gott – zuvor nicht gnädig – er geleitet uns,
Nun ausgesöhnt: jetzt siehst du, was du sehen sollst.

PENTHEUS

Wem seh ich ähnlich? Schein ich nicht der Ino gleich,
Nicht gleich Agaue, meiner Mutter, dazustehn?

DIONYSOS

Zu sehen wähn ich diese selbst, erblick ich dich.

Doch aus der Lage rückte dir die Locke da,
Die ich am Stirnband unten dir befestigte.

PENTHEUS

Hinauf, herunter schüttelt ich im Hause sie
Bakchantisch taumelnd: aus der Lage kam sie so.

DIONYSOS

So will ich denn, Herr, dem die Sorg obliegt für dich,
Sie wieder zierlich ordnen. Richt empor das Haupt.

PENTHEUS

So schmücke mich: schon hab ich mich dir ganz geweiht.

DIONYSOS

Schlaff hängt der Gürtel, nicht gerade fällt der Saum
Des faltenreichen Kleides auf den Fuß herab.

PENTHEUS

Auch mir scheint's so – jedoch nur hier am rechten Fuß:
Dort reicht zum Knöchel ordentlich das Kleid hinab.

DIONYSOS

Wohl nennst du mich den ersten deiner Freunde, wenn
Du sittsam wider Hoffen dort die Bakchen siehst!

PENTHEUS

Und nehm ich in die rechte meinen Thyrsosstab,
Den Fraun zu gleichen, oder in die linke Hand?

DIONYSOS

Die Rechte soll ihn schwingen und der rechte Fuß
Ihn stützen. Herrlich, daß du so den Sinn gewandt!

PENTHEUS

Wär ich Kithairons Täler samt den Bakchen selbst
Auf meinen Schultern wegzutragen wohl imstand?

DIONYSOS

Du könntest, wenn du wolltest. Krank, verblendet war
Dein alter Sinn. Jetzt ist er, wie's für dich geziemt.

PENTHEUS

Sind Hebel nötig oder reiß ich selbst den Berg
Auf meinen Schultern oder auf dem Arm empor?

DIONYSOS

Entweihe du der Nymphen heilige Stätten nicht
Und nicht die Grotten, wo die Flöte Pans ertönt.

PENTHEUS

Ganz richtig! Frauen muß man nicht durch Körperkraft
Besiegen: unter Tannengrün verberg ich mich.

DIONYSOS

Du wirst dich bergen, wie du dich verbergen mußt,
Wenn als ein schlauer Späher du den Bakchen nahst.

PENTHEUS

Sie sollen, denk ich, Vögeln gleich im Waldgesträuch
In süßen Liebesnetzen bald gefangen sein.

DIONYSOS

Dies auszuspähen also ziehst du aus! Vielleicht
Kannst du sie fangen – wenn man dich nicht vorher fängt!

PENTHEUS

Wohlan, geleite mitten mich durch Thebens Stadt!
Bin ich doch hier allein der Mann, der solches wagt.

DIONYSOS

Du mühst allein dich, du allein, für diese Stadt:
Drum harren Kämpfe deiner, die dein würdig sind.
So folge, dir zum Heile schreit ich dir voran.
Von dort entführt ein andrer dich …

PENTHEUS

Die Mutter ist's!

DIONYSOS

Vor allen Volkes Augen.

PENTHEUS

So komm ich ans Ziel!

DIONYSOS

Sie trägt dich heim …

PENTHEUS

Sie trägt mich: welch ein stolzes Glück!

DIONYSOS

Im Mutterarme.

PENTHEUS

O wie heißt du schwelgen mich!

DIONYSOS

Und welch ein Schwelgen!

PENTHEUS

Würdig hab ich mir's verdient!

DIONYSOS

Du bist ein großer, großer Mann, und Großes harrt
Auf dich, und Ruhm gewinnst du, der zum Himmel reicht.

*Pentheus geht voran*

Streck aus die Hand, Agaue, greift, ihr Schwestern, zu,
Des Kadmos' Töchter! Diesen Jüngling führe ich
Zu großem Kampfe! Sieger werd ich sein: mit mir
Siegt Bromios. Das Weitre lehrt die Sache selbst.

*Er geht Pentheus nach*

CHOR

*Strophe*

Hinauf, Lyssas schnelle Hunde, auf zum Berg,
Wo Kadmos' Töchter sich im Schwarme tummeln!
Wohlan, hetzt sie auf
Wider den Wahnsinnstrunkenen, der Bakchos' Fest
Auszuspähn im Weibergewand hinauszog!
Zuerst wird die Mutter ihn vom hohen Fels
Oder vom Baum erblicken,
Wenn er umherspäht. Dann ruft sie den Frauen zu:
„Welcher Kadmeier kommt hier in raschem Lauf
Spähend zum Berg zum Berg? Sagt, o Bakchantinnen:
Wer war seine Mutter? Nicht von Frauenblut
Stammt er: ihn gebar
Eine Löwin, oder er ist
Libyscher Gorgonen Geschlecht."

Erscheine, Recht, erscheine mit dem Schwert bewehrt:
Ermord ihn, durchstoß ihm die Kehle
Dem gottlosen brauchlosen rechtlosen Frevler,
Echions erdentsproßnem Sohn!

*Gegenstrophe*

Wer gottlosen Muts und frevelnden Grimms
Sich wider deine heiligen Weihen, Bakchos,
Und Semeles erhebt,
Im Geist wahnverstört, in rasender Gier,
Den unbezwingbaren Gott zu zwingen –

Des Sinnen züchtigt streng der Tod: wer unbedingt
Sich zu den Göttern stellt
Und menschlich sich hält, lebt ohne jedes Leid.
Der Klugen Weisheit such ich nicht: mir genügt,
Dem nachzustreben, was groß offen vor mir liegt:
Es bringt dir höchstes Glück, wenn du Tag und Nacht
Dich rein dem Heiligen weihst
Und die Götter ehrst und verbannst,
Was sich wider das Recht empört.

Erscheine, Recht, erscheine mit dem Schwert bewehrt:
Ermord ihn, durchstoß ihm die Kehle
Dem gottlosen brauchlosen rechtlosen Frevler,
Echions erdentsproßnem Sohn!

*Epode*

Erscheine uns als Stier
Oder als vielköpfige Schlange
Oder als feuerschnaubender Löwe!
Auf Bakchos: wirf dem Jäger der Bakchen
Lachenden Mundes die tödliche Schlinge um,
Welcher heimlich den Schwarm der Mainaden anfällt!

*Ein Bote eilt herbei*

BOTE

O Haus, in Hellas glücklich einst, das gründete
Der Greis von Sidon, der das erdgeborene
Geschlecht der Drachen ausgesät in Thebens Land,
Wie muß ich dich bejammern, ob auch Sklave nur!

CHORFÜHRERIN

Was gibt's? Bringst Neues du von den Bakchantinnen?

BOTE

Pentheus, Echions Sprößling, fand den Untergang.

CHOR

O Herr Bromios, du bist ein großer Gott!

BOTE

Wie sagst du? Was entfuhr dir da? Du freuest dich
Des Mißgeschicks, das meine Herren traf, o Weib?

CHOR

Sieg jauchzen wir Fremden in fremdem Laut,
Denn nun zittern wir vor keiner Fessel mehr.

BOTE

Dünkt dich das Volk von Theben denn so feige, daß
Du meinst, du würdest straflos ausgehn? Glaub das nicht!

CHOR

Dionysos, Dionysos, und nicht Theben
Ist Herr über mich!

BOTE

Ich muß es dir verzeihen: doch wenn Ungemach,
Ihr Frauen, sich begeben, ziemt die Freude nicht.

CHOR

Sage mir, melde, welchen Tod starb der Mann,
Der Ruchlose, der nur Ruchloses sann?

BOTE

Nachdem die Täler des Thebanerlandes wir
Verlassen und Asopos hinter uns gebracht,
Gelangten wir auf des Kithairon steilen Fels,
Pentheus und ich – ich folgte meinem Herrn – und dann
Der Fremdling, der uns Führer ward zur Festesschau.
Wir rasteten zunächst in einem Wiesental,
Den Tritt der Füße bergend und der Zunge Laut
In Schweigen hüllend, um zu schauen ungesehn.
Durchströmt von Wassern lag im Felsenschoß das Tal,
Von Fichten überschattet, wo die Bakchen sich
Gelagert, hingegeben anmutvollem Werk.
Denn jene kränzten wiederum mit laubigem
Efeu den Thyrsos, dem sein Schmuck entfallen war,
Und diese, gleich den Füllen, die dem bunten Joch
Entronnen, sangen Bakchos' Lob im Wechsellied.
Pentheus, der unglückvolle, sah die Frauen nicht
Und sprach die Worte: „Fremdling, wo wir stehen hier,
Vermag mein Auge nicht zu sehn der Frauen Schwarm:
Auf jenem Hange, von der hohen Tanne aus
Erspäht ich freier wohl der Bakchen Schändlichkeit!"
Da ward ein Wunder meinem Blick: der fremde Mann

Nahm einer Tanne himmelan gewachsnen Zweig,
Und bog und bog ihn nieder auf den schwarzen Grund
Und krümmt ihn wie den Bogen, wie des Rades Kreis,
Gedreht vom Drechseleisen, rund den Reifen schwingt.
So bog der Fremdling mit der Hand des Baumes Ast
Zur Erd herab, vollbringend, was kein Mensch vermag.
Er setzte Pentheus auf der Tanne Zweig sofort
Und ließ allmählich aus der Hand den hohen Stamm
Nach oben gleiten, daß er ihn nicht schnell' hinab.
Aufrecht zum hohen Äther stieg der Tannenbaum
Und trug den Herrn auf seinem Rücken hoch empor.
Ihn sah man eher als er selbst die Bakchen sah.
Er wurde gerade sichtbar auf dem hohen Sitz –
Den fremden Mann vermochten wir nicht mehr zu sehn –,
Da tönte eine Stimme aus des Äthers Höhn –
Dionysos war es, ahn ich recht –: „Wir bringen ihn,
Der euch und mich, ihr Mädchen, der mein heilig Fest
Zu Spott herabgewürdigt: auf und strafet ihn!"
Und also sprach er, und zugleich auf Himmelshöhn
Und Erde schwang des Feuers heiligen Strahl der Gott.

Stumm schwieg der Äther, schweigend hielt das Wiesental
Die Blätter, nirgend hörtest du des Wildes Laut.
Doch klar vernahmen jene nicht des Gottes Ruf:
Sie standen horchend, hin und her den Blick gewandt.
Und er ermahnte wieder: als sie nun erkannt,
Des Kadmos Töchter, Dionysos' hellen Ruf,
Auf sprangen sie mit eilend angestrengtem Lauf,
In schneller Füße raschem Schwung Waldtauben gleich,
Agaue, Pentheus' Mutter, und der Schwestern Paar,
Und alle Bakchen, hüpften durch das waldige Tal
Und Klippen, wahnsinntrunken durch des Gottes Hauch.
Und als sie Pentheus auf der Tanne sitzen sahn,
Da warfen sie Feldsteine wider ihn mit Macht,
Den Fels erklimmend, der sich gegenüber türmt,
Und Tannenäste trafen ihn aus ihrer Hand;
Noch andre sandten durch die Luft den Thyrsosstab
Auf Pentheus – armes Ziel! –, doch sie verfehlten ihn:

Auf hohem Baum, von ihrem Eifer unerreicht,
Saß hoch der Arme, ohne Hilfe, ohne Rat.
Zuletzt der Eichen Äste wie mit Blitzeskraft
Zusammenbrechend, hoben sie dem Tannenbaum
Gleich wie mit Hebeln ohne Stahl die Wurzeln aus.
Doch da der Arbeit Ende nicht gelingen will,
Beginnt Agaue: „Stellet euch im Kreis umher
Und faßt den Stamm, Mainaden, daß wir dieses Wild,
Das auf den Baum stieg, fangen, und des Gottes Weihn
Er nicht verrate!" Tausend Hände faßten zu,
Und aus dem Grunde rissen sie den Tannenbaum.
Im Gipfel oben saß er, und vom Gipfel fiel
Pentheus zur Erde nieder mit unendlichem
Wehruf: er fühlte, daß sein Unheil nahe sei.

Da war's die Mutter, die den Opfermord begann
Und auf den Sohn sich stürzte. Doch er riß vom Haar
Die Binde, daß Agaue ihn erkenne und
Ihn nicht ermorde, rührt an ihre Wange dann
Und ruft: „Ich bin es, Mutter, bin Pentheus, dein Sohn,
Den in Echions Hallen du geboren hast.
Erbarm dich mein, o Mutter, ach, ermorde doch
Um seiner Sünde willen nicht den eignen Sohn!"
Agaue rollte schäumend wild das Aug umher
Und dachte nicht mehr, was zu denken ihr geziemt:
Sie ward von Bakchos fortgerafft und hörte nicht.
Mit ihren Armen faßte sie die linke Hand,
Stemmt auf des Unheilvollen Leib mit Macht den Fuß
Und reißt ihm ab die Schulter – nicht durch eigne Kraft:
Der Gott verlieh dem Frauenarme die Gewalt.
Die Glieder ihm zerreißend schafft am andern Teil
Ino, mit allen Bakchen war Autonoë
Beim Werk geschäftig: alle schrien in einem Laut.
Pentheus – so lang er atmet – stöhnt in dumpfem Ton:
Die Bakchen jubeln. Einen Arm trug diese fort,
Die samt den Schuhen einen Fuß. Zerfleischt ward ihm
Die ganze Seite: jede warf der anderen
Mit blutiger Hand wie Bälle Pentheus' Glieder zu.

In Stücken liegt die Leiche teils auf ragenden
Felshöhn und teils in dichtbelaubtem Waldgebüsch,
Nicht leicht zu finden. Aber sein unselig Haupt
Ergriff die Mutter mit der Hand und steckt es hoch
Auf ihren Thyrsos, trägt es wie des Löwen Haupt,
Des berggebornen, mitten durch Kithairons Wald
Und ließ die Schwester bei dem Bakchenschwarm zurück.
Sie zieht, sich brüstend mit dem unheilvollen Fang,
In dieser Mauern Räume ein und ruft den Gott:
Den „Bakchos", „Jagdgefährten", „Helfer bei dem Fang"
Und „Siegverleiher" – der zum Lohn ihr Tränen bringt.
Ich eile weg vor diesem unglückseligen
Anblick, bevor Agaue sich dem Hause naht.
Besonnen Tugend üben und die Götter scheun,
Ist unter allen Gütern, die der Mensch besitzt,
Das schönste, mein ich, und der Weisheit höchster Ruhm.

*geht ab*

CHOR

Hebt den Tanz an, feiert Bakchos,
Jubelt um Pentheus' Rachegeschick,
Der aus des Drachen Zähnen entsproß,
Der sich in Frauenkleider gehüllt
Und den efeuumwundenen Narthex
Zu sicherem Tode nahm –
Vom Stiergott in den Untergang geführt.
Kadmos' bakchischer Chor,
Der Siegesfreude hohes Lied vollendetet ihr
In Tränen, in Klage!
O schöner Kampf, bluttriefend die Hand
An den eigenen Sohn zu legen!

CHORFÜHRERIN

Doch schaut: dort taumelt sie schon zum Palast heran,
Agaue, Pentheus' Mutter, mit verdrehtem Blick:
Wohlan, empfangt des Freudengottes Feierzug!

*Agaue tanzt herbei, Pentheus' Kopf auf dem Thyrsos*

*Strophe*

AGAUE

Asiens Bakchen, seht!

CHORFÜHRERIN

Was will dieser Ruf?

AGAUE

Vom Berge bringen wir
Die frisch geschnittne Ranke heim,
Beseligenden Fang!

CHORFÜHRERIN

Ich sehe: sei willkommen mir in meinem Schwarm!

AGAUE

Ich fing ihn ohne Schlingen – ihn,
Den jungen Löwen, wie du siehst!

CHORFÜHRERIN

Wo war sein einsam Versteck?

AGAUE

Kithairon ...

CHORFÜHRERIN

Kithairon?

AGAUE

Er gab ihm den Tod.

CHORFÜHRERIN

Wer traf zuerst ihn?

AGAUE

Mein ist der Ehrenlohn:
Selige Agaue heiß ich im Bakchenschwarm!

CHORFÜHRERIN

Wer nach dir?

AGAUE

Des Kadmos ...

CHORFÜHRERIN

Des Kadmos?

AGAUE

Des Kadmos
Töchter trafen nach mir
Nach mir dieses Wild: o glücklicher Fang!

*Gegenstrophe*

AGAUE

Nimm teil nun am Mahl!

CHORFÜHRERIN

Am Mahl? Ärmste! Wie?

AGAUE

Des jungen Stieres Kinn
Erblüht gerad in zartem Flaum
Unter der Mähne Helm!

CHORFÜHRERIN

Gleich eines Waldtiers Mähne sehn die Locken aus.

AGAUE

Der kluge Jäger Bakchos trieb
Auf dieses Wild die Bakchen los!

CHORFÜHRERIN

Denn unser Herr liebt die Jagd!

AGAUE

Du lobst mich?

CHORFÜHRERIN

Ich lob dich.

AGAUE

Bald wird Theben mich ...

CHORFÜHRERIN

Und dein Sohn Pentheus ...

AGAUE

Wird seine Mutter preisen,
Die diesen Fang, den löwengebornen, erhascht!

CHORFÜHRERIN

Den Wilden!

AGAUE

So wild selbst!

CHORFÜHRERIN

Frohlockst du?

AGAUE

Ich juble,
Da ich Großes Großes
Und offenbaren Ruhm mit dieser Jagd vollbracht!

CHORFÜHRERIN

So zeige deinen Bürgern auch, Unselige,
Den Siegesraub, mit dem du prangend heimgekehrt.

AGAUE

Die ihr die schön umtürmte Burg von Thebens Land
Bewohnt, o kommt, die Beute, dieses Wild zu schaun,
Das wir, des Kadmos Töchter, auf den Höhn erlegt,
Nicht krumme Bogen spannend wie Thessalier
Noch Netze werfend, nein: es überwältigend
Mit weißer Arme festem Griff! Nun prahlt hinfort
Und schafft von Lanzenschmieden euch umsonst die Wehr!
Mit diesem Arme fingen wir das Ungetüm,
Zerstückten seine Glieder ihm mit dieser Hand.
Wo weilt der alte Vater mir? Er komme her!
Pentheus, mein Sohn, wo weilt er? Auf! Er steige flugs
Auf schöngefügter Leiter zum Palast empor,
Um am Gebälke festzunageln dieses Haupt
Des Löwen, das ich auf der Jagd erbeutete.

*Kadmos mit Dienern, welche die Leiche Pentheus' tragen*

KADMOS

Folgt mir, ihr Diener, mit der unheilvollen Last,
Pentheus' zerschlagner Leiche, tragt sie vor das Haus,
Die wir nach langen Suchens ungezählter Müh
Hier bringen: auf Kithairons Höhen fand ich sie
Zerrissen und der Glieder keins am selben Ort,
Weithin zerstreut im dichtverwachsnen Waldgebüsch.
Kund wurde mir der Töchter unerhörte Tat,
Da schon zu Thebens Mauern ich vom Bakchenfest
Zurückgekehrt war mit dem Greis Teiresias,
Und wieder eilt ich in den Tann und bringe nun
Den Enkel, den die Bakchen uns ermordeten.
Auch Ino sah ich, sah zugleich Autonoë,
Die einst Aktaion, Aristaios' Sohn gebar,
Sah wahnergriffen beide noch im Eichenhain.
Agaue, sagt uns einer, eilte ohne Rast
Hierher im Bakchostaumel, und er sagte wahr:
Ich sehe hier Agaues unglückselig Bild.

AGAUE

Dich hoch zu rühmen, Vater, ist dir wohl vergönnt,
Da unter allen du gezeugt die tapfersten
Jungfraun: die Schwestern mein ich, doch vor allem mich,
Die, Spindel lassend und Geweb, an Größeres
Sich wagte: wilde Tiere mit den Händen fing.
Ich trag in meinen Armen, wie du siehest, hier
Des Mutes frischerrungnen Lohn, der aufgehängt
An deinem Hause prange. Du, mein Vater, nimm
Ihn hin, und rufe freudig stolz auf meine Jagd
Zum Mahl die Freunde, denn du bist glückselig, ach,
Glückselig, da ich solch ein großes Werk vollbracht.

KADMOS

O Jammer, unermeßlich und nicht anzusehn,
O Mord, von unheilvollen Händen ausgeführt!
Schön ist das Opfer, welches du den Göttern bringst,
Daß du zum Mahle Thebens Volk herrufst und mich!
Weh über deine Leiden, weh auch über mich!
Denn wohl gerecht, doch grausam, weihte Bakchos uns,
Der uns verwandte Göttersohn, dem Untergang.

AGAUE

Wie mürrisch doch der Menschen Alter ist, wie kalt
Und düsterblickend! Käme nur der Mutter gleich
Mein Sohn mit reicher Beute mir vom Jagen heim,
Indem er, Thebens Söhnen zugesellt, nach Wild
Zum Kampfe zöge! Doch er weiß mit Göttern nur
Zu kämpfen! Darum, Vater, mahne du ihn nun
Zum Bessern! Ruft ihn keiner vor mein Angesicht
Hierher, um mich zu sehen – mich, die Glückliche?

KADMOS

Weh! Wenn ihr euer frevles Tun dereinst erkennt,
Wird eure Trauer schmerzlich sein. Doch bleibt ihr stets
Im gleichen Zustand so wie jetzt, so seid ihr zwar
Nicht glücklich, aber wähnt, nicht unglücklich zu sein.

AGAUE

Was wäre hier betrübend oder was nicht schön?

KADMOS

Zuerst erhebe deinen Blick zum Himmel hier.

AGAUE

Sieh doch! Was heißest du mich, zu ihm aufzusehn?

KADMOS

Erscheint er dir verändert oder wie vorher?

AGAUE

Er dünkt mich heller als zuvor und leuchtender.

KADMOS

Und jener Wahnsinn – wohnt er noch in deiner Brust?

AGAUE

Nicht weiß ich, was du sagen willst, doch werd ich mein
Bewußt, und umgewandelt ist der alte Sinn.

KADMOS

Du hörst vielleicht nun und erwiderst deutlicher?

AGAUE

Vergessen hab ich, Vater, was ich sprach zuvor.

KADMOS

In welches Haus als Neuvermählte kamest du?

AGAUE

Dem Schlangensohn Echion, heißt es, gabst du mich.

KADMOS

Und welchen Sohn gebarst du dem Gemahl daheim?

AGAUE

Pentheus erwuchs als Frucht aus unserm Liebesbund.

KADMOS

Nun – wessen Antlitz trägst du denn in deinem Arm?

AGAUE

Ein Löwenhaupt: die Jägerinnen sagten so.

KADMOS

Betracht es dir genau: des Schauens Müh ist kurz.

AGAUE

Oh – was erblick ich? Götter! Was trägt meine Hand?

KADMOS

Beschau es offen und erkenn es deutlicher.

AGAUE

Den größten Jammer seh ich Unglückselige!

KADMOS

Nun, scheint es dir noch einem Löwen gleichzusehn?

AGAUE

Das Haupt des Pentheus ist es! Ich Unselige!

KADMOS

Das schon bejammert worden, ehe du's erkannt.

AGAUE

Und wer erschlug ihn? Wie geriet's in meine Hand?

KADMOS

Unselige Wahrheit! Ach, zur Unzeit kamest du!

AGAUE

Was werd ich hören müssen? Sprich! Mir bebt das Herz.

KADMOS

Du warst's und deine Schwestern, die ihn mordeten.

AGAUE

Wo starb er? War's im Hause, war es anderswo?

KADMOS

Dort, wo durch seiner Hunde Wut Aktaion fiel.

AGAUE

Der Arme, weshalb stieg er auf Kithairons Höhn?

KADMOS

Den Gott und deine Bakchosweihn verhöhnte er.

AGAUE

Wir aber, wie gelangten wir an jenen Ort?

KADMOS

Ihr rastet, Bakchos trieb in Wahn die ganze Stadt.

AGAUE

Dionysos gab den Tod uns: jetzt erkenne ich's.

KADMOS

Den ihr verhöhntet, da ihr ihn als Gott verkannt.

AGAUE

Wo liegt, o Vater, meines Sohnes lieber Leib?

KADMOS

Nach langem Suchen bringen wir kaum dies hier heim.

AGAUE

Ist er an seinen Gliedern ganz und unentstellt?
Oh, meine Torheit – was betraf sie meinen Sohn?

KADMOS

Euch ward er ähnlich, ehrte nicht des Gottes Macht;
Darum verstrickte Bakchos all in einen Fall,

Euch selbst und Pentheus, diesem Haus den Untergang
Und mir zu bringen, dem kein Sohn geboren ward
Und der den Sprößling deiner Liebe, Unselige,
Schmachvoll in grauenvollem Tod gemordet sieht!
Zu dir, mein Sohn, den meiner Tochter Schoß gezeugt,
Blickt' unser Stamm auf, du beschirmtest mir das Haus,
Dich fürchtete das Volk, und keiner wagte, mich,
Den Greis, zu kränken, scheuend dein geliebtes Haupt:
Er hätte würdige Strafe dir dafür gezahlt.
Nun wird man ehrlos aus dem Haus mich treiben – mich,
Den großen Kadmos, welcher den Thebanerstamm
Gesät und schöner Ernten Lohn geerntet hat.
O liebster aller Menschen – zwar bist du dahin,
Doch meinen Liebsten wirst du beigezählt, mein Sohn –:
Nicht mehr wirst du hinfort mein Kinn berühren, mich
Umarmen und der Mutter Vater nennen, Kind,
Und fragen: „Wer beleidigt, wer entehrt dich, Greis?
Wer kränkt, mein Vater, dein Gemüt, betrübte dich?
Sprich, daß ich ihn bestrafe, der dir Leides tat."
Doch nun bin ich unglücklich, bist elend du selbst,
Beklagenswert die Mutter und der Schwestern Paar.
Wer etwa noch die Götter übermütig höhnt,
Betrachte deinen Untergang und fürchte sie!

CHORFÜHRERIN

Mich jammert dein, o Kadmos, denn dein Enkelsohn
Hat zwar verdient, doch allzu schmerzlich dir gebüßt.

AGAUE

Du siehst, mein Vater, wie ich umgewandelt bin . . .

*Nach diesem Vers ist in der byzantinischen Handschrift ein größeres Stück verlorengegangen. Doch durch den Rhetor Apsines wissen wir, daß* AGAUE *jetzt „sich selbst anklagte und Jammer erweckte", daß „die Mutter die Glieder ihres Sohnes in die Hand nahm und jedes einzeln beklagte". Der byzantinische Verfasser des „Christus Patiens" hat aus Agaues Klagerede eine Reihe von Versen für die Compositio Membrorum verwendet, die viel Euripideisches enthalten:*

*Ist dies mein Sohn, des Leiche in meinen Händen liegt?*
*Wie soll ich armes Weib ihn nur umfangen und*

*Ihn an die Brust mir legen? Welche Weise soll*
*Ich klagen? ...*

*Wie soll ich jedes deiner Glieder nehmen, Kind,*
*Und küssen diesen Leib, den ich selbst auferzog?*

*Komm, lieber Greis, und laß uns unser liebstes Haupt*
*An seine Stelle fügen, laß den ganzen Leib*
*Uns Glied um Glied zusammenlegen, wie es geht.*
*O allerliebstes Antlitz, liebes junges Kinn,*
*Sieh her: in diesen Schleier berge ich dein Haupt.*
*Das blutverschmierte und so ganz zerstückelte*
*Gebein – in welche Mäntel soll ich es nur hülln?*
*Und welche Hände, lieber Sohn, bestatten dich?*

*Dann erschien den Klagenden* DIONYSOS *in seiner göttlichen Gestalt. Aus dem Beginn seiner Rede scheinen folgende Verse zu stammen (sie wurden ebenfalls im „Christus Patiens" verwendet):*

*(Über Pentheus)*
*Und meiner Worte Spiel lockt ihn ins Netz, jedoch*
*Er fand den Tod durch jene, die es nicht gesollt.*
*Doch hat er dies nicht unverdient gelitten ...*

*(über die Thebaner)*
*Welch Leiden dieses Volkes harrt, verberg ich nicht.*
*Vor den Barbaren weichend, werden Theben sie*
*Verlassen, manche andre Stadt erreichen sie,*
*Das Joch der Sklaven schleppend – Unglückselige,*
*Im Krieg gefangen, viele Übel duldend noch ...*

*(über Agaue und ihre Schwestern)*
*Sie müssen diese Stadt verlassen für den Mord,*
*Den frevelnd sie verübt, da sie ihn töteten:*
*Nie dürfen sie die Heimat wiedersehn, denn nicht*
*Ist's recht, daß Mörder weilen bei der Opfer Grab.*

*(schließlich über Kadmos)*
*Nun zeig ich, welche Leiden du bestehen mußt:*

(DIONYSOS)
Du wirst zum Drachen werden, auch Harmonia,
Das Kind des Ares, dir, dem Sterblichen, vermählt,
Nimmt andre Bildung, nimmt Gestalt der Schlangen an.

Du ziehst, gesellt ihr, wie des Zeus' Orakel spricht,
Mit Stiergespann aus, herrschest über Fremdlinge
Und wirst mit unzählbarem Heer der Städte viel
Zerstören. Aber wenn sie Delphis Heiligtum
Verwüstet, ist unglücklich ihre Wiederkehr.
Doch dich und Harmonia rettet Ares dann
Und siedelt dich mit ihr im Land der Seligen an.
Dies sag ich euch: ich, keines irdischen Vaters Sohn,
Der Sohn des Zeus, Dionysos. Wenn ihr weisem Sinn
Gehuldigt hättet, als ihr andern Sinnes wart,
Ihr wäret glücklich in des Göttersohnes Hut.

KADMOS

Dionysos, Herr, wir flehen: Unrecht taten wir.

DIONYSOS

Zu pät erkennt ihr's, kanntet, als es galt, mich nicht.

KADMOS

Ich hab's erkannt, Herr; doch du züchtigst uns zu hart.

DIONYSOS

Mit Recht: ihr hattet einen Gott in mir verhöhnt.

KADMOS

Im Zorne seien Götter nicht den Menschen gleich!

DIONYSOS

Längst hatte Zeus, mein Vater, dies mir zugesagt.

AGAUE

Ach, Greis, ein unheilvoller Bann ist uns verhängt!

DIONYSOS

Was also säumt ihr, wo die strenge Not euch zwingt?

*Dionysos entschwindet*

KADMOS

O Kind, in grauenvolles Leid versanken wir:
Du selbst, Bejammernswerte, und der Schwestern Paar,
Und ich, ich Armer, muß hinaus zu Fremdlingen
Als Greis entwandern und dazu – so will es Zeus –
Nach Hellas führen ein gemischtes Fremdlingsheer.
Und meine Gattin, Ares' Kind Harmonia,
In eines Drachen Ungestalt, geleit ich, selbst
Ein Drache, Hellas' Gräbern und Altären zu,
Den Weg den Speeren weisend. Niemals ruh ich aus

Vom Leiden – ach ich Armer! –, niemals werde ich
Am Acheron dort unten Ruhe finden – nie!

AGAUE

O Vater, ich entfliehe, ward ich dein beraubt.

KADMOS

Was, arme Tochter, schlingst du deinen Arm um mich,
Wie seinen alten Vater kost der graue Schwan?

AGAUE

Wohin mich wenden, stößt mein Vaterland mich aus?

KADMOS

Ich weiß nicht, schwacher Helfer ist dein Vater, Kind.

AGAUE

Leb wohl, mein Haus, und der Väter Stadt,
Leb wohl! Ich verlasse dich, fliehe verbannt
In das Elend hinaus!

KADMOS

So suche, mein Kind, Aristaios' Haus.

AGAUE

Stets klag ich um dich, mein Vater.

KADMOS

Und ich
Um dich, und beweine die Schwestern, mein Kind.

AGAUE

Grausam, grausam hat über dein Haus
Dies schmähliche Los Dionysos, der Gott,
Sich rächend verhängt.

KADMOS

Ihr habt auch an ihm Grausames verübt,
Und in Theben ward sein Name verhöhnt.

AGAUE

Leb wohl, lieber Vater!

KADMOS

Und Glück auch dir,
Unglückliches Kind: schwer findest du's wohl!

*Kadmos geht davon*

AGAUE

O geleitet mich hin zu den Schwestern: sie sein

Die Gefährtinnen mir auf der traurigen Flucht!
Und o fänd ich ein Land,
Wo nie der verruchte Kithairon mich
Noch ich den Kithairon erblickte, wo nichts
Mich je an den Thyrsos erinnert: ihn
Mögen andere Bakchen schwingen!

CHORFÜHRERIN *während der Chor mit Agaue hinauszieht*

Vielfache Gestalt hat die göttliche Macht:
Gar vieles erfüllt unerwartet ein Gott,
Doch was wir gewähnt, vollendet sich nicht,
Für Unglaubliches findet der Gott den Weg.
So endete dieses Begegnis.

# ELEKTRA

*Der Stoff der „Elektra“ ist der letzten Phase des umfänglichen Sagenkreises um die Geschicke der Tantaliden entnommen. Der Fluch, der über diesem Geschlecht liegt, beginnt mit der Untat des Ahnen Tantalos, der den Göttern seinen Sohn Pelops zum Mahl vorsetzte, um ihre Allwissenheit auf die Probe zu stellen; er wirkt weiter in Pelops – die Götter hatten ihn wiederhergestellt –, der, um Hippodameia zu gewinnen, deren Vater Oinomaos im Wagenrennen betrog und dann seinen Helfershelfer Myrtilos, Oinomaos' Wagenlenker, umbrachte; er kulminiert in der dritten Generation des Atreus und Thyestes: Thyestes verführte Atreus' Gemahlin Aerope und stahl dem Bruder mit ihrer Hilfe den goldenen Widder, das göttliche Unterpfand für die Herrschaft in Mykene. Dafür verbannte ihn Atreus, lockte ihn aber später unter dem Vorwand der Versöhnung zurück und rächte sich durch das berüchtigte „Thyestesmahl“, indem er des Bruders Kinder schlachtete und ihm zum Mahl vorsetzte. Thyestes entwich daraufhin mit einem gräßlichen Fluch gegen den Bruder und zeugte mit seiner Tochter Pelopia den Aigisthos. Dieser nun übertrug die Fehde zwischen seinem Vater und seinem Oheim Atreus auf sich und Atreus' Sohn, seinen Vetter Agamemnon: als dieser mit dem Griechenheer gegen Troja zog, verführte er Agamemnons Gemahlin Klytaimnestra, die gegen ihren Gatten wegen der Opferung Iphigenies in Aulis ohnehin aufgebracht war, und machte sich so zum Herrscher in Argos. Als Agamemnon nach zehn Jahren von Troja heimkehrte, wurde er von der Gattin und ihrem Geliebten ermordet.*

*Der Geschlechtsfluch kommt zu seinem Ende in der Rache, die Agamemnons Sohn Orestes für den Vater an Klytaimnestra und Aigisthos übt. Als Aigisthos die Herrschaft in Argos antrat, wollte er Orestes in kluger Voraussicht ermorden, aber ein treuer Diener des Hauses rettete das Kind, und Orestes wuchs bei Agamemnons Gastfreund Strophios in Phokis auf. Seine ältere Schwester Elektra lebte – kaum geduldet und der Stunde der Rache harrend – im väterlichen Haus (hier änderte Euripides den Mythos, indem er Elektra mit einem armen Bauern vermählt sein läßt). Als Orestes herangewachsen war, erteilte ihm der Gott Apollon zu Delphi den Auftrag, den Vater zu rächen: mit seiner Ankunft in Argos beginnt die Tragödie.*

*Die Stoffe dieses Sagenkreises zogen viele Dichter zu dramatischer Bearbeitung an. Aus den erhaltenen Werken liegt er folgenden Tragödien zugrunde: Aischylos' „Orestie“, Sophokles' „Elektra“ und Euripides' „Iphigenie in Aulis“, „Iphigenie bei den Taurern“ und „Orestes“.*

*Die „Elektra“ ist sehr wahrscheinlich um das Jahr 420 entstanden.*

## Personen

Ein Landmann
Elektra
Orestes
Pylades
Ein alter Sklave
Ein Bote
Klytaimnestra
Die Dioskuren

Den Chor bilden mit Elektra befreundete argivische Frauen, die kommen, um Elektra zu einem Fest abzuholen.
Ort der Handlung ist der Platz vor der Hütte des Landmannes und Elektras in der Nähe der Stadt Argos.

DER LANDMANN *aus der Hütte tretend*

Du alter Nährer dieses Landes, Inachos,
Von dem mit tausend Masten einst ins Troerland,
Dem Schlachtengotte folgend, Agamemnon zog!
Nachdem er Priamos erschlagen, Trojas Herrn,
Und die berühmte Stadt des Dardanos zerstört,
Kam in dies Argos er zurück und heftete
Zahllos an hohe Tempel den Barbarenraub.
Dort war er glücklich, aber hier am eignen Herd
Erlag er Klytaimnestras, seines Weibes, Trug,
Erschlug ihn meuchlings Aigisthos, Thyestes' Sohn.
So ging er unter, so verlor er Tantalos'
Uraltes Zepter, und Aigisthos herrscht im Land,
Der Tochter Tyndars, Agamemnons Weib, vermählt.
Doch die gen Troja segelnd er zu Hause ließ,
Elektras Mädchenblüte und den Sohn Orest –
Ihn, den Aigisthos töten wollte, ihn entführt
Des Vaters greiser Pfleger insgeheim und gab
In Phokis' Land ihn aufzuziehn dem Strophios.
Elektra, die daheim im Vaterhause blieb –
Nach ihr verlangten, als der Jugend Blütezeit
Sie schmückte, werbend Hellas' erste Jünglinge.
Aus Furcht jedoch, ein Sohn könnt einst aus ihrem Schoß
Erstehn – Agamemnons Rächer –, hielt Aigisthos sie
Im Hause und verband sie keinem Bräutigam.
Ja, weil ihn auch die Sorge quält, sie könnte wohl
Geheim gebären einem Mann von edler Art,
Beschließt er sie zu töten: doch da rettet sie
Die Mutter, sonst so grausam, aus Aigisthos' Hand.

Denn einen Vorwand hatte sie beim Gattenmord,
Doch Haß erweck ihr, sorgte sie, des Kindes Tod.
Hierauf ersann Aigisthos eine neue List:
Gold bot er aus zum Lohne, wer Orestes ihm,
Der aus dem Lande flüchtig ward, ermordete.
Elektra aber gab er mir zum Weibe, mir,
Der aus mykenischer Väter Blut entsprossen ist –
Wohl achtet dessentwegen niemand mich gering,
Denn hohen Standes bin ich, zwar an Gütern arm,
Und dadurch freilich schwindet auch des Adels Glanz –:
Er meinte nur vor einem schwachen Feinde sich
Vorsehn zu müssen, gäb er sie dem schwachen Mann.
Denn wär sie eines angesehnen Mannes Weib,
So weckt er Agamemnons Blut vom Schlummer auf,
Und seiner Frevel Strafe träf Aigisthos' Haupt.
Ich habe niemals – Aphrodite zeuge mir's –
Berührt die Jungfrau: reines Mädchen ist sie noch.
Erröten müßt ich, wenn ich edler Männer Kind
Mißbrauchen wollte, dessen ich nicht würdig bin.
Nur ihn beklag ich, welcher mir verschwägert heißt,
Den Schmerzenssohn Orestes, wenn er heimkehrt und
Der Schwester unglückvollen Bund dereinst erblickt.
Doch wer mich einen Toren schilt, daß ich ins Haus
Ein junges Weib nahm, das ich nicht berühren will,
Der wisse, daß er nach verkehrter Richtschnur nur
Die Tugend mißt und selber schlechten Sinnes ist.

*Elektra tritt aus dem Hause, einen Wasserkrug auf dem Kopf*

ELEKTRA

O dunkle Nacht, der goldnen Sterne Nährerin,
In der ich, diesen Wasserkrug auf meinem Haupt,
Hinaus zu schöpfen gehe nach des Stromes Quell:
Wohl sank ich nicht in solche Not – ich zeige nur
Aigisthos' Hohn den Göttern, ströme meinen Schmerz
Um Agamemnon in den großen Äther aus.
Denn meine Mutter, Tyndareus' ruchloses Kind,
Stieß, ihrem Mann gefällig, aus dem Hause mich
Und achtet, weil sie andre Kinder ihm gebar,
Orestes und Elektra nur als Fremdlinge.

DER LANDMANN

Was quälst du dich um meinetwillen, Arme, so?
Du schaffst dir Mühen – du vordem so zart verwöhnt –
Und lässest, mahn ich immer auch, nicht ab davon.

ELEKTRA

Ich achte dich für einen göttergleichen Freund:
Du triebst in meinem Leide keinen Spott mit mir.
Und groß für Menschen ist das Glück, in schwerer Not
Den Arzt zu finden, wie er mir in dir erschien.
Drum muß ich, ungeheißen auch, so weit ich kann,
Dir deine Mühn erleichtern, muß mit dir vereint
Arbeiten tragen, daß die Last dich minder drückt.
Du hast der Arbeit draußen gnug, im Hause muß
Ich alles ordnen: kommt der Tagelöhner heim,
So freut er sich, es drinnen wohlbestellt zu sehn.

DER LANDMANN

Wenn dir's gefällt, so gehe: sind die Quellen doch
Nicht weit vom Hause. Graut der Tag, so will ich selbst
Ins Feld die Stiere treiben und die Flur besän.
Kein Träger, der die Götter bloß im Munde führt,
Kann mühelos sich schaffen, was das Leben nährt.

*Sie gehen nach verschiedenen Seiten fort. Kurz darauf erscheinen Orestes und Pylades*

ORESTES

Mein Pylades, vor allen Menschen acht ich dich
Als meinen Gastfreund, der mir lieb und eigen blieb:
Allein von allen Freunden warst du mir getreu
Im Leide, das Aigisthos über mich gebracht,
Der mir den Vater im Verein mit ihr erschlug,
Der frevlen Mutter. Aus Apollons Heiligtum
Erschein ich – niemand weiß darum – auf Argos' Grund,
Daß mir die Mörder büßen für des Vaters Mord.
Ich ging zu meines Vaters Grab in dieser Nacht
Und weiht ihm Tränen, schnitt ihm ab von meinem Haar,
Und auf der Grabstatt opfert ich des Lammes Blut,
Verborgen vor dem Herrscher, der im Land gebeut.
Indes in Argos' Mauern setz ich nicht den Fuß.
Auf zwei Gedanken hingewandt, betrat ich hier

Des Landes Marken: daß ich schnell in andres Land
Die Schritte lenke, falls ein Späher mich erkennt,
Und meine Schwester suche – denn sie sei vermählt
Und wohne nicht mehr ledig hier, behauptet man –:
Sie will ich sprechen und dem Mord als Helferin
Gesellen und erfahren, wie's in Argos steht.

Doch jetzt – denn Eos hebt ihr leuchtend Auge auf –
Laß uns zur Seite treten hier von diesem Pfad.
Vielleicht ein Pflüger oder auch ein dienend Weib
Wird uns erscheinen, welche wohl uns sagen kann,
Ob meine Schwester heimisch ist an diesem Ort.
Doch sieh: hier kommt gerade eine Dienerin,
Die auf geschornem Haupt des Wassers Bürde trägt:
So komm, wir wollen uns verbergen und von ihr
Erfahren, ob uns Kunde wird, mein Pylades,
Der Dinge, die uns hergeführt in dieses Land.

*Sie treten in ein nahes Gebüsch. Elektra kommt mit dem Wasserkrug vom Brunnen zurück*

ELEKTRA

*Strophe*

Stunde, beflügle deinen Gang,
Schreite voran zu meinen Klagen:
Ach ach, weh mir!
Mich erzeugte des Atreus Sohn,
Klytaimnestra gebar mich, die
Grause Tochter des Tyndaros,
Und die arme Elektra nennt
Mich der Bürger von Argos.
Weh, mein trauriges Leben, ach,
Furchtbarer Leiden Qual!
Und du ruhest im Grabe nun,
Vater, entseelt von Aigisthos und
Deinem Weib, Agamemnon.

Auf, wecke den alten Trauergesang,
Wieder wecke der Tränen Lust!

*Gegenstrophe*

Stunde, beflügle deinen Gang,
Schreite voran zu meinen Klagen:
Ach ach, weh mir!
Armer Bruder, in welcher Stadt
Weilst du flüchtig, in welchem Haus,
Seit du dort in den Hallen des
Vaters in bitterstem Ungemach
Trauernd ließest die Schwester?
Kämst du doch als Erretter mir
Armer in dieser Not –
O Zeus! – rächtest des Vatermords
Greuel, wenn dein irrender Fuß
Dich heimführte nach Argos!

*Zweite Strophe*

Nimm das Gefäß mir vom Haupte herab,
Daß dem Vater ich nächtlichen Klagegesang
Im Dämmern erhebe:
Helle Klage, des Hades Lied,
Hades' Totenlied
Sing ich dir, der im Grabe wohnt.
Unablässig und täglich
Klagt mein Schmerz: mit dem Nagel
Zerfleisch ich mir Nacken und Wange,
Lege die Hand ans geschorene Haupt,
Um dich jammernd, mein Toter.

Ach, verwunde dein Haupt!
Dem süßtönenden Schwane gleich,
Der am Ufer des Stromes
Nach dem trauten Vater ruft,
Welchen trüglicher Schlingen Netz
Tötend umfing: so wein ich laut,
Unglückseliger Vater, um dich,

*Zweite Gegenstrophe*

Der du dem Leibe sein letztes Bad
Im Bette des traurigsten Todes geschenkt,

Ach ach, welcher Jammer:
Grausam das Beil, das dich mordete,
Grausam der Verrat,
Der dich empfing nach dem Troerzug!
Nicht mit Bändern und Kränzen,
Vater, empfing dich dein Gemahl:
Mit zweischneidigem Schwerte
Gab sie Aigisthos zur Schmach dich preis
Und errang sich den Buhlen.

*Der Chor zieht ein*

*Dritte Strophe*

CHOR

Agamemnons Tochter,
Sieh, Elektra, ich nahe mich
Deiner ländlichen Hütte:
Es kam es kam
Heut ein Bürger Mykenes, den
Milch nährt, der in den Bergen wohnt:
Er meldet, daß auf den dritten Tag
Das Volk von Argos ein Opferfest
Ausgerufen, und alle Jungfraun
Sich bereiten, zu Heras Tempel zu ziehen.

ELEKTRA

Nicht, ihr Lieben, zu Festesglanz,
Nicht zu goldnem Geschmeide
Schwingt mein armes Herz sich empor;
Auch in den Reigen will ich nicht
Mit den Mädchen von Argos treten
Und meine Füße im Tanze drehn:
In Tränen verbring ich die Nächte,
In Tränen verleb ich die Tage,
Ich armes Weib.
Sieh mein schmutzig flatterndes Haar,
Sieh die zerrißnen Gewänder hier,
Ob Agamemnons Tochter es so,
Ob es dem Königskinde geziemt

Oder Ilion, das gedenkt,
Wie mein Vater es einnahm.

*Dritte Gegenstrophe*

CHOR

Doch groß ist die Gottheit!
Nimm von mir doch ein Festgewand,
Bunt aus farbiger Wolle,
Und Goldgeschmeid,
Das sich schön zu der Schönheit fügt!
Wähnst du ohne der Götter Dienst,
Nur mit Tränen über den Feind
Zu siegen? Ach mit Klagen ja nicht:
Nur mit Gebeten zu den Göttern
Wirst du heitere Tage dir bereiten.

ELEKTRA

Kein Gott hört auf der Armen Ruf,
Kein Gott achtet der Opfer,
Die der Vater geopfert einst.
Weh mir um den Erschlagenen,
Weh um den lebenden Flüchtling,
Der in fremdem Lande vielleicht
Dem Herde der Sklaven bettelnd naht,
Der Sohn des herrlichen Vaters,
Als armer Mann.
Ich selbst wohn in dürftigem Haus,
An der Seele zehrt mir der Gram,
Fern vom Vaterherde verbannt,
Weil ich am einsamen Felsengebirg.
Aber die Mutter, dem Fremdling vermählt,
Ruht im Lager des Mörders.

CHORFÜHRERIN

Viel Leiden hat sie Hellas' Volk und deinem Haus
Gebracht, die Schwester deiner Mutter, Helena.

ELEKTRA

Ihr Frauen, ach, von meinen Klagen laß ich nun.
Seht dort: zwei Fremde, die versteckt am Hause sich
Gelagert, kommen aus dem Hinterhalt hervor.

Flieht ihr den Pfad hin ungesäumt, ich eil ins Haus,
Den frevelhaften Männern aus dem Weg zu gehn!

ORESTES *vertritt ihr den Weg*

Verweil, o Ärmste, zittre nicht vor meiner Hand!

ELEKTRA

O Phoibos – kniend sieh mich hier: nicht morde mich!

ORESTES

Ich töte lieber andre, mir Verhaßtere.

ELEKTRA

Geh! Nicht berühre, was du nicht berühren darfst!

ORESTES

Mit größerm Recht berühr ich keines Menschen Hand.

ELEKTRA

Was lauerst du bewaffnet hier an meinem Haus?

ORESTES

Bleib und vernimm mich, und du sagst das gleiche dann.

ELEKTRA

Ich bleibe, bin in deiner Hand, des Stärkeren.

ORESTES

Ich bringe dir von deinem Bruder Kunde, Weib.

ELEKTRA

Mein Teurer! Lebt er oder deckt ihn Todesnacht?

ORESTES

Er lebt: das Gute sei zuerst dir kundgetan.

ELEKTRA

O sei gesegnet für das hochwillkommne Wort!

ORESTES

Gemeinsam für uns beide gelte dieser Wunsch.

ELEKTRA

Wo weilt in unglückseligem Bann der Arme denn?

ORESTES

Er übt die Bräuche manches Volks und kämpft sich durch.

ELEKTRA

Gebricht ihm nicht, was er von Tag zu Tag bedarf?

ORESTES

Dies hat er, hilflos aber ist ein Flüchtiger.

ELEKTRA

Nun, welche Botschaft meldest du vom Bruder mir?

ORESTES
Er möchte wissen, ob du lebst und wie du lebst.

ELEKTRA
Wohl siehst du, wie mein Körper hingeschwunden ist.

ORESTES
Von Gram verzehrt und Trauer: ich beklage dich.

ELEKTRA
Vom Messer abgeschoren auch des Hauptes Haar.

ORESTES
Du härmst dich um den Bruder, um des Vaters Tod?

ELEKTRA
Was könnte mir auch teurer wohl als diese sein?

ORESTES
Was kann dem Bruder werter als die Schwester sein?

ELEKTRA
Fern, nicht an meiner Seite, weilt er, der mich liebt!

ORESTES
Weswegen wohnst du fern der Stadt an diesem Ort?

ELEKTRA
Ein tödlich Eheband, o Fremdling, fesselt mich.

ORESTES
Dein armer Bruder! Ist aus Argos dein Gemahl?

ELEKTRA
Kein Gatte, wie der Vater mir ihn einst bestimmt.

ORESTES
Sprich, daß ich's deinem Bruder dann berichten kann.

ELEKTRA
In diesem Hause wohn ich fern der Stadt mit ihm.

ORESTES
So mag ein Gräber wohnen und ein Rinderhirt.

ELEKTRA
Arm ist der Mann, doch edel gegen mich und fromm.

ORESTES
Wodurch bewährt er diesen edel frommen Sinn?

ELEKTRA
Mein Lager anzurühren hat er nie gewagt.

ORESTES
Gelobt er Keuschheit? Oder hält er dich zu schlecht?

ELEKTRA
Er wollte nicht beschimpfen meiner Eltern Stamm.
ORESTES
Wie mochte solcher Ehe Glück ihn nicht erfreun?
ELEKTRA
Der mich ihm schenkte, meint er, sei nicht Herr dazu.
ORESTES
Ich merke schon: Orestes könnt ihn strafen einst!
ELEKTRA
Das eben scheut er, doch auch Anstand eignet ihm.
ORESTES
Ein edler Mann das, dem man schön vergelten muß!
ELEKTRA
Ja, kommt er endlich wieder heim! Jetzt ist er fort.
ORESTES
Die dich gebar, die Mutter, ließ sie dieses zu?
ELEKTRA
Die Frauen sind den Gatten, nicht den Kindern, hold.
ORESTES
Weswegen tat Aigisthos diese Schmach dir an?
ELEKTRA
Damit ich Schwache zeugte, solchem Mann vermählt.
ORESTES
Daß dir kein Sohn erstehe, der ihn züchtige?
ELEKTRA
Das war sein Trachten. Büßt er mir doch einst dafür!
ORESTES
Und daß du Jungfrau bliebest, weiß Aigisthos dies?
ELEKTRA
Mitnichten weiß er's: das verhehlen wir vor ihm.
ORESTES *auf den Chor deutend*
Die Fraun, die hier uns hören – sind sie dir getreu?
ELEKTRA
Treu werden sie verschweigen, was ich sprach und du.
ORESTES
Nun, wenn Orestes käme, was geschähe wohl?
ELEKTRA
Das fragst du? Schmählich! Kam es nicht zum Äußersten?

ORESTES
Wie könnte er des Vaters Mörder töten? Sprich!

ELEKTRA
Kühn wagend, was am Vater kühn der Feind gewagt.

ORESTES
Und ihm vereint auch wagtest du den Muttermord?

ELEKTRA
Vereint mit jenem Beile, das den Vater traf.

ORESTES
Und soll ich das ihm melden als dein festes Wort?

ELEKTRA
Gern sterb ich, wenn ich meiner Mutter Blut vergoß!

ORESTES
Ach ständ Orestes nahe hier und hörte das!

ELEKTRA
Ich würd ihn nicht erkennen, Freund, erblickt ich ihn.

ORESTES
Kein Wunder: Kind noch, wurdest du vom Kind getrennt.

ELEKTRA
Erkennen würd ihn einer unsrer Freunde nur.

ORESTES
Er, der ihn heimlich, sagen sie, dem Tod entriß?

ELEKTRA
Der edle Greis, der meines Vaters Pfleger war.

ORESTES
Ward deinem toten Vater auch ein Grab zuteil?

ELEKTRA
So, wie's ihm ward: aus seinem Hause warf man ihn.

ORESTES
O wehe mir! Was sagst du? Denn mit Gram erfüllt
Gefühl für fremde Leiden auch der Menschen Herz.
Doch sprich, damit ich's deinem Bruder melden kann,
Das Wort der Trauer, das er doch vernehmen muß.
Teilnahme füllt ja nimmermehr des Toren Herz,
Doch wohl des weisen Mannes, und es bringt Gefahr,
Wenn allzuhohes Wissen auch im Weisen wohnt.

CHORFÜHRERIN
Denselben Wunsch wie dieser Mann hegt auch mein Herz:

Von Argos ferne, weiß ich nicht, was Böses dort
Geschehn; erfahren möchte nun auch ich davon.

ELEKTRA

Gut, wenn es sein muß – und dem Freunde muß ich wohl
Mitteilen mein und meines Vaters schweres Leid.
So fleh ich, Fremdling, weil du mich zur Rede drängst,
Verkünd Orestes meine Not und seine Not:
Zuerst in welchen Kleidern hier, in welchem Schmutz
Ich trauern, unter welchem Dach ich wohnen muß
Anstatt im Königshause, das mich sonst gehegt:
Mühvoll web ich am Webstuhl mir die Kleider selbst,
Ich müßte sonst nackt gehen, hätte kein Gewand;
Ich trage mir vom Brunnen selbst das Wasser heim
Und halte mich von Festen und von Reigen fern;
Die Frauen flieh ich, da ich noch ein Mädchen bin,
Und fliehe Kastor, dem als Ebenbürtige
Sie mich verlobten, eh er zu den Göttern ging.
Doch unter Phrygerbeute stolz auf ihrem Thron
Sitzt meine Mutter: Dienerinnen Asiens,
Gefangne meines Vaters, stehn um ihren Sitz,
Die bunten Phrygermäntel schön befestigend
Mit goldnen Spangen; aber schwarz klebt noch das Blut
Des Vaters an den Wänden, und der ihn erschlug,
Besteigt des Vaters Wagen kühn und fährt daher
Und hält in blutbefleckter Hand frohlockend stolz
Den Stab, mit dem er Hellas' Heeren einst gebot.
Noch ungeehrt ist Agamemnons Grabesstatt,
Empfing noch nie Trankspenden, nie der Myrte Zweig,
Und seinem Scheiterhaufen ward kein Opferschmuck.
Von süßem Weine trunken springt der herrliche
Gemahl der Mutter, sagt man, auf dem Grab umher
Und wirft mit Steinen nach des Vaters Marmormal,
Und dieses Wort des Hohnes wagt er wider uns:
„Wo bleibt Orestes? Ist er hier, des Vaters Grab
Zu schützen?" Also höhnt er ihn, der ferne weilt.

Deshalb, o Fremdling, fleh ich: tu ihm dieses kund!
Und viele flehen, denen ich Dolmetscher bin:

Die Hände flehn, die Lippen und mein armes Herz,
Mein kahlgeschornes Haupt und auch sein Vater fleht.
Schmach ist es, wenn der Vater Trojas Burg zerstört,
Und er, der eine, nicht den einen töten kann –
Er, Jüngling noch und eines bessern Vaters Sohn.

CHORFÜHRERIN

Hier seh ich deinen Gatten: nach vollendeter
Arbeit der Frühe schreitet er dem Hause zu.

DER LANDMANN

Ah! Welche Fremden seh ich hier an meiner Tür?
In welcher Absicht nahten sie der ländlichen
Wohnstätte? Mich wohl suchen sie. Dem Weibe bringt's
Unehre, so mit jungen Männern dazustehn.

ELEKTRA

Mein Liebster, sei doch meinetwegen unbesorgt!
Du sollst die Wahrheit hören: diese Fremdlinge
Sind von Orestes mir gesandte Botschafter.
Doch ihr – verargt ihm solches Wort, o Freunde, nicht.

DER LANDMANN

Nun? Lebt Orestes, schaut er noch der Sonne Licht?

ELEKTRA

Sie sagen's wohl, und nicht unglaublich scheint es mir.

DER LANDMANN

Gedenkt er deines Vaters auch und deiner Not?

ELEKTRA

Ich hoff es, machtlos aber ist ein Flüchtiger.

DER LANDMANN

Und welches Wort von deinem Bruder melden sie?

ELEKTRA

Er sandte sie, um nachzuforschen meiner Not.

DER LANDMANN

Nun, diese sehn sie, andres sagst du selber wohl.

ELEKTRA

Sie wissen alles, nichts davon blieb ihnen fremd.

DER LANDMANN

So sollten diese Pforten längst euch offen stehn!
Auf, tretet ein: für euer frohes Wort empfangt
Ihr Gastgeschenke, wie sie diese Hütte birgt.

Nehmt ihr Gerät, ihr Sklaven, tragt's ins Haus hinein!
Ihr widersprecht nicht, seid ihr doch als Freunde mir
Vom Freund gekommen! Bin ich auch ein armer Mann,
So zeig ich dennoch nimmermehr unedlen Sinn!

ORESTES

O Götter! Ist es dieser, der dein Ehebett
Verschont, da er Orestes nicht beschimpfen will?

ELEKTRA

Er ist's, der dieses armen Weibes Gatte heißt.

ORESTES

Kein sichres Merkmal gibt es doch für Edelmut,
Denn recht verworren ist der Sterblichen Natur.
Wohl manchen Sohn von edlem Vater sah ich schon
Zum Nichts entartet und des Bösen Kinder gut,
Im Geist des reichen Mannes sah ich Dürftigkeit,
In armen Leibes Hülle sah ich hohen Sinn.
Wie fällt man, sorgsam scheidend, hier den rechten Spruch?
Dem Gelde nach? Ein übler Richter wäre das.
Vielleicht nach Armut? Doch an ihr hängt dieser Fluch:
Sie führt den Menschen durch die Not zum Bösen an.
So dann nach Waffen? Wer vermag im Angesicht
Des Speeres auszusprechen, wer der Wackre sei?
Am besten also lassen wir's dahingestellt.
Denn dieser Mann hier, weder groß in Argos' Land
Noch aufgebläht von seines Hauses Ahnenglanz,
Ein Mann des Volkes zeigte sich als Ehrenmann.
Wollt ihr nie weise werden, die ihr, leerem Wahn
Dienstbar, umherirrt, wollet nicht nach Handlungen
Der Menschen Adel schätzen, nicht nach Seel und Geist?
Denn weise Männer stehen wohl den Staaten vor
Und wohl dem Hause; Körpermassen, leer an Geist,
Sind Säulen nur des Marktes. Auch im Kampfe hält
Ein starker Arm nicht besser als ein schwacher aus:
Die Gabe der Natur und Mut entscheiden hier.

Nun – er verdient es, ob er fern, ob nahe sei,
Orestes, dem zuliebe wir gekommen sind –:

Die Hütte nehm uns gastlich auf! Ihr tretet ein
Ins Haus, ihr Diener! Zieh ich doch den dürftigen
Gastfreund, den liebevollen Wirt, dem Reichen vor.
So lob ich denn auch dieses Mannes Gastlichkeit.
Doch lieber, Jungfrau, wollt ich, daß dein Bruder mich
Im Haus des Glücks einführte, selbst ein Glücklicher.
Vielleicht, er kommt noch: denn Apollons Sprüche sind
Wahrhaft, der Menschen Seherkunst ist eitles Nichts.

*Orestes und Pylades gehen mit den Dienern in die Hütte*

CHORFÜHRERIN

Elektra, nun ist unser Herz mehr als zuvor
Erwärmt von Freude, denn vielleicht gestaltet sich
Dein Schicksal, wenn auch langsam, jetzt zum Besseren.

ELEKTRA

Du kanntest deines Hauses Not, warum empfingst
Du diese Fremden, Armer, die doch edler sind?

DER LANDMANN

Nun, sind sie edel, wie es scheint, so werden sie
Bei Kleinem so zufrieden wie bei Großem sein.

ELEKTRA

Mein Freund, du fehltest, da wir unvermögend sind:
Drum gehe hin zum Greise, der den Vater mir
Erzog, den teuren, und am Flusse Tanaos,
Der Argos' Marken scheidet vom Lakonerland,
Die Herden weidet, aus Mykenes Stadt verbannt:
Er komme her, da diese bei mir eingekehrt,
Und schaffe etwas für der Gäste Mahl herbei.
Er wird sich freuen, wird den Göttern danken, wenn
Er hört, der Knabe lebe, den er rettet' einst.
Von meiner Mutter aus dem Vaterhause bleibt
Uns nichts zu hoffen – ja, die Schnöde grämte sich,
Vernähme sie die Kunde, daß Orestes lebt.

DER LANDMANN

Nun, wenn es also dir gefällt, so will ich das
Dem Greise melden: gehe du sogleich ins Haus
Und walte drinnen. Eine Frau ja findet viel
Zum Essen aufzutischen, wenn sie's finden will.

Soviel gewiß auch haben wir im Hause noch,
Um diese Fremden einen Tag zu sättigen.

*Elektra geht ins Haus*

Erwäg ich Fälle solcher Art in stillem Sinn,
Erkenn ich wohl auch, welche Macht im Gelde wohnt,
Um Fremden mitzuteilen, um den kranken Leib
Durch Pflege herzustellen; denn zum täglichen
Genuß bedarfst du wenig: wer gesättigt ist –
Der Arme wie der Reiche – hat gleichviel davon.

*Er geht ab*

CHOR

*Erste Strophe*

Herrliche Schiffe, die mit zahllosen Rudern
Einst hinflogen gen Ilion,
Im Chor tanzend mit der Nereiden Schwarm,
Wo, vom Schalle der Flöte entzückt,
Der Delphin um die blauen Buge
Rings sich tummelnd sprang,
Da er zum Ufer des Simoeis
Nach Troja Thetis' erhabenen Sohn,
Den hurtigen Läufer Achilleus,
Und Agamemnon geleitet.

*Erste Gegenstrophe*

Der Nereiden Chor brachte vom Strand Euboias
Ihm des Hephaistos goldenen Schild,
Den kunstvollen, goldner Ambosse Werk.
Auf dem Gipfel des Pelion, in
Ossas fernsten heiligen Tälern
Sucht der Nymphen Schwarm
Spähend nach ihm, wo Hellas' Ruhm
Der reisige Vater einst auferzog:
Den Sohn der Thetis, den schnell-
Füßigen Hort der Atriden.

*Zweite Strophe*

Jüngst erzählte mir einer in Nauplios' Hafen,
Der von Troja gekommen,

Welche Bilder – die Schrecken des
Phrygervolkes – den Umkreis
Deines gepriesenen Schildes dir
Schmückten, Achilleus.
Auf dem Felde des Reifes hielt
Perseus – mit geflügeltem Schuh
Über das Meer eilend – das Haupt der gemordeten Gorgo,
Vereint mit Hermes, dem Boten des Zeus,
Dem Sohne Majas, dem Hüter der Fluren.

*Zweite Gegenstrophe*

In der Mitte des Schildes in blendendem Glanze
Strahlte Helios' Scheibe
Mit den geflügelten Rossen,
Auch der Sterne himmlischer Chor,
Regengestirn und Plejaden, für
Hektors Auge so furchtbar.
Auf dem Helm mit den goldnen Bildern
Trugen Sphinxe berüchtigten Raub
In ihren Klaun. Und auf dem Panzer eilte die Löwin
Feuerschnaubend im Laufe daher,
Peirenes Roß ihren Pranken erspähend.

*Epode*

Auf dem blutigen Wehrgehenk
Stürmten vierbeinige Rosse einher:
Schwarz wogt hinter ihnen der Staub auf.
Solcher kriegeskundigen Helden
König erschlug dein Ehebruch,
Tyndareos' ruchlose Tochter!
Darob werden die Himmlischen dich
In den Tod noch senden:
Ich seh es noch, wie deinem Nacken
Das Blut entströmt, wenn dich das Schwert getroffen!

*Der alte Erzieher Agamemnons nähert sich*

DER ALTE

Wo weilt die Jungfrau, meine hohe Gebieterin,
Die Tochter Agamemnons, den ich einst erzog?

Welch steilen Aufgang hat man doch zu diesem Haus,
Wie schwer zu klimmen für des Greises matten Fuß!
Doch muß ich wohl zu Freunden ohne Weigerung
Den krummen Rücken schleppen und das müde Knie.

O Tochter – eben seh ich schon vorm Hause dich:
Ich komm aus meiner Herde dir ein junges Lamm
Zu bringen, das ich seiner Mutter Brust entzog,
Und Kränz' und Käse, den ich aus den Körben nahm,
Und diesen alten langbewahrten Bakchosschatz,
Der lieblich duftet, wenig nur, doch mundet wohl
Davon ein Becher, beigemischt dem schwächern Trank.
Geh einer, bring den Fremden dies ins Haus hinein!
Ich will indes mit meines Rockes Zipfel hier
Mein Auge trocknen, welches feucht von Tränen ist.

ELEKTRA

Was schwimmt dein Aug in Tränen, Alter? Mahnte dich's
An meine Leiden wiederum nach langer Zeit?
Wohl jammert dich Orestes' unglückselige Flucht,
Wohl auch mein Vater, den du einst im Arme trugst
Und dir und deinen Freunden fruchtlos auferzogst?

DER ALTE

Fruchtlos, ja wohl! Doch nicht versagen konnt ich mir's:
Ich ging, vom Weg ablenkend, seinem Grabe zu
Und kniete hin und weinte, da niemand mich sah;
Und aus dem Schlauche, den ich deinen Gästen bring,
Wein spendend, legt ich Myrtenzweige um die Gruft.
Doch da gewahrt ich auf der Brandstatt selbst ein Schaf
Von Wolle schwarz als Opfer, frisch vergoßnes Blut
Und abgeschorne Locken auch von blondem Haar,
Und staunte, Tochter, welcher Mensch den Mut gehabt,
Dem Grab zu nahen. Sicher kein Argeier war's.
Wohl aber kam dein Bruder insgeheim vielleicht
Und ehrte seines Vaters unglückselig Grab.
Sieh diese Locken: lege sie zu deinem Haar,
Ob dies dem abgeschornen gleich an Farbe sei.
Denn die von eines Vaters Blut entsprossen sind,
Sind meist in allem an Gestalt und Art sich gleich.

ELEKTRA

Du redest nicht, wie's klugen Männern ziemt, o Greis:
Du meinst, Aigisthos fürchtend sei mein mutiger
Orestes heimlich angelangt in diesem Land?
Und dann sein Haar – wie glich es meinem Haare wohl:
Das seine, das der Edlen Ringplatz wachsen ließ,
Und mein gepflegtes Mädchenhaar? Unmöglich, nein!
Auch findest du bei vielen, Alter, gleiches Haar,
Die doch von einem Blute nicht entsprossen sind.

DER ALTE

So tritt in seiner Sohle Spur und prüfe, Kind,
Ob sie mit deines Fußes Maß zusammenstimmt.

ELEKTRA

Wie könnte hartem Steinesgrund der Füße Spur
Wohl eingedrückt sein? Aber wär es möglich auch:
Nie könnten doch des Bruders und der Schwester Fuß
Einander gleich sein: größer ist der männliche.

DER ALTE

Doch wenn Orestes heimgekehrt hier stünde – gibt
Es nichts, woran du dein Geweb erkennen magst,
In das ich ihn verhüllend einst dem Tod entriß?

ELEKTRA

So weißt du nicht mehr, daß ich, als Orestes floh,
Noch Kind war? Aber hätt ich auch sein Kleid gewebt:
Wie trüg er, damals Knabe, jetzt dasselbe noch,
Wenn mit dem Leibe nicht zugleich die Kleidung wächst?
Niemals: entweder naht' ein Fremder mitleidvoll
Dem Grab, oder er hat's selbst durch Boten hergesandt.

DER ALTE

Wo sind die fremden Männer? Denn ich will sie sehn
Und deines Bruders wegen mich erkundigen.

ELEKTRA

Dort aus dem Hause kommen sie mit raschem Schritt.

DER ALTE

Sie scheinen edel: aber das ist trügerisch.
Denn mancher edlen Standes ist doch bösgesinnt.
Indessen ruf ich grüßend: Heil euch, Fremdlinge!

ORESTES
Heil dir auch, Alter! Welchem Freund aus alter Zeit
Gehört, Elektra, dieses alt verblichne Bild?

ELEKTRA
Es ist der Mann, der meinen Vater auferzog.

ORESTES
Wie? Der Orestes insgeheim dem Tod entführt?

ELEKTRA
Der ihn gerettet – wenn er noch am Leben ist.

ORESTES
Sieh!
Was prüft mich doch der Alte wie des Silberstücks
Glanzhellen Stempel? Seh ich sonst jemanden gleich?

ELEKTRA
Ihn freut's, Orestes' Jugendfreund in dir zu sehn.

ORESTES
Des lieben Jünglings! Sieh, er hüpft um mich herum!

ELEKTRA
Auch ich, o Fremdling, wundre mich, ihn so zu sehn.

DER ALTE
Elektra, Herrin, sage, Kind, den Göttern Dank –

ELEKTRA
Für etwas Fernes oder was uns nahe liegt?

DER ALTE
Des teuren Schatzes wegen, den ein Gott dir zeigt.

ELEKTRA
Wohlan, ich bete! – Willst du noch etwas, o Greis?

DER ALTE
So blicke, Tochter, diesen an, den Teuersten!

ELEKTRA
Schon lange schau ich, ob du noch bei Sinnen seist.

DER ALTE
Von Sinnen ich und sehe deinen Bruder hier?

ELEKTRA
Was sagst du, Alter? Welches unverhoffte Wort?

DER ALTE
Ich seh Orestes, Agamemnons Sohn, vor dir!

ELEKTRA

Und welches Merkmal hast du, dem ich trauen darf?

DER ALTE

Die Narb an seiner Braue: noch daheim, mit dir
Ein Reh verfolgend, fiel er und verletzte sich.

ELEKTRA

Wie, Greis? Das Zeichen dieses Falls bemerk ich wohl.

DER ALTE

Und säumst zu stürzen an das Herz des Teuersten?

ELEKTRA

Nicht länger, denn dein Zeichen überzeugte mich,
Mein Alter!

*Orestes umarmend*

Endlich kamst du mir, ich halte dich
Im Arme wider Hoffen!

ORESTES

Und ich endlich dich!

ELEKTRA

Was nie mir ahnte!

ORESTES

Was auch ich niemals gedacht!

ELEKTRA

Du bist Orestes?

ORESTES

Der allein dich retten wird,
Gelingt der Raub mir, welchen ich erjagen will.
Vertrauend hoff ich's – oder, wenn Gerechtigkeit
Erliegt dem Unrecht, glaub ich nicht an Götter mehr.

CHOR

Du kamst endlich, Tag, kamest in später Zeit!
Du strahltest herauf, du zeigst dem Volk
Ein glanzhelles Licht: ihn, der in langer Flucht
Fern vom Hause des Vaters – ach –
Umherirrend, wiederkam!
Ein Gott, ja, ein Gott bringt unseren Sieg,
O Freundin, zurück!
Hebe die Hände, hebe das Wort,

Sende Gebete himmelan, daß mit Glück,
Mit Glück der Bruder einzieh in der Väter Stadt!

ORESTES

Nun gut: die süße Freude der Umarmung ward
Zuteil mir – später wollen wir sie uns erneun.
Nun aber, Alter, der so ganz gelegen kam,
Sprich, wie des Vaters Mörder ich bestrafen kann.
Sind wohl in Argos Freunde mir noch zugetan?
Ach, oder schwand mir alles, wie mein Glück, dahin?
Wem darf ich zugesellen mich? Nachts oder tags?
Auf welchem Pfade stürzen wir auf meinen Feind?

DER ALTE

Mein Sohn, im Unglück hoffe nur auf keinen Freund!
Ein unverhoffter, seltner Fund ist solcher Schatz,
Daß einer so das Böse wie das Gute teilt.
Doch du – von Grund aus bist du für die Freunde tot,
Und keine Hoffnung blüht dir mehr: so höre mich.
In deiner Hand ruht und im Glück all deine Macht,
Mit der du Stadt und Vaterhaus gewinnen mußt.

ORESTES

Doch was beginnend kommen wir an dieses Ziel?

DER ALTE

Du tötest deine Mutter und Thyestes' Sohn.

ORESTES

Nach diesem Kranz verlangt mich: doch wie wird er mir?

DER ALTE

Nicht innerhalb der Mauern, ob du wolltest auch.

ORESTES

Von Wachen, Lanzenträgern ist der Mann umringt?

DER ALTE

So ist's: aus Furcht vor dir ist er auf seiner Hut!

ORESTES

Wohlan, so gib du deinen Rat uns jetzt, o Greis!

DER ALTE

So höre mich nur: eben fiel mir etwas ein.

ORESTES

Gäbst du nur guten Hinweis: ich versteh ihn schon!

DER ALTE
Ich sah Aigisthos, als ich her zur Hütte kam.

ORESTES
Oh, diese Kunde hör ich gern! Wo sahst du ihn?

DER ALTE
Nicht weit vom Feld hier, wo die Rosse weidend gehn.

ORESTES
Was tat er dort? Ich schöpfe Hoffnung nach der Not!

DER ALTE
Den Nymphen ordnet er ein Fest, so schien es mir.

ORESTES
Für schon geborne Kinder oder kommende?

DER ALTE
Nur eines weiß ich: Stieresopfer rüstet er.

ORESTES
Mit was für Männern? War er nur mit Knechten da?

DER ALTE
Bloß sein Gesinde, kein Argeier war mit ihm.

ORESTES
Nicht einer, der mich am Gesicht erkennte, Greis?

DER ALTE
Nur Knechte sind es, welche dich niemals gesehn.

ORESTES
Sie würden, wenn wir siegten, übergehn zu mir?

DER ALTE
Das ist so Sklavensitte, vorteilhaft für dich.

ORESTES
Wie mag es mir gelingen, Alter, ihm zu nahn?

DER ALTE
Geh hin, wo Stiere schlachtend er dich sehen muß.

ORESTES
So hat er dicht am Wege seinen Meierhof?

DER ALTE
Erblickt er dich dort, ruft er dich zum Opfermahl.

ORESTES
Den schlimmsten Tischgenossen, wenn ein Gott es will!

DER ALTE
Wie's dann sich weiterfindet, sieh am Orte selbst.

ORESTES

Sehr schön! Doch meine Mutter, wo verweilt sie jetzt?

DER ALTE

In Argos: später wohnt sie noch dem Mahle bei.

ORESTES

Was folgte sie dem Gatten nicht sogleich dahin?

DER ALTE

Den Hohn der Bürger fürchtet sie und blieb daheim.

ORESTES

Ich seh: sie kennt den finster-scheelen Blick des Volks.

DER ALTE

So ist es: alle hassen ihre Schändlichkeit.

ORESTES

Wie geb ich nun auf einmal ihr und ihm den Tod?

ELEKTRA

Zum Mord der Mutter schaff ich selbst Gelegenheit.

ORESTES

Und jenen andern wird das Glück mit mir vollziehn.

ELEKTRA

Nur soll der Greis uns beiden seine Hilfe leihn.

DER ALTE

So sei es: wie vollstreckst du denn der Mutter Mord?

ELEKTRA

Geh, Alter, Klytaimnestra anzukündigen,
Geboren hätt ich einen Sohn, sei Wöchnerin.

DER ALTE

Wann: länger her schon oder erst in jüngster Zeit?

ELEKTRA

Schon vor zehn Sonnen: heute sei die Reinigung.

DER ALTE

Gut, aber wie führt dieses ihren Tod herbei?

ELEKTRA

Sie kommt sogleich, vernimmt sie, daß ich Mutter bin.

DER ALTE

Wieso? Du meinst wohl, sie bekümmre sich um dich?

ELEKTRA

Gewiß: sie weint um meiner Kinder edles Los!

DER ALTE
Vielleicht – doch führ dein Wort zum Angelpunkt zurück.

ELEKTRA
Nun, kommt die Mutter, ist es schon um sie geschehn!

DER ALTE
Sie muß hinein, zum Hausestore selbst hinein!

ELEKTRA
So steigt sie leicht in Hades' düstres Haus hinab!

DER ALTE
Wie gerne stürb ich, wenn ich das nur noch gesehn!

ELEKTRA
Vor allem, Alter, weise diesem nun den Weg . . .

DER ALTE
Wo jetzt Aigisthos Opfer bringt den Himmlischen?

ELEKTRA
Dann geh zur Mutter, melde, was ich dir gesagt.

DER ALTE
So daß sie meint, aus deinem Munde höre sie's.

ELEKTRA *zu Orestes*
Du mußt ans Werk: dir fiel die erste Bluttat zu.

ORESTES
Ich möchte gehen, wiese mir jemand den Weg!

DER ALTE
Nun, ich geleite wahrlich nicht ungern dich hin.

ORESTES
Zeus meiner Väter, werde auch mein Siegesgott!

ELEKTRA
Erbarm dich unser: jammervoll fiel unser Los.

PYLADES
Erbarm dich der aus deinem Stamm Entsprossenen!

ELEKTRA
Hera, mykenischer Altäre Herrin du . . .

ORESTES
Verleih den Sieg uns, wenn wir um Gerechtes flehn.

PYLADES
Verleih die Rache ihnen für des Vaters Tod!

ORESTES
Auch, Vater, du, der schmählich in der Erde wohnt...

ELEKTRA
Und du, o Erde, auf die ich meine Hände leg...

PYLADES
O hilf, o hilf den Kindern, die du so geliebt!

ORESTES
O komm doch, nimm zu Helfern alle Toten dir...

ELEKTRA
Die dir vereinigt Troja einst vernichteten...

PYLADES
Und die den Frevler hassen, den der Mord befleckt!

ELEKTRA
Hörst du, an dem so grausam meine Mutter tat?

DER ALTE
Ich weiß: er hört dies alles!

*zu Orestes*

Doch dich ruft die Tat!

ELEKTRA
Dazu von mir der Zuruf: „Tod dem Aigisthos!“
Wenn er dich niederringt und du als Toter fällst,
Dann bin auch ich tot, nenn mich dann nicht lebend mehr:
Ich stoß ein doppelschneidig Schwert mir in den Leib.
Ich gehe jetzt ins Haus und leg es mir zurecht,
Und wenn von dir uns frohe Kunde kommt, so wird
Das ganze Haus frohlocken. Doch erleidest du
Den Tod, geschieht sehr andres: dies erklär ich dir.

ORESTES
Ich weiß nun alles.

ELEKTRA
Dazu zeige dich als Mann!

*Orestes und Pylades machen sich mit dem Alten auf den Weg*

Doch ihr, o Frauen, gebet mir durch lauten Ruf
Von diesem Kampf ein Zeichen! Ich will Wache stehn,
Das Schwert in meiner Rechten, wohlbereit zum Kampf.

Nie biet ich überwunden mich dem Rachedurst
Der Feinde, daß sie spottend mich entwürdigen.

*Sie geht in die Hütte*

CHOR

*Erste Strophe*

Von der zärtlichen Mutter fort –
Kündet die Mär in den alten Sagen –
Hat in den Bergen von Argos einst
Pan, der Fluren Behüter, den
Widder mit schönem goldenem Vliese
Entführt. Auf dem künstlichen Rohr
Spielte der Gott das süße Lied des Waldes.
Da von steinernen Stufen
Ertönte des Herolds Ruf:
„Auf den Markt, auf den Markt, o Mykenes Volk,
Eile und sieh der glücklichen Herrscher
Wunderbare Erscheinung!"
Und Chöre verherrlichten das Haus des Atreus.

*Erste Gegenstrophe*

Opferbecken aus reinem Gold
Wurden geöffnet, und rings in Argos
Loderte hoch auf Altären die Glut,
Und die Flöte, des Musenchors
Dienerin, spielte die schönsten Weisen.
Und lieblich pries der Gesang
Über des goldenen Widders Trug Thyestes.
Denn in heimlicher Liebe
Betört er des Atreus Weib
Und entführte das Wunder in seinen Palast,
Kehrte zurück in die Versammlung,
Rufend, daß er im Hause
Den Widder bewahre mit dem goldnen Vliese.

*Zweite Strophe*

Da war es, da verrückte
Der Sterne leuchtende Bahn
Zeus und Helios' lichten Glanz

Und der Eos schimmerndes Antlitz:
Land und Meer unter westlichem Himmel
Peinigte er mit der göttlichen Glut,
Trieb die Regengewölke gen Norden,
Und Ammons durstende Wüsten
Verschmachteten, da kein Tau,
Da kein Regen sie netzt, Zeus' schönste Gabe.

*Zweite Gegenstrophe*

So lautet das Gerücht: doch
Ich traue der Sage kaum,
Daß der Sonnengott seine Bahn,
Die goldene, heiße, gewechselt,
Leid dem Menschengeschlecht zu bringen
Wegen eines Sterblichen Schuld.
Wohl helfen die Sagen des Schreckens,
Daß der Sterbliche fürchte die Götter,
Die du vergessend, den Mann
Mordest, mit dem du die edlen Geschwister zeugtest.

CHORFÜHRERIN

Hört, Freundinnen!
Vernahmt ihr – oder täuschte mich ein eitler Wahn? –
Das Lärmen? Klang's nicht unterirdischen Donnern gleich?
Horch! Deutlich, unverkennbar schwillt der Stimmen Laut.
Elektra, Herrin, komm hervor, verlaß das Haus!

ELEKTRA

Was ist es? Wie, ihr Lieben, steht's um unsern Kampf?

CHORFÜHRERIN

Nur eines weiß ich: Mordgeschrei vernahm mein Ohr.

ELEKTRA

Auch ich vernahm es, ob es gleich von ferne scholl.

CHORFÜHRERIN

Von weitem, doch vernehmlich, tönt der laute Ruf.

ELEKTRA

Wehruf der Meinen? Oder stöhnt Aigisthos auf?

CHORFÜHRERIN

Weiß nicht: denn ganz verworren schallt der Stimmen Laut.

ELEKTRA

Du gibst das Zeichen mir zum Mord, was säum ich noch?

*sie zückt das Schwert gegen sich*

CHORFÜHRERIN

Halt ein! Erfahre doch erst, wie das Los dir fiel!

ELEKTRA

Nein, wir erlagen: bleiben doch die Boten aus!

CHORFÜHRERIN

Sie werden kommen: nicht so leicht ist Königsmord!

*Ein Bote eilt herbei*

BOTE

Ihr sieggekrönten Frauen vom Mykenervolk,
Den Sieg Orestens ruf ich allen Freunden aus!
Denn Agamemnons Mörder liegt am Boden tot,
Aigisthos: bringt denn euren Dank den Göttern dar!

ELEKTRA

Wer bist du? Wie vermag ich deinem Wort zu traun?

BOTE

Erkennst du mich, den Diener deines Bruders, nicht?

ELEKTRA

Mein lieber Freund, vor Schrecken konnt ich dein Gesicht
Nicht gleich erkennen; aber jetzt erkenn ich dich.
Wie sagtest du?
Tot ist der Arge, der den Vater mir erschlug?

BOTE

Tot ist er: zweimal sag ich, was du gerne hörst!

ELEKTRA

Ihr Götter und o Dike, du allsehende,
Du kamest endlich! Wie geschah's, wie gab er ihm
Den Tod, Thyestes' Sohne? Gern erführ ich das.

BOTE

Wir lenkten unsre Schritte weg vom Hause hier
Und kamen zu dem Wege, der zwei Wagen faßt,
Da, wo Mykenes Herrscher war, der stolze Fürst.
In wasserreicher Gärten Grün lustwandelt er
Und wand sich Kränze von der Myrte zartem Zweig.
Und uns gewahrend rief er: „Heil euch, Fremdlinge!
Wer seid ihr, woher kommet ihr, aus welchem Land?“

Da spricht Orestes: „Aus dem Land der Thessaler;
Wir ziehn zum Alpheios, um dem Zeus Olympias
Zu opfern.“ Dies vernehmend, hob Aigisthos an:
„Heut müßt ihr meine Gäste sein beim Opfermahl:
Stieropfer bring ich eben hier den Nymphen dar.
Erhebt ihr euch vom Lager morgen in der Früh,
So mögt ihr gleich weit kommen. Drum ins Haus hinein“
(Mit diesen Worten faßt er unsre Hand, um uns
Hineinzuführen): „Nicht verweigern dürft ihr mir's!
Bereitet für die Fremden schnell ein Bad, auf daß
Sie am Altare nah dem Weihewasser stehn.“
Da spricht Orestes: „Eben erst entsündigten
Wir uns mit lautern Bädern aus des Stromes Born.
Doch, darf der Fremdling opfern mit dem Bürger, Herr,
Sind wir bereit, Aigisthos, und verweigern's nicht.“

Auf dieses Wort nun hatte niemand weiter acht:
Die Diener stellten darauf ihres Herren Schutz,
Die Lanzen, seitwärts, und begannen all ihr Werk.
Die tragen Opferkörbe, die das Opfertier,
Und andre zünden Feuer an und stellen auf
Den Herd die Kessel: Lärm erschallt im ganzen Haus.
Da nimmt der Gatte deiner Mutter Opferschrot,
Streut's auf den Altar und beginnt also zu flehn:
„Ihr Felsennymphen, laßt mich oft mit meinem Weib –
Der Tyndaride im Palast – euch Opfer weihn
Und gebt mir Glück wie heut, doch meinen Feinden Not!“
Dich meint er und Orestes. Doch das Gegenteil
Erflehte mein Gebieter – nicht mit lautem Ruf –:
Sein Vaterhaus zu gewinnen. Aus dem Korbe nahm
Aigisthos drauf das Messer, schor des Kalbes Haar,
Und mit der Rechten warf er's in die lautre Glut.
Und auf der Diener Schultern stach er ab das Tier,
Wie's diese trugen, spricht zu deinem Bruder dann:
„Als edel, hört ich rühmen, gilt den Thessalern
Auch dieses, wenn man einen Stier geschickt zerlegt
Und Rosse zügelt. Nimm den Stahl und zeige, Freund,
Daß uns der Ruf von deinem Volke nicht belog.“

Rasch griff Orestes nach dem blanken Dorerdolch
Und riß von hoher Schulter sich das Festgewand
Und wählt zum Helfer seines Werks sich Pylades,
Stößt weg die Knechte, faßt sodann des Kalbes Fuß,
Entblößt mit weit ausholender Hand das weiße Fleisch
Und zieht die Haut ab – schneller als die Doppelbahn
Das edle Rennpferd zweimal zu durchlaufen pflegt –
Und schließt des Tieres Innres auf. Aigisthos nahm
Das Eingeweid und forschte, fand der Leber Kopf
Versehrt, sah, wie daneben Adern und Gefäß
Der Galle schweres Leiden ihm verkündigten.
Da runzelt er die Stirne; doch dein Bruder fragt:
„Warum so traurig?" – „Tücke, Freund, und Hinterlist
Von außen fürcht ich. Unter allen Menschen ist
Orestes mein und meines Hauses schlimmster Feind."
Der aber sprach: „Du fürchtest eines Flüchtlings Trug,
Der Herr des Landes? Reicht mir statt des Dorerdolchs
Ein Phthiermesser, daß wir Forschungsopfer noch
Zuletzt verspeisen! Denn das Brustbein hau ich durch."
Er nimmt's, zerhaut es, und das Eingeweid erforscht
Aigisthos sondernd. Während er sich niederbeugt
Da, auf die Zehen tretend, trifft dein Bruder ihm
Des Halses Wirbelknochen und zerbricht zugleich
Des Rückens Fugen. Auf und nieder zappelt er
Am ganzen Körper, röchelt auf in schwerem Tod.
Die Knechte sahn's und rannten ungestüm zum Kampf,
Daß viele stritten wider Zwei. Doch heldenkühn
Stand mit Orestes Pylades, die blanke Wehr
Entgegenschwingend. Jener rief: „Als Feind der Stadt
kam ich mit meinen Dienern nicht in dieses Land,
Nein: seines Vaters Mörder straft Orestes nur,
Der Sohn des Unglücks. Also laßt mich leben, ihr,
Des Vaters alte Diener!" Als sie das gehört,
Da ruhten ihre Lanzen, und Orestes ward
Erkannt vom grauen Alten, der im Hause lebt.
Sogleich bekränzen alle deines Bruders Haupt,
Erfreut und hoch aufjubelnd: und er kommt heran,
Um dir das Haupt zu zeigen – nicht der Gorgo, nein,

Aigisthos, den du haßt! Er hat in seinem Tod
Die Schuldenlast des Blutes schwer mit Blut gebüßt!

*er geht ab*

*Strophe*

CHOR

Auf! Hebe zum Reigen die Füße,
Liebe, wie Rehe des Waldes
In leichten Sprüngen hüpfen mit reizender Anmut!
Denn schönere Kränze des Siegs
Als dort am Strom Alpheios im heiligen Feste
Errang dein Bruder. So stimme den schönen
Siegespreisgesang an zu meinem Tanz!

ELEKTRA

O Licht, o strahlend Viergespann des Helios,
O Erd, o Dunkel, das zuvor mein Aug umfing!
Nun schlag ich frei zum Äther dieses Aug empor,
Nachdem Aigisthos, meines Vaters Mörder, fiel.
Auf auf denn: was ich habe, was mein Haus bewahrt,
Hol ich, sein Lockenhaar zu schmücken, jetzt heraus
Und kränze meines Bruders sieggekröntes Haupt!

*sie eilt in die Hütte*

*Gegenstrophe*

CHOR

So schmücke denn du des Geliebten
Stirne mit Kränzen, doch ich
Führ auf den Reigen, welcher die Musen erfreut!
Bald herrscht er wieder im Land,
Der teure Stamm, der früher in Argos herrschte
Und mit Recht ihn erschlug, den Verhöhner des Rechtes.
Erheb den Siegesruf hell zum Jubelschall!

*Elektra kommt aus der Hütte zurück. Orestes und Pylades nahen mit Dienern, welche die Leiche des Aigisthos tragen*

ELEKTRA

Siegreicher Sohn des Helden, der den Sieg errang
Im Kampf um Trojas stolze Stadt, Orestes, nimm,
Nimm diesen Kranz, der deine Locken schmücken soll!

Denn auf der Rennbahn rangst du nicht in eitlem Kampf,
Nein, kommst zurück, nachdem du deinen Feind erlegt,
Aigisthos, der den Vater dir und mir erschlug.
Auch du, des frommsten Mannes Sohn, o Pylades,
Der ihm zur Seite kämpfte, nimm aus meiner Hand
Den Kranz: du hast im Kampfe gleiches Teil mit ihm
Errungen. Mög ich allezeit euch glücklich sehn!

ORESTES

Zuerst, Elektra, danke du den Göttern als
Urhebern dieses Glückes; dann erst preise mich,
Der seinen Arm den Göttern und dem Glücke lieh.
Denn nicht mit Worten stritt ich, nein, durch meine Hand
Erlag Aigisthos, und damit ich's allen klar
Vor Augen stelle, bring ich dir den Toten selbst.
Wirf ihn zum Raube, wenn du willst, den Tieren hin,
Befestige ihn an hohem Pfahl, dem Himmelsvolk
Der Vögel gib zum Fraß ihn preis: jetzt ist er dein!

ELEKTRA

Ich schäme mich zwar, aber doch erklär ich mich ...

ORESTES

Wovor? So rede! Zu befürchten brauchst du nichts.

ELEKTRA

Auf Tote Schmach zu häufen: Haß wär unser Lohn.

ORESTES

Hier gibt es niemand, der dich darum schelten wird.

ELEKTRA

Reizbar, zu Tadel aufgelegt ist unser Volk.

ORESTES

Sprich, was du willst, o Schwester: unversöhnliche
Feindschaft, ein ewig bittrer Haß trennt ihn und uns.

ELEKTRA

Gut!

*sie tritt vor die Leiche*

Wo beginn ich meine Klage wider dich?
Wo end ich? Was soll meiner Rede Mitte sein?
Und doch versäumt ich, wenn der Morgen graute, nie,
Bei mir zu sinnen, was ich Aug in Auge dir
Erklären wollte, würd ich frei der vorigen

Drangsal. Ich bin's jetzt, und du hörst im Tode nun
Das Arge, das du lebend nicht von mir gehört.

Du warest mein Verderben, raubtest mir und ihm
Den Vater, und wir hatten dir kein Leid getan.
Und mit der Mutter buhltest du – o Schmach! –, erschlugst
Achaias Feldherrn, der du nie nach Troja zogst.
Ja, was der Torheit Gipfel war: du hofftest kühn,
Treu werde Klytaimnestra dir als Gattin sein,
Nachdem du meines Vaters Bett entheiligtest.
Doch jeder wisse, der ein fremdes Weib verführt
Zu loser Buhlschaft und sie dann gezwungen nimmt:
Unglücklich ist er, wenn er wähnt, sie werde Zucht
Bei ihm bewahren, die sie früher nicht bewahrt.
Du lebtest elend, wähntest du dich glücklich auch:
Du warst bewußt dir, wie verrucht die Gattin war,
Und meine Mutter, welch ein Mann ihr Gatte sei.
So nahmt ihr, ruchlos beide, würdigen Lohn dahin:
Sie ward durch dich unglücklich, du durch ihre Schuld.
Im Volk von Argos hieß es überall von dir:
Der Mann gehorcht dem Weibe, nicht das Weib dem Mann.
Und wahrlich, schmachvoll ist es, wenn im Haus das Weib,
Und nicht der Mann gebietet. Jene Kinder auch
Sind mir zuwider, die man nach dem Manne nicht,
Dem Vater, sondern nach dem Stamm der Mutter nennt.
Denn so der Mann sich einem edlern Weib vermählt,
Wird seiner gar nicht, und allein der Frau gedacht.
Am schlimmsten – was du nicht erkannt – verlockte dich
Der Wahn der Größe, weil du reich an Schätzen wardst.
Das ist ja nichtig, das verweilt nur kurz bei uns:
Nicht Schätze, nur ein großer, edler Sinn besteht,
Denn er allein bleibt ewig, er besiegt das Leid;
Doch ungerechter Reichtum, der dem Toren ward,
Fliegt weg vom Hause, wenn er kurze Zeit geblüht.
Von andern Fraun – denn einer Jungfrau ziemt es hier
Zu schweigen – deut ich's kenntlich an in dunklem Wort:
Stolz blähtest du dich als des Königshauses Herr,
Auf deine Schönheit pochend. Doch mein Gatte sei

Begabt mit Mannessinn – und nicht mit Mädchenreiz!
Denn Söhne solcher Männer glühn von Kriegesmut.
Die schönen Knaben sind ein Schmuck für Reigen nur.

Fahr hin, du Tor: als solcher wurdest du zuletzt
Erkannt und büßtest! Möge, wer so frevelte,
Wenn auch der Rennbahn erster Gang bestanden ward,
Sich nicht als Sieger wähnen, eh er nahe sich
Ans Ziel gerungen und des Lebens End erreicht!

CHORFÜHRERIN

Er fehlte schwer und zahlte schwere Buße dir
Und deinem Bruder: denn des Rechtes Macht ist groß.

ELEKTRA

Nun gut. – Den Leichnam, Diener, schafft ins Haus hinein
Und hüllt ihn ein in Dunkel, daß die Mutter, wenn
Sie kommt, den Toten nicht erblickt, bevor sie stirbt!

ORESTES *auf den Weg nach Argos hinblickend*

Halt ein! An andres werde nun von uns gedacht!

ELEKTRA

Wie? Siehst du Helfer etwa, die von Argos nahn?

ORESTES

Nein, doch die Mutter seh ich, die mich einst gebar!

ELEKTRA

So geht sie glücklich mitten in das Netz hinein...
Und prangt dabei im Wagen, prangt in stolzem Kleid!

ORESTES

Was also tun wir? Wagen wir den Muttermord?

ELEKTRA

Erbarmst du dich der Mutter, nun du sie gesehn?

ORESTES

Ach!
Sie soll ich morden, die mich aufzog und gebar?

ELEKTRA

So wie sie selbst den Vater dir und mir erschlug.

ORESTES

Welch Wort des Wahnes, Phoibos, scholl aus deinem Mund...

ELEKTRA

Doch ist Apollon töricht, wer ist weise dann?

ORESTES
Das mir den Mord der Mutter – welchen Greul – gebot!
ELEKTRA
Wie kann's dir schaden, wenn du deinen Vater rächst?
ORESTES
Einst schuldlos, werd ich schuldig sein des Muttermords.
ELEKTRA
Und rächst du nicht den Vater, fehlst du deiner Pflicht.
ORESTES
Ich soll die Mutter . . . ? Und wem büße ich den Mord?
ELEKTRA
Wem aber wirst du büßen, bleibt er ungerächt?
ORESTES
Ein böser Geist wohl sprach es, der dem Gotte glich.
ELEKTRA
Auf heiligem Dreifuß sitzend? Nein, das glaub ich nicht.
ORESTES
Doch glaub ich auch nicht, daß der Spruch wahrhaftig sei.
ELEKTRA
In feigen Unmut sinke nicht, verzage nicht!
ORESTES
So soll ich sie verstricken in denselben Trug?
ELEKTRA
Durch den Aigisthos, ihr Gemahl, durch dich erlag.
ORESTES
Ich geh hinein denn, schicke mich zu grausem Werk,
Will tun das Grause: wenn's den Göttern so gefällt,
So sei es! Süß und bitter ist der Kampf für mich.

*er betritt mit Pylades die Hütte*

CHOR

O Beherrscherin du des Argeierlands,
Tyndareos' Kind
Und Schwester der tapferen Söhne des Zeus,
Die wohnen im Licht, in ätherischem Glanz,
Von Gestirnen umstrahlt, in der wogenden See
Als Retter der Menschen gefeiert:
Heil dir! Wie die Seligen ehren wir dich

Um des Reichtums Glanz, um die Fülle des Glücks:
Denn jetzt, o Gebieterin, ist ja die Zeit,
Dein hohes Geschick zu verehren.

*Klytaimnestra fährt mit troischen Dienerinnen auf einem Wagen vor*

KLYTAIMNESTRA

Verlaßt den Wagen, Troerinnen, reicht die Hand,
Damit ich von dem Wagensitze steigen kann.
Mit Phrygerbeute sind die Götterwohnungen
Geschmückt, und mir ward diese Schar erlesner Fraun
Von Troja statt des Kindes, das ich einst verlor –
Zwar eine kleine Gabe, doch des Hauses Schmuck.

ELEKTRA

Darf ich, die Sklavin, die vom Vaterhause fern
Verstoßen wohnt in dieser armen Hütte hier,
Nicht nehmen, Mutter, deine hochbeglückte Hand?

KLYTAIMNESTRA

Hier sind die Dienerinnen: mühe du dich nicht!

ELEKTRA

Nun, gleich der Sklavin triebst du doch vom Haus mich weg:
Zur Beute ward ich, als das Haus erbeutet ward,
Wie diese Frauen, die verwaist, verlassen stehn.

KLYTAIMNESTRA

Mit solcher Arglist freilich hat dein Vater einst
Die Seinen – wo er's nimmermehr gedurft! – verfolgt.
So red ich ... zwar, wenn eine Frau von bösem Ruf
Verfolgt wird, mag auch ihre Rede bitter sein.
Ich werde das nie loben: doch die Sache selbst
Erwägt, und wenn euch etwas hassenswert erscheint,
So dürft ihr grollen: aber sonst, wozu der Groll?

Mich gab an deinen Vater einst Tyndareos,
Nicht mich zu töten oder wer von mir entsproß.
Doch er verlockte trügerisch, als liebte sie
Der Sohn des Peleus, unser Kind von Hause weg
Zur Bucht von Aulis: dort durchstieß des Vaters Schwert
Am Fuß des Altars Iphigenies weiße Brust.
Und wenn er, aus des Feindes Hand die Vaterstadt,
Das Haus zu retten und der andern Kinder Haupt,

Die eine für die vielen gab: verzeihlich war's;
So aber gab er nur der geilen Helena
Zuliebe, weil ihr Gatte diese Falsche nicht
Zu zügeln wußte, meinem Kind den Todesstoß.
Ich hätte trotzdem, ob er mich auch schwer gekränkt,
Dem Gatten nicht gegrollt und nicht getötet ihn:
Da bringt er mir die gottbesessne Seherin
Heimkehrend als Genossin, und das eine Bett
Im einen Hause nahm zugleich zwei Frauen auf.
Wohl sind die Weiber töricht, ich bestreit es nicht;
Doch wenn der Gatte solcher Törin sich vergeht
Und seine Frau verachtet, will's das Weib dem Mann
Nachtun und sieht nach einem andern Freund sich um.
Der laute Tadel brüstet sich sofort an uns:
Die Männer, die Schuld haben, trifft der Tadel nicht.
Denn führten Räuber insgeheim Menelaos fort:
Durft ich Orestes töten, um der Schwester Mann,
Menelaos, auszulösen? Ließ dein Vater dies
Geschehn? Doch er wohl durfte freveln wider mich,
Und ich ihm nicht vergelten, der mein Kind erschlug?
Ich tötet ihn: wohin zu gehen war, den Weg
Zu seinen Feinden schlug ich ein. Denn welcher Freund
Des Vaters hätte seinen Mord mit mir geteilt?
Nun sage, was du sagen willst, entgegne frei,
Wie euer Vater ohne Recht gemordet ward.

CHORFÜHRERIN

Du bist im Rechte, doch es ist ein schimpflich Recht.
Denn eine Gattin, ist sie klug, muß überall
Dem Gatten nachsehn. Wenn ihr das nicht wohlgefällt,
So zählt sie meine Überlegung gar nicht mit.

ELEKTRA

Nun denke, Mutter, was du mir zuletzt gesagt:
Daß du mir freie Rede wider dich erlaubt.

KLYTAIMNESTRA

Auch jetzt gestatt ich's und verweigr' es nicht, mein Kind.

ELEKTRA

Und hörst du's, Mutter, wirst du mir kein Leides tun?

KLYTAIMNESTRA

Mitnichten! Deinem Sinne stimm ich gerne bei.

ELEKTRA

So red ich, und mit diesem Vorwort heb ich an:
O Mutter, wohnte doch in dir ein bessrer Sinn!
Zwar Helenas und deine Schönheit ward für euch
Verdienten Lobes Quelle; doch ihr waret zwei
Geschwister, beide töricht und nicht Kastors wert!
Sie ließ sich rauben und verriet den Gatten gern,
Du gabest Hellas' bestem Mann den Todesstoß,
Vorwendend, für die Tochter müsse dein Gemahl
Dir bluten. Denn nicht jeder weiß so gut wie ich,
Wie du, bevor man deiner Tochter Tod beschloß,
Als eben sich von Hause dein Gemahl entfernt,
Am Spiegel schon die blonden Locken ordnetest.
Doch wenn die Gattin, ist der Mann vom Hause fern,
Sich putzt und schön macht, zähle sie den Schlimmen zu.
Denn draußen braucht sie keineswegs ein reizendes
Gesicht zu zeigen, wenn sie nicht auf Böses sinnt.
Von allen Fraun in Hellas weiß ich dich allein,
Die, wenn es Troja glücklich ging, voll Freude war,
Und deren Blick sich trübte, wenn es unterlag,
Denn du verwünschtest deines Gatten Wiederkehr.
Und Sittsamkeit zu wahren, ward dir doch so leicht
Gemacht: nicht schlechter als Aigisthos war dein Mann,
Den Hellas sich zu seinem Feldherrn auserkor;
Und als die Schwester Helena sich so verging,
Da winkte dir ein hoher Ruhm, denn Übles dient
Als Hintergrund, der edlen Sinn erst sichtbar macht.

Wenn nun der Vater, wie du sagst, dein Kind erschlug:
Was tat denn ich dir Leides, was mein Bruder dir?
Was hast du nach des Gatten Tod das Vaterhaus
Nicht uns gegeben, sondern einen Buhlen dir
Dafür erhandelt, seine Hand um Lohn erkauft?
Und weder ward für deinen Sohn dein Mann verbannt
Noch starb er auch für mich – er, der mir Lebenden
Zwiefachen Tod gab – schlimmeren als der Schwester Tod.

Soll Mord den Mord vergelten, muß dein Sohn mit mir
Vereint, den Vater rächend, dich dem Tode weihn.
Denn war das eine billig, ist auch dies gerecht.

KLYTAIMNESTRA

Den Vater stets zu lieben, ist in deiner Art.
So geht es: ein Kind gibt sich ganz dem Vater hin,
Das andre neigt sich wieder mehr der Mutter zu.
Ich will es dir vergeben, bin ich selbst doch nicht
So gar erfreut, o Tochter, über meine Tat.

Warum indessen bist du nicht gebadet, gehst
So schlecht bekleidet, da du kaum geboren hast?
Ach, weh mir Armen, daß ich solche Tat verübt!
Mehr als ich sollte reizt des Gatten Zorn ich auf!

ELEKTRA

Zu spät beklagst du's, nun du kein Heilmittel hast.
Der Vater ist verschieden: doch was rufst du nicht
Den fern von hier Verstürmten, deinen Sohn zurück?

KLYTAIMNESTRA

Nicht sein gedenk ich, bloß um mich bin ich besorgt,
Denn mächtig zürnt er, heißt es, um des Vaters Tod.

ELEKTRA

Was aber geht mich dein Gemahl so grimmig an?

KLYTAIMNESTRA

So ist er einmal; auch du bist ja ungestüm.

ELEKTRA

Wohl, denn man kränkt mich; aber bald erlischt mein Zorn.

KLYTAIMNESTRA

So wird dir auch mein Gatte nicht mehr feindlich sein.

ELEKTRA

Gar trotzig tut er: wohnt er doch in meinem Haus!

KLYTAIMNESTRA

Schon wieder – siehst du's? – fachst du neuen Hader an!

ELEKTRA

Ich schweige, denn ich fürcht ihn – ja ich fürchte ihn!

KLYTAIMNESTRA

Laß diese Reden. Doch was riefst du mich, mein Kind?

ELEKTRA
Du hast vernommen, glaub ich, daß ich Mutter ward.
Drum opfre du statt meiner – ich versteh es nicht –
Am zehnten Tage der Geburt, wie's üblich ist;
Denn ich bin unerfahren, weil ich nie gebar.

KLYTAIMNESTRA
Das ziemt der andern, die dich deiner Last entband.

ELEKTRA
Ich rang's allein aus, ich gebar das Kind allein.

KLYTAIMNESTRA
So ganz von nahen Freunden liegt dein Haus entfernt?

ELEKTRA
Wer achtet je des Armen Freundschaft wünschenswert?

KLYTAIMNESTRA
So geh ich, da der Tage Zahl vollendet ist,
Und opfre froh den Göttern: wenn ich diesen Dienst
Dir tat, enteil ich auf das Land, wo mein Gemahl
Den Nymphen opfert. Aber ihr, o Diener, führt
Die Rosse hier zur Krippe. Wenn ihr ungefähr
Vermutet, daß mein Opfer ausgerichtet sei,
So kommt: gefällig muß ich auch dem Gatten sein.

ELEKTRA *während Klytaimnestra ins Haus tritt*
Tritt ein zur armen Hütte! Doch wohl hüte dich,
Daß nicht der Rauch der Wände dir die Kleider schwärzt:
Denn Opfer bringst du, wie's den Göttern ziemt von dir.

Dort steht der Korb, das Opfermesser ist geschärft,
Das schon den Stier geschlachtet, dem zur Seite du
Geopfert hinsinkst, auch im Hades dessen Braut,
Mit dem du lebend buhltest! Ich bezahle dir
Den Dank – und du die Buße für den Vater mir.

*sie folgt der Mutter in die Hütte*

CHOR

*Strophe*

Sie büßt ihre Schuld: andere Lüfte wehn
Um dich, Königshaus! Im Bad endete einst,
Der mein Führer und König war,
Und laut scholl das Haus, und laut dröhnten rings

Die Steinzinnen, als er rief: „Schändliche,
Warum willst du mich, o Weib, morden, mich,
Der nach der zehnten Saat
In sein teures Land heimgekehrt?"

*Gegenstrophe*

Doch schwer ahndend zerrt das Recht sie vor Gericht,
Die Elende, die mit dem Fremden gebuhlt,
Die den Gemahl, der spät heimkehrt
Zu der Kyklopen himmelanstrebenden
Mauern, mit scharfer Mordwaffe, mit eigner Hand
Erschlug, hoch das Beil schwingend. Unseliger
Gemahl, daß er je
Solch ein Weib zum Leid sich verband:

*Epode*

Der Berglöwin gleich, die durch den Eichenhain
Wütend, verheerend streift, hat sie die Tat vollbracht!

KLYTAIMNESTRA *von innen*

Bei Gott, ihr Kinder, mordet, ach, die Mutter nicht!

CHORFÜHRERIN

Den Schrei drinnen, hört ihr ihn?

KLYTAIMNESTRA *von innen*

Weh mir, weh!

CHORFÜHRERIN

Auch ich beklage, die von Kindeshänden stirbt!

CHOR

Doch Recht übt ein Gott, wenn es die Stunde fügt.
Schwer, schwer büßtest du, verrucht tatest du
An deinem Gemahl!

CHORFÜHRERIN

Doch schaut: sie setzen aus dem Hause ihren Fuß,
Bespritzt von ihrer Mutter frisch vergoßnem Blut:
Anblick des Grauens, dem kein Freudengruß gebührt!
Wohl ist auf Erden kein Geschlecht unseliger,
Keins war es jemals, als der Tantaliden Haus.

*Elektra, Orestes und Pylades treten aus der Hütte; in der geöffneten Tür werden die Leichen Klytaimnestras und des Aigisthos sichtbar*

*Erste Strophe*

ORESTES

O Göttin Erde und o Zeus,
Der alles Irdische du siehst:
Schaut diese blutige Greueltat,
Schaut diese beiden Leichen hier,
Die starr am Boden liegen, tot,
Von meiner Hand erschlagen:
Vergeltung für das schwere Leid,
Das sie mir angetan.

ELEKTRA

Beweinenswert, mein Bruder, doch die Schuld ist mein:
Verwegen überfiel ich sie wie Feuersbrunst,
Sie, die mich einst geboren!

CHOR

O des Geschicks – deines Geschicks,
O Mutter, die entsetzlich Leid
Du dir geboren und noch mehr
Von eigner Kinder Händen littst!
Und doch hast du des Vaters Mord mit Recht gebüßt!

*Erste Gegenstrophe*

ORESTES

Phoibos, das Rechte deines Spruchs
Bleibt dunkel mir: ich seh allein
Das Leid, das du mir auferlegt,
Den Mord, der mich aus Hellas bannt.
In welche andre Stadt flieh ich?
Und welcher fromme Gastfreund
Wird sich nicht scheun, mich anzusehn,
Den Mörder seiner Mutter?

ELEKTRA

Und wohin, ach, werd ich nun gehn? Zu welchem Tanz,
Zu welchem Hochzeitsfeste? Welcher Gatte wird
Als Gattin mich umfangen?

CHOR

In andere Gesinnung hast
Du dich gewandelt nach dem Wind:

Jetzt denkst du fromm, die du zuvor
Unfromm gedacht und schlimm getan
An deinem Bruder, Liebe, da er sich gesträubt.

*Zweite Strophe*

ORESTES

Ach sahst du, wie die ärmste Mutter vom Gewand
Die Brust entblößte und im Morden sie mir wies,
Weh, wehe mir,
Und ihren Schoß zu Boden warf? Wie ich am Haar ... ?

CHOR

Ich weiß es wohl: du littest Schmerz,
Da du den Klageschrei vernahmst
Der Mutter, die dich einst gebar.

*Zweite Gegenstrophe*

ORESTES

Die Hand ans Kinn mir legend, rief sie jammernd mir
Die Worte zu: „Mein Kind, erbarm, erbarme dich“,
Und hängte sich
Mir an die Wangen, daß mein Schwert der Hand entfiel.

CHOR

Die Arme! Wie vermochtest du's,
Mit eignen Augen anzusehn
Den Mord an deiner Mutter?

*Dritte Strophe*

ORESTES

Ich warf mir über beide Augen mein Gewand,
Ergriff das Schwert und schritt zur Tat –
Und stieß es in der Mutter Leib.

ELEKTRA

Ich rief befeuernd dich zur Tat
Und faßte selbst das Schwert mit an!

CHOR

Ach, du verübtest der Taten schwerste!

*Dritte Gegenstrophe*

ORESTES

Nimm diese Tücher, birg darin der Mutter Leib
Und decke ihre Wunden zu.

*an die Leiche tretend*

So hast du Mörder dir gezeugt!

ELEKTRA

Der Lieben und doch nicht Lieben, sieh,
Leg ich das Totenkleid jetzt um.

CHOR

Endend das schwere Geschick des Hauses.

CHORFÜHRERIN

Doch über dem Giebel der Hütte – o seht! –
Erscheinen uns – sind es Daimonen? Sind's
Zwei himmlische Götter? Dies ist nicht der Pfad,
Den Sterbliche gehen! Was treten sie nur
Sichtbar vor die Augen den Menschen?

KASTOR

Sohn Agamemnons, höre uns: es rufen dir
Der Mutter Zwillingsbrüder zu, die Söhne Zeus',
Ich Kastor und mein Bruder Polydeukes hier.
Wir dämpften eben schweren Sturm auf wilder See
Und eilten her nach Argos, da wir sahen, wie
Die Schwester, deine Mutter hier, gemordet ward.
Sie büßt gerecht wohl, aber du tust nicht gerecht,
Noch Phoibos. Phoibos – doch ich schweige, denn er ist
Mein Herr: so weise, sprach er dir unweisen Spruch.
Wir müssen uns hier beugen: fortan mußt du tun,
Was Zeus und was das Schicksal über dich beschloß.

Elektra führe Pylades als Gattin heim,
Und du verlaß Mykene; denn dir kommt's nicht zu,
Als Muttermörder einzugehn in diese Stadt.
Die grausen Keren treiben dich, die Göttinnen
Mit Hundesblicken, ruhelos im Wahnsinn um.
Geh nach Athen, umschlinge Pallas' heilig Bild:

Es wehrt den Rachegeistern, die voll wilder Hast
Im Schlangenhaar, daß ihrer keiner dich berührt,
Es schützt dein Haupt mit seinem runden Gorgoschild.
Dort ist ein Areshügel, wo die Götter einst
Zuerst zum Blutgerichte sich versammelten,
Als, um der Tochter frevle Liebe in Zorn entbrannt,
Ares den Halirrhothios grausam mordete,
Den Sohn des Meerbeherrschers. Seitdem sprechen dort
Untrüglich, heilig, unverrückbar Götter Recht.
Da mußt auch du dem Blutgerichte Rede stehn,
Und gleiche Stimmen werden dann vom Tode dich
Freisprechen; denn Apollon nimmt auf sich die Schuld,
Weil sein Orakel dir den Muttermord gebot.
Und für die spätern Menschen wird der Brauch bestehn:
Bei Stimmengleichheit ist der Angeklagte frei.
Darüber grollend tauchen dort am Hügel selbst
Die grausen Rachgöttinnen in der Erde Schlund:
Er ist der Hehren fromm verehrte heilge Statt.
Du mußt am Strom Alpheios in Arkadien
Die Stadt bewohnen, nahe bei Lykaios' Hain:
Nach deinem Namen wird dereinst die Stadt genannt.

Dir sagt ich dies. – Die Leiche hier des Aigisthos
Begraben Argos' Bürger in der Erde Schoß.
Die Mutter wird Menelaos, der in Nauplia
Jüngst angelangt, nachdem er Trojas Land zerstört,
Mit Helena bestatten; denn vom Land des Nil
Kam sie, vom Haus des Proteus heim, sah Troja nie:
Zeus sandte, daß auf Erden Mord und Fehde sei,
Ein Scheingebilde Helenas nach Ilion.
Doch diese Jungfrau, die wir ihm zur Braut bestimmt,
Führ aus Achaia Pylades als Gattin heim,
Und, der Elektras Gatte hieß, er ziehe mit
Nach Phokis und empfange reiches Gut von ihm.
Du lenk, Orestes, deinen Schritt zur isthmischen
Landenge: zieh zur segenvollen Burg Athens.
Denn hast du deine Schuld gesühnt, dein Los erfüllt,
So wirst du dieser Leiden frei und glücklich sein.

CHORFÜHRERIN

Ihr Söhne Kronions, dürfen auch wir
Uns euch zum Gespräche gesellen?

KASTOR

Ihr dürft, denn ihr seid nicht schuldig des Mords.

ELEKTRA

Und gönnt ihr auch mir, Tyndariden, ein Wort?

KASTOR

Auch dir, denn ich wälze die blutige Tat
Dem Apollon zu.

CHORFÜHRERIN

Da Götter ihr seid und die Brüder der Frau,
Der gemordeten hier:
Was wehrtet ihr nicht von dem Hause die Not?

KASTOR

Dies Leiden erschuf der Verhängnisse Macht
Und der törichte Spruch aus Apollons Mund.

ELEKTRA

Doch welcher Apoll, welch göttliches Wort
Trieb mich zu dem Mord der Gebärerin an?

KASTOR

Gleich tatet ihr, gleich war euer Geschick:
Euch beide verdarb
Ein gemeinsamer Fluch der Erzeuger.

ORESTES

Ach, Schwester, ich fand dich so spät und muß
Gleich deinen Umarmungen wieder entfliehn,
Muß scheiden von dir, du scheidest von mir.

KASTOR

Ihr ward ein Gemahl und ein Haus: sie trifft
Kein trauriges Los, nur daß sie die Stadt
Der Argeier verläßt.

ELEKTRA

Wo gibt es ein Leid, das schmerzlicher ist
Als heimischen Stammlands Marken zu fliehn?

ORESTES

So scheid ich von dir, mein väterlich Haus,

Daß ein fremdes Gericht für die blutige Schuld,
An der Mutter verübt, mir spreche den Spruch.

KASTOR

Du kommst in Athenes heilige Stadt:
So trag es getrost!

ELEKTRA

O drück an die Brust mir liebend die Brust,
Bruder, Geliebtester:
Uns trennt von dem Hause der Ahnen ein Fluch,
Der gemordeten Mutter blutiger Fluch!

ORESTES

Komm, schlinge die Arm um den Bruder, und laut
Wie den Toten am Hügel bejammere mich!

KASTOR

Weh! Furchtbar tönt selbst Göttern das Wort,
Das jetzt dir entfloh:
Denn auch ich und die Himmlischen fühlen mit
Der duldenden Sterblichen Mühsal.

ORESTES

Ich sehe dich niemals wieder.

ELEKTRA

Und ich,
Ich soll nie mehr ins Auge dir sehn.

ORESTES

Dies ist mein letztes Gespräch mit dir.

ELEKTRA

Leb glücklich, o Stadt!
Lebt glücklich auch ihr, argeiische Fraun!

ORESTES

Du Treueste, scheidest du schon von mir?

ELEKTRA

Wohl scheid ich, Tränen im zärtlichen Blick.

ORESTES *zu Pylades*

Mein Freund, zieh hin, sei glücklich und nimm
Dir Elektra zum Weib.

*Pylades und Elektra gehen davon*

KASTOR

Sie schließen den Bund: du aber entflieh

Den Erinyen dort und auf nach Athen!
Denn sie heften an dich den entsetzlichen Schritt,
Mit den Drachen bewehrt, in dem schwarzen Gewand,
Und tragen als Frucht verzehrende Qual.

*Orestes entflieht mit den Zeichen des Wahnsinns*

Wir eilen zurück zum sizilischen Meer,
Zu behüten die Schiff in der wogenden See.
Durch des Äthers Gefilde ziehen die Bahn,
Leihn Frevlern wir nicht die beschirmende Hand:
Wer Frömmigkeit nur und Gerechtigkeit stets
Im Leben geübt, dem stehen wir bei,
Aus quälender Drangsal retten wir ihn.
Drum möge vor Unrecht jeder sich scheun,
Er geselle sich nie Meineidigen bei:
Das ruf ich den Menschen als Gott zu.

CHORFÜHRERIN
*während die Dioskuren entschwinden und der Chor hinauszieht*

So freut euch: wer sich zu freuen vermag
Und des Unglücks Macht nie trauernd empfand,
Er lebt ein seliges Leben.

# HEKABE

*Nach der Eroberung Trojas wurden die troischen Frauen als Beute auf die siegreichen hellenischen Helden verteilt (vergleiche die „Troerinnen"), und die Griechenflotte ging in See. In Hekabe zeichnete Euripides die troische Frau, die unter allen ihren Leidensgefährtinnen am schwersten vom Schicksal geschlagen wurde: die einstige Königin von Troja wurde zur Sklavin erniedrigt, ihr Gemahl, der greise König Priamos, wurde bei der Eroberung der Stadt im Hof seines Palastes erschlagen, und von ihren fünfzig Kindern blieben ihr neben Kassandra nur zwei, eine Tochter (Polyxene) und der jüngste Sohn (Polydoros): diesen hatte Priamos mit einem Goldschatz in die Obhut seines thrakischen Gastfreundes Polymestor gegeben, jene begleitete ihre Mutter als Sklavin nach Griechenland.*

*In der „Hekabe" steigert sich der Schmerz der greisen Hekabe aufs äußerste. Der Geist des gefallenen Achilleus hatte die heimsegelnde Griechenflotte an der Küste Thrakiens festgehalten mit der Forderung, Polyxene solle ihm als Opfer dargebracht werden: durch den freiwilligen Opfertod der Jungfrau verliert Hekabe ihre letzte Tochter. Aber auch ihren letzten Sohn, Polydoros, muß sie als Toten auffinden: Polymestor hatte ihn um seines Goldes willen umgebracht und ins Meer geworfen. Doch ehe der versöhnte Achilleus die Griechenflotte heimsegeln läßt, nimmt Hekabe an dem Mörder ihres Sohnes – von Agamemnon, dem Heerkönig der Griechen, nicht gehindert – furchtbare Rache.*

*Die „Hekabe" entstand sehr wahrscheinlich zwischen 428 und 424, wohl nicht lange vor der „Andromache".*

## Personen

Der Geist des Polydoros

Hekabe

Polyxene

Odysseus

Talthybios, der Herold der Griechen

Eine alte Dienerin Hekabes

Agamemnon

Polymestor

Den Chor bilden Troerinnen, Mitgefangene Hekabes.

Ort der Handlung ist der Platz vor einem der Zelte der gefangenen Troerinnen an der thrakischen Küste.

DER GEIST DES POLYDOROS

Dem Tal der Toten und den Pforten düstrer Nacht,
Wo fern den Göttern Hades wohnt, bin ich entschwebt,
Polydoros, Sohn des Priamos und der Hekabe,
Des Kisseus Tochter. Als Gefahr die Phrygerstadt
Umfing, zu fallen durch des Griechenheeres Speer,
Da sandt aus Furcht mich Priamos von Troja fort
Zu Polymestor, seinem Freund in Thrakien,
Der hier des Chersonesos reichste Flur bestellt
Und mit dem Speer ein rosseliebend Volk regiert,
Und vieles Gold auch sandt er insgeheim mit mir,
Daß, sänken Trojas Mauern einst, die Kinder ihm
Nicht Mangel litten, welche noch am Leben seien.
Ich war der Söhne jüngster; darum sandt er auch
Mich aus dem Heimatlande fort, denn Schild und Speer
Geschickt zu führen taugte nicht mein junger Arm.
Solange noch des Landes stolze Feste stand,
Die Türme Trojas ungebrochen waren und
Mein Bruder Hektor glücklich rang im Lanzenkampf,
Erwuchs ich dort beim Thraker, meines Vaters Freund,
Ich Armer, wie der Palme Sproß, liebreich gepflegt.
Doch als mit Hektors Leben auch die Troerstadt
Hinstürzte, meines Vaters Herd in Trümmer sank,
Und Priamos selbst am gottgeweihten Altar fiel,
Ermordet von dem blutbefleckten Sohn Achills,
Erschlug des Goldes wegen mich Unglücklichen
Des Vaters Gastfreund und versenkt in schäumende
Meerflut den Toten, um des Goldes Herr zu sein.
So lieg ich bald am Strande, bald auf wilder See

Und treib, von Wellenstrudeln hin und her gewogt,
Unbeweint und grablos. Jetzt entfloh ich meinem Leib
Und schweb um meine Mutter her, um Hekabe,
Und hebe mich zum Lichte schon den dritten Tag,
Seitdem die teure Mutter – unglückselig Los! –
Auf diesem Insellande weilt, von Troja fern.
In Ruhe sitzt am Strande dieser Thrakerflur
Mit seinen Schiffen alles Volk der Danaer,
Denn Thetis' Sohn, der über seinem Grab erschien,
Der Fürst Achilleus, hielt Achaias Heer zurück,
Das, nach der Heimat strebend, schon die Ruder schwang:
Er fordert meine Schwester sich – Polyxene –
Als Ehrenlohn und süßes Opfer seinem Grab.
Und dieses wird ihm werden, und nicht ungeehrt
Von seinen Freunden bleibt er: ihr Verhängnis will,
Daß meine Schwester sterben soll an diesem Tag.
Zwei Leichen zweier Kinder wird die Mutter denn
Erblicken, meinen und der armen Schwester Leib.
Denn daß ein Grab mir Armem werde, zeig ich mich
Vor einer Sklavin Füßen dort am Wogenschlag.
Denn Hades' Götter bat ich um des Grabes Gunst,
Und daß der Mutter treue Hand mich finden mag.
So werd ich denn erlangen, was mein Wunsch ersehnt;
Der Greisin aber will ich aus dem Wege gehn,
Der Hekabe: aus Agamemnons Zelte setzt
Sie dort den Fuß, von meinem Traumbild aufgeschreckt.
O Mutter, die nach königlichen Hauses Glanz
Den Tag der Knechtschaft schaute, wie unglücklich nun,
Und einst so glücklich! Dein dahingeschwundnes Glück
Ausgleichend, sendet Ungemach ein Gott dir zu.

*Er verschwindet*

*Hekabe, gefolgt von gefangenen Troerinnen*

HEKABE

Ihr troischen Mädchen, führt mich hinaus,
Mich Greisin – euere Mitsklavin,
Einst eure Gebieterin: richtet sie auf.
O fasset, o tragt, o geleitet und hebt,
O greift mir unter den zitternden Arm!

Und ich, dem gebogenen Stabe die Hand
Aufstützend, ich setz, ob langsam auch
Vorschreitend, den Fuß in Bewegung.
O Strahlen des Himmels! O düstere Nacht!
Was schrecktet ihr so von dem Lager mich auf,
Graunbilder der Nacht? Erd, heiliger Grund,
Der schwarzhinschwebende Träume gebiert!
Fort, fort, ihr Gesichte der Nächte,
Die mir im Traume den Sohn, den Thrakien schützend geborgen,
Und der geliebten Polyxene Bild vor die Seele gezaubert:
Welch Schreckensgesicht!
Ihr Götter der Heimat, rettet den Sohn,
Der – meinem Geschlecht noch Anker allein –
Auf schneeiger Flur in Thrakien weilt
In der Obhut unseres Gastfreunds!
Unerwartetes droht,
Uns Jammernden naht ein Jammergesang:
Nie schauderte, bangte zuvor mein Herz
So unruhvoll.
Wo mag ich Helenos' göttlichen Geist,
Kassandras Geist, o Freundinnen, schaun,
Daß diese mir deuten das Traumbild?
Eine gesprenkelte Hindin von blutiger Klaue des Wolfes
Sah ich zerfleischt und kläglich vom Schoß mit Gewalt mir [entrissen.
Und auch dieses erweckt mir Angst und Graun:
Hoch über die Gruft des Achilleus kam
Sein Schatten herauf
Und heischte sich eine von Trojas
Vielduldenden Frauen als Ehrengeschenk.
Wehrt, himmlische Götter, o wehrt die Gefahr
Von meiner Polyxene, fleh ich!

CHOR

Ich kam, o Gebieterin, eilig zu dir
Und machte mich auf von dem Zelte des Herrn,
Dem das feindliche Los als Sklavin mich
Zuteilte, nachdem mich des Krieges Gewalt

Aus Trojas heimischer Feste verjagt
Und der Danaer Lanzen erbeutet.
Ich kann es von dir nicht nehmen, das Leid:
Schwer lastet die Botschaft, Herrin, auf mir,
Ich muß Heroldin des Schmerzes dir sein.
Der versammelte Rat des achaiischen Heers,
So sagt man, beschloß, dein Kind dem Achill
Als Opfer zu weihn: du weißt, er erschien
Hoch über dem Grab in der goldenen Wehr
Und hielt die fahrenden Schiffe zurück,
Die schon mit den Schoten die Segel gespannt,
Laut rufend das Wort:
„Wo segelt ihr hin und verlaßt mein Grab
Ohn ehrendes Opfer, Achaier?"
Wild schlugen zusammen die Wogen des Streits,
Und die Meinung ging zwiespältig geteilt
Durch das streitbare Heer: die wünschten dem Grab
Sein Opfer gewährt, und die anderen nicht.
Dich, Herrin, vertrat, um zu retten dein Kind,
Agamemnon, weil er die Seherin liebt,
Die Prophetin Apolls.
Doch Theseus' Söhne, die Sprossen Athens,
Sie sprachen sich aus in gedoppeltem Wort,
Doch stimmten sie ein in dem einen Beschluß:
Des Achilleus Grab zu bekränzen mit Blut,
Jungfräulichem Blut; denn niemals sei,
So sprachen sie, über Achilleus' Speer
Kassandras Liebe zu setzen.
Und der Eifer im Kampf zwieträchtigen Worts
Glich dort sich und hier, bis Laërtes' Sohn,
Der verschlagene Schalk und Schmeichler des Volks
Mit dem süßen Geschwätz vorstellte dem Heer,
Den gepriesensten Helden im Danaerheer
Doch nicht zu verschmähn um der Sklavin Blut,
Daß nicht ein Gefallener Klagen erheb
In Persephones Haus,
Daß Danaer, Danaern undankbar,

Die sterbend für sie sich geopfert im Kampf,
    Abzogen von Ilions Fluren.
Gleich wird er erscheinen, Laërtes' Sohn,
Und reißt das Mädchen dir von der Brust
Und rafft sie hinweg aus dem zitternden Arm.
Auf denn, zu den Tempeln, auf, zum Altar!
Fußfällig umschling Agamemnons Knie
Und rufe die Götter in Hades' Nacht
Und die himmlischen an!
Wohl mag des unseligen Kindes Verlust
Dein Flehen vielleicht abwehren von dir:
Sonst mußt du sehn, wie die Jungfrau tot
Am Grab hinsinkt, umflossen von Blut,
Das schwarz vorquillt
    Aus schmuckumfunkeltem Halse.

*Strophe*

HEKABE

Ich Elende, weh! Wie heb ich nur an?
Welch klagenden Ruf? Welch Jammergeschrei?
Ach, unglückseliges Alter! Wie schwer
    Drückt doch mein Alter die Knechtschaft!
    Ich kann es nicht tragen: o weh mir!
Wer steht mir bei? Wo lebt das Geschlecht?
Wo find ich die Stadt?
Mein Alter – tot. Und die Söhne – tot:
Wo wandre ich hin? Wo ruh ich aus?
Hierhin? Dorthin? Wo wird mich ein Gott,
    Wo wird mich ein Daimon erretten?
Ihr troischen Frauen, die ihr das Leid,
Das entsetzliche Leid, mir verkündigt habt,
Ihr vernichtetet mich, ach vernichtetet mich!
Mein Leben am Licht ist nun ohne Reiz.
O trage mich hin, armseliger Fuß,
    Trag hin mich zitternde Greisin
Zu dem Zelthof hier: o Tochter, o Kind
Der Unglückseligsten, komm, ach komm,
    Erhöre den Ruf deiner Mutter!

POLYXENE

Was rufst du mich? Was kündest du mir,
Da, Mutter, du mich voll Schrecken und Angst
Aus dem Zelt wie ein Vöglein hervorscheuchst?

HEKABE

Ach, ach, du mein Kind...

POLYXENE

Was klagst du um mich? Dein Gruß klingt schlimm!

HEKABE

Dein Leben – ach!

POLYXENE

Sprich's aus, verhehl es nicht länger mir!
Wie packt wie packt mich, Mutter, die Angst!
Warum seufzest du nur?

HEKABE

Ach Kind, einer elenden Mutter Kind!

POLYXENE

Was ist's, das du mir kundtun willst?

HEKABE

Der gemeinsame Schluß der Argeier will,
Daß du, mein Kind, am Grabe Achills
Als Opfer fallest.

POLYXENE

Weh – ach! Was redest du, Mutter?
Unermeßliches Leid! So künde mir's doch,
Ach künde mir alles, o Mutter!

HEKABE

So spreche ich's aus, das furchtbare Wort:
Man meldet, mein Kind, daß Argos' Heer
Beschloß, dir das Leben zu rauben.

*Gegenstrophe*

POLYXENE

Unglückliche, die so Schweres erfuhr,
Der endlos Leid ihr Leben verzehrt,
Welch unaussprechlich bittere Schmach
Hat wieder die feindliche Gottheit
Wider dich, ach Mutter, gesendet?

Dein Kind ist nicht mehr dein: nicht mehr
Soll ich in der Knechtschaft, Greisin, dir
Mitdulderin sein.
Wie ein Kalb, wie ein Reh, das weidet im Tann,
So wirst du Unglückselige mich
    Unselige dir aus den Armen
Entrissen sehn, vom Schwert durchbohrt,
In das Dunkel der Nacht des Hades gesandt,
Wo ich unter den Toten ruhen soll.
Dein Unglück, Mutter, bejammere ich
    In klagenden Liedern der Trauer.
Mein Leben hingegen, die Schmach und den Schimpf:
Sie beklage ich nicht, ist das Sterben doch
    Als das bessere Los mir gefallen.

CHORFÜHRERIN

Sieh dort: Odysseus kommt heran mit raschem Schritt,
Ein neues Wort dir anzukündigen, Hekabe.

ODYSSEUS

Ich glaube, Frau, schon weißt du, was das Heer beschloß,
Und welche Meinung siegte; dennoch sag ich es.
Das Volk Achaias fand es gut, Polyxene,
Dein Kind, zu opfern an Achilleus' hohem Grab.
Ich ward der Jungfrau zum Geleit, zum Führer ihr
Erkoren, und als Ordner dieser Opferung,
Als Opferpriester ist Achilleus' Sohn bestellt.
Was wirst du tun? Laß dich nicht schleppen mit Gewalt,
Noch tritt zu Tätlichkeiten wider mich hervor.
Bedenke Hellas' Übermacht und deine Not:
Klug ist's, im Leiden auch zu denken, wie man soll.

HEKABE

Weh, weh! Mir steht ein großer, schwerer Kampf bevor,
So scheint es, reich an Seufzern, nicht von Tränen leer.
Ich starb ja nicht, wo mir's zu sterben besser war:
Zeus hat mich nicht getötet, er bewahrt mich auf,
Damit ich andres, größres Leid noch schauen soll.
Doch wenn der Sklave fragen darf den freien Mann,
Was nicht sein Herz verwundet, was ihn nicht betrübt,

Steht dir's, nachdem du sprachest, wohl zu schweigen an
Und nun auf mich zu hören, die dich fragen will.

ODYSSEUS

Du darfst es, frage; denn die Frist vergönn ich dir.

HEKABE

Als Späher kamst du – weißt du's noch? – nach Ilion,
Entstellt, in Lumpenhüllen, und es rieselten
Vom Auge Tropfen Blutes dir den Bart hinab.

ODYSSEUS

Ich weiß: es traf nicht oberflächlich mir das Herz!

HEKABE

Und Helena, dich erkennend, sagte mir's allein.

ODYSSEUS

In große Not geriet ich: wohl entsinn ich mich.

HEKABE

Demütig wohl umfingst du meine Kniee da!

ODYSSEUS

So daß in deinen Kleidern mir die Hand erstarb.

HEKABE

Ließ ich dich leben, ließ dich aus dem Lande fliehn?

ODYSSEUS

So daß ich heut noch schaue dieser Sonne Licht.

HEKABE

Wie sprachst du damals, als du mein Gefangner warst?

ODYSSEUS

Um nicht zu sterben, sann ich viele Reden aus.

HEKABE

Erscheinst du nun nicht böse durch dein jetzig Tun?
Von mir empfingst du Gutes, wie du selbst bekennst,
Und tust mir möglichst Böses, statt mir wohlzutun?
Ihr Brut von Undankbaren, die nach Ehren jagt
Im Rat des Volkes! Hätt ich euch doch nie gekannt,
Die nie Bedenken tragen, Freunden wehzutun,
Wenn ihr ein Schmeichelwort der Menge sagen könnt!
Indes wiefern denn achten sie's für klug getan,
Das Todeslos zu werfen über dieses Kind?
Trieb Not Achaias Söhne wohl zu Menschenmord
Am Grabe, wo ein Stieresopfer besser ziemt?

Wie? Oder lenkte Thetis' Sohn auf sie mit Recht
Den Mord, um den zu töten, der ihn tötete?
Doch ihm hat meine Tochter ja kein Leid getan.
Als Opfer fordern mußte er sich Helena:
Die zog ihn hin nach Troja, die gab ihm den Tod.
Und wenn ein auserlesnes Weib ihm fallen soll,
Ein ausgezeichnet schönes, gilt uns dieses nicht:
Die Tochter Tyndars sticht an Reiz uns alle aus,
Und schuldig ward sie minder nicht als wir erkannt.
Mit solchem Worte kämpf ich um Gerechtigkeit:
Doch was du, weil ich's fordre, mir erstatten mußt,
Vernimm! Du faßtest, wie du sagst, mir einst die Hand,
Berührtest niederfallend mir das greise Kinn:
Gleichso berühre ich jetzt Kinn und Hände dir,
Ich fordre gleiche Wohltat mir und bitte dich:
O reiße mir die Tochter nicht aus meinem Arm,
Und laßt sie leben – denn der Toten sind genug!
Froh war ich ihrer und vergaß mein Ungemach:
Sie ist mir Trost für vieles, ist mir Vaterland
Und Stab und Stütze, Pflegerin, Geleiterin.
Wer uns gebeut, gebiete nichts Unwürdiges,
Und wer im Glück ist, hoffe nicht auf stetes Glück:
Auch ich war vordem glücklich, doch ich bin's nicht mehr,
Mein ganzes Glück ja raubte mir ein dunkler Tag.
Du teures Kind, ich flehe, sieh mein Alter an
Und habe Mitleid: geh zu Argos' Heer zurück
Und mahne: schändlich wär es, Fraun zu morden, die
Ihr früher nicht gemordet, als ihr vom Altar
Sie risset; Mitleid fühltet ihr und schontet sie.
Verbietet doch in eurem Land ein gleich Gesetz
Den Mord des freien Mannes und den Sklavenmord.
Wohl wird dein Ansehn siegen, sprächst du selbst verkehrt:
Die Worte eines edlen und gemeinen Manns –
Wenn auch dieselben – haben nicht dieselbe Kraft.

CHORFÜHRERIN

So ganz gefühllos ist gewiß kein Sterblicher,
Daß deine langen Klagen, daß dein Jammern er
Vernähm und einer Träne Zoll dir weigerte.

ODYSSEUS

Laß dich belehren, Hekabe, und achte nicht
Im Groll den Mann dir feindlich, der wohlwollend spricht.
Ich bin bereit, nachdem du Rettung mir gewährt,
Auch dich zu retten, und ich mein es anders nicht;
Doch ich verleugne nicht, was ich vor allen riet:
Ich riet, als Troja fiel, des Heeres erstem Mann,
Dein Kind zu weihn als Opfer, weil er's also will.
Die meisten Städte sinken nämlich dann in Not,
Wenn sich ein edler, unverdrossen tapfrer Mann
Nicht mehr gewinnt an Ehren als die Schlechteren.
Uns ist Achilleus hoher Ehre wert, o Frau,
Er, der für Hellas ruhmgekrönt sein Leben ließ.
Wohl schändlich wär es, wollten wir im Leben nur
Des Freundes achten, aber nicht mehr, wenn er starb.
Wohlan! Was wird man sagen, wenn sich wiederum
Ein Heer versammelt und der Feind den Kampf erhebt?
Wird einer kämpfen oder sich dem Kampf entziehn,
Wenn er den Hingeschiednen nicht geachtet sieht?
Ich ließe wahrlich Tag für Tag mein Leben lang
Mit allem mir genügen, wär es wenig auch;
Doch meinen Grabeshügel wünsch ich hochgeehrt
Dereinst zu wissen: lange lebt ein solcher Dank.
Und nennst du kläglich dein Geschick, so höre noch:
Es gibt bei uns nicht minder Unglückselige
Als dich: betagte Männer, alterschwache Fraun
Und manche Braut, des besten Bräutigams beraubt,
Denn seine Leiche deckt der Staub des Troerlands.
Ertrage dies, denn wollten wir den tapfern Mann
Nicht würdig ehren, ständen wir als Toren da.
Doch ihr Barbaren – achtet ihr nur immerhin
Die Freunde nicht als Freunde, ehrt die Helden nicht,
Die schön gestorben, daß Achaia glücklich sei
Und ihr empfangt, was euer schnödes Tun verdient!

CHORFÜHRERIN

Ach welch ein Unglück, Sklave sein, Unwürdiges
Erdulden müssen, untertan der Übermacht!

HEKABE

O Tochter, meine Worte flohn in leere Luft,
Fruchtlos verweht: nicht wehren kann ich deinen Tod!
Doch wenn du größre Zauber als die Mutter hast,
Versuche du dich: klage gleich der Nachtigall
In allen Tönen, daß du so dein Leben schirmst.
Umschling Odysseus Kniee, jammre, stimm ihn um,
An einem Grunde fehlt dir's nicht: er hat ja selbst
Auch Kinder, daß dein Schicksal ihn wohl rühren kann!

POLYXENE

Ich seh, Odysseus, wie du schnell in dein Gewand
Die Rechte birgest und das Angesicht von mir
Abwendest, daß ich nicht dein Kinn berühren soll.
Getrost! Den Gott der Flehnden, Zeus, bemüh ich nicht:
Ich werde folgen, folgen, weil's die Not gebeut
Und mich verlangt zu sterben. Wenn ich's weigerte,
Ich wär ein Weib nur, welches feig sein Leben liebt.
Was soll ich leben? König war mein Vater einst
Von allen Phrygern: so begann mein Lebenstag.
Von schönen Hoffnungen genährt erwuchs ich dann,
Die Braut von Fürsten und von mancher Jünglinge
Sehnsucht umworben, wer an seinen Herd mich führ.
Mich Arme nannten Königin die Troerfraun,
Vor allen Mädchen stand ich hochbewundert da
Und gleich den Göttern – außer daß ich sterblich war.
Nun bin ich Sklavin: dieser Name, den ich nie
Gekannt, macht erstlich mir das Sterben süß.
Dann muß ich wohl noch einem unbarmherzigen
Gebieter frönen, welcher mich um Geld erkauft,
Die Schwester Hektors und so vieler Helden sonst;
Er wird mich zwingen, Mehl zu mahlen seinem Haus
Und sein Gemach zu scheuern und am Webestuhl
Gebannt zu stehn den jammervollen Tag hindurch.
Zuletzt entweiht noch irgendein gekaufter Knecht
Mein bräutlich Lager, das von Fürsten einst begehrt.
Nein! Freien Auges scheide ich vom Sonnenlicht
Und gebe frei dem Hades meinen Leib dahin.
Nun denn, Odysseus, führe mich und töte mich!

Denn keine Hoffnung, kein Gedanke weckt in mir
Vertrauen, daß mir je das Glück noch lächeln mag.
Doch du, o Mutter, werde mir kein Hindernis
Durch Wort und Tat: betreibe lieber selbst mit mir
Den Tod, bevor unwürdig niedre Schmach mich trifft.
Denn wer das Leid zu kosten nicht im Leid gelernt,
Der trägt's, doch seufzend fügt er sich dem Joche nur.
Entrückt dem Tageslichte, ist er glücklicher
Als lebend: Leben ohne Glück ist herbe Qual.

CHORFÜHRERIN

Erhabne Zierde, die mit Ruhm das Leben schmückt,
Von Edeln abzustammen! Doch noch höher ehrt
Ein edler Name jenen, der ihn würdig trägt.

HEKABE

Schön sprachst du, meine Tochter: doch dem Schönen ist
Gesellt die Trauer. Muß Achilleus diese Gunst
Erwiesen werden, und wollt ihr den Tadel fliehn:
Ja, dann, Odysseus, tötet meine Tochter nicht:
Mich führt zu seiner Grabesstatt, mich, mich durchbohrt
Und schont mich nicht, denn ich gebar den Paris ja,
Der Thetis' Sohn mit seinem Pfeil den Tod gebracht.

ODYSSEUS

Nicht dich, o Greisin, fordert sich Achilleus' Geist
Von uns als Opfer: ihren Tod befiehlt er uns.

HEKABE

So mordet denn mit meiner Tochter mich zugleich,
Denn zwiefach wird des Blutes Trank der Erde dann
So wie dem Toten, der von euch dies Opfer heischt.

ODYSSEUS

Der Tod Polyxenes genügt: es soll nicht Tod
Auf Tod sich häufen. Oh, bedürft's auch dessen nicht!

HEKABE

Ich muß, ich muß mit meiner Tochter sterben gehn!

ODYSSEUS

Wie das? Von keinem weiß ich doch, der mir befiehlt!

HEKABE

Wie Efeu, der die Eich umrankt, umschling ich sie.

ODYSSEUS

Das wirst du lassen, wenn dem Klügeren du folgst.

HEKABE

Freiwillig laß ich nimmermehr von diesem Kind.

ODYSSEUS

Und ich – ich will nicht ohne sie von dannen gehn.

POLYXENE

Ach Mutter, hör auf mich! Und du, Laërtes' Sohn,
Vergib dem Mutterherzen solch gerechten Schmerz.
Doch du, o Arme, kämpfe mit dem Sieger nicht!
Willst du zur Erde stürzen, willst den greisen Leib
Verwunden, wenn dir Stöße drohn von roher Faust,
Willst Hohn erdulden, fortgeschleppt von Jünglingsarm?
Das widerfährt dir: laß es, denn unwürdig ist's.
Komm, traute Mutter, reiche mir die teure Hand
Und laß, Geliebte, meine Wang an deiner ruhn.
Denn nie hinfort mehr, sondern heut zum letztenmal
Soll ich die Strahlen und den Kreis der Sonne schaun.
Vernimm die letzten Worte denn aus meinem Mund!
O Mutter, die mir Leben gab, ich geh hinab –

HEKABE

Und ich, im Lichte weilend, Kind, muß Sklavin sein!

POLYXENE

Eh mir am Hochzeitsfest mein Brautgesang erschallt!

HEKABE

Bejammernswerte Tochter – ich unselig Weib!

POLYXENE

Und dort im Hades werd ich ohne dich nun ruhn.

HEKABE

Ach, was beginnen, wie das Leben endigen?

POLYXENE

Als Sklavin sterb ich, frei gezeugt von freiem Mann!

HEKABE

Und ich der fünfzig Kinder durch den Tod beraubt!

POLYXENE

Was soll ich Hektor sagen, was dem Greise dort?

HEKABE

Daß unter allen Frauen ich die ärmste sei.

POLYXENE
O Mutterbrüste, die so liebreich mich genährt!

HEKABE
Ach arme Tochter, arme, schon so früh dahin!

POLYXENE
Leb wohl, o Mutter, auch Kassandra, lebe wohl –

HEKABE
Wohl leben andre – deiner Mutter ist's verwehrt.

POLYXENE
Polydoros auch im rossefrohen Thrakerland!

HEKABE
Wenn er noch lebt: ich zweifle. So schwand all mein Glück!

POLYXENE
Er lebt und schließt im Tode dir das Auge zu.

HEKABE
Ich bin, bevor ich sterbe, schon vor Jammer tot.

POLYXENE
Verhüll, Odysseus, mir das Haupt und führe mich,
Denn vor dem Tode hat der Mutter Klage mir
Das Herz gebrochen: meine Not bricht ihr das Herz.
O Licht, begrüßen darf ich ja dein Auge noch,
O du, so lange mein noch wie ich wandere
Zum Grab Achilleus', wo das Opferschwert mich fällt!

*Odysseus führt sie fort*

HEKABE
Ich sinke nieder, ach, die Glieder werden schwach,
Faß zu, o Tochter, reich der Mutter deine Hand,
Gib sie, verlaß mich nicht – ach, ich vergeh, ihr Fraun!
O säh ich so doch Helena, die Sparterin,
Die Schwester Kastors! Ilion, so glücklich einst,
Hat ihres schönen Auges Macht schmachvoll zerstört!

CHOR

*Erste Strophe*

Winde, Winde des Meeres,
Die seefahrende, schnelle Barken
Hin über die Meereswoge tragen,
Wohin führet ihr mich, die Arme?

Wem komm ich, zu Sklavendiensten
Erkauft, ins Haus dereinst?
An dorischen Landes Ufer
Oder des Phthiergebietes, wo
Der Vater herrlichsten Wassers,
Wo Apidanos, sagt man, die Fluren tränkt?

*Erste Gegenstrophe*

Oder trägt mich Verlassne –
Neuem Jammergeschick entgegen –
Das Ruder des Meeres nach dem Eiland,
Wo die Palm und der ersterschaffne
Lorbeer die geliebte Leto
Mit heiligem Grün umschloß,
Der Göttergeburt zum Denkmal?
Werd ich in delischer Jungfraun Chor
Der göttlichen Artemis
Goldnes Stirnband preisen und ihren Bogen?

*Zweite Strophe*

Oder werd ich in Pallas' Stadt
Athenische Rosse auf
Safranfarbenem Gewande
Schirren an schimmernde Wagen,
Kunstreiche Gewebe mit
Buntem Faden durchwirkend? Werd ich
Bilden des Uranos Geschlecht,
Das mit flammendem Blitz
Zeus in ewigem Schlafe begräbt?

*Zweite Gegenstrophe*

Wehe, weh um die Kinder mir,
Ach, Vater und Vaterstadt,
Die, verheert von der Flammen Qualm,
Sank in den Staub, von der Lanze
Der Achaier gefällt! Und ich
Heiße Sklavin in fremdem Lande:
Asien lassend, tausche ich
Mägdestuben Europas
Gegen des Hades Brautgemach.

*Der Griechenherold Talthybios erscheint*

TALTHYBIOS

Wo find ich wohl, ihr Töchter Trojas, Hekabe,
Die Herrin einst gewesen über Ilion?

CHORFÜHRERIN

Sie liegt in deiner Nähe dort, Talthybios,
Am Boden rücklings, eingehüllt in ihr Gewand.

TALTHYBIOS

O Zeus, was soll ich sagen? Kümmert dich das Los
Der Menschen, oder ist dies nur ein eitler Wahn
Und lenkt der Zufall alles, was die Menschen trifft?
War diese nicht goldreicher Phryger Königin?
Sie nicht Gemahl des hochbeglückten Priamos?
Nun hat von Grund aus ihre Stadt der Krieg zerstört,
Und sie, die Sklavin, hochbetagt und kinderlos,
Liegt auf der Erde, wälzt im Staub ihr armes Haupt!
Welch Leid! Ein Greis zwar bin ich: doch er komme nur,
Der Tod, bevor ein schmählich Los mich niederbeugt!
Steh auf, Bejammernswerte, hebe deinen Leib
Vom Boden, richte dein ergrautes Haupt empor!

HEKABE

Sieh da! Wer bist du, daß du mich nicht ruhen läßt?
Was störst du mich – wer du auch seist – aus meinem Gram?

TALTHYBIOS

Der Griechen Herold bin ich, bin Talthybios,
Und Agamemnon sendet mich zu dir, o Frau.

HEKABE

Mein Lieber, kommst du, weil auch mich die Danaer
Am Grabe töten wollen? Gern vernähm ich das.
Auf, laß uns eilen! Hurtig, führe mich, o Greis!

TALTHYBIOS

Um dich zu rufen, daß du dein geschiednes Kind
Bestatten mögest, bin ich hier: es senden mich
Die zwei Atriden und das Heer der Danaer.

HEKABE

Was sagst du? Weh mir! Also nicht zum Tode mich
Zu rufen kommst du – Jammer nur mir kundzutun?
Du bist dahin, Kind, aus der Mutter Arm geraubt,

Und ich, ich Arme, bin verwaist durch deinen Tod!
Wie habt ihr sie getötet? Trugt ihr fromme Scheu,
Greis, oder habt ihr grausam als die Feindin sie
Gemordet? Rede, wenn du auch nichts Frohes sagst.

TALTHYBIOS

Zwiefache Tränen willst du mir entlocken, Frau,
Um deine Tochter: denn bericht ich ihren Tod,
Weint mir das Auge wie am Grabe, da sie starb.
Das Heer Achaias war vereint in voller Zahl,
Zu deiner Tochter Opferung ums Grab geschart.
Da faßte Pyrrhos an der Hand Polyxene,
Führt auf des Hügels Höhe sie – ich neben ihm –
Und auserkorne Jünglinge des Griechenheers
Begleiten ihn, dein Kind zu hindern an der Flucht.
Und einen goldnen Becher, voll zum Rande, nahm
Der Sohn Achilleus' in die Hand, goß Spenden aus
Dem hingeschiednen Vater und bedeutet mir,
Dem ganzen Heere Schweigen zu verkündigen.
Und ich, zur Seite stehend, rief ins Volk hinein:
„Schweigt still, Achaier! Stille sei das ganze Heer!
Seid ruhig! Schweiget!" Und die Menge stand verstummt.
Doch er begann: „Pelide, du mein Vater, nimm
Von meiner Hand dies Opfer, das Erquickung bringt
Und Tote lockt. So komm und trink das dunkle Blut
Der reinen Jungfrau, welches wir, Achaias Heer
Und ich, dir spenden! Sieh dafür uns gnädig an
Und laß der Haltetaue Fesseln uns am Heck
Der Schiffe lösen, glücklich laß von Ilion
Heimkehrend alle wiedersehn ihr Vaterland!"
So rief der Held, die ganze Heerschar fleht mit ihm.
Er faßte dann das goldumglänzte Schwert am Griff,
Zog's aus der Scheide, winkte drauf, dein armes Kind
Zu greifen, Argos' auserkornen Jünglingen.
Doch als sie das bemerkte, sprach sie dieses Wort:
„Ihr Söhn Achaias, die die Troerstadt verheert,
Ich sterbe willig: keiner leg an mich die Hand,
Denn standhaft biete ich euch meinen Nacken dar.
So laßt mich – bei den Göttern – frei und tötet mich,

Daß ich als Freie sterben kann: im Totenreich
Sklavin zu heißen, schämt die Königstochter sich."
Da dröhnte Beifall; auch befahl den Jünglingen,
Von ihr zu lassen, Agamemnons Herrscherwort.
Und als die Jungfrau dies Gebot des Königs hört,
Nahm sie von hoher Schulter ihr Gewand und riß
Es bis zur Hüfte, bis zum Nabel mitten durch
Und zeigte Hals und Brüste, wie ein göttliches
Gebild so schön, und senkt ein Knie zur Erde dann
Und sprach von allen Worten dies hochherzigste:
„Sieh her, o Jüngling! Wünschest du in meine Brust
Das Schwert zu bohren, bohre; wenn in meinen Hals –
Wohlan: der Nacken ist bereit zu deinem Stoß!"
Und er – nur widerstrebend, denn sie jammert ihn –
Zerhaut des Atems Röhren ihr mit scharfem Stahl.
Des Blutes Quellen sprangen: sie, im Sterben auch,
Trug viele Vorsicht, hinzusinken, wie's geziemt,
Zu bergen, was man bergen muß vor Mannesblick.
Und als im Todesstoße sie den Geist verhaucht,
Sann jeder Mann des Heeres auf ein andres Werk:
Die einen streuten Blätter auf den toten Leib,
Die andern türmten ihr den Scheiterhaufen auf,
Die fichtnen Stämme schleppend: wer nicht trug, vernahm
Von andern, welche trugen, dies hohnvolle Wort:
„Herzloser, stehst du müßig hier, hast kein Gewand
Für solche Jungfrau, keinen Schmuck in deiner Hand?
Sie willst du nicht beschenken, die so hochgesinnt,
So mutig hinging?" – Solche Kunden bring ich dir
Von deiner Tochter: ja, du bist die glücklichste
Von allen Müttern und die unglückseligste!

CHORFÜHRERIN

Wie grausam kam dies Unheil durch der Götter Zwang
Im Sturme über Priamos' Haus und meine Stadt!

HEKABE

O Kind, ich weiß nicht, welches Leid ich klagen soll:
So vieles traf mich! Häng ich nur an einem fest –
Gleich mahnt ein andres, und von dort ruft wieder mich
Ein neuer Schmerz ab, welchem Leid auf Leiden folgt.

Zwar dein Geschick vermag ich jetzt aus meinem Sinn
Nicht auszutilgen, daß ich's nicht bejammerte:
Doch ohne Maß zu klagen wehrt die Kunde mir
Von deinem Hochsinn. Wunderbar, daß schlechtes Land,
Wenn Götterhuld ihm lächelt, edle Saat gebiert,
Und gutes, wenn die rechte Wartung ihm gebricht,
Unedle Frucht gibt – doch der Mensch ein andrer ist,
Der Böse nur ein Böser stets und überall,
Der Gute gut bleibt, und von keinem Ungemach
Sein Sinn verkehrt wird, sondern stets ein edler ist!
Tut's Unterweisung oder tun's die Eltern hier?
Wohl pflanzt in Menschenseelen auch die weise Zucht
Kenntnis des Guten: wer die Tugend kennt, erkennt
An diesem Maßstab prüfend auch, was böse sei.
Doch diese Worte schoß ich ab in leere Luft . . .

*zu Talthybios*

Du geh, und Argos' Kriegerheer bedeute dies:
Daß keiner sie berühre, daß der Schwarm von ihr
Fern bleibe! Frechen Pöbel hegt ein großes Heer,
Und wilder rast der Schiffer Zügellosigkeit
Als Feuer: dort heißt böse, wer nichts Böses tut.

*Talthybios geht*

Doch du, betagte Dienerin, nimm dies Gefäß,
Und schöpfe Meereswasser ein und bringe mir's,
Damit ich meine Tochter bad im letzten Bad,
Die Braut und Jungfrau ohne Lieb und Jugendlust,
Und sie geschmückt aufbahre – nicht, wie's ihr geziemt,
Ich kann's nicht; doch wie ich's vermag – wie stell ich's an?
Schmuck will ich sammeln von den mitgefangnen Fraun,
Die mir vereinigt innerhalb der Zelte hier
Verweilen: birgt doch manche wohl vom eignen Haus
Bei sich ein Kleinod, unbemerkt dem neuen Herrn.

*Die Dienerin geht*

Du schöner Wohnsitz! Du vordem so glücklich Haus!
Du, reich an Schätzen, Priamos, durch Kinder reich,
Und dieser Kinder Mutter ich, ein greises Haupt!
Wie sind wir, ach, der alten Herrlichkeit beraubt,

Ins Nichts herabgesunken! Dennoch blähn wir uns,
Der eine, der im stolzen Goldpalaste wohnt,
Der, weil die Bürger ehrenvoll ihm huldigen!
Das ist ja nichts als Sinnen über Sorgen, nichts
Als Zungenhoffart. Jenem fällt das schönste Los,
Dem ungetrübt von Leiden jeder Tag vergeht.

*sie geht in das Zelt*

CHOR

*Strophe*

Mein Haupt mußt Ungemach,
Mein Haupt mußt, ach, Verderben treffen,
Als auf Höhen des Ida Paris
Zuerst fällte den Fichtenstamm,
Durch wilde Meeresflut hinauszusteuern
Zu der Helena Raub,
Dem schönsten Weibe, dem in goldenem Glanz
Helios' Auge strahlt!

*Gegenstrophe*

Denn Not und mächtiger
Als Not umringt uns Zwang der Knechtschaft.
Durch des einzigen Mannes Torheit
Kam dem Volk in Simoeis' Tal
Gemeinsam Unheil, Untergang durch andre:
Denn es endete sich
Der Hader, den am Ida der Hirt entschied
Zwischen den Götterfrauen,

*Epode*

Mit Krieg und blutigem Morde, mit meiner Paläste Einsturz.
Doch bitter weinend seufzt in dem stillen Gemach wohl auch
Manch Spartermädchen an Eurotas' schönem Strom,
Und die Mutter gefallener Söhne
Legt die Hand wohl an das greise Haupt
Und zerfleischt sich im Schmerze
Die Wange, daß von Blut die Nägel triefen.

*Die alte Dienerin kommt mit einer verhüllten Leiche vom Gestade zurück*

DIENERIN

Ihr Fraun, wo weilt die jammervolle Hekabe,
Die wahrlich alle Männer und der Fraun Geschlecht
Besiegt an Unglück? Ihr entreißt niemand den Kranz!

CHORFÜHRERIN

Was will des Elends Jammerruf, Unselige?
Denn deine Trauerkunden ruhn ja nimmermehr!

DIENERIN

Dies Leiden bring ich Hekabe: im Unglück tönt
Nicht leicht ein Wort des Heiles aus der Menschen Mund.

CHORFÜHRERIN

Nun ja, sie tritt hier eben aus dem Zelt hervor
Und kommt für deine Kunden ganz zu rechter Zeit.

DIENERIN

Du Jammervolle, mehr noch als ich sagen kann!
Verloren, Herrin, bist du, tot, und lebst im Licht:
Hin, ohne Kinder und Gemahl und Vaterland!

HEKABE

Nichts Neues sagst du: dieses Grause weiß ich längst.
Indes wozu denn bringst du mir Polyxenes
Leichnam? Gemeldet ward mir, daß in Argos' Heer
Für ihr Begräbnis jede Hand geschäftig sei.

DIENERIN

Sie weiß von nichts, sie jammert um Polyxene:
Von ihrem neuen Leide kommt ihr nichts zu Sinn!

HEKABE

Ich Arme, wehe: bringst du mir Kassandras Haupt
Vielleicht daher, der gottbetrauten Seherin?

DIENERIN

Sie lebt im Lichte, die du nennst, den Toten hier
Beklagst du nicht: so schau den Leichnam unverhüllt,
Ob das dir überraschend dünkt und wunderbar!

HEKABE

Weh mir! Ich sehe meinen Sohn erblaßt im Tod,
Polydoros, den der Thraker mir im Hause barg!
Verloren, nicht mehr bin ich Unglückselige!

O mein Kind, mein Kind!
Die Totenklage stimm ich an:
Des Wahnsinns Weise, die gerad
Mein Fluchgeist mich gelehrt.

DIENERIN

Erkennst du deines Sohnes Los, Unselige?

HEKABE

Unglaublich unerhörten Greuel seh ich hier!
Aus Leid keimt mir Leid, aus Not neue Not!
Nimmer von Seufzern leer, nimmer von Tränen leer,
Leuchtet ein Tag mir auf!

CHORFÜHRERIN

Wir dulden grauses, grauses Leid, Unselige!

HEKABE

Mein Kind, ach mein Kind, ärmster Mutter Sohn,
Welch Verhängnis traf dich?
Welchem Tod erlagst du?
Der dich erschlug: wer war es?

DIENERIN

Ich weiß es nicht: am Meeresstrande fand ich ihn.

HEKABE

Auf des Gestades Sand
Hinausgeworfen oder durch den Speer entseelt?

DIENERIN

Des Meeres wilde Woge trug ans Ufer ihn.

HEKABE

Ach, ich erkenne meines Traums nächtliche
Gestalt: nicht an mir vorbei flog das Bild,
Das schwarzgeflügelte, das ich von dir erblickte,
Daß du, mein Sohn, nicht mehr atmest im Himmelslicht!

CHORFÜHRERIN

Und wer erschlug ihn? Kannst du deuten deinen Traum?

HEKABE

Mein Gastfreund, der rossekundige Thrakerfürst,
Bei dem ihn der Greis Priamos rettend barg.

CHORFÜHRERIN

Was sagst du? Weh mir! Um des Goldes Herr zu sein?

HEKABE

Unnennbar, unaussprechlich, mehr als unerhört!
Verrucht, unerträglich! Gilt kein Fremdenrecht?
Schnöder, verfluchter Mann, daß du mit scharfem Schwert
Des Sohnes Glieder hier blutig zerstümmeltest,
Daß du den Tod ihm gabst grausam, erbarmungslos!

CHORFÜHRERIN

Du wurdest, ach, der Frauen unglückseligste
Durch eine Gottheit, deren Hand schwer auf dir liegt.
Doch lasset uns jetzt schweigen: denn ich sehe dort
Den Agamemnon, unsern Herrn, o Freundinnen.

AGAMEMNON

Warum verziehst du, Hekabe, im Grabesschoß
Dein Kind zu bergen, da mir doch Talthybios
Verkündet, daß kein Grieche sie berühren soll?
Wir ließen sie in Ruh und rührten sie nicht an,
Und du verweilst hier müßig, daß ich staunen muß!
Ich kam dich holen, denn vom Heer ist alles wohl
Vollbracht, wenn etwas dieser Art schön heißen kann.
Oh! Welchen Mann erblick ich hier am Zelte tot?
Wohl einen Troer? Daß es kein Argeier ist,
Sagt sein Gewand mir, welches ihn umhüllend deckt.

HEKABE *vor der Leiche*

Unseliger – so dich nennend, nenn ich, Hekabe,
Mich selbst –: was tu ich? Fall ich Agamemnon hier
Zu Füßen oder trag ich schweigend mein Geschick?

AGAMEMNON

Was kehrst du meinem Angesicht den Rücken zu
Und klagst und sagst nicht, was geschehn? Wer ist der Mann?

HEKABE *für sich*

Doch wenn er mich, die Sklavin, mich, das Feindesweib,
Von seinen Knien verstieße, fühlt ich neuen Schmerz.

AGAMEMNON

Kein Seher bin ich, um die Wünsch in deiner Brust
Erspähn zu können, wenn du mir nicht Rede stehst.

HEKABE *für sich*

Wohl ist's am Ende leerer Wahn, für einen Feind
Den Mann zu halten, der gewiß nicht feindlich ist?

AGAMEMNON
Nun, wenn ich nichts von diesen Dingen wissen soll,
Dann sind wir einig, weil auch ich nichts hören will.

HEKABE *für sich*
Auch kann ich ohne diesen Mann des Sohnes Tod
Unmöglich rächen. Was bedenk ich's lange noch?
Es muß gewagt sein, ob's gelingt, ob's nicht gelingt!

*sie fällt Agamemnon zu Füßen*

Agamemnon, hier bei deinen Knieen fleh ich dir,
Bei deinem Kinn, bei deiner hochbeglückten Hand!

AGAMEMNON
Wonach verlangt dich? Willst du frei der Tage Rest
Verleben? Ohne Mühe wird dir das gegönnt.

HEKABE
Mitnichten! Wenn den Bösewicht ich strafen kann,
So will ich Sklavendienste tun mein Leben lang.

AGAMEMNON
Und nun, zu welcher Hilfe, sprich, begehrst du mein?

HEKABE
Von dem, was du vermutest, ist es nichts, o Herr:
Du siehst, um den ich weine, siehst den Toten hier!

AGAMEMNON
Wohl: doch erraten kann das Weitere ich nicht.

HEKABE
Ihn trug ich unterm Herzen, ihn gebar ich einst.

AGAMEMNON
Und welches deiner Kinder ist's, Unglückliche?

HEKABE
Kein Priamide, der an Trojas Mauern fiel.

AGAMEMNON
Gebarst du außer diesen auch noch andere?

HEKABE
Ihn, den du siehst hier – freilich unnütz, wie es scheint.

AGAMEMNON
Wo war er, als in Trümmer Trojas Feste sank?

HEKABE
Ihn sandte, für sein Leben bang, der Vater fort.

AGAMEMNON
Wohin den einen aus der Söhne Zahl allein?

HEKABE
In diese Landschaft, wo er tot gefunden ward.

AGAMEMNON
Zu Polymestor, welcher hier im Lande herrscht?

HEKABE
Zu diesem, daß er bittren Goldes Hüter sei.

AGAMEMNON
Und wer erschlug ihn, wie ereilt ihn sein Geschick?

HEKABE
Kein andrer tat es, ihn erschlug der Thrakerfreund.

AGAMEMNON
Elender! Lüstern war er nach dem Golde wohl?

HEKABE
Genau: nachdem von Trojas Fall ihm Kunde ward.

AGAMEMNON
Wo fandst du ihn? Wer brachte dir den Toten, Frau?

HEKABE
Dies Weib: es traf sich, daß sie ihn am Strande fand.

AGAMEMNON
Ihn suchend oder andres Werk beschleunigend?

HEKABE
Sie ging ein Meerbad schöpfen für Polyxene.

AGAMEMNON
Den Toten, scheint es, warf der Freund ins Meer hinaus.

HEKABE
Zum Spiel den Wogen: so zerfleischt er seinen Leib!

AGAMEMNON
Unselige, grenzenloses Leid erfuhrest du!

HEKABE
Ich bin vernichtet, alles Leid erschöpft ich, Herr!

AGAMEMNON
Weh! Welchem andern Weibe ward solch herb Geschick?

HEKABE
Wohl keinem – wenn du nicht das Schicksal selber nennst.
Indes, warum ich deine Kniee, Herr, umschlang,

Vernimm. Erscheint dir, was ich dulden muß, gerecht,
So duld ich's: wenn dir's anders dünkt, so werde du
Der Rächer mir an diesem greuelvollen Freund,
Der nicht die Götter drunten noch die oberen
Gefürchtet und die schwere Greueltat verübt,
Der oft mit mir an meinem Tisch beim Mahle saß,
Der stets den ersten Freundesplatz behauptete,
Empfing, was ihm gebührte – er ward mit Bedacht
Zum Mörder, und da er den Mord geplant, gab er
Kein würdig Grab ihm, sondern warf ihn fort ins Meer.
Wir freilich, wir sind Sklaven, sind ohnmächtig wohl,
Doch mächtig walten Götter, ihr Gesetz gebeut
Machtvoll: an Götter glauben lehrt uns dies Gesetz,
Und Recht und Unrecht stellt es uns fürs Leben fest.
In deine Hut gelangt es: wenn es untergeht,
Wenn, wer den Gastfreund mordet, wer das Heiligtum
Der Götter frevelnd niedertritt, nicht büßen soll,
Dann hat im Menschenleben nichts hinfort Bestand.
Dies achte denn für schändlich, hege Scheu vor mir:
Erbarm dich mein, tritt wie ein Schiedsrichter zurück,
Betrachte mich und schaue, was ich leiden muß.
Einst war ich Herrin, doch jetzt bin ich deine Magd,
Reich einst an Kindern, nun betagt und kinderlos,
Ohne Heimat, einsam, aller Fraun unseligste.

*Agamemnon wendet sich ab*

Wohin – ich Ärmste – wendest du von mir den Fuß?
Ich werde nichts hier schaffen, ich Verlorene!
Was mühn wir uns, wir Menschen, was erforschen wir
Die Wissenschaften alle, wie es würdig ist,
Indes wir jene, die allein die Welt beherrscht,
Die Kunst der Überredung, nicht vollkommener
Für Lohn zu lernen streben, um für jeden Wunsch
Die Geister stimmend, alles durchzusetzen einst?
Wie darf ein Mensch noch hoffen auf des Glückes Stern?
So viele Kinder zog ich auf – sie sind dahin,
Kassandra ist in Schanden Kriegsgefangene,
Und dort seh ich den Rauch sich türmen über der Stadt.

Vielleicht erscheint es albern, wenn ich Kypris auch
Zur Hilfe mir erbitte: dennoch sei's gesagt!
O Fürst, an deiner Seite ruht die Seherin,
Mein Kind, Kassandra bei der Phryger Volk genannt.
Wie wirst du süße Liebeshuld ihr zeigen, Herr?
Wird meine Tochter Dank für die Umarmungen
Von dir empfangen, ich hinwiederum von ihr?
So höre weiter: siehest du den Toten hier?
Ihn ehrend, ehrst du deinen Anverwandten auch.
Nur eines ist noch, was zu meinem Wort gebricht:
O wohnt in diesen Armen doch, in dieser Hand,
Im Haar des Hauptes und der Füße Schritt ein Laut,
Durch Götterzauber oder Kunst des Daidalos,
Daß alle weinend deine Knie umklammerten,
Ihr Flehn in tausend Worten auszuströmen dir!
O König, strahlenreiches Licht in Hellas' Volk,
O fühle Mitleid: reiche deinen Rächerarm
Der greisen Frau, und ist sie auch ein Nichts – trotzdem.
Dem Edlen ziemt es, seinen Arm dem Recht zu leihn,
Und überall die Schlimmen schlimm zu züchtigen.

CHORFÜHRERIN

Wie doch im Leben alles sich so seltsam fügt,
Wie fromme Sitte Pflichten schafft und Pflichten löst
Und oft zum Freunde wandelt auch den schlimmsten Feind
Und den zum Feinde, der sich sonst als Freund bewies.

AGAMEMNON

Mich jammert dein und deines Sohnes, Hekabe,
Mich rührt der Greisin flehend ausgestreckte Hand.
Auch will ich wohl dich rächen am verruchten Freund,
Weil dies die Götter wollen, dies das Recht gebeut,
Erschiene solche Hilfe dir allein gewährt
Und wähnten nicht die Heere, um Kassandra nur
Hätt ich dem König Thrakiens den Tod verhängt.
Denn eines macht mir Sorge, wenn ich denken muß:
Den Thraker achtet Argos' Heer für einen Freund,
Für einen Feind den Toten; ist mir dieser lieb,
Dann ist es meine Liebe, nicht des Heeres auch.
Das überlege: willig finden sollst du mich,

Für dich die Schmach zu rächen, schnell, dir beizustehn,
Doch langsam, wenn des Heeres Spott ich dulden soll.

HEKABE

Ach!
Wo mag ein Sterblicher sich rühmen, frei zu sein?
Dem Glücke frönt der eine, der des Geldes Macht,
Dem wehrt der Pöbel, jenen hemmt geschriebnes Recht,
Dem eignen Sinn zu folgen, wie das Herz ihn treibt.
Doch weil du zaghaft allzusehr dem Volk dich fügst,
So will ich dieser Sorge dich entledigen.
Mitwisser sei mir, wenn ich Rache such an ihm,
Der mir den Sohn erschlagen: selber handle nicht!
Erhebt im Heer sich Lärmen, oder helfen sie
Dem Thraker, wenn er leidet, was er leiden soll,
So hemme sie – nur schein's nicht mir zulieb getan.
Das Weitre – sei getrost – bestell ich alles wohl.

AGAMEMNON

Wie? Was beginnst du? Willst du selbst, in greiser Hand
Das Schwert, den Thraker morden? Wirst du Gift vielleicht
Ihm reichen? Oder worauf greifst du sonst zurück?
Wer reicht die Hand dir? Wo gewinnst du Freunde her?

HEKABE

Die Zelte bergen eine Schar von Troerfraun.

AGAMEMNON

Du meinst die Kriegsgefangnen, meinst der Griechen Raub?

HEKABE

Mit diesen werd ich meinen Mörder züchtigen!

AGAMEMNON

Und wie gewönne Manneskraft ein Frauenarm?

HEKABE

Stark ist die Menge, schwer besiegt, hilft ihr die List.

AGAMEMNON

Wohl, doch ich baue wenig auf der Fraun Geschlecht.

HEKABE

Wie? Gaben Fraun Aigyptos' Söhnen nicht den Tod,
Und tilgten sie auf Lemnos nicht die Männer aus?
Nein, so gescheh es! Und genug der Worte nun:

Geleite mir nur ungefährdet diese Frau
Durchs Heer.

*zu der Dienerin*

Und du, dem Thrakerfreunde nahend, sprich:
„Sie, die zu Troja Fürstin einst gewesen, läßt
Dich rufen, deinetwegen mehr als ihrethalb,
Mit deinen Söhnen, denn es werd auch diesen kund,
Was ihr Begehr ist." Meiner hingeopferten
Polyxene Bestattung, Herr, verschiebe noch,
Damit die zwei Geschwister, mein zwiefaches Leid,
In einer Flamme nachbarlich ein Grab umfängt.

AGAMEMNON

Gescheh es also! Zwar vermöcht ich solche Gunst
Dir nicht zu bieten, gönnte Zeus uns sichre Fahrt.
Nun aber, weil uns guten Wind der Gott versagt,
Tut's not, in Ruh zu warten, bis Fahrwind sich hebt.
Was du beginnst, gelinge! Denn dem einzelnen
Und allem Volke nützt es, daß der Böse stets
Auch Böses leide und der Edle glücklich sei.

*Agamemnon geht mit der Dienerin fort*

CHOR

*Erste Strophe*

Du, heimisches Troja, wirst
Fortan nicht mehr heißen das Unzerstörte:
Solche Wolke hellenischer Lanzen umhüllt dich
In verheerendem Sturme!
Vom Scheitel ward dir der Türme Kranz
Geschoren, gräßlich entstellt der Ruß
Dir dein unglückseliges Antlitz:
Nie mehr wandl' ich in deinen Gassen.

*Erste Gegenstrophe*

Mich traf das Verderben um
Mitternacht, als lieblicher Schlaf das Auge
Nach dem Mahl schloß, als vom Gesang und den Tänzen
Der Dankopfer entschlummert
Der Gemahl im Gemache ruhte

Und am Pflocke die Lanze hing:
Nicht mehr sah er die Schifferhorde,
Die zur ilischen Burg emporklomm.

*Zweite Strophe*

Ich band mit Bändern ordnend mir
Die Locken meines Haares auf,
In goldner Spiegel
Endlose Schimmer blickend,
Um dann auf das Lager hinzusinken.
Da lief ein Tosen durch die Stadt,
Und über Trojas Feste scholl lauter Ruf:
Wann, Achaias Söhne, zerstöret ihr, wann,
Ilions Warten und kehrt
Zurück in eure Heimat?

*Zweite Gegenstrophe*

Vom trauten Lager sprang ich auf,
Im Mantel gleich der Dorerin,
Und warf mich hin vor
Der hehren Artemis – umsonst!
Denn meinen Gemahl sah ich im Blute
Und ward geschleppt zum Meeresstrand
Und blickte traurig nach der Stadt, als das Schiff
Wieder heimwärts wandte die Segel und mich
Trennte vom ilischen Land:
Vor Schmerz verging ich Arme.

*Epode*

Der Dioskuren Schwester, die Helena,
Und den Hirten Idas, Paris, den Bringer des Wehs:
Dem Fluche weiht ich sie!
Vom Vaterland, vom Hause riß
Mich die Hochzeit, die nicht Hochzeit war,
Nein, bösen Geistes Unheil!
Nie soll die Meeresflut sie heimgeleiten,
Nie kehre sie wieder zum Vaterhause!

*Polymestor mit seinen Söhnen und Gefolge*

POLYMESTOR

O Priamos, mein Liebster! Liebste Hekabe!
Wohl muß ich weinen, seh ich dich und deine Stadt
Und deine Tochter, welche jüngst im Tod erblich.
Ach!
So hat im Leben nichts Bestand, nicht Ehr und Ruhm,
Nicht, daß das Unglück ewig flieht den Glücklichen!
Denn seine Lose, Wohl und Weh, mischt ohne Wahl
Ein Gott verwirrend, daß wir ohne Wissen ihn
Verehren. Doch wozu beklag ich dieses noch,
Was uns in unsern Leiden doch nicht fördern kann?
Zürnst du mir etwa, weil ich zögernd hier erschien,
Halt ein: im Thrakerland befand ich ferne mich,
Als du hierherkamst. Eben war ich heimgekehrt,
Und über meine Schwelle setzt ich schon den Fuß,
Da traf mich deine Dienerin und meldete
Die Worte, die vernehmend ich hierhergeeilt.

HEKABE

Ich scheue mich, Polymestor, dir ins Angesicht
Zu blicken, da mich solches Leid umfangen hält.
Denn wer im Wohlergehen mich gekannt, vor den
Nunmehr zu treten schäm ich mich in dieser Not:
Ich wage nicht, dich offnen Blickes anzusehn.
Nicht wähne deshalb, daß ich übelwolle dir,
O Polymestor; auch verbietet ja der Brauch,
Daß Frauen Männern offen in das Antlitz schaun.

POLYMESTOR

Kein Wunder ist mir's. Doch wozu bedarfst du mein?
Zu welchem Ende riefst du mich vom Hause her?

HEKABE

Ich wünsche dir und deinen Söhnen, Herr, ein Wort,
Das mich betrifft, zu sagen: laß die Diener denn
Zur Seite treten, fern hinweg von diesem Zelt.

POLYMESTOR *zu seinem Gefolge*

Geht fort: gefahrlos ist es hier am stillen Ort!

*zu Hekabe*

Du bist mir wohlbefreundet, auch Achaias Heer
Ist mir gewogen. Aber nun erkläre mir:
Wie kann dem schwerbedrängten Freund der Glückliche
Hilfreich sich zeigen? Denn du findest mich bereit.

HEKABE

So sprich vor allem: lebt er noch in deinem Haus,
Der Knabe, den dir Priamos und meine Hand
Vertraut? Hernach befrag ich um das andre dich.

POLYMESTOR

Wohl lebt er: seinetwegen steht es wohl um dich.

HEKABE

Mein Lieber, schön und deiner würdig redest du.

POLYMESTOR

Was ist das andre, welches ich dir sagen soll?

HEKABE

Gedenkt er seiner Mutter noch, gedenkt er mein?

POLYMESTOR

So, daß er heimlich schon zu dir den Weg gesucht.

HEKABE

Ist auch das Gold geborgen, das er mitgebracht?

POLYMESTOR

Gewiß, in meinem Hause wird es aufbewahrt.

HEKABE

Verwahr es denn und trachte nicht nach fremdem Gut.

POLYMESTOR

Niemals: genießen will ich nur, was mir gehört.

HEKABE

Nun, weißt du, was ich dir und diesen sagen will?

POLYMESTOR

Wie sollt ich? Offenbaren wird dein Wort es mir.

HEKABE

O du, mir ehmals teuer so wie jetzt, es liegt ...

POLYMESTOR

Was sollen wir erfahren, meine Söhn und ich?

HEKABE

Ein alter Goldschatz meines Stamms in tiefem Grund.

POLYMESTOR

Das ist es, was du deinem Sohn enthüllen willst?

HEKABE
Ganz recht, durch dich nur, denn du bist ein frommer Mann.

POLYMESTOR
Wozu bedarf es meiner Söhne Gegenwart?

HEKABE
Geratner ist es: wenn du stirbst, so wissen sie's.

POLYMESTOR
Da hast du recht. Wohl wird es also klüger sein.

HEKABE
Du weißt Athenes Heiligtum in Ilion?

POLYMESTOR
Da liegt das Gold wohl? Was bezeichnet mir den Ort?

HEKABE
Ein schwarzer Stein, der aus der Erde sich erhebt.

POLYMESTOR
Hast du noch weiter etwas mir zu sagen, sprich.

HEKABE
Du sollst den Schatz verwahren, den ich mitgebracht.

POLYMESTOR
Wo ist er? Birgst du innerhalb des Kleides ihn?

HEKABE
Er ist im Zelte drinnen, wo die Beute liegt.

POLYMESTOR
Wo? Lagerhütten sind ja dies von Argos' Heer.

HEKABE
In eignen Zelten wohnen wir gefangnen Fraun.

POLYMESTOR
Und ist es drinnen sicher, ist's von Männern leer?

HEKABE
Kein Mann des Heers ist drinnen, sondern wir allein.
Nun geh hinein, denn Argos' Schiffe rüsten sich,
Heimwärts den Lauf zu richten aus dem Troerland,
Daß, ist getan das deine, mit den Knaben du
Dorthin zurückkehrst, wo du meinen Sohn verbargst!

*sie treten in das Zelt*

CHOR

Noch kam die Rache nicht, doch bald ereilt sie dich:
Wie in hafenlose See einer jäh
Hineinstürzt, fällst du dem Tod in die Hand,
Des Lebens beraubt. Denn wo vor dem Recht
Und vor den Göttern die Verantwortung fällt,
Dort ist das sichere Verderben – Tod.
Verwegener: dich trügt die Hoffnung deines Wegs:
Sie führt dich in des Hades schwarze Nacht.
Unter schwacher Frauenhand läßt du dein Leben.

POLYMESTOR *im Zelt*

Das Licht der Augen blenden sie mir Armen, weh!

CHORFÜHRERIN

Habt ihr des Thrakers Weheruf vernommen, Fraun?

POLYMESTOR *im Zelt*

Und aber weh mir: euch, o Kinder, mordet man!

CHORFÜHRERIN

Ihr Lieben, Unerhörtes ward im Zelt verübt!

POLYMESTOR *im Zelt*

Oh, nicht entrinnen sollt ihr uns mit flüchtgem Fuß!
In Trümmer brech und stürz ich diese Pfosten ein!

EINE DER FRAUEN

O seht, von starkem Arm geschleudert trifft sein Wurf!

CHORFÜHRERIN

Auf, laßt hinein uns stürzen: denn uns ruft die Not,
Der Hekabe zu helfen und den Troerfraun!

HEKABE *aus dem Zelt eilend*

Schlag ein die Pforten, schone nichts, zertrümmre sie!
Nie bringst du doch dem Auge seinen Glanz zurück,
Schaust nie die Söhne lebend mehr, die ich erschlug!

CHORFÜHRERIN

Du hast den Thraker übermannt, den falschen Freund
Besiegt, o Herrin? Was du sagst, ist ausgeführt?

HEKABE

Du wirst sogleich ihn sehen, vor das Zelt heraus
Den Blinden blindlings tappen sehn mit irrem Schritt,
Auch beider Söhne Leichen, die ich tötete

Mit meinen wackren Troerinnen: er hat mir
Gebüßt! O sieh, da tritt er aus des Zeltes Tor!
Doch weg von hier, ich will dem Unmutschnaubenden
Ausweichen: schwierig würde mir der Kampf mit ihm.

*Polymestor tappt blind umher. In der Öffnung des Zeltes werden die Leichen seiner Kinder sichtbar*

POLYMESTOR

Weh mir, ach!
Wo geh ich, wo tret ich, wo lenk ich hin?
Zum Tritt gleich dem vierfüßigen Waldestier
Die Hand aufgestützt, tast ich der Spur nach.
Ach, welchen Pfad – hierhin? dorthin?
Wo schreit ich hinaus
Auf meiner Jagd nach euch, ihr Weiber Ilions,
Die mörderisch mich vernichteten?
Ihr Unseligen, ihr, Dirnen vom Phrygervolk!
Ha, wo in die Winkel entflohn sie, wohin,
Die Verfluchten, vor mir?
Daß du das Augenlid mir, das geblendete,
Das bluttriefende, heiltest, daß du das Licht,
Sonne, mir wiedergäbst!
Ach, ach! Still, still!
Ich vernehme den heimlich schleichenden Tritt
Der verruchtesten Fraun! Wo stürz ich auf sie
Und sättige mich an Fleisch und Gebein
Und bereite die Speise des Raubwilds mir,
Die Schmach rächend, oh –
Die Schmach meiner Schändung? Weh über mich!
Wo irr ich, wohin, und lasse die Söhn
Allein den Mainaden des Todes zurück,
Sie zu zerfleischen, lasse sie als blutig Mahl
Den Hunden und des Berges Wild?
Wo steh ich, wo geh ich?
Dem landenden Meeresschiffe gleich
Zieh ich die Segel ein,
Hierher an das Lager des Todes verstürmt,
Zu meiner Kinder Hut,
An ihr Todesbett.

CHORFÜHRERIN

Welch schweres Leid geschah dir, Unglückseliger!
Ach, grauenvolle Strafe trifft die frevle Tat.

POLYMESTOR

Oho!
Hierher, Thrakiens
Speerschwingendes, roßtummelndes, wehrkundiges Volk,
Das der Kriegsgott liebt!
Hierher, Achaier!
Hierher, Atriden!
Geschrei, Geschrei, von mir tönt Geschrei!
O kommt, o kommt, o, bei den Göttern, eilt!
Hört keiner? Steht mir keiner bei? Was säumet ihr?
Frauen waren mein Verderben,
Die kriegsgefangnen Troerfraun!
Schweres, Schweres geschah an mir!
Wehe der Schmach, weh mir!
Wohin fliehn, wohin mich wenden?
Soll ich auffliegen in des Äthers Höhn,
Zu der erhabnen Wohnung,
Wo den Glutglanz Seirios oder Orion herab
Aus den Flammenaugen sendet?
Oder stürz ich Armer hinab
Zur schwarzen Fähre, die in den Hades führt?

CHORFÜHRERIN

Verzeihlich, wenn man unerträglich Leid erlitt,
Ein Dasein enden wollen, das so traurig ist.

*Agamemnon eilt herbei*

AGAMEMNON

Ich hört Geschrei und komme, denn nicht leise scholl
Echo, der steilen Felsen Tochter, durch das Heer,
Entsetzen rings verbreitend. Wüßt ich nicht gewiß,
Daß durch der Griechen Speer die Burg der Phryger fiel –
Nicht kleine Schrecken weckte mir das Wehgeschrei.

POLYMESTOR

Mein Bester, mein Agamemnon – deiner Stimme Ton
Vernahm ich deutlich – siehst du, was ich leiden muß?

AGAMEMNON

Sieh da, Polymestor! Ach, wer war's, der dich verdarb?
Wer traf das Auge blendend dir mit blutgem Schlag,
Erschlug dir deine Kinder? Wahrlich schweren Groll
Trug dir und deinen Söhnen, wer es immer war!

POLYMESTOR

Vereint den kriegsgefangnen Fraun, schuf Hekabe
Verderben – nicht Verderben, nein, noch Schlimmres mir.

AGAMEMNON

Was hör ich? Du hast, sagt er, diese Tat verübt?
Du, Hekabe, des Ungeheuren dich erkühnt?

POLYMESTOR

Wie sagst du? Weh mir! Also steht sie nahe mir?
O zeig sie, sprich: wo ist sie, daß sie meine Hand
Ergreife, sie zerreiße, bad in ihrem Blut?

AGAMEMNON

He, was beginnst du?

POLYMESTOR

Bei den Göttern fleh ich dir:
Laß meine grimmen Hände wüten wider sie!

AGAMEMNON

Halt ein, verbann aus deiner Brust die wilde Wut!
Sprich, daß ich recht urteile, weshalb dieses Los
Dich traf, nachdem ich wechselnd dich und sie gehört.

POLYMESTOR

So höre: Hekabes und Priamos' jüngster Sohn
War Polydoros, welchen mir aus Ilion
Sein Vater sandte und ins Haus in meine Zucht
Mir übergab, vorahnend Trojas Untergang.
Und ihn erschlug ich: doch warum ich ihn erschlug,
Mit welch umsichtig klugem Vorbedacht, vernimm:
Ich sorgte, leb er – euer Feind – er könnte sich
Die Troer sammeln, Ilion von neuem baun,
Und Argos' Söhne, hörend, daß ein Priamossohn
Noch lebe, möchten ihren Zug ins Phrygerland
Erneun und plündernd diese Thrakerflur sodann
Weithin verwüsten, daß wir Nachbarn Ilions
Das Leid erführen, welches, Herr, uns jetzt bedrängt.

Da hört von ihres Sohnes Los die Königin
Und lockt mich mit der Botschaft her, sie wolle mir
In Ilion verborgnen Priamidenschatz
Entdecken. Doch allein mit meinen Kindern führt
Sie mich ins Zelt: kein andrer sollte Zeuge sein.
Ich sitze mitten auf dem Pfühl, das Knie gebeugt,
Und viele Troerinnen, die zur linken Hand
Und die zur rechten, setzten wie zum Freunde sich
Zu mir, betrachten mein Gewand am Sonnenlicht
Und loben staunend solch Gewirk von Thrakerhand;
Noch andre sahn bewundernd auf den Thrakerspeer,
Und so beraubten sie mich meines Doppelschmucks.
Die, welche Mütter waren, wiegten ganz verzückt
Die Kinder schmeichelnd auf dem Arm und reichten sie
Von einer Hand zur andern, weit vom Vater weg.
Und darauf nun – was glaubst du? – nach so freundlichem
Verkehre, ziehn sie Dolche rasch aus ihrem Kleid
Und stechen nach den Kindern; andre greifen mich
Wie Räuber, halten Füße mir und Arme fest.
Indes ich suchte, meinen Kindern beizustehn,
Ward ich am Haar gehalten, wenn ich mein Gesicht
Emporzurichten strebte; rührt ich eine Hand,
Vermocht ich Armer vor dem Schwarm der Weiber nichts.
Zuletzt – o Schmach, o Frevel, dem kein Frevel gleicht! –
Verübten sie das Schwerste: denn sie stachen mir
Der Augen arme Sterne, daß es blutig strömt,
Mit spitzen Kleiderspangen aus! Dann flohen sie
Durchs Zelt in Eile. Gleich dem Löwen spring ich auf
Und setze nach den blutbefleckten Hündinnen,
Im ganzen Zelt umspürend wie der Jägersmann,
Schlag ein, zertrümmre. – Solches hat man mir getan
Um deinetwillen, weil ich deinen Feind erschlug,
Agamemnon! Doch was dehn ich lang die Rede noch?
Wer je von Frauen übel sprach in alter Zeit,
Wer jetzt sie schmäht und künftig wieder schmähen wird,
All diese Flüche faß ich kurz ins eine Wort:
Ein solch Gezüchte hegen Meer und Erde nicht.
Wer stets mit ihnen lebte, weiß davon Bescheid.

CHORFÜHRERIN

Nicht trotzig überhebe dich, nicht also schilt
In deinem Unglück ohne Wahl der Fraun Geschlecht!

HEKABE

Wohl, Agamemnon, sollte bei uns Sterblichen
Die Zunge niemals mehr vermögen als die Tat.
Nein, Gutes reden sollte nur, wer Gutes tat;
Des bösen Mannes Rede bleibe schwach und krank:
Unrecht in Recht zu wandeln – nie geling es ihr!
Die solches gründlich lernten, nennt man weise wohl,
Doch bis zum Ende können sie nicht weise sein
Und gehen unter: keiner noch entfloh der Schmach.

Mit diesen Worten redet ich bisher zu dir:
Nun geh ich wider diesen und erwidre ihm.
Du sagst, um Hellas nicht zu mühn in neuer Not,
Gabst du für Agamemnon meinem Sohn den Tod.
Verruchter, wisse: niemals wird der Volksstamm der
Barbaren dem Hellenenvolk befreundet sein
Und kann es niemals werden. Wem zuliebe denn
Bewiesest du den Eifer? Trieb ein Eidam dich,
Ein Blutsverwandter? Oder war's ein andrer Grund?
Du dachtest wohl, sie möchten wiederkehrend euch
Der Felder Saat zertreten? Doch wer glaubt dir das?
Das Gold allein war's, wenn du Wahrheit reden willst,
Ja, deine Habsucht war es, die mein Kind erschlug.
Wo nicht, erkläre dieses mir: als Ilion
Noch blühte, Turm und Mauer noch die Stadt umgab,
Mein Gatte lebte, Hektor kühn die Lanze schwang:
Was hast du da nicht, wenn du diesem einen Dienst
Erweisen wolltest, meinen Sohn in deinem Haus
Ermordet oder lebend ihn dem Heer gebracht?
Nein, erst nachdem erloschen unsers Glückes Stern
Und Rauch verkündet, daß der Feind die Burg erklomm,
Erschlugst den Gast du, der an deinem Herd sich barg.

Nun höre noch, was deine Bosheit offenbart!
Du mußtest, warst du wirklich Freund der Danaer,
Das Gold – du hast es selber sein, nicht dein genannt –

Den Armen spenden, welche schon so lange Zeit
Auf fremder Erde darbten, fern vom Vaterland.
Doch du kannst dich auch jetzt noch nicht entschließen, mir's
Herauszugeben, sondern hältst's beharrlich fest.
Ja, hättst du, wie's dir ziemte, meinen Sohn gepflegt
Und ihn erhalten, krönte dich ein schöner Ruhm:
Bewährt sich doch im Leid erst echte Freundestreu:
In guten Tagen findet sich der Freund von selbst.
Und wenn du selbst verarmtest, er im Glücke war,
So blieb in meinem Sohne dir ein großer Schatz.
Jetzt aber hast du keinen Freund an diesem mehr,
Auch wirst du nie des Goldes, nie der Kinder froh,
Und bist so ganz unglücklich! Dir erklär ich noch,
Agamemnon: übel bist du, wenn du diesem hilfst,
Denn keinen tugendhaften noch erprobten Freund
Beschirmst du, keinen frommen noch gerechten Mann.
Ich müßte sagen, daß du selbst ein Böser bist,
Liebst du die Bösen – doch schmäh ich den Herrscher nicht!

CHORFÜHRERIN

Da sehet, wie das Gute doch den Sterblichen
Zu guten Reden allezeit den Stoff gewährt!

AGAMEMNON

Mir fällt es lästig, Richter fremder Not zu sein,
Und doch, ich muß; denn wahrlich Schande bringt es mir,
Das abzulehnen, was ich einmal angepackt.
So wisse denn: ich glaube, weder mir zulieb
Noch Hellas' Heeren gabst du deinem Gast den Tod,
Nein, um des Goldes Herr zu sein in deinem Haus:
Da du im Unglück, sagst du, was dir nützen kann.
Euch dünkt den Gast zu morden wohl ein leicht Vergehn,
Doch uns, Achaias Söhnen, scheint es frevelhaft.
Wie kann ich also, sprech ich dich vom Unrecht rein,
Entfliehn dem Tadel? Nimmer! Da du Schändliches
Zu tun vermochtest, dulde denn auch Widriges!

POLYMESTOR

Weh! Eine Sklavin, wie es scheint, hat mich besiegt,
Und büßen muß ich einer viel Geringeren!

AGAMEMNON

Wohl nicht mit Unrecht, da du schlecht an ihr getan.

POLYMESTOR

Weh mir! O meine Kinder! Weh, mein Augenlicht!

HEKABE

Das schmerzt dich wohl: mich, meinst du, schmerze nicht mein [Sohn?

POLYMESTOR

Dir macht es Freude, mich zu höhnen, Frevlerin?

HEKABE

Ich sollte mich nicht freuen, daß du mir gebüßt?

POLYMESTOR

Die Freude hat ein Ende, wenn die Meeresflut ...

HEKABE

Mich fort in Hellas' Marken trägt in hohem Schiff?

POLYMESTOR

Nein: hoch vom Maste stürzend dich begraben wird.

HEKABE

Wer zwänge mich zu solch gewaltsam kühnem Sprung?

POLYMESTOR

Du klimmst mit raschem Fuße selbst zum Mast hinauf.

HEKABE

Beschwingt am Rücken, oder wie vollbring ich das?

POLYMESTOR

Zum Hunde wirst du, dessen Blick wie Feuer glüht.

HEKABE

Wie kam von meiner Wandlung dir die Kunde zu?

POLYMESTOR

Der Seher Thrakiens, Dionysos, sagte mir's.

HEKABE

Und hat von deinem Leide nichts dir offenbart?

POLYMESTOR

Dann hätte niemals deine List mich so berückt.

HEKABE

Vollend ich lebend oder tot dort mein Geschick?

POLYMESTOR

Du stirbst: der Grabeshügel wird nach dir genannt ...

HEKABE

Wohl meine Wandlung oder was bezeichnet er?

POLYMESTOR

Das Grab der Hündin, Warnmal für die Schiffenden.

HEKABE

Das kümmert mich nicht weiter, nun du mir gebüßt.

POLYMESTOR

Auch trifft Kassandra, deine Tochter, früher Tod.

HEKABE

Fern bleibe solches: treffe das dein eignes Haupt!

POLYMESTOR

Die schnöde Hausfrau dieses Manns ermordet sie ...

HEKABE

Nie rase so die Tochter des Tyndareos!

POLYMESTOR

Und gibt mit hochgeschwungner Axt auch ihm den Tod.

AGAMEMNON

He, bist du rasend? Lüstet dich nach Züchtigung?

POLYMESTOR

Töt mich – in Argos wartet dein das Todesbad.

AGAMEMNON

Ihr Knechte, greift ihn, schaffet ihn gewaltsam fort!

POLYMESTOR

Es schmerzt dich, das zu hören?

AGAMEMNON

Schließet ihm den Mund!

POLYMESTOR

Ja, schließt ihn nur: es ist heraus!

AGAMEMNON

Fort, ungesäumt,
Und werfet ihn auf einer wüsten Insel aus,
Ihn, der so schamlos trotzig schwatzt und ohne Maß!
Du geh, bestatte, jammervolle Hekabe,
Die beiden Toten! Ihr, o Troerinnen, geht
Nach eurer Herren Zelten, denn ich spüre schon
Das Wehn des Windes, welcher uns nach Hause trägt.
Sei denn die Heimfahrt glücklich, sei es uns vergönnt,
Frei dieser Mühen, alles wohl daheim zu sehn!

CHORFÜHRERIN

*während Hekabe mit der Leiche des Polydoros und Agamemnon davongehen und der Chor hinauszieht*

Zu den Zelten, zum Hafen, ihr Freundinnen, zieht,
Zu versuchen der Herrn mühseligen Dienst:
Unbeugsam waltet das Schicksal.

# HELENA

*Die Voraussetzung des Dramas ist das traditionelle Helenabild, das in der nachhomerischen Dichtung des 6. und 5. Jh. im allgemeinen und in den übrigen Dramen des Euripides im besonderen herrschend ist: das Bild der schönsten und begehrtesten aller Frauen als des faszinierend-skandalösen Inbegriffs der Leichtfertigkeit und Verworfenheit. Vor dem Hintergrund dieses traditionellen Bildes erscheint die „Helena" sozusagen als „Anti-Helena". Helena bleibt zwar auch in diesem Drama die schönste und begehrteste aller Frauen, die Tochter des Zeus und der Leda, Schwester Klytaimnestras und der Dioskuren, Gemahlin des Menelaos, des Königs von Sparta, die von allen Helden Griechenlands umworben worden war (die Freier hatten Tyndareos, dem Brautvater, schwören müssen, ihre Wahl zu achten und dem Erwählten in der Not zu helfen), die dann in der Geschichte vom ‚Parisurteil' zum Spielball der Götter wurde, indem Aphrodite sie dem Paris als Preis versprach, wenn er ihr vor Hera und Athena den Schönheitspreis zuerkenne, um die schließlich nach dem Plan des Zeus auch der Trojanische Krieg entbrannte, der Troja den Untergang und vielen ihrer einstigen Freier den Tod brachte –: aber die Helena dieses Dramas ist an allen den Leiden, die durch sie über die Welt gekommen sind, nur scheinbar schuldig; denn sie war nicht in Troja.*

*Euripides folgte hierin der in Umrissen noch kenntlichen Helenadichtung des Stesichoros von Himera, der – anscheinend mit Rücksicht darauf, daß Helena in Sparta als Göttin kultisch verehrt wurde – den Mythos in der Weise umgeformt hatte, daß Zeus (?) seine Tochter in dem Augenblick, als Paris sie entführen wollte, unbemerkt durch ein ‚Eidolon' (ein künstliches Double) ersetzte: während Helena selbst durch Hermes (?) nach Ägypten entrückt und dem alten Proteus in Obhut gegeben wurde, entführte Paris das Eidolon. Der Krieg ging also um ein Trugbild, d. h. sozusagen um ein Nichts, und Helena blieb die unberührte Gemahlin des Menelaos, ihres göttlichen Gemahls auch im Kult von Sparta.*

*Für die euripideische Ausformung dieses Vorwurfs sind jedoch nicht mehr die apologetischen Absichten des Stesichoros leitend gewesen, sondern ersichtlich die faszinierenden poetischen Möglichkeiten, die in der dramatischen Gestaltung der ironischen Dialektik von Wahrheit und Schein liegen.*

*Die „Helena" wurde – zusammen mit der „Andromeda" – an den Dionysien des Jahres 412 aufgeführt.*

## Personen

Helena

Teukros

Menelaos

Eine alte ägyptische Sklavin

Ein alter Sklave des Menelaos

Theonoe

Theoklymenos

Ein Bote

Ein Diener Theonoes

Die Dioskuren

Den Chor bilden griechische Frauen, die als Sklavinnen in Ägypten leben.

Ort der Handlung ist der Platz vor dem Palast des Theoklymenos auf der Insel Pharos, dem Sitz des verstorbenen Proteus.

*Am Grabmal des Proteus vor dem Palast des Theoklymenos sitzt Helena als Schutzflehende*

HELENA

Das sind des Nil jungfräulich lautre Fluten hier,
Der statt der Himmelstropfen, wenn der weiße Schnee
Zerrinnt, Ägyptens dürstend Saatgefilde tränkt.
Solang er lebte, war Proteus des Landes Fürst,
Auf Pharos' Eiland wohnend als Ägyptens Herr,
Der einer Wellennymphe sich, der Psamathe,
Vermählt, nachdem sie sich von Aiakos getrennt.
Und sie gebar zwei Kinder diesem Fürstenhaus:
Den Sohn Theoklymenos und die Tochter edlen Stamms,
Eido, der Mutter Kleinod schon als kleines Kind;
Doch als sie jugendschön zur Ehe reifte, ward
Theonoe sie geheißen, denn das Göttliche,
Was ist und sein wird, alles war ihr offenbar:
So war's von Nereus, ihrem Ahn, auf sie vererbt.

Mein Vaterland ist Spartas hochberühmte Stadt,
Mein Vater ist Tyndareos: doch meldet auch
Die Sage, daß in meiner Mutter Leda Schoß
Sich Zeus geschwungen, borgend eines Schwans Gestalt,
Der eines Adlers grimmen Klaun entfloh und sich
Verstohlne Freuden haschte – lügt die Sage nicht:
Man hieß mich Helena. Welche Leiden ich erlitt,
Vernehmt. Zu Paris kamen einst drei Göttinnen
In Idas Grotten, kämpfend um der Schönheit Preis,
Zeus' Tochter Pallas, Hera und die Kyprierin:
Er soll den Ausschlag geben, wer die schönste sei.
Und meine Schönheit – wenn das Unheilbringende

Schön ist – gelobte Kypris ihm zum Eigentum
Und siegt. Von Idas Hürden zog dann Paris fort
Und kam gen Sparta, mich als seine Braut zu frein.
Doch Hera, Groll im Herzen, daß nicht sie gesiegt,
Vereitelt Alexandros' Ehebund mit mir:
Nicht mich gewährt sie, sondern webt ein lebendes
Gebilde, das mir ähnlich war, aus Ätherstoff:
So wähnt mich zu besitzen, die er nie besaß,
In eitlem Wahne Priamos' Sohn. Doch anderer
Ratschluß von Zeus gesellte diesem Leid sich zu:
Denn Krieg erregt er Argos' Land und Phrygiens
Bedrängtem Volk, daß er die Mutter Erde so
Der übergroßen Menschenlast entledige
Und alle Welt erkenne Hellas' größten Sohn.
So ward im Troerstreite denn mein Name nur,
Nicht ich, zum Kampfpreis ausgesetzt für Hellas Speer.
Mich selbst entrückte Hermes durch der Lüfte All,
Gehüllt in Wolken – Zeus vergaß der Tochter nicht –
Und führte mich in König Proteus' Haus hierher,
Der ihm der weiseste von allen Menschen galt,
Auf daß mein Bett ich für Menelaos rein erhielt.
So bin ich hier nun: aber mein unglücklicher
Gemahl, ein Heer versammelnd, zog vor Ilions
Burgzinnen, heimzufordern mich Entflohene.
Und viele Seelen starben an Skamandros' Strom
Um meinetwillen: aber mich Unselige
Verfluchen alle – wähnend, daß mein Treuebruch
Am Gatten Hellas schweren Krieg bereitete.

Wozu noch leben also? Mir tat Hermes kund,
Einst werd ich mit dem Gatten Spartas stolzen Grund
Bewohnen, hör er, daß ich nicht nach Troja kam,
Damit ich keinem Manne mich vereinigte.
So lange Proteus dieses Licht der Sonne sah,
Umwarben keine Freier mich; seit aber ihn
Der Erde Nacht umfangen, jagt des Toten Sohn
Nach meiner Hand. Doch meinem ersten Gatten treu,
Knie ich an Proteus' Grabmal hier und fleh ihn an,

Dem Gatten mich zu wahren unbefleckt und rein,
Daß, wenn in Hellas schmachbedeckt mein Name sei,
Die Schmach doch hier nicht meinen Leib entheilige.

*Teukros nähert sich dem Palast*

TEUKROS

Wer übt die Macht in diesem festen Schlosse hier?
Ein Haus des Reichtums ist dies Haus: so ragt es kühn
Mit stolzer Zinn und königlicher Mauern Kranz.
Sieh da:
Ihr Götter, was erblick ich hier? Das Mörderbild
Der Allverhaßten seh ich, die mich mordete
Und alle Griechen! Strafen dich die Götter so,
Wie Helena du ähnelst! Träte nicht mein Fuß
Auf fremdes Land, durch diesen wohlgezielten Pfeil
Verdürbst du, büßtest, daß ihr Ebenbild du trägst!

HELENA

Was, Armer, wer du seiest, was entfliehst du mir
Und hegst um ihren Frevelgeist Haß wider mich?

TEUKROS

Ich irrte, gab dem Grolle mehr als billig Raum.
Wohl haßt in Hellas alles Volk die Tochter Zeus':
Darum vergib mir, was ich eben sprach, o Frau.

HELENA

Wer bist du? Woher kamst du, Freund, in dieses Land?

TEUKROS

Der Schwerbedrängten einer, Frau, von Hellas' Volk.

HELENA

Kein Wunder also, hassest du die Helena.
Doch wer? Woher? Mit welchem Namen nennt man dich?

TEUKROS

Ich heiße Teukros, Vater ist mir Telamon,
Und Salamis die Stätte, die mich auferzog.

HELENA

Wie kommst du denn an dieses Nilgestade hier?

TEUKROS

Ich irre flüchtig, aus dem Vaterreich verbannt.

HELENA

Dann bist du wohl unglücklich: wer vertrieb dich dort?

TEUKROS
Mein eigner Vater, Telamon, mein bester Freund!

HELENA
Warum? Ein Unglück waltet wohl in diesem Fall.

TEUKROS
Des Bruders Tod bei Troja ward mein Untergang.

HELENA
Wie? Traf ihn doch nicht etwa deines Schwertes Stoß?

TEUKROS
Ins eigne Schwert sich stürzend gab er sich den Tod.

HELENA
Er raste wohl? Denn wer bei Sinnen täte das?

TEUKROS
Ist dir vielleicht Achilleus, Thetis' Sohn, bekannt?

HELENA
Ja.
Er freite, wie wir hörten, mit um Helena.

TEUKROS
Sein Tod erweckte um seine Rüstung Streit im Heer.

HELENA
Wie konnte dies dem Ajas unheilbringend sein?

TEUKROS
Die Wehr empfing ein andrer, drum entleibt er sich.

HELENA
So brachte denn sein Leiden Unheil über dich?

TEUKROS
Weil ich an seiner Seite nicht gefallen bin.

HELENA
Du kamst denn auch vor Trojas stolze Stadt, mein Freund?

TEUKROS
Und fand, sie mitzerstörend, selbst den Untergang.

HELENA
So sank sie schon in Trümmer, ward des Feuers Raub?

TEUKROS
Daß auch die Spur der Mauern nicht mehr kenntlich ist.

HELENA
O arme Helena, du wardst der Phryger Tod!

TEUKROS

Und auch Achaias! Schweres Unheil ist geschehn.

HELENA

Wie lange Zeit her ist es, daß die Feste fiel?

TEUKROS

Fruchtreicher Jahreskreise sind es sieben fast.

HELENA

Wie lange Zeit denn laget ihr vor Ilion?

TEUKROS

Viel Monde, die durch zehen Jahre wanderten.

HELENA

Das Weib von Sparta – kam es auch in eure Hand?

TEUKROS

An ihren Haaren schleppte sie Menelaos fort.

HELENA

Du sahst die Arme? Oder hast du's nur gehört?

TEUKROS

Wie dich mit meinen Augen, also sah ich sie.

HELENA

Daß euch die Götter nur kein Wahnbild zugesandt!

TEUKROS

Von anderm laß uns reden, sprich nicht mehr von ihr.

HELENA

So zweifellos, so sicher dünkt euch dieser Wahn?

TEUKROS

Ich sah's mit eignen Augen, und noch sieht's der Geist.

HELENA

Und ist ihr Gatte schon daheim mit Helena?

TEUKROS

Nicht am Eurotas ist er, auch in Argos nicht.

HELENA

O Wort des Unglücks – jenen, die das Wort betrifft!

TEUKROS

Er ist mit ihr verschwunden, wie die Sage geht.

HELENA

So ging die Rückfahrt aller nicht nach einem Ziel?

TEUKROS

Wohl: doch nach allen Seiten warf der Sturm sie fort.

HELENA
Und welches Meeres Rücken trug sie, da's geschah?

TEUKROS
Sie fuhren eben mitten durchs Ägäermeer.

HELENA
Und ob er hier entronnen, weiß niemand von euch?

TEUKROS
Niemand. In Hellas' Landen wird er totgesagt.

HELENA *für sich*
Ich bin verloren!

Lebt die Thestiade noch?

TEUKROS
Von Leda sprichst du? Nein, auch sie ging schon dahin.

HELENA
Ihr brachte doch der Tochter Schande nicht den Tod?

TEUKROS
An Schlingen, sagt man, knüpfte sie den edlen Hals.

HELENA
Tyndareos' Söhne leben? Oder sind sie tot?

TEUKROS
Sie leben nicht und leben, denn zwei Sagen gehn.

HELENA
Und welches ist die bessere?

*für sich*

Ach ich armes Weib!

TEUKROS
Man sagt, als Götter lebten bei den Sternen sie.

HELENA
Schön lautet dieses; aber nun das andere –?

TEUKROS
Der Schwester wegen gaben sie sich selbst den Tod.
Genug davon! Zwiefachen Jammer spare mir.
Doch was zu diesem Königshaus mich gehen hieß:
Theonoe, die Gottvertraute möcht ich sehn.
Sei du mir hilfreich, daß von ihr ein Seherspruch
Mir werde, wie, mein Segel glücklich ausgespannt,
Nach Kypros ich, dem Meereseiland, kommen mag:

Dort heißt mich Phoibos wohnen und dem neuen Sitz
Von meiner Heimat Salamis den Namen leihn.

HELENA

O Freund, die Fahrt selbst leitet dich dahin, doch du
Verlaß und flieh dies Ufer, eh des Landes Herr,
Der Sohn des Proteus, dich gewahrt. Fern ging er jetzt
Mit seinen Hunden auf die Jagd des Wildes aus:
Er tötet, welchen Fremdling er aus Hellas greift.
Weswegen, dieses strebe du nicht auszuspähn,
Und ich verschweig es: denn was hülfe dir es auch?

TEUKROS

Dank dir für deine Kunde: daß die Götter dir
Vergelten mögen, was du Liebes mir erzeigt!
Zwar gleich an Körper Helena, bist du doch nicht
Ihr gleich im Denken, sondern ganz unähnlich ihr.
Sie gehe bös zugrunde, nie gelange sie
Zum Strom Eurotas, aber du sei glücklich stets!

*er geht wieder fort*

HELENA

Ach, um den Grund für den Jammer unendlicher Leiden zu [legen:
Welch eine Klage erheb ich? Und welch eine Weise ersinn ich
Für meine Tränen, die Trauer, den Kummer? Ach weh mir!

*Erste Strophe*

Ihr beschwingten, lieben Jungfraun,
Töchter ihr des Erdengrunds,
Sirenen:
Kämt ihr doch zu meinen Klagen
Mit der Flöte oder Syrinx oder Leier,
Zolltet Tränen, welche in mein Weinen stimmen,
Klag zur Klage, Lied zum Lied!
Sendetest du Totenchöre,
Meine Klage zu begleiten,
Schattengöttin:
Unter Tränen sänge ich dir,
Die Verblichenen zu ergötzen,

Einen Paian bittrer Klagen
In dein dunkles Reich hinab!

*Erste Gegenstrophe*

CHOR

Bei der dunkelblauen Quelle
Längs der grünen Hecke weilt ich,
Buntfarbne
Kleider trocknend rings im goldnen
Schein der Sonne um das blühnde Rohr des Schilfes.
Horch: da schrie's erbärmlich auf und ich vernahm des
Jammers Laut und klagend Lied:
Schluchzend gellte eines Weibes
Mund den Wehruf gleich der Nymphe,
Der Najade,
Welche im Gebirg die Weise
Irrer Flucht in Ängsten jammert
Und in Felsenöden über
Pans Umarmung gellend weint.

*Zweite Strophe*

HELENA

Beute des Barbarenschiffes,
Mädchen ihr aus Griechenland,
Ein Seemann der Achaier kam,
Kam und brachte Tränen mir zu Tränen:
Ilions Ruinen lodern
In des Feindes Feuersbrünsten:
Ich bin schuld, die Mörderin –
Er, mein Leidensname ist schuld.
Leda gab sich selbst den Tod
Durch den Strang in tiefem Schmerze
Über meine Schande.
Mein Gemahl fand, auf den Meeren
Weit verschlagen, grausen Tod.
Kastor und sein edler Bruder,
Unsrer Heimat doppelt Zierde,
Schwand, verschwand, verließ die Bahnen
Stolzer Rosse und die Plätze

An Eurotas' Schilfgestaden,
Wo der Jüngling übend seinen Leib stählt.

*Zweite Gegenstrophe*

CHOR

O dein tränenwertes Schicksal,
Weh um dein Verhängnis, Weib!
Unglücklich fiel dein Lebenslos,
Als dich Zeus in Ledas Schoß erzeugte,
In des Schwanes Schneegefieder
Schimmernd vor dem hellen Äther.
Welches Leid verschonte dich?
Welches Unglück littst du nicht?
Deine Mutter ging dahin,
Zeus' geliebten Zwillingssöhnen
Ward ihr Glück genommen.
Deine Heimat siehst du nie mehr,
Durch die Städte läuft der Ruf,
Edle Frau, du habst dem fremden
Buhlen dich dahingegeben.
Dein Gemahl ließ in des Meeres
Wogengrab sein Leben. Niemals
Wirst du mehr das Haus der Väter,
Nie Athene im ehrnen Schrein beglücken.

*Epode*

HELENA

Wehe, welcher Phryger war es,
Welcher Mann aus Griechenland,
Der die Fichte, die so schmerzlich
Troja ward, gefällt hat?
Aus ihr fügte Priamos' Sohn sich
Die Verderben bringende Barke:
Von Barbarenhand gerudert,
Segelt er an meinen Herd,
Meine unglückselige Schönheit
Zu entführen, daß ich sein sei,
Und die listig schlaue Kypris –

Mordend Tod den Griechen bringend –
Half dem Sohn des Priamos.

Wehe mir um mein Geschick!

Doch des Zeus erhabne Gattin
Hera, hoch auf goldenem Thron,
Sandte Majas flügelschnellen
Sohn herab, und als ich
Gerade frische Rosenblätter
Ins Gewand mir pflückte für die
Göttin in dem ehernen Schrein,
Entführte er mich durch den Äther
In dies segenlose Land,
So unseligen Zwist entfachend
Priamos' und Hellas' Völkern.
Und an Simoeis' Gewässer
Hat mein Name
Eitlen, falschen Ruhm erlangt.

CHORFÜHRERIN

Du leidest hart, ich weiß es, doch es nützt gewiß,
Getrost zu tragen, was die Not des Lebens bringt.

HELENA

Geliebte Frauen, welches Los umstrickte mich?
Ward ich den Menschen nicht als ein Gespenst gezeugt?
Gespenstisch ist mein Leben und was mir geschieht:
Teils Heras Groll, teils meine Schönheit trägt die Schuld.
Ach könnte ich doch für die Schönheit Häßlichkeit
Eintauschen, wie ein Bildnis wieder ausgewischt,
Und was die Gottheit Böses über mich verhängt –
Vergäßen das die Danaer, und bewahrten sie
Mein Gutes nur im Sinne, wie mein Böses nun!
Wen Gott in einem Glücke nur, an dem er hing,
Heimsuchte: schwer zwar, aber doch erträgt er es.
Ich sehe mich in vieles Ungemach verstrickt.
Erstlich verfolgt mich unverdient ein böser Ruf,
Und größer ist solch Übel als die Wirklichkeit:
Für Übeltat zu büßen, die man nicht beging.

Dann führten Götter aus der Heimat mich hinweg
Zu rohen Völkern; und der Teuersten beraubt,
Sank ich zur Sklavin, freier Eltern Kind, herab:
Denn hier sind alle Sklaven und nur einer frei.
Doch welcher Anker mich allein aufrecht erhielt:
Mein Gatte werde kommen einst und mich befrein –
Er ist dahingeschwunden, da der Gatte starb.
Die Mutter schied, und ihre Mörderin bin ich
Genannt – mit Unrecht; aber mein ist doch die Schmach.
Die meine Zier und meines Hauses Kleinod war,
Die Tochter altert gattenlos als Jungfrau hin.
Auch die nach Zeus sich nennen, meine Brüder sind
Dahin. Und so, von jedem Unglück heimgesucht,
Bin ich vor Menschenaugen tot, wenn lebend auch.
Das Schlimmste aber: käm ich heim ins Vaterland,
Man legte mich in Bande, wähnend, Helena
Von Troja sei ich, die dem Menelaos folgt.
Denn lebte noch der Gatte: wir erkennten uns
An sichren Zeichen, ihm und mir allein bekannt.
Nun ist es anders, und er kehrt nicht mehr zurück.

Wozu noch leben also? Was erwartet mich?
Erwähl ich, solchem Leiden zu entgehn, die Hand
Des fremden Mannes, setze mich in seinem Haus
An reiche Tafeln? Aber lebt das Weib in Haß
Mit ihrem Gatten, ist das Dasein ihr vergällt.
Das beste ist der Tod: wie sollt es anders sein?
In solcher Leiden tiefes Meer versanken wir.
Wohl hat die Schönheit andern Fraun ein glücklich Los
Bereitet, mir jedoch bringt sie den Untergang.

CHORFÜHRERIN

O Helena, wer immer jener Fremdling war:
Glaubst du bestimmt, daß er die lautre Wahrheit sprach?

HELENA

Er sagte klar und deutlich, mein Gemahl sei tot.

CHORFÜHRERIN

Viel, was die Menschen reden, ist auch lügenhaft.

HELENA

Und vieles wahr auch: Wahres wird unschwer erkannt.

CHORFÜHRERIN

Anstatt zu hoffen, kehrst du dich dem Grame zu.

HELENA

Die Furcht umstrickt mich, treibt mein Herz in Schrecken um.

CHORFÜHRERIN

Wie sind die Hausgenossen hier für dich gestimmt?

HELENA

Sie sind mir alle freundlich, nur mein Freier nicht.

CHORFÜHRERIN

Nun, weißt du was? Verlasse dieses Totenmal...

HELENA

Was willst du sagen? Welche Mahnung gibst du mir?

CHORFÜHRERIN

Tritt ein zum Hause, frage dort Theonoe,
Der Nereide Tochter, welcher alles kund,
Um deinen Gatten, ob er noch am Lichte weilt,
Ob schon dahinging. Wenn du dieses wohl erforscht:
Je nach der Schickung stimme dich zu Freud und Schmerz.
Bevor du jedes sicher weißt – was hilft es dir,
Der Trauer nachzuhängen? Darum folge mir:
Verlaß das Grab, und aus der Jungfrau Sehermund
Wird alles kund dir werden. Kannst im Hause du
Wahrheit erfragen, blicke nicht zur Ferne hin!
Ich will mit dir zusammen in das Haus dort gehn,
Denn mitzuhören drängt es mich den Seherspruch.
Wohl ziemt es sich für Frauen, Fraun hilfreich zu sein.

HELENA

Ich folge, Freundin, deinem Rat.
Geht, o geht ins Haus hinein,
Damit ihr im Palaste
Meinen Leidenskampf erlebt.

CHORFÜHRERIN

Du rufst der willig folgenden.

HELENA

Weh, du unglückseliger Tag!

Welches tränenvolle Wort
Werd ich hören, welchen Spruch?

CHORFÜHRERIN

Künde nicht voraus den Jammer, klag, o Liebe, nicht vorher!

HELENA

Was litt mein armer Gatte wohl?
Sieht er noch des Tages Licht,
Das Viergespann der Sonne und der Sterne Bahn,
Oder hat im Totenreich
Drunten ihn die Ewigkeit?

CHORFÜHRERIN

Deute stets zum Bessern alles, was die Zukunft bringen mag.

HELENA

Zu dir ruf ich, bei dir schwör ich,
Kühler schilfumgrünter Strom Eurotas,
Wenn vom Tode meines Gatten
Mir die wahre Kunde ward –
Ach, was soll das töricht „wenn"? –:
Hoch werd ich die Todesschlinge
Um den Hals mir knüpfen,
Oder hebe das Todesschwert,
Daß das Blut vom Halse rinnt,
Wider das eigene Fleisch im Ringen der eigenen Hände,
Opfer der drei Göttinnnen
Und des Paris, welcher ihnen
Huldigte mit dem Spiel der Syrinx
Einst bei seinen Hürden.

CHORFÜHRERIN

Andre treffe solches Unheil: lebe du, von Glück umblüht!

HELENA

O jammervolles Troja,
Durch böse Tat sinkst du hin,
Schweres Leid littest du.
Kypris schuf durch meine Schönheit
Vieles Blut und viele Tränen:
Gram zu Gram, Tränen zu Tränen, Leid zu Leid.
Mütter ließen ihre Söhne,
Jungfraun schoren ihre Locken,

Schwestern edler Toter, welche
Rings am phrygischen Strome ruhn.
Wehgeschrei hob Hellas an
Und brach in lautes Klagen aus:
An sein Haupt die Hände legend,
Färbte es mit blutigen
Schlägen zarte Wangen rot.

O glückselige Tochter Arkadiens, die des Kroniden
Lager vordem vierfüßig bestiegen, Kallisto,
Wie weit glücklicher warst du denn Leda,
Daß in den zottigen Gliedern des Waldtiers
(Zärtliche Augen mildern dein Aussehn)
Du deines Kummers Lasten vergaßest!
Glücklicher warest auch du, die Artemis einst aus dem Chore
Als goldhörnige Hindin der Schönheit wegen verstoßen,
Merops' Kind vom Titanengeschlecht: doch meine Schönheit
Tilgte vertilgte des Dardanos Türme
Und die verlorenen Söhne Achaias!

*Sie betritt mit dem Chor den Palast*

*Menelaos als Schiffbrüchiger*

MENELAOS

Du, der in Pisas Fluren einst Oinomaos
Im Wagenkampf besiegte, Pelops: hätte dich
Doch damals, als zerstückt den Göttern du zum Mahl
Gedient, im Kreis der Götter schon der Tod ereilt,
Bevor du meinen Vater Atreus noch gezeugt,
Dem wir entsprossen aus dem Schoß Aëropes,
Agamemnon und Menelaos, ein berühmtes Paar!
Die größte Kriegsmacht – ohne Prahlen sag ich es –
Geleitet ich nach Troja durch des Meeres Flut
Als König, dessen Machtgebot die Jünglinge
Sich ohne Zwang freiwillig unterordneten.
Und ihrer zählt man viele, die gefallen sind,
Und andre, die gerettet froh dem Meer entflohn,
Und die der Toten Namen nur zurückgebracht.
Ich Armer irre durch des Meeres blaue Flut
So lange schon, wie ich berannte Trojas Burg,

Und heimzukommen drängt es mich ins Vaterland:
Doch würdigen mich die Götter dieses Glückes nicht.
Schon segelt ich um alle Öden Libyens
Und ungastliche Buchten, und bin ich dann nah
Dem Vaterlande, rafft ein Sturm mich wieder fort:
Nie schwellt ein Wind mein Segel, der mich heimwärts trägt.

Und nun, beraubt der Freunde, ward ich strandend hier
An dieses Land geworfen, und gebrochen treibt
Mein Schiff in vielen Trümmern um den Felsenstrand.
Vom schöngefügten Bau blieb mir allein der Kiel,
Auf welchem ich mit Helena, die von Troja wir
Mitschleppten, kaum durch unverhofftes Glück entrann.
Ich weiß des Landes Namen nicht, noch welches Volk
Hier wohnt, denn ich vermied die Menschenhaufen stets,
Daß meine Nacktheit nicht die Neugier weckte: Scham
Hieß mich die Not verbergen. Fällt ein hoher Mann,
So drückt das ungewohnte Leid viel härter ihn
Als einen andern, welcher längst unglücklich war.
Nun drängt die Not mich; denn an Mundvorrat gebricht's
Und Kleidern, mich zu decken; leicht erkennt man dies:
Als Hülle dient mir, was der Schiffbruch übrig ließ.
Der frühern Kleider weicher Prunk, die köstlichen
Gewande sind des Meeres Raub. In hohler Schlucht
Verbarg ich alles meines Leids Urheberin,
Mein Weib, und komme, während mir der Freunde Schar,
Die mir geblieben, mein Gemahl bewachen muß.
Ich irr allein, umspähend, ob ich nicht vielleicht
Den Freunden dort, was ihnen nottut, schaffen mag.
Da sah ich dies von Zinnen rings umkränzte Haus,
Die stolzen Pforten sah ich eines Glücklichen,
Und nahte mich. Aus einem reichen Hause darf
Der Schiffer etwas hoffen; wem's an Gütern fehlt –
Er kann nicht helfen, würde er es wollen auch.

*Er klopft an das Tor des Palastes*

Holla!
Wer hütet diese Pforte? Kommt niemand heraus,
Damit er drinnen meine Not verkündige?

*Eine alte Sklavin ruft von innen und öffnet dann die Tür*

DIE ALTE

Wer ist am Tore? – Gehst du nicht vom Hause weg?
Was stehst du an des Hofes Toren hier und willst
Dem Herrn beschwerlich fallen? Geh, dich trifft der Tod
Als Griechen, dem hier keine Statt beschieden ist!

MENELAOS

Schon gut, schon gut, du Alte, hast ja recht.
Du darfst's, denn ich gehorche. Doch sprich gütiger.

DIE ALTE

Hinweg vom Hause! Denn mir, Fremdling, liegt es ob,
Zu wachen, daß kein Grieche diesem Hause naht.

MENELAOS

Oh, balle nicht die Fäuste, brauche nicht Gewalt!

DIE ALTE

Du hörst ja nicht auf Worte, du trägst selbst die Schuld.

MENELAOS

Geh hin und melde deinem Herrn im Hause dort ...

DIE ALTE

Du dürftest übel fahren, wenn ich's meldete!

MENELAOS

Schiffbrüchig komm ich, Fremdling, unter Götterhut.

DIE ALTE

So geh nach einem andern Haus, in dieses nicht!

MENELAOS

Nein, hier in dieses geh ich: du willfahre mir!

DIE ALTE

Du bist mir lästig: nächstens treibt Gewalt dich fort!

MENELAOS

Weh!
Mein ruhmbedecktes Kriegerheer, wo bist du jetzt?

DIE ALTE

Dort warst du wohl gefeiert: hier, Freund, bist du's nicht.

MENELAOS

O Schicksal, welch unwürdig namenlose Schmach!

DIE ALTE

Was schwimmt dein Aug in Tränen? Was bejammerst du?

MENELAOS

Ich klag um mein vergangnes, mein verlornes Glück.

DIE ALTE

Geh hin und weine deinen Gram den Deinen vor.

MENELAOS

Wie heißt das Land hier? Wessen ist das Königshaus?

DIE ALTE

Proteus bewohnt es, und Ägypten heißt das Land.

MENELAOS

Ägypten? Wohin kam ich Unglückseliger!

DIE ALTE

Was hast du denn zu schelten auf das Land des Nil?

MENELAOS

Nicht dieses schalt ich: mein Geschick beklag ich nur.

DIE ALTE

Unglücklich sind so viele: du bist's nicht allein.

MENELAOS

Nun, ist der König, den du nennst, im Hause wohl?

DIE ALTE

Das ist sein Grabmal, jetzt regiert sein Sohn im Land.

MENELAOS

Wo weilt er? Auswärts oder im Palaste hier?

DIE ALTE

Nicht hier. Doch Griechen haßt er als ihr schlimmster Feind.

MENELAOS

Um welche Schuld, daß ich für diese büßen muß?

DIE ALTE

Zeus' Tochter weilt in diesem Hause, Helena.

MENELAOS

Was sprichst du? Was vernahm ich? Nochmals sage mir's.

DIE ALTE

Tyndareos' Tochter, die vordem zu Sparta war.

MENELAOS

Von wannen kam sie? Rede! Wie verhält sich das?

DIE ALTE

Von Lakedaimons Landen kam sie her zu uns.

MENELAOS

Wann? –

beiseite Hat sie jemand aus der Kluft vielleicht entführt?

DIE ALTE

Bevor Achaias Heeresmacht gen Troja zog.
Doch geh hinweg vom Hause, denn es waltet hier
Ein Schicksal, das dem Königshaus Unruhe bringt.
Du kommst in ungelegner Zeit: wenn unser Herr
Dich trifft, empfängst du sichern Tod als Gastgeschenk.
Ich will dem Volk Achaias wohl und sagte dir
Aus Furcht vor meinem König nur manch bittres Wort.

*Sie geht in den Palast zurück*

MENELAOS

Was sag ich nun? Was red ich? Denn zum alten Leid
Hat, wie wir hören, neue Not sich hier gesellt.
Von Troja kommend führ ich als Gefangene
Mit mir die Gattin und verbarg in Höhlen sie,
Und nun verweilt in diesem Königshause hier
Ein andres Weib, das meiner Gattin Namen trägt.
Sie sei von Zeus entsprossen, sagt die Alte mir.
So führt am Nilgestade wohl ein Sterblicher
Den Namen Zeus? Denn einer ist im Himmel nur.
Doch gibt's ein andres Sparta noch als dort allein,
Wo stolz Eurotas' schilfumkränzte Wellen ziehn?
Und auch den Namen Tyndareos führt einer nur.
Und gibt's ein Land, das Lakedaimons Namen trägt
Und Trojas? Was ich sagen soll – ich weiß es nicht.
Gar manche, scheint es, haben wohl in manchem Land
Die gleichen Namen, diese Stadt und jene Stadt,
Dies Weib und jenes; das befremdet also nicht.
Auch, was die Sklavin drohte, schreckt mich nicht zurück.
So grausam ist doch keiner, daß er Speise mir
Verweigern dürfte, nenn ich meinen Namen ihm.
Wer weiß vom Brande Trojas nicht? Der ihn entflammt,
Menelaos, ist in allen Landen wohlbekannt.
Erwart ich denn des Hauses Herrn! Das bietet mir
Zwiefache Hoffnung: wenn er rohen Sinnes ist,
Dann eil ich mich verbergend nach dem Wrack zurück;
Doch wenn er menschlich milde fühlt, dann will ich mir
Erbitten, was mir helfen kann in dieser Not.
Das ist in meinem Mißgeschick das Härteste:

Daß ich, ein König, betteln muß um Unterhalt
Bei fremden Herrschern, doch zwingt mich die Not dazu.
Ein Spruch der Weisen ist es, nicht mein eignes Wort:
Hoch über allen Mächten steht die harte Not.

*Er geht auf die Seite*

CHOR

*mit Helena aus dem Palast zurückkommend*

Ich hörte die Seherin verkünden,
Was Helena begehrte, da sie im Palast
Erschien: Menelaos ist noch nicht
In das düstre Totenreich
Unter die Erde geschwunden,
Sondern auf der wogenden See
Treibt er umher: noch hat er nicht
Seiner Heimat Häfen berührt,
Denn auf irrender Lebensbahn
Setzt er – duldend und ohne Freund –
Seinen Fuß auf manches Gestad,
Seit er mit seinem Ruderschiff
Trojas Fluren verlassen.

HELENA

Zum Sitz am Totenmale wandl ich wiederum,
Nachdem ich Liebes hörte von Theonoe,
Die klar in alle Tiefen schaut: sie sagte mir,
Noch weile lebend mein Gemahl im Sonnenlicht
Und werde – über tausend Meere hin verstürmt,
Hierhin und dorthin, vielgeprüft auf irrer Fahrt –
Erscheinen, wenn er seiner Leiden Ziel erreicht.
Doch sie verschwieg, ob seine Heimkehr glücklich sei.
Denn das bestimmt zu fragen, unterließ ich selbst,
Voll Freude, daß mir Kunde ward, er lebe noch.
Doch nahe, sprach sie, weilt er hier im Lande wo,
Entflohn dem Schiffbruch, im Geleit von wenigen.
Wann wirst du kommen? Wie verlangt mein Herz nach dir!

*Menelaos nähert sich ihr*

Oh!
Wer ist der Mann hier? Werd ich durch verborgnen Trug

Vielleicht von Proteus' gottvergeßnem Sohn bedroht?
Gleich einem Fohlen, gleich der Bakche flüchtend will
Ich mich ans Grabmal klammern: welch ein wilder Mann
Ist er von Aussehn, der mich zu erjagen strebt!

MENELAOS

Du, die mit schnellen Sprüngen ungestümer Hast
Zum Stein des Grabes eilt und zu den flammenden
Geweihten Kuchen, bleibe! Was entfliehst du mir?
Sprachloses Staunen, Schrecken weckt dein Bild in mir.

HELENA

Gewalt geschieht mir, dieser Mann hält mich, ihr Fraun,
Zurück vom Grabmal, will mich fangen, will dem Herrn
Mich übergeben, dessen Hand ich stets geflohn.

MENELAOS

Kein Räuber bin ich, keines Missetäters Knecht.

HELENA

Doch deckt der Glieder Blöße dir ein schmutzig Kleid.

MENELAOS

Vergiß die Angst und hemme, Weib, den schnellen Schritt.

HELENA

Ich bleibe, nun ich angelangt an diesem Ort.

MENELAOS

Wer bist du? Welche Züge zeigst du meinem Blick?

HELENA

Wer du? Denn so zu fragen hab ich gleichen Grund.

MENELAOS

Nie sah ich eine Fraungestalt ihr ähnlicher!

HELENA

O Gott – denn Freunde wiedersehn ist Gottesglück!

MENELAOS

Du stammst aus Hellas? Oder bist du heimisch hier?

HELENA

Aus Hellas; aber nenne mir auch dein Geschlecht.

MENELAOS

Nie sah ich eine Helena so gleich wie dich.

HELENA

Du gleichst so ganz Menelaos: mir versagt das Wort!

MENELAOS

Den ärmsten aller Männer hast du recht erkannt.

HELENA *auf ihn zueilend*

Oh, spät kamst du in deines Weibes Arm zurück!

MENELAOS

Welch eines Weibes? Rühre nicht an mein Gewand!

HELENA

Die Tyndareos, mein Vater, dir zur Ehe gab.

MENELAOS

Lichtgöttin, send uns gute Geister, Hekate!

HELENA

Kein Nachtgespenst der Wegegöttin siehst du hier.

MENELAOS

Doch bin ich einer, zweier Frauen Gatte nicht!

HELENA

Welch andre Gattin hast du dir denn angetraut?

MENELAOS

Sie birgt der Fels: vom Phrygerlande bring ich sie.

HELENA

Zur Gattin hast du keine sonst, als mich allein.

MENELAOS

Bin ich bei Sinnen, oder ist mein Auge krank?

HELENA

So glaubst du, mich erblickend, nicht dein Weib zu sehn?

MENELAOS

Gleich ist das Aussehn, doch die Meine bist du nicht.

HELENA

Schau! Was bedarf's noch? Kann ein Zeugnis klarer sein?

MENELAOS

Du bist ihr ähnlich, sicher: das bestreit ich nicht.

HELENA

Wer anders kann dich's lehren als dein eigner Blick?

MENELAOS

Ich habe schon ein andres Weib, das macht mich irr.

HELENA

Nicht ich, mein Abbild war es, das nach Troja kam.

MENELAOS

Doch wer erschafft Gestalten, die lebendig sind?

HELENA
Der Äther sandt ein gotterschaffnes Weib dir zu.

MENELAOS
Und welche Gottheit schuf es? Wunderbares Wort!

HELENA
Hera, zum Tausche, daß mich Paris nicht empfing.

MENELAOS
Wie warst du hier denn und zugleich in Ilion?

HELENA
Die Namen sind an manchem Ort, die Körper nicht.

MENELAOS
Laß mich! Des Leides bracht ich schon genug mit mir.

HELENA
Du willst mich lassen und entführst das leere Bild?

MENELAOS
Leb wohl und Heil dir, daß du so der Helena gleichst!

HELENA
O Gram! Den Gatten fand ich kaum, und er entflieht!

MENELAOS
Dem schweren Leid vor Troja glaub ich mehr denn dir.

HELENA
Weh mir: wem ward ein größres Unglück je als mir?
Die Liebsten fliehn, verlassen mich: ich kehre nie
Nach Griechenland, in meiner Ahnen Land zurück!

*Ein alter Sklave des Menelaos eilt herbei*

DER ALTE
Menelaos, lange suchend find ich endlich dich:
Ich irrte rings durch dieses fremde Land, gesandt
Von deinen Freunden, die du dort gelassen hast.

MENELAOS
Was ist geschehen? Plündern euch Barbaren aus?

DER ALTE
Ein Wunder, dessen Größe nie das Wort erreicht.

MENELAOS
Sprich! Neuigkeiten bringst du deiner Eile nach.

DER ALTE
Nun denn: du trugst die tausendfachen Mühn umsonst.

MENELAOS

Du klagst um alte Leiden: was begab sich denn?

DER ALTE

Hinauf, in Äthershöhen, unsichtbar entrückt,
Schwand deine Gattin und verbirgt im Himmel sich,
Nachdem sie jene Grotte, wo wir sie verwahrt,
Verlassen, also sprechend: „Armes Phrygervolk
Und Volk Achaias, meinethalb, durch Heras Trug,
Starbt ihr im Feld Skamanders, wähnend, Helena
Besitze Trojas Paris, der sie nie besaß.
Ich aber, nun ich ausgeharrt die lange Zeit,
Die mir bestimmt mein Schicksal, kehre nun zurück
Zum Himmel, meinem Vater. Sie, die nichts verbrach,
Die Tyndaride trug umsonst den bösen Ruf."

*Er erblickt Helena*

O Heil dir, Ledas Tochter! Also bist du hier?
Und ich verkünde, daß du dich zu Sternenhöhn
Emporgeschwungen, wußte nicht, daß Flügel du
Am Leibe trugst! Zum zweiten Male sollst du mich
Nicht höhnen, denn vor Troja schufst du schon
Der Mühn genug dem Gatten und dem Bundesheer.

MENELAOS

Dies war es also! Was sie sprach, ist wahr und stimmt
Zu dieses Mannes Worten! Lang ersehnter Tag,
Der dich, Geliebte, wiederbringt in meinen Arm!

HELENA

O liebster du der Männer, lang, Menelaos, war
Die Zeit, doch eben ist die Freude eingekehrt!
Glücklich, ihr Fraun, bin ich, da ich den Gatten fand:
Ich schlinge meinen liebenden Arm um ihn
Nach manchem langem Tag.

MENELAOS

Und ich um dich! Ich hätte viel zu sagen und
Weiß nicht, womit ich jetzt zuerst beginnen soll.

HELENA

In Freude beb ich, Wonneschauer sträuben
Des Hauptes Haar auf, und die Tränen rinnen:

Um dich, Trauter, schling ich meinen Arm, um dich,
Der Lust mich zu freun.

MENELAOS

Ich schelte nicht mein Los – o süßer Anblick –:
Ich fand sie wieder, Zeus' und Ledas Tochter,
Welche das Paar der Brüder einst,
Das auf strahlenden Rossen prangt,
Feierte unter Fackelglanz,
Die Götter meinem Hause dann entrückten!

HELENA

Ein andres, ein bessres
Geschick hat ein Gott uns bereitet:
Gewandelt in Heil,
Führt jeden in des Gatten Arm
Das Unheil zurück.
Wohl spät: doch – o mög ich froh sein des Glücks!

CHORFÜHRERIN

Sei froh des Glückes: also fleh auch ich mit dir.
Denn zwei Verbundne tragen Wohl und Weh vereint.

HELENA

Ihr Lieben, was ich litt, beklag, beseufz ich nun
Nicht mehr: wieder hab ich ihn, den Gemahl,
Den ich ersehnt, ersehnt: nach vielen Jahren kam
Von Troja er zurück!

MENELAOS

O du hast mich und ich hab dich! Nach langen Reihn
Durchmessner Sonnen ahnt ich erst der Göttin Trug.
Vor Freude wein ich Tränen:
Tränen der Lust statt des Leids.

HELENA

Was sag ich? Wer auf Erden hätte das gedacht?
Ich drücke dich wider Erwarten ans Herz.

MENELAOS

Ich dich – und wähnte, nach der Stadt am Idaberg
Seist du geflohn, zu Trojas unselger Burg!
Bei den Göttern, sprich, wie wardst du meinem Haus entrückt?

HELENA

Ach, bittrem Ursprung nahst du dich,
Ach, bittrer Kunde spürst du nach!

MENELAOS

Sprich: hören muß ich's. Alles kommt aus Götterhand.

HELENA

Verabscheut, verhaßt ist mir, was ich dir künden muß!

MENELAOS

Sprich immer: von durchkämpftem Leide hört man gern.

HELENA

Nicht in den Arm des Troerjünglings
Flog ich im Schiff dahin,
Flog nicht, verlangend nach frevler Liebeslust . . .

MENELAOS

Und welches Schicksal, welcher Gott entführte dich?

HELENA

Des Zeus Sohn und Majas, mein Freund,
Trug mich zum Lande des Nil.

MENELAOS

Seltsam! Von wem gesendet? Wunderbares Wort!

HELENA

Ich muß weinen, feucht ist mir von Zähren das
Auge: mir brachte Zeus' Gattin den Untergang!

MENELAOS

Hera? Warum verhängte sie Leid über uns?

HELENA

Wehe, ihr Bäder und Quellen des Ida,
Wo sich die Gestalt der Göttinnen verklärte,
Wo Paris' richtender Spruch erscholl!

MENELAOS

Auf diesen Spruch erschuf dir Hera solches Leid?

HELENA

Mich dem Paris zu rauben . . .

MENELAOS

Wie? Rede!

HELENA

Dem mich Kypris gelobt . . .

MENELAOS

O Ärmste!

HELENA

O ja, ich Ärmste! – trug sie mich zum Nil hierher.

MENELAOS

Und gab für dich dann, wie du sagst, ein Schattenbild.

HELENA

Und nun, ach, das Unglück, das Unglück daheim –
O Mutter, wehe!

MENELAOS

Was sagst du da?

HELENA

Dahin die Mutter! Weil ich dir die Treue brach,
Wand sie die Todesschlinge, gab sich den Tod.

MENELAOS

Weh! Doch die Tochter, lebt sie noch, Hermione?

HELENA

Unvermählt, kinderlos beklagt sie, mein Freund,
Die Schande meiner Ehe.

MENELAOS

Du, der von Grund aus unser ganzes Haus zerstört,
Gingst unter dafür, Alexandros, und tausend
Danaer, schimmernd in Erz!

HELENA

Und mich riß ein Gott von Heimat und Stadt,
Mich Arme, und von dir, der Fluch faßte mich,
Als ich dem Haus entfloh, welchem ich nicht entfloh
Zu schmachvollem Bund!

CHORFÜHRERIN

Ist auch in Zukunft euer Los ein glückliches,
Genügt es, gutzumachen, was euch früher traf.

DER ALTE *nähertretend*

Menelaos, gönnt an eurer Lust auch mir ein Teil,
Die wohl ich ahnen, aber nicht verstehen kann.

MENELAOS

Ja, nimm auch du an unsern Reden teil, o Greis.

DIE ALTE

Trägt diese nicht an unserm Troerkampf die Schuld?

MENELAOS

Nicht sie: die Götter hatten uns mit Trug getäuscht:
Mein Arm umschloß ein Wolkenbild.

DER ALTE

Was sagst du da?
Um Wolken also kämpften wir umsonst uns ab?

MENELAOS

So fügt es Hera, so der drei Göttinnen Streit.

DER ALTE

Und lebt sie wahrhaft? Ist sie wirklich dein Gemahl?

MENELAOS

Sie ist's: vertraue meinem Wort und glaube mir's.

DER ALTE *sich an Helena wendend*

O Kind, ein Wesen, unerforschlich wunderbar,
Ist doch die Gottheit! Alles dreht und lenkt sie klug
Hierhin und dorthin: dieser härmt in Not sich ab,
Und jener, vorher ohne Harm, verdirbt hernach,
Kennt nicht in wandellosem Glück Beständigkeit.
Ihr rangt mit schweren Nöten, du wie dein Gemahl,
Du durch des Rufes Tücke, er im Kriegessturm.
Voll Eifer suchend fand er nichts, und nunmehr fand
Er wie von selbst und ungesucht das höchste Glück.
So hast du nicht verbrochen, was dein Ruf erzählt,
Hast nicht den greisen Vater, nicht Zeus' Söhn entehrt!
Ach, jetzt erneu ich deinen Brautgesang im Geist,
Der Fackeln denk ich wieder, die dem Viergespann
Ich stolz vorantrug, als im Wagen du mit ihm
Als Braut verließest dein beglücktes Vaterhaus.
Ein Schlechter ist, wer seine Herrschaft nicht verehrt,
Mit ihr sich freut, in ihrem Leide klagt mit ihr.
Mir sei's beschieden, bin ich auch ein Sklave nur,
Den Dienern edlen Sinnes beigezählt zu sein,
Und wurde mir der freie Name nicht, so sei
Doch frei die Seele! Besser, als wenn einen zwei
Gebrechen drücken: daß man üblem Laster frönt,
Und daß man untertänig Knecht der andern ist.

MENELAOS

Wohlan, o Greis! So viele Mühen hast du schon,
Bei mir im Kampfe stehend, ausgekämpft mit mir:
Nun geh, nachdem du meines Glückes Zeuge warst,
Und melde meinen Freunden am Gestade dort,
Wie du's gefunden, melde, was mit uns geschah,
Und heiß am Strand sie bleiben und des schweren Kampfs
Gewärtig sein, der, wie wir ahnen, unser harrt,
Und spähen, wie wir Helena geheim von hier
Fortschaffen, daß wir froh vereint zu gleichem Glück
Dem wilden Volk entfliehen, wenn's uns möglich ist.

DER ALTE

So sei's, o König! In der Tat: Weissagungen
Sind sämtlich lügenhaft und eitel, seh ich hier.
Nichts also kannst du lernen aus der Flamme Glut,
Nichts aus der Vögel Lauten: Torheit ist es, nur
Zu wähnen, Vögel schafften Rat den Sterblichen.
Denn Kalchas hat dem Heere niemals offenbart,
Daß er die Freunde für ein Luftbild sterben sah
Noch Helenos: die Festung ward um nichts zerstört!
Ihr sagt: er schwieg wohl, weil's des Gottes Wille war.
Was fragt ihr dann die Seher? Fleht die Götter an
Um Heil und opfert, aber laßt die Seherkunst!
Denn diese ward als eitler Köder nur erdacht,
Und durch der Flamme Zeichen ward kein Faulpelz reich:
Der beste Seher ist der Geist und kluger Sinn.

*Er geht*

CHORFÜHRERIN

Was dieser Greis vom Sehervolke sprach, es trifft
Auch meine Meinung. Wer die Huld der Götter sich
Gewann, besitzt die beste Seherkunst daheim.

HELENA

Wohlan! Bis hierher, mein Gemahl, ging alles gut.
Doch, Armer, wie von Troja du dich rettetest –
Zwar dies zu wissen fruchtet nichts: indes verlangt's
Den Freund, zu hören, welche Not der Freund erfuhr.

MENELAOS

Viel fragst du mich mit einem Wort in einem Zug.

Was nenn ich dir die Leiden im Ägäermeer,
Des Nauplios Trugsignale an Euboias Strand,
Die Städte Libyens und Kretas, die wir sahn,
Und Perseus' Warten? Nicht ersättigt würdest du
Von meinen Reden, und erzählend trauert ich,
Wie duldend ich mich härmte: doppelt fühlt ich Schmerz.

HELENA

Wohl ist die Antwort besser als die Frage war.
Doch eins für alles sage mir: wie lange Zeit
Wardst auf des Meeres Rücken du umhergestürmt?

MENELAOS

Zehn Jahreskreise brachten wir vor Troja zu,
Dann volle sieben Jahre noch durchkämpften wir.

HELENA

Welch eine lange Jammerzeit, Unglücklicher!
Und dort gerettet, fällst du hier in Mörderhand!

MENELAOS

Wie sagst du? Wehe! Wie du mich vernichtest, Weib!

HELENA

Ermorden wird dich jener, dem dies Haus gehört.

MENELAOS

Was tat ich denn, das solcher Strafe würdig war?

HELENA

Dein unverhofftes Kommen stört: er wirbt um mich.

MENELAOS

So hat ein andrer mein Gemahl zu frein verlangt?

HELENA

Und Schmach auf mich zu laden, wenn ich's duldete!

MENELAOS

Ein mächtiger Bürger? Oder gar des Landes Fürst?

HELENA

Der Sohn des Proteus, der in diesem Lande herrscht.

MENELAOS

Das also war das Rätsel, das die Sklavin sprach!

HELENA

An welchem Tor des fremden Hauses trafst du sie?

MENELAOS

Hier, wo man gleich dem Bettler mir die Türe wies.

HELENA
Du batst um eine Gabe wohl? Ich Elende!
MENELAOS
Das war die Sache: dieses Worts enthielt ich mich.
HELENA
So weißt du denn vom Drängen meines Freiers schon?
MENELAOS
Wohl: aber ob du widerstandest, weiß ich nicht.
HELENA
Ich wahrte rein und lauter meine Liebe dir.
MENELAOS
Was bürgt mir hierfür? Sprichst du wahr – welch süßer Trost!
HELENA
Du siehst am Grabmal meinen unglückselgen Sitz?
MENELAOS
Strohlager seh ich: was bedarfst du dessen nur?
HELENA
Hier fleht ich, suchte Rettung vor des Fremdlings Hand.
MENELAOS
Gab's keinen Altar? Oder ist dies Landesbrauch?
HELENA
Wie Tempel hoher Götter, bot dies Grab mir Schutz.
MENELAOS
Mit mir nach Hause segeln darfst du also nicht?
HELENA
Das Mordschwert harrt dein eher, Freund, als mein Besitz.
MENELAOS
So wär ich aller Menschen unglückseligster.
HELENA
Bedenk es denn nicht länger: flieh aus diesem Land!
MENELAOS
Ich dich verlassen? Troja stürzt ich dir zulieb!
HELENA
Doch besser, als wenn mein Besitz dich tötete.
MENELAOS
Ein feiger Rat, nicht würdig meines Troerruhms!
HELENA
Du willst den König töten? Das vermagst du nicht!

MENELAOS
Verwundet denn das Eisen seinen Körper nicht?
HELENA
Versuch es! Weise wagen nichts Unmögliches.
MENELAOS
So biet ich meine Hände still der Fessel dar?
HELENA
So geht's nicht weiter: hier bedarf es einer List.
MENELAOS
Der tapfre, nicht der tatenlose Tod ist schön.
HELENA
Eins gibt mir Hoffnung, was allein uns retten kann ...
MENELAOS
Kühnheit, Bestechung oder Redekunst vielleicht?
HELENA
Wenn mein Gebieter, daß du kamst, nicht inne wird.
MENELAOS
Wer wird es ihm verraten? Und mich kennt er nicht.
HELENA
Er hat im Haus die göttergleiche Helferin!
MENELAOS
Eine Stimme, die in seines Hauses Tiefen wohnt?
HELENA
Nein, seine Schwester, und sie heißt Theonoe.
MENELAOS
Prophetisch klingt der Name: sprich, was wird sie tun?
HELENA
Dem Bruder dich entdecken: ihr ist alles kund.
MENELAOS
So sterb ich, denn verborgen bleiben kann ich nicht.
HELENA
Vielleicht, daß unser Flehen sie bestimmen wird ...
MENELAOS
Zu welcher Tat? Welch eine Hoffnung zeigst du mir?
HELENA
Dem Bruder deine Gegenwart nicht kundzutun.
MENELAOS
Und wenn wir sie bestimmten, dann entflöhen wir?

HELENA
Vereint mit ihr leicht; aber heimlich nimmermehr.
MENELAOS
Da siehe du zu: stimmt das Weib zum Weibe doch!
HELENA
Um ihre Kniee schlingen will ich meinen Arm.
MENELAOS
Wohl: aber wenn sie unserm Flehn ihr Ohr verschließt?
HELENA
Dann stirbst du, und mich Arme freit er mit Gewalt.
MENELAOS
Du brächst die Treue: die Gewalt wird vorgeschützt.
HELENA
Mit heilgem Eide schwör ich dir bei deinem Haupt...
MENELAOS
Und was? Zu sterben, keines andern Weib zu sein?
HELENA
Durch's selbe Mordschwert: fallen will ich neben dir!
MENELAOS
Auf dieses schlinge deine Hand in meine Hand!
HELENA
Hier! Starbest du mir, scheide ich von diesem Licht.
MENELAOS
Auch ich erwähle, werd ich dein beraubt, den Tod.
HELENA
Wie sterben aber, daß der Ruhm das Ende krönt?
MENELAOS
Auf diesem Grabmal töt ich dich und mich sodann!
Doch eh wir sterben, kämpf ich einen großen Kampf
Um deine Liebe: komme, wer ihn wagen will!
Denn nicht beschimpfen will ich meinen Troerruhm,
Mich nicht verhöhnt sehn, kehr ich heim nach Griechenland,
Ich, der die Thetis ihres Heldensohns beraubt,
Gesehn den Ajas, als ins eigne Schwert er stürzt,
Und kinderlos den Nestor: und ich sollte nun
Für meine Gattin in den Tod zu gehn mich scheun?
Nein, nimmermehr! Denn wenn die Götter weise sind,
So decken sie dem Tapfern, den der Feind erschlug,

Mit leichter Erde sein Gebein im Grabesschoß,
Des Feigen Hügel drücken sie mit schwerem Stein.

CHORFÜHRERIN

O Götter, laßt doch endlich Tantalos' Geschlecht
Das Glück erringen und dem Ungemach entfliehn!

HELENA

Weh, Mißgeschick ohn Ende, denn das ist mein Los!
Es ist um uns geschehen: aus dem Hause tritt
Theonoe, die Prophetin. Horch! Das Haus erdröhnt,
Die Riegel klirren. Fliehe! Doch warum entfliehn?
Abwesend und anwesend weiß die Seherin,
Daß du gekommen. Wehe mir Verlorenen!
Aus Troja kaum gerettet, aus dem Fremdlingsland,
So fällst du wieder unter Fremdlingsschwerter hier!

*Theonoe, gefolgt von zwei Dienerinnen mit brennenden Fackeln*

THEONOE *zu der ersten Dienerin*

Auf, schreite du mit hellen Fackeln mir voran,
Laß Schwefel wallen zu des Äthers heilgem Raum,
Damit ich atme reinen Hauch aus Himmelshöhn.

*zu der andern*

Du sühne mir mit hehrer Flamme Strahl den Pfad,
Wenn ihn ein ungeweihter Fuß entheiligte,
Voran die Fackel schwingend, wo ich wandeln soll!
Und tatet ihr den Göttern, was mein Brauch gebeut,
So tragt des Herdes Flamme mir ins Haus zurück.

Nun, Helena, wie steht's um meinen Seherspruch?
Dein Gatte kam, Menelaos: sichtbar steht er hier,
Beraubt des Schiffs, und deines Ebenbilds beraubt.
Du Jammervoller, welchen Mühn entrannest du,
Und weißt nicht, ob du heimgelangst, ob bleiben mußt!
Denn Streit im Götterrate wird an diesem Tag
Um deinetwillen in Kronions Hause sein.
Zwar Hera, die dir früher stets so feindlich war,
Ist nun gewogen, will dich heim nach Griechenland
Mit dieser retten, daß man seh: ein Truggeschenk
Kytheres habe Paris einst als Weib umarmt.
Doch Kypris will vereiteln deine Wiederkehr,

Den Tadel fürchtend, daß sie nur durch Helena
Den Sieg der Schönheit sich erkauft mit eitler Huld.
Es steht bei mir nun, ob ich, wie Kythere wünscht,
Dem Bruder deine Gegenwart kundtun und dich
Verderben, ob, nach Heras Wunsch, dich retten will,
Dem Bruder dich verleugnend, der mir anbefahl,
Es ihm zu melden, wann in dieses Land du kämst.

*Zu den Sklaven*

Geht einer, meinem Bruder anzukündigen
Des Fremdlings Ankunft, daß ich selbst gesichert sei?

HELENA

Jungfrau, zu deinen Knieen fall ich flehend hin
Und liege hier an dieser jammervollen Statt
Für mich und diesen, den ich endlich wiederfand,
Und kaum gefunden als des Todes Raub sehn soll.
O sage deinem Bruder nicht, daß mein Gemahl
In meine treuen Arme mir zurückgekehrt:
Nein, rett ihn, ich beschwöre dich, und opfre nicht,
Des Bruders Sinn dich fügend, deine Frömmigkeit –
Nicht schnöden, ungerechten Dank erkaufe dir!
Die Götter hassen die Gewalt: was jeder sich
Erwerben darf, erwerb er, doch er raube nicht!
Gemeinsam ist der Himmel allen Sterblichen,
Gemein die Erde: mehrt den Schatz in eurem Haus,
Doch rühret nicht an Fremdes, raubt nicht mit Gewalt!
Mich gab in deines Vaters Hand, zum Segen mir
Und auch zum Unglück, Hermes, um dem Gatten mich
Zu retten, der, mich auszulösen, hier erscheint.
Wie kann er tot mich lösen? Wie erstattete
Proteus dem Toten wiederum die Lebende?
Ja, denk an deinen Vater, denk an jenen Gott:
Wird Hermes, wird der abgeschiedne Vater wohl
Zurückbehalten wollen, was des andern ist?
Mitnichten! Darum achte mehr den edlen Geist
Des Vaters als des Bruders töricht eitlen Sinn.
Wenn du, des Unsichtbaren kund als Seherin,
Des toten Vaters heilig Recht zu Boden trittst
Und dich des Bruders ungerechtem Sinne fügst:

Dann ist dir's Schmach, zu kennen alles Göttliche,
Was ist und nicht ist, aber Pflicht und Tugend nicht.
Erlös aus meinem Leide mich Unglückliche,
Und was das Schicksal nicht gewährt, vollende du!
Denn keiner lebt auf Erden, der nicht Helena
Verfluchte, die, dem Gatten – so schilt Hellas mich –
Untreu, bewohnte Phrygiens goldreiche Burg.
Doch kehr ich heim nach Hellas, heim ins Sparterland,
Dann hören sie, dann sehn sie, daß sie Göttertrug
Verdarb, und ich dem Gatten nicht die Treue brach.
Ich werde wieder zu den keuschen Fraun gezählt,
Vermähle meine Tochter, die jetzt keiner freit,
Und dann – erlöst von meines Wanderns bittrer Fahrt –
Genieß ich froh die Schätze, die mein Haus bewahrt.
Wär er gestorben, zehrt der Scheiter Glut ihn auf:
Den fern geschwundnen ehrte ich mit Tränen dann.
Nun lebt er, ist gerettet – und man raubt ihn mir?
Nicht also, Jungfrau! Wende dich zu meinem Flehn,
Gewähre diese Liebe mir, und ahme nach
Dem edlen Vater! Ist es doch der schönste Ruhm
Des Kindes, das aus wackrer Eltern Stamm entsproß,
An edler Art dem edlen Vater gleich zu sein.

CHORFÜHRERIN

Mitleid erwecken deine Worte, die du sprichst,
Mitleid du selbst auch. Aber von Menelaos nun
Wünsch ich zu hören, was er für sein Leben sagt.

MENELAOS

Ich möchte deine Kniee nicht umschlingen, nicht
Mein Aug mit Tränen netzen, denn ich schändete
Durch solche Feigheit meinen Ruhm im Troerland.
Wohl sagen sie, dem edlen Manne steh es schön,
Wenn ihm das Unglück Tränen aus dem Auge lockt.
Ich aber wähle solchen Ruhm – ist dieses Ruhm –
Nicht statt des hohen Sinnes, der im Helden wohnt.
Gefällt es dir, zu retten einen fremden Mann,
Der seine Gattin, wie's geziemt, zu fordern kommt:
So gib sie, rett uns beide! Wenn dir's nicht gefällt,
So wär ich heute nicht zuerst, nein, oftmals schon

Elend gewesen: du erscheinst als hartes Weib.
Doch was wir unser würdig und gerecht erkannt,
Und was vor allem dein Gemüt ergreifen wird,
Das sprech ich aus am Grabe deines Vaters hier:
„Du, der in diesem Marmormale wohnt, o Greis,
Gib sie: ich fordre mein Gemahl von dir zurück,
Das Zeus hierher dir sandte, es zu retten mir!
Du gibst sie mir nicht wieder, denn du bist dahin:
Doch diese wird nicht wollen, daß der hohe Ruhm
Des Vaters, den ich aus der Nacht zum Lichte rief,
Geschändet werde, denn es steht in ihrer Macht."

O Schattenfürst, auch deinen Beistand ruf ich an,
Du, der so viele Leichen einst um Helena
Zum Lohn empfangen, die mein Schwert geopfert hat:
O sende sie nun wiederum ans Licht herauf,
Wo nicht, so gebe diese doch als würdig Kind
Des frommgesinnten Vaters mir mein Weib zurück!
Doch wenn ihr meines Weibes mich berauben wollt,
So laß von uns dir sagen, was sie dir verschwieg.
Durch hohen Eidschwur – wiss' es, Jungfrau – band ich mich
Zuerst mit deinem Bruder in den Kampf zu gehn.
Er oder ich muß sterben: schlicht ist dieses Wort.
Doch wenn er nicht zum Kampfe Fuß stellt wider Fuß
Und uns durch Hunger hier vom Grabe treiben will,
So steht es fest: ich töte diese, stoße dann
Mein doppelschneidig Eisen mir ins Herz hinein
Auf dieses Grabmals Rücken, daß des Blutes Strom
Hinab den Hügel fließe. Zwei denn liegen wir,
Der Tote bei der Toten, auf dem glatten Stein,
Dir ewig wache Reue, deinem Vater Schmach!
Denn ihre Hand empfangen soll dein Bruder nicht
Noch sonst ein andrer, sondern ich entführe sie,
Wenn nicht nach Hause, so doch in das Totenreich.
Ja, strömt ich weibisch mein Gefühl in Tränen aus:
Bedauernswürdig wär ich mehr als männlich stark.
Töt uns, gefällt dir's: keinen Niedern tötest du.

Doch lieber leihe meinem Wort ein willig Ohr:
So bleibst du fromm, und meine Gattin führ ich heim.

CHORFÜHRERIN

Bei dir, o Jungfrau, steht es, hier den Spruch zu tun:
O richte so, daß alle deines Spruchs sich freun!

THEONOE

Natur und Wille stimmen mich zur Frömmigkeit.
Ich liebe mich und möchte meines Vaters Ruhm
Niemals beflecken noch dem Bruder eine Gunst
Gewähren, die mir künftig Schmach bereitete.
Ein hohes, lautres Heiligtum des Rechtes ist
In meiner Brust hier, das von Nereus ich ererbt
Und das ich, o Menelaos, treu bewahren will.
Hera, die höchste Göttin, will dein Wohlergehn:
Mein Wille stimm zu ihrem! Kypris möge mir
Hold sein: Gemeinschaft übte sie niemals mit mir,
Und ich will immer trachten, keusch und rein zu sein.
Und was du meinem Vater hier zuriefst am Grab,
Dasselbe muß ich sagen. Unrecht täten wir,
Sie nicht zurückzugeben: lebte jener noch,
Er gäbe dir die Gattin und dich ihr zurück.
Denn solcher Frevel wird gerächt im Totenreich
Wie bei den Erdenmenschen hier. Zwar ist der Geist
Der Toten nicht lebendig, aber ewig währt
Sein Sinnen, ist dem ewigen Äther er vermählt.
Doch um mich kurz zu fassen: stets verschwiegen bleibt,
Um was ihr mich gebeten, und ich werde nie
In seiner Torheit Helferin dem Bruder sein.
Denn Gutes tu ich, ob er's auch nicht glaubt, an ihm,
Entfremd ich ihn dem Frevel, daß er weise wird.
Ihr selber mögt nun einen Ausweg euch erspähn:
Ich ziehe still aus eurem Kreise mich zurück.
Doch bei den Göttern fanget an und bittet sie:
Kythere, daß sie Wiederkehr ins Vaterland
Dir gönne, Hera, daß sie fest im alten Sinn
Verharre, dich zu retten und den Gatten hier.

Und du, verschiedner Vater, soviel ich vermag:
Nie sollst du gottlos statt gerecht gescholten sein!

*Sie kehrt in den Palast zurück*

CHORFÜHRERIN

Noch wurde keiner glücklich, der Unrecht verübt:
Des Glückes Hoffnungskränze blühn dem Guten nur.

HELENA

Von dieser Jungfrau ist nichts mehr zu fürchten, Freund.
Doch nun geziemt uns, Red um Rede tauschend, in
Vereintem Rat den Weg der Rettung auszuspähn.

MENELAOS

So höre. Lange lebst du schon in diesem Haus,
Und mit des Königs Dienern bist du wohlvertraut.

HELENA

Was willst du damit? Denn du weckst mir Hoffnungen,
Du werdest etwas wagen, was uns beiden hilft.

MENELAOS

Bewegtest du wohl einen, dem ein Viergespann
Zur Hut vertraut ist, Roß und Wagen uns zu leihn? •

HELENA

Das könnt ich; doch zu fliehen – wie vermöchten wir's,
Unkundig aller Wege im Barbarenland?

MENELAOS

Unmöglich, ja. Doch wenn ich, im Palast versteckt,
Mit diesem doppelschneidigen Schwert ihn mordete –?

HELENA

Das duldet seine Schwester nicht noch würde sie's
Verschweigen, wenn man ihren Bruder töten will.

MENELAOS

Und auch kein Schiff ist unser, um durch Flüchten uns
Zu retten: das wir hatten, hat die Meeresflut.

HELENA

Hör zu, vielleicht sagt Weises auch ein Frauenmund.
Sprich, magst du wohl tot heißen, du, der Lebende?

MENELAOS

Zwar Vorbedeutung böser Art, doch bringt's Gewinn,
So will ich wohl tot heißen, ich, der Lebende.

HELENA
Die Locken scherend, würde ich nach Frauenart
In Klagen dich bejammern vor dem frevlen Mann.

MENELAOS
Wie sollte das ein Mittel uns zu retten sein?
Veraltet ist, was du in deinem Vorschlag rätst.

HELENA
Ich bitte dann den Herrscher, dir ein leeres Grab
Erbaun zu dürfen, da dein Leib im Meere ruht.

MENELAOS
Laß ihn's gestatten! Aber wie dann ohne Schiff
Entfliehen, wenn das leere Scheingrab mich verbirgt?

HELENA
Ich fordr' ein Fahrzeug, welches dir den Totenschmuck
Zu deinem Grab im Meeresschoße tragen soll.

MENELAOS
Sehr gut gesprochen! Doch der Vorwand hilft uns nichts,
Heißt er dich auf dem Lande meine Gruft zu baun.

HELENA
So sag ich, daß in Hellas nicht die Sitte sei,
Mit Erde zu bestatten, die das Meer verschlang.

MENELAOS
Auch fein ersonnen! Und ich segle dann mit dir
Und führ den Totenschmuck im gleichen Boote mit.

HELENA
Du mußt vor allem nahe sein und die mit dir
Zu Schiffe waren und der Meeresnot entflohn.

MENELAOS
Und steht am Ankerplatze mir das Schiff bereit,
So wird mit nacktem Schwerte Mann zu Mann sich reihn.

HELENA
Du mußt in allem Ordner sein: o schwelle nur
Fahrwind die Segel und entführ im Flug das Schiff!

MENELAOS
Das wird geschehn: die Götter enden meine Not!
Doch – fragt er –: wer gab Kunde dir von meinem Tod?

HELENA

Du selbst! Allein, sprich, seiest du dem Tod entflohn
Im Schiff mit Atreus' Sohn und habest ihn sterben sehn.

MENELAOS

Schön: diese Lumpenhülle, die mich kaum bedeckt,
Wird vom zerschellten Schiffe mir ein Zeuge sein.

HELENA

Du missest jetzt, was du dort ungern verlorst,
Und jenes Unglück wird vielleicht ein Segen dir.

MENELAOS

Soll ich ins Haus mit dir hineingehn oder hier
Am Grabe ruhig harren, bis du wiederkehrst?

HELENA

Hier bleibe: hebt er wider dich die Frevlerhand,
So wird das Grab dich schützen und dein gutes Schwert.
Ich geh ins Haus und schneide mir die Locken ab,
Und statt des weißen leg ein schwarzes Kleid ich an,
Und blutig ritzt der Nagel mir die Wangen auf.
Schwer wird der Kampf, zwei Lose zeigt die Waage mir:
Entweder muß ich sterben, wenn sie meine List
Entdecken, oder ich kehr heim und rette dich.

Erhabne Hera, die du ruhst im Arm des Zeus,
O lab in ihrem Leide zwei Unglückliche!
Wir flehn, in Himmelshöhen unsern Arm zu dir
Emporgehoben, wo im Sternenglanz du thronst.
Und du, Diones Tochter, die der Schönheit Preis
Durch meine Hand errungen, o verdirb mich nicht!
Genug der Schande schufst du mir, als Phrygern du
Nur meinen Namen, nicht den Leib zum Opfer gabst.
O laß mich sterben, wenn du mich denn töten willst,
Daheim! Warum doch wirst du nie des Leides satt,
Indem du Liebeshändel, Trug und Täuschungen
Und Zauber windest, der mit Blut die Häuser füllt?
Du wärst vor allen, übtest du nur Mäßigung,
Der Menschen liebste Göttin, frei bekenne ich's.

*Sie geht in den Palast*

CHOR

*Erste Strophe*

Dich, die im Laubgemache auf schattigem Baum
In sangerfülltem Tempel nistet, will ich rufen,
Du liederreichste Sängerin unter den Vögeln,
O Nachtigall, die du weinend klagst,
Ach komm: mit bebender Kehle schlagend deine Weise
Begleite meine Klagen,
Da Helenas Weh und Leiden
Ich singe und der troischen Frauen
Klägliches Weh, das über sie
Der Achaier Lanzen brachten,
Als über rauschend Meergefild im Barbarenschiff
Er kam, ach kam, zum Leid dem Stamm des Priamos
Aus Sparta als Gemahlin dich,
Helena, entführend, – jener Unglücksfreier Paris,
Geleitet von Aphrodite.

*Erste Gegenstrophe*

Und viele Achaier fanden – von Lanzen durchbohrt,
Vom Wurf der Steine getroffen – jammervollen Tod,
Daß ihre armen Frauen die Locken sich schoren:
Verwaist liegen ihre Gemächer da.
Und viele Griechen mordet ein Mann: in schmalem Nachen
Das Küstenland Euboias
Mit Fackelzeichen erleuchtend,
Trieb er sie auf Kaphereus' Riffe;
Auch an Aigais Meeresgestad
Ließ er trügende Feuer leuchten.
An hafenlose öde Küsten fremden Volks
Verschlug ihn fern vom Vaterland der Sturm, da er,
Menelaos, seinen Ehrenlohn –
Ach nicht Lohn: der Danaer Eris auf dem Schiff heimführte,
Das göttliche Scheinbild Heras.

*Zweite Strophe*

Was Gott, was nicht Gott sei, was inmitten liegt:
Welch Sterblicher gründet es aus?

Denn das Äußerste spürte auf,
Der das Tun der Götter besieht,
Wie es jetzt hierhin, jetzt dorthin
Und unverhofft wieder zurück
In widersprüchlicher Fügung springt.
Du wardst die Tochter des Zeus, Helena:
Erzeugte dich dein Vater doch
Einst als Schwan in Ledas Schoß.
Und doch nennt der Ruf in Hellas' Landen dich
Unheilig, gottlos, Frevlerin, Verräterin.
Unsicher dünkt mir Menschenwitz:
Der Götter Wort nur fand ich wahrhaft.

*Zweite Gegenstrophe*

Unsinnige, die nach dem Ruhme des Krieges verlangt!
Ihr seid mit der Schärfe des Speers
Menschenzwist in törichtem Sinn
Mutig beizulegen bemüht:
Sollten ihn Kämpfe des Blutes
Entscheiden, gewönne der Streit
In der Menschen Städten nie sein Ziel.
Durch sie sank Priamos Stadt in den Staub:
Doch konnte wohl den Streit um dich,
Helena, schlichten das Wort.
Und jetzt ruhn sie selbst unten in Grabes Nacht,
Und auf die Mauern stürmte Brand wie Blitz von Zeus,
Du selbst trägst Leid um Leid und bist
Erbarmenswert in deinem Unglück.

*Theoklymenos kehrt mit seinem Gefolge von der Jagd zurück*

THEOKLYMENOS

Gruß dir, des Vaters Grab! Am Eingang hier begrub
Ich dich, o Proteus, dir zu bringen meinen Gruß:
Zu jeder Stunde, geh ich aus und ein zum Haus,
Mein Vater, spricht Theoklymenos, dein Sohn, zu dir.

*zu dem Gefolge*

Schafft ihr die Jägernetze, schafft die Hunde nun,
Ihr Knechte, mir ins königliche Haus zurück!

Ich habe schon so manchesmal mich selbst geschmäht,
Daß ich mit Todesstrafe nie die Bösen traf.
Nun hör ich, offen habe sich ein Danaer
Ins Land geschlichen und die Wächterschar getäuscht:
Kundschaften wird er wollen oder Helena
Heimlich entführen. Greift man ihn, trifft ihn der Tod!
Sieh da,
Ich finde, scheint es, alles schon ins Werk gesetzt:
Den Sitz am Grabe hat die Tyndaride schon
Verlassen – ist aus meinem Lande fortgeschafft!
Holla! Die Pforten öffnet, löst im Stalle mir
Die Rosse, Diener, und die Wagen schafft heraus!
Soweit es meine Mühe gilt, soll mir das Weib,
Um das ich werbe, nicht geheim von hier entfliehn!
Doch – haltet! Sie, nach welcher unsre Schritte spähn,
Ist nahe, seh ich, im Palast, und nicht entflohn!

*zu Helena, die aus dem Palast tritt*

Du sprich, warum vertauschtest du dein helles Kleid
Mit schwarzen Trauergewändern? Was beraubtest du
Dein edles Haupt mit dem Messer seines Lockenschmucks?
Was strömen helle Tränen dir die Wang herab?
Verstimmte dich ein nächtlich Traumgebilde so
Zur Trauer? Oder kam dir eine Kunde zu
Aus deiner Heimat, daß der Gram dein Herz verzehrt?

HELENA

O mein Gebieter – nunmehr nenne ich dich so –,
Verloren, nichts mehr bin ich, all mein Glück dahin!

THEOKLYMENOS

In welches Unglück stürztest du? Was ist geschehn?

HELENA

Menelaos – ach, wie sag ich's? – mein Gemahl ist tot!

THEOKLYMENOS

Ich freu mich deines Wortes nicht – ist's auch mein Glück.
Woher erfuhrst du's? Sagte dir's Theonoe?

HELENA

Sie sagt es und ein andrer, der ihn sterben sah.

THEOKLYMENOS

So kam ein Bote, der es als gewiß erzählt?

HELENA
Wohl kam er: mag's ihm nützen, wie mein Wunsch es ist.
THEOKLYMENOS
Wer ist er? Wo? Genaure Kunde wünscht ich mir.
HELENA
Der hier am Fuß des Grabes hingekauert sitzt.
THEOKLYMENOS
Apollon! Welch ein schmutzig Kleid entstellt den Mann!
HELENA
Auch meinen Gatten, fürcht ich, hüllt ein solch Gewand.
THEOKLYMENOS
Wer ist der Mann, von wannen landet er hier an?
HELENA
Aus Hellas einer, meines Gatten Schiffsgenoß.
THEOKLYMENOS
Und welches Todes, sagt er, daß Menelaos starb?
HELENA
Des jammervollsten: in des Meeres nasser Flut.
THEOKLYMENOS
Wo trieb er um auf fremder unwirtbarer See?
HELENA
An Libyens hafenlosen Klippen scheitert er.
THEOKLYMENOS
Und wie entrann denn dieser auf demselben Schiff?
HELENA
Oft haben Edle mindres Glück als Niedere.
THEOKLYMENOS
Wo ließ er dann des Schiffes Wrack und kam hierher?
HELENA
Wo er verderben sollte, doch Menelaos nicht!
THEOKLYMENOS
Der ist dahin. Doch welches Fahrzeug brachte ihn?
HELENA
Ihn nahm ein Schiff auf, sagt er, das vorüberfuhr.
THEOKLYMENOS
Wo weilt das Unheil, das für dich nach Troja zog?
HELENA
Du meinst das Wolkenbild? Zum Äther schwand's hinauf.

THEOKLYMENOS

Priamos und Troas, welch ein Nichts gab euch den Tod!

HELENA

Am Los der Priamiden ward auch mir mein Teil.

THEOKLYMENOS

Begrub er oder ließ er ihn grablos zurück?

HELENA

Grablos: ich Jammervolle, welch ein bittres Leid!

THEOKLYMENOS

Drum schnittst du wohl des blonden Haares Locken ab?

HELENA

Ein jeder Freund bleibt auch dort drunten unser Freund.

THEOKLYMENOS

Zwar wird mit Recht wohl dieser Schicksalsschlag beweint...

*er nähert sich ihr voll Verlangen*

HELENA

So ist es leicht, den Schwesteraugen zu entgehn ... ?

THEOKLYMENOS

O nein –

*er weicht zurück*

Wie nun? Verweilst du länger noch am Grab?

HELENA

Was willst du mich verhöhnen? Laß den Toten ruhn!

THEOKLYMENOS

Du bleibst ja deinem Gatten treu und fliehest mich!

HELENA

Nicht länger: jetzt nun ordne mein Vermählungsfest!

THEOKLYMENOS

Spät kommst du, doch ich lobe dich auch dafür noch.

HELENA

So höre: was vergangen, soll vergessen sein!

THEOKLYMENOS

Um welchen Preis denn? Gunst erweis ich gern um Gunst.

HELENA

Laß einen Bund uns schließen, sei mir wieder gut!

THEOKLYMENOS

Ich zürne nicht mehr: Wind verwehe meinen Groll!

HELENA *ihm zu Füßen fallend*

Hier denn bei deinen Knieen, da mein Freund du bist –

THEOKLYMENOS

Wonach verlangend, wirfst du dich zu meinen Knien?

HELENA

Dem toten Gatten möcht ich, Herr, ein Grab erbaun.

THEOKLYMENOS

Wieso? Dem Fernen? Willst du's einem Schatten weihn?

HELENA

Es ist Hellenensitte, wer im Meer ertrank ...

THEOKLYMENOS

Was tun sie? Pelops' Enkel sind der Dinge kund.

HELENA

In leerer Tücher Hülle wohl begräbt man ihn.

THEOKLYMENOS

Bring Opfer, bau im Lande, wo du willst, ein Grab!

HELENA

Nicht so begräbt man Schiffer, die das Meer verschlang.

THEOKLYMENOS

Wie denn? Achaias Bräuche sind mir unbekannt.

HELENA

Was Toten zukommt, bringen wir ins Meer hinaus.

THEOKLYMENOS

Was soll ich denn dir geben für den toten Freund?

HELENA *auf Menelaos deutend*

Er weiß es: ich, einst glücklich, weiß hier nicht Bescheid.

THEOKLYMENOS *zu Menelaos*

Du hast erwünschte Kunden mir gebracht, mein Freund.

MENELAOS

Mir sind sie's nicht – und auch dem Hingeschiednen nicht!

THEOKLYMENOS

Sprich, wie begrabt ihr Tote, die das Meer verschlang?

MENELAOS

Wie jedem seiner Habe Maß beschieden ist.

THEOKLYMENOS

Von Schätzen nenne, was du willst: ihr geb ich's gern.

MENELAOS

Blut wird zuerst den Todesgöttern dargebracht.

THEOKLYMENOS
Von welchem Tiere? Sage mir's, ich folge dir.
MENELAOS
Du selbst entscheide: was du geben magst, genügt.
THEOKLYMENOS
Roß oder Stier zu geben ist Barbarenbrauch.
MENELAOS
Gib – was du geben mögest – nur Untadliges.
THEOKLYMENOS
Bei reichen Herden fehlt es uns an solchem nicht.
MENELAOS
Auch eine Bahre bringt man, wohlumhüllt und leer.
THEOKLYMENOS
Es sei. Was heischt die Sitte sonst zu bringen noch?
MENELAOS
Eherne Waffen, denn der Krieg war seine Lust.
THEOKLYMENOS
Die Gabe wird der Pelopiden würdig sein.
MENELAOS
Dann was an schönen Blumen noch die Erde trägt.
THEOKLYMENOS
Doch wie versenkt ihr dieses in die Meeresflut?
MENELAOS
Ein Schiff mit Ruderknechten muß zuhanden sein.
THEOKLYMENOS
Und welche Weite hält das Boot vom Strande fern?
MENELAOS
Man sieht vom festen Lande kaum der Ruder Schlag.
THEOKLYMENOS
Wieso? Warum hat Hellas diesen Brauch erwählt?
MENELAOS
Sonst spült das Meer die Opfer an den Strand zurück.
THEOKLYMENOS
Ein rasch phoinikisch Ruderschiff steht euch bereit.
MENELAOS
Das wäre schön, für Menelaos ganz erwünscht.
THEOKLYMENOS
Doch könntest du nicht ohne sie das alles tun?

MENELAOS

Das ist der Frau, der Mutter oder Kinder Pflicht.

THEOKLYMENOS

Das heißt, des Manns Bestattung sei der Frau Geschäft.

MENELAOS

Ein Frommer raubt den Toten ihre Rechte nicht.

THEOKLYMENOS

So sei's! Ein frommes treues Weib ist uns Gewinn.
Ich geh ins Haus und suche Totenschmuck euch aus

*zu Menelaos*

Und send um Liebesdienste, die du jener tust,
Dich nicht mit leeren Händen fort. Und weil du mir
Die frohen Kunden brachtest, soll dir Kost und Kleid
Für deine Nacktheit werden, daß du heimgelangst:
Denn jetzt, bemerk ich, bist du jammervoll bestellt.

*zu Helena*

Und du, Bedrängte, quäle dich um Dinge nicht,
Die keine Gottheit wendet! Er hat ausgekämpft:
Ins Leben kann der tote Gatte nicht zurück.

MENELAOS

Dir, Weib, gebietet deine Pflicht, den lebenden
Gemahl zu lieben, laß den toten Gatten ruhn:
Wie dein Geschick gefallen, ist's am besten so.
Doch wird mir Rettung, kehr ich heim in Argos' Land,
So steur' ich deinem bösen Ruf, bewährst du dich
Als Gattin deinem Gatten, wie's dein würdig ist.

HELENA

Das wird geschehen, nimmermehr soll mein Gemahl
Mich schelten: du bist nahe, wirst selbst Zeuge sein!
Hinein, du Armer, gehe nun und bade dich
Und leg dir neue Kleider um: ich möchte dir
Gern ohne Zögern Liebes tun: du richtest ja
Geneigter meinem liebsten Freund sein Opfer aus,
Nachdem von uns dir wurde, was dir werden muß.

*Sie gehen alle in den Palast*

CHOR

*Erste Strophe*

Die bergliebende Göttermutter
Stürmte einst mit flüchtigem Fuß
Durch waldige Täler dahin,
Durch der Gewässer strömende Flut,
Durch lautdonnernden Meeresschwall,
Nach der Entschwundnen verlangend,
Der unnennbaren Jungfrau.
Der wilden Klappern eherner Ton
Scholl hell in Berg und Wälder hin,
Als sie der Löwen Gespann
In die Joche geschirrt auf der Suche
Nach der Tochter, die Hades entführt
Aus der Jungfraun kreisenden Reigen.
Und es folgten auf Schwingen des Sturms
Artemis hier mit Pfeilen und dort
Pallas mit Speer und Gorgoschild.
Doch aus himmlischen Höhen herab
Schauend, entschied des Kronos Sohn
Über andere Fügung.

*Erste Gegenstrophe*

Als die Mutter, des langen Irrens
Ihrer Füße müde, den Lauf
Verhielt auf der Fährte des Trugs,
Welcher die Tochter ihr entführt,
Klomm sie hoch zu den schneeigen
Warten der Nymphen Idas empor.
Dort sank sie im Schmerze
Auf den eisigen felsigen Grund.
Da keimt auf Erden keine Saat,
Die Gefilde befruchtet kein Pflug,
Und es verkümmern der Menschen Geschlechter,
In schönlaubenden Ranken grünt
Keine Nahrung den Herden mehr,
Und der Städte Leben versiegt,
Opfer sieht kein Götteraltar,

Keine Fladen verzehrt die Glut,
Nirgends perlt ein tauiger Quell
Silberner Wasser hervor: denn nie
Schläft ihr Schmerz um die Tochter.

*Zweite Strophe*

Doch als sie so den Göttern die Lust
Des Mahls und den Menschen geraubt,
Besänftigt Zeus den verderblichen Grimm
Deos: „Eilt", spricht er, „herbei,
Hehre Huldgöttinnen, kommt!
Um die Tochter hat uns Demeter
Gegrollt: o verscheucht ihren Gram
Durch des Paian Jubel, im Chor
Stimmt, o Musen, Hymnen ihr an!"
Da nun nahm das dröhnende Erz
Und rindshäutene Tympana
Kypris, der Göttinnen schönste,
Als die erste zur Hand: und Demeter lachte
Und nahm in die Hände die schallende Flöte
Und freute sich des hellen Jubels.

*Zweite Gegenstrophe*

Womit du dich wider Recht und Gebot
Gebrüstet in deinem Gemach,
Mein Kind: das brachte den rächenden Zorn
Der Großen Mutter über dich,
Weil du sie nicht opfernd verehrst.
Denn gewaltige Macht übt wahrlich
Der Hindinnen fleckig Gewand,
Übt des Efeus grünender Kranz,
Der um heiligen Narthex sich schlingt,
Und das Erz, das hallend im Kreis
Mächtig geschwungen erschüttert die Luft,
Und des begeisterten Schwarmes
Flatterndes Haar und der Göttin nächtliche Feste.
Als wollte der Mond den Tag übertreffen,
So pochst du nur auf deine Schönheit.

*Helena tritt aus dem Palast*

HELENA

Im Hause drinnen, liebe Fraun, gelang es uns,
Denn Proteus' Tochter fördert uns in unsrer List.
Gefragt, verriet sie meines Gatten Gegenwart
Dem Bruder nicht und sagte mir zulieb, er sei
Dahingegangen, schau der Sonne Glanz nicht mehr.
Darauf ergriff dann mein Gemahl mit glücklicher Hand
Die schönsten Waffen, welche der Palast verwahrt,
Denn welche Waffen er im Meer versenken soll,
Die trägt er selbst, in eines Schildes Ring den Arm,
Den starken, fügend, und die Rechte faßt den Speer,
Als sei er mitgeschäftig bei des Toten Grab.
Er hat zum Kampfe passend sich in Wehr gehüllt,
Als ob er tausend Feinde mit des Armes Kraft
Besiegen wollte, wenn an Schiffes Bord wir stehn,
Und seine Lumpen gegen ein Gewand vertauscht.
Ich hab ihn ausgestattet, ihm ein Bad gereicht,
Nach langer Frist ihn labend mit des Stromes Tau.
Doch – aus der Halle schreitet ja der König dort,
Der meines Herzens, meiner Hand sich sicher glaubt –

*zum Chor*

Ich schweige. Dir verheiß ich, wenn du wohlgesinnt
Den Mund beherrschest: wenn ich selbst gerettet bin,
Dereinst auch dich zu retten, wenn mir's möglich ist.

THEOKLYMENOS *zu seinem Gefolge*

Geht nach der Reihe, wie's der Fremdling ordnete,
Und tragt, ihr Diener, unsre Grabgeschenk ans Meer!

*zu Helena*

Du, Helena – mißfällt dir meine Rede nicht –,
Folg mir und bleibe: gleichen Dienst erzeigst du ja
Dem Gatten, ob du nahe oder ferne weilst.
Denn dort, so fürcht ich, wandelt dich ein Sehnen an,
Dich ihm in Meeresfluten nachzustürzen, wenn
Der alten Liebe Wonnen dich durchschauerten.
Denn übermäßig klagst du ja dem Fernen nach.

HELENA

Mein neuer Herr und Gatte, mir befiehlt die Pflicht,

Den ersten Gatten und den bräutlich holden Bund
Zu ehren: weil der Gatte mir so teuer war,
Möcht ich mit ihm auch sterben: doch was hilft es ihm,
Wenn mich der Tod dem Toten zugesellt? So laß
Mich gehn, um selbst die Grabesehren ihm zu weihn!
Gewähren dir die Götter, was mein Herz dir wünscht,
Und diesem Fremdling, weil er mir's vollbringen hilft!
Du sollst an mir die Gattin, wie du sie verdienst,
Im Hause haben nach dem Liebesdienst an ihm
Und mir: zu großem Heile wird uns das gedeihn.
Doch wer das Boot uns schaffe, das die Gaben trägt,
Befiehl, damit dein Liebeswerk vollkommen sei.

THEOKLYMENOS *zu einem aus dem Gefolge*

Du geh und diesen schaff ein fünfzigrudriges
Sidonerfahrzeug, wohlbemannt mit Ruderern.

HELENA

Und wird im Schiff gebieten, der das Grab bestellt?

THEOKLYMENOS

Gewiß! *zu dem Gefolgsmann*
Gehorchen sollen meine Schiffer dem!

HELENA

Befiehl es zweimal, daß sie deutlich dich verstehn.

THEOKLYMENOS

Zweimal und dreimal sag ich's, wenn du's also willst.

HELENA

Heil dir und mir auch – glücke, was ich gut begann!

THEOKLYMENOS

Nicht allzusehr doch härme dich in Tränen ab!

HELENA

Noch dieser Tag beweist dir meine Dankbarkeit.

THEOKLYMENOS

Nichts sind die Toten, ganz umsonst der Schmerz um sie.

HELENA

Mit meinen Worten bin ich dort und bin ich hier.

THEOKLYMENOS

Kein schlimmrer Gatte werd ich als Menelaos sein.

HELENA

Du bist untadlig: nur des Glücks bedarf ich noch.

THEOKLYMENOS
Das ruht in deinen Händen, schenkst du Liebe mir.

HELENA
Nicht heute lern ich lieben, die mich lieben, Herr.

THEOKLYMENOS
Soll ich die Fahrt selbst leiten, euch zur Seite stehn?

HELENA
Mitnichten: sei nicht deiner Knechte Knecht, o Fürst!

THEOKLYMENOS
So sei's! Indes was kümmern Hellas' Bräuche mich?
Ist unser Haus doch unbefleckt, Menelaos hat
Nicht hier verhaucht sein Leben. Geh ein Diener nun
Und heiße meine Fürsten Brautgeschenke mir
In meine Wohnung senden: weit im ganzen Land
Erschalle seligfroher Sang, der Helenas
Brautfest und meines jubelnd hoch verherrliche!
Du gehe, Fremdling, weihe dies dem Meeresschoß,
Des Mannes Totenopfer, der ihr Gatte war:
Zurück zur Wohnung eile dann mit meiner Braut,
Damit du heimkehrst, wenn du mein Vermählungsfest
Mit mir gefeiert, oder hier im Glücke wohnst.

*Er geht in den Palast*

MENELAOS
O Zeus, du heißest Vater und ein weiser Gott:
O blick auf uns hernieder, nimm das Leid von uns!
Wir schleppen mühsam unsre Last den Berg hinan:
O hilf! Berührt uns deine Fingerspitze nur,
Gelangen wir zum Ziele, dem wir zugestrebt.
Genug ja sind der Mühen, die wir schon durchkämpft.
Bezeugt mir, Götter, ihr vernahmt viel Glück und Leid
Von mir: doch muß ich ewig unglückselig sein?
Nein, laßt mich aufrecht wandeln! Nur den einen Wunsch
Gewährt mir huldreich, und ich bin fortan beglückt.

*Er geht mit Helena davon*

CHOR

*Erste Strophe*

Auf, du Kind des phoinikischen Sidon,
Du Ruderholz, hurtig im Rauschen der Wogen,

Mutter eilender Fahrt,
Chorführer im Reigen der Delphine,
Wenn von Stürmen nicht erregt
Still das Meer wogt
Und Pontos' blauäugiges Kind,
Die Meerstille, den Ruf hebt:
„Spannt die Segel und gebt sie preis
Schwellenden Lüften auf hoher See,
Nehmt die fichtenen Ruder zur Hand!
Auf, ihr Schiffer, ihr Schiffer, auf!
Auf, und geleitet Helena mir
Zum gastfreundlichen Port, zum Haus des Perseus!"

*Erste Gegenstrophe*

Dann wirst du am rauschenden Strome
Leukippos' Jungfrauen vielleicht erblicken
Oder vor Pallas' Tempel,
Wenn wieder im Reigen du tanzest, oder
Bei dem nächtlich schwärmenden Fest
Des Hyakinthos –
Den Phoibos einst, als er zum Ziel
Siegend schnellte den Diskos,
Tötete, daß zum Gedächtnis ihm
Opfertage Kronions Sohn
Weihen hieß im Lakonerland –:
Dann vermählst du die Tochter auch,
Die du blühend ließest daheim,
Der die Hochzeitsfackel noch nicht geleuchtet!

*Zweite Strophe*

O schwebten wir hoch durch die Lüfte,
Beschwingt wie der lärmende Zug
Der Kraniche Libyens,
Die, kaltstürmendem Herbst entflohn,
Weithin ziehn und des ältesten
Lockpfeife folgen, des Führers,
Der zu dem dürstenden Land,
Zum fruchtschweren Gefilde
Mit laut hallendem Jubel heranschwebt.

O ihr Vögel mit schlankem Hals,
Eilender Wolken Gefährten,
Fliegt am Siebengestirn vorbei,
Unter Orions nächtlicher Bahn,
Und am Strome Eurotas den Flug
Hemmend, meldet die Kunde dort:
„Atreus' Sohn, der Dardanos' Burg
Stürzte, kehrt in die Heimat!"

*Zweite Gegenstrophe*

Eilt auch ihr mit Rossen und Wagen
Im Flug durch die Lüfte daher,
Tyndareos' Söhne, kommt,
Die ihr unter der funkelnden
Sterne Bahnen im Himmel wohnt:
O kommt als Helenas Retter
Über die brandende See,
Über der düsteren Meeresflut
Wildaufrauschende Wogen,
Und hellwehenden Windeshauch
Sendet von Zeus den Schiffern zu:
Wälzt die Schmach von der Schwester ab,
Daß sie dem fremden Mann sich gesellt!
Ach, so bitter büßt sie den Spruch,
Den am Ida fällte der Hirt:
Und doch nahte sie Troja nie,
Nie den Türmen Apollons!

*Während Theoklymenos aus dem Palast tritt, eilt ein Bote herbei*

BOTE

Gelegen, König, treffen wir im Haus dich an,
Denn neues Unheil hörst du gleich aus meinem Mund.

THEOKLYMENOS

Was gibt es?

BOTE

Wirb um eines andern Weibes Hand,
Denn Helena ist aus dem Lande fortgeflohn.

THEOKLYMENOS

Auf Flügeln schwebend? Oder trat ihr Fuß den Grund?

BOTE

Menelaos hat sie deinem Land im Schiff entführt,
Der selbst, für tot sich meldend, hier vor dir erschien.

THEOKLYMENOS

Unselge Botschaft! Welches Schiff entführte sie
Von diesen Ufern? Denn du sagst Unglaubliches.

BOTE

Das du dem Fremdling gabst: mit deinen Ruderern
Ist er aus diesem Land entflohn. Hier hast du's kurz.

THEOKLYMENOS

Wie das? Ich möcht es wissen, denn ich kann es mir
Nicht denken, daß des einen Arm so vieles Volk
Bemeistern mochte, das ich ausgesandt mit dir.

BOTE

Nachdem Kronions Tochter hier das Königshaus
Verlassen und zum Meeresufer wandelte,
Beklagt sie schlau, mit zartem Fuße schreitend, ihn,
Den nicht gestorbnen Gatten, der zur Seite ging.
Und als wir nun zu deinem Schiffszeughaus gelangt,
Da zogen wir ein neu Sidonerschiff heraus
Mit fünfzig Bänken und der Ruder gleicher Zahl.
Arbeit auf Arbeit folgte dann: der stellt den Mast,
Der andre fügt die Blätter und das Ruderwerk
Sorgfältig ein, der zieht die weißen Segel auf
Und läßt das Steuerruder in sein Joch hinab.
Bei dieser Arbeit schlichen sich Hellenen her,
Menelaos' Fahrtgenossen, die den Augenblick
Wahrnahmen, vom zerrißnen Kleide kaum verhüllt,
Zwar wohlgestaltet, aber kläglich anzuschaun.
Der Sohn des Atreus sah sie kaum, so heuchelt er
Trugvolles Mitleid und beginnt, an sie gewandt:
„Ihr Jammervollen, wie, woher, aus welchem Schiff
Achaias kommt ihr, dessen Kiel zertrümmert ward?
Wollt ihr mit uns bestatten Atreus' toten Sohn,
Dem hier die Tyndaride baut ein Ehrengrab?"
Und sie, die Heuchler, stiegen dann an Schiffes Bord,
In Tränen schwimmend und für Atreus' Sohn den Schmuck
Der Toten tragend. Uns erweckte dies Verdacht,

Und alles flüstert, daß der Eingestiegenen
Anzahl so groß sei. Aber dennoch schwiegen wir,
Treu deiner Weisung: dein Gebot, daß uns der Mann
Im Schiff befehle, schuf Verwirrung überall.

Und alles war nun mühelos an Bord gebracht
Und aufgehoben; nur der Stier noch sträubte sich,
Aufrecht hinabzugehen in das Schiffsverdeck.
Er brüllte, rollt im Kreise wild das Aug umher
Und krümmte stolz den Rücken, schielte nach dem Horn
Und ließ sich nirgends fassen. Da rief Helenas
Gemahl: „O Freunde, die zerstört die Troerstadt,
Auf, raffet ihr nicht nach Hellenenart ihn auf,
Den Stier, und tragt auf jugendlichen Schultern ihn
Zum Bug des Schiffes – griffbereit zugleich das Schwert –,
Daß er als Opfer falle für den toten Herrn?"
Auf diese Mahnung griffen sie sofort den Stier
Und schafften ohne Säumen ihn ins Vorderdeck.
Menelaos aber streichelt Stirn und Nacken ihm,
Dem stirngeschmückten, daß er gern zu Schiffe ging.

Jetzt, als im Fahrzeug alles aufgenommen war,
Durchmaß die Leitern Helena mit schönem Fuß
Und setzte mitten in die Ruderbänke sich,
Und neben ihr Menelaos, den man totgesagt.
Die andern saßen, diese rechts und jene links,
Mann neben Mann, gleichviele, Schwerter im Gewand
Verborgen haltend, und der Männer Ruderschlag
Rauscht durch die Wogen, als des Meisters Stimm erscholl.
Und als wir weder allzufern noch nahe mehr
Am Lande waren, fragte so der Steuermann:
„Sprich, segl' ich weiter, oder ist es also recht,
O Fremdling? Denn des Schiffes Hut ist dir vertraut."
Der ruft: „Genug mir!", schreitet mit gezücktem Schwert
Zum Bug des Schiffes, und zum Opfermord des Stiers
Herangetreten, denkt er keines Toten mehr
Und fleht, die Kehle öffnend: „Meerbewohnender
Seegott Poseidon, keusche Nereïden ihr,
O rettet mich und meine Gattin unversehrt

An Nauplias Gestade!“ Und in hohem Strom,
Dem Fremdling Heil verkündend, schoß das Blut ins Meer.
Da sagte mancher: „Diese Schiffahrt ist Betrug!
Zurückzusegeln mahn ich euch: gebiete du,
Und: wende du das Steuer!“ Atreus’ Sohn indes
Rief nach vollbrachtem Opfer dies den Freunden zu:
„Was säumt ihr, Heldenblüte vom Hellenenland,
Die Fremden hinzuschlachten und vom Schiff hinab
Ins Meer zu stürzen?“ Doch vom Rudermeister scholl
Ein ganz verschiedenlautend Wort den Deinen zu:
„Auf auf! Erhebt die Spieren wider sie als Speer,
Zerschellt die Bänke, reißt vom Pflock das Ruder ab
Und schlagt den Fremdlingen die Köpfe blutigrot!“
Und alle stürmten mutig auf, die wohlbewehrt
Mit Ruderstangen, Schwerter schwang die fremde Schar:
Im Blute schwamm die Barke. Da rief Helena
Vom Hinterdeck: „Wo blieb er, euer Troerruhm?
Zeigt ihn der fremden Horde!“ Nun im Kampfesmut
Stürzt dieser, der steht wieder auf, die sahst du tot
Am Boden liegen. Atreus’ Sohn in voller Wehr
Späht, wo die Kampfgenossen in Bedrängnis sind,
Und dorthin eilt er, in der Rechten hoch das Schwert,
Uns über Bord zu stürzen: also leert er rings
Von deinem Volk die Ruder. Und ans Steuer trat
Der Fürst, gebietend: „Hellas zugewandt den Kiel!“
Man spannt die Segel, heitrer Fahrwind weht heran:
So flohen sie von dannen. Ich entrann dem Tod:
Ich ließ am Ankertaue mich ins Meer hinab.
Und schon ermattend sank ich: da bot einer mir
Ein Seil und zog mich rettend auf ans trockne Land,
Dir dieses, Herr, zu melden. Für die Sterblichen
Ist weises Mißtraun allezeit das Heilsamste.

CHORFÜHRERIN

Ich ahnte niemals, König, daß Menelaos dich
Und uns belisten könnte, wie er’s hier getan.

THEOKLYMENOS

Wehe mir, wie ward ich Armer nur berückt durch Frauenlist!
Meine Liebe ist entflohen! Wär zu fangen noch das Schiff

Durch Verfolgung – nun, ich scheute keine Müh und fing es [leicht.
Aber nun soll mir die Schwester büßen, die Verrat geübt,
Die, des Atreus' Sohn im Hause schauend, mir's verheimlichte!
Keinen Mann mehr soll sie fortan täuschen durch ihr Seher- [wort!

*Er will in den Palast stürzen, doch ein Diener Theonoes vertritt ihm den Weg*

DIENER

Höre doch! Wo willst du hin, Herr? Wen zu töten eilst du fort?

THEOKLYMENOS

Wo Gerechtigkeit mich fordert: geh mir aus dem Wege denn!

DIENER

Nein, ich lasse dein Gewand nicht: großes Unheil sinnst du ja!

THEOKLYMENOS

Willst du deinem Herrn gebieten, Sklave du?

DIENER

Ich mein es gut.

THEOKLYMENOS

Nicht mit mir, wofern du mich nicht lässest ...

DIENER

Nimmer laß ich dich!

THEOKLYMENOS

Daß ich sie, die arge Schwester, töte ...

DIENER

Sie, die fromme Frau!

THEOKLYMENOS

Die mich schnöd verraten ...

DIENER

Rechttun ist Verrat, der Ehre bringt!

THEOKLYMENOS

Die mein Weib dem Fremdling hingab!

DIENER

Ihm gebührt sie mehr als dir!

THEOKLYMENOS

Wem gebührt das Meine?

DIENER

Jenem, der sie nahm aus Vaters Hand!

THEOKLYMENOS

Mir hat sie das Glück beschieden.

DIENER

Und das Schicksal nahm sie dir.

THEOKLYMENOS

Dir geziemt nicht hier zu richten.

DIENER

Wenn ich Bessres rate, wohl!

THEOKLYMENOS

So bin ich nicht Herr, bin Sklave!

DIENER

Herr genug, um rechtzutun!

THEOKLYMENOS

Nach dem Tode wohl verlangt dich's?

DIENER

Morde mich: die Schwester nur
Mordest du mit meinem Willen nimmermehr! Für seinen Herrn
Sterben ist dem edlen Diener wohl der ehrenvollste Tod.

*Die Dioskuren erscheinen*

EINER DER DIOSKUREN

Laß ab vom Zorne, der voll Ungebühr dich treibt,
Theoklymenos, dieses Landes Fürst! Wir rufen dich
Wir Söhne Ledas und des Zeus, der Helena
Glorreiche Brüder, die aus deinem Hause floh.
Du zürnst der Gattin wegen, die das Schicksal dir
Nicht gibt, auch tat die Schwester, Nereus' Enkelin,
Theonoe, dir kein Böses, sondern ehrte nur
Der Götter Willen und des Vaters fromm Gebot.
Denn immer sollte Helena – so war's bestimmt –
In deinem Hause wohnen bis zu dieser Zeit,
Jetzt aber nicht mehr, da die Troerfeste sank
Und sie den Göttern ihren Ruf zum Opfer gab:
Von neuem knüpfen soll sie nun den alten Bund,
Nach Hause kehren und vereint dem Gatten sein.
Drum zück auf deine Schwester nicht das dunkle Schwert
Und glaube, daß sie weise tat in diesem Fall.
Längst hätten wir auch unsre Schwester schon befreit,
Da Zeus der Götter hohem Chor uns beigesellt:

Doch unser Arm war schwächer als des Schicksals Macht
Und als die Götter, welchen dies also gefiel.

Dir sag ich dies. Du, meine Schwester, segle heim
Mit deinem Gatten. Guter Wind weht eurer Fahrt:
Wir, deine Brüder, retten dich, zur Seite dir
Auf Rossen fahrend übers Meer, ins Heimatland.
Doch wann sich deiner Tage Lauf zum Ziel geneigt,
Dann wirst du Göttin heißen, wirst am Opfertrank
Dein Teil mit uns empfangen und von Sterblichen
Mit uns Geschenke nehmen: denn Zeus will es so.
Der Ort, den Hermes dir zuerst bezeichnete,
Als er von Sparta durch die Lüfte dich entführt,
Dich heimlich stehlend, daß dich Paris nicht besaß –
Das feste Eiland, das vor Akte sich erstreckt,
Mein ich –: es heißt auf Erden fortan Helena,
Weil's dich, da du entführt wardst, aufgenommen hat.
Atreus' unstetem Sohn bestimmt der Götter Huld
Wohnsitz im heitern Inselland der Seligen:
Dem Hochgesinnten grollen ja die Götter nicht,
Unedlen Pöbels wartet nur des Lebens Not.

THEOKLYMENOS

O Söhne Ledas und des Zeus, es ruhe denn
Mein alter Groll um eure Schwester Helena.
Auch meine Schwester sterbe nicht von meiner Hand.
Mag jene heimziehn, wenn's den Göttern so gefällt.
Doch wißt: die beste Schwester und die weiseste
Ist sie, mit euch aus eines Vaters Blut gezeugt.
Heil euch um solchen Edelsinn der Helena,
Der nicht in vieler Frauen Brust lebendig ist!

CHORFÜHRERIN

*während die Dioskuren entschwinden, Theoklymenos mit dem Gefolge in den Palast zurückkehrt und der Chor hinauszieht*

Vielfache Gestalt hat die göttliche Macht:
Gar vieles erfüllt unerwartet ein Gott,
Doch was wir gewähnt, vollendet sich nicht,
Für Unglaubliches findet der Gott den Weg.
So endete dieses Begegnis.

# HERAKLES

*Herakles – ursprünglich vielleicht ein Herr von Tiryns – war der im griechischen Volksglauben populärste und von der Sage am reichsten umwobene griechische Heros. Seine Beziehung zu Theben, die auf seiner Gleichsetzung mit dem thebanischen Lokalheros Alkaios beruhen mag, nach dem man ihn dann auch den Alkiden nannte, wird durch die Sage folgendermaßen begründet: Elektryon, der Herrscher von Mykene, hatte seine Herrschaft seinem angehenden Schwiegersohn Amphitryon, dem Sohn des Alkaios, übergeben. Durch unglücklichen Zufall aber tötete Amphitryon den Elektryon und mußte in die Verbannung gehen; zwar begleitete ihn Alkmene nach Theben, doch verlangte sie von ihm, daß er den Tod ihrer Brüder an den feindlichen Teleboern räche. Kreon, der König in Theben war, gab ihm ein Heer, und Amphitryon zog in den Krieg. Da aber wurde Zeus auf die schöne Alkmene aufmerksam: gerade in der Nacht, in der Amphitryon siegreich heimkehrte, besuchte sie der Gott in ihres Gatten Gestalt, und so empfing Alkmene von Zeus und Amphitryon Zwillinge: des Zeus Sohn wurde Herakles, Amphitryons Iphikles.*

*Doch seit seiner frühesten Kindheit war Hera, die stets eifersüchtige Gemahlin des Zeus, dem Herakles äußerst feindlich gesonnen: schon dem Säugling schickte sie zwei Schlangen in die Wiege, doch erwürgte er sie, und als der junge Held später für seine Verdienste um Theben – er hatte die Minyer besiegt – von Kreon mit der Hand seiner Tochter Megara belohnt worden war, setzte sie der glücklichen, mit Kindern gesegneten Ehe ein schreckliches Ende, indem sie Herakles in Wahnsinn versetzte und ihn Gattin und Kinder in dem Wahn töten ließ, er töte seine Feinde. Als Sühne für diese Untat mußte Herakles – nach dem Spruch der Pythia – in den Dienst des mykenischen Königs Eurystheus treten und diesem in 12 Jahren 12 schwere Aufgaben – die 12 „Arbeiten" des berühmten Kanons – lösen: dann werde er unsterblich werden. (Diese eigentümliche Abhängigkeit des größten Helden von einem Geringeren mag auf historischen Machtverhältnissen der mykenischen Zeit beruhen.) Euripides gruppierte diese Ereignisse um: nachdem Herakles die letzte „Arbeit", den Fang des Kerberos, bewältigt hat, kehrt er nach Theben heim – gerade im rechten Augenblick, um seine schwer bedrängte Familie vor dem Zugriff des neuen thebanischen Tyrannen Lykos, der Kreon getötet hatte, zu retten. Während Herakles nun sein Haus durch ein Opfer von dem Blut des ermordeten Lykos reinigt, sendet Hera mit der Götterbotin Iris den Wahnsinnsdaimon Lyssa in den Palast, der Herakles zu seiner Untat treibt. So erzielte der Dichter mit einem einfachen Eingriff in die Überlieferung eine größte Wirkung: erst nach glücklich vollbrachtem Lebenswerk bricht die Katastrophe über den Helden herein.*

*Der „Herakles" entstand zwischen den Jahren 421 und 415.*

## Personen

Amphitryon

Megara

Lykos

Herakles

Iris

Lyssa

Ein Bote

Theseus

Den Chor bilden der Familie des Herakles freundlich gesonnene thebanische Greise.

Ort der Handlung ist der Platz vor dem Palast des Amphitryon in Theben.

*Am Altar des Zeus lagern als Schutzsuchende Amphitryon und Megara mit den Kindern des Herakles*

AMPHITRYON

Wer kennt den Mann nicht, dessen Weib Zeus einst umarmt,
Amphitryon aus Argos, der Alkaios' Sohn
(Des Sohns des Perseus) und Herakles' Vater ist,
Mich, hier in Theben wohnend, wo der Erde Schoß
Die Männersaat entsprossen, deren wenige
Der Gott der Schlachten übrig ließ, die Kadmos' Stadt
Der Söhne Söhnen aufgebaut? Von ihnen stammt
Der Sohn Menoikeus', Kreon, der dies Land beherrscht.
Und Kreon ward der Vater dieser Megara,
Der einst beim Hochzeitsfeste unter Flötenschall
Zujauchzten alle Kadmossöhne, als Herakles,
Der Stolze, sie in meine Wohnung heimgeführt.
Mein Sohn verließ dann Theben, das ich mir zum Sitz
Erkoren, ließ die Schwäher und die Gattin hier
Und strebt in Argos' Mauern, die Kyklopen einst
Erbaut, zu wohnen, das ich floh, nachdem durch mich
Elektryon gefallen. Doch um meine Not
Zu lindern und im Vaterreich zu wohnen, zollt
Er für die Rückkehr dem Eurystheus schweren Lohn:
Entwilderung der Erde – ob die Stacheln ihn
Der Hera trieben oder sein Geschick ihn zwang.
Durch alle Mühen hat er nun sich durchgekämpft,
Bis auf die letzte: durch den Schlund von Tainaros
Hinab stieg er zum Hades, um den Kerberos
Ans Licht zu führen, aber kommt nun nicht zurück.

Es lebt im Volk des Kadmos schon ein altes Wort,
Daß ehedem ein Lykos, Dirkes Gatte, hier
Als Herr gewaltet in der Sieben-Tore-Stadt,
Bis Zethos und Amphion aus des Zeus Geschlecht,
Die Lenker weißer Rosse, hier im Land geherrscht.
Ein Sohn von ihm, der seines Vaters Namen trägt –
Doch kein Thebaner: aus Euboia kam er her –
Ermordet Kreon und gewinnt durch Mord das Land,
In das er einfiel, als die Stadt in Aufruhr glomm.
Uns wird zum größten Leide, wenn nicht alles trügt,
Das Band der Heirat, welches uns an Kreon knüpft.
Denn nun mein Herakles in der Erde Abgrund weilt,
Will dieses Landes neuer Herrscher Lykos mir
Des Sohnes Söhne morden, wenn er Megara
Getötet, um mit Mord den Mord zu tilgen, und
Auch mich getötet – darf man mich unnützen Greis
Zu Männern zählen –, daß die Söhne nicht dereinst
Das Blut des Ahnherrn fordern, wenn sie Männer sind.
Ich aber – denn in diesem Hause ließ zur Hut
Und seiner Kinder Pflege mich mein Sohn zurück,
Als er in düstrer Erde Nacht hinunterstieg –,
Ich sitze samt der Mutter, daß die Kinder nicht
Den Tod erleiden, am Altar des Retters Zeus,
Den als ein Denkmal schönen Siegs mein edler Sohn
Erbaut, nachdem er über die Minyer gesiegt.
Entblößt von allem, hüten wir die Stätte hier:
Von Speise, Trank und Kleidern, auf den rauhen Grund
Die Glieder lagernd: ausgeschlossen sitzen wir
Vom eignen Hause, ohne Rat und rettungslos.
Denn manche Freunde, seh ich, sind nicht echt und wahr,
Die treugesinnten ohne Macht, uns beizustehn.
In solcher Weise dient die Not den Sterblichen:
O möge niemals, wer mich auch nur halb geliebt,
Sie kosten, sie, der Freundesproben sicherste!

MEGARA

O Greis, der Thebens Heeresmacht mit hohem Ruhm
Zum Kampfe führend einst die Taphierstadt erstürmt:
Nichts ist auf Erden sicher, was von Göttern kommt.

Ich war vom Glück gesegnet durch den Vater einst,
Der seiner Schätze wegen groß gepriesen ward:
Ihm ward ein Thron, dem lange Speere gierig stets
Nachtrachten, zielend auf das Haupt der Glücklichen;
Ihm wurden Kinder, und er gab mich deinem Sohn,
Verband in edlem Bunde mich dem Herakles.
Und nun ist alles dies entflogen, ewig hin:
Wir müssen sterben, ich und du, wie diese hier,
O Greis, des Herakles Kinder, die der Henne gleich
Ich unter meine Flügel barg an treuer Brust.
Sie kommen forschend, eines hier, das andre dort,
Und sprechen: „Wo nur, Mutter, ist der Vater hin?
Was tut er wohl? Wann kommt er?“ So in Kindeswahn
Verlangen sie den Vater: ich zerstreue sie,
Ich tröste sie mit Worten und verwundre mich,
Wie jedes, wenn die Pforte knarrt, die Füße hebt,
Sich hinzuwerfen an des Vaters teures Knie.
Nun, welche Hoffnung, welchen Pfad vermagst du, Greis,
Zur Rettung auszumitteln? Denn ich blick auf dich.
Des Landes Marken könnten wir wohl insgeheim
Nicht überschreiten, stärker sind die Wachen dort
Als wir; auf unsrer Freunde Schutz vermögen wir
Nicht mehr zu zählen. Welche Ansicht du nun hegst,
Teil mit, damit wir nicht dem Tod verfallen sind.

AMPHITRYON

In solchen Fällen, liebe Tochter, ist nicht leicht
Zu raten, wenn man's ohne Wahl leichthin versucht:
Wir müssen Zeit gewinnen, da wir machtlos sind.

MEGARA

Fehlt dir's an Leid noch? Oder liebst du so das Licht?

AMPHITRYON

Das Leben freut mich, und die Hoffnung lieb ich auch.

MEGARA

Auch ich. Doch, Alter, hoffe nichts Unmögliches.

AMPHITRYON

Schon in des Unglücks Aufschub ist Erleichterung.

MEGARA

Doch peinigt mich die Zeit der Qual, die mitten liegt.

AMPHITRYON

Mein Kind, vielleicht noch möchten wir mit gutem Wind
Entfliehn dem Unheil, welches mich und dich bedrängt,
Vielleicht kommt dir dein Gatte, mir mein Sohn zurück.
Drum sei getrost, und deinen Kindern stille du
Der Tränen Quelle, tröste und betrüge sie
Mit schönen Märchen, ist es auch ein armer Trug.
Denn wohl ermüdet endlich auch der Menschen Leid:
Nicht immer atmet ungestüm des Windes Hauch,
Und wer im Glück ist, ist es nicht auf immerdar.
Denn alles wechselt unter sich, nichts bleibt bestehn.
Der aber ist der Beste, der auf Hoffnungen
Allzeit vertraut: verzagen mag der Schlechte nur.

CHOR

*Strophe*

Dem hohen Haus, der Lagerstatt
Des Greises nah ich mühsam mich,
Die Hand auf meinen Stab gestützt,
Traurige Klageweisen singend
Gleich dem grauen Schwane:
Nur mehr ein Schall und nur das dunkle Schattenbild
Nachtgeborner Träume,
So nah ich zitternd, doch als Freund.
Ihr Kinder ohne Vater, ach,
O Greis und arme Mutter du,
Die du den Gatten klagend rufst,
Der im Reich der Toten weilt!

*Gegenstrophe*

Laßt nicht den Fuß ermatten, nicht
Die schweren Glieder gleich dem Roß,
Das unterm Joch die schwere Last
Des Wagens steile Bergeshöhn
Hinanschleppt und ermattet.
Nimm meine Hand, faß mein Gewand, wenn meines Fußes
Schwache Schritte straucheln.
Ein Greis, geleite du den Greis,

Dem einst in der Gefährten Kampf,
Da jung er war, der Jungen Speer
Zur Seite war – nicht zur Schmach
Dem hochgepriesnen Vaterland!

*Epode*

Seht doch, wie des Vaters Blicken
Gleich der Söhne Auge strahlt in wilder Glut:
Weder fehlt sein Unglück diesen Kindern,
Noch verging der Anmut Reiz.
Hellas, ach um welche Helden
Wirst gebracht du,
Wenn man dieser dich beraubt!

CHORFÜHRER

Doch still: ich sehe Lykos, dieses Landes Herrn!
Er schreitet eben nahe zum Palast heran.

*Lykos mit Gefolge*

LYKOS

Des Herakles Vater und Gemahl, euch fragt ich gern,
Wenn mir's vergönnt ist – und vergönnt ist mir's, soviel
Ich will zu fragen, da ich euer König bin:
Wie lange sucht ihr eure Zeit zu fristen noch?
Wo seht ihr Hoffnung oder vor dem Tode Schutz?
Wähnt ihr denn, Herakles, der im Reich des Hades ruht,
Er komme wieder, daß ihr ohne alles Maß
Die Trauerklage anhebt, wo ihr sterben sollt –
Du, der mit eitler Prahlerei ganz Hellas füllt,
Zeus sei Mit-Vater dir und Mit-Gemahl,
Du, die des besten Mannes Weib zu sein sich rühmt?
Was ist es denn, das Große, das dein Held vollbracht,
Der eines Sumpfes Schlange wohl vernichtete,
Den Leu Nemeias, welchen er in Stricken fing
Und prahlt, mit Armes Schlingen hab er ihn erdrückt?
Darauf vertrauend hadert ihr? Deswegen soll
Des Herakles Stamm dem Tode nicht verfallen sein?
Des Mannes, der – so nichtig – doch des Helden Ruhm
Gewann, im Kampf mit Tieren stark, in anderm nicht,
Der nie den Schild am linken Arme trug und nie

Der Lanze kühn sich nahte, nein, den Bogen nur,
Die feigste Waffe, führte, stets zur Flucht bereit!
Denn Pfeil und Bogen zeigen nicht des Mannes Mut,
Nein, kühn bestehn der Lanzen rasche Furch, im Kampf
Ihr kühn entgegenblicken: das bewährt den Mann.
Doch so zu handeln, Alter, treibt nicht Grausamkeit:
Mich zwingt die Vorsicht, weiß ich doch, von meiner Hand
Fiel Kreon, Vater Megaras, sein war der Thron.
Nicht also wünsch ich, würden diese Söhne groß,
Mir selbst die Rächer meiner Tat heranzuziehn.

AMPHITRYON

Soviel an Zeus ist, schütze Zeus den eignen Sohn.
Doch mir, Herakles, liegt es ob, durch Worte nur
Des Mannes Torheit darzutun an deiner Statt,
Denn daß man dich verlästre, duld ich nimmermehr.

Zuerst das Frevelhafte – Frevel ist es doch,
Feigheit an dir zu rügen, großer Sohn des Zeus –:
Mit aller Götter Zeugnis wend ich's ab von dir.
Den Blitz Kronions frag ich und sein Viergespann,
Das ihn getragen, als er sein geflügeltes
Geschoß der Erde Söhnen durch die Seiten trieb
Und Siegesjubel mit den Göttern feierte.
Die trotzig ungeschlachte Brut vierfüßiger
Kentauren frage, feigster Fürst, auf Pholoë,
Wer ihnen dort als aller Helden bester gilt,
Ob Herakles nicht, der nach dir nur tapfer scheint!
Und fragst du Dirphys, deine Wiege in Abas' Reich –
Er wird dich schwerlich loben, denn wo hast du je
Ein großes Werk vollendet, das dein Land bezeugt?
Die klügste Kunde tadelst du, die Bogenkunst:
Auf meine Reden höre nun und werde klug.
Der Mann in schweren Waffen ist der Waffen Knecht,
Und sind die Nebenmänner nicht gleich ihm beherzt,
So bringt der Nachbarn feiger Sinn ihm selbst den Tod;
Zerbricht ihm seine Lanze, weiß er nicht den Tod
Sich abzuwehren, da er nur eine Waffe hat.
Doch wer mit sicher zielender Hand den Bogen führt,

Erkor das Beste: tausend Pfeile schießt er ab
Und rettet so der andern Leiber vor dem Tod;
Von fernem Platz wehrt er die Feinde ab, da er
Die Sehenden mit unsichtbaren Pfeilen trifft,
Und gibt den eignen Körper nicht den Feinden preis,
Nein wohlgesichert steht er, und das ist im Kampf
Das Klügste ja: dem Feinde wehzutun und sich
Zugleich zu wahren, nicht dem Zufall bloßgestellt.

Nun – diese Worte lauten wohl ganz anders, Herr,
Als deine Reden über das, was uns entzweit.
Doch sprich, warum du diese Kinder töten willst.
Was taten sie dir? Klug in einem acht ich dich,
Daß vor der Helden Söhnen du, feigherzig selbst,
Dich fürchtest: aber dieses ist doch hart für uns,
Wenn deiner Feigheit wegen Tod uns treffen soll,
Der dir von uns gebührte, die wir besser sind,
Wenn Zeus gerechten Sinnes sich bewährt an uns.
Verlangst du nun in diesem Lande Herr zu sein,
Laß uns aus Kadmos' Marken ziehn als Flüchtlinge,
Doch übe nicht Gewalt, damit du nicht Gewalt
Erfahrest, wenn des Glückes Blatt sich umgewandt.
Ach!
O Land des Kadmos – denn an dich auch wend ich mich,
Dir zuzurufen dieses vorwurfsvolle Wort:
So schirmt ihr Herakles und so des Helden Stamm,
Der einer wider alle die Minyer focht
Und dem ihr's dankt, daß Theben frei sein Auge hebt?
Auch Hellas lob ich nicht – und will es schweigend nie
Ertragen –, daß es meinem Sohn so schnöde lohnt,
Da es mit Feuer, Lanze, Schild den Kindern hier
Beistehen mußte, dankbar, daß er Land und Meer
Weithin gesäubert und die großen Mühn vollbracht.
Doch hier beschützt euch, Kinder, weder Thebens Stadt
Noch Hellas: mich, den schwachen Freund, sucht euer Blick,
Mich, welcher nichts hat als der Zunge leeren Schall.
Der einst so tapfern Arme Kraft, sie floh dahin,
Die Stärke schwand, vom Alter zittert mir das Knie.

Doch wär ich jung noch, meiner Glieder Herr wie einst:
Die Wehr ergriff ich, färbte dem sein blondes Haar
Mit Blut, so daß er über Atlas' Marken weit
Hinaus vor meiner Lanze flöh in feiger Flucht!

CHORFÜHRER

Man sieht: dem edlen Mann gebricht es nie an Stoff
Zum Reden, ist er ungeübt in Worten auch.

LYKOS

Erhebe du dich wider uns mit stolzem Wort:
Ich wende dafür gegen dich die schlimme Tat.

*zum Gefolge*

Auf, sendet ihr zu Parnassos', ihr in Helikons
Talschluchten Männer, Klötze mir vom Eichenstamm
Zu fällen; wenn ihr diese dann zur Stadt geschafft,
So häuft am Opferherde rings das Holz empor,
Und so versengt sie alle, so verbrennt sie mir,
Damit sie wissen, daß in diesem Lande nicht
Der tote Kreon, sondern ich jetzt Herrscher sei!

*zum Chor*

Und ihr, o Greise, welche mir und meinem Sinn
Entgegenstreben: bald beweint ihr nicht allein
Herakles' Kinder, sondern euch und euer Haus,
Wenn ihr hier murren wollt! Und dann entsinnt ihr euch,
Daß ihr die Sklaven meiner Macht geworden seid!

CHORFÜHRER

Ihr Söhne dieser Erde, die der Schlachtengott,
Des Drachen Kiefer leerend, hier einst ausgesät,
Auf, hebt die Stäbe, Stützen eurer Hand, empor
Und schlagt mir blutig dieses Mannes ruchloses Haupt,
Der, nicht aus Kadmos' Stamme, Thebens Jünglingen
Befiehlt, der Feigling, hergeschifft aus fremdem Land!
Doch straflos uns gebieten sollst du niemals, noch
Besitzen, was mit vielen Mühen diese Hand
Errungen! Dorthin hebe dich, woher du kamst,
Und frevle: denn Herakles' Kinder tötest du
Niemals, so lang ich lebe! Nicht so tief verbirgt
Entfernt von seinen Kindern ihn der Erde Schoß.

Du brachtest diesem Lande ja den Untergang:
Er, sein Erretter, erntet nicht verdienten Dank.
Und müh ich dann mich nutzlos, wenn ich meinem Freund
Im Tode diene, wo der Freund am nötigsten?
O wie verlangst du, meine Hand, nach Speer und Schwert!
Doch deine Ohnmacht löscht dir das Verlangen aus.
Ich würde dich schon hindern, Knecht zu nennen mich,
Und hier in meinem Theben wohl mit Ruhm bestehn,
Wo du dich brüstest! Weise denkt ja nicht die Stadt,
Die krankt an Aufruhr und durch bösen Rat zerfällt:
Sie hätte dich sonst nimmermehr zum Herrn bestellt.

MEGARA

Dank euch, ihr Greise! Denn es steht den Freunden wohl
Gerechter Zorn an, wenn in Not die Freunde sind.
Doch sollt ihr, unsertwegen auf den Herrn ergrimmt,
Kein Leid erfahren! Nun vernimm, Amphitryon,
Auch meine Meinung, ob sie dir am Platze scheint.
Ich liebe diese Kinder: wie denn liebt ich nicht,
Was unter Schmerzen ich gebar? Und Sterben dünkt
Auch mich ein Unglück. Doch wer der Notwendigkeit
Sich widersetzt, der – mein ich – ist ein blinder Tor.
Weil unser Los denn Sterben ist, so sterben wir,
Nicht hingezehrt von Flammen, unsrer Feinde Spott,
Was mir ein größres Übel dünkt als selbst der Tod!
Denn vieles Edle schulden wir an unser Haus.
Du hast im Krieg dir hohen Ruhmesglanz erkämpft:
So ist es unerträglich, stirbst du feigen Tod.
Und mein erhabner Gatte hat genug gezeigt,
Daß er der Kinder Leben nicht erkaufen will
Um schlechten Rufes Schande, denn der edle Mann
Fühlt Schmerz um seine Kinder, wenn sie Schande trifft.
Ich aber darf des Gatten Vorbild nicht verschmähn.

Doch nun erwäge deiner Hoffnung Grund mit mir.
Du meinst, Herakles kehre noch ans Licht zurück:
Wann stieg ein Toter aus des Grabes Nacht herauf? –
Du meinst, mit Worten stimmten wir den Lykos mild?
Unmöglich! Meiden müssen wir den rohen Feind,

Uns fügen nur dem Weisen, Wohlgezogenen,
Dort triffst du leichter einen rücksichtsvollen Freund.
Ich dachte schon, wir sollten für die Kinder hier
Um die Verbannung bitten – doch auch dies ist hart,
Sie zu erretten für der Armut Jammerlos.
Denn eines Gastfreunds Auge zeigt dem flüchtigen
Gastfreunde, sagt man, heitern Blick nur einen Tag.
So wag's, mit uns zu sterben, was doch deiner harrt:
Bei deinem Adel rufen wir, o Greis, dich auf!
Wer wider Götterschicksal auszudauern strebt –
Wohl ist er mutig, doch sein Mut ist Torenmut;
Denn was verhängt ist, wendet niemand jemals ab.

CHORFÜHRER

Wenn rüstig wäre dieser Arm und einer dich
Zu höhnen wagte, würd ihm leicht ein Ziel gesetzt.
Jetzt bin ich nichts mehr: du bedenke selber nun,
Wie du dem Unglück wehren magst, Amphitryon.

AMPHITRYON

Nicht Lebenslust, nicht Feigheit hält vom Tode mich
Zurück: dem Sohn nur rettet ich die Kinder gern.
Doch fruchtlos, scheint es, streb ich nach Unmöglichem.
Sieh, dieser Nacken bietet sich dem Schwerte dar:
Durchstoße, morde, stürze mich vom Fels hinab!
Nur eine Gnade bitten wir, o Herr, von dir:
Eh du die Kinder tötest, töte mich und sie,
Daß nicht im Todeskampfe wir – unseliger
Anblick! – die Kinder schauen, die die Mutter und
Des Vaters Vater rufen! Sonst, wie dir's gefällt,
So handle, nichts ja rettet uns vom Tode mehr.

MEGARA

Zu Gnade füge Gnade, fleh auch ich zu dir,
Daß du uns beiden zwiefach dich behilflich zeigst:
Laß mich die Kinder schmücken mit dem Totenschmuck,
Das Haus erschließend, das man uns bis jetzt verschloß,
Daß dies doch ihnen werde, dies vom Vaterhaus!

LYKOS

Das wird geschehen: Diener, schließt die Pforten auf! –
Hinein und schmückt euch! Kleiderschmuck mißgönn ich nicht.

Und habt ihr euch mit eurem Todesschmuck umhüllt,
Erschein ich wieder, euch der Unterwelt zu weihn.

*er geht ab*

MEGARA

O Kinder, folgt der Mutter gramgebeugtem Schritt
Zum väterlichen Dache, wo jetzt andre Herrn
Im Hause schalten: unser blieb der Name nur!

AMPHITRYON

O Zeus, umsonst hast du mein Lager denn geteilt,
Umsonst ward unsre Doppelvaterschaft gerühmt.
Du warst ein minder treuer Freund als wir gehofft.
Ich Mensch besieg an Tugend dich, den großen Gott,
Denn ich gab nicht des Herakles edle Kinder preis.
Du wußtest einzuschleichen in der Frauen Gunst
Und brachst in andrer Lager ungerufen ein,
Zu retten aber weißt du deine Lieben nicht.
Du bist ein blinder – oder nicht gerechter Gott!

*Sie gehen mit den Kindern in das Haus*

CHOR

*Erste Strophe*

Phoibos singt in seligem Lied
Über Linos die Klage,
Den schönen Toten, der Leier Klang
Weckend mit goldenem Plektron.
Doch ich will ihn, der in die Nacht der Erde
Und Schatten stieg – soll ich den Sohn Kronions,
Amphitryons Sohn ihn nennen? –,
Seine Mühn im Gesange kränzen
Mit preisender Lieder Lob.
Denn großherziger Taten Preis
Ist die Zierde der Toten.

Erst befreit er Kronions
Heiligen Hain von dem Löwen,
Und es deckte sein blondes
Haupt der feurige Rachen des Löwenfells,
Das er über den Rücken warf.

*Erste Gegenstrophe*

Auch der wilden Kentauren Volk,
Das auf Bergen umherschweift,
Streckt er mit blutigem Bogen hin,
Sandt ihm Tod mit beschwingtem Geschoß.
Dies weiß der schönwirbelnde Strom Peneios,
Die weiten, fruchtleeren Gefilde sahen's
Und Pelions Felsentäler,
Auch des Homola nahe Grotten,
Wo, mit Fichten den Arm bewehrt,
Sie die Lande Thessaliens
Hoch auf Rossen bezwangen.

Und die Hindin mit goldnem Geweih
Tötete er, die gefleckte
Räuberin der Gefilde,
Und verherrlichte damit die jagende
Göttin, die in Oinoa wohnt.

*Zweite Strophe*

Auch den Wagen bestieg er
Und bezwang mit dem Zaum die Rosse
Des Diomedes, die zu der blutigen
Kost an den mordenden Krippen
Hinstürmten, ungehemmt vom Zaum,
Sich am Menschenfleisch – o grauses Mahl! – zu laben:
Dahin über Hebros' Silberflut
Setzt er und vollbrachte
Das Werk, dienstbar dem Herrn Mykenes.

Und am Fuße des Pelion
An den Quellen des Anauros
Tötet sein Pfeil den Kyknos,
Den Mörder der Fremden, den wilden
Bewohner von Amphanaia.

*Zweite Gegenstrophe*

Auch zu den singenden Mädchen
In die Gefilde des Abends kam er,

Um von den goldenen Blättern die Früchte der
Goldenen Äpfel zu pflücken,
Erschlug den purpurschuppigen
Drachen, der unnahbar sie bewacht in weiten Kreisen.
Und in die tiefen Buchten der See
Drang er, Meeresstille
Erschaffend für der Menschen Ruder.

Mitten unter das Himmelshaus
Stemmt er auch seinen starken Arm,
Als er kam zu Atlas,
Und er trug die gestirnten Sitze
Der Götter mit Heldenkräften.

*Dritte Strophe*

Wider die reitende Schar der Amazonen
Am reichdurchströmten Maiotermeer
Zog hin der Held durch Euxeinos' Brandung –
Wen sammelt er aus Hellas' Land
Nicht zu seinem Freundesheer? –,
Der Aresjungfrau Gewand
Trachtet er, dem goldnen, nach,
Des Gürtels unheilvollem Raub.
Des fremden Mädchens stolze Beute empfing
Hellenenland und Mykene bewahrt sie.

Auch den tausendköpfigen Hund,
Den mordschnaubenden, Lernas
Hydra, tilgt er mit Feuer,
Taucht in Gift die Pfeile,
Die den Tod Erytheias Hirten,
Dem dreileibigen, sandten.

*Dritte Gegenstrophe*

Noch viel anderer Kämpfe Siegesbahnen
Durchlief er, rudert zum Hades dann,
Dem schmerzenreichen Ziel seiner Mühen,
Und endet dort – der Arme – sein
Leben, kam nicht mehr zurück.

Von Freunden leer trauert das Haus,
Auf dem Todespfad, von dem
Niemand zurückkehrt, harrt der Kahn
Charons der Heldensöhne schon: o Frevel!
Auf deinen Arm blickt dein Haus – und du kommst nicht.

Blüht ich kräftig in Jugend noch,
Schwäng ich den Speer in der Schlacht noch –:
Samt den Altersgenossen
Schirmt ich stark die Kinder.
Aber nun verschwand mir der Lenz
Der glückseligen Jugend.

CHORFÜHRER

Doch ich sehe ja dort in der Toten Gewand
Des Herakles Kinder sich nahen, des Manns,
Der ehe so groß war, auch sein Weib,
Das die Söhne wie Ross an der Seite des Jochs
Hinschleppt, und Alkmenes greisen Gemahl.
Ich Verlorener, weh!
Ich kann nicht mehr den aus greisem Aug
Vorbrechenden Tränen gebieten.

*Megara und Amphitryon kommen mit den Kindern aus dem Palast zurück*

MEGARA

Wohlan!
Wer ist der Priester, der die Kinder schlachtet? Wer?
Bereitet sind die Opfer, in den Tod zu gehn.
O Kinder, welch ein Trauerzug von Toten wir,
Greis, Knaben, Mutter allzumal dahingeschleppt!
O mein Verhängnis, meiner Söhn unselig Los,
Die – weh! – zum letzten Male nun mein Auge sieht!
Euch gab ich Leben, und dem Feind erzog ich euch
Zum Hohne und zum Spielwerk und zum Untergang.
Ach!
Ich stürzte tief vom schöngeträumten Glück herab,
Das eures Vaters Rede mich einst hoffen ließ.
Dir teilte, Sohn, der tote Vater Argos zu:
Das Haus Eurystheus' solltest du bewohnen einst,

Im schönen Fruchtland herrschend, in Pelasgia;
Des grimmen Löwen-Untiers Hülle warf er dir
Ums Haupt, mit der er selbst sich einst gewappnet hat.
Du solltest Herr im wagenreichen Theben sein,
Das Land besitzen, welches ich als Erb empfing,
Wie du von deinem Vater dir's erbatst, mein Kind.
In deine Rechte legte er als Schutzwehr dir
Der Keule Kunstwerk – ein Geschenk, das dir nicht nützt.
Und dir verhieß er als Besitz Oichalia,
Das sein Geschoß ferntreffend einst eroberte. –
So hob er euch drei Söhne hoch empor auf drei
Gewaltige Throne, seiner Kraft sich stolz bewußt.
Ich hatte froh im Geiste schon zu Bräuten euch
Die besten Jungfraun im Athenerland ersehn,
Im Spartervolk, in Theben, daß ihr glücklich wärt,
An sichren Tauen euer Schiff befestigend.
Und nun – dahin ist alles, umgewandelt ist
Das Schicksal, das die Keren euch zu Bräuten gibt
Und Tränen mir als Hochzeitsbad für euch – weh mir!
Und hier des Vaters Vater gibt das Hochzeitsmahl
Dem Schattengotte, welcher Herakles' Schwäher ward!
Ach, wen von euch am ersten oder wen zuletzt
Drück ich an meine Brust? Und wen küßt dieser Mund?
Und wen umarm ich? Wie – der summenden Biene gleich –
Samml' ich die Klagen aller auf in einen Laut,
Vereine sie in einem langen Tränenstrom?
O Teurer, wenn man eine Stimme aus Menschenbrust
Vernimmt im Hades, ruf ich dir, mein Herakles, zu:
„Dein Vater stirbt, es sterben deine Söhn und ich,
Die deinetwegen alle Welt einst glücklich pries.
Komm, rette! Wenn auch Schatten nur, erscheine mir:
Du bist genug, und kommst du auch nur als ein Traum,
Denn gegen dich sind deiner Söhne Mörder feig!"

AMPHITRYON

Bereite du, Frau, was den Todesgöttern ziemt,
Ich aber hebe meine Hand zum Himmel auf
Und rufe dir, Zeus: willst du diese Kinder hier
Beschützen, eile, da du's bald nicht mehr vermagst.

Doch oft ja rief ich schon zu dir – ich rief umsonst:
Ein strenges Schicksal, wie mir scheint, will unsern Tod.
Ihr Greise, seht: des Daseins Spanne ist nur kurz,
Doch habt ihr sie bereits in höchstem Glück durchlebt,
Bliebt ihr vom Morgen bis zur Nacht von Kummer frei.
Auf unsre Wünsche nimmt die Zeit niemals Bedacht:
Sie fliegt von hinnen um das ihre nur besorgt.
Seht mich: vor Zeiten galt ich groß vor aller Welt
Und wirkte ruhmvoll: Federn gleich, entführte mir
Das Schicksal alles in die Luft an einem Tag.
Des Glückes Fülle, hoher Ruhm, wem wären sie
Je treu geblieben? Lebet wohl denn: euren Freund,
Gefährten, seht ihr heut zum allerletzten Mal.

*Herakles nähert sich dem Palast*

MEGARA

O sieh!
Erblick ich meinen Liebsten hier? Was sag ich, Greis?

AMPHITRYON

Ich weiß nicht, Tochter, denn auch mir versagt das Wort.

MEGARA

Er ist's, von dem wir hörten, daß er drunten sei,
Wenn nicht ein Traumbild uns erscheint im Sonnenlicht!
Was sag ich? Welche Träume sieht mein wirrer Geist?
Das ist – es ist kein andrer als dein Sohn, o Greis!
Hierher, ihr Kinder! Hänget euch an sein Gewand!
Kommt, eilet, laßt ihn nimmer los! Denn seht, er ist
Euch kein geringrer Helfer als der Retter Zeus!

HERAKLES

O Dach, o Hallen meines Herdes, seid gegrüßt!
Welch froher Anblick, da ans Licht ich wieder kam!
Oh!
Was gibt es? Meine Kinder seh ich am Palast:
In Totenschleier tragen sie das Haupt gehüllt,
Und im Gewühl von Männern seh ich mein Gemahl,
Und meinen Vater weinend – über welch ein Leid?
Wohlan, ich trete näher hin und frage sie.
Sprecht, welches neue Mißgeschick traf dieses Haus?

MEGARA

O liebster Mann . . .

AMPHITRYON

O Licht in deines Vaters Nacht!

MEGARA

Du bist gerettet, kommst für uns zu rechter Zeit?

HERAKLES

Was meinst du? Vater, welchen Aufruhr treff ich hier?

MEGARA

Wir sind verloren! – Du vergib, Greis, wenn ich dir
Das Wort vorausnahm, welches dir an ihn geziemt.
Wir Frauen sind ja weicher als der Mann gestimmt,
Und meinen Kindern drohte Tod, ich war dahin.

HERAKLES

Apollon! Wie beginnst du deine Reden mir!

MEGARA

Tot sind die Brüder und mein alter Vater tot.

HERAKLES

Wie? Was begann er? Welcher Speer hat ihn gefällt?

MEGARA

Lykos, des Landes neuer Fürst, ermordet ihn.

HERAKLES

In offner Feldschlacht? Oder tobt Aufruhr im Land?

MEGARA

Aufruhr erschloß ihm Kadmos' siebentorig Reich.

HERAKLES

Doch sprich: wovor denn packte Furcht den Greis und dich?

MEGARA

Dem Vater, mir und unsern Söhnen droht er Tod.

HERAKLES

Wie das? Was ängsten die verwaisten Kinder ihn?

MEGARA

Sie möchten Rache nehmen einst für Kreons Tod.

HERAKLES

Doch was bedeutet dieser Schmuck, der Toten ziemt?

MEGARA

Die Todeskleider sind's, die wir schon angelegt.

HERAKLES

Ihr sollt gewaltsam sterben? Ich Unseliger!

MEGARA

Kein Freund beschützt uns, und wir hörten, du seist tot.

HERAKLES

Wie kam es denn, daß solcher Kleinmut euch befiel?

MEGARA

Eurystheus hat es uns durch Boten kundgetan.

HERAKLES

Warum verließt ihr dieses Haus und meinen Herd?

MEGARA

Gewalt vertrieb den Vater von der Lagerstatt ...

HERAKLES

Durch Schmach den Greis zu kränken trug er keine Scheu?

MEGARA

Von dieser Göttin, der Gewalt, wohnt fern die Scheu.

HERAKLES

So hatten wir, von Hause ferne, keinen Freund?

MEGARA

Wo hätte denn auch Freunde, wen das Glück verließ?

HERAKLES

Der Minyerschlachten, die ich schlug, vergaßen sie?

MEGARA

Freundlos, ich wiederhol es, ist das Mißgeschick.

HERAKLES

O reißt die Todesschleier flugs vom Haupt herab
Und hebt das Auge wiederum empor zum Licht,
Das freundlich wechselnd leuchtet nach der Todesnacht!
Ich aber eile – nun bedarf es meines Arms –
Zuerst zu ihm und stürz in Staub die Wohnungen
Des neuen Herrschers, hau sein frevles Haupt ihm ab
Und werf es vor den Hunden; wen in Thebens Volk
Ich ungetreu erfunden, dem ich Gutes tat –
Mit dieser sieggekrönten Wehr vertilg ich ihn.
Mit rasch beschwingten Pfeilen töt ich andere,
Mit Blut der Toten füll Ismenos' Flut ich an,
Und Dirkes klare Welle färbt vom Blut sich rot!
Wem soll ich eher Retter sein als meinem Weib,

Den Söhnen und – dem Greis? Fahrt wohl, ihr Kampfesmühn,
Unnütz ja wart ihr alle mehr als dieser Kampf!
Ich muß für meine Söhne, sowie sie für mich,
Im Kampfe sterben. Oder wie beschöne ich's,
Daß ich mit Leun und Hydren mich im Kampfe maß,
In den Eurystheus mich gesandt, und nicht den Tod
Von meinen Kindern wehre? Nicht mehr Herakles
Der Sieggekrönte hieß ich dann, wie früherhin.

CHORFÜHRER

Wohl ist es billig, daß sein Kind der Vater schirmt,
Der Sohn die grauen Eltern, sein Gemahl der Mann.

AMPHITRYON

Dir steht es an, den Freunden Freund zu sein, mein Sohn,
Den Feind zu hassen, aber eile nicht zu sehr.

HERAKLES

Worin, o Vater, eil ich mehr als nötig hier?

AMPHITRYON

Gar viele, arm an Gütern, die dem Rufe nach
Für Reiche gelten, sind dem Lykos zugetan:
Sie stifteten Aufruhr und zerrütteten die Stadt,
Um andrer Gut zu rauben, denn ihr eignes Gut
Verschlang der Aufwand und zerstob der Müßiggang.
Man sah, wie du die Stadt betratst, drum sieh dich vor,
Daß dich der Feinde Schwarm nicht unerwartet fällt!

HERAKLES

Mir gilt es gleichviel, ob die ganze Stadt mich sah.
Doch einen Vogel sah ich jüngst an schlimmem Ort
Und schloß, ein Unglück habe wohl euch heimgesucht.
So kam ich denn vorsichtig insgeheim ins Land.

AMPHITRYON

Vortrefflich! Geh nun und begrüße deinen Herd
Und laß das väterliche Haus dein Auge schaun.
Bald kommt der König, der Gemahl und Söhne dir
Fortschleppen, morden, und dazu mich schlachten will.
Indes du dort weilst, fügt sich alles wohl für dich,
Und Sicherheit gewinnst du. Doch versetze nicht
Die Stadt in Aufruhr, eh du dieses wohl vollbracht.

HERAKLES
So will ich tun, du sprachest recht: ich geh hinein.
Spät heimgekehrt aus sonnenloser Gründe Nacht,
Von Hades' Reich und Kores, will ich denn zuerst
Die Götter grüßen, die des Hauses Hüter sind.

AMPHITRYON
So stiegst du wirklich in des Hades Reich hinab?

HERAKLES
Und führte sein dreiköpfig Ungetüm ans Licht.

AMPHITRYON
Im Kampf es zwingend oder als Kores' Geschenk?

HERAKLES
Im Kampf: ich siegte, da die heiligen Weihn ich sah.

AMPHITRYON
Und ist das Ungetüm schon in Eurystheus' Haus?

HERAKLES
Der Hain Demeters nahm es auf in Hermion.

AMPHITRYON
Eurystheus weiß nicht, daß ans Licht du wieder kamst?

HERAKLES
Nein, eher wollt ich wissen, wie's euch hier ergeht.

AMPHITRYON
Doch was verweiltest du so lang in Hades' Nacht?

HERAKLES
Theseus zurückzuführen, säumt ich, Vater, dort.

AMPHITRYON
Und wo ist Theseus? Kehrt er heim ins Vaterreich?

HERAKLES
Nach Attika, froh, daß dem Hades er entrann.
Doch auf, ihr Kinder! Folgt dem Vater nach ins Haus.
Ihr geht zu größrer Freude jetzt hinein als ihr
Herausgegangen. Also seid getrosten Muts
Und badet euer Auge nicht in Tränen mehr!
Du, teure Gattin, sammle dich und fasse Mut,
Hör auf zu zagen! Lasset ab von meinem Kleid:
Ich habe keine Flügel, will euch nicht entfliehn!
Ah!
Sie weichen nicht, nein, klammern um so fester sich

An mein Gewand. So nahe war euch die Gefahr?
Ich will sie führen und sie mir gleichwie das Schiff
Den Schleppkahn nachziehn, denn um meine Kinder mag
Ich gern mich mühn: hier sind sich alle Menschen gleich,
Denn seine Kinder liebt der Hochgeborne wie
Der Namenlose. Dieser lebt in Fülle, der
Ist arm, doch Kindesliebe wohnt in jeder Brust.

*Sie gehen mit den Kindern in den Palast*

CHOR

*Erste Strophe*

Jugend erfreut, fesselt mich süß,
Aber das Alter lastet
Über dem Haupt drückender
Als die Felsen des Ätna,
Und in Dunkel hüllt es mir das Licht der Augen.
Niemals werde mir Asiens Thron,
Asiens Schätze mir eigen,
Noch sei voll Goldes die Wohnung,
Ist hierfür Jugend der Preis,
Dies herrlichste Gut im Reichtum,
Dies herrlichste Gut in der Not!
Doch das traurige, tötende
Alter haß ich: hinab ins Meer
Stürz es! Nie in der Sterblichen
Häuser noch in die Städte sollt es
Einziehn, sondern in Äthershöhn
Ewig auf Flügeln dahinfliehn!

*Erste Gegenstrophe*

Wäret ihr klug, Götter, und wögt
Menschengeschick mit Weisheit,
Schenktet ihr wohl doppelte
Jugend, ein helles Merkmal
Des Verdienstes dem, welchen es schmückt: vom Hades
Kehrt er wieder zum Sonnenlicht,
Die doppelte Bahn zu wandeln.
Unedeln aber verlieht ihr

Ein einfach Lebensgeschick.
So würden die Bösen am ehsten
Und die wackeren Männer erkannt,
Wie durch nächtlich Gewölke den
Schiffern blinkt der Gestirne Zahl.
Doch kein göttliches Zeichen grenzt
Nun die Guten und Bösen ab:
Ewig wechselnd und wogend ringt
Nur nach Schätzen das Leben.

*Zweite Strophe*

Nie laß ich ab, die Chariten
Den Musen beizugesellen
Zu holdestem schönstem Vereine.
Möge ich niemals ohne Gesang
Leben, ewig von Kränzen umgrünt.
Auch der schon ergraute Sänger
Preist noch Mnemosyne:
Vom siegesfrohen Herakles
Tönen unsre Lieder noch,
Wenn des Bromios Gabe strömt
Und wenn die Saiten der Lyra hell
Klingen und libysche Flöten.
Noch laß ich die Musen nicht ruhen,
Welche den Reigen mich lehrten.

*Zweite Gegenstrophe*

Preisende Lieder singen
Die Mädchen am Tempel auf Delos,
In anmutig kreisenden Reigen
Feiernd Letos herrlichen Sohn.
Preisende Lieder singe auch ich
Gleich dem Schwan, ein grauer Sänger
Mit ergrautem Munde,
Vor deinem Haus, o Herakles.
Ist dies doch ein schöner Stoff
Für Preislieder: er ist Zeus' Sohn,
Und übertreffend den Ruhm der Geburt,
Gab er durch tapfere Kämpfe

Den Menschen ein sturmloses Leben,
Tilgend der Untiere Schrecken.

*Während Lykos mit Gefolge vor dem Palast erscheint, tritt Amphitryon heraus*

LYKOS

Du kommst gelegen aus dem Haus, Amphitryon,
Denn lange Zeit schon ist es, daß ihr drinnen euch
Mit Trauerschleiern und dem Schmuck der Toten schmückt.
Doch auf! den Kindern und dem Weib des Herakles
Befiehl hervorzutreten aus dem Hause hier,
Und sterbt sodann freiwillig, wie ihr es verspracht.

AMPHITRYON

Du drängst, o Herr, verfolgst mich Unglückseligen
Und spottest meiner, nun dahin die Meinen sind.
Mit Maß zu eilen ziemte hier dem König auch.
Doch weil den Tod zu leiden uns dein Wort gebeut,
So muß ich folgen und vollziehn, was dir gefällt.

LYKOS

Wo weilt nur Megara? Wo des Herakles Söhne, Greis?

AMPHITRYON

Soviel ich draußen merke, kniet sie, glaub ich wohl...

LYKOS

Was tut sie? Was zu glauben hast du sichre Spur?

AMPHITRYON

Auf heiligen Altarstufen dort und fleht um Schutz.

LYKOS

Unnütz, die Himmlischen um Rettung anzuflehn!

AMPHITRYON

Und auch den toten Gatten ruft sie ganz umsonst.

LYKOS

Nun, dieser kam nicht, kehrt auch wohl niemals zurück.

AMPHITRYON

Nein, wenn ihn nicht noch eine Gottheit auferweckt.

LYKOS

Geh hin zu ihr und führ sie aus dem Hause her!

AMPHITRYON

Ich hätte teil am Morde, wollt ich dieses tun.

LYKOS

So will ich selbst, machst du dir ein Gewissen draus,
Sie samt den Kindern – weiß ich doch von keiner Angst –
Herausgeleiten! Diener, folgt hierher mir nach,
Damit wir fröhlich Ruhe sehen nach der Müh.

*Er betritt den Palast*

AMPHITRYON

So geh: du gehst, wohin du mußt. Das andre wird
Ein andrer fügen. Sei gefaßt, für böses Tun
Auch Böses hinzunehmen! –

*zum Chor*

Sehr gelegen kommt
Er hin, o Greise: sicher wird der Schwerter Netz
Umschlingen ihn, der andre hinzumorden denkt,
Der ganz Verruchte! Doch ich geh, damit ich ihn
Tot stürzen sehe, ist's doch ein Vergnügen, wenn
Der Feind für böse Taten mit dem Tode büßt!

*Er folgt Lykos in den Palast*

*Strophe*

CHOR

Das Leid wandte sich: der früher große Fürst
Kehrte lebend wieder vom Hades zurück.
Heil dir,
O Recht und vergeltendes Götterlos!

CHORFÜHRER

Dort bist du endlich, wo du sterbend büßen wirst:
Du, der du Bessre quältest als du selber bist!

CHOR

Vor Freude stürzen mir Tränen aus den Augen:
Er kehrte zurück –
O Glück, das mein Herz schon nicht mehr gehofft –
Der Fürst dieses Lands!

CHORFÜHRER *sich dem Palasttor nähernd*

Nun aber laßt uns, Greise, auch nach innen spähn,
Ob einer leidet, was wir gern ihn leiden sähn.

LYKOS *von innen*

O weh, weh mir!

*Gegenstrophe*

CHOR

Ein Lied, meinem Ohr so süß tönend, wird
Im Haus angestimmt: nicht fern weilt der Tod!
Er schreit:
Sein Ächzen kündet uns des Mordens Beginn!

LYKOS *von innen*

O Kadmos' weites Land, mich mordet Hinterlist!

CHORFÜHRER

Du warest auch ein Mörder: dir wird – dulde nur! –
Vergolten: büßen mußt du nun für schlimme Tat.

CHOR

Wo schändet freventlich die Götter noch ein Mensch,
Das sinnlose Wort
Verbreitend, der seligen Himmlischen
Macht vermöge nichts?

CHORFÜHRER *in den Chor zurücktretend*

Ihr Greise, nicht mehr ist der gottvergeßne Mann!
Das Haus verstummte. Wendet euch zu Reigentanz!

CHOR

*Erste Strophe*

Gesang, Gesang, Tanz und Gelage feiert
Die heilige Stadt von Theben.
Die Tränen wandeln sich in Lust,
Das Unglück wandelt sich in Glück
Und schenkt uns neue Lieder.
Der neue König ging dahin, der alte herrscht,
Von düstern Seen Acherons zurückgekehrt:
Die Freude kam wider unser Hoffen.

*Erste Gegenstrophe*

Ein Gott, ein Gott hört des Gerechten Bitte
Und merkt auf das Wort des Bösen.
Das Gold, das Glück lenkt das Gemüt

Der Menschen irr, daß es zu Stolz
Und Gewalt sich wendet.
Gleichmütig mag ja keiner schaun ins Künftige,
Der Hohn dem Recht geboten und der Sünde frönt:
Ihm bricht des Glücks schwarzumwölkter Wagen.

*Zweite Strophe*

Auf, Ismenos, bekränze dich!
Gassen der siebentorigen Stadt,
Eilt, ihr schmucken, zum Festtanz!
Auch du, schönflutende Dirke
Und ihr Töchter des Asopos,
Eilet hervor, steigt aus dem Strome
Des Vaters, ihr Nymphen,
Und feiert mit uns in Liedern
Den Siegeskampf des Herakles!
Pythos waldiger Fels und du,
Helikonischer Musen Sitz, preiset hoch,
Preist in fröhlich schallendem Lied
Unser Theben, unsere Mauern,
Wo die Saat der Helden entsproß,
Die Schar mit den ehernen Schilden,
Die das Land den Enkeln vererben,
Ein Licht den Kadmeiern!

*Zweite Gegenstrophe*

Lagerstatt der Vereinigung
Zwischen einem sterblichen Weib
Und Zeus, der sich dem Lager
Der perseïschen Nymphe nahte:
Euer längst vergangener Bund –
Was ich, o Zeus, nimmer gedacht –:
Nun ward er mir glaublich,
Und glänzend zeigte die Zeit
Den Heldenmut des Herakles,
Der aus der Erde Tiefen hervor,
Aus Plutons nächtlichem Haus heimgekehrt!
Du bist uns ein edlerer Fürst,

Als dieses Königs Niedrigkeit:
An ihr ward jetzt deutlich erkannt
Im Kampfe blitzender Schwerter,
Ob es noch den Göttern gefalle,
Das Recht zu behüten.

*Iris und Lyssa erscheinen über dem Palast*

CHORFÜHRER

O seht, o seht:
Befällt der alte Schreckenskampf von neuem uns?
Ihr Greise, welch Gespenst seh ich dort überm Haus?

ERSTER GREIS

Zur Flucht, zur Flucht
Erhebt die matten Glieder, ungesäumt entweicht!

CHOR

O Paian Herr,
O wende du doch dieses Ungemach von uns!

IRIS

Seid unverzagt, o Greise, daß ihr Lyssa hier,
Der Nacht Geschlecht, und mich, die Götterbotin, seht,
Iris: der Stadt ja bringen wir kein Ungemach,
Nur wider eines Mannes Leib ziehn wir heran,
Den einst Alkmene, sagen sie, dem Zeus gebar.
Denn eh er noch die bittren Kämpfe durchgekämpft,
Half ihm das Schicksal: Vater Zeus gestattete
Nicht mir noch Hera, Übles ihm jemals zu tun.
Doch nun er ausrang, was Eurystheus ihm gebot,
Will Hera, daß er neuen Mord verübe, denn
Er soll die Söhne morden, und ich will's mit ihr.

So waffne dich mit unerbittlich hartem Sinn,
O gattenlose Tochter du der schwarzen Nacht,
Erreg in diesem Manne kindermordenden
Wahnsinn und Rasereien und der Füße Sprung,
Verwirre, treib ihn, schling um ihn das Todesseil,
Daß, wenn er mordend auf die Bahn des Acheron
Der holden Kinder schönen Kranz geschleudert hat,
Er lerne, welchen schweren Zorn ihm Hera zürnt,

Und meinen auch erkenne! Denn die Götter sind
Ein Nichts, und groß die Menschen, büßt Herakles nicht.

LYSSA

Aus edler Eltern edlem Blut bin ich gezeugt,
Der Nacht erhabne Tochter und des Uranos;
Doch dieses Amt hier neiden mir die Freunde nicht,
Und straf ich liebe Menschen, ist mir's keine Lust.
Drum will ich Hera, will ich dich, bevor ihr fehlt,
Ermahnen, wenn ihr meinem Wort gehorchen wollt.
Nicht unberühmt auf Erden noch bei Göttern ist
Der Mann, in dessen Hallen du mich senden willst.
Bahnlose Wüsten, wildes Meer beruhigend,
Stellt er allein der Götter Ehre wieder her,
Die kühn von Frevlerhänden angetastet ward.
Drum rate ich dem eifersüchtigen Gemahl
Des Zeus und dir: ersinnt ihm nur kein schweres Leid!

IRIS

Tadle du nicht, was von Hera und von mir beschlossen ward.

LYSSA

Auf den besten Pfad geleit ich – führe dich vom bösen ab!

IRIS

Nicht um Mäßigung zu zeigen sendet Hera dich hierher.

LYSSA

Helios zeuge mir: ich tue, was ich nie zu tun verlangt!
Aber dir und Hera folgen heißt mich strenger Pflicht Gebot
Und im Flug euch nachzustürzen, wie der Hund dem Jäger [folgt:
Geh ich denn! So brüllt des Meeres Woge nicht, so furchtbar [bebt
Nicht die Erde, nicht so graunvoll zuckt des Blitzes Schmer- [zensstrahl,
Wie ich gleich Wettläufern stürme in die Brust des Herakles.
Ja, sein Haus will ich zertrümmern, auf die Kinder stürz ich es,
Wenn ich sie zuvor gemordet: er, der Söhne Mörder, soll
Nicht des Mordes sich bewußt sein, bis ihn meine Wut verläßt!
Siehe da! Schon auf den Stufen steht er, schüttelt wild das [Haupt,

Dreht und rollt in dumpfem Schweigen wild der Augensterne
[Blick,
Schnaubt und stöhnt seltsam, dem Stier gleich, der zum Angriff
[wütend stürmt,
Brüllt mit Macht und ruft des Todes Keren auf im Tartaros.
Grausern Tanz will ich dich lehren und in Schreck verzaubern
[dich.
Eile zum Olympos, Iris, hebe flugs den edlen Fuß!
Ich indes dring ungesehen ein zum Haus des Herakles!

*Iris und Lyssa verschwinden*

CHOR

Ach, ach, erheb die Klage, deine Blüte wird
Gebrochen, o Stadt, der Sproß des Zeus!
Armes Hellas, das seinen Wohltäter nun
Verliert, der jetzt rast dort drinnen auf dem Hof
Im Wahnsinn der Lyssa.
Die Bringerin der Schmerzen fuhr im Flug dahin,
Stachelt die Rosse an ihrem Wagen,
Ihn zu verderben,
Die Gorgo der Nacht mit Schlangengezisch,
Mit dem funkelnden Aug und den hundert Häuptern: Lyssa.
Ach, schnell stürzt ein Gott den Glücklichen hinab,
Ach, schnell fällt die Kinder ihres Vaters Hand!

AMPHITRYON *von innen*

Ich Unseliger!

CHOR

O Zeus, deinen Sohn wird bald kinderlos
Ein rasend fressend rechtlos Gericht
Mit Leid zu Boden strecken.

AMPHITRYON *von innen*

O Unglückshaus!

CHOR

Schon hebt ein Tanz an ohne Schall der Tympana,
Nicht vom bakchischen Thyrsos begrüßt ...

AMPHITRYON *von innen*

Unglücksgeschlecht!

CHOR

Zu blutiger Tat – nicht zum Opfer der Spende,
Die aus Dionysos' Trauben strömt.

AMPHITRYON *von innen*

Zur Flucht, ihr Kinder, stürzt hinaus!

CHOR

Ein Lied des Mords,
Des Mordes wird uns vorgespielt!
Er jagt nach seinen Kindern: nicht umsonst
Wird Lyssa die Hallen durchrasen!

AMPHITRYON *von innen*

Ach, welch ein Leid!

CHOR

„Ach" ruf auch ich: wie beklag ich doch
Den greisen Vater und der Söhne Mutter,
Die umsonst die Kinder gebar!

AMPHITRYON *von innen*

O seht o seht,
Vom Sturm erschüttert bebt das Haus, das Dach stürzt ein!

CHOR

Weh weh! Was tust du dem Haus, o Tochter des Zeus?
Höllische Vernichtung bringst du,
Wie einst über Enkelados, Pallas,
Über dieses Haus!

*Ein Bote stürzt heraus*

BOTE

Ihr altersgrauen Häupter ...

CHORFÜHRER

Was will dieser Ruf?

BOTE

Dort drinnen ist es grauenvoll!

CHORFÜHRER

Ach, nun bedarf
Ich keines Sehers mehr!

BOTE

Tot sind die Kinder.

CHOR

Wehe!

BOTE

Beklagt's: es ist beklagenswert!

CHORFÜHRER

O grauser Mord,
Grauses verübte die Vaterhand!

BOTE

Wer wüßte Schlimmres als was uns hier widerfuhr?

CHOR

Wie kam von Vaters Hand so graunvoller Tod
Über die Kinder? Sprich! Wie brach solches Leid
Durch göttliches Geschick auf dies Haus herein?
O meld uns der Kinder unglücklich Los!

BOTE

Bereitet waren Opfer schon vor Zeus' Altar,
Das Haus zu sühnen, weil Herakles Thebens Herrn
Erschlagen und geworfen aus des Hauses Tor.
Dort stand der Kinder schöner Chor und Megara,
Dort auch der Vater; um den Altar war bereits
Der Korb getragen, und in Andacht schwiegen wir.
Und als Herakles mit der Hand die Fackel nun
Ergriffen, sie zu tauchen in das heilge Naß,
Verharrt er schweigend. Wie der Vater zögerte,
Da blickten auf die Kinder. Doch er war nicht mehr
Er selbst: in Wahnsinn rollte wild sein Aug umher,
Und weit der Augen rote Wurzeln vorgedrängt,
Beträufelt er das schönumlockte Kinn mit Schaum.
In wildem Wahn auflachend rief er dann das Wort:
„Was bring ich, Vater, eh Eurystheus blutete,
Das Sühneopfer, und warum zwiefach mich mühn,
Nun ich mit einmal alles wohl vollenden kann?
Erst wenn ich des Eurystheus Haupt hierhergebracht,
Entsühne ich von diesem Blute meine Hand.
Gießt aus die Quellflut, werft die Körbe aus der Hand!
Wer gibt mir Pfeil und Bogen, wer des Armes Wehr?

Gen Argos eil ich. Hebel, Hämmer nehmt zur Hand,
Daß wir die Mauern, die Kyklopenhand erbaut,
Mit Meißel einst und rotem Richtscheit wohlgefügt,
Zusammenschmettern auf den Grund mit krummem Stahl!"
Dann schritt er nach den Rossen – also gab er vor,
Man sah sie nicht –, bestieg des Wagens hohen Sitz,
Und trieb, als führte seine Hand den Stachelstock.

Und Furcht zugleich und Lachen kam die Diener an,
Und mancher sagte, hingewandt zum anderen:
„Rast unser König oder treibt er Scherz mit uns?"
Herakles aber schritt im Haus hinab, hinauf
Und stürzte mitten in den Saal und kam zur Stadt
Des Nisos, sagt er; dann betrat er dessen Haus
Und legte sich zu Boden, wie er war, und ließ
Ein Mahl bereiten. Doch er weilt nur kurze Frist
Und zieht im Geist nach Isthmos' waldigen Ebenen.
Und dort des Kleiderzwanges sich entledigend,
Ringt er mit niemand und verkündet frohen Sieg,
Sein eigner Herold, rufend „hört!" wo nirgend sich
Ein Hörer findet. Dann bedroht er Argos Herrn
Grausam und ist in Argos, wie er wähnt. Da nun
Ergriff der Vater seine Heldenhand und sprach:
„Mein Sohn, was ist dir? Welche Art von Wanderung
Ist das? In Wahnsinn hat der Mord dich wohl versetzt,
Den eben du begangen?" Doch er wähnt, es faßt
Eurystheus' Vater ängstlich flehend seine Hand,
Und stößt ihn weg, nimmt Köcher, Bogen, Pfeil und legt
Auf seine Söhn an, um Eurystheus' Söhne, wie
Er wähnt, zu töten. Sie, von Schreck betäubt, entflohn
Hierhin und dorthin: dieser birgt im Kleide sich
Der armen Mutter, in der Säule Schatten der;
Der duckt am Opferherde sich, dem Hühnchen gleich.
Die Mutter schreit: „Was tust du, Vater? Mordest du
Die Kinder?" Lautauf schreit der Greis, die Knechte schrein.
Er aber treibt den Knaben um die Säule rings
In grausamer Verfolgung, stellt sich wider ihn
Und trifft ihn in die Leber. Der stürzt rücklings hin

Und haucht – die Säulen netzend – seine Seele aus.
Er jauchzt in hellen Tönen auf und prahlte laut:
„Ein Sohn Eurystheus' stürzte schon von meiner Hand
Und büßte seines Vaters Haß mit seinem Blut."
Dann richtet er den Bogen auf den andern, der,
Am Fuß des Altars kauernd, sich verborgen wähnt.
Doch der, zuvor ihm kommend, stürzt zu Füßen ihm,
Und streckt die Hände flehend auf zu Kinn und Hals
Und ruft: „O liebster Vater, nicht ermorde mich!
Dein bin ich, dein Kind! Nicht Eurytsheus' Sohn würgst du."
Er rollt des Auges wilden Blick der Gorgo gleich,
Als ihm der Sohn den grausen Bogenschuß verrennt,
Und hebt die Keule gleich dem Schmied ihm übers Haupt,
Senkt auf des Knaben blonden Kopf das Holz herab
Und bricht den Schädel. Also starb der zweite Sohn,
Und er geht nach den zwein aufs dritte Opfer los.
Doch kommt die schwer bedrängte Mutter ihm zuvor,
Entrafft den Sohn ins Haus hinein und schließt das Tor.
Und er, als wär er wirklich vor Mykenes Stadt,
Stößt, haut und hebt die Türen, bricht die Pfosten aus
Und streckt mit einem Pfeile Weib und Sohn dahin.

Hierauf den Greis zu morden eilt er flugs zurück:
Da trat ein Bild, wie Pallas anzuschaun, an ihn
Heran, die scharfe Lanze schwingend in der Hand,
Und warf ein Felsstück auf die Brust des Herakles:
Das hemmte seine Mordwut, und er fiel in Schlaf.
Er sank zur Erde nieder, mit dem Rücken schlug
Er an die Säule, welche, bei des Hauses Sturz
Entzweigeborsten, auf dem Marmorfuße lag.
Wir aber wandten aus der Flucht den Fuß zurück:
Vereint dem Greise, banden wir mit starkem Seil
Ihn an die Säule, daß er nicht noch neue Schuld
Zur alten füge, wenn der Schlaf von ihm geflohn.
So schlummert unglückselgen Schlaf der Arme nun,
Der Söhn und Weib gemordet. O gewiß, es ist
Der Menschen keiner auf der Welt unseliger.

ERSTER GREIS

Der Mord, welchen einst Argolis' Fels gesehn,
Der berühmteste war er in Hellas und unglaublich,
Den Danaos' Töchter verübt.
Doch dies hier übertrifft und übersteigt den Mord,
Der damals verübt –: elender Sohn des Zeus!

ZWEITER GREIS

Ich weiß von dem Mord an Proknes' einzigem Sohn,
Den Musen dargebracht.
Doch du, o Rasender, trafst dreier Söhne Haupt,
Die du gezeugt, in wilden Wahnsinnes Wut.

DRITTER GREIS

Weh, welch eine Klage,
Welch Lied, welchen Totengesang stimm ich an?
Den Reigen des Hades?

*Die Tore öffnen sich langsam, im Innenhof werden der schlafende Herakles und die Leichen Megaras und der Kinder sichtbar*

VIERTER GREIS

Ach ach,
O seht des getürmten Palastes
Schlösser und Tore tun sich auf!

FÜNFTER GREIS

O seht vor dem Vater die Kinder,
Kläglich vom Elenden hingestreckt,
Der nach dem Mord in grauenvollem Schlummer ruht!

SECHSTER GREIS

O seht hier die Bande, der verschlungenen
Stricke Fesseln um Herakles' Glieder
Rings befestigt an der Halle marmornen Säulen!

CHORFÜHRER

Dort aber, gleich dem Vogel, der in bangem Schmerz
Der zarten Kinder Weh beklagt, dort naht der Greis,
Mit mattem Schritte bittern Gang beschleunigend.

AMPHITRYON

Thebanische Greise, wollt ihr nicht schweigend, schweigend
Ihn sein Mißgeschick, nun er in Schlummer sank,
Vergessen lassen?

CHOR

O Greis, dich beklag ich und die Kinder und
Das siegreiche Haupt – ach, und die Träne rinnt.

AMPHITRYON

Geht weiter fort von hier,
Kein Geräusch, kein Geschrei!
Weckt den in süßem
Schlummer Entschlafnen
Nicht aus der Ruhe!

CHOR

Weh mir:
Wie schrecklich das Blut ...

AMPHITRYON

Ah! Ihr bringt mich um!

CHOR

Das er vergoß, aufsteigt!

AMPHITRYON

Ihr Alten, lasset leiser das Klagelied ertönen,
Daß nicht, aus dem Schlummer geweckt,
Er die Bande zerreißt
Und die Stadt und den Vater vertilgt
Und das Haus in den Grund stürzt!

CHOR

Ich kann nicht, ich kann nicht.

AMPHITRYON

Still! Ob er atmet wohl ... ? Mein Ohr neig ich hin.

CHORFÜHRER

Er schläft?

AMPHITRYON

Ja, er schläft unseligen Schlaf,
Er, der seinem Weibe den Tod gab, und den
Kindern den Tod gab mit schwirrendem Pfeil.

CHORFÜHRER

Beklage nun –

AMPHITRYON

Ich klage.

CHORFÜHRER

Den Tod der Kinder –

AMPHITRYON

Weh mir!

CHORFÜHRER

Und deines Sohnes.

AMPHITRYON

Ach, ach!

CHORFÜHRER

Ach, Alter ...

AMPHITRYON

Stille, stille!
Er wendet sich eben wieder, vom Schlummer erwacht.
Auf! Ins Haus will ich fliehn, will mich verbergen schnell.

CHORFÜHRER

Getrost! Deines Sohns Augen umhüllt noch Nacht.

AMPHITRYON

O sehet, sehet!
Dem Lichte der Sonne möcht ich in dem Leide wohl
Entfliehen, indes, tötet er mich, den Vater,
Fügt er zum Leide das Leid, und muß
Den Erinyen auch noch büßen die Blutschuld ...

CHOR

Du hättest sterben sollen, als du den Mord
Der Brüder deines Weibes rächend heim
Zogst, nachdem du zerstört das meerumwogte Taphos.

AMPHITRYON

Entflieht, entflieht, o Greise, flieht vom Hause weg!
Entweicht vor dem wütenden Manne,
Der aus dem Schlummer erwacht!
Sonst häuft er euch gleich auf Mord neuen Mord,
Bedroht Kadmos' Stadt in Wahnsinnes Wut.

*Amphitryon und der Chor verbergen sich in den Zufahrtswegen*

CHORFÜHRER

Was hast du deinem Sohne so maßlos gegrollt,
In solches Meer von Leiden ihn versenkt, o Zeus?

HERAKLES *erwachend*

Ah!
Ich atme noch und sehe, was ich sehen muß:
Erd, Himmel und des Sonnengottes Pfeile dort.
Doch faßte mich's wie Meeressturm: in gräßlichen
Wahnsinn des Geistes fiel ich: aus den Lungen ringt
Mein heißer Atem langsam nun, nun schnell empor.
O sieh! Warum mit Stricken, wie das Schiff im Port,
Ist meine jugendstarke Brust nur und mein Arm
Gefesselt an der Marmorsäule Trümmerstück?
Der Flügelpfeil, der Bogen liegt am Grund verstreut,
Der sonst an meinen Armen hing als Kampfgefährt
Und der mich stets bewahrte wie ich ihn bewahrt.
Stieg ich zum zweitenmal in Hades' Reich hinab,
Noch einmal für Eurystheus? In den Hades? Wie?
Doch seh ich nicht den Felsen hier des Sisyphos
Noch Pluton oder Persephassas Herrscherstab.
Ich bin betäubt, o Schreck, und weiß nicht, wo ich bin.
He! Wer von meinen Freunden weilt fern oder nah,
Der mich entreißt dem Zweifel, mein Vergessen heilt?
Denn alles sonst Gewohnte ward mir unbekannt.

AMPHITRYON

Ihr Greise, soll ich meinem Leid entgegengehn?

CHORFÜHRER

Ich gehe mit dir, bleibe dir im Unglück treu.

*Amphitryon und der Chor nähern sich wieder dem Palasttor*

HERAKLES

Was weinst du, Vater, was verhüllst du dein Gesicht
Und wendest fern von deinem teuern Sohn dich ab?

AMPHITRYON

Mein Kind – wenn auch unglücklich, bist du dennoch mein.

HERAKLES

Und welches Herbe litt ich, das dir Tränen weckt?

AMPHITRYON

Was auch ein Gott beweinte, widerführ es ihm.

HERAKLES

Ein prunkend Wort: doch welches Unglück ist geschehn?

AMPHITRYON

Du siehst es selber, wenn du jetzt dein mächtig bist.

HERAKLES

Wenn Neues du von mir zu sagen weißt, so sprich.

AMPHITRYON

Ich werde sprechen, wenn die Mordwut dich verließ.

HERAKLES

Wut hätte mich befallen? Nicht entsinn ich mich.

AMPHITRYON

Noch jetzt erwäg ich, ob du ganz bei Sinnen bist.

HERAKLES

Argwöhnisch sprachst du wiederum ein Rätselwort.

AMPHITRYON

Was tu ich, Greise? Lös ich ihm der Fesseln Band?

HERAKLES

Auch jenen nenne, der mich band: das lehn ich ab!

AMPHITRYON

So viel vom Leid erfährst du: laß das andre ruhn!

HERAKLES

So genügt das Schweigen, um zu wissen, was ich will?

AMPHITRYON

Zeus, siehst du hier, was uns vom Thron der Hera kam?

HERAKLES

Ward uns von ihr ein feindlich Los denn zugesandt?

AMPHITRYON

Sohn, laß die Göttin: sorge nur um deine Not.

HERAKLES

Ich bin verloren, denn ein Unglück nennst du mir.

AMPHITRYON

So sieh doch, schau die Leichen deiner Kinder hier!

HERAKLES

Weh! Welchen Anblick seh ich Unglückseliger?

AMPHITRYON

Graunvollen Krieg, Sohn, führst du wider dein Geschlecht.

HERAKLES

Was sprichst du mir von Kriegen? Wer erschlug sie hier?

AMPHITRYON

Du, deine Waffen und der Gott, der dies verhängt.

HERAKLES
Wie? Was begann ich? Vater, Unheil meldest du!
AMPHITRYON
Du rastest: Unheil tu ich kund, wie du's erfragst.
HERAKLES
Und auch an meinem Weibe ward zum Mörder ich?
AMPHITRYON
Dies alles ward von einer – deiner Hand vollbracht.
HERAKLES
Weh, weh! Des Jammers düstre Wolke hüllt mich ein.
AMPHITRYON
Deshalb, mein Sohn, beklag ich jammernd dein Geschick.
HERAKLES
War's auch mein Wahnsinn, der das Haus zertrümmerte?
AMPHITRYON
Nur eines weiß ich, daß du ganz unglücklich bist.
HERAKLES
Wo faßte mich das Rasen? Wo verdarb es mich?
AMPHITRYON
Als dich das Opfer am Altar entsündigte.
HERAKLES
Weh mir! Warum denn schon ich meines Lebens noch,
Nachdem ich meine Liebsten, meine Söhn erschlug?
Was stürz ich nicht von steilem Felsen mich hinab?
Warum durchbohr ich nicht mit scharf gezücktem Schwert
Mein Herz, an mir zu rächen meiner Kinder Blut?
Warum verderb ich meinen Leib in Flammen nicht,
Vom Leben tilgend alle Schmach, die meiner harrt?
Doch meine Todesgedanken hemmt, der hier erscheint,
Theseus, mein Anverwandter und mein treuer Freund.
Er wird mich sehen, und des Kindermordes Greul
Wird ihm vor Augen treten, meinem Teuersten.
Weh! Was beginnen? Wie, wohin vor meinem Leid
Entfliehn – auf Schwingen oder in der Erde Nacht?
Auf! In Gewandes Dunkel hülle ich mein Haupt,
Denn Scham erfüllt mich, daß ich solche Tat verübt:
Nachdem ich deren schreiend Mordblut auf mich lud,
Will ich nicht auch den Unbefleckten noch versehrn.

THESEUS

Ich kam mit andern, welche an Asopos' Flut
In Wehr gerüstet harren, Söhnen Attikas,
Der Waffen Beistand deinem Sohn zu bringen, Greis.
Denn in die Stadt der Erechtheiden drang der Ruf,
Es habe Lykos dieses Landes Thron geraubt
Und sich erhoben wider euch zu Krieg und Schlacht.
Dankvoll vergeltend, was mir Herakles getan,
Der mich erlöst vom Hades, kam ich, falls, o Greis,
Ihr meines Arms und meiner Heeresmacht bedürft.

Doch ach, warum bedecken Leichen hier den Grund?
Bin ich betrogen, kam zu spät, um neuem Leid
Noch abzuhelfen? Wer erschlug die Kinder hier?
Und wessen Weib war, welche dort mein Auge sieht?
Ziehn Kinder doch zum Lanzenkampfe nicht hinaus:
Nein, wohl ein andres großes Leid entdeck ich hier.

AMPHITRYON

O Herrscher auf dem Berg, der den Ölbaum trägt ...

THESEUS

Was rufst du mir und hebst so kläglich an, o Greis?

AMPHITRYON

Ein unselig Los sandten die Götter uns.

THESEUS

Wer sind die Knaben, über die dein Auge weint?

AMPHITRYON

Erzeugt, ach, erzeugt hat sie mein armer Sohn,
Doch dann legt er kühn an sie die Mörderhand.

THESEUS

Sprich gute Worte!

AMPHITRYON

Was du verlangst – o ich tät es gern!

THESEUS

Du meldest Grauses.

AMPHITRYON

Alle dahin sind wir wie im Flug!

THESEUS

Was? Wie geschah's?

AMPHITRYON

Rasend, im Wahnsinne tobte er
Mit der hundertköpfigen Hydra Gift.

THESEUS

Das Werk der Hera. Doch wer sitzt bei den Leichen dort?

AMPHITRYON

Mein, mein Sohn ist das, der vielduldende, der
Zu dem Gigantenkampf Göttern verbündet einst,
Den Schild am Arme, zog ins Phlegraierfeld.

THESEUS

Weh!
Wo lebt ein andrer, welcher gleich unglücklich ist?

AMPHITRYON

Keinen Sterblichen findest du,
Der so vielfach litt, der so vielfach irrend umherzog.

THESEUS

Warum birgt im Gewande er sein armes Haupt?

AMPHITRYON

Aus Scham vor deinem Auge
Und vor der Schar seiner Freunde
Und vor dem Blute der Kinder.

THESEUS

Ich kam ja mitzutrauern, Greis, enthüll ihn denn!

AMPHITRYON

Auf, mein Sohn, nimm vom Antlitz dein Gewand
Und wirf es hin, zeige der Sonne den Blick!
Denn es kämpft mit dem Schmerze die Pflicht vor dem
Und ich werfe mich flehend hin [Freund,
Und fasse dein Kinn und das Knie und die Hand,
Und des Greises Tränen entströmen mir.
Wohlan, Sohn,
Bändige den grimmen Löwensinn: er reißt
Zu mordatmender, unheiliger Wut dich fort,
Und Leid willst du neu zu Leid fügen, Kind!

THESEUS

Wohlan, du, der du hier in banger Trauer sitzt:
Dich ruf ich, zeige deinen Blick den Freunden nun!
So schwarze Wolkenhülle hat ja keine Nacht,

Daß deines Jammers Höhe sie verbergen mag.
Warum, die Hand vorstreckend, zeigst du mir den Mord?
Wohl, daß mich deine Rede nicht entheilige?
Unglück mit dir zu dulden, Freund – mich kümmert's nicht.
Denn ich war einst auch glücklich. Denk an jene Zeit,
Als du vom Hades an das Licht mich rettetest.
Wie schmählich, wenn der Freunde Dankbarkeit erlischt,
Und wenn man wohl am Glücke mitgenießen will,
Doch nicht im Unglück mit dem Freund zu Schiffe gehn!
Erhebe dich, enthülle dein unselig Haupt,
Blick auf zu mir! Der hochgesinnte Sterbliche
Trägt ohne Widerstreben, was ein Gott verhängt.

*Er tritt zu Herakles und enthüllt ihn*

HERAKLES

Du sahst, o Theseus, meiner Kinder Todeskampf?

THESEUS

Mein Ohr vernahm's, dem Auge zeigst du hier das Leid.

HERAKLES

Was hast du denn dem Helios mein Haupt enthüllt?

THESEUS

Wie? du verunreinst als ein Mensch Götter nicht.

HERAKLES

Flieh, Ärmster, mein unreines, fluchbeladnes Haupt!

THESEUS

Wird doch des Freundes Nähe nie dem Freund zum Fluch.

HERAKLES

Schön! Daß ich Gutes dir getan, es reut mich nicht.

THESEUS

Und für dies Gute zeig ich dir jetzt Mitgefühl.

HERAKLES

Des Mitgefühls bedarf ich, der die Söhn erschlug!

THESEUS

Ich klag um dich, daß deines Glückes Stern erlosch.

HERAKLES

Und fandst du jemals einen Unglückseligern?

THESEUS

Bis an des Himmels Sterne reicht dein Mißgeschick.

HERAKLES
Drum bin ich wohlbereitet, in den Tod zu gehn.
THESEUS
Du wähnst, die Gottheit kümmern deine Drohungen?
HERAKLES
Mir trotzt der Himmel, und dem Himmel trotze ich.
THESEUS
Still, daß du nicht großsprechend größres Leid erfährst!
HERAKLES
Voll Leid schon bin ich, habe Raum für keines mehr.
THESEUS
Was aber willst du? Wohin stürmst du zornentbrannt?
HERAKLES
Tot geh ich in der Erde Schoß, woher ich kam.
THESEUS
Du sprachest eben, wie's gemeinen Menschen ziemt.
HERAKLES
Leicht magst du tadeln, stehst du doch dem Leide fern.
THESEUS
Und das spricht Herakles, der soviel erduldete?
HERAKLES
Doch nie so Schweres – ist doch auch im Leiden Maß.
THESEUS
Der allen Menschen wohlgetan, ihr großer Freund?
HERAKLES
Sie sind mir keine Hilfe, während Hera siegt.
THESEUS
Nie duldet Hellas, daß aus Unbedacht du stirbst.
HERAKLES
So höre, wie ich wider deine Mahnungen
Mit Gründen kämpfe! Zeigen will ich dir sofort:
Das Leben war mir weder jetzt noch früher hold.
Zunächst entsproß ich diesem Mann: er mordete
Der Mutter greisen Vater, und mit Blut befleckt
Vermählt er sich Alkmene, welche mich gebar.
Wird so des Hauses erster Grund nicht wohl gelegt,
So trifft die Nachgebornen auch notwendig Fluch.
Zeus, wer er sein mag, dieser Zeus, erzeugt in mir

Ein Kind, das Hera haßte – doch du zürne nicht:
Du giltst mir als mein Vater, und nicht Zeus, o Greis.
Ich lag noch an der Mutterbrust, da sandte mir
Des Zeus Gemahlin grauenvolle Schlangen zu
In meine Wiege, mir zu Tod und Untergang.
Doch später, als ich aufgeblüht in Jugendkraft –
Was soll ich sagen, welche Mühn ich da bestand?
Welch grimme Löwen, welches Graun dreileibiger
Typhonen und Giganten und vierfüßiger
Kentauren überwand ich nicht in heißem Kampf?
Die Hydra, die mit hundert Häuptern ewig neu
Aufwuchs, erschlug ich, andrer Mühn zahllose Schar
Bestand ich ruhmvoll, stieg ins Totenreich hinab,
Den dreiköpfigen Wächterhund vor Hades' Tor
Ans Licht zu führen, wie Eurystheus mir gebot.
Zuletzt vollbracht ich diese Tat: ich mordete
Die Söhne, daß im Haus des Leides Maß voll sei.
Nun will mein Unglück, daß ich nicht mehr wohnen darf
In meinem lieben Theben. Aber blieb ich auch,
In welchen Tempel trät ich, welchen Freundeskreis?
Anreden darf mich keiner mehr in meinem Leid.
Soll ich nach Argos? Aber wie? Ich bin verbannt.
Wohlan, so wend ich einer andern Stadt mich zu?
Dort treffen scheele Blicke mich als wohlbekannt,
Daß schmähend mich der Zungen bittrer Stachel faßt:
„Das ist ja Zeus' Sohn, der die Kinder einst erschlug
Und seine Gattin! Heb er sich aus diesem Land!"

Zu solchem Unheil, ahn ich, kommt's mit mir dereinst:
Die Erde ruft mir wehrend: „Nicht berühre mich!",
Mir wehrt das Meer, der Ströme Quellen wehren mir,
Will ich hinüber, und dem angefesselten
Ixion gleich ich, welchen stets das Rad umschwingt.
Was soll ich fortan leben? Was gewönne ich
Mit einem tatenlosen, fluchbeladnen Leben noch?
Zeus' stolze Gattin hüpfe denn lautjubelnd auf,
Mit goldner Sohle stampfe sie des Zeus Olymp:
Sie hat ja nun errungen, was sie stets gewollt,

Den ersten Mann von Hellas in den Staub gestürzt,
In Grund hinab geschmettert! Wer verehrte noch
Solch eine Göttin, die des Kronos hohem Sohn
Um eines Weibes Liebe grollt und Griechenlands
Wohltäter mordet, welche nichts verschuldeten?

CHORFÜHRER

Des Zeus Gemahlin ist es und kein andrer Gott,
Die solchen Kampf gesendet: wohl erkennst du das!

THESEUS

*Es fehlen einige Verse*

Doch unverletzt vom Schicksal ist kein Sterblicher,
Der Götter keiner, lügen uns die Sänger nicht.
Vereinten sich in unerlaubtem Liebesbund
Nicht einst die Götter? Schlugen sie den Vater nicht
Um Herrschermacht in Bande? Dennoch wohnen sie
In Himmelshöhen, ihrer Schuld sich kühn bewußt.
Was aber wirst du sagen, wenn nur du, der Mensch,
Unmäßig grollst dem Schicksal, und die Götter nicht?
So räume Theben, weil der Brauch es also will,
Und folge mir in Pallas' hochgepriesne Stadt.
Dort wasch ich deine Hände von Befleckung rein
Und geb ein Haus und meines Schatzes Hälfte dir.
Und was die Stadt mir, als ich Knossos' Stier erschlug
Und ihr die zweimal sieben Söhne rettete,
Geschenkt, es sei dein eigen. Überall im Land
Sind mir Gefilde zugeteilt: die nennt hinfort
Nach deinem Namen alle Welt, so lang du lebst.
Nach deinem Tode, wenn in Hades' Reich du gingst,
Dann wird mit Opfern und erhabnem Marmorgrab
Die ganze Stadt Athenes dich verherrlichen.
Denn herrlich schmückt aus Hellas Händen sie der Kranz
Des Ruhmes, daß dem tapfren Mann sie wohlgetan.
Ich aber will für meine Rettung also dir
Den Dank bezahlen, denn jetzt tun dir Freunde not.
Wenn Götter hold sind, dann bedarf's der Freunde nicht:
Allein genügt ja – wenn er helfen will – der Gott.

HERAKLES

O weh mir! Fremd klingt alles dies für meine Not.

Ich glaube nicht, daß Götter unerlaubter Lust
Sich freuten, noch daß Götterhand je Fesseln trug,
Noch daß Gebieter einer war des anderen:
Nie glaubt ich etwas dieser Art, noch glaub ich's je.
Denn nichts bedarf doch – ist er wahrhaft Gott – ein Gott:
Das alles sind armselge Dichtermärchen nur.

Indes besorg ich, wenn ich auch im Unglück bin,
Für feig zu gelten, scheid ich aus dem Sonnenlicht.
Denn wer dem Unglück nicht beherzt entgegentritt,
Der kann auch eines Mannes Wehr nicht widerstehn.
Ich halt dem Leben stand: ich zieh in deine Stadt
Und weiß für deine Gaben dir unendlich Dank.
Wohl hab ich Leiden ohne Zahl schon durchgekämpft,
Und keines floh ich, keines auch hat Tränen mir
Entlockt, ich glaubte nimmermehr zu solcher Schmach,
Daß Tränen mir entströmten, je mich aufbewahrt.
Nun muß ich, scheint es, untertan dem Schicksal sein.

Wohlan: du siehst, mein Vater, daß ich fliehen muß,
Siehst, daß ich selbst der Mörder meiner Söhne ward.
Gib sie dem Grabe, schmücke ihre Leichen wohl
Und ehre sie mit Tränen – mir verwehrt's der Brauch –
Und leg an ihrer Mutter Brust und Arme sie,
O süßer Bund voll Schmerzen, den ich unbewußt
Zerriß, ich Armer! Wenn du sie im Grabe bargst,
Dann wohn in diesen Mauern, wenn unglücklich auch,
Doch zwinge dich und teile mutig mein Geschick.

O Kinder, der euch zeugte, der euch Leben gab,
Der gab den Tod euch, ihr genosset nicht das Glück,
Das ich in schweren Kämpfen mühvoll euch gewann
Zu eurem Ruhm, des Vatererbes schönstes Teil!
Und dich auch, Arme, mordet ich, vergalt dir nicht,
Daß du die Gattenliebe mir so treu bewahrt,
So lang in unsres Hauses Hut mir ausgeharrt!
Weh meine Gattin, meine Söhne wehe mir!
Wie ganz unselig ward ich, muß mich trennen nun
Von Weib und Kindern! O du schmerzlich süße Lust

Der Küsse! Schmerzlich süßer Bund mit meiner Wehr!
Behalt ich euch, ihr Waffen, oder laß ich euch,
Die, meine Seiten schlagend, stets mir rufen: „Weib
Und Söhn erschlugest du mit uns, und trägst uns noch,
Die Kindermörder!“ Und ich wollt in meinem Arm
Euch tragen? Wie beschönt ich's? Doch getrennt von euch,
Mit welchen ich in Hellas Großes ausgeführt –
Soll ich in Schande sterben durch des Feindes Hand?
Bleibt denn, behalten muß ich euch zu meiner Qual!

In einem, Theseus, hilf mir noch: geleite mich
Nach Argos – dorthin tragen wir den Kerberos –,
Daß mich verlaßnen Vater nicht der Gram verzehrt.

O Land des Kadmos, alles Volk von Theben, auf:
Schert eure Locken, trauert mit, wallt hin zum Grab
Der Kinder, alle jammert in vereintem Schmerz
Um mich und diese Toten: denn Verderben traf
Uns alle in einem schweren Schlag durch Heras Zorn.

THESEUS

Erhebe dich: der Tränen, Armer, sind genug!

HERAKLES

O Freund, ich kann nicht, meine Glieder sind erstarrt.

THESEUS

Auch starker Männer Nacken beugt das Mißgeschick.

HERAKLES

O würd ich hier zum Felsen, den kein Leid berührt!

THESEUS

Laß ab und gib dem dienstbereiten Freund die Hand!

HERAKLES

Daß ich mit Blut nur nicht beschmutze dein Gewand!

THESEUS

Befleck es immer ohne Scheu: ich wehr es nicht.

HERAKLES

Beraubt der Söhne, find ich meinen Sohn in dir.

THESEUS

Schling um den Nacken mir den Arm, ich führe dich.

HERAKLES

Ein Freundespaar – den einen aber beugt das Leid.
O Greis, zum Freund gewinnen muß man solchen Mann.

AMPHITRYON

Viel edle Söhne zeugt das Land, das ihn gebar.

HERAKLES

Theseus, o laß mich einmal noch die Kinder sehn!

THESEUS

Wozu? Ein Zauber, der das Herz dir leichter macht?

HERAKLES

Aus Sehnsucht. Gern umarmt ich auch den Vater noch.

AMPHITRYON

Komm, Lieber! Was du wünschest, ist auch mir erwünscht.

THESEUS *während sich Amphitryon und Herakles umarmen*

So bist du deiner Taten nicht mehr eingedenk?

HERAKLES

Keins meiner Leiden war so groß, wie diese sind.

THESEUS

Sieht einer dich so weibisch, lobt er's wahrlich nicht.

HERAKLES

Gelt ich dir schwach? Doch früher schien es dir nicht so?

THESEUS

Sehr: so bist du der große Herakles nicht mehr.

HERAKLES

Was warest du denn, als dich drunten Leid umfing?

THESEUS

Dem Mute nach war ich schwächer als der schwächste Mann.

HERAKLES

Wie magst du denn noch sagen, daß mich Leid gebeugt?

THESEUS

Komm!

HERAKLES

Lebe wohl, mein Vater!

AMPHITRYON

Und auch du, mein Sohn!

HERAKLES

Bestatt die Söhne, wie ich sagte.

AMPHITRYON

Und wer mich?

HERAKLES

Ich.

AMPHITRYON

Wann erscheinst du?

HERAKLES

Wenn du sie bestattet hast.

AMPHITRYON

Und wie?

HERAKLES

Von Theben hol ich dich in Pallas' Stadt.
So birg im Grab die Kinder, wenn's auch bitter schmerzt.
Ich, der sein Haus vernichtet durch schmachvolle Tat,
Ich folge Theseus, wie der Kahn im Schlepptau folgt.
Wer lieber Reichtum oder Macht gewinnen will
Als edler Freunde treuen Schatz, der denkt verkehrt.

CHORFÜHRER

*während Theseus mit Herakles davongeht, Amphitryon das Tor hinter sich schließt und der Chor hinauszieht*

Tieftrauernd und leidvoll gehen wir hin,
Von dem mächtigsten Freunde verlassen.

# DIE HERAKLIDEN

*Nachdem Herakles in dem von Hera erregten Wahnsinnsanfall seine Gemahlin Megara und seine drei Söhne getötet hatte und in den Dienst des mykenischen Königs Eurystheus hatte treten müssen (siehe die Vorbemerkung zum „Herakles"), ging er mit Deianeira, der Tochter des Oineus von Kalydon, eine zweite Ehe ein, der viele Söhne – der älteste war Hyllos – und Töchter – eine von ihnen war Makaria – entsprossen. Doch auch diese Ehe endete tragisch, denn Deianeira vergiftete ihren Gemahl unwissentlich mit einem angeblichen Liebeszauber; sie gab sich daraufhin selbst den Tod, und der gepeinigte Heros ließ sich auf dem Gipfel des Oita in Thessalien auf einen Scheiterhaufen legen: während sein Leib in Flammen aufging, wurde er in den Himmel entrückt, mit Hebe vermählt und mit Hera versöhnt.*

*Eurystheus übertrug nun seine Feindschaft auf die verwaisten Kinder des Herakles (die „Herakliden") und verfolgte sie durch seinen Herold Kopreus, der schon dem Herakles die Unheilsbotschaften seines Herrn überbracht hatte, von einer griechischen Stadt zur anderen. Hüter und Führer der Kinder waren der Neffe und einstige Wagenlenker des Herakles, Iolaos, und die greise Alkmene. Die letzte Stadt, in der die Verfolgten Zuflucht suchten, war die attische Stadt Marathon, über die der athenische König Demophon herrschte. Er und sein Bruder Akamas waren die Söhne des Theseus, der einst der treue Freund des Herakles gewesen war.*

*Mit der Ankunft der Herakliden in Marathon setzt die Tragödie ein. Wie wenig später die „Schutzflehenden", so sind auch schon die „Herakliden" ein Preis Athens, das sich als Hort des Rechts und Zuflucht der Entrechteten erweist: auch hier geht es letztlich um die Auseinandersetzung zwischen Macht und Recht. Demophon schützt die Bedrängten und erkämpft ihnen mit attischen Waffen in einer Schlacht, in der Eurystheus gefangen wird, die Heimkehr nach Argos. (Die Rückkehr der Herakliden in die Peloponnes ist die mythologische Verkleidung der Dorischen Wanderung, durch welche die mykenische Kultur ihr Ende fand.)*

*Die „Herakliden" entstanden – den handgreiflichen Anspielungen auf die Zeitereignisse zufolge – in den ersten Jahren des Archidamischen Krieges, sehr wahrscheinlich schon 430.*

## Personen

Iolaos

Kopreus

Demophon

Makaria

Der Knappe des Hyllos

Alkmene

Eurystheus

Den Chor bilden attische Bürger, die den bedrängten Herakliden zu Hilfe eilen.

Ort der Handlung ist der heilige Bezirk des Zeus in Marathon. Im Vordergrund der Altar, im Hintergrund der Tempel.

*Am Altar lagern als Schutzsuchende Iolaos und die Söhne des Herakles*

IOLAOS

Schon lange fand ich dieses wahr in meinem Sinn:
Für seine Nächsten schafft und wagt der edle Mann,
Doch wer das Herz auf eignen Vorteil nur gewandt,
Nützt nicht dem Staat, ist unverträglich im Verkehr,
Strebt sich allein zu heben. Selbst erfuhr ich das.
Aus Mitgefühl, weil mir Verwandtschaft heilig war,
Trug ich als einziger vieles Leid mit Herakles,
Als er noch lebte, während ich behaglich still
In Argos wohnen konnte. Nun der Himmel ihn
Aufnahm, bewahr ich, Hilfe selbst bedürfend, hier
Des Helden Kinder unter meinen Fittichen.
Denn als ihr Vater dieser Welt entschwunden war,
Wollt erst Eurystheus töten sein gesamtes Haus.
Doch ich entrann ihm; ich verlor die Heimat, doch
Mein Leben ward gerettet. Unstet flohn wir dann
Von einer Stadt zur andern ohne Wahl umher.
Denn zu dem andern Leid nahm sich Eurystheus auch
Noch diesen Hohn und Frevel wider uns heraus:
In welchem Lande immer er uns rastend weiß,
Da fordern uns Herolde, da vertreibt er uns
Und droht mit Argos' Waffen – das als Freund und Feind
Nicht klein zu achten sei – und mit der eignen Macht.
Und weil denn alle sehen, wie machtlos und schwach
Ich bin, wie klein die Kinder, die kein Vater schützt,
So fürchten sie den Stärkern und vertreiben uns.
Ich Armer aber fliehe mit den fliehenden
Heraklessöhnen, leide mit den Leidenden
Und mag sie nicht verlassen, daß kein Sterblicher
Mich schelte: „Seht die Kinder: nun ihr Vater schied,

Beschützt sie selbst Iolaos, ihr Verwandter, nicht!"
So, ledig alles Schutzes im Hellenenland,
Gelangten wir zur nahen Ebne Marathons
Und sitzen hilfeflehend an Altären hier,
Daß uns die Götter retten. Denn dies Land bewohnt,
Sagt man, der Theseussöhne Paar, die durch das Los
Es einst empfingen, stammend aus Pandions Haus,
Verwandt mit diesen. Also kam's, daß wir Athens
Ruhmreiche Grenzen aufgesucht und diese Mark.
Zwei Greise führen schirmend an die Flüchtigen:
Ich diese Knaben, deren Wohl mir Sorge macht;
Des Sohnes zarte Töchter schirmt Alkmene selbst
Mit treuem Arm und hat in diesen Tempel sie
Gerettet; denn wir scheuen uns, ins Volksgewühl
Die Mädchen herzuführen an den Opferherd.
Doch Hyllos samt den Brüdern, die schon älter sind,
Sucht eine Burg, in der wir uns ansiedeln, wenn
Man uns aus diesem Lande mit Gewalt verstößt.

O Kinder, hierher, Kinder! Kommt, faßt mein Gewand.
Dort seh ich ihn: er schreitet wider uns heran,
Des Königs Herold, der verfolgend uns bedrängt
Und uns aus allen Ländern treibt als Flüchtige!
Oh, stürbst du, Scheusal, stürbe, der dich hergesandt:
So vieles Unheil hast du mit demselben Mund
Der Kinder edlem Vater schon verkündiget!

KOPREUS

Wohl wähnst du hier an einen schönen Ruhesitz,
In eine Freundesstadt gelangt zu sein, du Tor?
Doch wäre jemand, welcher dich Ohnmächtigen
Zum Freunde sich erwählte statt Mykenes Herrn?
Geh hin: wozu die Mühe? Flugs erhebe dich
Nach Argos, wo durch Steinigung du büßen sollst!

IOLAOS

Niemals, denn Zuflucht bietet mir der Opferherd
Des Zeus und dieses freie Land, in das wir flohn.

KOPREUS

So willst du denn von neuem diese Hand bemühn?

IOLAOS

Gewaltsam führst du mich und die gewiß nicht fort!

KOPREUS

Du wirst's erfahren: schlimm geweissagt hast du dir.

*er greift nach den Kindern*

IOLAOS

Nein, das geschieht, so lang ich lebe, niemals! Nein!

KOPREUS *Iolaos zu Boden werfend*

Hinweg! Ich führe, wehrst du's auch, die Kinder fort!
Denn sie gehören, wo sie sind, Eurystheus zu.

IOLAOS

Die ihr von alten Zeiten her Athen bewohnt,
Helft! Uns, den Schützlingen des Marktbehüters Zeus,
Geschieht Gewalt! Die heiligen Binden sind entweiht,
Die Stadt geschändet und der Götter Dienst entehrt!

*Der Chor der Bürger eilt herbei*

CHORFÜHRER

Hört hört! Welch lauter Ruf erhob sich am Altar?
Welch Unglück, welchen Vorfall wird er uns enthülln?

EIN BÜRGER

Seht den schwachen Greis hier auf die Erde hin
Gestreckt: jammervoll!

CHORFÜHRER

Wer warf dich so zu Boden, Unglückseliger?

IOLAOS

Der hier, o Fremdling: deine Götter höhnend, schleppt
Er uns gewaltsam vom Altar des Zeus hinweg.

CHORFÜHRER

Aus welchem Lande kamest du zum Volk, o Greis,
Der vier vereinten Städte?
Kamet ihr von drüben her
Im Ruderschiff, von Euboias Küste?

IOLAOS

O Freunde, nicht auf einer Insel leben wir:
Nein, aus Mykene kamen wir in dein Gebiet.

CHORFÜHRER

Mit welchem Namen, Greis,
Nannte dich Mykenes Volk?

IOLAOS

Ihr kennt den Waffenträger wohl des Herakles,
Iolaos? Blieb doch dieser Mann nicht ungenannt.

CHORFÜHRER

Ich weiß, ich hörte früher schon von ihm. Doch sprich:
Wessen Söhne sind die Kleinen, die
An deiner Hand du führst?

IOLAOS

Es sind des Herakles Söhne: dich und deine Stadt
Um Schutz, o Fremdling, anzuflehen sind sie hier.

CHORFÜHRER

Und was wollt ihr? Sag es mir; oder wünscht
Ihr bei der Stadt Gehör?

IOLAOS

Nicht ausgeliefert werden, nicht gen Argos ziehn,
Von deinen Tempeln mit Gewalt hinweggeschleppt.

KOPREUS

Doch wird das deinen Herren niemals hindern, denn
Du bist ihm untertan und er fand dich hier auf.

CHORFÜHRER

Zu scheuen ziemt sich, die der Götter Schutz erflehn:
Nicht, Fremder, darfst du sie vom Gottessitz
Fortzerren mit Gewalt.

KOPREUS

So sende heim, die des Eurystheus Knechte sind,
Und nimmermehr gebrauch ich wider sie Gewalt.

CHORFÜHRER

Frevel übt die Stadt,
Gibt sie die um Schutz flehenden Fremden frei.

KOPREUS

Doch ist es schön, auch bösen Händeln fern zu sein,
Und guten Rat zu hören, der das Beßre lehrt.

CHORFÜHRER

So mußtest du's des Landes Herrscher sagen, eh
Du solches wagtest, nicht gewaltsam vom Altar
Die Fremden wegziehn, mußtest scheun ein freies Volk.

KOPREUS

Und wer beherrscht denn dieses Land und diese Stadt?

CHORFÜHRER

Der hohe Sohn des edlen Theseus, Demophon.

KOPREUS

Mit diesem also kämpfen wir wohl diesen Kampf
Am besten; alles andre sonst ist leer Geschwätz.

CHORFÜHRER

Da kommt er eben selbst heran mit raschem Schritt,
Dein Wort zu hören, samt dem Bruder Akamas.

DEMOPHON *zum Chor*

Nachdem ihr Hochbetagten uns, den Jüngeren,
Zuvorgekommen, eilend an den Zeusaltar,
Sprecht, welcher Vorfall diese Schar versammelte.

CHORFÜHRER

Herakles' Kinder sitzen hier und flehn um Schutz,
Zeus' Opferherd bekränzend, wie du siehst, o Fürst,
Mit ihres Vaters treuem Freund Iolaos.

DEMOPHON

Wozu bedurfte solcher Fall des Wehgeschreis?

CHORFÜHRER

Gewaltsam wollte dieser sie vom Opferherd
Entführen, tobte, warf den Greis zur Erde hin,
Daß mir das Mitgefühl im Auge Tränen weckt.

DEMOPHON

Zwar trägt er Tracht und Kleidung nach Hellenenbrauch,
Doch was er hier getan hat, ist Barbarenwerk.

*zu Kopreus*

Dir denn gebührt es, ohne Zögern kundzutun,
Aus welches Landes Marken du hierher gelangt.

KOPREUS

Von Argos bin ich (da du dies erfahren willst):
Weshalb ich herkam und von wem, erklär ich jetzt.
Mykenes Fürst Eurystheus sendet mich hierher,
Ihm die zu bringen. Vieles, was das Recht mich heißt,
Hab ich zu sagen und zugleich zu tun, mein Freund.
Denn, selbst Argeier, führ ich hier Argeier heim,
Die ich ergriffen, welche meinem Land entflohn,
Wo strenge Satzung über sie den Tod erkannt.

Recht ist es aber, daß wir selbst, als freies Volk,
Selbständig üben unser Recht durch unsre Hand.
Sie kamen schon an manches andern Volkes Herd,
Wir aber hielten unverrückt am gleichen Wort:
Da wagte niemand eignes Leid herbeizuziehn.
Doch flohn sie hierher, weil sie Torheit wohl an dir
Gewahrten – oder wollten in der größten Not
Erproben, ob du deinen Schutz, ob nicht, gewährst.
Denn du, verstandlos, werdest dich, so wähnen sie,
Von allem Volk in Hellas, wo sie hingelangt,
Allein erbarmen ihrer schlechtberatnen Not.

Wohlan, erwäge! Wenn du sie aufnimmst ins Land,
Und wenn du mir sie lässest: was ist dein Gewinn?
Von uns erringst du diesen Dank zum Lohne dir:
Du fügst zu deinem Reiche noch das mächtige
Kriegsheer von Argos und Eurystheus' ganze Macht.
Doch wenn, gehorsam ihrem Wort und Klageruf,
Du dich erweichen lässest, muß das Schwert den Kampf
Entscheiden: denn das hoffe nicht, daß ohne Stahl
Von unserm Volke dieser Streit geschlichtet wird.
Was sagst du dann wohl? Welches Land ward dir geraubt,
Was dir entrissen, daß du Krieg mit Argos willst?
Wer sind die Bundsgenossen, die du schirmst? Wofür
Begräbst du deine Toten? Wohl wird böser Ruf
Vor deinem Volk dich schänden, wenn um einen Greis,
Der, sozusagen, schon im Grabe wohnt, ein Nichts,
Und um die Knaben du dich in Gefahren bringst.
Das Beste, Hoffnung, blühe dir, erklärst du wohl.
Was ist die Hoffnung gegen dein errungnes Glück?
Denn schlecht wird ihnen, sind sie einmal groß, der Kampf
Mit Argos' Waffenmacht bekommen – wenn dir dies
Mut macht –, und mittlerweil vergeht viel Zeit, in der
Den Untergang ihr fändet. Darum folge mir:
Nichts opfern sollst du, laß allein das Meine mich
Von dannen führen und erwirb Mykene dir.
Nicht wähle dir die Schlechten, was ihr gerne tut,
Wo du der Bessern Freundschaft dir gewinnen kannst.

CHORFÜHRER

Wer mag ein Urteil fällen, wer das Rechte sehn,
Bevor er beider Rede sorgsam angehört?

IOLAOS

O Fürst, in deinem Lande will's die Sitte so:
Zu reden wie zu hören ist mir freigestellt,
Niemand verstößt mich ungehört, wie's sonst geschah.
Doch uns und diesen bindet nichts Gemeinsames;
Denn keinen Teil mehr haben wir an Argos' Land,
Das uns verurteilt, Haus und Heimat flohen wir:
Wie könnte der nun füglich als Mykener uns
Nach Hause fordern, wo man uns vertrieben hat?
Fremd sind wir ihnen. Oder dünkt es euch gerecht,
Daß Hellas' Marken fliehe, wer aus Argos floh?
Drum fliehn wir auch aus eurem Lande nicht: ihr treibt
Aus Furcht vor Argos nicht Herakles' Kinder aus.
Ist doch Athen kein Trachis, kein achaiisches
Städtlein, aus dem du diese wider Fug und Recht –
Mit Argos prahlend, wie du's jetzt auch wieder tust –
Vertriebst, die flehend am Altar gelagert sind.
Denn wenn dies eintritt und Athen dein Wort gutheißt,
Erkenn ich in Athen nicht mehr die freie Stadt.
Indes ich kenne seiner Bürger Sinn und Art:
Sie stürben lieber; denn die Scheu vor schnöder Tat
Gilt edlen Männern höher als das Leben selbst.
Genug vom Volk Athens, denn allzu großes Lob
Erweckt leicht Haß und Neid: ich selbst erinnre mich,
Oft war mir's lästig, wenn man mich zu sehr erhob.
Doch daß es deine Pflicht ist, sie zu retten, will
Ich dir erklären, da du Herr im Lande bist.
Pittheus war Pelops' Sprößling, Pittheus' Tochter war
Aithra; vom Schoße Aithras ging dein Vater aus,
Theseus. Vernimm nun, welches Stammes diese sind.
Ein Sohn Alkmenes und des Zeus war Herakles,
Alkmene Pelops' Enkelin. Dein Vater und
Herakles also stammen ab von einem Ahn.
So bist du diesen blutsverwandt, o Demophon.
Doch nicht Verwandtschaft, andres noch gebietet dir,

Den Kindern zu vergelten. Denn ich – wisse – zog
Einst aus mit Theseus als Herakles Waffenknecht
Dem Gürtel nach, der manches Leben mordete;
Und aus des Hades Klüften führt ihr Vater einst
Ans Licht den Theseus, das bezeugt ganz Hellas uns.
Für solche Wohltat fordern sie zum Danke sich,
Daß du sie nicht auslieferst, nicht gewaltsam sie
Von deinen Göttern reißend aus dem Lande treibst.
Denn dir besonders und der ganzen Stadt bringt's Schmach:
Schutzflehnde flüchtige Verwandte – weh, ach blick
Auf sie! – von Räubern mit Gewalt davongeschleppt!
Nein, nimm die Zweige, bei den Händen fleh ich dir
Und bei dem Kinne: laß Herakles' Kinder nicht
Schmachvoll verstoßen, nimm sie auf in deinen Arm!
Sei ihnen Anverwandter, sei der Armen Freund,
Ihr Vater, Bruder und ihr Herr! Denn alles dies
Ist besser, als Argeiern untertan zu sein.

CHORFÜHRER

Ihr Leid vernehmend, fühlen wir Mitleid, o Fürst.
Daß edle Abkunft wider Unglück machtlos sei,
Erkenn ich jetzt am klarsten: sie, die Sprößlinge
Des edlen Vaters, dulden unwürdiges Leid.

DEMOPHON

Drei Gründe zwingen, mahnen mich gebieterisch,
Nicht auszustoßen, Alter, deine Fremdlinge:
Vor allem zwingt mich Zeus, an dessen Altar du
Mit dieser kleinen Kinder Schar dich lagertest,
Sodann Verwandtschaft und die Pflicht aus alter Zeit,
Den Kindern hier des Vaters wegen wohlzutun,
Und – was der Mensch am meisten fliehen muß – die Schmach.
Denn wenn ich dulde, daß ein Fremdling mit Gewalt
Beraubt den Altar, schein ich nicht in freiem Land
Zu wohnen, sondern Argos' Herrn aus feiger Furcht
Schutzflehnde preiszugeben: Schmach, des Stranges wert!
O wärst du nur beglückter diesem Land genaht –
Doch trotzdem, Alter, fürchte nicht, daß einer dich
Und sie von Zeus' Altare mit Gewalt entführt.

*zu Kopreus*

Du geh nach Argos und verkünd es deinem Herrn,
Und hat er irgend Klage wider sie, so wird
Sein Recht ihm werden; aber sie entführst du nie!

KOPREUS

Nicht, wenn's gerecht ist und mein Wort durch Gründe siegt?

DEMOPHON

Schutzflehnde rauben mit Gewalt, das wäre recht?

KOPREUS

So wär es meine Schande, doch dir schadet's nicht.

DEMOPHON

Nein: meine, duld ich, daß du sie von hinnen schleppst.

KOPREUS

Du weise sie zur Grenze, dort entführ ich sie.

DEMOPHON

Wie töricht, daß du weiser als den Gott dich wähnst!

KOPREUS

Hierher, so scheint es, müssen Übeltäter fliehn!

DEMOPHON

Schutzwehr – gemeinsam allen – ist der Götter Sitz.

KOPREUS

Hier wird Mykene nicht der gleichen Meinung sein!

DEMOPHON

Ich wäre denn in diesem Lande nicht der Herr?

KOPREUS

Wohl; aber bist du weise, kränke jenes nicht.

DEMOPHON

Fühlt euch gekränkt – befleck ich nur die Götter nicht!

KOPREUS

Ich möchte nicht, daß du im Krieg mit Argos liegst.

DEMOPHON

So denk auch ich; doch geb ich diese niemals frei.

KOPREUS

Und doch führ ich von dannen, die mein eigen sind.

DEMOPHON

Dann kehrst du wahrlich nicht so leicht nach Argos heim.

KOPREUS

Versuchen will ich's, und sofort erfahr ich es.

*er springt auf die Knaben zu*

DEMOPHON *vertritt ihm den Weg*
Du sollst mir heulen, und sogleich, berührst du sie!
CHORFÜHRER
Herr, einen Herold schlage nicht, beim Himmel, nein!
DEMOPHON
Auch, wenn der Herold Mäßigung nicht lernen will?
CHORFÜHRER
Du geh! – Und du berühre diesen nicht, o Fürst!
KOPREUS
Ich gehe: schwach ist eines Mannes Arm im Kampf.
Doch wieder komm ich und mit mir im Erzgewand
Der Streiter viel aus Argos, denn Zehntausende,
Bewehrt mit Schilden, harren mein, Eurystheus auch,
Der selbst das Heer befehligt: in des Alkathos
Grenzmarken stehend wartet er, was ihr beschließt.
Doch stattlich – wenn er deinen Trotz vernimmt – kommt er,
Dir und den Bürgern, diesem Land und seiner Frucht.
Nutzlos ja wär es, daß wir soviel Jünglinge
In Argos hätten, wenn wir euch nicht züchtigten.
DEMOPHON
Verdirb! Vor deinem Argos heg ich keine Furcht.
Von hinnen sollst du diese nicht gewaltsam mir
Zu meiner Schmach entführen: dem Argeiervolk
Nicht untertänig, sondern frei ist meine Stadt.

*Kopreus geht ab*

CHOR

Sei wachsam, die Zeit mahnt, eh sich das Heer
An die Marken heranwälzt: mächtigen Kampf
Liebt Argos ja,
Doch heute gewiß noch mehr denn zuvor.
Denn zweimal soviel wie wirklich geschieht
Auftürmen ist ewig der Herolde Art.
Was, meinst du, sagt er dem Könige wohl?
Daß er Arges erlitt und nahe bereits
Am Abgrund schwebte des Todes!

IOLAOS
Ein schönres Erbteil gibt es doch für Kinder nicht

Als edler, wackrer Väter Blut entsprossen sein,
Denn böses Schicksal wehrt dir ab der edle Stand,
Wenn niedrer Stand verzweifelt. Wir auch fanden ja
Im tiefsten Unglück Freunde, Blutsverwandte hier
In diesen Männern, die allein in Hellas' weit
Bewohntem Land Herakles' Söhnen Schutz gewährt.
Reicht ihnen, Kinder, eure Hand, o reicht sie dar –
Und ihr den Kindern –, tretet näher hier heran.
O Kinder ja, die Freunde haben wir erprobt.
Drum, wenn ihr einst in eure Heimat wiederkehrt
Und euer Haus bewohnt und eures Vaters Ehr
Zurückerlangt, vergeßt nicht, daß die Könige
In diesem Lande Retter euch und Freunde sind,
Und denkt daran: erhebet niemals wider sie
Feindlich die Lanze, sondern schätzt als teuerste
Von allen Städten ihre Stadt! Denn ehren müßt
Ihr sie, die solchem Reiche, die Mykenes Volk
Feindschaft zu bieten unserthalb sich nicht gescheut:
Sie sahn uns bettelarm und haben dennoch uns
Nicht ausgeliefert noch aus ihrem Land verjagt.
Ich werde lebend, edler Freund, und sterb ich einst,
Auch tot vor Theseus deine Tat mit hohem Lob
Verkünden. Freuen wird er sich, erzähl ich ihm,
Wie du Herakles' Kinder wohl aufnahmst und sie
Beschütztest. Edel, schirmest du der Väter Ruhm
Im Lande Hellas, und, gezeugt von Trefflichen,
Bist du mitnichten schlechter als dein Vater war –
Wie wenig andre, denn du triffst bei vielen wohl
Nur einen, der nicht geringer als sein Vater ist.

CHORFÜHRER

Stets wie vor Zeiten will Athen Unglücklichen
Im Bund mit gutem Rechte treu zur Seite stehn.
Drum hat es tausend Mühen für die Freunde schon
Durchkämpft, und heut, seh ich, naht dieser neue Kampf.

DEMOPHON *zu Iolaos*

Du sprachest wohl, und Gleiches darf ich auch, o Greis,
Von diesen hoffen: stets gedenkt man solcher Huld.
Und nun beruf ich zu vereintem Rat das Volk

Und rüste, daß ich Argos' Heer mit großer Kraft
Empfange. Späher send ich ihm vor allem zu,
Damit es uns nicht unversehens überfällt,
Denn alles eilt in Argos rasch zur Hilfe her;
Die Seher rufend opfr' ich dann. Du geh ins Haus
Mit diesen Knaben und verlaß des Zeus Altar.
Denn andre gibt es, welche, wenn ich ferne bin,
Für dich besorgt sind: gehe denn hinein, o Greis!

IOLAOS

Ich weiche nicht vom Herde: nein, hier sitzen wir
Und harren flehend, bis Athen es wohl vollführt.
Doch wenn du rühmlich obgesiegt in diesem Kampf,
Dann gehn wir ein zum Tempel. Herr, nicht schwächere
Gottheiten schirmen kämpfend uns als Argos' Volk,
Denn über ihm wacht Hera, Zeus' Gemahl, und uns
Schirmt Pallas. Doch zum Heile, mein ich, führt es auch,
Wenn stärkre Götter neben uns im Kampfe stehn;
Denn überwinden wahrlich läßt sich Pallas nicht.

*Demophon geht ab*

CHOR

*Strophe*

Prahltest du stolz, achten dich doch
Andere drum nicht höher,
Fremdling, kommend von Argos!
Mit vermessenem Wort wirst du fürwahr
Mich nimmer schrecken.
Das sei ferne dem großen Athen
Mit den weiten Reigenplätzen.
Du rasest und Sthenelos'
Sohn, der waltet in Argos.

*Gegenstrophe*

Mann, in die Stadt kamst du, die nie
Schwächer erschien als Argos,
Willst, ein Fremdling, gewaltsam
Schutzflehende, die flüchtig Athens
Hut sich vertraut, vom Altar

Reißen, beugst dich dem Herrscher nicht,
Und kein andres Recht erkennst du!
Wo ziemte sich das, beherrscht
Wahnsinn nicht die Gemüter?

*Epode*

Ich verlange nach Frieden nur.
Doch du, törichter Herrscher, wirst,
Wenn du kommst wider unsre Stadt,
Nicht so leicht, was du wähnst, erlangen.
Du schaltest ja nicht allein
Mit ehernem Schild und Lanze.
Erschüttere doch mit dem Speere,
Kriegslustiger, nicht die Stadt mir,
Die gerne mit Dank dir lohnte:
Nein, zähme den Ingrimm!

*Demophon kommt zurück*

IOLAOS

Was nahst du mir mit nachdenklichem Blick, mein Sohn?
Du willst vom Feinde Neues uns verkündigen?
Verzieht er oder ist er da? Was hörtest du?
Kaum Lügen strafen wirst du jenes Herolds Wort:
Der Feldherr wird, begünstigt von den Göttern und –
Ich weiß es sicher – nicht mit Kleinmut, nahen, um
Sich auf Athen zu stürzen. Aber Zeus bestraft
Den allzu frechen Übermut der Sterblichen.

DEMOPHON

Das Heer Mykenes und sein Fürst Eurystheus naht.
Ich sah mit eignen Augen ihn: darf doch ein Mann,
Der hoher Feldherrnkunde sich vor andern rühmt,
Die Feinde nicht durch eines Boten Auge sehn.
In dieses Landes Fluren hat er seine Schar
Noch nicht geführt: auf hohem Hügel lagert er
Und späht und überlegt sich, so vermut ich wohl,
Auf welchem Weg er ohne Kampf mit seinem Heer
Andringen, wo sich lagern kann an sichrem Ort.
Was meines Amtes, ordnet ich schon alles an.
Die Bürger sind in Waffen, Opfertiere stehn

Bereit den Göttern, welchen sie zu schlachten sind,
Dem Feinde Flucht zu bringen und den Bürgern Heil,
Die Seher weihen unsre Stadt durch Reinigung.
Die Spruchpropheten alle schon versammelt ich
Und forschte wie nach offnen so verborgenen
Orakelworten alter Zeit, des Landes Heil.
Und gar verschieden lauten die sonst überall;
Doch als die Meinung aller tritt dies eine vor:
Der Schattengöttin soll ich – so gebieten sie –
Ein Mädchen, edlen Vaters Kind, zum Opfer weihn.

Ich hege nun zwar, wie du siehst, freundlichen Sinn
Für euch; indes die eigne Tochter mord ich nicht,
Noch zwing ich andre Bürger, unfreiwillig das
Zu tun: mit freiem Willen rast doch keiner so,
Daß er die Kinder töten wird, sein Teuerstes.
So kannst du nun erbitterte Aufläufe sehn:
Die einen nennen's billig, daß ich Fremdlingen,
Die Schutz erbitten, helfe; doch schilt mancher auch
Auf meine Torheit. Schirm ich nun euch Flüchtlinge,
Bereitet sich im eignen Lande schon der Krieg.
Da siehe du nun und ersinne Rat zugleich,
Wie ihr gerettet werdet und dies Freundesland,
Und ich daheim vor bösem Leumund sicher sei.
Ich herrsche nicht wie ein barbarischer Tyrann:
Das Rechte wird zuteil mir, üb ich selbst das Recht.

CHORFÜHRER

So wehrt ein Gott denn dieser dienstbereiten Stadt,
Den Fremden, die sie nötig brauchen, beizustehn?

IOLAOS

Ihr Kinder, Schiffern gleichen wir, die, wenn sie kaum
Dem wilden Toben eines Sturms entronnen sind,
Das Ufer schon erreichten – aber dann treibt sie
Der Wind vom Lande wiederum aufs Meer hinaus:
So stößt man uns auch wieder aus dem Lande fort,
Die schon am Ufer waren als Gerettete.
Warum, elende Hoffnung, schmeichelst du mir erst,
Obwohl du nicht vollenden willst, was du versprachst?

Verzeihen muß man's diesem wohl, wenn seinem Volk
Er nicht die Töchter morden will; auch eurer Stadt
Wohlwollen lob ich: ordnen mir ein solches Los
Die Götter, ist doch unser Dank euch nicht dahin.

Für euch, ihr Kinder, weiß ich keine Hilfe mehr.
Wohin uns wenden? Welcher Gott ward nicht bekränzt?
Zu welcher Stätte flohen wir auf Erden nicht?
Wir werden untergehen, denn man stößt uns aus.
Zwar mich bekümmert's nimmer, wenn ich sterben muß,
Falls etwa meine Feinde nicht mein Tod erfreut.
Nur euch bewein ich, Kinder, euch bejammre ich,
Des Vaters greise Mutter, wie beklag ich sie!
Alkmene, weh dir, daß du lebst die lange Zeit!
Und wehe mir auch, der so viel fruchtlos gekämpft!
So mußten wir denn, mußten, ach, in Feindes Hand
Schmachvoll verstrickt, in Schande kläglich endigen!

Doch tue mir noch eines, denn nicht völlig schwand
Mein Hoffen, Rettung könne noch für diese blühn.
Mich übergib an Argos statt der Kinder, Herr,
Und stürze dich in keinen Kampf, ich rette sie:
Mein Leben lieben darf ich nicht: es fahre hin!
Auch trachtet wohl Eurystheus ganz besonders mir,
Herakles' treuem Waffenknecht, Schmach anzutun,
Denn töricht ist er. Lieber wünsch ein Weiser sich
Feindschaft mit Weisen als mit töricht rohem Sinn,
Denn sie begegnen ihm voll Achtung wohl und Scheu.

CHORFÜHRER

Mein Alter, wälze keine Schuld auf diese Stadt.
Denn leicht kann uns die falsche, dennoch schimpfliche
Nachrede treffen, wir verrieten Fremdlinge.

DEMOPHON

Du sprachest edel, aber willst Unmögliches.
Nicht dein begehrend führt der Fürst sein Volk hierher:
Was kann's Eurystheus nützen, stirbt ein alter Mann?
Nein, diese Kinder will er nur getötet sehn.
Denn furchtbar ihren Feinden sind aufwachsende

Heroensöhne, die der Schmach des Vaters einst
Gedenken. Das muß jener wohl erwägen, Greis.
Doch weißt du sonst uns einen Rat, der besser ist,
Eil ihn zu melden, bin ich doch ratlos, nachdem
Der Spruch mir kundgeworden, und von Furcht erfüllt.

*Makaria tritt aus dem Tempel*

MAKARIA

Daß ich heraustrat, scheltet nicht Verwegenheit,
O Freunde, dieses bitt ich mir vor allem aus.
Denn eine Frau ziert Schweigen, ziert Bescheidenheit
Am schönsten und im Hause harrend still zu sein.
Auf deine Klagen hin verließ den Tempel ich,
Iolaos, nicht als Sprecherin für mein Geschlecht,
Nein – denn vielleicht bin ich von Nutzen – nur aus Angst
Um meine Brüder: ihrethalb und um mich selbst
Verlangt es mich zu hören, ob zur alten Not
Ein neues Leid gekommen, das dein Herz betrübt.

IOLAOS

O Kind, am meisten darf ich nicht erst heute dich
Mit Recht vor allen loben aus Herakles' Stamm.
Uns schien von neuem euer Haus emporzublühn,
Und wieder sinkt's in rettungslose Not zurück.
Denn Spruchpropheten deuten – sagt der König uns –:
Nicht Stier noch Kalb, nein, eine Jungfrau müsse man
Zum Opfer bringen, die von edlem Vater sei,
Soll unser Leben, soll die Stadt nicht untergehn.
Da sind wir nun voll Sorge, denn sein eignes Kind
Erklärt er nicht zu töten noch ein andres auch
Und sagt zu mir – nicht offen, doch er meint es wohl –,
Wenn keinen Ausweg wir aus dieser Not erspähn,
So müssen wir nach einem andern Lande ziehn,
Und selbst will er erretten so sein Vaterland.

MAKARIA

In dieser Weise könnten wir gerettet sein?

IOLAOS

In dieser, denn im andern steht es wohl mit uns.

MAKARIA

So zittre nicht vor Argos' Feindeslanze mehr,

Denn ich bin selber, ehe man's befiehlt, o Greis,
Bereit zu sterben, biete mich als Opfer dar.
Wie wollen wir's bemänteln, wenn todbringender
Gefahr die Stadt sich unterziehen will für uns,
Wir aber – bürdend unsre Mühn auf andere,
Da wir sie retten könnten – uns zu sterben scheun?
Nicht also! Denn das wäre doch des Lachens wert,
Wenn wir die Götter jammernd hier um Schutz anflehn
Und als des Helden Kinder, der uns Vater war,
Mutlos erscheinen! Ziemte das für Edle wohl?
Denn besser noch als daß die Stadt – nie komme das! –
Erobert wird, ich falle in des Feindes Hand
Und dulde dann als edlen Vaters Kind die Schmach
Und steige um so mehr in Hades' Reich hinab!
Und irrt ich auch, verbannt aus diesem Land, umher:
Wie soll ich nicht erröten, wenn dann einer sagt:
„Was kommt ihr hierher mit dem Zweig als Flehende,
Ihr so voll Lust am Leben? Weicht aus diesem Land!
Denn feigen Menschen werden wir nie Schutz verleihn."
Doch hoff ich auch nicht, daß ich fortan glücklich sei,
Wenn diese tot sind und ich selbst gerettet bin.
Denn mancher gab schon Freunde preis auf diese Art.
Wer wird ein hilflos Mädchen sich zum Weib ersehn,
Wer wird sich Kinder wünschen, die mein Schoß gebar?
Drum will ich lieber frühen Tod als unverdient
Dies Los erdulden. Auch geziemt das besser wohl
Für andre, die nicht hohen Stammes sind wie ich.

So führt mich hin, wo sterben möge dieser Leib!
Bekränzt mich, weiht zum Opfer mich, wenn's euch gefällt,
Und dann besiegt die Feinde: denn dies Leben gibt
Sich ohne Sträuben willig hin; laut sag ich es:
Für meine Brüder leid ich und für mich den Tod.
Ich liebe nicht das Leben, und so fand ich ja
Das schönste Glück: fand einen ruhmgekrönten Tod.

CHORFÜHRER

Was soll ich sagen, dieser Jungfrau großes Wort
Vernehmend, die für ihre Brüder sterben will?

Wer auf der Erde spräche wohl erhabener,
Wo wagte solche Ruhmestat ein Sterblicher?

IOLAOS

Von keinem andern wurdest du gezeugt, o Kind:
Du bist Herakles' Tochter, bist ein echter Sproß
Des göttlich hohen Geistes; und ich schäme mich
Nicht deiner Worte, dein Geschick bejammr' ich nur.
Doch wie's dem Rechte mehr genügt, vernimm von mir.
Wir rufen alle deine Schwestern her, mein Kind,
Und die das Los trifft, sterbe dann für ihr Geschlecht:
Daß du dahinstirbst ohne Los, ist ungerecht.

MAKARIA

Nicht sterben will ich, wie's das Los zufällig fügt;
Damit gewönn ich keinen Dank, nicht also sprich.
Nein, wenn ihr mich annehmt und wenn ihr meinen Mut
Nicht wollt verschmähen, geb ich für die Brüder hier
Freiwillig dar mein Leben, doch gezwungen nie!

IOLAOS

Ach!
Dies Wort, es ist noch edler, als dein erstes war,
Und dieses war schon herrlich; aber du besiegst
Durch Mut den Mut und durch dein wackres Wort das Wort.
Weder gebiet ich, Tochter, noch verwehr ich dir,
Zu sterben: deinen Brüdern bringst du sterbend Heil.

MAKARIA

Du mahnst mich weise. Fürchte nicht, daß dich die Schuld
An meinem Tod entweihe, denn ich sterbe frei.
Doch folg mir, Greis, in deinem Arme drängt es mich
Zu sterben: sorgsam hülle mich in Schleier ein,
Denn kühn entgegen schreit ich nun dem Opfertod,
War der mein Vater, dessen ich mich rühmen kann.

IOLAOS

Ich kann bei deinem Tode nicht zugegen sein.

MAKARIA

So bitte doch nur diesen, daß in Frauenarm
Und nicht in Männerarmen dort mein Geist verhaucht.

DEMOPHON

Das wird geschehn, du kühne Jungfrau, denn fürwahr,

Es wäre mir auch Schande, würdst du nicht geschmückt
Für vieles: für den hohen Mut, der dich beseelt,
Und weil das Recht es fordert; denn die mutigste
Bist du von allen Frauen, die mein Auge sah.
Doch drängt es dich, den Brüdern und dem Greise noch
Etwas zu sagen: geh und sprich dein letztes Wort!

MAKARIA

O lebe wohl, Greis, lebe wohl, und lehre mir
Die Brüder so wie du zu sein, in allem klug
Gleich dir: es braucht ja weiter nichts, denn das genügt.
Doch strebend, sie zu retten, suche nicht den Tod.
Die Deinen sind wir: deine Hand ernährte uns.
Auch mich ja siehst du, welche für der Brüder Heil
Ihr bräutlich Leben opfernd sich dem Tode weiht.
Und ihr, o Brüder, die mich hier vereint umstehn,
O lebet glücklich, und es fall euch alles zu,
Weshalb mein Herz in blutigem Tode brechen wird!
Und ehrt den Greis, des Vaters greise Mutter ehrt,
Alkmene, die im Heiligtume drinnen weilt,
Und diese Fremden. Endet eure Not dereinst,
Und haben gute Götter euch Heimkehr gegönnt,
Denkt, wie ihr eure Retterin bestatten müßt!
Auf's schönste wohl geziemt es, denn ich säumte nicht,
Wo's euer Wohl galt, sondern starb für mein Geschlecht.
Das ist mein kostbarer Besitz statt Kindern und
Statt meiner Jugend – fühlen wir dort unten noch;
Indes, es mag dort nichts mehr sein. Denn harren auch
Da Sorgen unser, die zum Tod geboren sind:
Wohin, wohin uns wenden? Für das mächtigste
Heilmittel aller Übel gilt ja doch der Tod.

IOLAOS

Du, die vor allen Frauen durch erhabnen Sinn
So schön hervorstrahlt, wirst fürwahr vor allen auch
Verehrt von uns im Leben und im Tode sein.
Nun lebe wohl, Kind – scheu ich doch die Göttliche:
Kein Wort des Unheils kränke sie aus meinem Mund,
Der du zum Opfer fallen sollst, Persephone!

*Demophon führt Makaria weg*

Ich bin dahin, ihr Kinder, meine Glieder löst
Der Gram. O faßt mich, lasset hier auf diesen Sitz
Mich nieder, Kinder, hüllt mich ein in dies Gewand.
Denn solche Schickung freut mich nicht, doch Trauer nur
War unser Leben, wurde nicht der Spruch erfüllt,
Denn größres Leid kam: doch ein Unglück ist auch dies.

CHOR

*Strophe*

Ohne die Himmlischen acht ich der Sterblichen
Keinen für glücklich, keinen für elend.
Nimmer auch wandelt in Glück und in Seligkeit
Ewig dasselbe Geschlecht: ein Schicksal
Folgt auf das andre:
Diesen versetzt's aus der Höhe in Armut,
Und den Mühlenknecht hebt es zum Reichtum.
Keiner entfloh dem Geschick, kein Weiser vermag ihm zu wehren:
Wer es bekämpft, hat ewig vergebliche Mühe.

*Gegenstrophe*

Trage denn mutig, was Götter verhängten,
Härme dich nicht ohne Maßen in Gram ab.
Denn ein gepriesenes Los hat Makaria
Sterbend für Brüder und Land sich erkoren:
Strahlenden Ruhmes
Lebt sie hinfort in der Menschen Erinnerung.
Trefflichkeit schreitet auf Pfaden der Mühsal.
Was sie getan, ist würdig des Heldengeschlechts und des Vaters.
Ehrst du den Tod der Gerechten, ich stimme dir bei.

*Es scheint ein zweites Strophenpaar ausgefallen zu sein, in dem Makaria verherrlicht wurde.*
*Möglicherweise ist hier durch eine spätere Bühnenbearbeitung ein ganzes Epeisodion verlorengegangen, in dem ein Bote oder Demophon über den Verlauf von Makarias Opfertod berichtete und Alkmene den Tod der Enkelin beklagte („sie würdigten Makarias edles Sterben und gingen in den Kampf, als sie gewahrten, daß der Feind nahe sei", heißt es in der antiken Vorbemerkung). In diese Szene, deren Ausfall möglicherweise durch die Einfügung der Verse 819 bis 822 ausgeglichen wer-*

*den sollte, scheinen einige Fragmente zu gehören, die andernorts aus den „Herakliden" zitiert werden:*

*Wer immer seine Eltern ehrt, so lang er lebt,*
*Der ist im Leben und im Tod der Götter Freund.*
*Wer aber seinem Vater keine Ehre zollt,*
*Sei weder mein Gefährte je beim Opferdienst,*
*Noch auch befahre er mit mir dasselbe Schiff.*

*Drei Tugenden sind's, die du immer üben mußt:*
*Die Götter ehren und die Eltern, welche dich*
*Gezeugt, und Hellas' allgemein Gesetz. Wenn du*
*Das tust, so schmückt dich immergrüner Ruhmeskranz.*

*Zwar ist das Opfer grausam, doch es bringt mir Ruhm;*
*Nicht-Sterben ist wohl feige, doch wie ist es süß!*

*Ein Knappe des Hyllos naht*

DER KNAPPE
Gruß euch, ihr Kinder! Sagt, wohin Iolaos sich
Und eure Ahnfrau wegbegab vom Opferherd.

IOLAOS
Hier bin ich, wenn ich sagen kann, ich sei noch hier.

DER KNAPPE
Was liegst du hier am Boden, Gram im düstren Blick?

IOLAOS
Mein Haus betraf ein Leiden, das mich niederbeugt.

DER KNAPPE
Erhebe dich jetzt wieder, richt das Haupt empor.

IOLAOS
Ich bin ein Greis, und meiner Glieder Kraft entschwand.

DER KNAPPE
Doch komm ich, eine große Freude kundzutun.

IOLAOS
Wer bist du? Früher traf ich dich, wo war es doch?

DER KNAPPE
Ich bin des Hyllos Dienstmann: kennst du mich nicht mehr?

IOLAOS
So, Liebster, kommt ein Retter denn in unsrer Not?

DER KNAPPE
So ist's, und glücklich bist du jetzt noch außerdem.

IOLAOS
Alkmene, du, des Heldensohnes Mutter, komm,

O komm heraus doch und vernimm dies Freudenwort.
Schon lang dich härmend, ob Herakles' Kinder auch
Heimkehren würden, hast du dich in Schmerz verzehrt.

ALKMENE *aus dem Tempel tretend*

Weshalb erfüllst du mit Geschrei dies ganze Haus,
Iolaos? Übt von neuem hier aus Argos ein
Herold Gewalttat gegen dich? Ohnmächtig zwar
Ist meine Kraft; doch dieses sollst du wissen, Freund:
Niemals, so lang ich lebe, führst du diese fort,
Niemals, sonst will ich fürder nicht geachtet sein
Des Helden Mutter! Wenn du Hand an diese legst:
Mit zweien Alten sollst du schlecht den Kampf bestehn.

IOLAOS

Sei guten Mutes, zittre nicht, kein argischer
Herold erschien mit feindlichböser Botschaft hier.

ALKMENE

Wozu der Ruf dann, welcher Furcht verkündete?

IOLAOS

Dir galt er, daß du nahe kämst vors Heiligtum.

ALKMENE

Ich konnte das nicht ahnen: doch wer ist der Mann?

IOLAOS

Es komme deines Sohnes Sohn, verkündet er.

ALKMENE

O Heil auch dir, mein Freund, für dieses Botenwort!
Doch wenn er dieses Land betrat, was bleibt er fern,
Wo weilt er jetzt noch? Welcher Unfall hielt ihn ab,
Mit dir zu kommen, daß er mir das Herz erfreut?

DER KNAPPE

Er stellt das Heer auf, das ihm folgt, und ordnet es.

ALKMENE

An solcher Rede haben wir nicht weiter teil.

IOLAOS

O doch, nur ist das Fragen meine Sache hier!

DER KNAPPE

Was also willst du wissen, das mein Herr begann?

IOLAOS

Mit wieviel Kampfgenossen ist er angelangt?

DER KNAPPE
Mit vielen: Zahlen kann ich dir nicht nennen, Greis.

IOLAOS
Die Fürsten, hoff ich, wissen das im Heer Athens?

DER KNAPPE
Jawohl, der linke Flügel ist schon aufgestellt.

IOLAOS
So steht das Heer gerüstet schon zum Kampf bereit?

DER KNAPPE
Schon sind die Opfertiere vor die Front geführt.

IOLAOS
Wie weit entfernt ist Argos' Heeresmacht von ihm?

DER KNAPPE
Nicht ferne mehr; man kann den Feldherrn deutlich sehn.

IOLAOS
Was tut er? Sicher ordnet er der Feinde Reihn.

DER KNAPPE
Vermutlich, keine Stimme nämlich hörten wir.
Doch nun enteil ich, möchte nicht, daß ohne mich
Mein Herr mit unsrer Feinde Heer zusammentrifft.

IOLAOS
Ich gehe mit dir: scheint es doch, wir denken gleich:
Hilfreich den Freunden beizustehn, ist beider Wunsch.

DER KNAPPE
So töricht reden ziemte dir am wenigsten.

IOLAOS
Auch nicht, den Freunden ferne sein im tapfern Kampf.

DER KNAPPE
Nie kann der Blick verwunden, wenn der Arm erlahmt.

IOLAOS
Was? Kämpfend meinen Mann stehn könnte nicht auch ich?

DER KNAPPE
Du könntest, vorher aber fielst du selber wohl.

IOLAOS
Der Feinde keiner hat den Mut, mich anzusehn.

DER KNAPPE
Du bist der Starke, der du warst, nicht mehr, mein Freund.

IOLAOS

Doch kämpfen sie mit einer nicht geringern Zahl!

DER KNAPPE

Du legst in unsre Waage nur ein klein Gewicht.

IOLAOS

Laß mich vollenden, wozu ich mich angeschickt!

DER KNAPPE

Du kannst es nicht vollenden – wollen magst du's wohl.

IOLAOS

Nicht länger bleib ich. Rede dann, was dir gefällt.

DER KNAPPE

Doch wie erschienst du waffenlos Bewaffneten?

IOLAOS

Kriegswehr, im Kampf erbeutet, ist im Tempel hier:
Die nehm ich. Lebend heimgekehrt, erstatt ich sie;
Denn sterb ich – nimmer fordert sie der Gott zurück.
Nun geh hinein, nimm eines Kriegers Waffenschmuck
Vom Pflock herab und bring ihn ohne Säumen mir.
Denn so das Haus zu hüten wäre Schmach: indes
Die andern kämpften, blieben wir aus Furcht daheim!

*Der Knappe geht in den Tempel*

CHORFÜHRER

Noch brechen die Jahre das Herz dir nicht:
Frisch glüht es in Jugend, der Leib nur schwand.
Was ringst du vergeblich um das, was dir
Leid bringt und unserer Stadt kaum Heil?
Im Gefühle der Ohnmacht zeige der Greis
Sich lenksam, erstreb Unmögliches nicht!
Nie kann es geschehn,
Daß wieder ihm blühte die Jugend.

ALKMENE

Was denkst du, deiner Sinne nicht mehr mächtig, hier
Allein mit meinen Kindern mich zu lassen, Greis?

IOLAOS

Dem Mann ziemt Kampf, und dir gebührt die Sorg um sie.

ALKMENE

Wie aber, wenn du stürbest? Wer beschirmte mich?

IOLAOS
Das ist der Enkel Sorge, die am Leben sind.

ALKMENE
Doch wenn sie – ferne bleibe das – der Tod ereilt?

IOLAOS *auf den Chor deutend*
Nie – fürcht es nicht – verlassen diese Freunde dich.

ALKMENE
Darauf beschränkt sich mein Vertraun: sonst hab ich nichts.

IOLAOS
Auch Zeus erbarmt sich deiner Mühn, ich weiß gewiß.

ALKMENE
Ach!
Ich will des Gottes Namen zwar nicht lästern. Doch
Ob er gerecht ist gegen mich, das weiß er selbst.

DER KNAPPE *die Waffen bringend*
Der Waffen Rüstung siehst du schon vollständig hier;
Nun birg darin die Glieder ohne Zögern, Herr.
Denn nahe droht der Kampf, und mehr als alles haßt
Ares die Säumer. Fürchtest du der Waffen Last,
So gehe jetzt nur unbewehrt und lege dann
Im Heer den Schmuck an; unterdessen trag ich ihn.

IOLAOS
Sehr wohl gesprochen! Halte mir die Wehr bereit
Und trage sie, in meine Rechte gib den Speer,
Und links den Arm mir stützend, lenke meinen Schritt.

DER KNAPPE
Den Krieger führen soll ich denn, dem Kinde gleich?

IOLAOS
Des guten Zeichens wegen muß man sicher gehn.

DER KNAPPE
O daß du so nur könntest, wie dein Wunsch es ist!

IOLAOS
Los, eile! Traurig ginge mir's, blieb ich zurück!

DER KNAPPE
Du bist's, der säumt, indes du tätig scheinst, nicht ich!

IOLAOS
So siehst du nicht, wie hurtig sich mein Fuß bewegt?

DER KNAPPE

Du glaubst zu eilen, seh ich, wirklich eilst du nicht.

IOLAOS

Das wirst du nicht mehr sagen, wenn du dort mich siehst.

DER KNAPPE

Was willst du dort? Ich wünsche, daß es dir gelingt.

IOLAOS

Den Schild durchbohren manchem aus der Feinde Zahl.

DER KNAPPE

Ja, wenn wir nur erst da sind, das bezweifl' ich noch.

IOLAOS

Mein Arm, o daß du heute mir verbündet wärst,
Wie deiner ich gedenke, da mit Herakles
Du Sparta niederwarfest, stark in Jugendkraft:
Wie jagte ich Eurystheus dann in wilde Flucht,
Ihn, der zu feig ist, einem Speer zu widerstehn!
Wohl ward mit Unrecht dieses auch dem reichen Mann:
Er gilt für mutvoll und beherzt; wir wähnen ja,
In allen Künsten Meister sei des Glückes Sohn.

*Sie gehen davon*

CHOR

*Erste Strophe*

Erde und nächtlich Gestirn Selene
Und Helios' lichte Strahlen,
Die ihr den Sterblichen leuchtet,
Wäret ihr doch meine Boten:
Kündet es jauchzend dem Himmel
Und am Thron der Herrin im Haus
Der blauäugigen Pallas!
Denn ich will um das Land der Heimat,
Will kämpfen um meinen Herd,
Da ich Flehende aufnahm,
Kämpfen den Todeskampf mit grauem Stahle.

*Erste Gegenstrophe*

Furchtbar, daß ein so glücklich Volk wie
Mykene, im Sturme der Lanzen

So groß, Groll wider mein Land hegt.
Haß in der feindlichen Seele.
Doch Schmach wär es, verrieten wir,
O Stadt, flehende Fremdlinge,
Weil es Argos gebietet!
Zeus kämpft neben mir: was verzag ich?
Zeus schuldet mir billig Dank.
Niemals werden die Götter,
Geht es nach mir, vor Menschenmacht erliegen.

*Zweite Strophe*

Auf, Ehrwürdige – Stadt und Land hier
Sind dein, unsere Mutter bist du,
Bist Herrin und Hüterin –:
Treibe ihn fort, der wider das Recht
Gegen uns ein gerüstet Heer
Von Argos heranführt.
Bei unsrer Tugend verdienen wir's nicht,
Aus unsrer Stadt vertrieben zu werden.

*Zweite Gegenstrophe*

Denn dich feiern die Ehren reicher Opfer
Allzeit, nimmer vergißt man deiner
In der schwindenden Monde Lauf:
Chor und Gesang der Jünglinge preist dich,
Auf dem windigen Fels der Burg
Erschallen die Nacht durch
Die hellen Jubelrufe der Jungfraun
Zum hallenden Tritt der tanzenden Füße.

*Der Knappe des Hyllos kehrt vom Schlachtfeld zurück. Iolaos wird im Triumphzug vorübergeführt*
*(dies vielleicht ein Rest der späteren Bühnenbearbeitung)*

DER KNAPPE

Die schönste Botschaft deinem Ohr, o Königin,
Erschein ich dir in kurzem Worte kundzutun:
Wir sind der Feinde Sieger, schon errichtet man
Das Siegesmal aus deiner Feinde ganzer Wehr.

ALKMENE

Mein Lieber, dich hat dieser Tag hierhergeführt,

Freiheit zu nehmen als den Lohn für solches Wort.
Doch einer Sorge hast du mich noch nicht erlöst:
Mir bangt, ob sie noch leben, die mir teuer sind.

DER KNAPPE

Sie leben, hochgefeiert in des Heeres Mund.

ALKMENE

Ist jener alte Mann dort nicht Iolaos?

DER KNAPPE

Er ist's, nachdem ihm Großes ward durch Götterhuld.

ALKMENE

Was ist's? Er übte kämpfend wohl ein schönes Werk?

DER KNAPPE

Zum Jüngling wurde wiederum des Greises Arm.

ALKMENE

Du redest Wunderbares! Doch den glücklichen
Kampf unsrer Lieben melde mir zuerst, o Freund.

DER KNAPPE

Ein Wort aus meinem Munde tut dir alles kund.
Nachdem von beiden Seiten sich auf weitem Feld
Bewehrte Kriegsmacht ausgedehnt, Stirn gegen Stirn,
Schwang Hyllos flugs vom Viergespanne sich herab,
Trat in die Mitte zwischen beide Heere dann
Und sprach: „O Feldherr, der aus Argolis du kommst,
Warum denn ließen wir nicht dieses Land . . .

es fehlen mehrere Verse

Und auch Mykene schadet's nicht, beraubtest du
Es eines Mannes. Also komm mit mir allein
Allein zum Kampfe! Fall ich dann, so nimm mit dir
Herakles' Kinder; töt ich dich, dann gönne du
Des Vaters Haus und Ehren mir als Eigentum."
Die Krieger lobten's: alle Not zu enden, sei
Das Wort ein wohlgesprochnes, voll Hochherzigkeit.
Doch jener andre scheute nicht der Hörer Schar
Noch schämt er seiner Feigheit sich: der Heeresfürst
Schritt nicht beherzt zu tapferm Lanzenkampf heran,
Nein wich, der Feigling! Und ein solcher, kam er doch,
Knechtschaft zu bringen Herakles' gepriesnem Stamm.
Nun kehrte Hyllos wiederum ins Heer zurück.

Die Seher aber, da sie sahn, es werde nie
Der Völker Streit durch einen Zweikampf beigelegt,
Vollziehn das Opfer, zögern nicht, und unverweilt
Strömt heilgewährend aus der Menschenkehle Blut.
Nun stiegen die zu Wagen, andre deckten sich
Mit ihrer Schilde Seiten. Doch der Fürst Athens
Gebot dem Kriegerheere, wie's dem Tapfern ziemt:
„Mitbürger, diesem Lande, das euch großgenährt,
Das euch geboren, müßt ihr heut beistehn im Kampf!"
Und so beschwor auch jener seine Kämpferschar,
Nicht feig zu schänden Argos' und Mykenes Ruhm.
Doch als mit hellem Klang nun die tyrrhenische
Drommete rief zum Streite, der sich rings erhob:
Wie, meinst du, dröhnten rasselnd Schild an Schilde da,
Wie scholl Gestöhn und Seufzen, scholl Wehruf zugleich?
Zuerst in ungestümem Drang durchbrach das Heer
Von Argos unsre Reihen; dann wich uns der Feind.
Drauf aber harrten alle, Fuß an Fuß gedrängt,
Mann wider Mann sich stemmend, aus im schweren Kampf.
Viel Streiter sanken. Und von beiden Seiten rief's:
„Ihr, die ihr Argos' Felder – die ihr Attika –
Besät, o wehret Schande doch von unsrer Stadt!"
Doch kaum mit allem Wagen und nicht mühelos
Ward Argos' Kriegsmacht in die Flucht gewandt von uns.

Da sah, wie Hyllos aus den Reihn vorbrach, der Greis
Iolaos, streckt ihm seine Rechte zu und fleht,
Ihm einen Platz zu gönnen auf dem Wagensitz.
Er faßt die Zügel mit der Hand und lenkt darauf
Eurystheus' Wagen zu. Bis hierher sah ich's selbst
Mit an; das Weitre wurde mir von andern kund.
Sobald er an Pallenes Pallasheiligtum
Vorübereilte und Eurystheus' Wagen sah,
Da bat er Zeus und Hebe, ihn nur einen Tag
Zum Jüngling umzuschaffen, daß er züchtige
Den Feind. Ein Wunder kannst du jetzt vernehmen, Frau.
Zwei Sterne, die sich auf der Rosse Joch herab
Gesenkt, verhüllten sein Gespann in schwarz Gewölk.

Dein Sohn und Hebe waren's, wie die Weiseren
Behaupten. Als die nächtlich düstre Wolke wich,
Wies er verjüngter Arme jugendliches Bild.
Da fing an Skeirons Fels Eurystheus' Viergespann
Der strahlende Iolaos, band die Hände dann
Ihm selbst und führt als schönste Kriegesbeute nun
Den Heeresfürsten euch daher, den ehedem
So hochbeglückten. Aber jetzt ruft sein Geschick
Der Erde Söhnen allen laut die Lehre zu,
Den nicht zu preisen, ehe man ihn sterben sah,
Der glücklich scheine: denn das Glück währt einen Tag.

CHORFÜHRER

Zeus Siegverleiher, heute ward es mir vergönnt,
Einmal den Tag zu schauen frei von grauser Furcht.

ALKMENE

Zeus, endlich, spät zwar, sahest du mein Leiden an;
Doch weiß ich Dank dir dessen, was du nun vollbracht.
Und wenn ich vorher nicht geglaubt, daß unser Sohn
Bei Göttern wohne, nun erkannt ich's zweifelsfrei.
O Kinder, nun seid endlich ihr von Mühen frei
Und frei von jenem, der mir schlimm verderben soll,
Mykenes Herrscher, sollt in eures Vaters Stadt
Einziehn, des Landes Erbe schaun und Opfer weihn
Den Vatergöttern, denen ihr fernabgewandt
In kläglich unstet irrer Fahrt die Welt durchzogt!

Doch was für weise Pläne hegt Iolaos denn,
Daß er Eurystheus schonte, nicht ihn tötete?
Dies sage, denn nicht weise dünkt es uns, den Feind,
Nachdem man ihn ergriffen, nicht zu züchtigen.

DER KNAPPE

Er dachte dein: mit eignen Augen solltest du
Ihn zittern sehn und deiner Herrschaft untertan.
Doch nicht mit Willen folgt er uns, ich unterwarf
Ihn mit Gewalt dem Zwange, denn er wollte nicht
Vor deine Augen treten und dir Rede stehn.
Nun lebe wohl, o Greisin, und gedenke mir,

Was du zuvor sprachst, als ich hier mein Wort begann:
Gib mir die Freiheit: muß in solchen Dingen doch
Der Mund der Edeln ohne Trug und Lüge sein.

CHOR

*Erste Strophe*

Chortänze sind mir Wonne, wenn die Flöte
Lautjubelnd tönt beim Mahle,
Und huldreich sei mir Aphrodite.
Doch süß auch ist es, die Freunde
Glücklich zu sehn, die früher
Deckte die Nacht des Unglücks.
Vieles ja gebiert
Moira, die alles vollendet,
Und Aion, des Kronos Sohn.

*Erste Gegenstrophe*

Du ziehst, o meine Stadt, auf rechtem Pfade –
Von ihm entferne dich niemals –
Und ehrst die Götter. Dem Wahnsinn nah
Stürmt hin, wer solches bestritte.
Alles ja, was wir sahen,
Zeugte dafür: mit lautem
Rufe warnt ein Gott,
Welcher den Stolz der Verruchten
Demütigt zu jeder Zeit.

*Zweite Strophe*

Unter den Göttern droben wandelt
Im Himmel dein Sohn, o Greisin:
Er flieht das Gerücht, als sei er
Aus furchtbarer Feuersglut
Zum Hades hinabgestiegen,
Und teilt in goldner Halle
Das reizende Lager Hebes.
Wohl, Hymenaios, hast du
Zwei Kinder des Zeus verherrlicht.

*Zweite Gegenstrophe*

Vieler Geschick berührt sich vielfach:
Dem Vater der Kinder, sagt man,
Stand Pallas in Not zur Seite,
Und Retterin dieser war
Die Stadt und das Volk Athenes.
Sie wehrte dem Trotze, der
Gewalt übte, das Recht verhöhnte.
Mir sei ewig des Stolzes
Unersättliches Streben ferne!

*Der Knappe kommt zurück und bringt Eurystheus vor Alkmene*

DER KNAPPE

Du siehst es, Herrin, aber dennoch sei's gesagt:
Den Herrn Mykenes bringen dir die Freunde hier,
Ein unverhofftes Schauen, ihm auch ungeahnt.
Er wähnte nie in deine Hand zu fallen, als
Er aus Mykene mit gewaltiger Heeresmacht
Auszog, nach Höhrem trachtend als des Rechtes Ziel,
Athenes Stadt zu nehmen. Doch gewandelt hat
Ein Gott das Schicksal und verkehrt ins Gegenteil.
Der Held Iolaos im Verein mit Hyllos nun
Erhöht dem Siegverleiher Zeus ein Siegesbild.
Doch diesen, Herrin, senden sie durch mich dir zu,
Sie wollen dich erfreuen: ist's doch höchste Lust,
Den Feind in Unglück sehen, der einst glücklich war.

ALKMENE

Du kommst, o Scheusal? Traf dich endlich Dikes Macht?
Nun denn, vor allem wende mir hierher das Haupt
Und wag es, deinen Feinden ins Gesicht zu sehn!
Denn, selbst beherrscht nun, herrschest du nicht mehr hinfort.
Der also bist du – denn ich will es wissen –, der
Auf meinen Sohn, der nunmehr dort ist, wo er ist,
So viele Schmach zu häufen, Schurke, sich erkühnt?
Mit welchem Hohne hast du nicht ihn heimgesucht?
Hast selbst zum Hades lebend ihn hinabgesandt,
Hast ihn gezwungen, daß er Leun und Hydren dir
Vertilgte? Vieles Üble, was du sonst ersannst,
Verschweig ich, denn die Rede würde mir zu lang.

Und dieses nur zu wagen war dir nicht genug:
Nein, aus dem ganzen Hellas triebst du mich und sie,
Die hilfeflehend am Altar gelagert sind,
Uns hochergraut in Jahren, sie noch jugendfrisch.
Doch trafst du jetzt auf Männer, fandst ein freies Volk,
Die nicht dich scheuten. Schlimm verderben mußt du jetzt
Und als Gewinn es achten, denn nicht einmal nur
Ziemt dir zu sterben, der soviel Unheil verübt!

CHORFÜHRER

Dem Mann den Tod zu geben, ist dir nicht erlaubt.

DER KNAPPE

Vergeblich also ward er mein Gefangener?

ALKMENE

Doch ihn zu töten: welch Gesetz verböte das?

CHORFÜHRER

Den Fürsten dieses Landes ist es nicht genehm.

ALKMENE

Was? Feinde töten halten sie für ungerecht?

CHORFÜHRER

Ja, wenn sie lebend in der Schlacht ergriffen sind.

ALKMENE

Und den Geboten unterwarf mein Enkel sich?

CHORFÜHRER

Durft er denn wohl mißachten, was hier rechtens ist?

ALKMENE

Der durfte nicht mehr leben und die Sonne schaun!

CHORFÜHRER

Unrecht geschah ihm, daß man ihn nicht gleich erschlug.

ALKMENE

So wär's hinfort unziemlich, ihn zu züchtigen?

CHORFÜHRER

Auf dieser Welt lebt keiner, der ihn töten darf.

ALKMENE

Ich wag es, und ich denke doch zu gelten hier!

CHORFÜHRER

Viel Tadel wird dir's bringen, wenn du solches tust.

ALKMENE

Das Volk Athens – ich lieb es: wer bestritte mir's?

Doch ihn, da er in meine Hand gekommen ist, –
Auf dieser Welt lebt keiner, der mir ihn entreißt!
So möge, wer nur immer will, verwegen mich
Und höherstrebend schelten, als der Frau geziemt:
Doch – glaube mir – vollenden werd ich diese Tat!

CHORFÜHRER

Mit schwerem Hasse grollst du diesem Mann, o Weib,
Mit wohlverdientem Zorne: das erkenn ich wohl.

EURYSTHEUS

Frau, sei versichert, daß ich dir nicht schmeicheln will;
Auch sag ich etwas andres für mein Leben nicht,
Weshalb man irgend feigen Sinns mich zeihen mag.
Ich habe nicht freiwillig diesen Streit gesucht:
Wir beide, wußt ich, stammen ja von einem Ahn,
Und deinem Sohne Herakles bin ich verwandt.
Doch, mocht ich wollen oder nicht, durch einen Gott,
Durch Hera wurde dieser Haß in mir entflammt.
Nun, als ich Feindschaft wider ihn mir auferlegt
Und auszukämpfen diesen Kampf entschlossen war,
So fand ich rastlos Qualen ihm auf Qualen aus
Und sann in Nächten viel umher und härmte mich,
Damit ich, meine Gegner überwältigend
Und tötend, fortan sicher lebt und ohne Furcht.
Ich wußte, keiner aus der Zahl der Menge, nein,
Ein Held in Wahrheit war dein Sohn; denn ob er auch
Mich haßte: preisen werd ich doch den tapfren Mann.
Nachdem er hingeschieden war, wie mußt ich nicht,
Gehaßt von diesen und des väterlichen Grolls
Gedenkend, alsbald jeden Stein aufregen, nicht
Austreibung, Mord versuchen, nicht die schlimmste List?
Ich war vor Fährnis sicher, wenn ich also tat.
Und du, beschied dir mein Geschick ein böser Gott,
Hättst du des wilden Löwen haßerfüllten Stamm
Nicht auch mit Übeln heimgesucht, nein, ruhig ihn
In Argos wohnen lassen? Niemand glaubt dir das!
Nun, da sie dort im Kampfe nicht mich töteten,
Als ich es wünschte, wär ich nach Hellenenbrauch
Nicht rein für meinen Mörder, stürb ich jetzt durch ihn.

Denn frei entließ mich diese Stadt, fromm achtet sie
Weit mehr die Götter als die Feindschaft wider mich.
Dies meine Red auf deine! Doch nun magst du mich
Den Feigling nennen oder auch den tapfern Mann.
So fielen meine Lose. Zwar ich wünsche nicht
Zu sterben; aber müßt ich auch, mir graute nicht.

CHORFÜHRER

Alkmene, raten will ich dir ein kleines nur:
Laß ab von diesem Manne, weil's die Stadt verlangt.

ALKMENE

Wie, wenn er stirbt und euer Wille doch geschieht?

CHORFÜHRER

Das wäre wohl das Beste; doch wie kann's geschehen?

ALKMENE

Leicht: wenn ich ihn getötet, liefr' ich ihn sofort
Als tot den Freunden, die zurück ihn fordern, aus:
Denn seinen Leichnam gönn ich gern dem Erdenschoß,
Mir aber zahlt er Buße so durch seinen Tod.

EURYSTHEUS

Ja, töte mich: ich flehe nicht um Gnade. Doch
Die Stadt, die frei mich ließ und meinen Tod gescheut,
Beschenk ich mit dem alten Spruch des Loxias,
Der künftig einst ihr über Hoffen nützen wird.

*zu dem Chorführer*

Ihr werdet mich bestatten, wo das Schicksal will:
Vor eurer Göttin Tempel in Pallene hier.
Und dir gewogen und der Stadt ein rettender
Insasse, werd ich drunten ruhn im Erdenschoß,
Herakles' Enkeln aber stets der schlimmste Feind,
Sobald sie kommen über euch mit starker Macht,
Der Freundestat vergessend. Solche Fremdlinge
Habt ihr behütet. Aber wie vernahm ich das
Und kam hierher und fragte nicht des Gottes Spruch?
Ich dachte: mehr ist Hera denn ein Seherwort,
Sie wird mich nicht verlassen. Doch du spende mir
Kein Totenopfer, netze nicht mein Grab mit Blut.
Denn schlimme Heimkehr schenk ich ihrem Stamm dereinst

Für dieses: zwiefach erntet ihr Gewinn von mir:
Euch helf ich, diesen bring ich Leid durch meinen Tod.

ALKMENE

Was also säumt ihr, wenn das Schicksal eurer Stadt
Und euren Enkelsöhnen Heil gewähren will,
Dem Mann den Tod zu geben, nun ihr das gehört?
Er zeigt ja selbst euch einen Pfad, den sichersten:
Feind war er lebend, nach dem Tode nützt er euch.
Führt ihn hinweg, ihr Knechte, tötet ihn, und dann
Gebt ihn den Hunden: denn du darfst nicht hoffen, je
Mich wieder auszutreiben aus der Väter Land.

CHORFÜHRER

*während der Knappe mit seinen Gehilfen Eurystheus wegführt. Alkmene mit den Knaben in den Tempel zurückkehrt und der Chor hinauszieht*

Das loben auch wir. Eilt, Diener, ans Werk:
Mein Arm soll nicht
Durch Mord die Gebieter entweihen!

# HIPPOLYTOS

*Theseus, König von Athen, dessen Gemahlin Phaidra, die Tochter des Kreterkönigs Minos und der Pasiphae war, hatte von der Amazone Hippolyte (beziehungsweise Antiope) einen Sohn, Hippolytos, welcher – der euripideischen Version zufolge – bei Pittheus, dem König von Troizen in der südlichen Argolis, aufwuchs. Als Hippolytos einst nach Athen reiste, um den Mysterien beizuwohnen, sah Phaidra den schönen Jüngling und wurde von leidenschaftlicher Liebe zu ihrem Stiefsohn ergriffen. Als Theseus bald darauf eine Mordtat mit einjähriger Verbannung büßen mußte und mit Phaidra nach Troizen übersiedelte, brach der Konflikt zwischen weiblicher Ehre und verworfener Liebe wie eine Krankheit in Phaidra aus: hier setzt die Tragödie des Euripides ein.*
*Euripides hatte den gleichen Stoff einige Jahre zuvor schon einmal behandelt: da ließ sich Phaidra von ihrer Leidenschaft hinreißen und trug sich dem Sohn selber an; von dem sein Haupt empört und voll Scham verhüllenden Jüngling hieß die Tragödie „Der verhüllte Hippolytos". Doch Euripides hatte mit dieser Gestaltung des Stoffes offenbar keinen Erfolg bei seinem Publikum, und so setzte er in dem erhaltenen, dem „Bekränzten Hippolytos", der nach dem sich bekränzenden reinen Anhänger der jungfräulichen Artemis heißt, die Akzente wesentlich anders: Phaidra nimmt den hoffnungslosen Kampf wider die Leidenschaft auf und geht in den Tod – den Sohn mit sich in den Tod reißend.*
*Während der erste Hippolytos in der Heimatstadt Athen spielte, ist der Schauplatz des zweiten Troizen (siehe oben). Zu dieser Lokalisierung wird Euripides dadurch geführt worden sein, daß Hippolytos als Schützer der Keuschheit – wohl als alter Jahres- und Vegetationsdaimon – in Troizen Kult und Tempel hatte: die Bräute opferten ihm vor der Hochzeitsnacht, und Mädchenchöre besangen sein Schicksal, wenn er jährlich – wie Adonis und andere ähnliche Daimonen – starb und wiedererstand.*
*Der „Bekränzte Hippolytos" wurde an den Dionysien des Jahres 428 aufgeführt. Euripides wurde Sieger über Iophon und Ion.*

## Personen

Aphrodite
Hippolytos
Ein Diener des Hippolytos
Die Amme Phaidras
Phaidra
Theseus
Ein Bote
Artemis

Den Chor bilden mit Phaidra befreundete Frauen aus Troizen. Ein Nebenchor von Jägern erscheint im Gefolge des Hippolytos.

Ort der Handlung ist der Platz vor dem Palast des Pittheus in Troizen.

APHRODITE

Auf Erden viel gefeiert und nicht namenlos
Bin ich, die Göttin Kypris, und in Himmelshöhn:
Und die von Pontos' Marken zur atlantischen
Erdgrenze wohnen und das Licht der Sonne schaun,
Von diesen ehr ich, die verehren meine Macht,
Und stürze, wer sich wider mich in Trotz erhebt.
Denn auch in Götterherzen ja lebt dies Gefühl:
Sie freuen sich, wenn Menschen ihnen huldigen.

Wie wahr ich hier gesprochen, zeig ich alsogleich.
Der Sohn des Theseus, einer Amazone Kind,
Hippolytos, des frommen Pittheus Jünger einst,
Nennt mich von allen Göttinnen die schlechteste,
Allein von allen Bürgern im Troizenerland,
Verschmäht die Liebe, kostet nicht der Ehe Glück:
Doch Phoibos' Schwester, Artemis, die Tochter Zeus',
Verehrt er als die herrlichste der Göttinnen.
Und stets der Jungfrau zugesellt im grünen Wald,
Tilgt er mit raschen Hunden rings des Landes Wild,
Vertrautern Umgang pflegend, als es Menschen ziemt.
Darüber fühl ich keinen Groll: wie sollt ich auch?
Doch was er wider meine Macht gesündigt hat,
Er büßt es heute: hab ich doch das meiste schon
Längst vorbereitet: so bedarfs nicht vieler Mühn.

Denn als er einmal aus des Pittheus Hause ging,
Zu schaun die Weihen hoher Gottgeheimnisse,
Ins Land Pandions, da erblickte Phaidra ihn,
Des Vaters edle Gattin, und wie ich's verhängt,
Entbrannt' ihr Herz in ungestümer Liebesglut.

Und eh sie hierher wandert' ins Troizenerland:
Dort auf Athenes Felsen, der herniederschaut
In diese Fluren, baute einen Kypristempel sie,
Des fernen Liebsten denkend, und verkündete,
Nach seinem Namen nenne sich mein Haus hinfort.
Seit aber Theseus aus dem Kekropslande schied,
Den Fluch zu fliehn von stolzer Pallassöhne Blut,
Und, mit der Gattin segelnd zum Troizenerland,
Den Bann im Ausland sich erkor auf Jahresfrist:
Seit diesem Tage schmachtet sie, das Herz durchbohrt
Von Liebesqualen, und vergeht in stummem Harm:
Der Hausgenossen keiner kennt der Armen Leid.
Doch darf mir diese Liebe so nicht endigen:
Ich will sie offenbaren dem Hippolytos,
Und meinen Widersacher wird sein Vater selbst
Durch Flüche töten, die der Meeresherr erfüllt,
Poseidon, der als Ehrenlohn ihm dreierlei
Zu tun verheißen, was er auch erflehen mag.
Sie stirbt mit Ehren, aber sterben muß sie doch:
Denn nicht so hoch eracht ich Phaidras Untergang,
Daß meine Widersacher nicht in solcher Art
Mir Buße zahlen sollten, daß es mir genügt.

Doch eben, seh ich, kommt ja dort Hippolytos,
Der Sohn des Theseus, nach des Waidwerks Mühen frisch
Herangeschritten: eil ich denn hinweg von hier!
Es folgt in hellen Haufen ihm ein Dienerschwarm
Und preist die Göttin Artemis in schallenden
Gesängen: denn nicht ahnt er, daß des Todes Tor
Sich aufgeschlossen und die letzte Sonn' ihm scheint.

HIPPOLYTOS

Auf, folgt mir, folgt, Artemis besingend,
Zeus' unsterbliches Kind,
Das uns liebend behütet!

CHOR DER JÄGER

Herrscherin, Herrscherin, Heiligste du
Vom Geschlechte des Zeus,
Artemis, sei mir gegrüßt, gegrüßt,

Letos und des Kroniden Kind,
Schönste weit in der Jungfraun Zahl,
Die im großen Himmelsraum
Wohnt in den stolzen Hallen des Vaters,
Im goldenen Saal Kronions!
Sei mir gegrüßt, o Schönste,
O Schönste auf dem Olympos.

HIPPOLYTOS

Dir bring ich, Herrin, diesen frischgeflochtnen Kranz
Zum Schmuck, gewunden auf der unberührten Flur,
Wo nie der Hirt die Herden auf die Weide führt,
Wo nie die Sense mähte und die Biene nur
Auf heiligen Auen über Frühlingsblumen schwärmt:
Da wohnt die Unschuld, tränkt die Flur mit Quellentau.
Nur wer der Lehre nichts verdankt, nur wem Natur
Für alle Dinge weisen Sinn und Maß verlieh,
Darf hier sich Kränze pflücken, doch der Böse nicht.
So nimm, geliebte Herrscherin, aus frommer Hand
Die Krone, die dein goldnes Haar umkränzen soll!
Mir ward vor allen Menschen ja die Huld gewährt,
Bei dir zu weilen und im Zwiegespräch mit dir
Dein Wort zu hören, seh ich auch dein Auge nicht:
Laß mich mein Leben enden, wie ich es begann.

*Er bekränzt die Bildsäule der Artemis. — Ein alter Diener tritt aus dem Gefolge vor*

DIENER

O Herr – der Göttername kommt Gebietern zu –
Vernähmest du wohl freundlich guten Rat von mir?

HIPPOLYTOS

Gewiß: für einen Toren gält ich wahrlich sonst.

DIENER

Nun denn, du weißt doch, welcher Brauch bei Menschen gilt?

HIPPOLYTOS

Ich weiß es nicht: doch über welchen fragst du mich?

DIENER

Man haßt den Stolz, den ungesellig finstern Sinn.

HIPPOLYTOS

Mit Recht: denn welcher Stolze wird nicht unbequem?

DIENER

Doch Liebe wohl gewinnt man durch Leutseligkeit.

HIPPOLYTOS

Sehr viel, und Vorteil bei geringer Mühe noch.

DIENER

Nun, glaubst du, daß bei Göttern auch dasselbe gilt?

HIPPOLYTOS

Wofern die Götter ihr Gesetz den Menschen liehn.

DIENER

Was bringst du dann der hohen Göttin keinen Gruß?

HIPPOLYTOS

Welch einer Göttin? Hüte dich vor bösem Wort!

DIENER

Ihr, die vor deinen Toren steht, der Kypris hier

HIPPOLYTOS

Als keuscher Jüngling grüße ich sie nur von fern.

DIENER

Doch gilt sie hehr und heilig allen Sterblichen.

HIPPOLYTOS

Nicht jeden Gott, nicht jeden Menschen liebt man gleich.

DIENER

O lebe glücklich bei dem Sinn, der dir geziemt!

HIPPOLYTOS

Kein Gott gefällt mir, welcher nachts gefeiert wird.

DIENER

Sohn, jede Gottheit ehre man, wie's ihr gebührt!

HIPPOLYTOS

Geht, Waidgenossen, tretet ein zum Hause nun,
Labt euch am Mahle: lieblich, nach vollbrachter Jagd,
Winkt uns die volle Tafel. Auch die Rosse müßt
Ihr wacker striegeln, daß ich, satt vom Mahle, sie
An Wagen schirren und gebührend tummeln kann.

*zu dem alten Diener*

Doch deiner Aphrodite wünsch ich alles Heil!

*ab mit dem Gefolge*

DIENER

Ich aber – um's den Jünglingen nicht nachzutun,
Die derart denken – rede, wie's dem Sklaven ziemt:

Ich falle, Kypris, Herrscherin, vor deinem Bild
Anbetend nieder. Nimm es nicht ungnädig auf,
Wenn einer dir in allzu raschem Jugendmut
Torheiten vorschwatzt: stelle dich wie taub dazu!
Denn Götter müssen weiser sein als Sterbliche.

*ab in das Haus*

CHOR

*Erste Strophe*

Flut vom Okeanos, heißt es, sprudelt ein Felsen hervor,
Der aus hangendem Gestein Quellwasser in Krüge ausströmt:
Hier wusch in Stromes Tau
Meiner Gespielinnen eine
Purpurgewande, die
Sie rings auf hellsonnigem, warmem Rücken
Des Felsens auslegte: von ihr vernahm ich
Erste Kunde über Phaidra:

*Erste Gegenstrophe*

Matt von verzehrendem Schmerz, härme sie sich im Gemach
Daheim, mit leuchtendem Gewand ihr goldenes Haar beschat-
[tend.
Heut schon den dritten Tag,
Wie die Gespielin erzählte,
Hält sie der Erde Frucht
Vom reinen Leib ferne, vom Göttermunde:
In stummem Harm will sie des Todesgottes
Unseligem Ziele zusteuern.

*Zweite Strophe*

Bist du trunken von Wahnsinn, Weib,
Den dir Pan, den Hekate dir,
Oder die Korybanten gesandt
Oder die Mutter vom Berge?
Vielleicht auch hast du gefehlt
Wider Diktynna, die Jägerin,
Versagtest ihr Opfer und leidest nun?
Denn sie durchschreitet auch Seen, geht

Durchs Land und über des Meers
Schäumende, wirbelnde Salzflut hin.

*Zweite Gegenstrophe*

Oder hält den erlauchten Gemahl,
Der Erechtheus' Söhne beherrscht,
Drinnen in deinem Lager ein Weib
Heimlich in Liebe gefesselt?
Vielleicht auch segelt' ein Schiffer
Aus Kretas heimischem Port
Zu der gastlichsten Bucht, die dem Seemann winkt,
Und brachte dir traurige Botschaft,
O Fürstin, daß dir der Gram
Brach das Herz und ans Lager dich bannt?

*Epode*

Es liebt der Fraun mißgelauntem Sinne
Ratlose Not sich beizugesellen
In den Wehn der Geburt und im Liebeswahn:
Auch mir durchraste dieser Sturm den Leib,
Da rief ich zur Artemis auf,
Der Gebärenden Schutz, die den Bogen
Herrschend lenkt:
Und heiß ersehnt erscheint sie mir allzeit mit den Göttern.

CHORFÜHRERIN

Doch siehe, die Greisin, die sie erzog,
Führt hier vom Gemach vor das Tor sie heraus:
Es verlangt mein Herz, was es ist, zu erspähn,
Was die Königin kränkt,
Daß ihr sich die Farbe verwandelt.

AMME

Ach, menschliche Not und der Krankheit Qual!
Was soll ich dir tun, was nicht dir tun?
Hier strahlt dir der Tag, ist heiter die Luft:
Auch brachte man dir aus dem Hause bereits
Dein Ruhebett hier:
Denn „ins Freie hinaus!" war immer dein Wort.
Bald sehnst ins Gemach du dich wieder zurück:
Schnell änderst du dich, es behagt dir nichts:

Was du hast, das gefällt dir nicht, was du nicht hast,
Das lockt dich und zieht dich.

*Phaidra wird auf das Ruhebett gelegt. Die Amme für sich:*

Krank sein ist besser als Wärterin sein:
Denn jenes ist einfach, doch diesem gesellt
Sich Kummer des Herzens und leibliche Müh.
Nur Trübsal ist ja der Sterblichen Los,
Und niemals ruhn sie vom Leide.
Was mehr Wert hat denn das Leben im Licht,
Das birgt in Gewölk die verhüllende Nacht.
Wohl hängen wir nur so töricht an ihm,
Weil's hier auf Erden uns glänzt, weil nie
Von dem anderen Leben uns Kenntnis ward
Noch Kunde von dem, was die Erde verbirgt:
Denn nichtige Fabel betört uns.

PHAIDRA

O richtet mich auf und stützt mir das Haupt:
Gelöst ist aus all' meinen Gliedern der Halt.
Sanft hebt mir den Arm mit den Händen, o Fraun!
Schwer lastet das Stirnband mir um das Haupt:
Nimm es ab und breit auf die Schultern das Haar.

AMME

Sei ruhig, o Kind, und wirf dich nicht
So verdrießlich umher!
Viel leichter erträgst du der Krankheit Schmerz
Mit gelassenem Sinn und wackrem Gemüt:
Das Leid ist der Menschen Verhängnis.

PHAIDRA

Ach, ach!
O könnt ich ihn schöpfen, den lauteren Trank
Der erfrischenden Flut aus lebendem Quell!
O könnt ich, von Schwarzpappeln umschattet,
Auf blumiger Wiese gelagert ruhn!

AMME

Was redest du da?
Daß nur ein solch wahnsinniges Wort,
O Tochter, dir nicht vor den Leuten entfährt!

PHAIDRA

Führt mich ins Gebirg: Ich will in den Wald,
Wo die Fichte sich hebt,
Wo die Hunde das Wild mordgierig erspähn
Und auf scheckige Hirsche sich stürzen im Sprung.
Bei den Göttern: ich hetzte die Meute voran
Und würf an den bräunlichen Locken vorbei
Den thessalischen Speer,
In der Rechten bewehrt mit dem spitzen Geschoß!

AMME

Was quält nur das Sehnen nach solchem dein Herz?
Was kümmern denn dich die Geschäfte der Jagd?
Was lechzest du, Kind, nach den Wassern des Quells?
Denn hier in der Näh, bei den Türmen der Burg
Ist ein tauiger Hang: er gewährt dir Trank.

PHAIDRA

O Artemis, die du den salzigen See
Und die Bahnen beschirmst mit dem Rossegestampf,
Ach, daß ich mich fänd auf deinem Gefild,
Und bändigte stolz das henetische Roß!

AMME

Wie schwatzest du wieder so sinnlos daher?
Bald treibt dich die Sehnsucht auf das Gebirg,
Zu erjagen das Wild, bald sehnst du dich hin,
Zu besteigen das Roß auf trockenem Sand.
Ein prophetischer Geist nur mag es erspähn,
Kind, was für ein Gott dir die Sinne verrückt
Und in wirrenden Taumel gerissen.

PHAIDRA

Ich Elende, weh! Was hab' ich getan,
Wohin mich verirrt von der Bahn der Vernunft?
Ich raste, ich fiel durch göttlichen Fluch!
Unselige, weh!
O Mutter, verhülle mir wieder das Haupt!
Ich erröte vor dem, was ich eben gesagt.
O verbirg mich: die Träne rinnt mir aus dem Aug'
Und schamvoll senke ich nieder den Blick.
Das Bewußtsein wiedergewinnen, es schmerzt:

Wahnsinn ist schlimm: doch glücklich der Mensch,
Der hinstirbt ohne Besinnung!

AMME

Ich verhülle dich: wann deckt aber das Grab
Mein morsches Gebein?

*für sich*

Viel hat mich das lange Leben gelehrt.
Nur maßvolle Freundschaft schließe den Bund,
Wenn auf Erden ein Herz zum Herzen sich fand:
Nie dring' er ins innerste Mark des Gemüts.
Leicht lösbar sei, was die Seelen vereint,
Daß jetzt es erschlafft, jetzt fester sich knüpft!
Wenn ein Herz trauert um zwei –: die Last
Ist drückend fürwahr, wie nun auch ich
Mich ängste für sie.
Viel Sorg in der Welt, viel redliches Mühn
Trügt häufiger, sagt man, als es erfreut
Und bestürmt der Gesundheit blühende Kraft.
Drum lob ich den Spruch „Maß halten und Ziel!":
Das Zuviel taugt nicht,
Und Gleiches behaupten die Weisen.

CHORFÜHRERIN

O greise Frau, der Phaidra treue Wärterin,
Wohl sehen wir der Fürstin jammervolles Los:
Doch dunkel blieb uns, welcher Art ihr Leiden ist.
Von dir erfahren möchten wir's und hörten's gern.

AMME

Trotz allem Fragen weiß ich's nicht: sie sagt es nicht.

CHORFÜHRERIN

Auch wie das Leid begonnen, blieb dir unbekannt?

AMME

Nicht besser weiß ich's: alles dies verschweigt sie mir.

CHORFÜHRERIN

Wie abgemagert und erschlafft ihr Körper ist!

AMME

Kein Wunder: denn sie fastet schon den dritten Tag.

CHORFÜHRERIN
Auf Grund von Krankheit? Oder sucht sie so den Tod?
AMME
Vielleicht – sie fastet jedenfalls noch, bis sie stirbt!
CHORFÜHRERIN
Seltsam, daß Theseus sich damit zufrieden gibt!
AMME
Sie birgt das Leid ihm und erklärt, ihr fehle nichts.
CHORFÜHRERIN
Und er bemerkt's nicht, wenn er ihr ins Auge sieht?
AMME
Zufällig ist er eben fort und außer Lands.
CHORFÜHRERIN
Doch – ließest du kein Mittel unversucht an ihr,
Ihr Leiden und des Geistes Irrwahn auszuspähn?
AMME
Ich griff nach allem und bewirkte nichts damit.
Doch soll auch jetzt mein Eifer nicht ermatten: nein,
Du sollst als Augenzeuge mir's bestätigen,
Wie treu besorgt ich bei der Herrin Leiden bin.

Auf, liebes Kind! Die frühern Reden wollen wir
Vergessen beide: werde du gelassener,
Die düstern Braun erheiternd und den bangen Sinn:
Ich will mich dir bequemen, wo ich früher dir
Nicht folgte, will auf andern, bessern Wegen gehn.
Und wenn's ein heimlich Leiden ist, an dem du krankst,
Sind Frauen hier mit ihrer Hilfe dir bereit:
Doch willst du Männern sagen, was dir Schmerzen bringt,
So rede, daß man einem Arzt es melden kann.

Nun? Weshalb schweigst du? Schweigen darfst du nicht, [o Kind:
Nein, wenn ich etwas übel sprach, so tadle mich,
Und wenn ich wohl gesprochen, folge meinem Wort.

Sprich etwas: hierher blicke! – Weh ich Elende!
Umsonst, ihr Fraun, sind alle meine Mühen hier!
Wir sind so weit wie früher: denn sie ließ zuvor
Sich nicht von mir bestimmen und folgt jetzt auch nicht. –

Doch wisse – werde darob trotziger noch als selbst
Des Meeres Wogen –: wenn du stirbst, verrätst du dein
Geschlecht, das fremd im Vaterhause werden wird!
Nein, bei der reisigen Amazonenkönigin,
Die deinen Kindern einen Herrn geboren hat
In einem Bastard edlen Sinns – du kennst ihn wohl,
Hippolytos –

PHAIDRA

Weh, wehe!

AMME

Traf dir das ins Herz?

PHAIDRA

Du tötest mich, o Mutter: bei den Himmlischen!
Ich bitte, fortan schweige mir von diesem Mann!

AMME

Sieh doch! Du denkst vernünftig: dennoch willst du dir
Dein Leben nicht erhalten zu der Kinder Wohl?

PHAIDRA

Die Kinder lieb ich: mich bestürmt ein andres Leid.

AMME

O Tochter, deine Hände sind doch rein von Blut?

PHAIDRA

Rein sind die Hände: Flecken hat die Seele nur.

AMME

Hat wohl ein Widersacher Fluch auf dich gebracht?

PHAIDRA

Ein Freund verdirbt unschuldig mich Unschuldige.

AMME

Hat etwa Theseus dir ein Unrecht angetan?

PHAIDRA

Daß ich an ihm nur nicht erschein als Frevlerin!

AMME

Was wäre denn das Arge, das zum Tod dich treibt?

PHAIDRA

O laß mich fehlen: fehl ich doch nicht gegen dich!

AMME

Gutwillig niemals, denn mein Leben hängt an dir.

PHAIDRA

Was tust du? Hängst gewaltsam dich an meinen Arm?

AMME

Und auch an deine Knie: ich laß dich nimmermehr!

PHAIDRA

Elende, weh dir, wenn du dieses Weh vernimmst!

AMME

Kein größres Wehe kenn ich, als dir ferne sein.

PHAIDRA

Du wirst vergehen: aber Ruhm bringt mir die Tat.

AMME

Und solches Edle birgst du mir, der Flehenden?

PHAIDRA

Aus böser Quelle schöpf ich erst das Edle mir.

AMME

So bringt es dir mehr Ehre, wenn du's offenbarst.

PHAIDRA

Hinweg bei allen Göttern, weg, laß meine Hand!

AMME

Nie, weil du mir die schuldige Gabe nicht gewährst.

PHAIDRA

Ich will sie geben, denn ich achte deine Hand.

AMME

So schweig ich also: denn das Reden ist an dir.

PHAIDRA

Unselige Mutter, welcher Liebe fröntest du!

AMME

Da sie den Stier liebt'! Oder, Kind, was meinst du da?

PHAIDRA

Auch du, o arme Schwester, Dionysos' Weib!

AMME

Was hast du, Tochter? Auf Verwandte schmähest du?

PHAIDRA

Wie elend muß als dritte ich nun untergehn!

AMME

Erschüttert steh ich: wo hinaus will dieses Wort?

PHAIDRA

Von dort und nicht von gestern her stammt meine Not.

AMME

Noch weiß ich um nichts besser, was ich hören will.

PHAIDRA

Ach!
O könntest du mir sagen, was ich sagen soll!

AMME

Kein Seher bin ich, um das Dunkle klar zu sehn.

PHAIDRA

Was ist doch das, was unter Menschen Liebe heißt?

AMME

Das Angenehmste, Tochter, und das Bitterste.

PHAIDRA

Von diesen beiden hab ich eins an mir erprobt.

AMME

Was sagst du? Liebst du, Tochter? Sprich! Und welchen Mann?

PHAIDRA

Wer ist er doch, der Amazonenfürstin Sohn?

AMME

Hippolytos?

PHAIDRA

Von dir vernahmst du's, nicht von mir.

AMME

Was muß ich hören, Tochter? Weh! Du tötest mich.
Nicht auszuhalten, ich ertrag' es lebend nicht,
O Fraun! Verhaßtes Sonnenlicht, verhaßter Tag!
Wegwerfen will ich meinen Leib und sterbend aus
Dem Leben scheiden. Lebt ihr wohl: ich bin nicht mehr.
Selbst keusche Menschen frönen – widerstrebend zwar –
Verworfner Liebe: Kypris war nicht Göttin nur,
Nein, ist es möglich, größer noch, als Götter sind,
Da sie vernichtet Phaidra, mich und dieses Haus!

CHOR

*Strophe*

Hörtest, ach, hörtest du's,
Wie das Unnennbare,
Ihr unselig Leid, die Königin gestand?
O daß ich stürbe, bevor du, die wir lieben,

Erreichst, was du begehrst! O weh, wehe mir!
Ach Arme, daß du das dulden mußt!
Ach, Angst und Not ziehen die Menschen groß!
Du bist verloren, Grauses offenbartest du!
Was für ein Leben harrt nun ohn' Ende dein?
Ein unerhörtes Leid bedroht dieses Haus.
Nicht länger ist es dunkel, wo der Liebe Los
Endigen wird, o Kretas unselig Kind!

PHAIDRA

Ihr Frauen aus Troizen, die hier den äußersten
Vorsprung bewohnen von des Pelops Inselland,
In langer Zeit der Nächte sann ich öfter schon,
Was wohl der Menschen Leben so zerrüttet hat.
Und nimmer glaub ich, daß aus angeborner Art
Der Mensch das Schlimmre wähle – ward so vielen doch
Einsicht des Rechten –, sondern also seh' ich's an:
Das Tugendhafte wissen und erkennen wir,
Tun's aber nicht: aus lasser Trägheit einige,
Und andre wieder, weil sie irgend andre Lust
Dem Guten vorziehn. Solche Lust ist mancherlei,
Als: langes Plaudern, Müßiggang – ein süßes Weh! –
Und Scheu, die eine guter Art, die andere
Ein Fluch des Hauses. Wüßten wir ihr rechtes Maß,
So trügen einen Namen wohl die beiden nicht.

Nachdem ich einmal dieses wohl erkannt im Geist,
Da mochte solchen Glauben mir kein Zauber mehr
Zerstören, daß ich irrend glitt vom rechten Pfad.
Nun laß mich dir enthüllen meines Geistes Weg.
Als Liebe mich verwundet, überlegt ich wohl,
Wie ich's am schönsten trüge. So begann ich denn
Seitdem zu schweigen und verbarg die Leidenschaft.
Denn auf die Zunge darfst du nicht vertraun, die wohl
Gedanken andrer Menschen klug zu tadeln weiß,
Doch selbst die meisten Übel durch sich selbst erwirbt.
Zum zweiten strebt ich diesen Wahn mit wackrem Mut
Zu tragen, ihn zu meistern durch Enthaltsamkeit.
Und drittens, wie's auch also mir unmöglich war,

Der Liebe Macht zu brechen, da schien Sterben mir
Das Beste: niemand widerspricht wohl dieser Wahl.
Denn meine Tugend leuchte vor der Menschen Blick,
Und wenig Zeugen habe nur die böse Tat!
Die Sache kannt ich, kannte meiner Liebe Schmach,
Und über diesem sah ich wohl: ich bin ein Weib,
Gehaßt von allen. Schand' und Tod verderbe sie,
Die, fremden Männern zugesellt, ihr Ehebett
Zuerst geschändet! Aus erlauchten Häusern brach
Auch über andre Frauen dieser Fluch herein.
Denn wenn den Edeln wohlgefällt das Schändliche,
Bald wird's die Niedern dünken, daß es edel sei.
Auch jene haß ich, welche keusch in Worten tun
Und insgeheim mit schnödem Frevel sich vergehn.
Wie können sie nur, Kypris, die vom Meere kam,
Den Gatten offen in das Antlitz schauen und
Nicht beben vor dem Dunkel, das mitschuldig war,
Und vor den Zimmerwänden, daß sie reden einst?

Mich treibt, o Frauen, eben dies zum Tode ja:
Nie möcht ich meines Gatten Ehrenschänderin
Noch meiner Söhn' erscheinen. Nein, sie sollen frei,
In hohem Mute blühend, mir die stolze Stadt
Athen bewohnen, durch die Mutter nicht beschimpft.
Denn einen Mann auch kühnen Mutes beugt es tief,
Wenn ihm der Eltern Schande kundgeworden ist.
Dies eine, sagt man, kommt des Lebens Preise gleich,
Wenn dir gerechter, edler Sinn im Herzen wohnt.
Den Lasterhaften offenbart die Zeit dereinst
Und hält wie jungen Mädchen ihm den Spiegel vor:
O mög ich unter solchen nie gesehen sein!

CHORFÜHRERIN

Ach, ach! Wie schön ist überall das weise Maß
Und lohnt mit edlem Ruhme bei den Sterblichen!

AMME

Mir hatte vorhin dein Geschick, o Königin,
Wohl grause Schrecken unversehens aufgeregt:
Nun seh ich ein, ich irrte: bei den Menschen ist

Ein zweites Überlegen oft das weisere.
Nichts Unerhörtes ist es, nichts Unsägliches,
Was dich befallen: Zorn der Göttin stürmt' auf dich.
Du liebst – was Wunder? – wie so viele Sterbliche:
Und um die Liebe gäbest du dein Leben hin?
Nicht dürften ihr sich weihen, die vormals geliebt
Und künftig lieben, würde Tod ihr Lohn dafür.
Wer könnte Kypris trotzen, wenn sie mächtig stürmt?
Sie naht dem Herzen leise, das ihr willig folgt;
Doch wen sie widerspenstig und vermessen fand,
Den faßt sie strafend, zeichnet ihn mit Schmach und Hohn.
Kythere wallt im Äther, wohnt im Schoße selbst
Der Meeresfluten, alles sproß aus ihr hervor.
Sie ist es, welche Liebe sät, Verlangen weckt,
Von der wir Erdenkinder all' entsprossen sind.
Die, welche sinnend Schriften alter Zeit entrollt
Und selbst beständig im Geleit der Musen sind,
Die wissen, wie vor Zeiten Zeus nach Semele
Verlangte, wissen, wie die goldenstrahlende
Eos zu Götterhöhen einst den Kephalos
Emporgerafft aus Liebe – und sie wohnen noch
Im Himmel, fliehn vor seinen Göttern nicht hinweg
Und fügen, mein' ich, gerne sich in solchen Zwang.

Du willst dich sträuben? Zeugte dich dein Vater doch
Nach andrer Satzung oder unter anderer
Gottheiten Herrschaft, wenn dir solcher Brauch mißfällt!
Wieviel gescheite Männer sehn, was ihre Fraun
Verschulden, aber stellen sich, als sähen sie's nicht?
Wieviele Väter helfen selbst den Söhnen mit,
Wenn Liebe sie betörte? Denn der weise Mann
Verheimlicht andern klüglich, was Unehre bringt.
Nicht allzustreng doch bilde dir dein Leben aus!
Wird doch das Dach, das unsre Häuser überwölbt,
Auch nicht genau gerichtet: und wie hofftest du
Aus deinem tiefen Falle dich herauszuziehn?
Nein, wenn du mehr des Guten als des Bösen hast,
So bist für einen Menschen du sehr glücklich schon.

Drum, liebe Tochter, leg ihn ab, den trüben Sinn,
Den Übermut des Trotzes: denn nichts anderes
Als Trotz ist's, will man besser sein als Götter sind!
Ja, füge dich der Liebe, weil's ein Gott gewollt,
Und was dich ängstet, wende klug zum Besseren.
Noch gibt es Zaubersprüche, gibt's Beschwörungen:
Ein Mittel wird sich finden wider dieses Weh.
Fürwahr, die Männer fänden spät das Richtige,
Wenn nicht das Weib die Mittel auszusinnen weiß.

CHORFÜHRERIN

Was diese spricht, o Phaidra, mag ersprießlicher
In deinem Leide wirken: dennoch lob ich dich.
Zwar lautet dieser Lobspruch unbequemer wohl
Als ihre Red' und deinem Ohre schmerzlicher.

PHAIDRA

Das ist es, was der Menschen blühnde Wohnungen
Und Städte stürzt: die überschönen Worte sind's.
Denn nimmer ziemt zu sagen, was dem Ohr gefällt,
Nein, nur das Edle, das zu Ruhm und Ehre führt.

AMME

Wozu die stolzen Worte? Nicht des Redeprunks –
Des Manns bedarfst du! Schleunig ist zu handeln: wir
Vertraun ihm frei und offen, was dein Herz bewegt!
Denn schwebte nicht dein Leben in so drohender
Gefahr und wärst du nüchtern und besonnener:
Ich würde wegen deiner Lust und Liebe nie
So weit dich treiben! Aber nun gilt's großen Kampf
Um deine Rettung: daran ist nichts tadelnswert.

PHAIDRA

Oh, schließt du wohl die Lippen, arge Schwätzerin,
Und stößt nicht weiter solche Schändlichkeiten aus?

AMME

Schändlich – doch mehr als schöne Sprüche wert für dich!
Die Tat, die dich erretten kann, ist besser als
Das Wort, auf dessen Zauber stolz du sterben willst.

PHAIDRA

Beim Himmel, halt! – schön sprichst du, doch Verwerfliches! –
Nicht weiter gehe! Zwar ich unterwarf mein Herz

Der Lieb' in Ehren: doch beschönigst du die Schuld,
So fall ich dem zum Opfer, was ich meiden will.

AMME

Sieht's so aus, durftest du nicht fehlen! Doch wenn schon,
Dann folge mir – die Freude hat den zweiten Platz!
Ich habe Zaubermittel zur Besänftigung
Der Liebe drinnen – eben jetzt besann ich mich –,
Die sonder Schmach dir, ohne daß du Schaden nimmst
Am Geist, die Krankheit heilen, wenn du nicht verzagst.
Doch brauchen wir ein Zeichen vom geliebten Mann,
Nur eine Locke oder vom Gewand ein Stück:
So schlingen wir aus zweien einen Liebesbund.

PHAIDRA

Und ist ein Trank das Mittel, sind es Salben? Sprich!

AMME

Ich weiß nicht: laß dir helfen, Kind, und frage nicht.

PHAIDRA

Ich sorge nur, du handelst allzuweise mir.

AMME

Du fürchtest dich vor allem: was besorgst du denn?

PHAIDRA

Daß mein Geheimnis du an Theseus' Sohn verrätst.

AMME

Laß das, o Tochter: ich bestell es alles wohl.
Nur du, o Kypris, meerentsproßne Herrscherin,
Sei mir zur Seite!

*für sich*

Was ich sonst im Sinne hab,
Genügt, den Freunden im Palaste kundzutun.

*ab*

CHOR

*Erste Strophe*

Eros, Eros, der du den Augen süß
Einträufelst Verlangen, holde Wonne
Dem, den du bestürmst, ins Herz verströmst,
O nahe mir nie zum Leid, o komme nie
Des Maßes vergessend!

Nicht des Feuers und nicht
Der Sterne Pfeil aus Himmelshöhn
Sengt gleich dem Geschoß Aphrodites,
Das Eros aus der Hand,
Der Knabe des Zeus, schnellt.

*Erste Gegenstrophe*

Umsonst, umsonst an dem Alpheos,
Umsonst an dem pythischen Herd Apollons
Häuft Hellas ohn' Ende Stieresopfer:
Und Eros, der Menschen grausen Zwingherrn,
Ihn, der zu Kytheres
Süßem Wonnegemach
Die Schlüssel führt, verehrt man nicht,
Ihn, der, ein Zerstörer, in alles
Unheil die Sterblichen
Treibt, wenn er heranstürmt!

*Zweite Strophe*

Jene Oichalierin,
Die, ein unschuldig Füllen,
Daheim weilte, ohne Gemahl, die Jungfrau,
Gab Kypris, daß sie, Bakchantin des Todes,
Ihn mit dem Tode umstricke,
Zu sterben in Blut, in Qualm,
Zu der tödlichen Hochzeit
Weg vom Vaterhause dem Sohn Alkmenes.
Ach, unseliger Ehbund.

*Zweite Gegenstrophe*

Thebens heilige Stadt
Und du Quelle der Dirke,
Ihr könnt zeugen, welche Bahnen Kythere wandelt!
Sie hat, mit flammendem Donner bewehrt,
Des göttlichen Bakchos Mutter
Aus bräutlicher Lust entrückt
In des Todes Umarmung.
Alles trifft ihr mächtiger Hauch: im Fluge
Schwärmt sie umher wie die Biene.

*Phaidra lauscht an der Tür*

PHAIDRA

O schweiget, Frauen, schweiget! Nun bin ich dahin!

CHORFÜHRERIN

Was gibt es Schlimmes, Königin, in deinem Haus?

PHAIDRA

Seid stille, daß ich höre, was sie drinnen schrein!

CHORFÜHRERIN

Ich schweige still: doch dieser Anfang lautet schlimm.

PHAIDRA

O weh, wehe mir!
Was muß ich doch erdulden, ich Unselige!

CHOR

Was soll dieser Schrei? Wozu dieser Ruf?
O sprich, welches Wort schreckt dich so sehr, o Frau,
Bestürmt dir das Herz?

PHAIDRA

Ich bin verloren! Tretet vor die Pforten hier
Und höret, welch ein Lärmen im Palaste tobt.

CHOR

Du stehst nah am Tor: dein Ohr rührt der Laut,
Welcher von innen schallt.
Sage mir, sage doch, was für ein Leid geschehn!

PHAIDRA

Der reisigen Amazone Sohn, Hippolytos,
Schreit laut und schmäht gewaltig auf die Dienerin.

CHOR

Geschrei hör ich wohl; doch klar kann ich nicht
Verstehn, welch ein Ruf
Zu dir scholl, zu dir, durch des Palastes Tor.

PHAIDRA

Er schilt sie deutlich Kupplerin, Verführerin,
Die ihres Königs ehlich Weib zum Bösen trieb.

CHOR

Wehe mir Armen, weh! Teure, du bist entdeckt!
Wozu rat ich nun? Deine Geheimnisse
Kamen ans Licht, dir bringt –

PHAIDRA

Wehe, wehe!

CHOR

Freundesverrat den Tod!

PHAIDRA

Ja, sie verdirbt mich, da sie meine Not enthüllt
Und liebend, doch nicht weise, sie zu heilen strebt.

CHORFÜHRERIN

Wie nun? In solchem schweren Leid – was willst du tun?

PHAIDRA

Ich weiß nur eines: ungesäumter Tod allein
Kann aus der Qual mich retten, die mich jetzt umfängt.

*Hippolytos tritt mit der Amme aus dem Palast*

HIPPOLYTOS

O Mutter Erde! Strahlenkreis des Helios!
Welch unerhörter Worte Laut vernahm mein Ohr!

AMME

Still, Jüngling, ehe dein Geschrei jemand vernimmt!

HIPPOLYTOS

Unmöglich kann ich schweigen, hör ich solchen Greul.

AMME

Bei dieser Hand am schönen Arme fleh ich dir –

HIPPOLYTOS

Hinweg die Hände, rühre nicht an mein Gewand!

AMME

Bei deinen Knien, opfre mich dem Tode nicht!

HIPPOLYTOS

Wie könnt ich's, wenn du, wie du sagst, nichts Arges sprachst?

AMME

Mein Wort, o Jüngling, werde nie der Welt bekannt!

HIPPOLYTOS

Das Schöne macht sich schöner, wird es vielen kund.

AMME

Mein Sohn, den Eidschwur achte nicht als Kleinigkeit!

HIPPOLYTOS

Die Zunge schwur ihn, doch das Herz weiß nichts davon.

AMME

Was willst du tun? Verderben deine Freunde, Kind?

HIPPOLYTOS

Das bleibe fern! Kein Lasterhafter ist mein Freund.

AMME

Vergib! Zu fehlen, Jüngling, ist der Menschen Art.

HIPPOLYTOS

Was hast du doch der Menschen gleißend Ungemach,
Die Fraun, o Zeus, an dieses Sonnenlicht gebracht?
Trugst du Verlangen, ein Geschlecht von Sterblichen
Zu schaffen, sollten diese nicht vom Weibe sein:
Nein, Männer mußten, wenn sie dir das Erzgewicht,
Gold oder Eisen in den Tempeln hinterlegt,
Den Kindesnachwuchs dafür kaufen, jeglichen
Nach seinem wahren Werte, und im freien Haus
Als Freie wohnen ohne das Geschlecht der Fraun!
Daß Fraun ein großes Übel sind, beweist ja dies:
Ihr Vater, ihr Erzieher gibt noch reichen Schatz
Und läßt sie ziehen, um des Übels los zu sein.
Doch wer ein solches Fluchgewächs aufnimmt ins Haus,
Frohlockt, das unheilvolle Bild mit köstlichem
Geschmeid umhüllend, schmückt es reich mit Kleidern aus,
Der Sohn des Unglücks, und erschöpft des Hauses Gut.
Am besten fährt noch, wessen Weib, ein träges Nichts,
Unnütz in Einfalt brütend still im Hause sitzt.
Die Kluge haß ich: unter meinem Dache soll
Kein Weib verweilen, klüger, als es Frauen ziemt!
Denn öfter zeugt die Liebesgöttin Hinterlist
In klugen Frauen, während ihr beschränkter Sinn
Die geistig armen keine Torheit üben läßt.
Zu Frauen sollt' auch keine Magd ins Zimmer gehn:
Mit stummen Tieren sollten sie zusammensein,
Daß keiner wäre, welchen sie anredeten

Und keiner ihnen wiederum entgegnete.
So brüten drinnen Böses aus die bösen Frauen,
Und aus dem Hause tragen's dann die Sklavinnen.

So kamst auch du mir, locktest mich, fluchvolles Weib,
Zu schänden meines Vaters unentweihtes Bett:
Was ich mit Fluten Wassers mir wegspülen will,
Das ich ins Ohr einsprenge. Könnt ich böse sein,
Der, solches auch nur hörend, sich für unrein hält?
Und wisse, Weib: dich rettet meine Frömmigkeit!
Denn fing mich Ahnungslosen nicht der Götter Eid:
Mich hielte nichts, es meinem Vater kundzutun.
So bleib ich fern vom Hause, bis in diese Stadt
Theseus zurückkehrt, und mein Mund soll stille sein.
Doch mit dem Vater komm ich heim und werde sehn,
Wie ihr ihn anblickt, du und deine Königin:
Dann hab ich deinen frechen Sinn sichtbar erprobt.
Tod über euch! Ich werde niemals satt, die Fraun
Zu hassen, sage mancher auch, ich spräche stets
Schlecht von den Frauen: sind sie doch stets nur zu schlecht!
Drum lehre jemand Sittsamkeit und Zucht die Fraun:
Sonst werde mir gestattet, stets auf sie zu schmähn!

*ab*

*Gegenstrophe*

PHAIDRA

Bitter, unselig fiel
Der Fraun Lebenslos:
Wo gibt es eine Kunst oder noch einen Rat,
Nun der verworrne Knoten mir unlösbar blieb?

Mich fand meine Strafe! Weh, Erd' und Licht!
Wie entrinn ich nun meiner Not?
Wie verberg ich, ihr Frauen, meine Schmach?
Welch eine Gottheit rettet? Welcher Sterbliche
Erscheint helfend oder mitwirkend mir
Bei so verruchter Tat? Das Leid, das so schwer
Mir drang ins Leben – nimmer ring ich mich heraus.
So unselig war noch kein Erdenweib!

CHORFÜHRERIN

Weh, weh!
Es ist geschehn! Die Künste deiner Amme sind
Nicht wohl geraten, Königin: nun steht es schlimm.

PHAIDRA

Verderben deiner Freunde, Ganzverworfene,
Was tatst du mir? Mit allen Wurzeln tilge dich
Mein Ahnherr Zeus aus, schlage dich mit Feuersglut!
Und sagt ich's nicht – ich hatte deinen Sinn geahnt –
Und hieß verschweigen, was mich jetzt in Schande stürzt?
Dies warst du nicht imstande: nicht mehr kann ich denn
Mit Ehren sterben und bedarf nun neuen Rats.
Denn er, von Zorn im Herzen heftig aufgeregt,
Wird wider mich dem Vater kundtun deine Schuld
Und füllt mit bitterschmähndem Wort die ganze Welt.
Fluch über dich und jeden, der dem Freunde sich
Zu schlechter Wohltat unverlangt gefällig zeigt!

AMME

Du magst, o Herrin, schelten, was ich schlimm gemacht:
Denn was dich schmerzt, trübt deines Geistes hellen Blick.
Doch kann auch ich erwidern, wenn du hören willst.
Ich war dir Amme, bin dir hold, und deinem Schmerz
Heilmittel suchend, fand ich, was ich wollte, nicht.
Wenn mir's gelungen wäre, hieß ich weise wohl:
Denn nach dem Ausgang werden wir als klug geschätzt.

PHAIDRA

Kann mir's gerecht erscheinen, kann's genügen mir,
Wenn meinem Wort beipflichtet, die mich erst gekränkt?

AMME

Wir machen viele Worte. Wohl hab ich gefehlt:
Doch ist noch Rettung möglich auch aus dieser Not.

PHAIDRA

Laß ab zu reden! Auch zuvor ja rietest du
Nichts Gutes mir und fingest Unheilvolles an.
Aus meinen Augen gehe denn und sorge nur
Für dich: denn meine Sachen ordn ich selber wohl.

*Die Amme geht ab*

Ihr aber, wohlgeborene Töchter von Troizen,
Gewährt mir dieses eine nur, der Bittenden:
Hüllt ein in Schweigen, was ihr hier vernommen habt.

CHORFÜHRERIN

Bei Artemis, Zeus' hoher Tochter, schwören wir:
Nie ziehn wir deiner Leiden eins ans Licht hervor!

PHAIDRA

Dank euch. Und nun ich überall umhergespäht,
Entdeck ich einen lichten Pfad in solcher Not,
Daß meiner Söhne Leben ich verherrlichen
Und selbst Gewinn aus meinem Falle ziehen kann.
Denn nimmerdar entehr ich Kretas Fürstenhaus
Und trete niemals unter Theseus' Angesicht
Um eines Lebens willen nach so schnöder Tat.

CHORFÜHRERIN

Was hast du vor, Frau, welches unheilbare Leid?

PHAIDRA

Zu sterben: wie, das überlegen will ich noch.

CHORFÜHRERIN

O Götter, wehrt es!

PHAIDRA

Rate du zum Guten mir!
Denn ich will Kypris, welche mein Verderben ward,
Vom Leben scheidend noch erfreun an diesem Tag:
So trägt der Liebe bittre Qual den Sieg davon!
Auch will ich einem andern noch durch meinen Tod
Unglück bereiten, daß er nicht auf meinen Fall
Stolz niederschaue, sondern diese Qual mit mir
Gemeinsam teilend lerne still bescheiden sein.

*ab*

CHOR

*Erste Strophe*

Könnt ich in Tiefen der Waldschluchten gelangen,
Wo mich als beschwingten Vogel
In geflügelte Schwärme versetzte ein Gott,
Daß ich könnte zu Adrias
Ferner Flut mich erheben,

Hin zum Strom des Eridanos,
Wo von Helios' armen Töchtern
Im Jammer um Phaëthons Ende
Hinab in die düstre Brandung
Sich ergießt bernsteinschimmernder Tränenglanz.

*Erste Gegenstrophe*

Flög ich zu Hesperos' holdsingenden Jungfraun,
Wo die goldnen Äpfel glühen
Und der Herrscher des Meeres Schiffern die Bahn nicht mehr
Durch wildwogende See vergönnt
Hin zur heiligen Grenze,
Da der Atlas den Himmel trägt
Und ambrosische Bäche rieseln
Beim bräutlichen Lager Kronions,
Wo das göttliche Land des Segens
Den Unsterblichen das Glück zuströmt!

*Zweite Strophe*

O weißflatternde Barke von
Kreta, die durch der Meeresflut
Wildauftosende Brandung
Aus dem glücklichen Vaterhause
Meine Herrin führte
Zu dem Bunde, dem segenlosen!
Leiden verhießen ihr beide
Länder, da sie fort von Kreta
Flog zu Pallas' weitberühmter
Stadt und geflochtnen Tauwerks Enden
Sie an Munychias Gestade
Banden und das feste Land betraten!

*Zweite Gegenstrophe*

Darum brach ihr das kranke Herz
In unheiliger Liebe vom
Grausen Sturm Aphrodites.
Von der drückenden Last des Leidens
Überwältigt, wird sie
An die Decke des Brautgemaches

Knüpfen das schwebende Seil und
Um den weißen Nacken schlingen,
Bebend vor der finstern Göttin,
Ruhm und Ehre statt der Schande
Sich erwählend, und vom bittern
Liebesschmerz die kranke Seele lösend.

AMME *(im Hause)*
Auf, auf!
Zur Hilfe her, ihr alle, die beim Hause sind!
Die Herrscherin, des Theseus Gattin, hängt im Strang!

CHORFÜHRERIN
Weh, weh!
Es ist geschehen, unsre Königin dahin!
Sie schlang um ihren Nacken sich das Todesband.

AMME *(im Hause)*
Wollt ihr nicht eilen? Bringt ein doppelschneidig Schwert
Und trennt von ihrem Halse flugs die Schlinge los!

CHORFÜHRERIN
Was tun, ihr Lieben? Gehen wir ins Haus hinein,
Sie loszumachen aus dem festgezognen Strang?

EINE DER FRAUEN
Wie? Sind der jungen Diener nicht genug im Haus?
Gefährlich ist es, sich um Allzuvieles mühn.

AMME *(im Hause)*
Streckt aus den armen Leichnam, legt ihn grade hin!
Das ist ein bittrer Liebesdienst für meinen Herrn.

CHORFÜHRERIN
Verschieden, hör ich, ist die Unglückselige:
Denn schon wird sie als eine Tote aufgebahrt.

*Theseus tritt auf, im Lorbeerkranz von Delphi zurückkehrend*

THESEUS
Ihr Frauen, wißt ihr, was der Lärm im Hause will?
Der Diener schwere Klage drang zum Ohre mir.
Vom Gottestempel heimgekehrt, empfängt das Haus
Mich nicht am festlichoffnen Tor mit frohem Gruß.
Ist doch des Pittheus Alter nicht ein Leid geschehn?

Wohl neigte sich sein Leben: dennoch wäre mir's
Noch immer schmerzlich, wenn er schied aus diesem Haus.

CHORFÜHRERIN

Durch keines Greises Scheiden traf dich solch Geschick,
Theseus! Ein junges Leben schied und bringt dir Schmerz.

THESEUS

Weh! Ward der Kinder Leben mir doch nicht geraubt?

CHORFÜHRERIN

Sie leben, doch die Mutter starb – o herbstes Leid!

THESEUS

Wie sagst du? Meine Gattin tot? Wie ist's geschehn?

CHORFÜHRERIN

Sie wand die Todesschlinge selbst um ihren Hals.

THESEUS

Erstarrt von Kummer? Oder was trieb sie dazu?

CHORFÜHRERIN

Soviel nur weiß ich: denn auch ich kam eben erst
Zum Hause, Theseus, und bejammre dein Geschick.

THESEUS

Weh, weh!
Was kränzen Lorbeerzweige denn die Schläfe mir,
Der, ach, zu böser Stunde kam vom Gotteshaus?
Die Pfortenriegel schließet mir, o Diener, auf,
Und löst die Flügel, laßt ihr Jammerbild mich schaun,
Der Armen, welche sterbend mich vernichtete!

*Die Torflügel öffnen sich: man erblickt die Leiche Phaidras auf der Bahre ausgestreckt*

CHOR

O weh, wehe dir! Welch unerhörtes Leid!
Arme, du littst, du tatst
So Schweres, daß dies Königshaus in Trümmer stürzt!
Ach, wie tollkühn! Gewalt raffte dich
Dahin in den Tod, in heillosem Untergang,
Gewalt deiner Hand!
Und wer, Arme, trübt also das Leben dir?

*Strophe*

THESEUS

Weh mir, welcher Schmerz: von all meinem Leid
Traf mich das schwerste hier! Zürnendes Schicksal, weh,
Wie furchtbar kamst du über mich und mein Geschlecht
Durch eines Rachegeistes ungeahnten Fluch!
Ein todähnlich Leben zehrt mich nun auf:
Ein Meer schau ich Trostloser, ein Leidensmeer,
Und aus den Wogen solcher Not vermag ich nie
Emporzutauchen noch hindurchzudringen mehr.
Weh, mit welchem Wort soll ich das schwere Los,
Dein Leid, nennen, daß ich wahr rede, Weib?
Denn wie ein Vogel aus der Hand entschwandest du
Hinab mit raschem Sprunge mir in Hades' Haus.
Ach, ach, Jammerlos! Unseliges Geschick!
Auf mir lastet schwer aus uralter Zeit
Ein göttlich Gericht,
Durch Schuld eines meiner Ahnherrn erwirkt.

CHORFÜHRERIN

Nicht dir, o König, widerfuhr dies Leid allein:
Dir starb, wie vielen andern schon, ein treues Weib.

*Gegenstrophe*

THESEUS

Unter der Erde will ich, in der Erde Nacht
Versenkt will ich tot wohnen im düstern Reich,
Nun deine süße Nähe mir entschwunden ist:
Denn, ach, du gabest minder dir als mir den Tod!
Von wem überschlich, woher dies Geschick
Dein Herz, armes Weib, daß es im Tode brach?
Sagt einer, was geschehen, oder hegt umsonst
Dies Haus, das königliche, meiner Knechte Schwarm?
O weh, weh mir! Ich Unglücklicher: dein
Beraubt – welches Leid muß ich im Hause sehn!
Unsäglich, unerträglich! All mein Glück dahin,
Mein Haus verödet, meine Kinder sind verwaist!
Die du gebarst, verließest du, liebstes Weib,
Du beste der Frauen, so viele auch sieht

Der Sonne Tageslicht
Und tief in der Nacht der Sterne heller Glanz.

CHOR

Ach, ach, Arme, welch ein Leid traf dein Haus!
Tränen befeuchten mir
Strömend das Augenlid, denk ich an dein Geschick:
Doch längst beb ich vor dem Leid, das ihm folgt!

THESEUS

Sieh da, sieh da!
Was will die Tafel, die von ihrer lieben Hand
Herniederhängt? Was hat sie Neues kundzutun?
Hat wohl die Gattin, hat die Mutter mir vielleicht
Noch bittend einen letzten Wunsch ans Herz gelegt?
Sei ruhig, Arme! Nie betritt ein andres Weib
Das Haus des Theseus oder nimmt sein Lager ein.
Doch sieh, des goldnen Siegelrings Gepräge, den
Die Tote trug, lockt freundlichschmeichelnd mich heran!
Wohlan, die Siegel lös ich samt den Bändern auf
Und sehe, was mir dieses Blatt verkünden will!

CHOR

Ach, ach! Im Wechsel führt ein neues Leid
Ein Gott hier herauf!
Auch mein Leben ist mir nicht mehr lebenswert –
Ach, gäb's ein Zurück für das, was verhängt:
Denn hin ist es, weh, dem Nichts fiel's anheim,
Das Haus meiner Fürsten: weh über uns!

CHORFÜHRERIN

O Schicksal, ist es möglich, stürze nicht das Haus,
Und mein Gebet erhöre! Denn dem Seher gleich
Erblick ich schon Vorboten eines Ungemachs.

THESEUS

Welch neuer Jammer häufte sich zum Jammer hier,
Unnennbar, unerträglich! Ach, ich Elender!

CHORFÜHRERIN

Was ist es? Rede, gönnst du mir Anteil am Wort.

THESEUS

Laut ruft das Blatt, meldet das Gräßliche!
Wie entflieh ich der Last des Leids?
Ich Verlorener bin dahin!
Welches, welches Leid vernehm ich Unseliger,
Redend in dieser Schrift!

CHORFÜHRERIN

Ach, ach, mit unheilschwangerm Wort beginnst du, Herr!

THESEUS

Nicht in des Mundes Pforten halt ich es mehr
Zurück, dieses unentrinnbare Leid:
Vernimm es, o Stadt!
„Mein Lager anzutasten hat Hippolytos
Gewagt und Zeus' erhabnes Auge nicht gescheut."
Nun, Vater, Gott Poseidon, der drei Wünsche mir
Vordem verheißen: morde mir mit einem jetzt
Den Sohn, o laß ihn diesem Tage nicht entfliehn,
Soll anders Geltung haben, was du mir gelobt!

CHORFÜHRERIN

O Herr, bei allen Göttern, nimm den Fluch zurück!
Du siehst den Irrtum später ein: o folge mir!

THESEUS

Mitnichten! Auch aus diesem Lande treib ich ihn,
Und unter zwei Geschicken trifft ihn eines doch:
Ihn wird Poseidon in des Schattengottes Haus
Als Toten senden, waltend, was er mir verhieß,
Sonst schleppt er unstet, aus dem Vaterreich verbannt,
In fremdem Lande jammervoll sein Leben hin.

CHORFÜHRERIN

Hier naht schon selbst dein Sohn im rechten Augenblick,
Hippolytos. Laß ab vom bösen Zorne, Herr,
Erwäge, was zum Besten deines Hauses frommt!

HIPPOLYTOS

Dein Jammern hörend, bin ich rasch hierher geeilt,
Mein Vater; doch was diese Seufzer dir entlockt,
Ich weiß es nicht und hören möcht ich's wohl von dir.
Oh! Was geschah hier? Deine Gattin seh ich tot,
Mein Vater – wohl ein Wunder, höchsten Staunens wert –

Sie, die ich kaum verlassen, die zu diesem Licht
Der Sonne noch vor wenig Stunden aufgeblickt!
Was widerfuhr ihr? Wie ereilte sie der Tod?
Mein Vater, hören möcht ich das aus deinem Mund.
Du schweigst? Mit Schweigen wird im Unglück nichts geschafft:
Das Herz der Menschen, alles auszuspähn bemüht,
Verrät gerad bei Unheil seine Lüsternheit.
Doch vor den Freunden – und ich bin dir mehr als Freund –
Dein Mißgeschick so zu verbergen, ist nicht recht.

THESEUS

Ihr Menschen, die vielfacher Irrwahn blendete,
Was lehrt ihr tausend Künste doch, was sinnet ihr
So manche List aus und erfindet allerlei
Und wisset nicht das Eine, noch erjagtet ihr's,
Weisheit zu lehren einen, dem's an Geist gebricht?

HIPPOLYTOS

Wohl ist's ein großer Meister, der die Macht besitzt,
Den Unverständgen zum Verstand zu nötigen!
Doch, Vater, nicht zu rechter Stunde grübelst du:
Dein Mund, befürcht ich, überschritt im Schmerz das Maß.

THESEUS

O gäb' es unter Menschen nur ein sicheres
Merkmal der Freundschaft, in der Herzen Grund zu schaun,
Den wahren Freund zu scheiden von dem falschen Mann!
Und hätte doch zwei Stimmen jeder Sterbliche,
Die eine wahr, die andre schwankend, wie sich's trifft:
So würde, die nicht lauter denkt, erkannt an der,
Die's ehrlich meint, und uns berückte kein Betrug!

HIPPOLYTOS

Hat dir ein Freund denn wider mich Verleumdungen
Ins Ohr geflüstert, leid ich ohne meine Schuld?
Erschüttert steh ich: deine Red' erschüttert mich,
Die, wie verstandlos, aus dem Gleise sich verirrt.

THESEUS

Weh, dieser Geist der Menschen, wohin schreitet er?
Wo findet Frechheit und Verwegenheit ihr Ziel?
Denn wenn die Bosheit mit des Mannes Alter wächst,
Und wenn der Spätre jederzeit den Früheren

Besiegt an Arglist –: fügten dann zur Erde doch
Ein andres Land die Götter, das in seinem Schoß
Aufnimmt den Übeltäter und den Bösewicht!

O blickt einmal auf diesen, der, von mir gezeugt,
Mein Ehebett geschändet, den die Tote hier
In offnem Zeugnis überführt der schwersten Schuld!
Du zeige, weil du Greuel doch mir nahe bist,
Dem Vater Aug' in Auge hier dein Angesicht!
Du lebst mit Göttern als ein auserwählter Mann?
Du bist ein Keuscher, unentweiht vom Sündendienst?
Mich überreden deine Prahlereien nicht,
Ruchlos die Götter solcher Unvernunft zu zeihn.
Nun rühme dich denn immer, prunk in stolzem Wort
Mit Pflanzennahrung, sei verzückt und huldige
Dem Meister Orpheus und der Bücher grauem Dunst!
Du bist entlarvt! Ich mahne jedermann, zu fliehn
Vor Heuchlern, die dir gleichen: denn ihr fanget uns
Mit frommen Worten, während ihr auf Böses sinnt.
Sie ist gestorben: dieses, wähnst du, rette dich?
Das überführt dich eben, du Nichtswürdiger!
Denn welcher Eidschwur, welches Wort zeugt mächtiger
Als diese Tote, daß es dich freispricht von Schuld?
„Sie haßte mich", bemerkst du, „weil Bastarde ja
Des Hauses echten Söhnen stets gefährlich sind."
So trieb sie denn mit ihrem Leben schlechten Tausch,
Wenn sie der Haß ihr Liebstes aufzuopfern zwang.
Auch meinst du, Torheit wohne nicht in Mannesbrust
Und nur bei Frauen. Doch ich weiß, daß Jünglinge
Nicht sichrer gegen Lüsternheit als Weiber sind,
Wenn Leidenschaft der jungen Triebe Glut entflammt:
Und ihnen kommt zustatten, daß sie Männer sind.
Indes warum bekämpf ich deine Worte so,
Da diese Leiche wider dich so sichtbar zeugt?
Fort als Verbannter ungesäumt aus diesem Land,
Und nicht betritt Athenes gotterbaute Stadt
Noch eines Landes Marken, das mein Speer beherrscht!
Denn wenn ich, solches duldend, dir mich beugen soll:

Dann wird am Isthmos Sinis mir nicht zeugen, daß
Ich ihn erschlagen, sondern daß ich leer geprahlt,
Noch werden Skeirons meerumwogte Klippen mir
Bekennen, daß ich Bösewichtern schrecklich sei.

CHORFÜHRERIN

Ich schwanke zweifelnd, ob ich einen Sterblichen
Noch glücklich preise: denn das Höchste stürzt in Staub.

HIPPOLYTOS

Mich, Vater, schreckt dein zornig aufgeregter Sinn:
Indes die Sache, die so schöne Worte hat,
Nicht schön erscheint sie, wenn man sie genauer prüft.
Ich bin zu reden ungeschickt vor vielem Volk,
Vor Altersfreunden kann ich's wohl und wenigern.
Auch dies hat seine Gründe: die vor Weisen nicht
Zu reden wissen, können's vor dem Volke mehr.
Doch bin ich nun gezwungen, weil die Not mich traf,
Den Mund zu öffnen. Red ich denn davon zuerst,
Womit verderbensinnend du mich erst beschlichst,
Als könnt ich nichts erwidern. Siehst du dieses Licht
Und hier die Erde? Da verweilt kein Mann wie ich,
Der tadelloser wäre, magst du's leugnen auch.
Denn erstens weiß ich Göttern fromm zu huldigen,
Den Freund zu lieben, der kein Unrecht sich erlaubt,
Nein, der errötet, Böses anzumuten mir
Und nie mit schnödem Gegendienst dem Schlechten frönt.
Niemals verspott ich Freunde, nein, bin ihnen stets
Derselbe, Vater, ob sie fern, ob nahe sind,
Und wo du mich zu fangen wähnst – da bin ich rein:
Ich lebt ein keusches Leben bis auf diesen Tag;
Vom Hörensagen kenn ich nur der Liebe Werk
Und aus Gemälden; aber diese anzuschaun
Verlangte mich jungfräulich Unverdorbnen nie.
Doch wenn du nicht auf meine Keuschheit bauen willst:
Wohlan, so mußt du zeigen, was mich so verdarb!
War etwa deines Weibes Reiz bezaubernder
Als aller Frauen? Oder hofft ich, deinen Thron
Mir zuzueignen durch den Raub der reichen Hand?
Dann war ich eitel, töricht, voller Unvernunft!

„Doch ist ein Thron gar lockend!" Für den weisen Mann
Mitnichten – wenn nicht unbeschränkte Macht den Sinn
Des Menschen schon verkehrt hat, daß sie ihm gefällt.
Ich möchte wohl in Hellas' Kampfesspielen gern
Der erste Sieger heißen, doch im Staate nur
Als Zweiter stets mit edlen Freunden glücklich sein.
Denn also wirkt man freier, und die Sicherheit
Verleiht dem Leben höhern Reiz als Herrschgewalt.

Eins höre noch: das andre weißt du schon von mir.
Bezeugte jemand, welcher Art mein Leben sei,
Und träte sie mir lebend gegenüber hier:
So träfst du forschend auf der Tat die Schuldigen.
Nun bei des Eides Rächer, Zeus, bei diesem Grund
Der Erde schwör ich, daß ich nie dein Weib berührt,
Es nie gewollt auch noch daran jemals gedacht!
Ich möge ruhmlos untergehn und namenlos,
Verbannt das Land durchirren, haus- und heimatlos,
Und weder Meer noch Erde möge jemals mein
Gebein dereinst empfangen, wenn ich frevelte!
Doch was befürchtend diese sich den Tod gewählt,
Ich weiß es nicht, und weiter reden darf ich nicht.
Sie galt für züchtig, während sie nicht züchtig war:
Ich war es wirklich und gewinne schlimmen Dank.

CHORFÜHRERIN

Genügend wehrte, was du sprachst, die Schuld dir ab.
Du schworest Göttereide – kein gemeines Pfand!

THESEUS

Ist dieser nicht ein Gaukler, nicht ein Zauberer?
Er hofft mit Sanftmut meinen Sinn zu bändigen,
Nachdem er mich, den Vater, frech entwürdigt hat!

HIPPOLYTOS

Auch über dich, mein Vater, muß ich staunen hier:
Denn wenn mein Sohn du wärest und dein Vater ich:
Ich hätte dich getötet, nicht durch Bann gestraft,
Wofern du meinem Weibe dich zu nahn erkühnt.

THESEUS

Wie würdig sprachst du deiner: doch so stirbst du nicht.

Dem Mann im Unglück macht's ein schneller Tod nur leicht:
Nein, aus dem Heimatlande als Verbannter sollst
Du irren, wie du dies Gesetz dir selbst bestimmt –

HIPPOLYTOS

Weh, was beginnst du? Willst du nicht die lehrende
Zeit über mich abwarten, sondern treibst mich aus?

THESEUS

Ja, übers Meer und über Atlas' fernsten Saum,
Wenn ich nur könnte: so sehr bist du mir verhaßt!

HIPPOLYTOS

Nicht Eidesbürgschaft willst du, nicht der Seher Wort
Befragen? Ungerichtet wirfst du mich hinaus?

THESEUS

Hier dieses Blatt läßt keine Seherzeichen zu,
Es klagt dich augenscheinlich an! Was kümmert mich
Der Vogelschwarm, der über meinem Haupte zieht?

HIPPOLYTOS

Warum, o Götter, lös ich denn die Zunge nicht,
Vernichtet ihr mich, deren Dienst mir heilig ist?
Nein, nein! Ich überzeugte, den ich sollte, nie,
Und bräche fruchtlos meinen euch geschwornen Eid.

THESEUS

Dein heilig ernstes Wesen, ach, es tötet mich!
Du zögerst, räumst nicht unverweilt der Väter Land?

HIPPOLYTOS

Wo soll ich hinfliehn? Welches Freundes gastlich Haus
Betret ich Armer, der ob solcher Schuld verbannt?

THESEUS

Entweiche dorthin, wo man Frauenschänder ehrt
Und böser Tat Genossen froh als Gäste pflegt!

HIPPOLYTOS

Das bohrt mir tief ins Leben, preßt mir Zähren aus,
Daß bös ich scheine, daß du mich für böse hältst!

THESEUS

Damals geziemte Seufzen und Bedenken dir,
Als du des Vaters Gattin Hohn zu bieten kamst.

HIPPOLYTOS

Ihr Wände, daß ihr einen Laut mir sendetet,
Mir zeugen könntet, ob ich also frevelte!

THESEUS

Zu stummen Zeugen dich zu flüchten tust du gut:
Die Tat weist dich auch ohne Wort als Frevler aus.

HIPPOLYTOS

O könnt ich selbst mir gegenüberstehn, mich schaun,
Damit ich weinte, säh ich solch ein Jammerlos!

THESEUS

Dich selbst zu ehren warest du viel mehr bemüht
Als Eltern fromm zu lieben, wie's die Pflicht gebot.

HIPPOLYTOS

O jammervolle Mutter! Bittrer Schmerzen Kind!
Daß nie mein Freund unechten Blutes Sprosse sei!

THESEUS

Schleppt ihn hinweg, ihr Knechte! Habt ihr's nicht gehört?
Ich sagte längst schon, daß er ausgewiesen sei!

HIPPOLYTOS

Nur heulend legt von ihnen einer Hand an mich:
Du treibe selbst mich, hast du Mut, zum Land hinaus!

THESEUS

Das werd ich, wenn du meinem Worte nicht gehorchst:
Denn kein Erbarmen fühlt mein Herz bei deiner Flucht.

HIPPOLYTOS

So scheint es fest beschlossen: ich Unseliger!
Ich weiß mein Unglück, auszusprechen weiß ich's nicht.
O Tochter Letos, liebste mir der Göttinnen,
Gefährtin, Waidgenossin, fliehen muß ich denn
Athen, das hohe! Lebe wohl, du stolze Stadt
Und Land Erechtheus'! Erde du Troizens, die du
Zu froher Jugend Spielen rings an Freude reich,
Leb wohl! Ich seh und grüße dich zum letztenmal!

Ihr, meiner Heimat traute Spielgenossen, kommt,
Gönnt mir ein Wort zum Scheiden und geleitet mich!

Ihr werdet niemals einen Tugendhafteren
Als mich erblicken, glaubt es auch mein Vater nicht!

*mit seinen Gefährten ab*

CHOR

*Erste Strophe*

Wahrlich, das Walten der Götter, betracht ich es sinnend, [behebt mir
Die düstre Sorge:
Doch täuscht des Erfolges Berechnung,
Den ich gehofft, wenn ich Leiden und Tun der Geborenen [schaue.
Alles ja wandelt sich und kreiset stets,
Und es wechselt das menschliche Leben,
Das ewig irrsalvolle.

*Erste Gegenstrophe*

Möge mir Flehenden dies das Geschick von den Göttern ge- [währen:
Ein Los mit Segen
Und ein Herz, unerschüttert von Kummer;
Nicht ein erhabener Ruhm, noch ein niedriger, werde zuteil mir:
Mög ich, bescheidenes Verlangen stets
Mit dem morgenden Tage vertauschend,
Des Glücks mich freun mit andern!

*Zweite Strophe*

Nimmer vertraut den Göttern mein Herz: Ungeahntes erblick [ich.
Denn ihn, den glanzreichsten Stern
Der hellenischen Stadt der Athene,
Sehn wir hinaus in die Fremde verstoßen,
Geächtet durch des Vaters Zorn.
Wehe, du Sand des benachbarten Strandes,
Du grüner Bergwald, wo das Wild
Er mit den flüchtigen Doggen erlegte,
Diktynnas heiligen Spuren nach!

*Zweite Gegenstrophe*

Nimmer besteigt er hinfort das Gespann der henetischen Stuten,
Auf Limnas Rennbahn im Kreis
Die gelehrigen Rosse zu tummeln.
Unter den Saiten verstummen die Klänge,

Die nie geschlummert, im Vaterhaus,
Kranzlos stehen die schwellenden Lager,
Wo Artemis ruht in tiefem Moos.
Deine Verbannung endet den bräutlichen
Wettkampf der Frauen um deine Hand.

*Epode*

Ich aber, Unglücklicher, will
Dein verlorenes Leben
Weinend beklagen. Jammervolle Mutter,
Du gebarest ohne Segen.
Weh, ich zürne den Göttern:
Ihr Huldgöttinnen bräutlichen Glücks,
Was treibet ihr doch aus der Heimat
Den Armen, der kein Böses tat,
Treibt ihn vom Vaterhause?

CHORFÜHRERIN

Dort seh ich einen Diener von Hippolytos:
Zum Hause kommt er eilig her mit trübem Blick.

BOTE

Wohin, o Frauen, geh ich, um des Hauses Herrn,
Theseus, zu treffen? Sollte es bekannt euch sein,
So laßt mich's wissen: weilt er wohl im Hause hier?

CHORFÜHRERIN

Da tritt er eben aus dem Hause selbst hervor.

BOTE

Theseus, der Trauer werte Kunde bringe ich,
Dir und den Bürgern, die Athenes hohe Stadt
Bewohnen und die Marken vom Troizenerland.

THESEUS

Was gibt es? Hat ein ungeahntes Mißgeschick
Die beiden Nachbarstädte doch nicht heimgesucht?

BOTE

Hippolytos – in Kürze sag ich's – ist nicht mehr.
Doch hängt an dünnem Faden noch des Lebens Licht.

THESEUS

Und wer erschlug ihn? Rächte sich an ihm ein Feind,
Dem er das Weib, wie seinem Vater, schändete?

BOTE

Des eignen Wagens Viergespann gab ihm den Tod
Und deines Mundes Flüche, die zum Vater du,
Dem Meeresgott, ausriefest über deinen Sohn.

THESEUS

Ihr Götter und Poseidon! Ja, du bist gewiß
Mein Vater, da du gnädig mein Gebet erhört!
Wie ging er unter? Sage! Wie vernichtete
Ihn, der mich frech entehrte, Dikes Racheschwert?

BOTE

Wir standen nah dem wildumwogten Meeresstrand:
Der Rosse Mähnen kämmten wir mit Striegeln aus
Und weinten, denn ein Bote kam und meldete,
Daß hier im Lande fürderhin Hippolytos
Nicht wandeln dürfe, jammervoll verbannt von dir.
Dann kam er selber, uns dasselbe Tränenlied
Zum Meergestade bringend, und ihm drängte sich
Ein dichter Schwarm zahlloser Altersfreunde nach.
Doch endlich hemmt er seine Klagen und beginnt:
„Was wein ich? Folgen muß ich meines Vaters Wort.
Die jochgewohnten Rosse schirrt dem Wagen an,
Ihr Knechte! Nicht mehr hab ich teil an diesem Land."

Und ohne Säumen eilte nun ein jeder Mann,
Und schneller, als ich's sage, stellten wir sofort
Vor unsern Herrn die angeschirrten Rosse hin.
Er nimmt die Zügel mit der Hand vom Wagenknopf
Herab und paßt den Fuß fest in des Lenkers Tritt.
Zuerst hob er die Hände himmelan und rief:
„Zeus, nimmer möcht' ich leben, wenn ich frevelte:
Mein Vater fühle noch, wie sehr er mich entehrt,
Ich möge tot sein oder schaun der Sonne Licht!"
Darauf erhob er seinen Stachelstock und trieb
Zumal die Rosse: wir, die Diener, nebenan
Dem Wagen, folgten, nah den Zügeln, unserm Herrn
Gradaus nach Argos und in Epidauros' Land.

Und als wir nun an einen öden Ort gelenkt,
Hebt sich ein Seestrand, über dieses Land hinaus,

Gerade zum Saronerbusen hingestreckt.
Da scholl ein Ton, Zeus' unterirdischem Donner gleich,
Mit dumpfem Krachen, schauderhaft zu hören, her,
Und hoch erhoben Haupt und Ohr zum Himmel auf
Die Rosse; knabenhafte Furcht kam über uns,
Woher das Tosen schalle. Nun zum brandenden
Gestade blickend, sahn wir eine Woge sich
Graunvoll zum Himmel türmen, daß der Klippenhang
Des Skiron unserm Auge sich alsbald entzog:
Sie barg den Isthmos und Asklepios' Felsenwand.
Dann schwoll sie höher, sprudelt' auf mit mächtigem
Getose schäumend auf der ringsempörten Flut
Und stieg zum Ufer, wo das Viergespann verhielt.
Und mit des Meers dreifachgeschwollner Woge warf
Es einen Stier, ein wildes Ungeheuer, aus,
Von dessen Brüllen alles Land umher erfüllt
In Schauertönen widerscholl. Uns Schauenden
Erschien der Anblick grauser als das Aug' erträgt.
Urplötzlich faßte wilder Schreck das Viergespann,
Und mein Gebieter, mit des Rosses Art vertraut
In langer Übung, zog mit Macht die Zügel an
Und zerrte, wie das Ruder zerrt ein Steuermann,
Es an den Riemen, seinen Leib rückwärts gestemmt.
Umsonst! Sie beißen knirschend in den harten Stahl
Des Zaums und stürmen weiter, nicht des Lenkers Hand
Noch Zügel noch des Wagens wohlgefügten Bau
Beachtend. Wenn ins weiche Blachgefilde nun
Er seinen Lauf, die Steuer lenkend, richtete,
Stand, ihn zurückzuscheuchen, schnell vor Augen ihm
Der Stier, und toller Schrecken riß die Rosse fort.
Und stürmten sie dann wutentbrannt den Klippen zu,
So kam er leise, folgte stets am Wagen nach –
So lange, bis er diesen stürzt' und niederwarf,
Des Rades Ründung schmetternd auf ein Felsenstück.
Nun war Verwirrung überall: es sprangen hoch
Die Rädernaben und der Achsen Pflöck' empor.
Der Arme selbst, in seine Zügel festverstrickt,
Er wird an unlösbarem Band dahingeschleift.

Zerschellt am Felsenriffe sein geliebtes Haupt,
Zermalmt die Glieder, ruft er, was uns schmerzlich klang:
„Ihr, die ich einst an meinen Krippen aufgenährt,
Steht! Nicht vertilgt mich! Grauser Fluch des Vaters, ach!
Wer kommt und will des besten Mannes Retter sein?“

Das wollten unser viele; doch der träge Fuß
Erreicht ihn nicht. Er, endlich abgelöst vom Band
Zerrißner Riemen – wie's geschah, ich weiß es nicht –
Stürzt nieder; schwach nur flackert noch sein Lebenslicht.
Verschwunden sind die Rosse samt dem Ungetüm,
Dem Stier, am felsenvollen Strand, weiß nicht wohin.

Ich bin in deinem Hause nur ein Knecht, o Herr:
Doch bringt in meinem Leben mich kein Mensch dazu,
Von deinem Sohn zu glauben, daß er böse sei,
Und hängten alle Frauen sich an Stricken auf,
Und schriebe eine alle Fichten Idas voll
Mit Klageschriften, denn ich weiß ihn tugendhaft.

CHORFÜHRERIN

Weh! Schweres Unheil neuer Not erfüllte sich,
Und aus Verhängnis und Geschick ist kein Entfliehn.

THESEUS

Aus Haß auf einen, welcher dies erduldete,
Erfreute mich die Kunde. Doch ich hege Scheu
Vor Göttern auch und jenem, weil mein Sohn er ist:
So freut mich weder dieses Leid noch schmerzt es mich.

BOTE

Was sollen wir nun, deinem Sinn gerecht zu sein,
Dem Armen tun? Verlangst du seine Gegenwart?
Bedenk es! Folgst du meinem Rat, so wirst du nicht
Grausam verfahren wider dein unselig Kind.

THESEUS

Bringt ihn: von Angesicht zu Angesicht will ich
Ihn, der geleugnet, daß er unser Bett entweiht,
Durch Worte zeihen und der Götter Strafgericht.

CHOR

Du lenkst der Götter unbeugsamen Sinn und der
Menschen, o Kypris, mit ihm,
Dem Buntgeflügelten, der dich umkreist,
Fliegend den schnellsten Flug.
Er fliegt über die Erde, fliegt über des Meers
Tosende Salzflut hin
Und lockt bezaubernd, wenn er ein liebendes Herz
Stürmend berührt, von goldblitzender Schwing' umglänzt,
Lockt wilde Brut des Gebirgs
Und was die See, was die Erde nährt,
Auf welche des Helios Blick flammend schaut,
Und Menschenherzen. Über sie
Alle gebietest du allein
Mit der Königin Macht, o Kypris!

*Artemis erscheint auf einem Wolkenwagen*

ARTEMIS

Des gefeierten Vaters, des Aigeus, Sohn,
Auf, höre mein Wort!
Denn Artemis, Tochter der Leto, spricht.
Theseus, du freust dich des Mordes, o Tor,
Den am eigenen Sohn du frevelnd verübt?
Du glaubst der Gemahlin Lügengeschwätz
Grundlos? Mit Grund wohl traf dich das Leid!
Was birgst du dich nicht in der Erd' Abgrund
Mit errötendem Blick?
Was hebst du dich nicht, vor dem Leide zu fliehn,
Auf Flügeln empor, weilst hier noch im Licht?
Denn du hast unter Gerechten hinfort
Nicht mehr am Leben Gemeinschaft.

Vernimm, o Theseus, wie dein Leid entstand. Freilich:
Ich kann's nicht weitertreiben – doch ich quäle dich!
Ich bin gekommen, deines Sohns gerechten Sinn
Zu offenbaren, daß mit Ruhm er sterben kann,
Und deines Weibes Raserei – auch Edelmut
Mag man es nennen. Sie, von Kypris' Pfeilen wund,
Der schlimmsten Feindin aller, die Jungfräulichkeit

Als ihre Lust erkoren, liebte deinen Sohn.
Bemüht, die Liebe durch Vernunft zu bändigen,
Verdarb sie wider Willen durch der Amme Trug,
Die deinem Sohn nach abgenommnem Eid ihr Weh
Enthüllte. Der, weil er gerecht war, hörte nicht
Auf ihre Worte: wiederum, von dir geschmäht,
Ward er, ein Frommer, seinem Eid nicht ungetreu.
Doch sie, befürchtend, ihre Schuld enthüllt zu sehn,
Schrieb jene Lügenzeilen und vernichtete
Durch Trug den Jüngling: dennoch hat sie dich berückt!

THESEUS

Weh mir!

ARTEMIS

Mein Wort, o Theseus, schmerzt dich? Nun, so harre still
Und höre weiter, daß du mehr noch seufzen mußt.
Du weißt es, drei Versprechen gab dein Vater dir:
Du nahmst von diesen eines und, Unsinniger,
Statt einen Feind zu treffen, trafst du deinen Sohn!
Der Meeresgott, dein Vater, gab wohlwollend dir
Soviel er geben mußte, weil er's angelobt:
Du bist in seinen Augen und in meinen schlecht,
Da du Beweise weder noch der Seher Spruch
Erwartet und erwogen, nicht der langen Zeit
Gegönnt die Prüfung, sondern übereilt den Sohn
Dem Fluch dahingegeben und gemordet hast!

THESEUS

Ach, stürb ich, Herrin!

ARTEMIS

Du vergingst dich schwer: indes –
Du darfst Vergebung hoffen auch für solche Schuld.
Denn Aphrodite wollte, daß es so geschah,
Um sich zu rächen. Und Gesetz der Götter ist's,
Daß keiner je des andern Gottes Neigungen
Entgegentritt; nein, immer weichen wir zurück.
Denn, glaube sicher, wenn ich Zeus nicht fürchtete,
Ich hätte mich in solche Schande nie gestürzt,
Ihn, der von allen Menschen mir der liebste war,
Dem Tode preiszugeben. Doch Unkunde spricht

Von allem bösen Willen dein Vergehen los.
Auch hat die tote Gattin so viel aufgewandt
An Worten des Beweises, daß sie dich getäuscht.

Wohl brach am herbsten dieses Leid auf dich herein;
Doch macht es mir auch Schmerzen: denn des Frommen Tod
Kann Götter nicht erfreuen; nur den Bösewicht
Samt Haus und Kindern weihen wir dem Untergang.

CHORFÜHRERIN

Hier naht ja der Unglückselige schon,
Sein lockiges Haupt und die junge Gestalt
Wie gräßlich entstellt!
Weh, Jammer und Not! Welch doppeltes Leid
Hat über dem Haus,
Von den Göttern gesandt, sich entladen!

*Hippolytos wird von seinen Dienern auf einer Bahre getragen*

HIPPOLYTOS

Ach, ach!
Ich Armer, ich ward durch den grausamen Fluch,
Mein grausamer Vater, gemordet von dir!
Nun bin ich verloren: o weh mir!
Wildtobende Qual durchstürmt mir das Haupt,
Und im kranken Gehirn wühlt zuckend der Schmerz.
Halt! Ruhe vergönnt dem erliegenden Leib!
O verhaßtes Gespann, ihr Rosse, gepflegt
Von der eigenen Hand,
Du vernichtetest mich, Tod brachtest du mir!
Bei den Göttern, o weh, sanft rührt mit der Hand,
Ihr Knechte, mir an den zerrissenen Leib!
Wer war's, der rechts an die Seite mir trat?
O hebt mich behutsam, legt mich geschickt,
Mich Unglückssohn, den gemordet der Fluch
Durch des Vaters Versehn! Zeus, siehst du das?
Der lauter und fromm zu den Göttern sich hielt,
Der allen an Weisheit strebte voran,
Ich sink in den Hades unrettbar dahin,
Mein Leben entfloh!

Und fruchtlos müht ich um Frömmigkeit mich
Und übte sie gegen die Menschen.

Ach, ach!
Nun faßt es mich wieder, o Schmerz, o Schmerz –
Laßt ab von mir –
Ach, käme der Tod, mein rettender Arzt!
Wer reicht mir ein zwiefachschneidendes Schwert,
Zu durchbohren die Brust,
Und das Leben in Schlaf zu versenken im Tod?

Mein Vater, ach, dein trauriger Fluch,
Oh, blutbefleckter Ahnen Fluch!
Der Stammväter Schuld aus uralter Zeit
Zögert nicht mehr, über die Schranken bricht sie,
Und stürmt auf mich, warum auf mich,
Der keines Frevels schuldig war?
Ach weh, weh mir!
Was sage ich? Wie entwinde ich mein Leben
Diesem unbarmherzigen Schmerz?
O daß in Ruh einwiegte mich Verlorenen
Die nächtlich schwarze Macht des Schattenherrschers!

ARTEMIS
In welche Leiden, ärmster Mann, versankest du!
Der Adel deines Sinnes ward dein Untergang.

HIPPOLYTOS
Ah!
O Hauch des Götterodems! Unter Schmerzen auch
Empfind ich deine Nähe, fühl Erleichterung:
Es weilt die Göttin Artemis in diesem Raum!

ARTEMIS
Sie ist es, Armer, deine liebste Göttin ist's.

HIPPOLYTOS
Siehst du, o Herrin, wie es mir, dem Armen, geht?

ARTEMIS
Ich seh es: aber weinen darf mein Auge nicht.

HIPPOLYTOS
Dein Jagdgenoß, dein treuer Diener ist dahin . . .

ARTEMIS
Dahin: doch auch im Scheiden bist du teuer mir.

HIPPOLYTOS
Dein Rosselenker, deiner Gottesbilder Schutz.

ARTEMIS
So war's von Kypris ausgedacht, der tückischen.

HIPPOLYTOS
Weh mir!
Ich kenne nun die Göttin, die mich mordete!

ARTEMIS
Mir Ehre neidend, grollte sie dem Züchtigen.

HIPPOLYTOS
Kypris vernichtete uns drei, ich seh es nun.

ARTEMIS
Dich und den Vater und als dritte sein Gemahl.

HIPPOLYTOS
So klag ich auch um meines Vaters Mißgeschick!

ARTEMIS
Durch dieser Göttin Ränke ward sein Sinn getäuscht.

HIPPOLYTOS
Ach armer Vater, daß du solches Leid erfuhrst!

THESEUS
Ich bin dahin, Kind, mir entschwand des Lebens Reiz!

HIPPOLYTOS
Mehr dich als mich beklag ich über dein Vergehn.

THESEUS
Könnt ich doch tot an deiner Stelle sein, mein Kind!

HIPPOLYTOS
Oh, Bittres gab dein Vater, gab Poseidon dir!

THESEUS
Wär' es niemals gekommen über meinen Mund!

HIPPOLYTOS
Du hättst mich doch getötet, so warst du im Zorn.

THESEUS
Wohl hatten falsche Götter mir den Sinn betört.

HIPPOLYTOS
O daß den Göttern fluchen könnt ein Sterblicher!

ARTEMIS

Laß dies! Denn auch in dunkler Nacht der Erde nicht
Soll ohne Rache bleiben, daß Kytheres Zorn
In blindem Eifer also sich auf dich gestürzt
Zum Lohne deines lautern, kindlichfrommen Sinns.
Ich morde, dich zu rächen, einen andern ihr,
Den sie von allen Männern weit am meisten liebt,
Durch diese sichern Pfeile hin mit meiner Hand.
Dir aber, Armer, will ich für dein traurig Los
Die höchsten Ehren im Gebiete von Troizen
Verleihn: denn alle Bräute weihn in langer Zeit
Vor ihrem Hochzeitsfeste dir das Lockenhaar,
Und große Tränentrauer ist dein Ehrenlohn.
Und immer werden junge Mädchen dich im Lied
Besingen, nie wird namenlos vergessen sein
Die Liebe Phaidras, welche sich auf dich gestürzt.

Du nimm, o Kind des greisen Aigeus, deinen Sohn
In deinem Arm auf und umfang ihn liebevoll:
Du gabst ihm unbewußt den Tod, denn fehlen muß
Der Sterbliche, wenn es die Gottheit also fügt.
Und dich ermahn ich: hasse deinen Vater nicht,
Du weißt ja deines Todes Grund, Hippolytos.
Nun lebe wohl! Denn keinen Toten darf ich sehn,
Nicht durch des Sterbens letzten Hauch mein Aug' entweihn,
Und eben seh ich dieser Not dich nahe schon.

HIPPOLYTOS

Du lebe wohl auch, selige Jungfrau, ziehe hin
Und löse sanft den langen trauten Seelenbund!
Dem Vater groll ich fürder nicht, weil du's gebeutst:
Denn immer war ich deinen Worten untertan.

*Artemis entschwindet*

Weh! Schon herab sinkt auf das Auge mir die Nacht:
Komm, fasse mich, o Vater, und erhebe mich!

THESEUS

Weh, wehe, Kind! Was tust du mir Unseligem?

HIPPOLYTOS

Ich sterbe, Vater, sehe schon des Todes Tor.

THESEUS

Und lässest meine Hand so voller Schuld zurück?

HIPPOLYTOS

Mitnichten: denn ich spreche dich des Mordes frei.

THESEUS

Wie sagst du? Von der Blutschuld sprächest du mich frei?

HIPPOLYTOS

Ich schwör es bei der pfeilbewehrten Artemis.

THESEUS

Wie edel zeigst du dich dem Vater, liebster Sohn!

HIPPOLYTOS

Von solcher Art erflehe echte Söhne dir!

THESEUS

O Götter, welch ein edler, welch ein frommer Sinn!

HIPPOLYTOS

So lebe wohl, mein Vater, lebe vielmals wohl!

THESEUS

Verlaß mich nicht, Kind, harre mutig aus im Kampf!

HIPPOLYTOS

Mein Kampf, o Vater, ist gekämpft, ich sterbe nun:
O hülle schleunig ins Gewand mein Angesicht!

THESEUS

O Stadt Athen, o Pallas' hochberühmte Burg,
Entrissen wird euch – welch ein Mann! Ich Ärmster, weh!
Wohl oft gedenk ich deines Trugs, o Kypris, noch!

CHORFÜHRERIN

*während Theseus den Toten davonträgt und der Chor hinauszieht*

Dies Unheil traf uns alle zumal,
Und wir ahnten es nicht.
Drum strömen so heiß viel Tränen des Grams:
Denn die traurige Mär von der Edelsten Fall
Schlägt mächtig an fühlende Herzen.

# ANMERKUNGEN

Das Ziel der Anmerkungen ist, das Verständnis des Textes zu erleichtern. Sie erklären daher in erster Linie weniger bekannte Namen und Sachen; eingehendere Interpretation ist Aufgabe wissenschaftlicher Kommentare. Die Stellen, zu denen Erläuterungen gegeben werden, sind im Text nicht gekennzeichnet, denn wer allein auf den Dichter hören will, sollte nicht durch Ziffern oder Zeichen gestört werden.

Die Anmerkungen selbst sind bewußt knapp gehalten, damit Leser, die sich über einen Namen oder Gegenstand unterrichten wollen, darüber den Faden der Handlung nicht verlieren.

Zum Schluß seien einige Werke genannt, die jeder, der in die antike Mythologie tiefer eindringen will, dankbar benutzen wird:

Herbert J. Rose, Griechische Mythologie, München 1955.

Herbert Hunger, Lexikon der griechischen und römischen Mythologie, Wien 1955[4].

*Abkürzungen*

| | | | |
|---|---|---|---|
| Alk. | = Alkestis | Ion | = Ion |
| Andr. | = Andromache | I. A. | = Iphigenie in Aulis |
| Bakch. | = Bakchen | I. T. | = Iphigenie bei den Taurern |
| El. | = Elektra | Med. | = Medea |
| Hek. | = Hekabe | Orest. | = Orestes |
| Hel. | = Helena | Phoin. | = Die Phoinikerinnen |
| Her. | = Herakles | Schutzfl. | = Die Schutzflehenden |
| Herakl. | = Die Herakliden | Tro. | = Die Troerinnen |
| Hipp. | = Hippolytos | Kykl. | = Der Kyklop |

Die Ziffern bedeuten die Verszahlen

### ALKESTIS

3. *Asklepios:* Sohn des Apollon und der Koronis, hatte seine Heilkunst mißbraucht, indem er Tote auferweckte. Vgl. 127 ff.

11. *Pheres:* Vater des Admetos.

37. *Pelias' Tochter:* Alkestis. Pelias war König von Iolkos, einer Küstenstadt Thessaliens.

66. *Eurystheus:* Sohn des Sthenelos (1150) und der Nikippe, Herrscher von Tiryns (481). Herakles, der 65 gemeint ist, stand zwölf Jahre

in seinem Dienst. Eine seiner Aufgaben bestand darin, die menschenfressenden Rosse des Diomedes, der ein Sohn des Ares war (498) und in Thrakien über die Bistonen (485) herrschte, nach Tiryns zu bringen (491).

91. *Paian:* der Übel abwehrende Heilgott, ursprünglich selbständig, hier mit Apollon gleichgesetzt. Vgl. 220 ff.

114. *zum Lykierland oder in Ammons Gefild:* in Patara, einer lykischen Küstenstadt, befand sich ein bekanntes Orakel des Apollon Patareus, in Libyen das Orakel des Zeus — Ammon.

124. *Phoibos' Sohn:* Asklepios, s. zu 3.

162. *Hestia:* die Göttin des häuslichen Herdes.

223. *wie vormals:* indem Apollon den Admetos vor dem Tode errettet hatte.

249. *Iolkos:* s. zu 37.

252. *Acheron:* eines der die Unterwelt umgebenden Gewässer, über das die Toten gesetzt werden.

357. *Orpheus:* der trakische Sänger hatte seine Gemahlin Eurydike durch die Macht des Gesanges der Unterwelt entrissen. Auf dem Wege ans Licht wandte er sich gegen das Verbot nach ihr um und verlor sie wieder.

358. *Demeters Kind:* Persephone, die Gemahlin des Hades-Pluton (360).

360. *Plutons Beller:* der dreiköpfige Kerberos.

445. *zur siebensaitigen Leier vom Berge:* Landschildkröten, die hier im Gebirge lebend gedacht sind, lieferten den Resonanzboden der Lyra, als deren Erfinder Hermes gilt.

449. *der karneische Monat:* im August/September wurde in Sparta ein mehrtägiges Fest zu Ehren des Apollon Karneios gefeiert, an dem auch musische Wettkämpfe stattfanden.

481. Vgl. zu 66. Seit wann die Zwölfzahl der Arbeiten kanonisch ist, bleibt umstritten. Auch die einzelnen Taten und ihre Reihenfolge werden verschieden überliefert — vgl. z. B. das Chorlied Her. 348—441! Reiches Anschauungsmaterial bei *Frank Brommer,* Herakles. Die zwölf Taten des Helden in antiker Kunst und Literatur, Münster und Köln 1953.

502 f. *Lykaon:* und Kynos sind wie Diomedes Söhne des Ares (501), Lykaon wird nur hier erwähnt; Kyknos und seinen Vater traf Herakles am Flusse Anauros bei Pagasai in Thessalien, tötete jenen und verwundete den Ares. Vgl. Her. 389 ff.

509. *vom Blut des Perseus:* Herakles, der Sohn des Zeus und der Alkmene (505), war mütterlicherseits Urenkel des Perseus. Auch Amphitryon, der Gemahl der Alkmene, war, wie diese, ein Enkelkind des Perseus und der Andromeda.

580. *Othrys:* Gebirge im südlichen Thessalien.

589. *der boibische See:* liegt nördlich Pherai.

594. *Molossis:* Ein Landschaft des Epirus westlich von Thessalien. Der Pelion (596) liegt an der Ostküste des Landes.

732. *Akastos:* Sohn des Pelias, König von Iolkos.

743. *Hermes:* hier in seiner Funktion als Seelengeleiter.

746. *Persephone:* die Gemahlin des Hades; 852 wird sie mit ihrem zweiten Namen Kore genannt.

790. *Kypris:* Aphrodite, die Göttin der Liebe, nach der Insel Kypros, einem ihrer berühmtesten Kultorte.

835. *Larissa:* Stadt in Thessalien nordwestlich Pherai.

839. *Elektryon:* Sohn des Perseus und der Andromeda, Vater der Alkmene.

852. *Kore:* s. zu 746.

902. *Styx:* s. zu 252.

967. *thrakische Tafeln:* gemeint sind übelabwehrende Zaubersprüche.

971. *Asklepios' Söhne:* Söhne des Asklepios (s. zu 3) hießen nicht nur seine leiblichen Nachkommen, wie der berühmte Arzt Machaon in der Ilias, der Ausdruck dient auch als Standesbezeichnung der Ärzte.

980. *Chalyber:* skythisches Volk, ihr Stahl war von bester Beschaffenheit.

## ANDROMACHE

1. *Theberstadt:* dieses Thebe lag in Kilikien, sein König Eetion ist Vater der Andromache.

3. *Burg des Priamos:* Troia.

9. *Thetis' Heldensohn:* Achilleus. Sein Vater Peleus ist noch am Leben.

10. *Astyanax:* vgl. Tro. 709 ff.

14. *Neoptolemos:* oder Pyrrhos, Sohn (21) des Achilleus und der Deidameia, der Tochter des Königs Lykomedes von Skyros.

16. *Phthia:* Landschaft und Stadt in Thessalien, Heimat des Achilleus, am Flusse Spercheios.

17. *Pharsalos:* Stadt in Thessalien, am Flusse Enipeus (22).

29. *Hermione:* Tochter des Menelaos und der Helena (vgl. Orest. 1654 f., 1323 ff.).

43. *zu Thetis' Tempel:* Thetis (8) ist die bekannteste der 50 Nereiden, der Töchter des Meergottes Nereus und der Okeanide Doris.

47. *Söhnchen:* Euripides nennt den Namen des Kindes nicht, Apollodor heißt ihn Molossos.

51. *Loxias:* Phoibos Apollon; Pytho meint die Orakelstätte zu Delphi.

103. *Paris:* veranlaßte dadurch, daß er der Aphrodite im Streit mit Hera und Athene den Sieg zuerkannte, wogegen ihm jene die schönste Frau versprochen hatte, den troianischen Krieg. Vgl. 274 ff. und Hel. 23 ff.

107. *der Meergöttin Sohn:* Achilleus.

171. *dem Sohn:* gemeint ist Neoptolemos-Pyrrhos.

210. *Skyros' Inselland:* s. zu 14.

223. *Kythere:* Aphrodite, nach der Insel Kythera, einem Hauptkultort der Göttin.

248. *ihn mordet' deine Mutter Helena:* dadurch, daß sie sich von Paris betören ließ und so den Rachefeldzug veranlaßte.

275. *Maias Sohn:* der Götterbote Hermes.

277. *Der Götterfrauen Dreigespann:* Hera, Athene und Aphrodite. Ihr Zwist war entbrannt, als Eris (Streit), die zur Hochzeit des Peleus und der Thetis nicht eingeladen worden war, dennoch erschien und den goldenen Apfel mit der Inschrift „der Schönsten" unter die Gäste warf.

289. *Kypris:* s. z. Alk. 790.

293. *über das Haupt:* warf man abergläubisch die Dinge, die ein für allemal aus dem Wege geräumt sein sollten.

297. *Kassandra:* Tochter des Priamos und der Hekabe. Apollon hatte sie begehrt und ihr die Kraft der Weissagung verliehen. Dennoch war Kassandra ihm nicht, wie versprochen, zu Willen. Der Gott bestraft sie dadurch, daß er ihre Sehersprüche niemals Glauben finden ließ. Vgl. Aischylos „Agamemnon" 1072—1330.

374. *Pyrrhos:* s. zu 14.

437. *am Strom Eurotas:* liegt Sparta.

592. *Phrygier:* Paris.

625. *seiner Tochter Mord:* Agamemnon hatte Iphigenie opfern müssen, um dem Heere günstigen Wind zu verschaffen. Vgl. „Iphigenie in Aulis".

646. *Wie jene:* z. B. der greise Nestor.

650 f.: *Nil und Phasis,* ein Fluß in Kolchis, stehen hier wohl als Grenzen der zivilisierten Welt.

687. *Phokos:* Sohn des Aiakos und der Psamathe. Peleus und Telamon hatten ihren Halbbruder erschlagen und mußten Aigina verlassen. Telamon floh nach Salamis, Peleus nach Phthia.

789. *Aiakos' Stamm:* s. zu 687, Peleus' Mutter war Endeis.

790. *Lapithen:* ein thessalisches Volk, deren König Peirithoos die Kentauren zu seiner Hochzeit eingeladen hatte. Trunken vergreifen sie sich an seiner Braut Hippodameia, es kommt zum Kampf, in dem die Lapithen schließlich siegen.

794. *Symplegaden:* „Prellfelsen" an der Einfahrt ins Schwarze Meer, die zusammenschlagen, sobald sich ein Lebewesen zwischen ihnen befindet. Den Argonauten gelingt es, als erste die Felsen zu durchfahren; seitdem stehen sie fest.

799. *Kronions hoher Sohn:* Herakles hatte Troia — Stadt des Ilos genannt nach dem Sohn des Königs Tros — zerstört, weil der König Laomedon ihm die für die Befreiung seiner Tochter Hesione als Belohnung ausgesetzten göttlichen Rosse vorenthalten hatte.

862. *der Vogel mit blauem Gefieder:* die Schwalbe, in welche Zeus die Philomele verwandelt hatte, um sie vor Tereus, der an ihr und seiner Gemahlin Prokne die Ermordung seines Sohnes Itys rächen wollte, zu retten: vgl. auch zu Her. 1021.

863. *die tannene Barke:* die Argo, vgl. zu 794.

886. Das Zeus-Orakel zu Dodona in Epirus gilt als ältestes in Griechenland.

898. *Tyndaride:* Helena nach dem König Tyndareos von Sparta, dem Gemahl ihrer Mutter Leda.

936. *Sirenenwort:* verlockende Rede, die zu bösem Ende führt. Vorbild ist das Abenteuer des Odysseus mit den Sirenen, Odyssee 12, 142 ff.

978. *die Erinyen:* sind unterirdische Rachegöttinnen von grauenerregender Erscheinung und verfolgen besonders den Mörder, vgl. I. T. 285 ff., Orest. 255 ff.

1002. *des Vaters Blut:* Apollon hatte den Pfeil des Paris gelenkt, durch den getroffen Achilleus gefallen war, vgl. Orest. 1653 ff.

1009. *Phoibos:* Apollon und Poseidon hatten dem König Laomedon die Mauern Troias errichtet.

1019. *Simoeis:* Fluß bei Troia.

1027. *Sohn des Atreus:* Agamemnon wurde von seiner Gemahlin Klytaimnestra umgebracht.

1034. *des Gottes heiliges Eigen:* das Orakel zu Delphi.

1067. *Pytho:* Delphi, nach dem von Apollon getöteten Drachen Python.

1094. *zum zweiten Male:* vgl. 1108.

1100. *Parnassos:* Gebirgszug bei Delphi.

1139. *Troersprung:* anscheinend ein besonders rascher fechterischer Ausfall.

1224. *Nereus' Tochter:* Thetis.

1248. *Molosser Land:* in Epirus. Vgl. 47.

1252. *Pallas:* Athene war während des troianischen Krieges den Griechen besonders zugetan.

1262. *Leuke:* eine Insel im Schwarzen Meer.

1266. *Klippe Sepias:* Vorgebirge der in eine Halbinsel auslaufenden thessalischen Landschaft Magnesia.

1277. *Pelion:* Berg am Ostrand Thessaliens in Küstennähe.

## DIE BAKCHEN

2. *Kadmos' Tochter:* vgl. die Vorbemerkung.

15. *Baktra:* diese in der persischen Provinz Baktra gelegene Stadt trägt eigentlich den Namen Zariaspa.

19. *schön umtürmte Städte:* an der ionischen Küste.

24. das Äußere der Bakchen oder Mainaden lernt man am besten an Vasenbildern kennen: z. B. E. Buschor, Bilderwelt griechischer Töpfer, München 1954, S. 21 u. ö., R. Lullies und M. Hirmer, Griechische Vasen der reifarchaischen Zeit, München o. J., Tafel 36—47.

44. *Pentheus:* Sohn der Agaue und des aus der Drachensaat stammenden Echion.

55. *Tmolos:* Gebirgszug in Lydien südlich der Stadt Sardes, von einigen als Geburtsort des Dionysos genannt.

59. *Rhea:* die Tochter des Uranos und der Gaia, Gemahlin des Kronos und Mutter des Zeus, trägt hier Züge der asiatischen Großen Mutter Kybele (79).

62. *Kithairon:* Gebirgszug südlich Theben.

84. *Bromios:* „der Brausende", Name des Dionysos.

100. *den stiergehörnten Gott:* Reste einer tierischen Inkarnation des Gottes, vgl. 618, 920 f., 1159.

113. *Narthex:* der knotige Stengel einer markreichen Doldenpflanze: mit einem Pinienzapfen gekrönt, auch von Bändern, Efeu oder Weinlaub umwunden, ist er als „Thyrsos“ Abzeichen des Dionysos und seines Gefolges.

120. *Kureten:* und Korybanten (125) sind Diener der Rheia - Kybele. Im Kult der Göttin tanzen diese unter Flöten- und Handpaukenbegleitung, jene haben durch das Getöse ihrer Waffentänze vor der Grotte des Ida auf Kreta, in der Rheia den kleinen Zeus verbarg, das Weinen des Neugeborenen übertönt und ihn so vor Kronos gerettet, der seine Kinder zu verschlingen pflegte.

130. *Satyrn:* tierhafte Begleiter des Dionysos; die Vasenmalerei vermittelt die beste Anschauung (vgl. zu 24).

133. *In dreijährlichen Festen:* die alle zwei Jahre (die Griechen rechnen inklusive!) im Winter gefeierten dionysischen Bergprozessionen.

154. *Gold verströmend:* heißt der Tmolos, weil auf ihm der Paktolos entspringt, ein Fluß, dessen Goldgehalt sprichwörtlich war.

171. *Agenor:* der Vater des Kadmos war König von Sidon in Phoinikien.

264. *Drachensaat:* die aus den Drachenzähnen entstandenen Gerüsteten. Sie töteten einander bis auf fünf, zu den Überlebenden gehört Echion.

296 f. der griechische Text spielt mit den Worten hómeros = Geisel und ho mērós = der Schenkel. In der Wiedergabe des Wortspiels durch „Schenkel“ — „schenken“ folgte der Bearbeiter der Übertragung von Ernst Buschor.

315. *Kypris:* s. zu Alk. 790.

328. *Phoibos:* Apollon; genannt als Schutzgott der Seher.

337. *Aktaion:* Sohn der Autonoe und des Aristaios, vom Kentauren Cheiron zu einem tüchtigen Jäger erzogen.

367 f. Vgl. zu 508!

405. *Eroten:* „Liebesgötter“, in der Vasenmalerei als geflügelte Knaben dargestellt.

406. *Paphos:* Stadt auf Kypros. Hier soll Aphrodite ans Land gestiegen sein. Ob die Quellen der Insel etwa unterirdisch mit dem Nil, der im folgenden gemeint sein wird, verbunden gedacht sind, ist ungeklärt.

411. *der Olympos:* in Thessalien. Das Hügelland Pieria an der Nordseite des Olympos-Massivs ist der Geburtsort der Musen. Vgl. 560 ff.

414. *Chariten:* Grazien, Töchter des Zeus und der Okeanide Eurynome, Begleiterinnen der Aphrodite. Namen und Anzahl schwanken.
*Pothos:* „Verlangen“, Personifikation.

508. *Durch deinen Namen:* Pentheus klingt ominös an penthos = Jammer an.

519. *Acheloos:* Sohn des Okeanos und der Tethys, als Flußgott Vater mehrerer Quellen, darunter Dirke (520).

526. *Dithyrambos:* ursprünglich bezeichnet das Wort eine Gattung von Chorliedern, später einen Teilnehmer an dionysischen Festen und schließlich — hier zuerst — den Gott selbst, indem man es, etymolo-

gisch falsch, als „der zweimal zum Tor der Geburt gekommene" deutete. Diese Ableitung hat Euripides im Sinn.

558. *Nysa:* schwer zu lokalisierende Örtlichkeit; antike Erklärer nennen über ein Dutzend verschiedener Stellen. Immer steht der mit Nysa bezeichnete Berg in engster Beziehung zu Dionysos.

559. *Korykos:* die Höhen in der Nähe der Korykischen Grotte am Parnassos nördlich Delphi.

566. *Euios:* Beiname des Dionysos.

569. *Axios:* und Lydias sind Flüsse in Makedonien.

682. *Autonoe:* und Ino sind wie Agaue und Semele Töchter des Kadmos und der Harmonia.

749. *Asopos:* Fluß in Boiotien.

821. *Byssos:* feiner Flachs und das daraus bereitete Leinen.

952. *die Flöte Pans:* der Wald- und Weidegott war Erfinder der aus verschieden langen Schilfrohrstücken gefertigten Hirtenflöte (Syrinx).

976. *Lyssa:* Personifikation der wütenden Raserei. Vgl. Her. 843 ff.

990. *Libysch:* hießen die Gorgonen nach ihrem Wohnsitz. Nach Hesiod sind sie Töchter des Phorkys, einer Meeresgottheit, und seiner Schwester Keto. Ihre Namen sind: Stheno, Euryale und Medusa. Diese, als einzige sterblich, wird von Perseus erschlagen. Ihr Haupt schenkt er der Athene, die es als Schildzeichen führt. Der Anblick einer Gorgo versteinerte.

1025. *Der Greis von Sidon:* Kadmos, s. zu 171.

1330 ff. Kadmos zieht mit seiner Gemahlin zu den Encheleern nach Illyrien. Dort soll er die Stadt Bouthoe, auf deren Namen das Stiergespann (1333) anspielt, gegründet haben. Von einer illyrischen Invasion (1334 ff., 1356) nach Griechenland, die beim Angriff auf Delphi gescheitert wäre, ist nichts bekannt.
Die aus dem „Christus patiens" angeführten Verse über die Thebaner beziehen sich auf das Schicksal der Stadt nach ihrer Eroberung durch die Epigonen.

## ELEKTRA

1. *Inachos:* Fluß in der Landschaft Argolis.

5. *Stadt des Dardanos:* Troia, nach Dardanos, einem Sohn des Zeus und der Pleiade Elektra.

13. Tyndareos, der König von Sparta, war Gemahl der Leda, der Mutter der Klytaimnestra, der Helena und der Dioskuren Kastor und Polydeukes.

18. *Strophios:* König in Phokis, Vater des Pylades.

87. *Apollons Heiligtum:* das Orakel in Delphi.

102. *Eos:* die Göttin Morgenrot, Schwester des Helios und der Selene.

410. *Tanaos:* Grenzfluß zwischen Argolis und dem spartanischen Gebiet. Er mündet in den Golf von Nauplia.

442. *Euboia:* die große von Nordwesten nach Südosten sich erstrekkende Insel im Ägäischen Meer, dem Festland vorgelagert.

445. *Pelion:* und Ossa (446) sind die bedeutendsten Berge an der Ostküste Thessaliens.

448. *der reisige Vater:* Peleus

453. *Nauplios' Hafen:* Chalkis auf Euboia, Nauplios war König der Insel.

459. *Perseus:* Sohn des Zeus und der Danae. Vgl. zu Bakch. 990.

475. *Peirene:* Quelle in Korinth. Das geflügelte Roß Pegasos war aus dem Rumpfe der von Perseus enthaupteten Medusa entsprungen, sein Hufschlag hatte die Quelle hervorsprudeln lassen.

Auf dem Pegasos reitend war es Bellerophontes gelungen, die Chimaira, die hier pars pro toto als feuerschnaubende Löwin bezeichnet wird, zu töten.

699 ff. Vgl. Orest. 995 ff.

705. *Der Widder:* sollte als Zeichen der Herrschaft zwischen den Söhnen des Pelops, Atreus und Thyestes, die Thronfolge entscheiden. Vgl. die Vorbemerkung.

734. *Ammons . . . Wüsten:* Libyen nach Zeus — Ammon.

782. *Alpheios:* Fluß in der Landschaft Elis bei Olympia.

806. *Tyndaride:* s. zu 13.

863. *im heiligen Feste:* gemeint sind die Olympischen Spiele, vgl. auch zu 782.

990. *Söhne des Zeus:* Kastor und Polydeukes.

1002. *das ich einst verlor:* Iphigenie vgl. 1018 ff.

1032. *Seherin:* Kassandra, die Tochter des Priamos.

1158. *Kyklopen:* man glaubte, die riesigen Mauern von Mykenai hätten Kyklopen erbaut.

1252. *Keren:* unheilbringende Daimonen, Kinder der Nacht, hier wohl den Erinyen gleichzusetzen.

1269. *Stimmengleichheit:* vgl. Aischylos, Eumeniden 734—753.

1274. *Lykaios:* Gebirge in Arkadien.

1275: *Nach deinem Namen:* nämlich Oresteion.

1278. *Nauplia:* Hafen an der Südküste von Argolis.

1281. *Proteus:* vgl. den Prolog zur „Helena".

## HEKABE

4. *Kisseus:* war König in Thrakien gewesen.

24. *von dem Sohn Achills:* Pyrrhos — Neoptolemos.

87 f. Helenos und Kassandra, Kinder des Priamos und der Hekabe, hatten seherische Kräfte.

121. *Seherin:* Kassandra. Vgl. zu Andr. 297.

123. *Theseus' Söhne:* Akamas und Demophon.

131. *Laertes' Sohn:* Odysseus.

269. *Die Tochter Tyndars:* s. zu Elektra 13.

454. *Apidanos:* Nebenfluß des Peneios in Thessalien.

457. *nach dem Eiland:* Delos.

466. *in Pallas' Stadt:* Athen.

472. *des Uranos Geschlecht:* die Titanen. Unter der Führung des von

Zeus entthronten Kronos traten sie gegen die Olympier an und wurden besiegt.

510. *die zwei Atriden:* Agamemnon und Menelaos.

534. *Pelide:* heißt Achilleus nach seinem Vater Peleus.

642. *Simoeis:* s. zu Andr. 1019.

825. *Kypris:* s. zu Alk. 790.

838. *Daidalos:* der berühmte Künstler aus Athen, Erbauer des Labyrinths auf Kreta und erster Flieger, hier angerufen als einer, der Unmögliches zuwege bringt.

886. Danaos und seine fünfzig Töchter fliehen vor seinem Bruder Aigyptos nach Argos. Dessen fünfzig Söhne erzwingen die Hochzeit mit den Danaiden, werden aber bis auf Lynkeus von ihren Frauen, die einem Befehl des Danaos folgen, in der Hochzeitsnacht umgebracht.

887. *auf Lemnos:* hatten sich geraubte athenische Mädchen, die zur Ehe gezwungen worden waren, mit ihren Kindern gegen die Väter verbündet und alle Männer getötet.

934. *gleich der Dorerin:* also sehr leicht bekleidet, wie spartanische Mädchen beim Sport. Vgl. Andr. 595 ff.

943. Dioskuren: s. zu El. 13 und 990. Zum Namen vgl. zu Hel. 284.

1077. *Mainaden des Todes:* gemeint sind die gefangenen Frauen, die seine Söhne getötet haben, wie die rasenden Bakchen den Pentheus.

1273. *das Grab der Hündin:* ein Vorgebirge der Halbinsel Gallipoli am Hellespont.

1275 ff. vgl. Kassandras Prophezeiungen Tro. 353—364.

### HELENA

4. *Proteus:* sonst eine Meeresgottheit, hier König von Ägypten. Die Insel Pharos ist vor einer Nilmündung zu denken.

16. *Psamathe:* eine Tochter des Nereus, war in erster Ehe Gemahlin des Zeussohnes Aiakos (7), des Königs auf Aigina.

11. *Eido:* „die Schöne", erhält bald den Namen Theonoe „die Gotteskundige" (13), vgl. 821 f.

25. *die Kyprierin:* Aphrodite, vgl. zu Alk. 790.

39 f. zu dieser Auffassung vgl. Orest. 1638 ff.

41. *Hellas' größten Sohn:* Achilleus.

124. *Eurotas:* s. zu Andr. 437.

133. *Thestiade:* heißt Leda als Tochter des Thestios, der König von Aitolien war.

136. *Tyndareos' Söhne:* Kastor und Polydeukes.

169. *Sirenen:* daimonische geflügelte Wesen, gern auf Grabdenkmälern bei der Totenklage abgebildet; möglicherweise zeigte das Grabmal des Proteus in der Orchestra eine solche Darstellung.

175. *Schattengöttin:* Persephone, als Gemahlin des Hades, Göttin der Unterwelt.

228. *Athene im ehernen Schrein:* Kultname der Athene in Sparta, vgl. 245 und zu 1467.

238. *Kypris:* s. zu Alk. 790.

244. *Maias Sohn:* s. zu Andr. 275.

250. *Simoeis:* s. zu Andr. 1019.

283. *Die Tochter:* Hermione.

284. *nach Zeus sich nennen:* nämlich Dios - koroi = des Zeus Jünglinge.

368. *Skamandros:* Fluß bei Troia.

375. *Kallisto:* eine Gefährtin der Artemis, wurde von Zeus verführt und, um sie vor Heras Eifersucht zu bewahren, in eine Bärin verwandelt.

383. *Merops' Kind:* Kos. Ihr Vater war ein Enkel des Helios; die Eltern des Sonnengottes sind die Titanen Hyperion und Theia.

384. *Dardanos' Burg:* s. zu El. 5.

386. *Oinomaos:* Vater der Hippodameia, die Pelops durch seinen Sieg gewinnt. Sie wird von ihm Mutter des Atreus, des Thyestes und des Pittheus.

389. *zum Mahl:* um die Götter zu versuchen, hatte Tantalos seinen Sohn Pelops zerstückelt und ihnen vorgesetzt. Die Götter rufen ihn wieder ins Leben zurück.

391. *Aerope:* war Enkelin des Minos.

569. *Hekate:* die fackeltragende Göttin ist Herrin allen Spuks. Im folgenden Verse wird sie mit der Enodia, der Göttin der Dreiwege, gleichgesetzt.

691. *Alexandros:* Paris.

749. *Kalchas:* Seher und Vogelschauer, der die Griechen nach Troia begleitete.

767. *Nauplios:* König von Euboia. Er rächte seinen Sohn Palamedes, der durch Odysseus' Ränke des Verrates überführt erschien und vor Troia gesteinigt worden war, indem er einen großen Teil der heimkehrenden Flotte am Vorgebirge Kaphereus durch Feuerzeichen in die Irre führte und an den Felsen scheitern ließ. Vgl. 1126 ff.

848. *Aias:* und Odysseus beanspruchen die Rüstung des gefallenen Achilleus. Ein Schiedsgericht erkennt sie dem Odysseus zu. In seiner Wut will Aias alle Fürsten töten, wird aber von Athene mit Wahnsinn geschlagen und metzelt nur Vieh nieder. Wieder zur Besinnung gekommen, gibt er sich den Tod. Vgl. Sophokles „Aias".

849. *kinderlos:* Nestors Sohn Antilochos war vor Troia gefallen.

883. *Kythere:* s. zu Andr. 223.

1003. *Nereus:* eine greise Meergottheit, zukunftskundig. Großvater der Theonoe (1647).

1098. *Diones Tochter:* Aphrodite. Nach Hesiod war Dione Tochter des Okeanos und der Tethys, nach anderen des Uranos und der Gaia.

1242. *Pelops' Enkel:* die Einwohner der Peleponnes.

1301 ff. In diesem Chorlied sind die Gestalten der Kybele und der Demeter ineinander verwoben. Hades–Pluton hatte die Persephone als Braut in sein Reich entführt. Ihre Mutter Demeter zieht sich nach vergeblicher Suche mit all ihren Gaben aus der belebten Welt zurück. Zeus gelingt es, die Göttin zu versöhnen: Persephone darf zwei Drittel des Jahres im Kreise der olympischen Götter verweilen und muß nur die restliche Zeit bei ihrem Gemahl in der Unterwelt zubringen.

1355. *Der Großen Mutter:* Kybele, die phrygische Ausprägung der asiatischen Muttergottheit.

1361. *Narthex:* s. zu Bakch. 113.

1413. *Sidonerfahrzeug:* die Phoiniker waren vorzügliche Seefahrer und Schiffsbauer, vgl. 1451 ff.

1464. *zum Haus des Perseus:* nach Mykenai.

1466. *Leukippos' Jungfrauen:* Phoibe und Hilaeira, die Töchter des messenischen Fürsten Leukippos, die in Sparta als göttliche Bräute der Dioskuren verehrt wurden.

1467. *Pallas' Tempel:* der Tempel der Athene Chalkioikos (s. zu 228) in Sparta.

1469. *Hyakinthos:* dieser vordorische Gott aus Kleinasien wird unter dem Einfluß des Apollonkultes zu einem ihm freundschaftlich verbundenen Jüngling. Beim Spiel erschlägt ihn der Gott versehentlich mit einem Diskos und stiftet zu seinem Gedächtnis ein Fest, das im Juli/August gefeiert wurde.

1476. *die Tochter:* s. zu 283.

1500. *Retter:* die Dioskuren galten, mit dem Sternbilde der Zwillinge gleichgesetzt, besonders zur See als Nothelfer.

1587. *Nauplia:* s. zu El. 1278.

1673. *Das feste Eiland:* die Insel Helena liegt an der Ostseite der Südspitze Attikas.

## HERAKLES

2. *aus Argos:* vgl. 16 f. Elektryon war der Bruder des Alkaios; wie Sthenelos, der Vater des Eurystheus, waren sie Söhne des Perseus und der Andromeda.

5. *deren wenige:* die fünf überlebenden Sparten (vgl. zu Bakch. 264) waren Stammväter des thebanischen Adels geworden.

23. *Tainaros:* Vorgebirge an der Südspitze der Peloponnes. Dort vermutete man den Eingang zur Unterwelt.

29. *Zethos und Amphion:* Zwillingssöhne des Zeus und der Antiope, der Tochter des thebanischen Königs Nykteus. Dessen Bruder Lykos, der ihm auf den Thron gefolgt war, ließ die Knaben aussetzen. Antiope wird Sklavin in seinem Hause. Die herangewachsenen Söhne töten Lykos und seine Gattin Dirke, befreien die Mutter und übernehmen die Herrschaft.

50. *Minyer:* Einwohner der Stadt Orchomenos in Boiotien. Die Thebaner waren ihnen abgabenpflichtig, bevor Herakles sie besiegte, vgl. 220 u. 560.

61. *Taphierstadt:* Ort auf der Insel Taphos. Amphitryon war im Kampfe gegen die Taphier, die Alkmenes Brüder getötet hatten, siegreich.

179 ff. Herakles' Teilnahme am Kampf der Götter gegen die Giganten hatte den Sieg der Himmlischen ermöglicht: ein Orakel hatte die Mithilfe eines Sterblichen verlangt.

182. *Pholoe:* Gebirgszug zwischen Arkadien und Elis.

185. *Dirphys:* Gebirge auf Euboia (vgl. 32).
*Abas' Reich:* alter Name der Insel nach den Abanten, die aus Abai in Phokis nach Euboia eingewandert sein sollen.

240. *Parnassos und Helikon:* die Berge liegen ca. 70 bzw. 20 km von Theben entfernt.

352. Der Chor nennt das Thema der folgenden Verse: die im Dienste seines Vetters Eurystheus verrichteten Taten des Herakles. Die meistens übliche Reihenfolge der Arbeiten sei der von Euripides angeführten gegenübergestellt:

| | |
|---|---|
| 1. Löwe, Argolis | — ( = ) |
| 2. Hydra, Argolis | — Kentauren (+) |
| 3. Hirschkuh, Arkadien, eingefangen | — ( = ) erlegt! |
| 4. Eber, Arkadien | — Rosse (8) |
| 5. Vögel, Arkadien | — Kyknos (+) |
| 6. Augiasstall, Elis | — Hesperiden (11) |
| 7. Stier, Kreta | — Nereus (+) |
| 8. Rosse, Thrakien | — Atlas (+) |
| 9. Gürtel der Hippolyte, Pontus | — ( = ) |
| 10. Rinder des Geryoneus, Erytheia | — Hydra (2) |
| 11. Äpfel der Hesperiden, Gärten der Götter | — Geryoneus (10) |
| 12. Kerberos, Unterwelt | — ( = ) |

359. *Kronions heiligen Hain:* in Nemea.

368. *Peneios:* Hauptstrom Thessaliens.

371. *Homola:* Berg in Thessalien, dem Pan heilig.

379. *Oinoa:* Ortschaft in Argolis mit einem Heiligtum der Artemis.

380 ff. vgl. zu Alk. 66.

386. *Hebros:* Fluß in Thrakien.

390. *Anauros:* Fluß in Thessalien.

391. *Kyknos:* vgl. zu Alk. 502 f.

393. *Amphanaia:* Örtlichkeit in Thessalien.

394. *zu den singenden Mädchen:* die Hesperiden wohnen im fernen Westen (395) im Garten der Götter. Den Weg zu ihnen erfährt Herakles von Nereus (400 ff.), nachdem er den sich vielfach verwandelnden Meergreis bezwungen hat.

405. *Atlas:* war Vater der Hesperiden und trug das Himmelsgewölbe.

409. *Maioter Meer:* das heutige Asowsche Meer.

423. *Erytheia:* die Insel im fernen Westen des Okeanos ist Wohnort des Geryoneus.

433. *Charon:* der Totenfährmann.

464. *Pelasgia:* alter Name der Peloponnes und speziell von Argolis.

472. *Oichalia:* Stadt in Nord-Aitolien.

481. *Keren:* Verderben und Tod bringende Daimonen.

572. *Ismenos und Dirke:* Fluß und Quelle bei Theben.

608. *Kore:* Persephone.

615. *Hermion:* Hafenstadt in Argolis mit Demetertempel.

619. *Theseus:* war mit seinem Freund Peirithoos in den Hades eingedrungen, um Persephone zu entführen. Zur Strafe wurden beide gefesselt in der Unterwelt zurückgehalten. Die Befreiung des Peirithoos verhindert ein Erdbeben.

674. *Chariten:* vgl. zu Bakch. 413. Sie sind Töchter des Zeus und

der Eurynome. Meist werden Aglaia, Euphrosyne und Thaleia genannt, „Glanz“, „Frohsinn“ und „Blüte“.

682. *Bromios:* s. zu Bakch. 84.

688. *auf Delos:* hatte Leto den Apollon und die Artemis geboren.

770. *Acheron:* Gewässer in der Unterwelt.

785. *Asopos:* Flußgott und Fluß in Boiotien, zu seinen Töchtern gehört auch Aigina.

801. *Der perseischen Nymphe:* Alkmene nach ihrem Großvater Perseus.

820. *Paian: Apollon;* s. zu Alk. 91.

822. *Lyssa:* vgl. 843 ff. und zu Bakch. 976.

907. *Enkelados:* war in der Gigantenschlacht von Athene besiegt worden, sie hatte die Insel Sizilien auf ihn geworfen.

954. *Stadt des Nisos:* Megara nach dem Sohn des athenischen Königs Pandion, der es regierte.

1019. *Danaos' Töchter:* fünfzig an der Zahl ermordeten bis auf eine ihre Männer in der Brautnacht. Vgl. zu Hek. 886.

1021. *Prokne:* hatte ihren Sohn Itys ermordet, um an ihrem Gemahl Tereus die Vergewaltigung ihrer Schwester Philomele zu rächen, und wurde in die Nachtigall verwandelt. Vgl. zu Andr. 862.

1080. *Taphos:* s. zu 61.

1104. *Sisyphos:* mußte im Hades einen Felsen bergauf wälzen, der ihm immer wieder entrollte.

1105. *Persephassa:* Persephone.

1166. *Stadt der Erechtheiden:* Athen nach dem König Erechtheus.

1194. *Phlegraier Feld:* Gegend auf der Halbinsel Pallene.

1258. er mordete: vgl. 16 f.

1272. *Typhonen:* der Höllenhund Kerberos und der Hund des Geryoneus sind Nachkommen des Typhon, den Gaia als letztes Aufgebot gegen die Olympier geboren hatte, nachdem die Giganten besiegt worden waren.

1298. *Ixion:* wurde im Tartaros bestraft, weil er sich an Hera hatte vergehen wollen.

1327. *Knossos' Stier:* der Minotauros. Ihm wurden die Knaben und Mädchen vorgeworfen, die Athen wegen der Ermordung des Androgeos als Tribut nach Kreta zu liefern hatte, bis Theseus das Untier tötete.

## HERAKLIDEN

13. *Eurystheus:* König in der Landschaft Argolis mit Wohnsitz in Tiryns, Argos oder Mykenai.

35. *der Theseussöhne Paar:* Demophon und Akamas.

36. *Pandion:* König von Athen.

41. *Alkmene:* Gemahlin des Amphitryon, von Zeus Mutter des Herakles.

45. *Hyllos:* der Sohn des Herakles und der Deianeira.

85. *Mykene:* und Argos (21) werden öfter füreinander gesetzt.

104. *Dike:* „Recht", Tochter des Zeus und der Themis („Satzung").

193. *Trachis:* Stadt in Thessalien. Hier herrschte Keyx, ein Freund des Herakles, der nach des Helden Tod dessen Kindern nicht gegen Eurystheus beigestanden hatte.

217. *Dem Gürtel nach:* der Tochter des Eurystheus das Wehrgehenk der Amazonenkönigin Hippolyte zu erobern, war eine der zwölf Arbeiten des Herakles.

278 f. *des Alkathos' Grenzmark:* das Gebiet von Megara nach Alkathos, einem Sohn des Pelops und der Hippodameia.

360. *Sthenelos' Sohn:* Eurystheus.

639. Hyllos: s. zu 45.

742. *Sparta:* warf Herakles nieder, um die Ermordung seines Gefährten Oionos zu rächen. Der König Hippokoon und seine Söhne wurden erschlagen. Sein vertriebener Halbbruder Tyndareos erhielt den Thron.

753 f. *im Haus der blauäugigen Pallas:* im Parthenon auf der Akropolis zu Athen.

770. *Ehrwürdige:* Athene ist angeredet.

849. *Pallene:* attische Ortschaft.

859. *An Skeirons Fels:* an der Straße vom Isthmos nach Attika. Vgl. zu Hipp. 977.

899 f. *Moira und Aion:* Personifikationen des zuteilenden Schicksals und der unausbleiblichen Zeit.

914. *Feuersglut:* Herakles hatte sich auf dem Oita lebendig verbrennen lassen. Vgl. Hipp. 545.

917. *Hymenaios:* der Hochzeitsgott.

918. *Zwei Kinder:* Hebe war die Tochter des Zeus und der Hera, Herakles Sohn des Zeus und der Alkmene.

941. *Dike:* s. zu 104.

949 ff. Anspielung auf die zwölf Arbeiten des Herakles: Kerberos, Hydra von Lerna und nemeischer Löwe.

987. *von einem Ahn:* Perseus. Seine Söhne waren Sthenelos, der Vater des Eurystheus, Elektryon, Alkmenes Vater, und Alkaios, der Vater des Amphitryon.

1031. *Pallene:* s. 849.

1034. *Herakles' Enkeln:* den Spartanern. Herakles war der dorische Stammesheros.

## HIPPOLYTOS

2. *Kypris:* Beiname der Aphrodite, s. zu Alk. 790.

3. *Pontos:* das Schwarze Meer.

10. *Amazone:* die Amazonenkönigin in Hippolyte-Antiope, Theseus' erste Gattin. Sie war im Kampf gegen ihre Landsleute gefallen.

11. *Pittheus:* Theseus' Großvater mütterlicherseits, König von Troizen in der Landschaft Argolis.

25. *Weihen:* Anspielung auf die Eleusinischen Mysterien.

26. *Pandion:* Sohn des Erichthonios, des Erechtheus Vater.
*Phaidra:* Tochter des Zeussohnes Minos, des Königs von Kreta.

34. *Kekropsland:* Attika, nach Kekrops, dem erdgeborenen König Athens, halb Mensch, halb Schlange von Gestalt.

35. *Pallassöhne:* im Kriege des Pallas gegen seinen Bruder Aigeus hatte dessen Sohn Theseus seine Vettern, die Söhne des Pallas, getötet.

43. *sein Vater:* Poseidon (45) wird neben dem Athenerkönig Aigeus als Vater des Theseus genannt, vgl. z. B. 1282, 1318, 1411, 1431.

88. *o Herr:* gr. anax, stehende Anrede der Götter.

142. *Pan:* Wald- und Weidegott.
*Hekate:* gespenstige, nächtlich schweifende Göttin mit Schlangen im Haar, fackeltragend.

143. *Korybanten:* Diener der Kybele, die im Kult der „Mutter vom Berge" zu Flöten- und Paukenbegleitung orgiastisch tanzen.

145. *Diktynna:* kretische Gottheit, oft mit Artemis gleichgesetzt, vgl. 1130.

151. *Erechtheus' Söhne:* die Athener, nach dem König Erechtheus.

228. *Artemis:* hier und in 1132 ist der Kultplatz einer Artemis Limnatis bei Troizen gemeint.

231. *das henetische Roß:* die Pferdezucht der in Illyrien wohnenden Heneter war berühmt (1131).

337. *Unselge Mutter:* Phaidras Mutter Pasiphae hatte von einem Stier das Ungeheuer Minotauros geboren.

339. *arme Schwester:* Ariadne half Theseus, nachdem er den Minotauros getötet hatte, aus dem Labyrinth, floh mit ihm und wurde auf Naxos von dem Geliebten verlassen. Dort vermählte sich Dionysos mit ihr.

415. *die vom Meere kam:* der Kult Aphrodites kam von Kleinasien übers Meer.

454. *Semele:* wurde von Zeus Mutter des Dionysos, s. zu 559 ff.

455. *Kephalos:* wird von der Göttin Eos als Geliebter in den Olymp entführt.

535. *Alpheios:* Fluß bei Olympia.

545. *Oichalierin:* Iole, Tochter des Königs Eurytos von Oichalia, gehört zur Beute des Herakles, des Sohns der Alkmene (553). Dessen Gattin Deianeira wird auf Iole eifersüchtig und schickt Herakles ein mit dem vergifteten Blut des Kentauren Nessos als Liebeszauber getränktes Gewand. Als er es anlegt, wird er von rasenden Schmerzen befallen, vermag es nicht abzuwerfen, ohne sich schwer zu verwunden und läßt sich schließlich lebendig verbrennen (vgl. Sophokles „Trachinierinnen").

737. *Eridanos:* der Po. In ihn stürzte Phaeton nach der Fahrt mit dem Wagen seines Vaters Helios vom Blitz getroffen ab.

742 ff. *Hesperos' Jungfraun:* die Hesperiden, Töchter des Atlas und der Nacht bewachen die Goldenen Äpfel, die Zeus und Hera von der Gaia als Hochzeitsgeschenk erhielten.

760. *Munychos' Gestade:* der Hafen Munychia bei Athen.

952. *Pflanzennahrung:* Anhänger der Seelenwanderungslehre wie z. B. die Pythagoreer aßen kein Fleisch.

977. *Sinis:* und Skeiron (979), zwei wegelagernde Unholde. Der eine ließ seine Opfer von hochschnellenden Fichten zerreißen, der andere zwang sie, ihm die Füße zu waschen und stürzte sie dabei von der Steilküste.

1171. *Dike:* s. zu Herakl. 104.

1200. *Saronerbusen:* der Saronische Golf.

1209 f. *Asklepios' Felsenwand:* anscheinend ein Riff nicht weit von Epidauros, einem Hauptkultort des Heilgottes.

1253. *schrieben voll:* Anspielung auf die hölzerne Schreibtafel, auf der Phaidra dem Theseus Hippolytos' Schuld weisgemacht hatte, vgl. 856 ff.

# INHALT DES GESAMTWERKES

## ERSTER BAND



## ZWEITER BAND

## Kröners Taschenausgabe

*Alphabetisches Verzeichnis mit Bandnummern*
*Stand 1981*

Aischylos: Tragödien 152
Alker, Ernst: Deutsche Literatur im 19. Jh. 339
Amerikanische Literatur der Gegenwart 412
Aristoteles: Hauptwerke 129
Aster, Ernst von: Geschichte der Philosophie 108
Bayer, Erich: Griechische Geschichte 362
Beckett, James C.: Geschichte Irlands 419
Born, Karl Erich: Geld und Banken 428
Browning, Robert M.: Deutsche Barocklyrik 476
Buchwald, R.: Führer durch Goethes ›Faust‹ 183
Büchner, Karl: Römische Literaturgeschichte 247
Burckhardt, J.: Kultur d. Renaissance in Italien 53
Burckhardt, J.: Weltgeschichtl. Betrachtungen 55
Collaer, Paul: Geschichte d. modernen Musik 345
Comte, Auguste: Die Soziologie 107
Darwin, Charles: Abstammung des Menschen 28
Deutsche Literatur der Gegenwart I/II 382/383
Dietrich, Margret: Das moderne Drama 220
Dokumente des geteilten Deutschland I/II 391/392
Dollinger, Philippe: Die Hanse 371
Eberhard, Wolfram: Geschichte Chinas 413
Epiktet: Handbüchlein der Moral 2
Epikur: Philosophie der Freude 198
Essler, W. K.: Analytische Philosophie I 440
Euripides: Sämtliche Tragödien I/II 284/285
Formen der Literatur 478
Französische Literatur der Gegenwart 398
Frenzel, Elisabeth: Stoffe der Weltliteratur 300
Frenzel, Elisabeth: Motive der Weltliteratur 301
Der Frühsozialismus 223
Geschichte der Politischen Ökonomie 427
Glasenapp, H. v.: Die Literaturen Indiens 318